Contes nouveaux
ou
Les Fées à la Mode

MARIE CATHERINE LE JUMEL
DE BERNEVILLE.
Comtesse d'Aulnoi.
Morte au Mois de Janvier 1705.

A Paris chez Odieuvre, M.^d d'Estampes rüe des Mathurins chez Mr Joubert

Madame d'Aulnoy

Contes II
Contes nouveaux
ou Les Fées à la Mode

édition du tricentenaire

introduction par Jacques Barchilon
texte établi et annoté par Philippe Hourcade
Paris, Société des Textes Français Modernes 1998

Conformément aux statuts de la Société des Textes Français Modernes, ce volume a été soumis à l'approbation du Comité de lecture, qui a chargé M. Roger Guichemerre d'en surveiller la correction en collaboration avec M. Jacques Barchilon et M. Philippe Hourcade.

ISSN 0768-0821
ISBN 2-86503-251-5
© SOCIÉTÉ DES TEXTES FRANÇAIS MODERNES, 1998

LA PRINCESSE CARPILLON. *CONTE.**

Il était une fois un vieux roi qui, pour se consoler
d'un long veuvage, épousa une belle princesse qu'il
aimait fort. Il avait un fils de sa première femme, bossu
& louche, qui ressentit beaucoup de chagrin des
secondes noces de son père. « La qualité de fils unique,
disait-il, me faisait craindre & aimer, mais si la jeune
reine a des enfants, mon père, qui peut disposer de son
royaume, ne considérera pas que je suis l'aîné : il me

---

* Des revers de fortune ont fait échouer, chacun de son côté, prince
et princesse au pays des aigles nourriciers et des terribles centaures
bleus. Par bonheur, une fée amazone les protège.

déshéritera en leur faveur. » Il était ambitieux, plein de malice & de dissimulation, de sorte que, sans témoigner son inquiétude, il fut secrètement consulter une fée, qui passait pour la plus habile qu'il y eût au monde.

Dès qu'il parut, elle devina son nom, sa qualité & ce qu'il lui voulait : « Prince bossu, lui dit-elle (c'est ainsi qu'on le nommait), vous êtes venu trop tard : la reine est grosse d'un fils, je ne veux point lui faire de mal, mais s'il meurt ou qu'il lui arrive quelque chose, je vous promets que je l'empêcherai d'en avoir d'autres. » Cette promesse consola un peu le bossu. Il conjura la fée de s'en souvenir & prit la résolution de jouer un mauvais tour à son petit frère, dès qu'il serait né.

Au bout des neuf mois, la reine eut un fils le plus beau du monde, & l'on remarqua comme une chose extraordinaire qu'il avait la figure d'une flèche empreinte sur le bras. La reine aimait à tel point son enfant qu'elle voulut le nourrir, dont le Prince bossu était très fâché, car la vigilance d'une mère est plus grande que celle d'une nourrice & il est bien plus aisé de tromper l'une que l'autre.

Cependant le bossu, qui ne songeait qu'à faire son coup, témoignait un attachement pour la reine & une tendresse pour le petit prince dont le roi était charmé ; « Je n'aurais jamais cru, disait-il, que mon fils eût été capable d'un si bon naturel &, s'il continue, je lui laisserai une partie de mon royaume. » Ces promesses ne suffisaient pas au bossu ; il voulait tout ou rien, de sorte qu'un soir il présenta quelques confitures à la reine, qui étaient confites à l'opium. Elle s'endormit, & aussitôt le prince, qui s'était caché derrière la tapisserie, prit tout doucement le petit prince & mit à la place un gros chat bien emmailloté, afin que les berceuses ne s'aperçussent pas de son vol. Le chat criait, les berceuses berçaient, enfin il faisait un si étrange sabbat, qu'elles crurent qu'il voulait têter. Elles réveillèrent la reine qui, étant encore toute endormie & pensant tenir son cher poupart, lui donna son sein. Mais le méchant chat la mordit, elle poussa un grand cri &, le regardant, que devint-elle lorsqu'elle aperçut une tête de chat au lieu de celle de son fils ! Sa douleur fut si vive qu'elle pensa expirer sur-le-champ. Le bruit des femmes de la reine éveilla tout le palais. Le roi prit sa robe de chambre, il accourut dans son appartement. La première chose qu'il vit, ce fut le chat emmailloté des langes de drap d'or qu'avait ordinairement son fils : on l'avait jeté par terre où il faisait des cris étonnants. Le roi demeura bien alarmé, il demande ce que cela signifie, on lui dit que l'on n'y comprenait rien, mais que le petit prince ne paraissait point, qu'on le cherchait inutilement & que la reine était fort blessée. Le roi entra dans sa chambre, il la trouva dans une affliction sans pareille &, ne voulant pas l'augmenter par la sienne, il se fit violence pour consoler cette pauvre princesse.

Cependant le bossu avait donné son petit frère à un homme qui était tout à lui : « Portez-le dans une forêt éloignée, lui dit-il, & le mettez tout nu au lieu le plus exposé aux bêtes féroces, afin qu'elles le dévorent & que l'on n'entende plus parler de lui. Je l'y porterais moi-même, tant j'ai peur que vous ne fassiez pas bien ma commission, mais il faut que je paraisse devant le roi. Allez donc, & soyez sûr que, si je règne, je ne serai pas un ingrat. » Il mit lui-même le pauvre enfant dans une corbeille couverte, & comme il l'avait accoutumé à le caresser, il le connaissait déjà & lui souriait, mais le bossu impitoyable en fut moins ému qu'une roche. Il alla promptement dans la chambre de la reine, presque déshabillé, à force, disait-il, de s'être pressé. Il se frottait les yeux comme un homme encore endormi &, lorsqu'il apprit les méchantes nouvelles de la blessure de sa belle-mère, du vol qu'on avait fait du prince & qu'il vit le chat emmailloté, il jeta des cris si douloureux, que l'on était aussi occupé à le consoler que si en effet il eût été fort affligé. Il prit le chat & lui tordit le cou avec une férocité qui lui était très naturelle ; il faisait pourtant entendre que ce n'était qu'à cause de la morsure qu'il avait faite à la reine.

Qui que ce soit ne le soupçonna, quoiqu'il fût assez méchant pour devoir l'être. Ainsi son crime se cachait sous ses larmes feintes. Le roi & la reine en surent gré à cet ingrat & le chargèrent d'envoyer chez toutes les fées s'informer de ce que leur enfant pouvait être devenu. Dans l'impatience de faire cesser la perquisition, il vint leur dire plusieurs réponses différentes & très énigmatiques, qui se rapportaient toutes sur ce point que le prince n'était pas mort, qu'on l'avait enlevé pour quelque temps par des raisons impénétrables, qu'on le ramènerait parfait en toutes choses, qu'il ne fallait plus le chercher, parce que c'était prendre des peines inutiles. Il jugea par là qu'on se tranquilliserait & ce qu'il avait jugé arriva. Le roi & la reine se flattèrent de revoir un jour leur fils. Cependant la morsure que le chat avait faite au sein de la reine s'envenima si fort qu'elle en mourut, & le roi, accablé de douleur, demeura un an entier dans son palais. Il attendait toujours des nouvelles de son fils & les attendait inutilement.

Celui qui l'emportait marcha toute la nuit sans s'arrêter. Lorsque l'aurore commença de paraître, il ouvrit la corbeille, & cet aimable enfant lui sourit, comme il avait accoutumé de faire à la reine, quand elle le prenait entre ses bras. « Ô pauvre petit prince, dit-il, que ta destinée est malheureuse ! Hélas ! tu serviras de pâture comme un tendre agneau à quelque lion affamé. Pourquoi le bossu m'a-t-il choisi pour aider à te perdre ? » Il referma la corbeille, afin de ne plus voir un objet si digne de pitié. Mais l'enfant, qui avait passé la nuit sans téter, se prit à crier de toute sa force. Celui qui le tenait cueillit des figues & lui en mit dans la bouche. La douceur de ce fruit l'apaisa un peu. Ainsi il le porta tout le jour jusqu'à la nuit suivante, qu'il entra dans une vaste & sombre forêt. Il ne voulut pas s'y engager, crainte d'être dévoré lui-même, & le lendemain il s'avança avec la corbeille qu'il tenait toujours.

La forêt était si grande que, de quelque côté qu'il regardât, il n'en pouvait voir le bout. Mais il aperçut dans un lieu tout couvert d'arbres un rocher qui s'élevait en plusieurs pointes différentes. « Voici sans doute, disait-il, la retraite des bêtes les plus cruelles. Il y faut laisser l'enfant, puisque je ne suis point en état de le sauver. » Il s'approcha du rocher. Aussitôt une aigle[1] d'une grandeur prodigieuse sortit, voltigeant autour comme si elle y avait laissé quelque chose de cher. En effet, c'était ses petits qu'elle nourrissait au fond d'une espèce de grotte. « Tu serviras de proie à ces oiseaux, qui sont les rois des autres, pauvre enfant, » dit cet homme. Aussitôt il le démaillota & le coucha au milieu de trois aiglons. Leur nid était fort grand, à l'abri des injures de l'air. Il eut beaucoup de peine à y mettre le prince, parce que le côté par où on pouvait l'aborder était fort escarpé & penchant vers un précipice affreux. Il s'éloigna en soupirant & vit l'aigle qui revenait à tire d'ailes dans son nid. « Ah ! c'en est fait, dit-il ; l'enfant va perdre la vie. » Il s'éloigna en diligence, comme pour ne pas entendre ses derniers cris. Il revint auprès du bossu & l'assura qu'il n'avait plus de frère.

---

1. En 1647, Vaugelas rangeait le mot *Aigle* parmi les substantifs d'un genre indéterminé, « car on dit un grand Aigle et une grande Aigle, à l'Aigle noir et à l'Aigle noire » (*Remarques sur la Langue française*, Paris, Champ Libre, 1981, p. 175).

A ces nouvelles, le barbare prince embrassa son fidèle ministre & lui donna une bague de diamants, en l'assurant que, lorsqu'il serait roi, il le ferait capitaine de ses gardes. L'aigle, étant revenue dans son nid, demeura peut-être surprise d'y trouver ce nouvel hôte. Soit qu'elle fût surprise ou qu'elle ne le fût pas, elle exerça mieux le droit d'hospitalité que bien des gens ne le savent faire. Elle se mit proche de son nourrisson, elle étendit ses ailes & le réchauffa. Il semblait que tous ses soins n'étaient plus que pour lui. Un instinct particulier l'engagea d'aller chercher des fruits, de les becqueter & d'en verser le jus dans la bouche vermeille du petit prince. Enfin elle le nourrit si bien que la reine sa mère n'aurait su le nourrir mieux.

Lorsque les aiglons furent un peu forts, l'aigle les prit tour à tour tantôt sur ses ailes, tantôt dans ses serres, & les accoutuma ainsi à regarder le soleil sans fermer la paupière[2]. Les aiglons quittaient quelquefois leur mère & voltigeaient un peu autour d'elle, mais pour le petit prince, il ne faisait rien de tout cela &, lorsqu'elle l'élevait en l'air, il courait grand risque de tomber & de se tuer. La Fortune s'en mêlait : c'était elle qui lui avait fourni une nourrice si extraordinaire, c'était elle qui le garantissait qu'elle ne le laissât tomber.

Quatre années se passèrent ainsi. L'aigle perdait tous ses aiglons : ils s'envolaient, lorsqu'ils étaient assez grands, ils ne revenaient plus revoir leur mère ni leur nid. Pour le prince, qui n'avait pas la force d'aller loin, il restait sur le rocher, car l'aigle prévoyante & craintive, appréhendant qu'il ne tombât dans le précipice, le porta de l'autre côté, dans un lieu si haut & si droit que les bêtes sauvages n'y pouvaient aller.

---

2. « On appelle de bons yeux des yeux d'Aigle, parce qu'elle regarde fixement le soleil » (F.).

L'Amour, que l'on dépeint tout parfait, l'était moins que le jeune prince. Les ardeurs du soleil ne pouvaient tenir les lis & les roses de son teint. Tous ses traits avaient quelque chose de si régulier, que les plus excellents peintres n'auraient pu en imaginer de pareils. Ses cheveux étaient déjà assez longs pour couvrir ses épaules, & sa mine si relevée, que l'on n'a jamais vu dans un enfant rien de plus noble & de plus grand. L'aigle l'aimait avec une passion surprenante. Elle ne lui apportait que des fruits pour sa nourriture, faisant cette espèce de différence entre lui & ses aiglons, à qui elle ne donnait que de la chair crue. Elle désolait tous les bergers des environs, enlevant leurs agneaux sans miséricorde. Il n'était bruit que des rapines de l'aigle.

Enfin fatigués de la nourrir aux dépens de leurs troupeaux, ils résolurent entre eux de chercher sa retraite. Ils se partagent en plusieurs bandes, la suivent des yeux, parcourent les monts & les vallées, demeurent longtemps sans la trouver. Mais enfin un jour, ils aperçoivent qu'elle s'abat sur la grande roche. Les plus délibérés d'entre eux hasardèrent d'y monter, quoique ce fût avec mille périls. Elle avait pour lors deux petits aiglons qu'elle nourrissait soigneusement, mais quelque chers qu'ils lui fussent, sa tendresse était encore plus grande pour le jeune prince, parce qu'elle le voyait depuis plus longtemps. Lorsque les bergers eurent trouvé son nid, comme elle n'y était pas, il leur fut aisé de le mettre en pièces & de prendre tout ce qui était dedans. Que devinrent-ils quand ils trouvèrent le prince ! Il y avait à cela quelque chose de si extraordinaire que leurs esprits bornés n'y pouvaient rien comprendre.

Ils emportèrent l'enfant & les aiglons. Les uns & les autres crièrent : l'aigle les entendit & vint fondre sur les ravisseurs de son bien ; ils auraient ressenti les effets de sa colère, s'ils ne l'avaient pas tuée d'un coup de flèche qu'un des bergers lui tira. Le jeune prince, plein de naturel, voyant tomber sa nourrice, jeta des cris pitoyables & pleura amèrement. Après cette expédition, les bergers marchèrent vers leur hameau. On y faisait le lendemain une cérémonie cruelle, dont voici le sujet.

Cette contrée avait longtemps servi de retraite aux ogres. Chacun, désespéré par un voisinage si dangereux, avait cherché les moyens de les éloigner sans y pouvoir réussir. Ces ogres terribles, courroucés de la haine qu'on leur témoignait, redoublèrent leurs cruautés & mangeaient sans exception tous ceux qui tombaient entre leurs mains.

Enfin un jour que les bergers s'étaient assemblés pour délibérer sur ce qu'ils pouvaient faire contre les ogres, il parut tout d'un coup au milieu d'eux un homme d'une grandeur épouvantable : la moitié de son corps avait la figure d'un cerf couvert de poil bleu, les pieds de chèvre, une massue sur l'épaule avec un bouclier à la main. Il leur dit : « Bergers, je suis le Centaure bleu. Si vous me voulez donner un enfant tous les trois ans, je vous promets d'amener ici cent de mes frères, qui feront si rude guerre aux ogres, que nous les chasserons, malgré qu'ils en aient. »

Les bergers avaient de la peine à s'engager de faire une chose si cruelle. Mais le plus vénérable d'entre eux leur dit : « Eh quoi ! mes compagnons, nous est-il plus utile que les ogres mangent tous les jours nos pères, nos enfants & nos femmes ? Nous en perdrons un pour en sauver plusieurs. Ne refusons donc point l'offre que le Centaure nous fait. » Aussitôt chacun y consentit ; l'on s'engagea par de grands serments de tenir parole au Centaure, & qu'il aurait un enfant.

Il partit & revint, comme il l'avait dit, avec ses frères, qui étaient aussi monstrueux que lui. Les ogres n'étaient pas moins braves que cruels : ils se livrèrent plusieurs combats, où les Centaures furent toujours victorieux. Enfin ils les forcèrent de fuir. Le Centaure bleu vint demander la récompense de ses peines. Chacun dit que rien n'était plus juste, mais, lorsqu'il fallut livrer l'enfant promis, il n'y eut aucune famille qui pût se résoudre à donner le sien. Les mères cachaient leurs petits jusque dans le sein de la terre. Le Centaure, qui n'entendait pas raillerie, après avoir attendu deux fois vingt-quatre heures, dit aux bergers qu'il prétendait qu'on lui donnât autant d'enfants comme il resterait de jours parmi eux, de sorte que le retardement fut cause qu'il en coûta six petits garçons & six petites filles. Depuis ce temps on régla cette grande affaire, & tous les trois ans l'on faisait une fête solennelle pour livrer le pauvre innocent au Centaure.

C'était donc le lendemain que le prince avait été pris dans le nid de l'aigle, qu'on devait payer ce tribut &, quoique l'enfant fût déjà trouvé, il est aisé de croire que les bergers mirent volontiers le prince à sa place. L'incertitude de sa naissance, car ils étaient si simples qu'ils croyaient quelquefois que l'aigle était sa mère, & sa beauté merveilleuse les déterminèrent absolument de le présenter au Centaure, parce qu'il était si délicat qu'il ne voulait point manger d'enfants qui ne fussent très jolis. La mère de celui qu'on y avait destiné passa tout d'un coup des horreurs de la mort aux douceurs de la vie. On la chargea de parer le petit prince comme l'aurait été son fils. Elle peigna bien ses longs cheveux, elle lui fit une couronne de petites roses incarnates & blanches, qui viennent ordinairement sur les buissons, elle l'habilla d'une robe traînante de toile blanche & fine, sa ceinture était de fleurs. Ainsi ajusté on le fit marcher à la tête de plusieurs enfants, qui devaient l'accompagner. Mais que dirai-je de l'air de grandeur & de

noblesse qui brillait déjà dans ses yeux ? Lui, qui
n'avait jamais vu que des aigles & qui était encore dans
un âge si tendre, ne paraissait ni craintif ni sauvage. Il
semblait que tous ces bergers n'étaient là que pour lui
plaire : « Ah ! quelle pitié ! s'entredisaient-ils. Quoi ?
cet enfant va être dévoré ! Que ne pouvons-nous le sauver ! » Plusieurs pleuraient, mais enfin il était impossible de faire autrement.

Le Centaure avait accoutumé de paraître sur le haut
d'une roche, sa massue dans une main, son bouclier
dans l'autre & là, d'une voix épouvantable, il criait aux
bergers : « Laissez-moi ma proie & vous retirez. » Aussitôt qu'il aperçut l'enfant qu'on lui amenait, il en fit
une grande fête &, riant si haut que les monts en trem-
blaient, il dit d'une voix épouvantable : « Voici le
meilleur déjeûner que j'aie fait de mes jours. Il ne me
faut ni sel ni poivre pour croquer ce petit garçon. » Les
bergers & les bergères jetèrent les yeux sur le pauvre
enfant & s'entredisaient : « L'aigle l'a épargné, ce qui
est un prodige, mais voici le monstre qui va terminer
ses jours. » Le plus vieux des bergers le prit entre ses
bras, le baisa plusieurs fois : « Ô mon enfant, mon cher
enfant, disait-il, je ne te connais point & je sens que je
ne t'ai déjà que trop vu ! Faut-il que j'assiste à tes funérailles ? Qu'a donc fait la Fortune en te garantissant des
serres aiguës & du bec crochu de l'aigle terrible, puisqu'elle te livre aujourd'hui à la dent carnassière de cet
horrible monstre ? »

Pendant que ce berger mouillait les joues vermeilles
du prince des larmes qui coulaient de ses yeux, ce
tendre innocent passait ses menottes dans ses cheveux
gris, lui souriait d'un air enfantin, & plus il lui inspirait
de pitié & moins il paraissait diligent pour s'avancer.
« Dépêchez-vous, criait le Centaure affamé ; si vous me
faites descendre, si je vais au-devant de vous, j'en man-

gerai plus de cent. » En effet l'impatience le prit, il se leva & faisait le moulinet avec sa massue, lorsqu'il parut en l'air un gros chariot de feu, environné d'une nuée d'azur. Comme chacun demeurait attentif à un spectacle si extraordinaire, la nuée & le globe se baissèrent peu à peu & s'ouvrirent. Il en sortit aussitôt un chariot de diamants, traîné par des cygnes, dans lequel était une des plus belles dames du monde. Elle avait un casque sur sa tête, d'or pur, couvert de plumes blanches, la visière en était levée & ses yeux brillaient comme le soleil. Son corps couvert d'une riche cuirasse & sa main armée d'une lance toute de feu marquaient assez que c'était une Amazone.

« Quoi ? Bergers, s'écria-t-elle, avez-vous l'inhumanité de donner au cruel Centaure un tel enfant ? Il est temps de vous affranchir de votre parole : la justice & la raison s'opposent à des coutumes si barbares. Ne craignez point le retour des ogres, je vous en garantirai, moi qui suis fée Amazone ; & dès ce moment je vous prends sous ma protection. — Ah ! Madame, s'écrièrent les bergers & les bergères en lui tendant les mains, c'est le plus grand bonheur qui nous puisse arriver. » Ils n'en purent dire davantage, car le Centaure furieux la défia au combat. Il fut rude & opiniâtre, la lance de feu le brûlait dans tous les endroits où elle le touchait, & il faisait des cris horribles, qui ne finirent qu'avec sa vie. Il tomba tout grillé : l'on eût dit qu'une montagne se renversait, tant sa chute fit de bruit. Les bergers effrayés s'étaient cachés, les uns dans la forêt voisine & les autres au fond des concavités, d'où l'on pouvait tout voir sans être vu.

C'était là que le sage berger qui tenait le petit prince entre ses bras s'était réfugié, bien plus inquiet de ce qui pouvait arriver à cet aimable enfant que de tout ce qui le regardait lui & sa famille, quoiqu'elle méritât d'être considérée. Après la mort du Centaure, la fée Amazone prit une trompette, dont elle sonna si mélodieusement que les personnes malades qui l'entendirent se levèrent pleines de santé, & les autres sentirent une secrète joie dont elles ne pouvaient exprimer le sujet.

Enfin les bergers & les bergères au son de l'harmonieuse trompette se rassemblèrent. Quand la fée Amazone les vit, pour les rassurer tout-à-fait, elle s'avança vers eux dans son char de diamants &, le faisant baisser peu à peu, il ne s'en fallait pas trois pieds qu'il ne touchât la terre. Il roulait sur une nuée si transparente qu'elle semblait être de cristal. Le vieux berger, que l'on nommait le Sublime, parut tenant à son cou le petit prince. « Approchez, Sublime, lui cria la fée, ne craignez plus rien. Je veux que la paix règne à l'avenir dans ces lieux & que vous jouissiez du repos que vous y venez chercher. Mais donnez-moi ce pauvre enfant, dont les aventures sont déjà si extraordinaires. » Le vieillard, après avoir lui avoir fait une profonde révérence, haussa les bras & mit le prince entre les siens. Lorsqu'elle l'eut, elle lui fit mille caresses, elle l'embrassa, elle l'assit sur ses genoux & lui parlait. Elle savait bien néanmoins qu'il n'entendait aucune langue & qu'il ne parlait point. Il faisait des cris de joie ou de douleur, il poussait des soupirs & des accents qui n'étaient point articulés, car il n'avait jamais entendu parler personne.

Cependant il était tout ébloui des brillantes armes de la fée Amazone. Il montait sur ses genoux pour atteindre jusqu'à son casque & le toucher. La fée lui souriait & lui disait, comme s'il eût pu l'entendre ; « Quand tu seras en état de porter des armes, mon fils, je ne t'en laisserai point manquer. » Après qu'elle lui eut encore fait de grandes caresses, elle le rendit au Sublime : « Sage vieillard, lui dit-elle, vous ne m'êtes point inconnu, mais ne dédaignez pas de donner vos soins à cet enfant. Apprenez-lui à mépriser les grandeurs du monde & à se mettre au-dessus des coups de la Fortune. Il est peut-être né pour en avoir une assez éclatante, mais je tiens qu'il sera plus heureux d'être sage que puissant. La félicité des hommes ne doit consister dans la seule grandeur extérieure. Pour être heureux, il faut être sage, & pour être sage, il faut se connaître soi-même, savoir borner ses désirs, se contenter dans la médiocrité comme dans l'opulence, rechercher l'estime des gens de mérite, ne mépriser personne, & se trouver toujours prêt à quitter sans chagrin les biens de cette malheureuse vie. Mais à quoi pensai-je, vénérable berger ? Je vous dis des choses que vous savez mieux que moi, & il est vrai aussi que je les dis moins pour vous que pour les autres bergers qui m'écoutent. Adieu pasteurs, adieu bergères, appelez-moi dans vos besoins : cette même lance & cette même main, qui viennent d'exterminer le Centaure bleu, seront toujours prêtes à vous protéger. »

Le Sublime & tous ceux qui étaient avec lui, aussi confus que ravis, ne purent rien répondre aux paroles obligeantes de la fée Amazone, dans le trouble & dans la joie où ils étaient ; ils se prosternèrent humblement devant elle &, pendant qu'ils étaient ainsi, le globe de feu, s'élevant doucement jusqu'à la moyenne région de l'air, disparut avec l'Amazone & le chariot.

Le bergers craintifs n'osaient d'abord s'approcher du Centaure : tout mort qu'il était, ils ne laissaient pas de le craindre. Mais enfin peu à peu ils s'aguerrirent & résolurent entre eux qu'il fallait dresser un grand bûcher & le réduire en cendre, de peur que ses frères, avertis de ce qui lui était arrivé, ne vinssent venger sa mort sur eux. Cet avis ayant été trouvé bon, ils n'y perdirent pas un moment & se délivrèrent ainsi de cet odieux cadavre.

Le Sublime emporta le petit prince dans sa cabane. Sa femme y était malade & ses deux filles n'avaient pu la quitter pour venir à la cérémonie. « Tenez, bergère, dit-il, voici un enfant chéri des dieux & protégé d'une fée Amazone. Il faut le regarder à l'avenir comme notre fils & lui donner une éducation qui puisse le rendre heureux. » La bergère fut ravie du présent qu'il lui faisait, elle prit le prince sur son lit : « Tout au moins, dit-elle, si je ne puis lui donner les grandes leçons qu'il recevra de vous, je l'élèverai dans son enfance & le chérirai comme mon propre fils. — C'est ce que je vous demande, » dit le vieillard, & là-dessus il le lui donna. Ses deux filles accoururent pour le voir, elles restèrent charmées de son incomparable beauté & des grâces qui paraissaient dans le reste de sa petite personne. Dès ce moment-là elles commencèrent à lui apprendre leur langue, & jamais il ne s'est trouvé un esprit si joli & si vif : il comprenait les choses les plus difficiles avec une facilité qui étonnait les bergers, de sorte qu'il se trouva bientôt assez avancé pour ne plus recevoir de leçons que de lui.

Ce sage vieillard était en état de lui en donner de bonnes, car il avait été roi d'un beau & florissant royaume ; mais un usurpateur, son voisin & son ennemi, conduisit heureusement ses intrigues secrètes & gagna certains esprits remuants, qui se soulevèrent & lui fournirent les moyens de surprendre le roi & toute sa famille. En même temps il les fit enfermer dans une forteresse où il voulait les laisser périr de misère.

Un changement si étrange n'en apporta point à la vertu du roi & de la reine : ils souffrirent constamment tous les outrages que le tyran leur faisait, & la reine, qui était grosse quand ces disgrâces leur arrivèrent, accoucha d'une fille, qu'elle voulut nourrir elle-même. Elle en avait encore deux autres très aimables, qui partageaient ses peines, autant que leur âge pouvait le per-

mettre. Enfin, au bout de trois ans, le roi gagna un de ses
gardes, qui convint avec lui d'amener un petit bateau
pour lui servir à traverser le lac au milieu duquel la forteresse était bâtie. Il leur fournit des limes pour limer les
barreaux de fer de leurs chambres & des cordes pour en
descendre. Ils choisirent une nuit très obscure. Tout se
passait heureusement & sans bruit, le garde leur aidait à
se glisser le long des murs, qui étaient d'une hauteur
épouvantable. Le roi descendit le premier, ensuite ses
deux filles, après la reine, puis la petite princesse dans
une grande corbeille. Mais hélas ! on l'avait mal attachée, & ils l'entendirent tout d'un coup tomber au fond
du lac. Si la reine ne s'était pas évanouie de douleur, elle
aurait réveillé toute la garnison par ses cris & par ses
plaintes. Le roi, pénétré de cet accident, chercha autant
qu'il lui fut possible dans l'obscurité de la nuit ; il trouva
même la corbeille & il espérait que la princesse y serait,
cependant elle n'y était plus ; de sorte qu'il se mit à
ramer pour se sauver avec le reste de sa famille. Ils trouvèrent au bord du lac des chevaux tout prêts, que le garde
y avait fait conduire pour porter le roi où il voudrait aller.

Pendant sa prison, lui & la reine avaient eu tout le
temps de moraliser & de trouver que les plus grands
biens de la vie sont fort petits, quand on les estime leur
juste valeur. Cela, joint à la nouvelle disgrâce qui venait
de leur arriver en perdant leur petite fille, les fit
résoudre de ne se point retirer chez les rois leurs voisins
& leurs alliés, où ils auraient été peut-être à charge &,
prenant leur parti, ils s'établirent dans une plaine fertile,
la plus agréable de toutes celles qu'ils auraient pu choisir. En ce lieu, le roi, changeant son sceptre à[3] une hou-

---

3. *Changer à,* dans le sens de changer contre :
« Peut-être avant la nuit l'heureuse Bérénice
Change le nom de reine au nom d'impératrice », Racine, *Bérénice,*
I, 3, v. 59-60.

lette, acheta un grand troupeau & se fit berger. Ils bâti-
rent une petite maison champêtre, à l'abri d'un côté par
les montagnes & située de l'autre sur le bord d'un ruisseau assez poissonneux. En ce lieu ils se trouvaient plus
tranquilles qu'ils ne l'avaient été sur leur trône : personne n'enviait leur pauvreté, ils ne craignaient ni les
traîtres ni les flatteurs, leurs jours s'écoulaient sans chagrin & le roi disait souvent : « Ah ! si les hommes pouvaient se guérir de l'ambition, qu'ils seraient heureux !
J'ai été roi, me voilà berger ; je préfère ma cabane au
palais où j'ai régné. »

C'était sous ce grand philosophe que le jeune prince
étudiait. Il ne connaissait pas le rang de son maître & le
maître ne connaissait point la naissance de son disciple,
mais il lui voyait des inclinations si nobles, qu'il ne
pouvait le croire un enfant ordinaire. Il remarquait avec
plaisir qu'il se mettait presque toujours à la tête de ses
camarades, avec un air de supériorité qui lui attirait
leurs respects : il formait sans cesse de petites armées, il
bâtissait des forts & les attaquait, enfin il allait à la
chasse & affrontait les plus grands périls, quelques
répréhensions que le roi berger pût lui en faire. Toutes
ces choses lui persuadaient qu'il était né pour commander. Mais pendant qu'il s'élève & qu'il atteint l'âge de
quinze ans, retournons à la cour du roi son père.

Le Prince bossu, le voyant déjà fort vieux, n'avait
presque plus d'égards pour lui. Il s'impatientait d'attendre si longtemps sa succession &, pour s'en consoler, il lui demanda une armée afin de conquérir un
royaume assez proche du sien, dont les peuples incons-
tants lui tendaient les mains. Le roi le voulut bien, à
condition qu'avant son départ, il serait témoin d'un acte
qu'il voulait faire signer à tous les seigneurs de son
royaume, portant que si jamais le prince son cadet revenait & qu'on pût être bien assuré que c'était lui, surtout

qu'on retrouvât la flèche qu'il avait marquée sur son bras, il serait seul héritier de la couronne. Le bossu ne voulut pas seulement assister à cette cérémonie, il voulut souscrire l'acte, quoique son père trouvât la chose trop dure pour l'exiger de lui, mais comme il se croyait bien certain de la mort de son frère, il ne hasardait rien & prétendait faire beaucoup valoir cette preuve de sa complaisance, de sorte que le roi assembla les États, les harangua, répandit bien des larmes en parlant de la perte de son fils, attendrit tous ceux qui l'entendirent &, après avoir signé & fait signer les plus notables, il ordonna qu'on mettrait l'acte dans le trésor royal & qu'on en ferait plusieurs copies authentiques pour s'en souvenir.

Ensuite le Prince bossu prit congé de lui pour aller à la tête d'une belle armée tenter la conquête du royaume où il était appelé &, après plusieurs batailles, il tua de sa main son ennemi, prit la ville capitale, laissa partout des garnisons & des gouverneurs, & revint auprès de son père, auquel il présenta une jeune princesse appelée Carpillon, qu'il ramenait captive.

Elle était si extraordinairement belle, que tout ce que la nature avait formé jusqu'alors & tout ce que l'imagination s'était pu figurer n'en approchait point. Le roi, en voyant Carpillon, demeura charmé, & le bossu, qui la voyait depuis plus de temps, en était devenu si amoureux, qu'il n'avait pas un moment de repos. Mais autant qu'il l'aimait, autant elle le haïssait : comme il ne lui parlait qu'en maître & qu'il lui reprochait toujours qu'elle était son esclave, elle sentait son cœur si opposé à ses manières dures, qu'elle n'oubliait rien pour l'éviter.

Le roi lui avait fait donner un appartement dans son palais & des femmes pour la servir. Il était touché des malheurs d'une si belle & si jeune princesse &, lorsque

le bossu lui dit qu'il voulait l'épouser, « J'y consens,
répliqua-t-il, à condition qu'elle n'y aura point de répugnance : car il me semble que, lorsque vous êtes auprès
d'elle, son air en est plus mélancolique. — C'est qu'elle
m'aime, dit le bossu, & qu'elle n'ose le faire connaître.
La contrainte où elle est l'embarrasse ; aussitôt qu'elle
sera ma femme, vous la verrez contente. — Je veux le
croire, dit le roi, mais ne vous flattez-vous point un peu
trop ? » Le bossu se trouva fort offensé des doutes de
son père. « Vous êtes cause, madame, dit-il à la princesse, que le roi me marque une dureté dans sa conduite
qui ne lui est point ordinaire. Il vous aime peut-être,
apprenez-le moi sincèrement, & choisissez entre nous
celui qui vous plaira davantage ; pourvu que je vous
voie régner, je serai satisfait. » Il parlait ainsi sans
connaître ses sentiments, car ce n'était pas qu'il eût
aucun dessein de changer les siens. La jeune Carpillon,
qui ne savait pas encore que la plupart des amants sont
des animaux fins & dissimulés, donna dans le panneau :
« Je vous avoue, seigneur, lui dit-elle, que si j'en étais
la maîtresse, je ne choisirais ni le roi ni vous, mais si
ma mauvaise fortune m'asservit à cette dure nécessité,
j'aime mieux le roi. — Et pourquoi ? répliqua le bossu
en se faisant violence. — C'est, ajouta-t-elle, qu'il est
plus doux que vous, qu'il règne à présent & qu'il vivra
peut-être moins. — Ah ! ah ! petite scélérate, s'écria le
bossu, vous voulez mon père pour être reine douairière
dans peu de temps. Vous ne l'aurez assurément pas, il
ne pense point à vous. C'est moi qui ai cette bonté :
bonté, pour dire le vrai, bien mal employée, car vous
avez un fond d'ingratitude insupportable. Mais fussiez-
vous cent fois plus ingrate, vous serez ma femme. »

   La princesse Carpillon connut, mais un peu trop tard,
qu'il est quelquefois dangereux de dire tout ce qu'on
pense &, pour raccommoder ce qu'elle venait de gâter :

« Je voulais connaître vos sentiments, lui dit-elle. Je suis très aise que vous m'aimiez assez pour résister aux duretés que j'ai affectées. Je vous estime déjà, seigneur, travaillez à vous faire aimer. » Le prince donna tête baissée dans le panneau, quelque grossier qu'il fût, mais ordinairement l'on est fort sot quand on est fort amoureux, & l'on a un penchant à se flatter, qui se corrige difficilement. Les paroles de Carpillon le rendirent plus doux qu'un agneau, il sourit & lui serra les mains jusqu'à les meurtrir.

Dès qu'il l'eut quittée, elle courut dans l'appartement du roi &, se jetant à ses pieds : « Garantissez-moi, seigneur, lui dit-elle, du plus grand des malheurs. Le Prince bossu veut m'épouser. Je vous avoue qu'il m'est odieux, ne soyez pas aussi injuste que lui. Mon rang, ma jeunesse & les disgrâces de ma maison méritent la pitié d'un aussi grand roi que vous. — Belle princesse, lui dit-il, je ne suis pas surpris que mon fils vous aime : c'est une loi commune à tous ceux qui vous verront, mais je ne lui pardonnerai jamais de manquer au respect qu'il vous doit. — Ah ! Seigneur, reprit-elle, il me regarde comme sa prisonnière & me traite en esclave. — C'est avec mon armée, répondit le roi, qu'il a vaincu le vainqueur du roi votre père. Si vous êtes captive, vous êtes la mienne, & je vous rends votre liberté, heureux que mon âge avancé & mes cheveux blancs me garantissent de devenir votre esclave. » La princesse, reconnaissante, fit mille remerciements au roi & se retira avec ses femmes.

Cependant le bossu, ayant appris ce qui venait de se passer, le ressentit vivement, & sa fureur s'augmenta lorsque le roi lui défendit de songer à la princesse, qu'après lui avoir rendu des services si essentiels, qu'elle ne pût se défendre de lui vouloir du bien : « J'aurai donc à travailler toute ma vie & peut-être

inutilement, dit-il. Je n'aime pas à perdre mon temps.
— J'en suis fâché pour l'amour de vous, répliqua le roi,
mais cela ne sera pas d'une autre manière. — Nous verrons, dit insolemment le bossu en sortant de la chambre.
Vous prétendez m'enlever ma prisonnière, j'y perdrais
plutôt la vie. — Celle que vous nommez votre prisonnière était la mienne, ajouta le roi irrité ; elle est libre à
présent, je veux la rendre maîtresse de sa destinée, sans
la faire dépendre de votre caprice. »

Une conversation si vive aurait été loin, si le bossu
n'avait pas pris le parti de se retirer. Il conçut en même
temps le désir de se rendre maître du royaume & de la
princesse. Il s'était fait aimer des troupes, pendant qu'il
les avait commandées, & les esprits séditieux secondèrent volontiers ses mauvais desseins, de sorte que le roi
fut averti que son fils travaillait à le détrôner, &,
comme il était le plus fort, le roi n'eut point d'autre
parti à prendre que celui de la douceur. Il l'envoya quérir & lui dit : « Est-il possible que vous soyez assez
ingrat pour me vouloir arracher du trône & vous y pla-
cer ? Vous me voyez au bord du tombeau, n'avancez
pas la fin de ma vie : n'ai-je pas d'assez grands déplaisirs par la mort de ma femme & la perte de mon fils ? Il
est vrai que je me suis opposé à vos desseins pour la
princesse Carpillon ; je vous regardais en cela autant
qu'elle, car peut-on être heureux avec une personne qui
ne nous aime point ? Mais puisque vous en voulez courir le risque, je consens à tout. Laissez-moi le temps de
lui parler pour la résoudre à son mariage. »

Le bossu souhaitait plus la princesse que le royaume,
car il jouissait déjà de celui qu'il venait de conquérir, de
manière qu'il dit au roi qu'il n'était pas si avide de
régner qu'il le croyait, puisqu'il avait signé lui-même
l'acte qui le déshéritait en cas que son frère revînt, &
qu'il se contiendrait dans le respect, pourvu qu'il épou-

sât Carpillon. Le roi l'embrassa & fut trouver la pauvre princesse, qui était dans d'étranges alarmes de ce qui s'allait résoudre. Elle avait toujours auprès d'elle sa gouvernante, elle la fit entrer dans son cabinet &, pleurant amèrement : « Serait-il possible, lui dit-elle, qu'après toutes les paroles que le roi m'a données, il eût la cruauté de me sacrifier à ce bossu ? Certainement, ma chère mie, s'il faut que je l'épouse, le jour de mes noces sera le dernier de ma vie, car ce n'est point tant la difformité de sa personne qui me déplaît en lui, que les mauvaises qualités de son cœur. — Hélas ! ma princesse, répliqua la gouvernante, vous ignorez sans doute que les filles des plus grands rois sont des victimes, dont on ne consulte presque jamais l'inclination. Si elles épousent un prince aimable & bienveillant, elles peuvent en remercier le hasard. Mais entre un magot ou un autre, on ne songe qu'aux intérêts de l'État. » Carpillon allait répliquer, lorsqu'on l'avertit que le roi l'attendait dans sa chambre. Elle leva les yeux au ciel pour lui demander quelque secours.

Dès qu'elle vit le roi, il ne fut pas nécessaire qu'il lui expliquât ce qu'il venait de résoudre : elle le connut assez, car elle avait une pénétration admirable, & la beauté de son esprit surpassait encore celle de sa personne. « Ah ! Sire, s'écria-t-elle, qu'allez-vous m'annoncer ? — Belle princesse, lui dit-il, ne regardez point votre mariage avec mon fils comme un malheur. Je vous conjure d'y consentir de bonne grâce. La violence qu'il fait à vos sentiments marque assez l'ardeur des siens. S'il ne vous aimait pas, il aurait trouvé plus d'une princesse, qui aurait été ravie de partager avec lui le royaume qu'il a déjà & celui qu'il espère après ma mort. Mais il ne veut que vous. Vos dédains, vos mépris n'ont pu le rebuter, & vous devez croire qu'il n'oubliera jamais rien pour vous plaire. — Je me flattais d'avoir

trouvé un protecteur en vous, répliqua-t-elle, mon espérance est déçue. Vous m'abandonnez, mais les dieux ne
m'abandonneront pas. — Si vous saviez tout ce que j'ai
fait pour vous garantir de ce mariage, ajouta-t-il, vous
seriez convaincue de mon amitié. Hélas ! le ciel m'avait
donné un fils que j'aimais chèrement. Sa mère le nourrissait, on le déroba une nuit dans son berceau & l'on
mit un chat en sa place, qui la mordit si cruellement
qu'elle en mourut. Si cet aimable enfant ne m'avait été
ravi, il serait à présent la consolation de ma vieillesse,
mes sujets le craindraient, & je vous aurais offert mon
royaume avec lui. Le bossu, qui fait à présent le maître,
se serait trouvé heureux qu'on l'eût souffert à la cour.
J'ai perdu cet aimable fils, princesse, ce malheur
s'étend jusque sur vous. — C'est moi seule, répliqua-t-
elle, qui suis cause qu'il est arrivé, puisque sa vie m'aurait été utile. Je lui ai donné la mort, sire, regardez-moi
comme une coupable, songez à me punir plutôt qu'à me
marier. — Vous n'étiez pas en état, belle princesse, dit
le roi, de faire en ce temps-là du bien ni du mal à personne. Je ne vous accuse point aussi de mes disgrâces.
Mais si vous ne voulez pas les augmenter, préparez-
vous à bien recevoir mon fils, car il s'est rendu le plus
fort ici, & il pourrait vous faire quelque pièce
sanglante. » Elle ne répondit que par des larmes. Le roi
la quitta, & comme le bossu avait de l'impatience de
savoir ce qui s'était passé, le roi le trouva dans sa
chambre & lui dit que la princesse Carpillon consentait
à son mariage, qu'il donnât les ordres nécessaires pour
rendre cette cérémonie solennelle. Le prince fut transporté de joie, il remercia le roi, & sur-le-champ il
envoya quérir tout ce qu'il y avait de lapidaires, de marchands & de brodeurs ; il acheta les plus belles choses
du monde pour sa maîtresse & lui envoya de grandes
corbeilles d'or remplies de mille raretés. Elle les reçut

avec quelque apparence de joie. Ensuite il vint la voir &
lui dit : « N'étiez-vous pas bien malheureuse, madame
Carpillonne, de refuser l'honneur que je voulais vous
faire ? Car, sans compter que je suis assez aimable, l'on
me trouve beaucoup d'esprit, & je vous donnerai tant
d'habits, tant de diamants & tant de belles choses qu'il
n'y aura point de reine au monde qui soit comme
vous. »

La princesse répondit froidement que les malheurs de
sa maison lui permettaient moins de se parer qu'à une
autre, & qu'ainsi elle le priait de ne lui point faire de si
grands présents. « Vous auriez raison, lui dit-il, de ne
vous point parer, si je ne vous en donnais la permission,
mais vous devez songer à me plaire. Tout sera prêt pour
notre mariage dans quatre jours. Divertissez-vous, princesse, & ordonnez ici puisque vous y êtes déjà maîtresse absolue. »

Après qu'il l'eut quittée, elle s'enferma avec sa gouvernante & lui dit qu'elle pouvait choisir de lui fournir
les moyens de se sauver ou ceux de se tuer le jour de
ses noces. Après que la gouvernante lui eut représenté
l'impossibilité de s'enfuir & la faiblesse qu'il y a de se
donner la mort pour éviter les malheurs de la vie, elle
tâcha de lui persuader que sa vertu pouvait contribuer à
sa tranquillité & que, sans aimer éperdument le bossu,
elle l'estimerait assez pour être contente avec lui.

Carpillon ne se rendit à aucune de ses remontrances.
Elle lui dit que jusqu'à présent elle avait compté sur
elle, mais qu'elle savait à quoi s'en tenir, que si tout le
monde lui manquait, elle ne se manquerait pas elle-
même, & qu'aux grands maux il fallait appliquer de
grands remèdes. Après cela, elle ouvrit la fenêtre &, de
temps en temps, elle y regardait sans rien dire. Sa gouvernante, qui eut peur qu'il ne lui prît envie de se précipiter, se jeta à ses genoux &, la regardant tendrement :

« Eh bien ! madame, lui dit-elle, que voulez-vous de
moi ? Je vous obéirai, fût-ce aux dépens de ma vie. » La
princesse l'embrassa & lui dit qu'elle la priait de lui
acheter un habit de bergère & une vache, qu'elle se sau-
verait où elle pourrait, qu'il ne fallait point qu'elle
s'amusât à la détourner de son dessein, parce que c'était
perdre du temps & qu'elle n'en avait guère, qu'il faudrait
encore, pour qu'elle pût s'éloigner, coiffer une poupée, la
coucher dans son lit & dire qu'elle se trouvait mal.

« Vous voyez bien, madame, lui dit la pauvre gouvernante, à quoi je vais m'exposer. Le Prince bossu n'aura
pas lieu de douter que j'ai secondé votre dessein. Il me
fera mille maux pour apprendre où vous êtes, & puis il
me fera brûler ou écorcher toute vive. Dites, après cela,
que je ne vous aime point. »

La princesse demeura fort embarrassée : « Je veux,
répliqua-t-elle, que vous vous sauviez deux jours après
moi. Il sera aisé de tromper tout le monde jusque là. »
Enfin elles complotèrent si bien, que la même nuit Carpillon eut un habit & une vache.

Toutes les déesses descendues du plus haut de
l'Olympe, celles qui furent trouver le berger Paris &
cent douzaines d'autres, auraient paru moins belles sous
ce rustique vêtement. Elle partit seule au clair de la
lune, menant quelquefois sa vache avec une corde &
quelquefois aussi s'en faisant porter. Elle allait à l'aventure mourant de peur : si le plus petit vent agitait les
buissons, si un oiseau sortait de son nid ou un lièvre de
son gîte, elle croyait que les voleurs ou les loups
allaient terminer sa vie.

Elle marcha toute la nuit & voulait marcher tout le
jour, mais sa vache s'arrêta pour paître dans une prairie,
& la princesse, fatiguée de ses gros sabots & de la
pesanteur de son habit de bure grise, se coucha sur
l'herbe, le long d'un ruisseau, où elle ôta ses cornettes

de toile jaune pour rattacher ses cheveux blonds, qui s'échappant de tous côtés, tombaient par boucles jusqu'à ses pieds. Elle regardait si personne ne pouvait la voir, afin de les cacher bien vite, mais, quelque précaution qu'elle prît, elle fut surprise tout d'un coup par une dame armée de toutes pièces, excepté sa tête dont elle avait ôté un casque d'or couvert de diamants : « Bergère, lui dit-elle, je suis lasse ; voulez-vous me tirer du lait de votre vache pour me désaltérer ? — Très volontiers, madame, répondit Carpillon, si j'avais un vaisseau où le mettre. — Voici une tasse, » dit la guerrière. Elle lui présenta une fort belle porcelaine. Mais la pauvre princesse ne savait comment s'y prendre pour traire sa vache. « Eh quoi ! disait cette dame, votre vache n'a-t-elle point de lait, ou ne savez-vous pas comme il faut faire ? » La princesse se prit à pleurer, étant toute honteuse de paraître maladroite devant une personne extraordinaire. « Je vous avoue, madame, lui dit-elle, qu'il y a peu que je suis bergère. Tout mon soin, c'est de mener paître ma vache, ma mère fait le reste. — Vous avez donc votre mère ? continua la dame. Et que fait-elle ? — Elle est fermière, dit Carpillon. — Proche d'ici ? ajouta la dame. — Oui, répliqua encore la princesse. — Vraiment je me sens de l'affection pour elle & lui sais bon gré d'avoir donné le jour à une si belle fille. Je veux la voir, menez-y moi. » Carpillon ne savait que répondre, elle n'était pas accoutumée à mentir & elle ignorait qu'elle parlait à une fée, car les fées en ce temps-là n'étaient pas si communes qu'elles sont devenues depuis. Elle baissait les yeux, son teint s'était couvert d'une couleur vive. Enfin elle dit : « Quand une fois je sors aux champs, je n'ose rentrer que le soir. Je vous supplie, madame, de ne me pas obliger à fâcher ma mère, qui me maltraiterait peut-être, si je faisais autrement qu'elle ne veut. »

« Ah ! Princesse, princesse, dit la fée en souriant,
vous ne pouvez soutenir un mensonge ni jouer le personnage que vous avez entrepris, si je ne vous aide.
Tenez, voilà un bouquet de giroflées ; soyez certaine
que tant que vous le tiendrez, le bossu que vous fuyez
ne vous reconnaîtra point. Souvenez-vous, quand vous
serez dans la Grande forêt, de vous informer des bergers qui mènent là leurs troupeaux, où demeure le
Sublime. Allez-y, dites-lui que vous venez de la part de
la fée Amazone, qui le prie de vous mettre avec sa
femme & ses filles. Adieu, belle Carpillonne, je suis de
vos amies depuis longtemps. — Hélas ! madame,
s'écria la princesse, m'abandonnez-vous, puisque vous
me connaissez, que vous m'aimez & que j'ai tant de
besoin d'être secourue ? — Le bouquet de giroflées ne
vous manquera pas, répliqua-t-elle. Mes moments sont
précieux, il faut vous laisser remplir votre destinée. »

En finissant ces mots, elle disparut aux yeux de Carpillon, qui eut tant de peur, qu'elle en pensa mourir.
Après s'être un peu rassurée, elle continua son chemin,
ne sachant point du tout où était la Grande forêt, mais
elle disait en elle-même : « Cette habile fée, qui paraît
& disparaît, qui me connaît sous l'habit d'une paysanne
sans m'avoir jamais vue, me conduira où elle veut que
j'aille. » Elle tenait toujours son bouquet, soit qu'elle
marchât ou qu'elle s'arrêtât. Cependant elle n'avançait
guère, sa délicatesse secondait mal son courage. Dès
qu'elle trouvait des pierres, elle tombait, ses pieds se
mettaient en sang : il fallait qu'elle couchât sur la terre
à l'abri de quelques arbres. Elle craignait tout, & pensait souvent avec beaucoup d'inquiétude à sa gouvernante.

Ce n'était pas sans raison qu'elle songeait à cette
pauvre femme. Son zèle & sa fidélité ont peu
d'exemples. Elle avait coiffé une grande poupée des

cornettes de la princesse, elle lui avait mis des fontanges & de beau linge. Elle allait fort doucement dans sa chambre, crainte, disait-elle, de l'incommoder &, dès qu'on faisait quelque bruit, elle grondait tout le monde. On courut dire au roi que la princesse se trouvait mal. Cela ne le surprit point : il en attribua la cause à son déplaisir & à la violence qu'elle se faisait. Mais quand le Prince bossu apprit ces méchantes nouvelles, il ressentit un chagrin inconcevable. Il voulait la voir ; la gouvernante eut bien de la peine à l'en empêcher. « Mais tout au moins, dit-il, que mon médecin la voie. — Ah ! seigneur, s'écria-t-elle, il n'en faudrait pas davantage pour la faire mourir. Elle hait les médecins & les remèdes. Mais ne vous alarmez point : il lui faut seulement quelques jours de repos : c'est une migraine qui se passera en dormant. » Elle obtint qu'il n'importunerait point sa maîtresse & laissait toujours la poupée dans son lit. Mais un soir où elle se préparait à prendre la fuite, parce qu'elle ne doutait pas que le prince impatient ne vînt faire de nouvelles tentatives pour entrer, elle l'entendit à la porte comme un furieux, qui la faisait enfoncer sans attendre qu'elle vînt l'ouvrir.

Ce qui le portait à cette violence, c'est que des femmes de la princesse s'étaient aperçues de la tromperie &, craignant d'être maltraitées, elles allèrent promptement avertir le bossu. L'on ne peut exprimer l'excès de sa colère. Il courut chez le roi, dans la pensée qu'il y avait part, mais, par la surprise qu'il vit sur son visage, il connut bien qu'il l'ignorait. Dès que la pauvre gouvernante parut, il se jeta sur elle &, la prenant par ses cheveux : « Rends-moi Carpillonne, lui dit-il, ou je vais t'arracher le cœur. » Elle ne répondit que par ses larmes &, se prosternant à ses genoux, elle le conjura inutilement de l'entendre. Il la traîna lui-même dans le fond d'un cachot, où il l'aurait poignardée mille fois, si le roi,

qui était aussi bon que son fils était méchant, ne l'eût
obligé de la laisser vivre dans cette affreuse prison.

Ce prince amoureux & violent ordonna que l'on
poursuivît la princesse par terre & par mer. Il partit de
son côté & courut de tous côtés comme un insensé. Un
jour que Carpillon s'était mise à couvert sous une
grande roche avec sa vache, parce qu'il faisait un temps
effroyable, que le tonnerre, les éclairs & la grêle la faisaient trembler, le Prince bossu, qui était pénétré d'eau,
avec tous ceux qui l'accompagnaient, vint se réfugier
sous cette même roche. Quand elle le vit si près d'elle,
hélas ! il l'effraya bien plus que le tonnerre. Elle prit
son bouquet de giroflées avec les deux mains, tant elle
craignait qu'une ne suffît pas, [&,] se souvenant de la
fée : « Ne m'abandonnez point, dit-elle, charmante
Amazone. » Le bossu jeta les yeux sur elle : « Que
peux-tu appréhender, vieille décrépite ? lui dit-il,
quand le tonnerre te tuerait, quel tort te ferait-il ? N'es-
tu pas sur le bord de ta fosse ? » La jeune princesse ne
fut pas moins ravie qu'étonnée de s'entendre appeler
vieille : « Sans doute, dit-elle, que mon petit bouquet
opère cette merveille. » Et pour ne point entrer en
conversation, elle feignit d'être sourde. Le bossu,
voyant qu'elle ne le pouvait entendre, disait à son
confident qui ne l'abandonnait jamais : « Si j'avais le
cœur un peu plus gai, je ferais monter cette vieille au
sommet de la roche & je l'en précipiterais pour avoir le
plaisir de lui voir rompre le cou, car je ne trouve rien de
plus agréable. — Mais seigneur, répondit ce scélérat,
pour peu que cela vous réjouisse, je vais l'y mener de
gré ou de force, vous verrez bondir son corps comme
un ballon sur toutes les pointes du rocher & le sang
couler jusqu'à vous. — Non, dit le prince, je n'en ai pas
le temps. Il faut que je continue de chercher l'ingrate
qui fait tout le malheur de ma vie. »

En achevant ces mots, il piqua son cheval & s'éloigna
à toute bride. Il est aisé de juger de la joie qu'eut la
princesse, car assurément la conversation qu'il venait
d'avoir avec son confident était assez propre à l'alarmer. Elle n'oublia pas de remercier la fée Amazone,
dont elle venait d'éprouver le pouvoir &, continuant
son voyage, elle arriva dans la plaine où les pasteurs de
cette contrée avaient fait leurs petites maisons. Elles
étaient très jolies : chacun avait chez lui son jardin & sa
fontaine ; la vallée de Tempé[4] & les bords de Lignon
n'ont rien eu de plus galant. Les bergères avaient pour
la plupart de la beauté, & les bergers n'oubliaient rien
pour leur plaire. Tous les arbres étaient gravés de mille
chiffres différents & de vers amoureux. Quand elle
parut, ils quittèrent leurs troupeaux & la suivirent respectueusement, car ils se trouvèrent prévenus par sa
beauté & par un air de majesté extraordinaire. Mais ils
étaient surpris de la pauvreté de ses habits : encore
qu'ils menassent une vie simple & rustique, ils ne laissaient pas de se piquer d'être fort propres.

La princesse les pria de lui enseigner la maison du
Berger sublime ; ils l'y conduisirent avec empressement.
Elle le trouva assis dans un vallon, avec sa femme & ses
filles ; une petite rivière coulait à leurs pieds & faisait un
doux murmure ; il tenait des joncs marins, dont il travaillait proprement une corbeille pour mettre des fruits ;
son épouse filait & ses deux filles pêchaient à la ligne.

Lorsque Carpillon les aborda, elle sentit des mouvements de respect & de tendresse, dont elle demeura sur-

---

4. Tempé, vallée de Thessalie, au sud du mont Olympe. Hantée par
la figure d'Apollon à qui un culte y était offert, elle en vint à désigner
toute vallée délicieuse. C'est, par exemple, le lieu où sont censées se
dérouler les fêtes des *Amants magnifiques* de Molière (1670).
Le Lignon, rivière du Forez, lieux de *L'Astrée*, devenus modèle de
paysage à la fois pastoral et galant.

prise &, quand ils la virent, ils furent si émus qu'ils
changèrent plusieurs fois de couleur. « Je suis, leur dit-
elle en les saluant humblement, une pauvre bergère qui
vient vous offrir mes services de la part de la fée Amazone que vous connaissez. J'espère qu'à sa considération vous voudrez bien me recevoir chez vous. — Ma
fille, lui dit le roi en se levant & la saluant à son tour,
cette grande fée a raison de croire que nous l'honorons
parfaitement. Vous êtes la très bien venue &, quand
vous n'auriez point d'autre recommandation que celle
que vous portez avec vous, certainement notre maison
vous serait ouverte. — Approchez-vous, la belle fille,
dit la reine, en lui tendant la main, venez que je vous
embrasse. Je me sens toute pleine de bonne volonté
pour vous, je souhaite que vous me regardiez comme
votre mère & mes filles comme vos sœurs. — Hélas !
ma bonne mère, dit la princesse, je ne mérite pas cet
honneur. Il me suffit d'être votre bergère & de garder
vos troupeaux. — Ma fille, reprit le roi, nous sommes
tous égaux ici. Vous venez de trop bonne part pour faire
quelque différence entre vous & nos enfants. Venez
vous asseoir auprès de nous & laissez paître votre vache
avec nos moutons. »Elle fit quelque difficulté, s'obsti-
nant toujours à dire qu'elle n'était venue que pour faire
le ménage. Elle aurait été assez embarrassée, si on l'eût
prise au mot, mais en vérité il suffisait de la voir pour
juger qu'elle était plus faite pour commander que pour
obéir, & l'on pouvait croire encore qu'une fée de l'importance de l'Amazone n'aurait pas protégé une personne ordinaire.

Le roi & la reine la regardaient avec un étonnement
mêlé d'admiration difficile à comprendre. Ils lui
demandèrent si elle venait de bien loin, elle dit que oui ;
si elle avait père & mère, elle dit que non, & à toutes
leurs questions elle ne répondait guère que par mono-

syllabes, autant que le respect lui pouvait permettre.
« Et comment vous appelez-vous, ma fille ? dit la reine.
— On me nomme Carpillon, dit-elle. — Le nom est
singulier, reprit le roi, & à moins que quelque aventure
n'y ait donné lieu, il est rare de s'appeler ainsi. » Elle
ne répliqua rien & prit un des fuseaux de la reine pour
en dévider le fil. Quand elle montra ses mains, ils crurent qu'elle tirait du fond de ses manches deux boules
de neige façonnées, tant elles étaient éblouissantes. Le
roi & la reine se donnèrent un coup d'œil d'intelligence
& lui dirent : « Votre habit est bien chaud, Carpillon,
pour le temps où nous sommes, & vos sabots sont bien
durs pour une jeune enfant comme vous : il faut vous
habiller à notre mode. — Ma mère, répondit-elle, on est
comme je suis en mon pays. Dès qu'il vous plaira me
l'ordonner, je me mettrai autrement. » Ils admirèrent
son obéissance & surtout l'air de modestie qui paraissait dans ses beaux yeux & sur son visage.

L'heure du souper étant venue, ils se levèrent & rentrè-
rent tous ensemble dans la maison. Les deux princesses
avaient pêché de bons petits poissons. Il y avait des œufs
frais, du lait & des fruits. « Je suis surpris, dit le roi, que
mon fils ne soit pas de retour. La passion de la chasse le
mène plus loin que je ne veux, & je crains toujours qu'il
ne lui arrive quelque accident. — Je le crains comme
vous, dit la reine, mais si vous l'agréez, nous l'attendrons
pour qu'il soupe avec nous. — Non, dit le roi, il s'en faut
bien garder ; au contraire, je vous prie, lorsqu'il revien-
dra, qu'on ne lui parle point & que chacun lui marque
beaucoup de froideur. — Vous connaissez son bon naturel, ajouta la reine, cela est capable de lui faire tant de
peine qu'il en sera malade. — Je n'y puis que faire,
ajouta le roi ; il faut bien le corriger. »

On se mit à table &, quelque temps avant d'en sortir,
le jeune prince entra. Il avait un chevreuil sur son cou,

ses cheveux étaient tout trempés de sueur & son visage couvert de poussière, il s'appuyait sur une petite lance qu'il portait ordinairement, son arc était attaché d'un côté & son carquois plein de flèches de l'autre. En cet état, il avait quelque chose de si noble & de si fier sur son visage & dans sa démarche, qu'on ne pouvait le voir sans attention & sans respect. « Ma mère, dit-il en s'adressant à la reine, l'envie de vous apporter ce chevreuil m'a bien fait courir aujourd'hui des monts & des plaines. — Mon fils, lui dit gravement le roi, vous cherchez plutôt à nous donner de l'inquiétude qu'à nous plaire. Vous savez tout ce que je vous ai déjà dit sur votre passion pour la chasse, mais vous n'êtes pas d'humeur à vous corriger. » Le prince rougit, & ce qui le chagrina davantage, c'était de remarquer une personne qui n'était pas de la maison. Il répliqua qu'une autre fois il reviendrait de meilleure heure, ou qu'il n'irait point du tout à la chasse, pour peu qu'il le voulût. « Cela suffit, dit la reine, qui l'aimait avec une extrême tendresse. Mon fils, je vous remercie du présent que vous me faites. Venez vous asseoir près de moi & soupez, car je suis sûre que vous ne manquez pas d'appétit. » Il était un peu déconcerté de l'air sérieux dont le roi lui avait parlé & il osait à peine lever les yeux, car s'il était intrépide dans les dangers, il était docile & il avait beaucoup de timidité avec ceux auxquels il devait du respect.

Cependant il se remit de son trouble. Il se plaça contre la reine & jeta les yeux sur Carpillon, qui n'avait pas attendu si longtemps à le regarder. Dès que leurs yeux se rencontrèrent, leurs cœurs furent tellement émus qu'ils ne savaient à quoi attribuer ce désordre. La princesse rougit & baissa les siens, le prince continua de la regarder, elle leva encore doucement les yeux sur lui & les y tint plus longtemps. Ils étaient l'un & l'autre

dans une mutuelle surprise & pensaient que rien dans le
reste du monde ne pouvait égaler ce qu'ils voyaient :
« Est-il possible, disait la princesse, que de tant de personnes que j'ai vues à la cour, aucune n'approche de ce
jeune berger ? — D'où vient, pensait-il à son tour, que
cette merveilleuse fille est simple bergère ? Ah ! que ne
suis-je roi pour la mettre sur le trône & pour la rendre
maîtresse de mes États comme elle le serait de mon
cœur ! »

En rêvant ainsi, il ne mangeait point. La reine, qui
croyait que c'était de peine d'avoir été mal reçu, se tuait
de le caresser. Elle lui apporta elle-même des fruits
exquis dont elle faisait cas. Il pria Carpillon d'en goûter, elle le remercia, & lui, sans penser à la main qui les
lui donnait, dit d'un air triste : « Je n'en ai donc que
faire, » & il les laissa froidement sur la table. La reine
n'y prit pas garde, mais la princesse aînée, qui ne le
haïssait point & qui l'aurait fort aimé sans la différence
qu'elle croyait entre sa condition & la sienne, le remarqua avec quelque sorte de dépit.

Après le souper, le roi & la reine se retirèrent. Les
princesses, à leur ordinaire, firent ce qu'il y avait à faire
dans le petit ménage : l'une fut traire les vaches, l'autre
fut prendre du fromage. Carpillon s'empressait aussi de
travailler à l'exemple des autres, mais elle n'y était pas
si accoutumée. Elle ne faisait rien qui vaille, de sorte
que les deux princesses l'appelaient en riant la belle
maladroite. Mais le prince, déjà amoureux, lui[5] aidait. Il
fut à la fontaine avec elle, il lui porta ses cruches, il
puisa son eau & revint fort chargé, parce qu'il ne voulut
jamais qu'elle portât rien. « Mais que prétendez-vous,
berger ? lui disait-elle. Faut-il que je fasse ici la demoi-

5. *Aider* se construisait indirectement au XVIIe siècle.

selle ? Moi qui ai travaillé toute ma vie, suis-je venue
dans cette plaine pour me reposer ? — Vous ferez tout
ce qu'il vous plaira, aimable bergère, lui dit-il. Cependant ne me déniez point le plaisir d'accepter mon faible
secours dans ces sortes d'occasions. » Ils revinrent
ensemble plus promptement qu'il n'aurait fallu, car
encore qu'il n'osât presque lui parler, il était ravi de se
trouver avec elle.

Ils passèrent l'un & l'autre une nuit inquiète, dont
leur peu d'expérience les empêcha de deviner la cause.
Mais le prince attendait impatiemment l'heure de revoir
la bergère & elle craignait déjà celle de revoir le berger.
Le nouveau trouble où sa vue l'avait jetée, fit quelque
diversion avec les autres déplaisirs dont elle était accablée. Elle pensait si souvent à lui qu'elle en pensait
moins au Prince bossu. « Pourquoi, disait-elle, bizarre
Fortune, donnes-tu tant de grâces, de bonne mine &
d'agrément à un jeune berger qui n'est destiné qu'à garder son troupeau, & tant de malice, de laideur & de difformité à un grand prince destiné à gouverner un
royaume ? »

Carpillon n'avait pas eu la curiosité de se voir depuis
sa métamorphose de princesse en bergère. Mais alors
un certain désir de plaire l'obligea de chercher un
miroir. Elle trouva celui des princesses &, quand elle vit
sa coiffure & son habit, elle demeura toute confuse.
« Quelle figure ! s'écria-t-elle, à quoi ressemblé-je ? Il
n'est pas possible que je reste plus longtemps ensevelie
dans cette grosse étoffe. » Elle prit de l'eau, dont elle
lava son visage & ses mains. Elles devinrent plus
blanches que les lis. Ensuite elle alla trouver la reine &
se mettant à genoux auprès d'elle, elle lui présenta une
bague d'un diamant admirable (car elle avait apporté
des pierreries). « Ma bonne mère, lui dit-elle, il y a déjà
du temps que j'ai trouvé cette bague. Je n'en sais point

le prix, mais je crois qu'elle peut valoir quelque argent.
Je vous supplie de la recevoir pour preuve de ma reconnaissance de la charité que vous avez pour moi. Je vous
prie aussi de m'acheter un habit & du linge, afin que je
sois comme les bergères de cette contrée. »

La reine demeura surprise de voir une si belle bague à
cette jeune fille. « Je veux vous la garder, lui dit-elle, &
non pas l'accepter. Du reste, vous aurez dès ce matin
tout ce qu'il faut. » En effet elle envoya à une petite
ville, qui n'était pas éloignée, & elle en fit apporter le
plus joli habit de paysanne que l'on ait jamais vu. La
coiffure, les souliers, tout était complet : ainsi habillée,
elle parut plus charmante que l'Aurore. Le prince, de
son côté, ne s'était point négligé. Il avait mis à son chapeau un cordon de fleurs, l'écharpe, où sa pannetière
était attachée, & sa houlette en étaient ornées. Il apporta
un bouquet à Carpillon & le lui présenta avec la timidité d'un amant. Elle le reçut d'un air embarrassé, quoiqu'elle eût infiniment de l'esprit. Dès qu'elle était avec
lui, elle ne parlait presque plus & rêvait toujours. Il
n'en faisait pas moins de son côté : lorsqu'il allait à la
chasse, au lieu de poursuivre les biches & les daims
qu'il rencontrait, s'il trouvait un endroit propre à s'entretenir de la charmante Carpillon, il s'arrêtait tout d'un
coup & demeurait dans ce lieu solitaire, faisant
quelques vers, chantant quelques couplets pour sa bergère, parlant aux rochers, aux bois, aux oiseaux. Il avait
perdu cette belle humeur qui le faisait chercher avec
empressement de tous les bergers.

Cependant, comme il est difficile d'aimer beaucoup
& de ne pas craindre ce que nous aimons, il appréhendait à tel point d'irriter sa bergère en lui déclarant ce
qu'il ressentait pour elle, qu'il n'osait parler &, quoiqu'elle remarquât assez qu'il la préférait à toutes les
autres & que cette préférence dût l'assurer de ses senti-

ments, elle ne laissait pas d'avoir quelquefois de la
peine de son silence. Quelquefois aussi, elle en avait de
la joie : « S'il est vrai, disait-elle, qu'il m'aime, comment pourrais-je recevoir une telle déclaration ? En me
fâchant je le ferais peut-être mourir ; en ne me fâchant
pas j'aurais lieu de mourir moi-même de honte & de
douleur. Quoi ! étant née princesse, j'écouterais un berger ? Ah ! faiblesse trop indigne, je n'y consentirai
jamais ! Mon cœur ne doit pas se changer par le changement de mon habit & je n'ai déjà que trop de choses
à me reprocher, depuis que je suis ici. »

Comme le prince avait mille agréments naturels
dans la voix & que peut-être, quand il aurait chanté
moins bien, la princesse, prévenue en sa faveur, n'aurait pas laissé d'aimer à l'entendre, elle l'engageait
souvent à lui dire des chansonnettes ; & tout ce qu'il
disait avait un caractère si tendre, ses accents étaient si
touchants qu'elle ne pouvait gagner sur elle de ne le
pas écouter. Il avait fait des paroles qu'il lui redisait
sans cesse & dont elle connut bien qu'elle était le
sujet. Les voici :

Ah ! s'il était possible
Que quelque autre divinité
Vous pût égaler en beauté
Et m'offrir l'univers pour me rendre sensible,
Je me croirais trop heureux
De mépriser ces dons pour vous offrir mes vœux.

Encore qu'elle feignît de n'avoir pas pour celle-là
plus d'attention que pour les autres, elle ne laissait pas
de lui accorder une préférence qui fit plaisir au prince.
Cela lui inspira un peu plus de hardiesse : il se rendit
exprès au bord de la rivière, dans un lieu ombragé par
les saules & les alisiers. Il savait que Carpillon y
conduisait tous les jours ses agneaux. Il prit un poinçon
& il écrivit sur l'écorce d'un arbrisseau :

En vain dans cet asile
Je vois avec la paix régner tous les plaisirs ;
Où puis-je être un moment tranquille ?
L'Amour même en ces lieux m'arrache des soupirs.

La princesse le surprit comme il achevait de graver ces paroles. Il affecta de paraître embarrassé &, après quelques moments de silence : « Vous voyez, lui dit-il, un malheureux berger qui se plaint aux choses les plus insensibles des maux dont il ne devrait se plaindre qu'à vous. » Elle ne lui répondit rien &, baissant les yeux, elle lui donna tout le temps dont il avait besoin pour lui déclarer ses sentiments.

Pendant qu'il parlait, elle roulait dans son esprit de quelle manière elle devait prendre ce qu'elle entendait d'une bouche qui ne lui était plus indifférente, & sa prévention l'engageait volontiers à l'excuser : « Il ignore ma naissance, disait-elle, sa témérité est pardonnable. Il m'aime & croit que je ne puis point au-dessus de lui. Mais quand il saurait mon rang, les dieux, qui sont élevés, ne veulent-ils pas le cœur des hommes ? Se fâchent-ils parce qu'on les aime ? » « Berger, lui dit-elle lorsqu'il eut cessé de parler, je vous plains. C'est tout ce que je peux pour vous, car je ne veux point aimer : j'ai déjà assez d'autres malheurs. Hélas ! quel serait mon sort, si pour comble de disgrâce mes tristes jours venaient à être troublés par un engagement ? — Ah ! bergère, dites plutôt, s'écria-t-il, que si vous avez quelques peines, rien ne serait plus propre à les adoucir : je les partagerais toutes, mon unique soin serait de vous plaire, vous pourriez vous reposer sur moi du soin de votre troupeau. — Plût au ciel, dit-elle, n'avoir que ce sujet d'inquiétude ! — En pouvez-vous avoir d'autres ? lui dit-il d'une manière empressée, étant si belle, si jeune, sans ambition, ne connaissant point les vaines grandeurs de la cour ? Mais sans doute vous aimez ici, un rival vous rend inexorable pour moi. » En prononçant ces mots, il changea de couleur, il devint triste, cette pensée le tourmentait cruellement ; « Je veux bien, répliqua-t-elle, convenir que vous avez un rival haï & abhorré. Vous ne m'auriez jamais vue sans la nécessité où ses pressantes poursuites m'ont mise de le fuir. — Peut-être, bergère, lui dit-il, me fuirez-vous de même, car si vous ne le haïssez que parce qu'il vous aime, je suis à votre égard le plus haïssable de tous les hommes. — Soit que je ne le croie pas, répondit-elle, ou que je vous regarde plus favorablement, je sens bien que je ferais moins de chemin pour m'éloigner de vous que pour m'éloigner de lui. » Le berger se sentit transporté de joie par des paroles si obligeantes &, depuis ce jour, quels soins ne prit-il pas pour plaire à la princesse !

Il s'occupait tous les matins à chercher les plus belles fleurs pour lui faire des guirlandes, il garnissait sa houlette de rubans de mille couleurs différentes, il ne la laissait point exposée au soleil : dès qu'elle venait avec son troupeau le long du rivage ou dans les bois, il pliait des branches, il les attachait proprement ensemble & lui faisait des cabinets couverts, où le gazon aussitôt formait des sièges naturels. Tous les arbres portaient ses chiffres, il y gravait des vers, qui ne parlaient que de la beauté de Carpillon, il ne chantait qu'elle, & la jeune princesse voyait tous ces témoignages de la passion du berger, quelquefois avec plaisir, quelquefois avec inquiétude. Elle l'aimait sans le bien savoir, elle n'osait même s'examiner là-dessus dans la crainte de se trouver des sentiments trop tendres ; mais quand on a cette crainte, n'est-on pas déjà certaine de ce qu'on craint ?

L'attachement du jeune berger pour la jeune bergère ne pouvait être secret. Chacun s'en aperçut, on y applaudit : qui l'aurait pu blâmer dans un lieu où tout aimait ? L'on disait qu'à les voir, ils semblaient nés l'un pour l'autre, qu'ils étaient tous deux parfaits, que c'était un chef-d'œuvre des dieux que la Fortune avait confié à leur petite contrée & qu'il fallait faire toutes choses pour les y retenir. Carpillon sentait une joie secrète d'entendre les applaudissements de tout le monde en faveur d'un berger qu'elle trouvait si aimable &, lorsqu'elle venait à penser à la différence de leurs conditions, elle se chagrinait & se proposait de ne se point faire connaître, afin de laisser plus de liberté à son cœur.

Le roi & la reine, qui l'aimaient extrêmement, n'étaient point fâchés de cette passion naissante. Ils regardaient le prince comme s'il avait été leur fils, & toutes les perfections de la bergère ne les charmaient guère moins que lui. « N'est-ce pas l'Amazone qui nous l'a envoyée ? disaient-ils, & n'est-ce pas elle qui vint combattre le Centaure en faveur de l'enfant ? Sans doute cette sage fée les a destinés l'un pour l'autre. Il faut attendre ses ordres là-dessus pour les suivre. »

Les choses étaient en cet état, le prince se plaignait toujours de l'indifférence de Carpillon, parce qu'elle lui cachait ses sentiments avec soin, lorsqu'étant allé à la chasse, il ne put éviter un ours furieux, qui sortant tout d'un coup du fond d'une roche, se jeta sur lui & l'aurait dévoré, si son adresse n'avait pas secondé sa valeur. Après avoir lutté longtemps au sommet d'une montagne, ils roulèrent sans se quitter jusqu'au bas. Carpillon s'était arrêtée en ce lieu avec plusieurs de ses compagnes. Elles ne pouvaient voir ce qui se passait au haut, & que devinrent ces jeunes personnes quand elles aperçurent un homme qui semblait se précipiter avec un ours ! La princesse reconnut aussitôt son berger. Elle fit des cris pleins d'effroi & de douleur, toutes les bergères s'enfuirent, elle resta seule spectatrice de ce combat, elle osa même pousser hardiment le fer de sa houlette dans la gueule de ce terrible animal &, l'Amour redoublant ses forces, lui en donna assez pour être de quelque secours à son amant. Lorsqu'il la vit, la crainte de lui faire partager le péril qu'il courait, augmenta son courage à tel point qu'il ne songea plus à ménager sa vie, pourvu qu'il garantît celle de sa bergère. Et en effet, il le tua presque à ses pieds, mais il tomba lui-même demi-mort de deux blessures qu'il avait reçues. Ah ! que devint-elle quand elle aperçut son sang couler & teindre ses habits ! Elle ne pouvait parler, son visage fut en un moment couvert de larmes. Elle avait appuyé sa tête sur ses genoux, & rompant tout d'un coup le silence : « Berger, lui dit-elle, si vous mourez, je vais mourir avec vous. En vain je vous ai caché mes secrets sentiments. Connaissez-les & sachez que ma vie est attachée à la vôtre. — Quel plus grand bien puis-je souhaiter, belle bergère ? s'écria-t-il. Quoi qu'il m'arrive, mon sort sera toujours heureux. »

Les bergères, qui avaient pris la fuite, revinrent avec plusieurs bergers, à qui elles avaient dit ce qu'elles venaient de voir. Ils secoururent le prince & la princesse, car elle n'était guère moins malade que lui. Pendant qu'ils coupaient des branches d'arbres pour faire une espèce de brancard, la fée Amazone parut tout d'un coup au milieu d'eux : « Ne vous inquiétez point, leur dit-elle, laissez-moi toucher le jeune berger. » Elle le prit par la main &, mettant son casque d'or sur sa tête : « Je te défends d'être malade, cher berger, lui dit-elle. » Aussitôt il se leva, & le casque, dont la visière était levée, laissait voir sur son visage un air tout martial & des yeux vifs & brillants, qui répondaient bien aux espérances que la fée en avait conçues. Il était étonné de la manière dont elle venait de le guérir & de la majesté qui paraissait dans toute sa personne. Transporté d'admiration, de joie & de reconnaissance, il se jeta à ses pieds : « Grande reine, lui dit-il, j'étais dangereusement blessé, un seul de vos regards, un mot de votre bouche m'a guéri. Mais hélas ! j'ai une blessure au fond du cœur, dont je ne veux point guérir. Daignez la soulager & rendre ma fortune meilleure, pour que je puisse la partager avec cette jeune bergère. » La princesse rougit l'entendant parler ainsi, car elle savait que la fée Amazone la connaissait & elle craignait qu'elle ne la blâmât de laisser quelque espérance à un amant si fort au-dessous d'elle. Elle n'osait la regarder, ses soupirs échappés faisaient pitié à la fée : « Carpillon, lui dit-elle, ce berger n'est point indigne de votre estime, & vous, berger, qui désirez du changement dans votre état, assurez-vous qu'il en arrivera un très grand dans peu. » Elle disparut à son ordinaire, dès qu'elle eut achevé ces mots.

Les bergers & les bergères, qui étaient accourus pour les secourir, les conduisirent comme en triomphe jusqu'au hameau. Ils avaient mis l'amante & l'amant au milieu d'eux &, les ayant couronnés de fleurs pour marque de la victoire qu'ils venaient de remporter sur le terrible ours qu'ils portaient après eux, ils chantaient ces paroles sur la tendresse que Carpillon avait témoignée au prince :

> Dans ces forêts tout nous enchante ;
> Que nous allons avoir d'heureux jours !
> Un berger par sa beauté charmante
> Arrête dans ces lieux la fille des Amours.

Ils arrivèrent ainsi chez le Sublime, auquel ils contèrent tout ce qui venait d'arriver, avec quel courage le berger s'était défendu contre l'ours & avec quelle générosité la bergère l'avait aidé dans ce combat, enfin, ce que la fée Amazone avait fait pour lui. Le roi, ravi à ce récit, courut le faire à la reine : « Sans doute, lui dit-il,

ce garçon & cette fille n'ont rien de vulgaire. Leurs émi-
nentes perfections, leur beauté & les soins que la fée
Amazone prend en leur faveur nous désignent quelque
chose d'extraordinaire. » La reine, se souvenant tout
d'un coup de la bague de diamant que Carpillon lui avait
donnée : « J'ai toujours oublié, dit-elle, de vous montrer
une bague que cette jeune bergère remit entre mes mains
avec un air de grandeur peu commun, me priant de
l'agréer & de lui fournir pour cela des habits comme on
les porte dans cette contrée. — La pierre est-elle belle ?
reprit le roi. — Je ne l'ai regardée qu'un moment, ajouta
la reine, mais la voici. » Elle lui présenta la bague &,
sitôt qu'il y eut jeté les yeux : « O dieux ! Que vois-je ?
s'écria-t-il. Quoi ? n'avez-vous point reconnu un bien
que j'ai reçu de votre main ? » En même temps il poussa
un petit ressort dont il savait le secret, le diamant se leva
& la reine vit son portrait qu'elle avait fait peindre pour
le roi & qu'elle avait attaché au cou de sa petite fille
pour la faire jouer avec lorsqu'elle la nourrissait dans la
tour. « Ah ! Sire, dit-elle, quelle étrange aventure est
celle-ci ! Elle renouvelle toutes mes douleurs. Cependant parlons à la bergère : il faut essayer d'en savoir
davantage. »

Elle l'appela & lui dit : « Ma fille, j'ai attendu jusqu'à présent un aveu de vous, qui nous aurait donné
beaucoup de plaisir, si vous aviez voulu nous le faire
sans être pressée. Mais puisque vous continuez à nous
cacher qui vous êtes, il est bien juste de vous apprendre
que nous le savons & que la bague que vous m'avez
donnée nous a fait démêler cette énigme. — Hélas !ma
mère, répliqua la princesse en se mettant à genoux
proche d'elle, ce n'est point par un défaut de confidence que je me suis obstinée à vous cacher mon rang.
J'ai cru que vous auriez de la peine de voir une princesse dans l'état où je suis. »

« Mon père était roi des Iles paisibles, son règne fut troublé par un usurpateur, qui le confina dans une tour avec la reine ma mère. Après trois ans de captivité, ils trouvèrent le moyen de se sauver. Un garde leur aidait : ils me descendirent à la faveur de la nuit dans une corbeille. La corde se rompit, je tombai dans le lac &, sans que l'on ait su comment, je ne fus pas noyée : des pêcheurs, qui avaient tendu leurs filets pour prendre des carpes, m'y trouvèrent enveloppée. La grosseur & la pesanteur dont j'étais leur persuada que c'était une des plus monstrueuses carpes qui fût dans le lac. Leurs espérances étant déçues lorsqu'ils me virent, ils pensèrent me rejeter dans l'eau pour nourrir les poissons, mais enfin ils me laissèrent dans les mêmes filets & me portèrent au tyran, qui sut aussitôt, par la fuite de ma famille, que j'étais une malheureuse petite princesse abandonnée de tout secours. Sa femme, qui vivait depuis plusieurs années sans enfant, eut pitié de moi. Elle me prit auprès d'elle & m'éleva sous le nom de Carpillon. Elle avait peut-être le dessein de me faire oublier ma naissance, mais mon cœur m'a toujours assez dit qui je suis, & c'est quelquefois un malheur d'avoir des sentiments si peu conformes à sa fortune. Quoi qu'il en soit, un prince appelé le Bossu, vint conquérir sur l'usurpateur de mon père le royaume dont il jouissait tranquillement. »

« Le changement de tyran rendit ma destinée encore plus mauvaise. Le bossu m'emmena comme un des plus beaux ornements de son triomphe & il résolut de m'épouser malgré moi. Dans une extrémité si violente, je pris le parti de fuir toute seule, vêtue en bergère & conduisant une vache. Le Prince bossu, qui me cherchait partout & qui me rencontra, m'aurait sans doute reconnue, si la fée Amazone ne m'eût donné généreusement un bouquet de giroflées propre à me garantir de

mes ennemis. Elle ne me rendit pas un office moins
charitable en m'adressant à vous, ma bonne mère,
continua la princesse &, si je ne vous ai point déclaré
plus tôt mon rang, ce n'est pas par un défaut de
confiance, mais seulement dans la vue de vous épargner
du chagrin. Ce n'est point, continua-t-elle, que je me
plaigne : je n'ai connu le repos que depuis le jour où
vous m'avez reçue auprès de vous, & j'avoue que la vie
champêtre est si douce & si innocente, que je n'aurais
pas de peine à la préférer à celle qu'on mène à la
cour. »

Comme elle parlait avec véhémence, elle ne prit pas
garde que la reine fondait en larmes & que les yeux du
roi étaient aussi tout moites. Mais aussitôt qu'elle eut
fini, l'un & l'autre s'empressant de la serrer entre leurs
bras, ils l'y retinrent longtemps sans pouvoir prononcer
une parole. Elle s'attendrit aussi bien qu'eux, elle se mit
à pleurer à leur exemple, & l'on ne peut bien exprimer
ce qui se passa d'agréable & de douloureux entre ces
trois illustres infortunés. Enfin la reine, faisant un
effort, lui dit : « Est-il possible, cher enfant de mon
âme, qu'après avoir donné tant de regrets à ta funeste
perte, les dieux te rendent à ta mère pour la consoler
dans ses disgrâces ? Oui, ma fille, tu vois le sein qui t'a
portée & qui t'a nourrie dans ta plus tendre jeunesse.
Voici ton roi & ton père, voici celui de qui tu tiens le
jour. Ô lumière de nos yeux ! Ô princesse que le ciel en
courroux nous avait ravie, avec quels transports solen-
niserons-nous ton bienheureux retour ! — Et moi, mon
illustre mère, & moi, ma chère reine, s'écria la princesse en se prosternant à ses pieds, par quels termes,
par quelles actions vous ferais-je connaître à l'un & à
l'autre tout ce que le respect & l'amour que je vous dois
me font ressentir ? Quoi ! je vous retrouve, cher asile de
mes traverses, lorsque je n'osais plus me flatter de vous

voir jamais ? » Alors les caresses redoublèrent entre eux & ils passèrent ainsi quelques heures. Carpillon se retira ensuite, son père & sa mère lui défendirent de parler de ce qui venait de se passer : ils appréhendaient la curiosité des bergers de la contrée &, bien qu'ils fussent pour la plupart assez grossiers, il était à craindre qu'ils ne voulussent pénétrer des mystères qui n'étaient point faits pour eux.

La princesse se tut à l'égard de tous les indifférents, mais elle ne sut garder le secret à son jeune berger : quel moyen de se taire, quand on aime ? Elle s'était reproché mille fois de lui avoir caché sa naissance. « De quelle obligation, disait-elle, ne me serait-il pas redevable, s'il savait qu'étant née sur le trône, je m'abaisse jusqu'à lui ! Mais hélas ! que l'Amour met peu de différence entre le sceptre & la houlette ! Est-ce cette chimérique grandeur qu'on nous vante tant, qui peut remplir notre âme & la satisfaire ? Non, la vertu seule a ce droit-là ! Elle nous met au-dessus du trône & nous en sait détacher. Le berger qui m'aime est sage, spirituel, aimable, qu'est-ce qu'un prince peut avoir au-dessus de lui ? »

Comme elle s'abandonnait à ces réflexions, elle le vit à ses pieds. Il l'avait suivie jusqu'au bord de la rivière &, lui présentant une guirlande de fleurs dont la variété était charmante, « D'où venez-vous, belle bergère ? lui dit-il. Il y a déjà quelques heures que je vous cherche & que je vous attends avec impatience. — Berger, lui dit-elle, j'ai été occupée par une aventure surprenante. Je me reprocherais de vous la taire, mais souvenez-vous que cette marque de ma confiance exige un secret éternel. Je suis princesse, mon père était roi, je viens de le trouver dans la personne du Sublime. »

Le prince demeura si confus & si troublé de ces nouvelles qu'il n'eut pas la force de l'interrompre, bien qu'elle lui racontât son histoire avec la dernière bonté.

Quels sujets n'avait-il point de craindre, soit que ce sage berger qui l'avait élevé lui refusât sa fille puisqu'il était roi, ou qu'elle-même, réfléchissant sur la différence qui se trouvait entre une grande princesse & lui, s'éloignât quelque jour des premières bontés qu'elle lui avait témoignées : « Ah ! madame, lui disait-il tristement, je suis un homme perdu, il faut que je renonce à la vie : vous êtes née sur le trône, vous avez retrouvé vos plus proches parents, & pour moi, je suis un malheureux qui ne connais ni pays ni patrie. Une aigle m'a servi de mère & son nid de berceau. Si vous avez daigné jeter quelques regards favorables sur moi, l'on vous en détournera à l'avenir. » La princesse rêva un moment, & sans répondre à ce qu'il venait de lui dire, elle prit une aiguille qui retenait une partie de ses beaux cheveux, & elle écrivit sur l'écorce d'un arbre :

> *Aimez-vous un cœur qui vous aime ?*

Le prince grava aussitôt ces vers :

> *De mille & mille feux je me sens enflammé.*

La princesse mit au-dessous :

> *Jouissez du bonheur extrême*
> *D'aimer & de vous voir aimé.*

Le prince, transporté de joie, se jeta à ses pieds &, prenant une de ses mains : « Vous flattez mon cœur affligé, adorable princesse, lui dit-il, & par ces nouvelles bontés vous me conservez la vie. Souvenez-vous de ce que vous venez d'écrire en ma faveur. — Je ne suis point capable de l'oublier, lui dit-elle d'un air gracieux ; reposez-vous sur mon cœur. Il est plus dans vos intérêts que dans les miens. » Leur conversation aurait sans doute été plus longue, s'ils avaient eu plus de temps, mais il fallait ramener les troupeaux qu'ils conduisaient : ils se hâtèrent de revenir.

Cependant le roi & la reine conféraient ensemble sur la conduite qu'il fallait tenir avec Carpillon & le jeune berger. Tant qu'elle leur avait été inconnue, ils avaient approuvé les feux naissants qui s'allumaient dans leurs âmes : la parfaite beauté dont le ciel les avait doués, leur esprit, les grâces dont toutes leurs actions étaient accompagnées, faisaient souhaiter que leur union fût éternelle. Mais ils la regardèrent d'un œil bien différent, quand ils envisagèrent qu'elle était leur fille, que le berger n'était sans doute qu'un malheureux qu'on avait exposé aux bêtes sauvages pour s'épargner le soin de le nourrir. Enfin ils résolurent de dire à Carpillon qu'elle n'entretînt plus les espérances dont il s'était flatté & qu'elle pouvait même lui déclarer sérieusement qu'elle ne voulait pas s'établir dans cette contrée.

La reine l'appela de fort bonne heure. Elle lui parla avec beaucoup de bonté ; mais quelles paroles sont capables de calmer un trouble si violent ? La jeune princesse essaya inutilement de se contraindre, son visage, tantôt couvert d'une brillante rougeur & tantôt plus pâle que si elle avait été sur le point de mourir, ses yeux éteints par la tristesse ne signifiaient que trop son état. Ah ! combien se repentit-elle de l'aveu qu'elle avait fait. Cependant elle assura sa mère avec beaucoup de soumission qu'elle suivrait ses ordres &, s'étant retirée, elle eut à peine la force d'aller se jeter sur son lit où, fondant en larmes, elle fit mille plaintes & mille regrets.

Enfin elle se leva pour conduire ses moutons au pâturage, mais, au lieu d'aller vers la rivière, elle s'enfonça dans le bois où, se couchant sur la mousse, elle appuya sa tête & se mit à rêver profondément. Le prince, qui ne pouvait être en repos où elle n'était pas, courut la chercher. Il se présenta tout d'un coup devant elle. A sa vue, elle poussa un grand cri, comme si elle eût été surprise

&, se levant avec précipitation, elle s'éloigna de lui sans le regarder. Il resta éperdu d'une conduite si peu ordinaire. Il la suivit, & l'arrêtant : « Quoi ? bergère, lui dit-il, voulez-vous, en me donnant la mort, vous dérober le plaisir de me voir expirer à vos yeux ? Vous avez enfin changé pour votre berger, vous ne vous souvenez plus de ce que vous lui promîtes hier. — Hélas ! dit-elle en jetant tristement les yeux sur lui, hélas ! de quel crime m'accusez-vous ? Je suis malheureuse, je suis soumise à des ordres qu'il ne m'est pas permis d'éluder. Plaignez-moi & vous éloignez de tous les endroits où je serai : il le faut. — Il le faut ! s'écria-t-il en joignant ses bras d'un air plein de désespoir, il faut que je vous fuie, divine princesse ? Un ordre si cruel & si peu mérité peut-il m'être prononcé par vous-même ? Que voulez-vous que je devienne, & cet espoir flatteur auquel vous m'avez permis de m'abandonner, peut-il s'éteindre sans que je perde la vie ? » Carpillon, aussi mourante que son amant, se laissa tomber sans pouls & sans voix. A cette vue il fut agité de mille différentes pensées ; l'état où était sa maîtresse lui faisait assez connaître qu'elle n'avait aucune part aux ordres qu'on lui avait donnés, & cette certitude diminuait en quelque façon ses déplaisirs.

Il ne perdit pas un moment à la secourir. Une fontaine, qui coulait lentement sous les herbes, lui fournit de l'eau pour en jeter sur le visage de sa bergère, & les Amours qui étaient cachés derrière un buisson, ont dit à leurs petits camarades qu'il osa lui voler un baiser. Quoi qu'il en soit, elle ouvrit bientôt les yeux, puis repoussant son aimable berger : « Fuyez, éloignez-vous, lui dit-elle. Si ma mère venait, n'aurait-elle pas lieu d'être fâchée ? — Il faut donc que je vous laisse dévorer aux ours & aux sangliers, lui dit-il, ou que, pendant un long évanouissement seule dans ces lieux solitaires,

quelque aspic ou quelque serpent vienne vous piquer.
— Il faut tout risquer, lui dit-elle, plutôt que de déplaire
à la reine. »

Pendant qu'ils avaient cette conversation où il entrait
tant de tendresse & d'égards, la fée protectrice parut
tout d'un coup dans la chambre du roi. Elle était armée
à son ordinaire : les pierreries, dont sa cuirasse & son
casque étaient couverts, brillaient moins que ses yeux
&, s'adressant à la reine : « Vous n'êtes guère reconnaissante, madame, lui dit-elle, du présent que je vous
ai fait en vous rendant votre fille, qui se serait noyée
dans les filets sans moi, puisque vous êtes sur le point
de faire mourir de douleur le berger que je vous ai
confié. Ne songez plus à la différence qui peut être
entre lui & Carpillon, il est temps de les unir. Songez,
illustre Sublime (dit-elle au roi) à leur mariage. Je le
souhaite & vous n'aurez jamais lieu de vous en
repentir. »

A ces mots, sans attendre leur réponse, elle les quitta.
Ils la perdirent de vue & remarquèrent seulement après
elle une longue trace de lumière semblable aux rayons
du soleil.

Le roi & la reine demeurèrent également surpris, ils
ressentirent même de la joie que les ordres de la fée fussent si positifs ; « Il ne faut pas douter, dit le roi, que ce
berger inconnu ne soit d'une naissance convenable à
Carpillon. Celle qui le protège a trop de noblesse pour
vouloir unir des personnes qui ne se conviendraient pas.
C'est elle, comme vous voyez, qui sauva notre fille du
lac, où elle serait périe. Par quel endroit avons-nous
mérité sa protection ? — J'ai toujours entendu dire,
répliqua la reine, qu'il est des bonnes & des mauvaises
fées, qu'elles prennent des familles en amitié ou en
aversion selon leur génie, & apparemment celui de la
fée Amazone nous est favorable. » Ils parlaient encore,

lorsque la princesse revint. Son air était abattu & languissant. Le prince, qui n'avait osé la suivre que de loin, arriva quelque temps après, si mélancolique qu'il suffisait de le regarder pour deviner une partie de ce qui se passait dans son âme. Pendant tout le repas, ces deux pauvres amants, qui faisaient la joie de la maison, ne prononcèrent pas une parole & n'osèrent pas même lever les yeux.

Dès que l'on fut sorti de table, le roi entra dans son petit jardin & dit au berger de venir avec lui. A cet ordre il pâlit, un frisson extraordinaire se glissa dans ses veines, & Carpillon crut que son père allait le renvoyer, de sorte qu'elle n'eut pas moins d'appréhension que lui. Le Sublime passa dans un cabinet de verdure, il s'assit en regardant le prince : « Mon fils, lui dit-il, vous savez avec quel amour je vous ai élevé. Je vous ai toujours regardé comme un présent des dieux pour soutenir & consoler ma vieillesse. Mais ce qui vous prouvera davantage mon amitié, c'est le choix que j'ai fait de vous pour ma fille Carpillon. C'est d'elle dont vous m'avez entendu quelquefois déplorer le naufrage, le Ciel qui me la rend veut qu'elle soit à vous. Je le veux aussi de tout mon cœur. Seriez-vous le seul qui ne le voulût pas ? — Ah ! mon père, s'écria le prince en se mettant à ses pieds, oserais-je me flatter de ce que j'entends ? Suis-je assez heureux pour que votre choix tombe sur moi, ou voulez-vous seulement savoir les sentiments que j'ai pour cette belle bergère ? — Non, mon cher fils, dit le roi, ne flottez point entre l'espérance & la crainte. Je suis résolu à faire dans peu de jours cet hymen. — Vous me comblez de bienfaits, répliqua la prince en embrassant ses genoux, & si je vous explique mal ma reconnaissance, l'excès de ma joie en est la cause. » Le roi l'obligea de se relever, il lui fit mille amitiés &, bien qu'il ne lui dît pas la grandeur de son rang, il lui laissa entrevoir que sa naissance était fort au-dessus de l'état où la Fortune l'avait réduit.

Mais Carpillon, inquiète, n'avait point eu de repos qu'elle ne fût entrée dans le jardin après son père & son amant. Elle les regardait de loin, cachée derrière quelques arbres, & lorsqu'elle le vit aux pieds du roi, elle crut qu'il le priait de ne le pas condamner à un éloignement si rude ; de manière qu'elle n'en voulut pas savoir davantage. Elle s'enfuit au fond de la forêt, courant comme un faon que les chiens & les veneurs poursuivent. Elle ne craignait rien, ni la férocité des bêtes sauvages, ni les épines qui l'accrochaient de tous côtés. Les échos répétaient ses tristes plaintes, il semblait qu'elle ne cherchait que la mort, lorsque son berger, impatient de lui annoncer les bonnes nouvelles qu'il venait d'apprendre, se hâtait de la suivre : « Où êtes-vous, ma bergère, mon aimable Carpillon ? criait-il. Si vous m'entendez, ne fuyez pas, nous allons être heureux ! »

En prononçant ces mots, il l'aperçut dans le fond d'un vallon, environnée de plusieurs chasseurs, qui voulaient la mettre en trousse derrière un petit homme, bossu & mal fait. A cette vue & aux cris de sa maîtresse qui demandait du secours, il s'avança plus vite qu'un trait puissamment décoché &, n'ayant point d'autres armes que sa fronde, il en lança un coup si juste & si terrible à celui qui enlevait sa bergère qu'il tomba de cheval, ayant une blessure épouvantable à la tête.

Carpillon tomba comme lui, le prince était déjà auprès d'elle, essayant de la défendre contre ses ravisseurs. Mais toute sa résistance ne lui servit de rien : ils le prirent & l'auraient égorgé sur-le-champ, si le Prince bossu, car c'était lui, n'eût fait signe à ses gens de l'épargner, « parce dit-il, que je veux le faire mourir de plusieurs supplices différents. » Ils se contentèrent donc de l'attacher avec de grosses cordes & les mêmes cordes servirent aussi pour la princesse, de manière qu'ils se pouvaient parler.

L'on faisait cependant un brancard pour emporter le méchant bossu. Dès qu'il fut achevé, ils partirent tous sans qu'aucun des bergers eût vu le malheur de nos jeunes amants pour en rendre compte au Sublime. Il est aisé de juger de son inquiétude, lorsqu'avec la nuit il ne les vit point revenir. La reine n'était pas moins alarmée. Ils passèrent plusieurs jours avec tous les bergers de la contrée à les chercher & à les pleurer inutilement.

Il faut savoir que le Prince bossu n'avait point encore oublié la princesse Carpillon. Mais le temps avait seulement affaibli son idée &, quand il ne se divertissait pas à faire quelque meurtre & à égorger indifféremment tous ceux qui lui déplaisaient, il allait à la chasse & restait quelquefois sept ou huit jours sans revenir. Il était donc à une de ses longues chasses, lorsque tout d'un coup il aperçut la princesse, qui traversait un sentier. Sa douleur avait tant de vivacité & elle faisait si peu d'attention à ce qui pouvait lui arriver qu'elle n'avait point pris le bouquet de giroflées, de sorte qu'il la reconnut aussitôt qu'il la vit.

« Ô de tous les malheurs, le malheur le plus grand ! disait le berger tout bas à sa bergère. Hélas ! nous touchions au moment fortuné d'être unis pour jamais ! » Il lui raconta ce qui s'était passé entre le Sublime & lui. Il est aisé à présent de comprendre les regrets de Carpillon : « Je vais donc vous coûter la vie, disait-elle en fondant en larmes ; je vous conduis moi-même au supplice, vous pour qui je donnerais jusqu'à mon sang. Je suis la cause du malheur qui vous accable & me voilà retombée par mon imprudence entre les barbares mains de mon plus cruel persécuteur ! »

Ils parlèrent ainsi jusqu'à la ville où était le bon vieux roi, père de l'horrible bossu. L'on fut lui dire qu'on rapportait son fils sur un brancard, parce qu'un jeune berger, voulant défendre sa bergère, lui avait donné un coup de pierre avec sa fronde, d'une telle force qu'il se trouvait en danger. A ces nouvelles le roi, ému de savoir son fils unique en cet état, dit que l'on mît le berger dans un cachot. Le bossu donna un ordre secret pour que Carpillon ne fût pas mieux traitée. Il avait résolu ou qu'elle l'épouserait, ou qu'il la ferait expirer dans les tourments. De sorte qu'on ne sépara ces deux amants que par une porte, dont les fentes mal jointes leur ménageaient la triste consolation de se voir, lorsque le soleil était dans son midi &, le reste du jour & de la nuit, ils pouvaient s'entretenir.

Que ne se disaient-ils pas de tendre & de passionné ! Tout ce que le cœur peut ressentir & tout ce que l'esprit peut imaginer, ils se l'exprimaient dans des termes si touchants qu'ils fondaient en pleurs, & peut-être encore que l'on ferait bien pleurer quelqu'un en les redisant.

Les confidents du bossu venaient tous les jours parler à la princesse pour la menacer d'une mort prochaine, si elle ne rachetait sa vie en consentant de bonne grâce à son mariage. Elle recevait ces propositions avec une fermeté & un air de mépris qui les faisaient désespérer de leur négociation &, sitôt qu'elle pouvait parler au prince : « Ne craignez pas, mon berger, lui disait-elle, que la crainte des plus cruels tourments me porte à une infidélité. Nous mourrons au moins ensemble, puisque nous n'avons pu y vivre. — Croyez-vous me consoler, belle princesse ? lui disait-il. Hélas ! ne me serait-il pas plus doux de vous voir entre les bras de ce monstre qu'entre les mains des bourreaux dont on vous menace ? » Elle ne goûtait point ses sentiments, elle l'accusait de faiblesse & elle l'assurait toujours qu'elle lui montrerait l'exemple pour mourir avec courage.

La blessure du bossu étant un peu mieux, son amour,

irrité des continuels refus de la princesse, lui fit prendre la résolution de la sacrifier à sa colère, avec le jeune berger qui l'avait si mal traité. Il marqua le jour pour cette lugubre tragédie & pria le roi d'y vouloir venir avec tous ses sénateurs & les Grands du royaume. Il y était dans une litière découverte, pour repaître ses yeux de toute l'horreur du spectacle. Le roi, comme je l'ai déjà dit, ne savait point que la princesse Carpillon était prisonnière, de sorte que, lorsqu'il la vit traîner au supplice avec sa pauvre gouvernante, que le bossu condamna aussi, & le jeune berger plus beau que le jour, il ordonna qu'on les amenât sur la terrasse où toute sa cour l'environnait.

Il n'attendit pas que la princesse eût ouvert la bouche pour se plaindre de l'indigne traitement qu'on lui faisait : il se hâta de couper les cordes dont elle était liée &, regardant ensuite le berger, il sentit ses entrailles émues de tendresse & de pitié : « Jeune téméraire, lui dit-il, se faisant violence pour lui parler rudement, qui t'a inspiré assez de hardiesse pour attaquer un grand prince & pour le réduire à la mort ? » Le berger, voyant ce vénérable vieillard orné de la pourpre royale, eut de son côté des mouvements de respect & de confiance qu'il n'avait point encore connus : « Grand monarque, lui dit-il avec une fermeté admirable, le péril où j'ai vu cette belle princesse est cause de ma témérité. Je ne connaissais point votre fils, & comment l'aurais-je connu dans une action si violente & si indigne de son rang. »

En parlant de cette manière, il animait son discours du geste & de la voix. Son bras était découvert, la flèche qu'il avait marquée dessus était trop visible pour que le roi ne l'aperçût pas : « Ô dieux ! s'écria-t-il, suis-je déçu ? retrouvai-je en toi le cher fils que j'ai perdu ? — Non, grand roi, dit la fée Amazone du plus haut des airs où elle parut, montée sur un superbe cheval. Non, tu ne te trompes point : voilà ton fils. Je te l'ai conservé dans le nid d'une aigle, où son barbare frère le fit porter. Il faut que celui-ci te console de la perte que tu vas faire de l'autre. » En achevant ces mots, elle fondit sur le coupable bossu &, lui portant un coup de sa lance ardente dans le cœur, elle ne lui laissa pas envisager longtemps les horreurs de la mort : il fut consumé comme s'il avait été brûlé par le tonnerre.

Ensuite elle s'approcha de la terrasse & donna des armes au prince : « Je te les ai promises, lui dit-elle. Tu sera invulnérable avec, & le plus grand guerrier du monde. » L'on entendit aussitôt les fanfares de mille trompettes & de tous les instruments de guerre qui se peuvent imaginer. Mais ce bruit céda peu après à une douce symphonie, qui chantait mélodieusement les louanges du prince & de la princesse. La fée Amazone descendit de cheval, se plaça auprès du roi & le pria d'ordonner promptement tout ce qu'il fallait pour la pompe des noces du prince & de la princesse. Elle commanda à une petite fée, qui parut dès qu'elle l'eut appelée, d'aller quérir le roi berger, la reine & ses filles, & de revenir en diligence. Aussitôt la fée partit & aussitôt elle revint avec ces illustres infortunés. Quelle satisfaction après de si longues peines ! Le palais retentissait de cris de joie, & jamais rien n'a été égal à celle de ces rois & de leurs enfants.

La fée Amazone donnait des ordres partout, une seule de ses paroles faisait plus que cent mille personnes. Les noces s'achevèrent avec une si grande magnificence qu'on n'en a jamais vu de telles. Le Roi sublime retourna dans ses États, Carpillon eut le plaisir de l'y mener avec son cher époux, & le vieux roi, ravi de voir un fils si digne de son amitié, rajeunit, ou tout au moins, sa vieillesse fut accompagnée de tant de satisfaction qu'il en vécut bien davantage.

La jeunesse est un âge où le cœur des humains
Prend tous les mouvements qu'on veut lui faire prendre.
   C'est une cire tendre
   Qui sait obéir dans les mains.
Sans peine l'on y peut former le caractère
   Ou des vices ou des vertus.
   Quelques efforts qu'on puisse faire,
Sitôt qu'il est gravé on ne l'efface plus.
   Sur une mer si difficile,
Heureux qui peut avoir quelque pilote habile
   Qui lui trouve un heureux chemin.
   Le prince que je viens de peindre
   N'avait aucun écueil à craindre,
Lorsque le roi berger gouvernait son destin.
Dans toutes les vertus ce maître sut l'instruire,
Il est vrai que l'Amour le mit sous son empire.
   Mais fuyez, censeurs odieux,
Qui voulez qu'un héros résiste à la tendresse :
Pourvu que la Raison en soit toujours maîtresse,
L'Amour donne l'éclat aux exploits glorieux.

LA GRENOUILLE BIENFAISANTE.*
CONTE.

Il était une fois un roi, qui soutenait depuis longtemps une grande guerre contre ses voisins. Après plusieurs batailles, on mit le siège devant sa ville capitale. Il craignait pour la reine &, la voyant grosse, il la pria de se retirer dans un château qu'il avait fait fortifier & où il n'était jamais allé qu'une fois. La reine employa les prières & les larmes pour lui persuader de la laisser auprès de lui. Elle voulait partager sa fortune & cria les

---

* Les chasses sont dangereuses, qui vous mènent au bord de lacs peuplés de monstres et de fées rugissantes. On y a alors tout intérêt à rendre service aux aimables grenouilles, elles vous le rendent bien.

hauts cris, lorsqu'il la mit dans son chariot pour la faire partir. Cependant il ordonna à ses gardes de l'accompagner & lui promit de se dérober le plus secrètement qu'il pourrait pour l'aller voir. C'était une espérance dont il la flattait, car le château était fort éloigné, environné d'une épaisse forêt &, à moins d'en savoir bien les routes, l'on n'y pouvait arriver.

La reine partit, très attendrie de laisser son mari dans les périls de la guerre. On la conduisait à petites journées, crainte qu'elle ne fût malade de la fatigue d'un si long voyage. Enfin elle arriva dans son château, bien inquiète & bien chagrine. Après qu'elle se fut assez reposée, elle voulut se promener aux environs & elle ne trouvait rien qui pût la divertir. Elle jetait les yeux de tous côtés, elle voyait de grands déserts, qui lui donnaient plus de chagrins que de plaisirs. Elle les regardait tristement & disait quelquefois : « Quelle comparaison du séjour où je suis à celui où j'ai été toute ma vie ! Si j'y reste encore longtemps, il faut que je meure ! A qui parler dans ces lieux solitaires, Avec qui puis-je soulager mes inquiétudes ? Et qu'ai-je fait au roi pour m'avoir exilée ? Il semble qu'il veuille me faire ressentir toute l'amertume de son absence, lorsqu'il me relègue dans un château si désagréable. »

C'est ainsi qu'elle se plaignait &, quoiqu'il lui écrivît tous les jours de fort bonnes nouvelles du siège, elle s'affligeait de plus en plus & prit la résolution de s'en retourner auprès du roi. Mais comme les officiers du roi qu'il lui avait donnés, avaient l'ordre de ne la ramener que lorsqu'il lui enverrait un courrier exprès, elle ne témoigna point ce qu'elle méditait & se fit faire un petit char, où il n'y avait place que pour elle, disant qu'elle voulait aller quelquefois à la chasse. Elle conduisait elle-même les chevaux & suivait les chiens de si près, que les veneurs allaient moins vite qu'elle : par ce

moyen elle se rendait maîtresse de son char & de s'en
aller quand elle voudrait. Il n'y avait qu'une difficulté,
c'est qu'elle ne savait point les routes de la forêt, mais
elle se flatta que les dieux la conduiraient à bon port &,
après leur avoir fait quelques petits sacrifices, elle dit
qu'elle voulait une grande chasse & que tout le monde
y vînt, qu'elle monterait dans son char, que chacun irait
par différentes routes pour ne laisser aucune retraite aux
bêtes sauvages. Ainsi l'on se partagea. La jeune reine,
qui croyait revoir bientôt son époux, avait pris un habit
très avantageux : sa capeline était couverte de plumes
de différentes couleurs, sa veste toute garnie de pierreries, & sa beauté, qui n'avait rien de commun, la faisait
paraître comme une seconde Diane.

Dans le temps qu'on était le plus occupé du plaisir de
la chasse, elle lâcha la bride à ses chevaux & les anima
de la voix & de quelques coups de fouet. Après avoir
marché assez vite, ils prirent le galop & ensuite le mors
aux dents. Le chariot semblait traîné par les vents, les
yeux auraient eu peine à le suivre. La pauvre reine se
repentit, mais trop tard, de sa témérité : « Qu'ai-je pré-
tendu ? disait-elle ; me pouvait-il convenir de conduire
toute seule des chevaux si fiers & si peu dociles ?
Hélas ! que va-t-il m'arriver ? Si le roi me croyait exposée au péril où je suis, que deviendrait-il, lui qui
m'aime si chèrement & qui ne m'a éloignée de sa ville
capitale que pour me mettre en plus grande sûreté ?
Voilà comme j'ai répondu à ses tendres soins, & ce cher
enfant que je porte dans mon sein va être aussi bien que
moi la victime de mon imprudence. » L'air retentissait
de ses douloureuses plaintes, elle invoquait les dieux,
elle invoquait les fées à son secours, & les dieux & les
fées l'avaient abandonnée. Le chariot fut renversé, elle
n'eut pas la force de se jeter assez promptement à terre,
son pied demeura pris entre la roue & l'essieu. Il est

aisé de croire qu'il ne fallait pas moins qu'un miracle
pour la sauver après un si terrible accident.

Elle resta enfin étendue sur la terre au pied d'un
arbre. Elle n'avait ni pouls ni voix, son visage était tout
couvert de sang. Après être demeurée longtemps en cet
état, lorsqu'elle ouvrit les yeux, elle vit auprès d'elle
une femme d'une grandeur gigantesque, couverte seulement de la peau d'un lion : ses bras & ses jambes
étaient nus, ses cheveux noués ensemble avec une peau
sèche de serpent, dont la tête pendait sur ses épaules,
une massue de pierre à la main, qui lui servait de canne
pour s'appuyer, & un carquois plein de flèches au côté.
Une figure si extraordinaire persuada la reine qu'elle
était morte, car elle ne croyait pas qu'après de si grands
accidents, elle dût vivre encore &, parlant tout bas : « Je
ne suis point surprise, dit-elle, qu'on ait tant de peine à
se résoudre à la mort : ce qu'on voit en l'autre monde
est bien affreux. » La géante, qui l'écoutait, ne put
s'empêcher de rire de l'opinion où elle était d'être
morte : « Reprends tes esprits, lui dit-elle, sache que tu
es encore au nombre des vivants. Mais ton sort n'en
sera guère moins triste. Je suis la Fée lionne, qui
demeure proche d'ici. Il faut que tu viennes passer ta
vie avec moi. » La reine la regarda tristement & lui dit :
« Si vous vouliez, madame, me ramener dans mon château & prescrire au roi ce qu'il vous donnera pour ma
rançon : il m'aime si chèrement qu'il ne refuserait pas
même la moitié de son royaume. — Non, lui dit-elle, je
suis suffisamment riche. Il m'ennuyait depuis quelque
temps d'être seule ; tu as de l'esprit, peut-être que tu me
divertiras » En achevant ces paroles, elle prit la figure
d'une lionne & chargeant la reine sur son dos, elle
l'emporta au fond de sa terrible grotte. Dès qu'elle y
fut, elle la guérit avec une liqueur dont elle la frotta.

Quelle surprise & quelle douleur pour la reine, de se

voir dans cet affreux séjour ! L'on y descendait par dix
mille marches, qui conduisaient jusqu'au centre de la
terre. Il n'y avait point d'autre lumière que celle de plusieurs grosses lampes, qui réfléchissaient sur un lac de
vif-argent. Il était couvert de monstres, dont les différentes figures auraient épouvanté une reine moins
timide. Les hiboux & les chouettes, quelques corbeaux
& d'autres de sinistre augure s'y faisaient entendre ;
l'on apercevait dans un lointain une montagne d'où
coulaient des eaux presque dormantes : ce sont toutes
les larmes que les amants malheureux ont jamais ver-
sées, dont les tristes amours ont fait des réservoirs. Les
arbres étaient toujours dépouillés de feuilles & de fruits,
la terre couverte de soucis, de ronces & d'orties ; la
nourriture convenait au climat d'un pays si maudit :
quelques racines sèches, des marrons d'Inde bien amers
& des pommes d'églantier. C'est tout ce qui s'offrait
pour soulager la faim des infortunés qui tombaient entre
les mains de la Fée lionne.

Sitôt que la reine se trouva en état de travailler, la fée
lui dit qu'elle pouvait se faire une cabane, parce qu'elle
resterait toutes sa vie avec elle. A ces mots, cette princesse n'eut pas la force de retenir ses larmes : « Hé !
que vous ai-je fait, s'écria-t-elle, pour me garder ici ? Si
la fin de ma vie que je sens approcher vous cause
quelque plaisir, donnez-moi la mort : c'est tout ce que
j'ose espérer de votre pitié. Mais ne me condamnez
point à passer une longue & déplorable vie sans mon
époux. » La lionne se moqua de sa douleur & lui dit
qu'elle lui conseillait d'essuyer ses pleurs & d'essayer à
lui plaire, que si elle prenait une autre conduite, elle
serait la plus malheureuse personne du monde. « Que
faut-il donc faire, répliqua la reine, pour toucher votre
cœur ? — J'aime, lui dit-elle, les pâtés de mouches. Je
veux que vous trouviez le moyen d'en avoir assez pour

m'en faire un très grand & très excellent. — Mais, lui dit la reine, je n'en vois point ici. Quand il y en aurait, il ne fait pas assez clair pour les attraper &, quand je les attraperais, je n'ai jamais fait de pâtisserie, de sorte que vous me donnez des ordres que je ne puis exécuter. — N'importe, dit l'impitoyable lionne, je veux ce que je veux. »

La reine ne répliqua rien. Elle pensa qu'en dépit de la cruelle fée, elle n'avait qu'une vie à perdre &, en l'état où elle était, que pouvait-elle craindre ? Au lieu donc d'aller chercher des mouches, elle s'assit sous un if & commença ses tristes plaintes : « Quelle sera votre douleur, mon cher époux, disait-elle, lorsque vous viendrez me chercher & que vous ne me trouverez plus ? Vous me croirez morte ou infidèle, & j'aime encore mieux que vous pleuriez la perte de ma vie que celle de ma tendresse. L'on retrouvera peut-être dans la forêt mon chariot en pièces & tous les ornements que j'avais pris pour vous plaire. A cette vue vous ne douterez plus de ma mort, & que sais-je si vous n'accorderez point à une autre la part que vous m'aviez donnée dans votre cœur ? Mais au moins, je ne le saurai pas, puisque je ne dois plus retourner dans le monde. »

Elle aurait continué longtemps à s'entretenir de cette manière, si elle n'avait pas entendu au-dessus de sa tête le triste croassement d'un corbeau. Elle leva les yeux &, la faveur du peu de lumière qui éclairait le rivage, elle vit en effet un gros corbeau, qui tenait une grenouille, bien intentionné de la croquer. « Encore que rien ne se présente ici pour me soulager, dit-elle, je ne veux pas négliger de sauver une pauvre grenouille, qui est aussi affligée en son espèce que je le suis dans la mienne. » Elle se servit du premier bâton qu'elle trouva sous sa main & fit quitter prise au corbeau. La grenouille tomba, resta quelque temps étourdie &, reprenant ensuite ses esprits grenouilliques : « Belle reine, lui dit-elle, vous êtes la seule personne bienfaisante que j'aie vue en ces lieux, depuis que la curiosité m'y a conduite. — Par quelle merveille parlez-vous, petite grenouille ? répondit la reine, & qui sont les personnes que vous voyez ici, car je n'en ai encore aperçu aucune ? — Tous les monstres dont ce lac est couvert, reprit Grenouillette, ont été dans le monde les uns sur le trône, les autres dans la confidence de leurs souverains. Il y a même des maîtresses de quelques rois, qui ont coûté bien du sang à l'État[1] : ce sont elles que vous voyez métamorphosées en sangsues. Le Destin les envoie ici pour quelque temps sans qu'aucun de ceux qui y viennent retourne meilleur & se corrige. — Je comprends bien, dit la reine, que plusieurs méchants ensemble n'aident pas à s'amender, mais à votre égard, ma commère la Grenouille, que faites-vous ici ? — La curiosité m'a fait entreprendre d'y venir, répliqua-t-elle. Je suis demi-fée, mon pouvoir est borné en de certaines choses & fort étendu en d'autres. Si la Fée lionne me reconnaissait dans ses États, elle m'exterminerait. »

« Comment est-il possible, lui dit la reine, que fée ou demi-fée, un corbeau ait été prêt à vous manger ? — Deux mots vous le feront comprendre, répondit la grenouille. Lorsque j'ai mon petit chaperon de roses sur ma tête, dans lequel consiste ma plus grande vertu, je ne crains rien. Mais malheureusement je l'avais laissé dans le marécage, quand ce maudit corbeau est venu fondre sur moi. J'avoue, madame, que sans vous je ne serais plus &, puisque je vous dois la vie, si je peux quelque chose pour le soulagement de la vôtre, vous

---

1. L'année 1697, paraît l'*Histoire des Favorites* de Mlle de La Roche-Guilhen (Amsterdam, Paul Marret), galerie de figures féminines assez diversifiées, campées de manière tantôt favorable, tantôt sévère.

pouvez m'ordonner tout ce qu'il vous plaira. — Hélas !
ma chère grenouille, dit la reine, la mauvaise fée qui me
retient captive veut que je lui fasse un pâté de mouches.
Il n'y en a point ici ; quand il y en aurait, on n'y voit
pas assez clair pour les attraper, & je cours grand risque
de mourir sous ses coups. — Laissez-moi faire, dit la
grenouille, avant qu'il soit peu, je vous en fournirai. »
Elle se frotta aussitôt de sucre & plus de six mille grenouilles de ses amies en firent autant. Elle fut ensuite
dans un endroit rempli de mouches : la méchante fée en
avait là un magasin exprès pour tourmenter de certains
malheureux. Dès qu'elles sentirent le sucre, elles s'y
attachèrent & les officieuses grenouilles revinrent au
grand galop où la reine était. Il n'a jamais été une telle
capture de mouches, ni un meilleur pâté que celui
qu'elle fit à la Fée lionne. Quand elle le lui présenta,
elle en fut très surprise, ne comprenant point par quelle
adresse elle avait pu les attraper.

La reine, étant exposée à toutes les intempéries de l'air,
qui était empoisonné, coupa quelques cyprès pour commencer à bâtir sa maisonnette. La grenouille vint lui offrir
généreusement ses services &, se mettant à la tête de
toutes celles qui avaient été quérir les mouches, elles aidè-
rent à la reine à élever un petit bâtiment, le plus joli du
monde. Mais elle fut à peine couchée, que les monstres du
lac, jaloux de son repos, vinrent la tourmenter par le plus
horrible charivari que l'on eût entendu jusqu'alors. Elle se
leva toute effrayée & s'enfuit. C'est ce que les monstres
demandaient : un dragon, jadis tyran d'un des plus beaux
royaumes de l'univers, en prit possession.

La pauvre reine affligée voulut s'en plaindre, mais
vraiment on se moqua bien d'elle ; les monstres la huè-
rent & la Fée lionne lui dit que, si à l'avenir elle l'étour-
dissait de ses lamentations, elle la rouerait de coups. Il
fallut se taire & recourir à la grenouille, qui était bien la

meilleure personne du monde. Elles pleurèrent ensemble, car aussitôt qu'elle avait son chaperon de roses, elle était capable de rire & de pleurer tout comme une autre. « J'ai, lui dit-elle, une si grande amitié pour vous que je veux recommencer votre bâtiment, quand tous les monstres du lac devraient s'en désespérer. » Elle coupa sur-le-champ du bois, & le petit palais rustique de la reine se trouva fait en si peu de temps, qu'elle s'y retira la même nuit.

La grenouille, attentive à tout ce qui était nécessaire à la reine, lui fit un lit de serpolet & de thym sauvage. Lorsque la méchante fée sut que la reine ne couchait plus à terre, elle l'envoya quérir : « Quels sont donc les hommes ou les dieux qui vous protègent ? lui dit-elle. Cette terre, toujours arrosée d'une pluie de soufre & de feu, n'a jamais rien produit qui vaille une feuille de sauge. J'apprends malgré cela que les herbes odoriférantes croissent sous vos pas. — J'en ignore la cause, madame, lui dit la reine, & si je l'attribue à quelque chose, c'est à l'enfant dont je suis grosse, qui sera peut-être moins malheureux que moi. »

« L'envie me prend, dit la fée, d'avoir un bouquet des fleurs les plus rares. Essayez si la fortune de votre marmot vous en fournira. Si elle y manque, vous ne manquerez pas de coups, car j'en donne souvent & les donne toujours à merveille. » La reine se prit à pleurer : de telles menaces ne lui convenaient guère, & l'impossibilité de trouver des fleurs la mettait au désespoir.

Elle se retourna dans sa maisonnette, son amie la grenouille y vint : « Que vous êtes triste ! dit-elle à la reine. — Hélas ! ma chère commère, qui ne la serait ? La fée veut un bouquet des plus belles fleurs. Où les trouverai-je ? Vous voyez celles qui naissent ici. Il y va cependant de ma vie, si je ne la satisfait. — Aimable princesse, dit gracieusement Grenouille, il faut tâcher de vous tirer de l'embarras où vous êtes. Il y a ici une chauve-souris, qui est seule avec qui j'ai lié commerce. C'est une bonne créature ; elle va plus vite que moi. Je lui donnerai mon chaperon de feuilles de roses : avec ce secours, elle vous trouvera des fleurs. » La reine, ravie, lui fit une profonde révérence, car il n'y avait pas moyen d'embrasser Grenouillette.

Celle-ci alla aussitôt parler à la chauve-souris, & quelques heures après elle revint, cachant sous ses ailes des fleurs admirables. La reine les porta bien vite à la mauvaise fée, qui demeura encore plus surprise qu'elle l'eût été, ne pouvant comprendre par quel miracle la reine était si bien servie.

Cette princesse rêvait incessamment aux moyens de pouvoir s'échapper. Elle communiqua son envie à la bonne grenouille, qui lui dit : « Madame, permettez-moi avant toutes choses, que je consulte mon petit chaperon, & nous agirons ensuite selon ses conseils. » Elle le prit, & l'ayant mis sur un fétu, elle brûla devant quelques brins de genièvre, des câpres & deux petits pois verts. Elle croassa cinq fois, puis la cérémonie finie, remettant le chaperon de roses, elle commença de parler comme un oracle.

« Le Destin maître de tout, dit-elle, vous défend de sortir de ces lieux. Vous y aurez une princesse plus belle que la mère des Amours. Ne vous mettez point en peine du reste : le temps seul peut vous soulager. »

La reine baissa les yeux, quelques larmes en tombèrent, mais elle prit la résolution de croire son amie : « Tout au moins, lui dit-elle, ne m'abandonnez pas. Soyez à mes couches, puisque je suis condamnée à les faire ici. » L'honnête grenouille s'engagea d'être sa Lucine[2] & la consola le mieux qu'elle put.

---

2. Lucine, un des noms d'Hécate. Présidait aux accouchements.

Mais il est temps de parler du roi. Pendant que ses ennemis le tenaient assiégé dans sa ville capitale, il ne pouvait envoyer sans cesse des courriers à la reine. Cependant, ayant fait plusieurs sorties, il les obligea de se retirer, & il ressentit bien moins le bonheur de cet événement par rapport à lui qu'à sa chère reine, qu'il pouvait aller quérir sans crainte. Il ignorait son désastre : aucun de ses officiers n'avait osé l'en aller avertir. Ils avaient trouvé dans la forêt le chariot en pièces, les chevaux échappés & toute la parure d'amazone qu'elle avait mise pour l'aller trouver.

Comme ils ne doutèrent point de sa mort & qu'ils crurent qu'elle avait été dévorée, il ne fut question entre eux que de persuader au roi qu'elle était morte subitement. A ces funestes nouvelles, il pensa mourir lui-même de douleur : cheveux arrachés, larmes répandues, cris pitoyables, sanglots, soupirs & autres menus droits du veuvage, rien ne fut épargné dans cette occasion.

Après avoir passé plusieurs jours sans voir personne & sans vouloir être vu, il retourna dans sa grande ville, traînant après lui un long deuil qu'il portait bien mieux dans le cœur que dans ses habits. Tous les ambassa-deurs des rois voisins vinrent le complimenter &, après les cérémonies qui sont inséparables de ces sortes de catastrophes, il s'attacha à donner du repos à ses sujets, en les exemptant de guerre & leur procurant un grand commerce.

La reine ignorait toutes ces choses. Le temps vint de ses couches. Elles furent très heureuses : le ciel lui donna une petite princesse aussi belle que Grenouillette l'avait prédit. Elles la nommèrent Moufette, & la reine, avec bien de la peine, obtint permission de Fée lionne de la nourrir, car elle avait grande envie de la manger, tant elle était barbare & féroce.

Moufette, la merveille de nos jours, avait déjà six

mois, & la reine, en la regardant avec tendresse mêlée
de pitié, disait sans cesse ; « Ah ! si le roi ton père te
voyait, ma pauvre petite, qu'il aurait de joie, que tu lui
serais chère ! Mais peut-être dans ce même moment
qu'il commence à m'oublier. Il nous croit ensevelies
pour jamais dans les horreurs de la mort. Peut-être, dis-
je, qu'une autre occupe dans son cœur la place qu'il
m'y avait donnée. »

Ses tristes réflexions lui coûtaient bien des larmes. La
grenouille, qui l'aimait de bonne foi, la voyant pleurer
ainsi, lui dit un jour : « Si vous voulez, Madame, j'irai
trouver le roi votre époux. Le voyage est long, je che-
mine lentement, mais enfin, un peu plus tôt ou un peu
plus tard, j'espère arriver. » Cette proposition ne pouvait être plus agréablement reçue qu'elle le fut ; la reine
joignit ses mains & les fit même joindre à Moufette
pour marquer à Madame la Grenouille l'obligation
qu'elle lui aurait d'entreprendre un tel voyage. Elle
l'assura que le roi n'en serait point ingrat : « Mais,
continua-t-elle, de quelle utilité lui pourra être de me
savoir dans ce triste séjour ? Il lui sera impossible de
m'en retirer. — Madame, reprit gravement la grenouille, il faut laisser ce soin aux dieux, & faire, de
notre côté, ce qui dépend de nous. »

Aussitôt elles se dirent adieu. La reine écrivit au roi
avec son propre sang sur son petit morceau de linge, car
elle n'avait ni encre ni papier. Elle le priait de croire en
toutes choses la vertueuse grenouille qui l'allait informer de ses nouvelles.

Elle fut un an & quatre jours à monter les dix mille
marches qu'il y avait depuis la plaine noire où elle laissait la reine jusqu'au monde, & elle demeura une autre
année à faire son équipage : car elle était trop fière pour
vouloir paraître dans une grande cour comme une
méchante grenouillette de marécages. Elle fit faire une

litière assez grande pour mettre commodément deux œufs : elle était couverte toute d'écaille de tortue en dehors, doublée de peau de jeunes lézards. Elle avait cinquante filles d'honneur : c'étaient de ces petites reines vertes qui sautillaient dans les prés. Chacune était montée sur un escargot avec une selle à l'anglaise, la jambe sur l'arçon, d'un air merveilleux. Plusieurs rats d'eau, vêtus en pages, précédaient les limaçons auxquels elle avait confié la garde de sa personne. Enfin rien n'a jamais été si joli ; surtout son chaperon de roses vermeilles, toujours fraîches & épanouies, lui seyait le mieux du monde. Elle était un peu coquette de son métier : cela l'avait obligée de mettre du rouge & des mouches. L'on dit même qu'elle s'était fardée comme font la plupart des dames de ce pays-là, mais, la chose approfondie, l'on a trouvé que c'était ses ennemis qui en parlaient ainsi.

Elle demeura sept ans à faire son voyage, pendant lesquels la pauvre reine souffrit des maux & des peines inexprimables, & sans la belle Moufette qui la consolait, elle serait morte cent & cent fois. Cette merveilleuse petite créature n'ouvrait pas la bouche & ne disait pas un mot qu'elle ne charmât sa mère. Il n'était pas jusqu'à la Fée lionne qu'elle n'eût apprivoisée, & enfin au bout de six ans que la reine avait passés dans cet horrible séjour, elle voulut bien la mener à la chasse, à condition que tout ce qu'elle tuerait serait pour elle.

Quelle joie pour la pauvre reine de revoir le soleil ! Elle en avait si fort perdu l'habitude qu'elle en pensa devenir aveugle. Pour Moufette, elle était si adroite, qu'à cinq ou six ans rien n'échappait aux coups qu'elle tirait : par ce moyen la mère & la fille adoucissaient un peu la férocité de la fée.

Grenouillette chemina par monts & par vaux, de jour & de nuit. Enfin elle arriva proche de la ville capitale

où le roi faisait son séjour. Elle demeura surprise de ne
voir partout que des danses & des festins. On riait, on
chantait, & plus elle approchait de la ville, plus elle
trouvait de joie & de jubilation. Son équipage maréca-
geux surprenait tout le monde, chacun la suivait, & la
foule devint si grande, lorsqu'elle entra dans la ville,
qu'elle eut beaucoup de peine à parvenir jusqu'au
palais. C'est en ce lieu que tout était dans la magnificence. Le roi, veuf depuis neuf ans, s'était enfin laissé
fléchir aux prières de ses sujets : il allait se marier à une
princesse, moins belle à la vérité que sa femme, mais
qui ne laissait pas d'être fort agréable.

La bonne grenouille, étant descendue de sa litière,
entra chez le roi, suivie de tout son cortège. Elle n'eut
pas besoin de demander audience : le monarque, sa
fiancée & tous les princes avaient trop d'envie de savoir
le sujet de sa venue pour l'interrompre : « Sire, lui dit-
elle, je ne sais si la nouvelle que je vous apporte vous
donnera de la joie ou de la peine : les noces que vous
êtes sur le point de faire me persuadent votre infidélité
pour la reine. — Son souvenir m'est toujours cher, dit
le roi en versant quelques larmes qu'il ne put retenir,
mais il faut que vous sachiez, gentille grenouille, que
les rois ne font pas toujours ce qu'ils veulent. Il y a
neuf ans que mes sujets me pressent de me remarier, je
leur dois des héritiers ; ainsi j'ai jeté les yeux sur cette
jeune princesse, qui me paraît toute charmante. — Je ne
vous conseille pas de l'épouser, dit le grenouille, car la
polygamie est un cas pendable[3]. La reine n'est point
morte : voici une lettre écrite de son sang, dont elle m'a

---

3. Souvenir vivace de l'air du Médecin, chanté d'une voix
traînante : « La Polygamie est un cas, /Est un cas pendable », la
musique de Lully en moins, dans l'intermède du IIe acte, scène 11 de
Monsieur de Pourceaugnac, comédie-ballet souvent reprise, notamment à la Cour.

chargée. Vous avez une petite princesse Moufette, qui est plus belle que tous les cieux ensemble. »

Le roi prit le chiffon où la reine avait griffonné quelques mots, il le baisa, il l'arrosa de ses larmes, il le fit voir à toute l'assemblée, disant qu'il reconnaissait fort bien le caractère de sa femme. Il fit mille questions à la grenouillette, auxquelles elle répondit avec autant d'esprit que de vivacité. La princesse fiancée & les ambassadeurs chargés de voir célébrer son mariage, faisaient très laide grimace : « Comment, sire, dit le plus célèbre d'entre eux, pouvez-vous sur les paroles d'une crapaudine comme celle-ci rompre un hymen si solennel ? Cette écume de marécage a l'insolence de venir mentir à votre cour & goûte le plaisir d'être écoutée. — Monsieur l'ambassadeur, répliqua la grenouille, sachez que je suis point écume de marécage, & puisqu'il faut ici étaler ma science : allons, fées & féos, paraissez ! » Toutes les grenouilles, grenouillettes, rats, escargots, lézards & elle à leur tête parurent en effet, mais ils n'avaient plus la figure de ces vilains petits animaux : leur taille était haute & majestueuse, leur visage agréable, leurs yeux plus brillants que les étoiles. Chacun portait une couronne de pierreries sur sa tête & un manteau royal sur ses épaules, de velours doublé d'hermine, avec une longue queue que des nains & des naines portaient. En même temps, voici des trompettes, timbales, hautbois & tambours qui percent les nues par leurs sons agréables & guerriers ; toutes les fées & les féos commencèrent un ballet si légèrement dansé, que la moindre gambade les élevait jusqu'à la voûte du salon. Le roi attentif, & la future reine n'étaient pas moins surpris l'un que l'autre, quand ils virent tout d'un coup ces honorables baladins métamorphosés en fleurs, qui ne baladinaient pas moins, jasmins, jonquilles, violettes, œillets & tubéreuses, que lorsqu'ils étaient pour-

vus de jambes & de pieds. C'était un parterre animé,
dont tous les mouvements réjouissaient autant l'odorat
que la vue.

Un instant après les fleurs disparurent, plusieurs fontaines prirent leurs places : elles s'élevaient rapidement
& retombaient dans un large canal qui se forma au pied
du château. Il était couvert de petites galeries peintes &
dorées, si jolies & si galantes que la princesse convia
ses ambassadeurs avec elle pour s'y promener. Ils le
voulurent bien, comprenant que tout cela n'était qu'un
jeu, qui se terminerait enfin par d'heureuses noces.

Dès qu'il furent embarqués, le fleuve & toutes les fontaines disparurent, les grenouilles redevinrent grenouilles. Le roi demanda où était sa princesse, la grenouille repartit : « Sire, vous n'en devez point avoir
d'autre que la reine votre épouse. Si j'étais moins de ses
amies, je ne me mettrais pas en peine du mariage que
vous étiez sur le point de faire. Mais elle a tant de mérite
& votre fille Moufette est si aimable, que vous ne devez
pas perdre un moment à tâcher de les délivrer. — Je
vous avoue, madame la grenouille, dit le roi, que si je ne
croyais pas ma femme morte, il n'y a rien au monde je
ne fisse pour la ravoir. — Après les merveilles que j'ai
faites devant vous, répliqua-t-elle, il me semble que
vous devriez être plus persuadé de ce que je vous dis.
Laissez votre royaume avec de bons ordres & ne différez pas à partir. Voici une bague qui vous fournira les
moyen de voir la reine & de parler à la Fée lionne, quoiqu'elle soit la plus terrible créature qui soit au monde. »

Le roi, ne voyant plus la princesse qui lui était destinée, sentit que sa passion pour elle s'affaiblissait fort &
qu'au contraire celle qu'il avait eue pour la reine prenait de nouvelles forces.

Il partit sans vouloir être accompagné de personne &
fit des présents très considérables à la grenouille : « Ne

vous découragez point, lui dit-elle, vous aurez de terribles difficultés à surmonter. Mais j'espère que vous réussirez dans ce que vous souhaitez. » Le roi, consolé par ces promesses, ne prit point d'autres guides que sa bague pour aller chercher sa chère reine.

A mesure que Moufette grandissait, sa beauté se perfectionnait si fort, que tout les monstres du lac de vif-argent en devinrent amoureux. L'on voyait des dragons d'une figure épouvantable, qui venaient ramper à ses pieds. Bien qu'elle les eût toujours vus, ses beaux yeux ne pouvaient s'y accoutumer, elle fuyait & se cachait entre les bras de sa mère : « Serons-nous longtemps ici ? lui disait-elle en pleurant. Nos malheurs ne finiront-ils point ? » La reine lui donnait de bonnes espérances pour la consoler, mais dans le fond elle n'en avait aucune : l'éloignement de la grenouille, son profond silence, tant de temps passé sans avoir aucune nouvelle du roi, tout cela, dis-je, l'affligeait avec excès.

La Fée lionne s'accoutuma peu à peu à les mener à la chasse. Elle était friande, elle aimait le gibier qu'elles lui tuaient &, pour toute récompense, elle leur en donnait les pieds ou la tête. Mais c'était encore beaucoup de leur permettre de revoir la lumière du jour. Cette fée prenait la figure d'une lionne, la reine & sa fille s'asseyaient sur elle & couraient ainsi les forêts.

Le roi, conduit par sa bague, s'étant arrêté dans une, les vit passer comme un trait qu'on décoche. Il n'en fut pas aperçu, mais voulant les suivre, elles disparurent absolument à ses yeux. Malgré les continuelles peines de la reine, sa beauté ne s'était point altérée, elle lui parut plus aimable que jamais. Tous ses feux se rallumèrent &, ne doutant pas que la jeune princesse qui était avec elle ne fût sa chère Moufette, il résolut de périr mille fois plutôt que d'abandonner le dessein de les ravoir.

L'officieuse bague le conduisit dans l'obscur séjour
où était la reine depuis tant d'années. Il n'était pas
médiocrement surpris de descendre jusqu'au fond de la
terre, mais tout ce qu'il y vit l'étonna bien davantage.
La Fée lionne, qui n'ignorait rien, savait le jour &
l'heure qu'il devait arriver : que n'aurait-elle pas fait
pour que le Destin, d'intelligence avec elle, en eût
ordonné autrement ? Mais elle résolut au moins de
combattre son pouvoir de tout le sien.

Elle bâtit au milieu du lac de vif-argent un palais de
cristal qui voguait comme l'onde. Elle y renferma la
pauvre reine & sa fille. Ensuite elle harangua tous les
monstres qui étaient amoureux de Moufette : « Vous
perdez cette belle princesse, leur dit-elle, si vous ne
vous intéressez avec moi à la défendre contre un chevalier qui vient pour l'enlever. » Les monstres promirent
de ne rien négliger de ce qu'ils pouvaient faire. Ils
entourèrent le palais de cristal, les plus légers se placèrent sur le toit & sur les murs, les autres aux portes &
le reste dans le lac.

Le roi, étant conseillé par sa fidèle bague, fut d'abord
à la caverne de la fée : elle l'attendait sous sa figure de
lionne. Dès qu'il parut, elle se jeta sur lui, il mit l'épée
à la main avec une valeur qu'elle n'avait pas prévue &,
comme elle allongeait une de ses pattes pour le terras-
ser, il la lui la coupa à la jointure : c'était justement au
coude. Elle poussa un grand cri & tomba. Il s'approcha
d'elle, il lui mit le pied sur la gorge, il jura par sa foi
qu'il l'allait tuer &, malgré son invulnérable furie, elle
ne laissa pas d'avoir peur : « Que me veux-tu ? lui dit-
elle, que me demandes-tu ? — Je veux te punir, répliqua-t-il fièrement, d'avoir enlevé ma femme, & je veux
t'obliger à me la rendre, ou je t'étranglerai tout à
l'heure. — Jette les yeux sur ce lac , lui dit-elle, vois si
elle est en mon pouvoir. » Le roi regarda du côté qu'elle

lui montrait : il vit la reine & sa fille dans le château de cristal, qui voguait sans rames & sans gouvernail comme une galère sur le vif-argent.

Il pensa mourir de joie & de douleur ; il les appela de toute sa force & il en fut entendu. Mais par où les joindre ? Pendant qu'il en cherchait les moyens, la Fée lionne disparut.

Il courait le long des bords du lac. Quand il était d'un côté, prêt à joindre le palais transparent, il s'éloignait d'une vitesse épouvantable & ses espérances étaient ainsi toujours déçues. La reine, qui craignait qu'à la fin il se lassât, lui criait de ne perdre point courage, que la Fée lionne voulait le fatiguer, mais qu'un véritable amour ne peut être rebuté par aucune difficulté. Là-dessus, elle & la charmante Moufette lui tendaient les mains & prenaient des manières suppliantes. A cette vue le roi se sentait pénétrer de nouveaux traits : il élevait la voix, il jurait par le Styx & l'Achéron de passer plutôt le reste de sa vie dans ces tristes lieux que d'en partir sans elles.

Il fallait qu'il fût doué d'une grande persévérance, car il passait aussi mal son temps que roi du monde. La terre pleine de ronces & couvertes d'épines lui servait de lit, il ne mangeait que des fruits sauvages plus amers que le fiel, & il avait sans cesse des combats à soutenir contre les monstres du lac. Un mari qui tient cette conduite pour ravoir sa femme est assurément du temps des fées & son procédé marque assez l'époque de mon conte.

Trois années s'écoulèrent, sans que le roi eût lieu de se promettre aucun avantage. Il était presque désespéré, il prit cent fois la résolution de se jeter dans le lac, & il l'aurait fait, s'il avait pu envisager ce dernier coup comme un remède aux peines de la reine & de la princesse. Il courait à son ordinaire tantôt d'un côté et tantôt

d'un autre, lorsqu'un dragon affreux l'appela. Il lui dit :
« Si vous voulez me jurer par votre couronne & par
votre sceptre, par votre manteau royal, par votre femme
& votre fille, de me donner un certain morceau à manger dont je suis fort friand & que je vous demanderai
lorsque j'en aurai envie, je vais vous prendre sur mes
ailes &, malgré tous les monstres qui couvrent ce lac &
qui gardent le château de cristal, je vous promets que
nous retirerons la reine & la princesse Moufette. »

« Ah ! cher dragon de mon âme, s'écria le roi, je vous
jure & à toute votre dragonienne espèce, que je vous
donnerai à manger tout votre saoul & que je resterai à
jamais votre petit serviteur. — Ne vous engagez pas,
répliqua le dragon, si vous n'avez envie de me tenir
parole, car il vous arriverait des malheurs si grands que
vous vous en souviendriez le reste de votre vie. » Le roi
redoubla ses protestations : il mourait d'impatience de
délivrer sa chère reine. Il sauta sur le dos du dragon,
comme il aurait fait sur le plus beau cheval du monde.
En même temps les monstres vinrent au-devant de lui
pour l'arrêter au passage. Ils se battent, l'on n'entend
que le sifflement aigu des serpents, l'on ne voit que du
feu, le soufre & le salpêtre tombent pêle-mêle. Enfin le
roi arrive au château. Les efforts s'y renouvellent :
chauves-souris, hiboux, corbeaux, tout lui en défend
l'entrée, mais le dragon avec ses griffes, ses dents & sa
queue mettait en pièces les plus hardis. La reine, de son
côté, qui voyait cette grande bataille, casse ses murs à
coups de pieds, & des morceaux elle en fait des armes
pour aider à son cher époux. Ils furent enfin victorieux,
ils se joignirent, & l'enchantement s'acheva par un
coup de tonnerre, qui tomba dans le lac & qui le tarit.

L'officieux dragon était disparu comme tous les
autres &, sans que le roi pût deviner par quel moyen il
avait été transporté dans sa ville capitale, il s'y trouva

avec la reine & Moufette, assis dans un salon magnifique, vis-à-vis d'une table délicieusement servie. Il n'a
jamais été un étonnement pareil au leur ni une plus
grande joie. Tous leurs sujets accoururent pour voir leur
souveraine & la jeune princesse, qui par une suite du
prodige, était si superbement vêtue qu'on avait peine à
soutenir l'éclat de ses pierreries.

Il est aisé d'imaginer que tous les plaisirs occupèrent
cette belle cour : l'on y faisait des mascarades, des
courses de bague, des tournois qui attiraient les plus
grands princes du monde, & les beaux yeux de Moufette les arrêtaient tous. Entre ceux qui parurent les
mieux faits & les plus adroits, le prince Moufy emporta
partout l'avantage. L'on n'entendait que des applaudissements, chacun l'admirait, & la jeune Moufette, qui
avait été jusqu'alors avec les serpents & les dragons du
lac, ne put s'empêcher de rendre justice au mérite de
Moufy. Il ne se passait aucun jour sans qu'il fît des
galanteries nouvelles pour lui plaire, car il l'aimait passionnément &, s'étant mis sur les rangs pour établir ses
prétentions, il fit connaître au roi & à la reine que sa
principauté était d'une beauté & d'une étendue qui
méritaient bien une attention particulière.

Le roi lui dit que Moufette était maîtresse de se choisir un mari, qu'il ne la voulait contraindre en rien, qu'il
travaillât à lui plaire, que c'était l'unique moyen d'être
heureux. Le prince fut ravi de cette réponse : il avait
connu en plusieurs rencontres qu'il ne lui était pas
indifférent, &, s'étant enfin expliqué avec elle, elle lui
dit que s'il n'était pas son époux elle n'en aurait jamais
d'autre. Moufy, transporté de joie, se jeta à ses pieds, il
la conjura dans les termes les plus tendres de se souvenir de la parole qu'elle lui donnait.

Il courut aussitôt dans l'appartement du roi & de la
reine, il leur rendit compte des progrès que son amour

avait fait sur Moufette & les supplia de ne plus différer
son bonheur. Ils y consentirent avec plaisir : le prince
Moufy avait de si grandes qualités qu'il semblait être
seul digne de posséder la merveilleuse Moufette. Le roi
voulut bien les fiancer avant qu'il retournât à Moufy, où
il était obligé d'aller donner des ordres pour son
mariage. Mais il ne serait plutôt jamais parti que de s'en
aller sans des assurances certaines d'être heureux à son
retour. La princesse Moufette ne put lui dire adieu sans
répandre beaucoup de larmes, elle avait je ne sais quels
pressentiments qui l'affligeaient, & la reine, voyant le
prince accablé de douleur, lui donna le portrait de sa
fille, le priant pour l'amour d'eux tous que l'entrée
qu'il allait ordonner ne fût plutôt pas si magnifique &
qu'il tardât moins à revenir. Il lui dit : « Madame, je
n'ai jamais tant pris de plaisir à vous obéir que j'en
aurai dans cette occasion. Mon cœur y est trop intéressé
pour que je néglige ce qui me peut rendre heureux. »

Il partit en poste, & la princesse Moufette, en attendant son retour, s'occupait de la musique & des instruments qu'elle avait appris à toucher depuis quelques
mois & dont elle s'acquittait merveilleusement bien.
Un jour qu'elle était dans la chambre de la reine, le roi
y entra la visage tout couvert de larmes &, prenant sa
fille entre ses bras : « Ô mon enfant ! s'écria-t-il, Ô
père infortuné ! Ô malheureux roi ! » Il n'en put dire
davantage, les soupirs coupèrent le fil de sa voix. La
reine & la princesse, épouvantées, lui demandèrent ce
qu'il avait. Enfin il leur dit qu'il venait d'arriver un
géant d'une grandeur démesurée, qui se disait ambassadeur du dragon du lac, lequel, suivant la promesse
qu'il avait exigée du roi pour lui aider à combattre & à
vaincre les monstres, venait demander la princesse
Moufette afin de la manger en pâté, qu'il s'était
engagé par des serments épouvantables de lui donner

tout ce qu'il voudrait, & en ce temps-là, l'on ne savait pas manquer à sa parole.

La reine, entendant ces tristes nouvelles, poussa des cris affreux. Elle serra la princesse entre ses bras : « L'on m'arrachera plutôt la vie, dit-elle, que de me résoudre à livrer ma fille à ce monstre. Qu'il prenne notre royaume & tout ce que nous possédons. Père dénaturé, pourriez-vous donner les mains à une si grande barbarie ? Quoi ? mon enfant serait mis en pâté ? Ah ! je n'en peux soutenir la pensée. Envoyez-moi ce barbare ambassadeur, peut-être que mon affliction le touchera. »

Le roi ne répliqua rien. Il fut parler au géant & l'amena ensuite à la reine, qui se jeta à ses pieds. Elle & sa fille le conjurèrent d'avoir pitié d'elles & de persuader au dragon de prendre tout ce qu'elles avaient & de sauver la vie à Moufette. Mais il leur répondit que cela ne dépendait point du tout de lui & que le dragon était trop friand, que lorsqu'il avait en tête de manger quelque bon morceau, tous les dieux ensemble ne lui en ôteraient pas l'envie, qu'il leur conseillait en ami de faire la chose de bonne grâce, parce qu'il en pourrait encore arriver de plus grands malheurs. A ces mots, la reine s'évanouit & la princesse en aurait fait autant, sans qu'il fallait qu'elle secourût sa mère.

Ces tristes nouvelles furent à peine répandues dans le palais, que toute la ville les sut. L'on n'entendait que des pleurs & des gémissements, car Moufette était adorée. Le roi ne pouvait se résoudre de la donner au géant, & le géant, qui avait déjà attendu plusieurs jours, commençait à se lasser & menaçait d'une manière terrible. Cependant le roi & la reine disaient : « Que nous peut-il arriver de pis ? Quand le dragon du lac viendrait nous dévorer, nous ne serions pas plus affligés ; si l'on met notre Moufette en pâté, nous sommes perdus. » Là-des-

sus le géant leur dit qu'il avait reçu des nouvelles de
son maître & que, si la princesse voulait épouser un
neveu qu'il avait, il consentait à la laisser vivre, qu'au
reste ce neveu était beau & bien fait, qu'il était prince
& qu'elle pourrait vivre fort contente avec lui.

Cette proposition adoucit un peu la douleur de Leurs
Majestés. La reine parla à la princesse, mais elle la
trouva beaucoup plus éloignée de ce mariage que de la
mort : « Je ne suis point capable, lui dit-elle, de conserver ma vie par une infidélité. Vous m'avez promise au
prince Moufy, je ne serai jamais à d'autres. Laissez-moi
mourir, la fin de ma triste assurera le repos de la
vôtre. » Le roi survint ; il dit à sa fille tout ce que la
plus forte tendresse peut faire imaginer. Elle demeura
ferme dans ses sentiments, & pour conclusion, il fut
résolu de la conduire sur le haut d'une montagne où le
dragon du lac la devait venir prendre.

L'on prépara tout pour ce triste sacrifice. Jamais ceux
d'Iphigénie & de Psyché n'ont été si lugubres : l'on ne
voyait que des habits noirs, des visages pâles &
consternés. Quatre-cents jeunes filles de la première
qualité s'habillèrent de longs habits blancs & se cou-
ronnèrent de cyprès pour l'accompagner. On la portait
dans une litière de velours noir découverte, afin que
tout le monde vît ce chef-d'œuvre des cieux. Ses cheveux étaient épars sur ses épaules, rattachés de crêpes,
& la couronne qu'elle avait sur sa tête était de jasmins
mêlés de quelques soucis. Elle ne paraissait touchée que
de la douleur du roi & de la reine, qui la suivaient accablés de la plus profonde tristesse. Le géant, armé de
toutes pièces, marchait à côté de la litière où était la
princesse &, la regardant d'un œil avide, il semblait
qu'il était assuré d'en manger sa part. L'air retentissait
de soupirs & de sanglots, le chemin était inondé des
larmes que l'on répandait.

« Ah ! grenouille, grenouille, s'écriait la reine, vous m'avez bien abandonnée ! Hélas ! pourquoi me donniez-vous votre secours dans la sombre plaine, puisque vous me le déniez à présent ? Que je serais heureuse d'être morte alors ! Je ne verrais pas aujourd'hui toutes mes espérances déçues ! Je ne verrais pas, dis-je, ma chère Moufette sur le point d'être dévorée. »

Pendant qu'elle faisait ses plaintes, l'on avançait toujours, quelque lentement qu'on marchât, & enfin l'on se trouva au haut de la fatale montagne. En ce lieu, les cris & les regrets redoublèrent d'une telle force qu'il n'a jamais été rien de si lamentable. Le géant convia tout le monde de faire ses adieux & de se retirer. Il fallait bien le faire, car en ce temps-là, on était fort simple & on ne cherchait des remèdes à rien.

Le roi & la reine, s'étant éloignés, montèrent sur une autre montagne avec toute la cour, parce qu'ils pouvaient voir de là ce qui allait arriver à la princesse. Et en effet ils ne restèrent pas longtemps sans apercevoir en l'air un dragon, qui avait près d'une demi-lieue de long ; bien qu'il eût six grandes ailes, il ne pouvait presque voler, tant son corps était pesant, tout couvert de grosses écailles bleues & de longs dards enflammés. Sa queue faisait cinquante tours et demi, chacune de ses griffes était de la grandeur d'un moulin à vent, & l'on voyait dans sa gueule béante trois rangs de dents aussi longues que celles d'un éléphant.

Mais pendant qu'il s'avançait peu à peu, la chère & fidèle grenouille, montée sur un épervier, vola rapidement vers le prince Moufy. Elle avait son chaperon de roses &, quoiqu'il fût enfermé dans son cabinet, elle y entra sans clef. « Que faites-vous ici, amant infortuné ? lui dit-elle. Vous rêvez aux beautés de Moufette, qui est dans ce moment exposée à la plus rigoureuse catastrophe. Voici donc une feuille de rose : en soufflant dessus, j'en fais un cheval rare, comme vous allez voir. » Il parut aussitôt un cheval tout vert : il avait douze pieds & trois têtes, l'une jetait du feu, l'autre des bombes & l'autre des boulets de canon. Elle lui donna une épée, qui avait dix-huit aunes de long & qui était plus légère qu'une plume. Elle le revêtit d'un seul diamant dans lequel il entra comme dans un habit &, bien qu'il fût plus dur qu'un rocher, il était si maniable, qu'il ne le gênait en rien. « Partez, lui dit-elle, courez, volez à la défense de ce que vous aimez ? Le cheval vert que je vous donne vous mènera où elle est. Quand vous l'aurez délivrée, faites-lui entendre la part que j'y ai. »

« Généreuse fée, s'écria le prince, je ne puis à présent vous témoigner toute ma reconnaissance. Mais je me déclare pour jamais votre esclave très fidèle. » Il monta sur le cheval aux trois têtes : aussitôt il se mit à galoper avec ses douze pieds & faisait plus de diligence que trois des meilleurs chevaux, de sorte qu'il arriva en peu de temps au haut de la montagne, où il vit sa chère princesse toute seule & l'affreux dragon qui s'en approchait lentement. Le cheval vert se mit à jeter du feu, des bombes & des boulets de canon, qui ne surprirent pas médiocrement le monstre. Il reçut vingt coups de ces boulets dans la gorge, qui entamèrent un peu les écailles, & les bombes lui crevèrent un œil. Il devint furieux & voulut se jeter sur le prince, mais l'épée de dix-huit aunes était d'une si bonne trempe, qu'il la maniait comme il voulait, lui enfonçant quelquefois jusqu'à la garde ou s'en servant comme d'un fouet. Le prince n'aurait pas laissé de sentir l'effort de ses griffes sans l'habit de diamant qui était impénétrable.

Moufette l'avait reconnu de fort loin, car le diamant qui le couvrait était brillant & clair, de sorte qu'elle fut saisie de la plus mortelle appréhension dont une maîtresse puisse être capable. Mais le roi & la reine commencèrent à sentir dans leur cœur quelques rayons d'espérance, car il était fort extraordinaire de voir un cheval à trois têtes, à douze pieds, qui jetait feu & flamme, & un prince dans un étui de diamant, armé d'une épée formidable, venir dans un moment si nécessaire & combattre avec tant de valeur. Le roi mit son chapeau sur sa canne & la reine attacha son mouchoir au bout d'un bâton pour faire des signes au prince & l'encourager. Toute leur suite en fit autant. En vérité, il n'en avait pas besoin : son cœur tout seul & le péril où il voyait sa maîtresse suffisaient pour l'animer.

Quels efforts ne fit-il point ! La terre était couverte des dards, des griffes, des cornes, des ailes & des écailles du dragon, son sang coulait par mille endroits : il était tout bleu & celui du cheval à trois têtes était tout vert, ce qui faisait une nuance singulière sur la terre. Le prince tomba cinq fois, il se releva toujours, il prenait son temps pour remonter sur son bon cheval, & puis c'était des canonnades & des feux grégeois qui n'ont jamais rien eu de semblable. Enfin le dragon perdit ses forces, il tomba & le prince lui donna un coup dans le ventre, qui lui fit une épouvantable blessure. Mais, ce qu'on aura peine à croire & qui est pourtant aussi vrai que le reste du conte, c'est qu'il sortit par cette large blessure un prince, le plus beau & le plus charmant que l'on ait jamais vu : son habit était de velours bleu à fond d'or, tout brodé de perles ; il avait sur sa tête un petit morion à la grecque, ombragé de plumes blanches. Il accourut les bras ouverts, & embrassant le prince Moufy : « Que ne vous dois-je pas, mon généreux libérateur lui dit-il ; vous venez de me délivrer de la plus affreuse prison où jamais un souverain puisse être renfermé. J'y avais été condamné par la Fée lionne, il y a seize ans que j'y languis, & son pouvoir était tel que, malgré ma propre volonté, elle me forçait à dévorer cette adorable princesse. Menez-moi à ses pieds, pour que je lui explique mon malheur. »

Le prince Moufy, surpris & charmé d'une aventure si étonnante, ne voulu céder en rien aux civilités de ce prince. Ils se hâtèrent de joindre la belle Moufette, qui rendait de son côté mille grâces aux dieux pour un bonheur si inespéré. Le roi, la reine & toute leur cour étaient déjà auprès d'elle ; chacun parlant à la fois, personne ne s'entendait, l'on pleurait presque autant de joie que l'on avait pleuré de douleur. Enfin, pour que rien ne manquât à la fête, la bonne grenouille parut en l'air, montée sur son épervier, qui avait des sonnettes d'or aux pieds. Lorsque l'on entendit *drelin dindin*, chacun leva les yeux, l'on vit briller le chaperon de roses comme un soleil, & la grenouille était aussi belle que l'Aurore. La reine s'avança vers elle & la prit par une de ses petites pattes : aussitôt la sage grenouille se métamorphosa & parut comme une grande reine, son visage était le plus agréable du monde. « Je viens, s'écria-t-elle, pour couronner la fidélité de la princesse Moufette : elle a mieux aimé exposer sa vie que de changer. Cet exemple est rare dans le siècle où nous sommes, mais il le sera bien davantage dans les siècles à venir. » Elle prit aussitôt deux couronnes de myrtes qu'elle mit sur la tête des deux amants qui s'aimaient &, frappant trois coups de sa baguette, l'on vit que tous les os du dragon s'élevèrent pour former un arc de triomphe, en mémoire de la grande aventure qui venait de se passer.

Ensuite cette belle & nombreuse troupe s'achemina vers la ville, chantant hymen & hyménée avec autant de gaîté qu'ils avaient célébré tristement le sacrifice de la princesse. Ses noces ne furent différées que jusqu'au lendemain. Il est aisé de juger de la joie qui les accompagna.

La reine que je viens de peindre
Au milieu des horreurs d'un infernal séjour,
      Pour ses jours n'avait rien à craindre :
Pour elle l'amitié se joignait à l'amour,
Grenouillette & Moufy lui marquèrent leur zèle.
      Par de communs efforts,
      Malgré la Lionne cruelle,
Ils surent l'arracher de ces funestes bords.
Des époux si constants, des amis si sincères
      Étaient du vieux temps de nos pères.
      Ils ne sont plus de ce temps-ci.
Le siècle de féerie en a toute la gloire.
      Par le trait que je cite ici,
      De l'époque de mon histoire
      On peut être assez averti.

LA BICHE AU BOIS. *CONTE.**

Il était une fois un roi & une reine dont l'union était parfaite ; ils s'aimaient tendrement & leurs sujets les adoraient. Mais il manquait à la satisfaction des uns & des autres de leur voir un héritier. La reine, qui était persuadée que le roi l'aimerait encore davantage si elle en avait un, ne manquait pas au printemps d'aller boire des eaux qui étaient excellentes. L'on y venait en foule, & le nombre d'étrangers était si grand, qu'il s'en trouvait là de toutes les parties du monde.

---

* C'était fatal : une fée très susceptible, l'interdiction de voir la lumière enfreinte inopinément, et voilà notre princesse métamorphosée en biche, prête pour l'initiation amoureuse.

Il y avait plusieurs fontaines dans un grand bois où l'on allait boire. Elles étaient entourées de marbre & de porphyre, car chacun se piquait de les embellir. Un jour que la reine était assise au bord de la fontaine, elle dit à toutes ses dames de s'éloigner & de la laisser seule. Puis elle commença ses plaintes ordinaires : « Ne suis-je pas bien malheureuse, dit-elle, de n'avoir point d'enfant ! Les plus pauvres femmes en ont, il y a cinq ans que j'en demande au Ciel : mourrai-je sans avoir cette satisfaction ?»

Comme elle parlait ainsi, elle remarqua que l'eau de la fontaine s'agitait, puis une grosse écrevisse parut & lui dit : « Grande reine, vous aurez enfin ce que vous désirez. Je vous avertis qu'il y a proche un palais superbe que les fées ont bâti. Mais il est impossible de le trouver, parce qu'il est environné de nuées fort épaisses que l'œil d'une personne mortelle ne peut pénétrer. Cependant, comme je suis votre très-humble servante, si vous voulez vous fier à la conduite d'une pauvre écrevisse, je m'offre de vous y mener. »

La reine l'écoutait sans l'interrompre, la nouveauté de voir parler une écrevisse l'ayant fort surprise. Elle lui dit qu'elle acceptait avec plaisir ses offres, sans qu'elle ne savait pas aller en reculant comme elle. L'écrevisse sourit & sur-le-champ elle prit la figure d'une belle petite vieille. « Eh bien, madame, lui dit-elle, n'allons pas à reculons, j'y consens. Mais surtout regardez-moi comme une de vos amies, car je ne souhaite que ce qui peut vous être avantageux. »

Elle sortit de la fontaine sans être mouillée. Ses habits étaient blancs, doublés de cramoisi & ses cheveux gris tout renoués de rubans verts. Il ne s'est guère vu de vieille dont l'air fût plus galant. Elle salua la reine, elle en fut embrassée &, sans tarder davantage, elle la conduisit dans une route du bois, qui surprit cette prin-

cesse : car encore qu'elle y fût venue mille & mille fois,
elle n'était jamais entrée dans celle-là. Comment y
serait-elle entrée ? C'était le chemin des fées pour aller
à la fontaine. Il était ordinairement fermé de ronces &
d'épines, mais quand la reine & sa conductrice parurent, aussitôt les rosiers poussèrent des roses, les jasmins & les orangers entrelacèrent leurs branches pour
faire un berceau couvert de feuilles & de fleurs, la terre
fut couverte de violettes & mille oiseaux différents
chantaient à l'envi sur les arbres.

La reine n'était pas encore revenue de sa surprise,
lorsque ses yeux furent frappés par l'éclat d'un palais
tout de diamants : les murs & les toits, les plafonds, les
planchers, les degrés, les balcons, jusqu'aux terrasses,
tout était de diamants. Dans l'excès de son admiration,
elle ne put s'empêcher de pousser un grand cri & de
demander à la galante vieille qui l'accompagnait si ce
qu'elle voyait était un songe ou une réalité. « Rien n'est
plus réel, madame, répliqua-t-elle. » Aussitôt les portes
du palais s'ouvrirent, il en sortit six fées, mais quelles
fées ! Les plus belles & les plus magnifiques qui aient
jamais paru dans leur empire. Elle vinrent toutes faire
une profonde révérence à la reine & chacune lui présenta une fleur de pierreries pour lui faire un bouquet :
il y avait une rose, une tulipe, une anémone, une anco-
lie, un œillet & une grenade. « Madame, lui dirent-elles,
nous ne pouvons vous donner une plus grande marque
de notre considération qu'en vous permettant de nous
venir voir ici. Mais nous sommes bien aises de vous
annoncer que vous aurez une belle princesse, que vous
nommerez Désirée. Car l'on doit avouer qu'il y a longtemps que vous la désiriez. Ne manquez pas, aussitôt
qu'elle sera au monde, de nous appeler, parce que nous
voulons la douer de toutes sortes de bonnes qualités.
Vous n'aurez qu'à prendre le bouquet que nous vous

donnons, & nommer chaque fleur en pensant à nous ; soyez certaine qu'aussitôt nous serons dans votre chambre. »

La reine, transportée de joie, se jeta à leur cou & les embrassades durèrent plus d'une grosse demi-heure. Après cela, elles prièrent la reine d'entrer dans leur pays, dont on ne peut faire une assez belle description. Elles avaient pris pour le bâtir l'architecte du Soleil. Il avait fait en petit ce que celui du Soleil est en grand. La reine, qui n'en soutenait l'éclat qu'avec peine, fermait à tout moment les yeux. Elles la conduisirent dans leur jardin : il n'a jamais été de si beaux fruits. Les abricots étaient plus gros que la tête & l'on ne pouvait manger une cerise sans la couper en quatre, d'un goût si exquis que la reine en eut mangé, elle ne voulut de sa vie en manger d'autres. Il y avait un verger tout d'arbres confits, qui ne laissaient pas d'avoir vie & de croître comme les autres.

De dire tous les transports de la reine, combien elle parla de la petite Princesse désirée, combien elle remercia les aimables personnes qui lui annonçaient une si agréable nouvelle, c'est ce que je n'entreprendrai point, mais enfin il n'y eut aucun terme de tendresse & de reconnaissance oublié. La Fée de la fontaine y trouva toute la part qu'elle méritait. La reine demeura jusqu'au soir dans le palais. Elle aimait la musique, on lui fit entendre des voix qui lui parurent célestes, on la chargea de présents, &, après avoir remercié ces grandes dames, elle revint avec la Fée de la fontaine.

Toute sa maison était très en peine d'elle, on la cherchait avec beaucoup d'inquiétude, on ne pouvait imaginer en quel lieu elle était. Ils craignaient même que quelques étrangers audacieux ne l'eussent enlevée, car elle avait de la beauté & de la jeunesse, de sorte que chacun témoigna une joie extrême de son retour &,

comme elle ressentait de son côté une satisfaction infinie des bonnes espérances qu'on venait de lui donner, elle avait une conversation agréable & brillante qui charmait tout le monde.

La Fée de la fontaine la quitta proche de chez elle, les compliments & les caresses redoublèrent à leur séparation, & la reine, étant restée encore huit jours aux eaux, ne manqua point de retourner au palais des fées avec sa coquette vieille, qui paraissait d'abord en écrevisse & puis qui prenait sa forme naturelle.

La reine partit. Elle devint grosse & mit au monde une princesse, qu'elle appela Désirée. Aussitôt elle prit le bouquet qu'elle avait reçu, elle nomma toutes les fleurs l'une après l'autre, & sur-le-champ elle vit arriver les fées. Chacune avait son chariot de différente manière : l'un était d'ébène tiré par des pigeons blancs, l'autre d'ivoire que de petits corbeaux traînaient, d'autres encore de cèdre & de calembour. C'était là leur équipage d'alliance & de paix, car, lorsqu'elles étaient fâchées, ce n'était que des dragons volants, que couleuvres qui jetaient le feu par la gueule & par les yeux, que lions, que léopards, que panthères, sur lesquels elles se transportaient d'un bout du monde à l'autre en moins de temps qu'il n'en faut pour dire bonjour ou bonsoir. Mais cette fois-ci elles étaient de la meilleure humeur qu'il est possible.

La reine les vit entrer dans sa chambre avec un air gai & majestueux. Leurs nains & leurs naines les suivaient tout chargés de présents. Après qu'elles eurent embrassé la reine & baisé la petite princesse, elles déployèrent sa layette dont la toile était si fine & si bonne qu'on pouvait s'en servir cent ans sans l'user. Les fées la filaient à leurs heures de loisir. Pour les dentelles, elles surpassaient encore ce que j'ai dit de la toile : toute l'histoire du monde y était représentée, soit à l'aiguille ou au fuseau. Après cela, elles montrèrent les langes & les couvertures qu'elles avaient brodés exprès : l'on voyait représentés mille jeux différents auxquels les enfants s'amusent. Depuis qu'il y a des brodeurs & des brodeuses, il ne s'est rien vu de si merveilleux. Mais quand le berceau parut, la reine s'écria d'admiration, car il surpassait encore tout ce qu'elle avait vu jusqu'alors. Il était d'un bois si rare qu'il coûtait cent mille écus la livre. Quatre petits Amours le soutenaient, c'était quatre chefs-d'œuvre où l'art avait tellement surpassé la matière, quoiqu'il fût de diamants & de rubis, que l'on n'en peut assez parler. Ces petits Amours avaient été animés par les fées, de sorte que lorsque l'enfant criait, ils le berçaient & l'endormaient : cela était d'une commodité merveilleuse pour les nourrices.

Les fées prirent elles-mêmes la petite princesse sur leurs genoux, elles l'emmaillotèrent & lui donnèrent plus de cent baisers, car elle était déjà si belle qu'on ne pouvait la voir sans l'aimer. Elles remarquèrent qu'elle avait besoin de têter, aussitôt elles frappèrent la terre avec leur baguette : il parut une nourrice telle qu'il la fallait pour cet aimable poupart. Il ne fut plus question que de douer l'enfant ; les fées s'empressèrent de le faire : l'une la doua de vertu & l'autre d'esprit, la troisième d'une beauté miraculeuse, celle d'après, d'une heureuse fortune, la cinquième lui désira une longue santé, & la dernière, qu'elle fît bien toutes les choses qu'elle entreprendrait.

La reine, ravie, les remerciait mille & mille fois des faveurs qu'elles venaient de faire à la petite princesse, lorsque l'on vit entrer dans la chambre une si grosse écrevisse que la porte fut à peine assez large pour qu'elle pût passer : « Ah ! trop ingrate reine, dit l'écrevisse, vous n'avez donc pas daigné vous souvenir de moi ? Est-il possible que vous ayez sitôt oublié la Fée de la fontaine & les bons offices que je vous ai rendus en vous menant chez mes sœurs ? Quoi ? Vous les avez toutes appelées, je suis la seule que vous négligez. Il est certain que j'en avais un pressentiment, & c'est ce qui m'obligea de prendre la figure d'une écrevisse, lorsque je vous parlai la première fois, voulant marquer par là que votre amitié au lieu d'avancer reculerait. »

La reine, inconsolable de la faute qu'elle avait faite, l'interrompit & lui demanda pardon. Elle lui dit qu'elle avait cru nommer sa fleur comme celle des autres, que c'était le bouquet de pierreries qui l'avait trompée, qu'elle n'était pas capable d'oublier les obligations qu'elle lui avait, qu'elle la suppliait de ne lui point ôter son amitié & particulièrement d'être favorable à la princesse. Toutes les fées, qui craignaient qu'elle ne la douât de misère & d'infortune, secondèrent la reine pour l'adoucir : « Ma chère sœur, lui disaient-elles, que Votre Altesse ne soit point fâchée contre une reine qui n'a jamais eu dessein de vous déplaire. Quittez, de grâce, cette figure d'écrevisse, faites que nous vous voyions avec tous vos charmes. »

J'ai déjà dit que la Fée de la fontaine était assez coquette ; les louanges que ses sœurs lui donnèrent l'adoucirent un peu : « Eh bien ! dit-elle, je ne ferai pas à Désirée tout le mal que j'avais résolu ; car assurément j'avais envie de la perdre, & rien n'aurait pu m'en empêcher. Cependant je veux bien vous avertir que, si elle voit le jour avant l'âge de quinze ans, elle aura lieu de s'en repentir, il lui en coûtera peut-être la vie. » Les pleurs de la reine & les prières des illustres fées ne changèrent point l'arrêt qu'elle venait de prononcer. Elle se retira à reculons, car elle n'avait pas voulu quitter sa robe d'écrevisse.

Dès qu'elle fut éloignée de la chambre, la triste reine

demanda aux fées un moyen pour préserver sa fille des maux qui la menaçaient. Elles tinrent aussitôt conseil, & enfin, après avoir agité plusieurs avis différents, elles s'arrêtèrent à celui-ci, qu'il fallait bâtir un palais sans portes ni fenêtres, y faire une entrée souterraine & nourrir la princesse dans ce lieu jusqu'à l'âge fatal où elle était menacée.

Trois coups de baguette commencèrent & finirent ce grand édifice. Il était de marbre blanc & vert par dehors, les plafonds & les planchers, de diamants & d'émeraudes, qui formaient des fleurs, des oiseaux & mille choses agréables. Tout était tapissé de velours de différentes couleurs, brodé de la main des fées &, comme elles étaient savantes dans l'histoire, elles s'étaient fait un plaisir de tracer les plus belles & les plus remarquables ; l'avenir n'y était pas moins présent que le passé, les actions héroïques du plus grand roi du monde remplissaient plusieurs tentures.

> Ici du démon de la Thrace[1]
> Il a le port victorieux ;
> Les éclairs redoublés qui partent de ses yeux
> Marquent sa belliqueuse audace.
> Là, plus tranquille & plus serein,
> Il gouverne la France dans une paix profonde,
> Il fait voir par ses lois que le reste du monde
> Lui doit envier son destin -
> Par les peintres les plus habiles
> Il y paraissait peint avec ces divers traits :
> Redoutable en prenant des villes,
> Généreux en faisant la paix.

---

1. Mars, c'est-à-dire Louis XIV. Le roi avait tenu les rôles de la Guerre dans les *Nozze* de 1654 et de Mars dans *Ercole amante* de 1662. Mais Hercule fut incontestablement plus utilisé dans le discours encomiastique royal. Rf. *Les Travaux d'Hercule*, par Eustache le Noble (1693-1694).

Ces sages fées avaient imaginé ce moyen pour apprendre plus aisément à la jeune princesse les divers événements de la vie des héros & des autres hommes.

L'on ne voyait chez elle que par la lumière des bougies, mais il y en avait une si grande quantité qu'elles faisaient un jour perpétuel. Tous les maîtres dont elle avait   besoin pour se rendre parfaite, furent conduits en ce lieu. Son esprit, sa vivacité & son adresse prévenaient presque toujours ce qu'ils voulaient lui enseigner, & chacun d'eux demeurait dans une admiration continuelle des choses surprenantes qu'elle disait, dans un âge où les autres savent à peine nommer leur nourrice : aussi n'est-on pas douée par les fées pour demeurer ignorante & stupide.

Si son esprit charmait tous ceux qui l'approchaient, sa beauté n'avait pas des effets moins puissants : elle ravissait les plus insensibles, & la reine sa mère ne l'aurait jamais quittée, si son devoir ne l'avait pas attachée auprès du roi. Les bonnes fées venaient voir la princesse de temps en temps, elles lui apportaient des raretés sans pareilles & des habits si bien entendus, si riches & si galants, qu'ils semblaient avoir été faits pour la noce d'une jeune princesse qui n'est pas moins aimable que celle dont je parle. Mais entre toutes les fées qui la chérissaient, Tulipe l'aimait davantage & recommandait plus soigneusement à la reine de ne lui pas laisser voir le jour avant qu'elle eût quinze ans : « Notre sœur de la fontaine est vindicative, lui disait-elle, quelque intérêt que nous prenions en cette enfant, elle lui fera du mal, si elle peut. Ainsi, madame, vous ne sauriez être trop vigilante là-dessus. » La reine lui promettait de veiller sans cesse à une affaire si importante. Mais, comme sa chère fille approchait du temps où elle devait sortir de ce château, elle la fit peindre & son portrait fut porté dans les plus grandes cours de l'univers. A sa vue, il n'y eut aucun prince qui se défendît de l'admirer, mais il y en eut un qui en fut si touché, qu'il ne pouvait s'en séparer. Il le mit dans son cabinet, il s'enfermait avec lui &, lui parlant comme s'il eût été sensible, il lui disait les choses du monde les plus passionnées.

Le roi, qui ne voyait presque plus son fils, s'informa de ses occupations & de ce qui pouvait l'empêcher de paraître aussi gai qu'à son ordinaire. Quelques courtisans, trop empressés de parler, car il y en a plusieurs de ce caractère, lui dirent qu'il était à craindre que le prince ne perdît l'esprit, parce qu'il demeurait des jours entiers enfermé dans son cabinet, où l'on entendait qu'il parlait seul, comme il eût été avec quelqu'un.

Le roi reçut cet avis avec inquiétude : « Est-il possible, disait-il à ses confidents, que mon fils perde la raison ? Il en a toujours tant marqué. Vous savez l'admiration qu'on a eue pour lui jusqu'à présent, & je ne trouve encore rien d'égaré dans ses yeux ; il me paraît seulement plus triste. Il faut que je l'entretienne, je démêlerai peut-être de quelle sorte de folie il est attaqué. »

En effet il l'envoya quérir, il commanda qu'on se retirât, &, après lui avoir parlé de plusieurs choses auxquelles il n'avait pas une grande attention & auxquelles aussi il répondait assez mal, le roi lui demanda ce qu'il pouvait avoir pour que son humeur & sa personne fussent si changées. Le prince, croyant ce moment favorable, se jeta à ses pieds : « Vous avez résolu, lui dit-il, de me faire épouser la Princesse noire, vous trouvez des avantages dans son alliance que je ne puis vous promettre dans celle de la Princesse désirée. Mais, seigneur, je trouve des charmes dans celle-ci que je ne rencontrerai point dans l'autre. — Et où les avez-vous vues ? dit le roi. — Les portraits de l'une & de l'autre m'ont été apportés, répliqua le Prince guerrier (c'est ainsi qu'on le nommait, depuis qu'il avait gagné trois grandes batailles) ; je vous avoue que j'ai pris une si forte passion pour la Princesse désirée que, si vous ne retirez les paroles que vous avez données à la Noire, il faut que je meure, heureux de cesser de vivre, en perdant l'espérance d'être à ce que j'aime. »

« C'est donc avec son portrait, reprit gravement le roi, que vous prenez en gré de faire des conversations qui vous rendent ridicule à tous les courtisans : ils vous croient insensé &, si vous saviez ce qui m'est revenu làdessus, vous auriez honte de marquer tant de faiblesse. — Je ne puis me reprocher une si belle flamme, répondit-il ; lorsque vous aurez vu le portrait de cette charmante princesse, vous approuverez ce que je sens pour elle. — Allez donc le quérir tout à l'heure, dit le roi, avec un air d'impatience qui faisait assez connaître son chagrin. » Le prince en aurait eu de la peine, s'il n'avait pas été certain que rien au monde ne pouvait égaler la beauté de Désirée. Il courut dans son cabinet & revint chez le roi. Il demeura presque aussi enchanté que son fils : « Ah ! dit-il, mon cher Guerrier, je consens à ce que vous souhaitez. Je rajeunirai lorsque j'aurai une si aimable princesse à ma cour. Je vais dépêcher sur-lechamp des ambassadeurs à celle de la Noire pour retirer ma parole ; quand je devrais avoir une rude guerre contre elle, j'aime mieux m'y résoudre. »

Le prince baisa respectueusement les mains de son père & lui embrassa plus d'une fois les genoux. Il avait tant de joie qu'on le reconnaissait à peine. Il pressa le roi de dépêcher des ambassadeurs non seulement à la Noire, mais aussi à la Désirée, & il souhaita qu'il choisît pour cette dernière l'homme le plus capable & le plus riche, parce qu'il fallait paraître dans une occasion si célèbre & persuader ce qu'il désirait. Le roi jeta les yeux sur Becafigue. C'était un jeune seigneur très élo-

quent, qui avait cent millions de rentes. Il aimait passionnément le Prince guerrier : il fit pour lui plaire le
plus grand équipage & la plus belle livrée qu'il pût imaginer. Sa diligence fut extrême, car l'amour du prince
augmentait chaque jour & sans cesse il le conjurait de
partir : « Songez, lui disait-il confidemment, qu'il y va
de ma vie, que je perds l'esprit, lorsque je pense que le
père de cette princesse peut prendre des engagements
avec quelqu'autre sans vouloir les rompre en ma faveur
& que je la perdrais pour jamais. » Becafigue le rassu-
rait, afin de gagner du temps, car il était bien aise que la
dépense lui fît honneur. Il mena quatre-vingt carrosses
tout brillants d'or & de diamants, la miniature la mieux
finie n'approche pas de celle qui les ornait. Il y avait
cinquante autres carrosses, vingt-quatre mille pages à
cheval, plus magnifiques que des princes, & le reste de
ce grand cortège ne se démentait en rien.

Lorsque l'ambassadeur prit son audience de congé du
prince, il l'embrassa étroitement: « Souvenez-vous,
mon cher Becafigue, lui dit-il, que ma vie dépend du
mariage que vous allez négocier. N'oubliez rien pour
persuader & amenez l'aimable princesse que j'adore. »
Il le chargea aussitôt de mille présents où la galanterie
égalait la magnificence : ce n'était que devises amou-
reuses gravées sur des cachets de diamants, des montres
dans des escarboucles, chargées des chiffres de Désirée,
des bracelets de rubis taillés en cœur. Enfin que n'avait-
il pas imaginé pour lui plaire !

L'ambassadeur portait le portrait de ce jeune prince,
qui avait été peint par un homme si savant, qu'il parlait
& faisait de petits compliments pleins d'esprit. A la
vérité, il ne répondait pas à tout ce qu'on lui disait, mais
il ne s'en fallait guère. Becafigue promit au prince de
ne rien négliger pour sa satisfaction & il ajouta qu'il
portait tant d'argent que, si on lui refusait la princesse,

il trouverait le moyen de gagner quelqu'une de ses femmes & de l'enlever : « Ah ! s'écria le prince, je ne puis m'y résoudre ; elle serait offensée d'un procédé si peu respectueux. » Becafigue ne répondit rien là-dessus & partit.

Le bruit de son voyage prévint son arrivée. Le roi & la reine en furent ravis, ils estimaient beaucoup son maître & savaient les grandes actions du Prince guerrier. Mais ce qu'ils connaissaient encore mieux, c'était son mérite personnel, de sorte que, quand ils auraient cherché dans tout l'univers un mari pour leur fille, ils n'auraient su en trouver un plus digne d'elle. On prépara un palais pour loger Becafigue & l'on donna tous les ordres nécessaires pour que la cour parût dans la dernière magnificence.

Le roi & la reine avaient résolu que l'ambassadeur verrait Désirée, mais la fée Tulipe vint trouver la reine & lui dit : « Gardez-vous bien,madame, de mener Becafigue chez notre enfant (c'est ainsi qu'elle nommait la princesse) ; il ne faut pas qu'il la voie si tôt, & ne consentez point à l'envoyer chez le roi qui la demande, qu'elle n'ait passé quinze ans, car je suis assurée que, si elle part plus tôt, il lui arrivera quelque malheur. » La reine embrassa la bonne Tulipe, elle lui promit de suivre ses conseils, & sur-le-champ elles allèrent voir la princesse.

L'ambassadeur arriva ; son équipage demeura vingt-trois heures à passer, car il avait six-cents mille mulets dont les clochettes & les fers étaient d'or, leurs couvertures de velours & de brocard en broderie de perles. C'était un embarras sans pareil dans les rues, tout le monde était accouru pour le voir. Le roi & la reine allèrent au-devant de lui, tant ils étaient aises de sa venue. Il est inutile de parler de la harangue qu'il fit & des cérémonies qui se passèrent de part & d'autre, on peut

assez les imaginer. Mais lorsqu'il demanda à saluer la
princesse, il demeura bien surpris que cette grâce lui fût
déniée. « Si nous vous refusons, lui dit le roi, seigneur
Becafigue, une chose, qui paraît si juste, ce n'est point
par un caprice qui nous soit particulier, il faut vous
raconter l'étrange aventure de notre fille, afin que vous
y preniez part. »

« Une fée au moment de sa naissance la prit en aversion & la menaça d'une très grande infortune, si elle
voyait le jour avant l'âge de quinze ans. Nous la tenons
dans un palais, où les plus beaux appartements sont
sous terre. Comme nous étions dans la résolution de
vous y mener, la fée Tulipe nous a prescrit de n'en rien
faire. — Eh quoi, sire ! répliqua l'ambassadeur, aurai-je
le chagrin de m'en retourner sans elle ? Vous l'accor-
dez au roi mon maître pour son fils, elle est attendue
avec mille impatiences, est-il possible que vous vous
arrêtiez à des bagatelles comme sont les prédictions des
fées ? Voilà le portrait du Prince guerrier que j'ai ordre
de lui présenter. Il est si ressemblant que je crois le voir
lui-même, lorsque je le regarde. » Il le déploya
aussitôt : le portrait, qui n'était instruit que pour parler
de la princesse, dit : « Belle désirée, vous ne pouvez
imaginer avec quelle ardeur je vous attends : venez
bientôt dans notre cour l'orner des grâces qui vous rendent incomparable. » Le portrait ne dit plus rien, le roi
& la reine demeurèrent si surpris, qu'ils prièrent Becafigue de le leur donner pour le porter à la princesse. Il
en fut ravi & le remit entre leurs mains.

La reine n'avait point parlé jusqu'alors à sa fille de ce
qui se passait. Elle avait même défendu aux dames qui
étaient auprès d'elle de lui rien dire de l'arrivée de
l'ambassadeur. Elles ne lui avaient pas obéi & la princesse savait qu'il s'agissait d'un grand mariage. Mais
elle était si prudente, qu'elle n'en avait rien témoigné à

sa mère. Quand elle lui montra le portrait du prince qui parlait & qui lui fit un compliment aussi tendre que galant, elle en fut fort surprise, car elle n'avait rien vu d'égal à cela, & la bonne mine du prince, l'air d'esprit, la régularité de ses traits ne l'étonnaient pas moins que ce que disait le portrait. « Seriez-vous fâchée, lui dit la reine en riant, d'avoir un époux qui ressemblât à ce prince ? — Madame, répliqua-t-elle, ce n'est point à moi à faire un choix ; ainsi je serai toujours contente de celui que vous me destinerez. — Mais enfin, ajouta la reine, si le sort tombait sur lui, ne vous estimeriez-vous pas heureuse ? » Elle rougit, baissa les yeux & ne répondit rien. La reine la prit entre ses bras & la baisa plusieurs fois. Elle ne put s'empêcher de verser des larmes lorsqu'elle pensa qu'elle était sur le point de la perdre, car il ne s'en fallait plus que trois mois qu'elle n'eût quinze ans &, cachant son déplaisir, elle lui déclara tout ce qui la regardait dans l'ambassade du célèbre Becafigue, elle lui donna même les raretés qu'il avait apportées pour lui présenter. Elle les admira, elle loua avec beaucoup de goût ce qu'il y avait de plus curieux, mais de temps en temps, ses regards s'échappaient pour s'attacher sur le portrait du prince, avec un plaisir qui lui avait été inconnu jusqu'alors.

L'ambassadeur, voyant qu'il faisait des instances inutiles pour qu'on lui donnât la princesse & qu'on se contentait de lui promettre, mais si solennellement qu'il n'y avait pas lieu d'en douter, demeura peu auprès du roi & retourna en poste rendre compte à ses maîtres de sa négociation.

Quand le prince sut qu'il ne pouvait espérer sa chère Désirée de plus de trois mois, il fit des plaintes qui affligèrent toute la cour. Il ne dormait plus, il ne mangeait point, il devint triste & rêveur, la vivacité de son teint se changea en couleur de soucis, il demeurait des jours

entiers sur un canapé dans son cabinet à regarder le portrait de sa princesse, il lui écrivait à tous moments &
présentait les lettres à ce portrait, comme s'il eût été
capable de les lire. Enfin ses forces diminuèrent peu à
peu, il tomba dangereusement malade &, pour en deviner la cause, il ne fallait ni médecins ni docteurs.

   Le roi se désespérait, il aimait son fils plus tendrement que jamais père n'a aimé le sien. Il se trouvait sur
le point de le perdre. Quelle douleur pour un père ! Il ne
voyait aucun remède qui pût guérir le prince. Il souhaitait Désirée : sans elle il fallait mourir. Il prit donc la
résolution, dans une si grande extrémité, d'aller trouver
le roi & la reine qui l'avaient promise pour les conjurer
d'avoir pitié de l'état où la prince était réduit & de ne
plus différer un mariage, qui ne se ferait jamais, s'ils
voulaient obstinément attendre que la princesse eût
quinze ans.

   Cette démarche était extraordinaire : mais il l'aurait
été bien davantage qu'il eût laissé périr un fils si
aimable & si cher. Cependant il se trouva une difficulté
qui était insurmontable : c'est que son grand âge ne lui
permettait que d'aller en litière, & cette voiture s'accordait mal avec l'impatience de son fils, de sorte qu'il
envoya en poste le fidèle Becafigue, & il écrivit les
lettres du monde les plus touchantes pour engager le roi
& la reine à ce qu'il souhaitait.

   Pendant ce temps, Désirée n'avait guère moins de
plaisir à voir le portrait du prince qu'il en avait à regarder le sien. Elle allait à tout moment dans le lieu où il
était, & quelques soins qu'elle prît de cacher ses sentiments, on ne laissait pas de les pénétrer : entre autres
Giroflée & Longue Épine, qui étaient ses filles d'honneur, s'aperçurent des petites inquiétudes qui commen-
çaient à la tourmenter. Giroflée l'aimait passionnément
& lui était fidèle, Longue Épine de tout temps sentait

une jalousie secrète de son mérite & de son rang : sa
mère avait élevé la princesse ; après avoir été sa gouvernante, elle devint sa dame d'honneur. Elle aurait dû
l'aimer comme la chose du monde la plus aimable, sans
qu'elle chérissait sa fille jusqu'à la folie &, voyant la
haine qu'elle avait pour la belle princesse, elle ne pouvait lui vouloir du bien.

L'ambassadeur que l'on avait dépêché à la cour de la
Princesse noire, ne fut pas bien reçu, lorsqu'on apprit le
compliment dont il était chargé. Cette Éthiopienne était
la plus vindicative créature du monde ; elle trouva que
c'était la traiter cavalièrement, après avoir pris des engagements avec elle, de lui envoyer dire ainsi qu'on la
remerciait. Elle avait vu un portrait du prince, dont elle
s'était entêtée, & les Éthiopiennes, quand elles se mêlent
d'aimer, aiment avec plus d'extravagance que les
autres : « Comment, monsieur l'ambassadeur ? dit-elle,
est-ce que votre maître ne me croit pas assez riche &
assez belle ? Promenez-vous dans mes États, vous trouverez qu'il n'en est guère de plus vaste ; venez dans mon
trésor royal voir plus d'or que toutes les mines du Pérou
n'en ont jamais fourni. Enfin regardez la noirceur de
mon teint, ce nez écrasé, ces grosses lèvres, n'est-ce pas
ainsi qu'il faut être pour être belle ? — Madame, répondit l'ambassadeur, qui craignait les bâtonnades (plus que
tous ceux qu'on envoie à la Porte[2]), je blâme mon maître
autant qu'il est permis à un sujet &, si le ciel m'avait mis
sur le premier trône de l'univers, je sais bien vraiment
bien à qui je l'offrirais. — Cette parole vous sauvera la
vie, lui dit-elle, j'avais résolu de commencer ma ven-

---

2. A la Sublime Porte, chez le Sultan. Eustache Le Noble s'était
fait l'écho de bâtonnades qui auraient été administrées à l'ambassadeur d'Angleterre Hussey, dans *Le Tabouret des Électeurs* (*La Pierre
de Touche politique*, avril 1691).

geance sur vous, mais il y aurait de l'injustice, puisque
vous n'êtes pas cause du mauvais procédé de votre
prince. Allez lui dire qu'il me fait plaisir de rompre avec
moi, parce que je n'aime pas les malhonnêtes gens. »
L'ambassadeur, qui ne demandait pas mieux que son
congé, l'eut à peine obtenu qu'il en profita.

Mais l'Éthiopienne était trop piquée contre le Prince
guerrier pour lui pardonner. Elle monta dans un char
d'ivoire traîné par six autruches, qui faisaient dix lieues
par heure. Elle se rendit au palais de la Fée de la
fontaine : c'était sa marraine & sa meilleure amie. Elle
lui raconta son aventure & la pria avec les dernières instances de servir son ressentiment. La fée fut sensible à la
douleur de sa filleule, elle regarda dans le Livre qui dit
tout, & elle connut aussitôt que le Prince guerrier ne quittait la Princesse noire que pour la Princesse désirée, qu'il
l'aimait éperdûment & qu'il était même malade de la
seule impatience de la voir. Cette connaissance ralluma
sa colère, qui était presque éteinte, & comme elle ne
l'avait point vue depuis le moment de sa naissance, il est
à croire qu'elle aurait négligé de lui faire du mal, si la
vindicative Noire ne l'en avait conjurée : « Quoi, s'écria-
t-elle, cette malheureuse Désirée veut donc toujours me
déplaire ? Non, charmante princesse, non, ma mignonne,
je ne souffrirai pas qu'on te fasse un affront. Les cieux &
tous les éléments s'intéressent dans cette affaire.
Retourne chez toi & te repose sur ta chère marraine. » La
Princesse noire la remercia, elle lui fit des présents de
fleurs & de fruits, qu'elle reçut fort agréablement.

L'ambassadeur Becafigue s'avançait en toute diligence vers la ville capitale, où le père de Désirée faisait
son séjour. Il se jeta aux pieds du roi & de la reine, il
versa beaucoup de larmes & leur dit dans les termes les
plus touchants que le Prince guerrier mourrait, s'ils lui
retardaient plus longtemps le plaisir de voir la princesse

leur fille, qu'il ne s'en fallait plus que trois mois qu'elle n'eût quinze ans, qu'il ne lui pouvait rien arriver de fâcheux dans un espace si court, qu'il prenait la liberté de les avertir qu'une si grande crédulité pour de petites fées faisait tort à la majesté royale. Enfin il harangua si bien, qu'il eut le don de persuader. L'on pleura avec lui, se représentant le triste état où le jeune prince était réduit, & puis on lui dit qu'il fallait quelques jours pour se déterminer & lui répondre. Il repartit qu'il ne pouvait donner que quelques heures, que son maître était à l'extrémité, qu'il s'imaginait que la princesse le haïssait & que c'était elle qui retardait son voyage. On l'assura donc que le soir il saurait ce qu'on pouvait faire.

La reine courut au palais de sa chère fille ; elle lui conta tout ce qui se passait. Désirée sentit alors une douleur sans pareille, son cœur se serra, elle s'évanouit & la reine connut les sentiments qu'elle avait pour le prince. « Ne vous affligez point, ma chère enfant, lui dit-elle, vous pouvez tout pour sa guérison, je ne suis inquiète que pour les menaces que la Fée de la fontaine fit à votre naissance. — Je me flatte, madame, répliqua-t-elle, qu'en prenant quelques mesures, nous tromperons la méchante fée. Par exemple, ne pourrais-je pas aller dans un carrosse tout fermé où je ne verrais point le jour ? On l'ouvrirait la nuit pour nous donner à manger. Ainsi j'arriverais heureusement chez le Prince guerrier. »

La reine goûta beaucoup cet expédient. Elle en fit part au roi, qui l'approuva aussi, de sorte qu'on envoya dire à Becafigue de venir promptement, & il reçut des assurances certaines que la princesse partirait au plus tôt, qu'ainsi il n'avait qu'à s'en retourner pour donner cette bonne nouvelle à son maître, & que, pour se hâter davantage, on négligerait de lui faire l'équipage & les riches habits qui convenaient à son rang. L'ambassadeur, transporté de joie, se jeta encore aux pieds de

Leurs Majestés pour les remercier. Il partit ensuite sans avoir vu la princesse.

La séparation du roi & de la reine lui aurait semblé insupportable, si elle avait été moins prévenue en faveur du prince, mais il est de certains sentiments qui étouffent presque tous les autres. On lui fit un carrosse de velours vert par dehors &, par dedans, de brocard d'argent & couleur de rose rebrodé. Il n'y avait aucune glace, il était fort grand, il fermait mieux qu'une boîte, & un seigneur des premiers du royaume fut chargé des clefs qui ouvraient les serrures qu'on avait mises aux portières.

> Autour d'elle on voyait les Grâces,
> Les Ris, les Plaisirs & les Jeux,
> Et les Amours respectueux,
> Empressés à suivre ses traces.
> Elle avait l'air majestueux,
> Avec une douceur céleste.
> Elle s'attirait tous les vœux,
> Sans compter ici tout le reste.
> Elle avait les mêmes attraits
> Que fit briller Adélaïde[3],
> Quand l'Hymen lui servant de guide,
> Elle vint dans ces lieux pour cimenter la Paix.

---

3. Fille du duc Victor-Amédée II de Savoie et d'Anne-Marie d'Orléans, née le 8 décembre 1685, la princesse Adélaïde arriva en France début novembre 1696 pour épouser Louis de France, duc de Bourgogne, petit-fils aîné du Roi. Très vite elle devint la coqueluche de son grand-père et de la Cour. Deux éléments du conte se rencontrent avec la destinée française de la princesse. Ainsi sa nuit de noces fut de pur protocole : « Le Roi) dit qu'il ne voulait pas que son petit-fils baisât le bout du doigt à sa femme jusqu'à ce qu'ils fussent tout à fait ensemble » (Saint-Simon, *Mémoires,* éd. Y. Coirault, I, p. 436), c'est-à-dire le 22 octobre 1699 quand elle eut presque quatorze ans. D'autre part, l'abbé Genest dédia, dans une perspective d'éducation, *L'Histoire à madame la Duchesse de Bourgogne,* Paris, Anisson, 1697, avec un frontispice éloquent, de Sébastien Leclerc.

L'on nomma peu d'officiers pour l'accompagner, afin qu'une peu nombreuse suite n'embarrassât point &, après lui avoir donné les plus belles pierreries du monde & quelques habits très riches, après, dis-je, des adieux qui pensèrent faire étouffer le roi, la reine & toute la cour à force de pleurer, on l'enferma dans le carrosse sombre avec sa dame d'honneur, Longue Épine & Giroflée.

On a peut-être oublié que Longue Épine n'aimait point la Princesse désirée, mais elle aimait fort le Prince guerrier, car elle avait vu son portrait parlant. Le trait qui l'avait blessée était si vif, qu'étant sur le point de partir, elle dit à sa mère qu'elle mourrait, si le mariage de la princesse s'accomplissait, & que, si elle voulait la conserver, il fallait absolument qu'elle trouvât un moyen de rompre cette affaire. La dame d'honneur lui dit de ne se point affliger, qu'elle tâcherait de remédier à sa peine en la rendant heureuse.

Lorsque la reine envoya sa chère enfant, elle la recommanda au-delà de tout ce qu'on peut dire à cette mauvaise femme : « Quel dépôt ne vous confié-je pas ! lui dit-elle. C'est plus que ma vie. Prenez soin de la santé de ma fille, mais surtout soyez soigneuse d'empêcher qu'elle ne voie le jour : tout serait perdu. Vous savez de quels maux elle est menacée, & je suis convenue avec l'ambassadeur du Prince guerrier que jusqu'à ce qu'elle ait quinze ans, on la mettra dans un château où elle ne verra aucune lumière que celle des bougies. » La reine combla cette dame de présents pour l'engager à une plus grande exactitude. Elle lui promit de veiller à la conservation de la princesse & de lui en rendre bon compte aussitôt qu'elles seraient arrivées.

Ainsi le roi & la reine, se reposant sur ses soins, n'eurent point d'inquiétude pour leur chère fille ; cela servit en quelque façon à modérer la douleur que son éloignement leur causait. Mais Longue Épine, qui apprenait tous les soirs par les officiers de la princesse, qui ouvraient le carrosse pour lui servir à souper, que l'on approchait de la ville où elles étaient attendues, pressait sa mère d'exécuter son dessein, craignant que le roi ou le prince ne vinssent au-devant d'elle & qu'il ne fût plus temps. De sorte qu'environ l'heure de midi, où le soleil darde ses rayons avec force, elle coupa tout d'un coup l'impériale du carrosse où elles étaient renfermées, avec un grand couteau fait exprès qu'elle avait apporté. Alors, pour la première fois, la Princesse désirée vit le jour. A peine l'eut-elle regardé & poussé un profond soupir, qu'elle se précipita du carrosse sous la forme d'une biche blanche, & se mit à courir jusqu'à la forêt prochaine, où elle s'enfonça dans un lieu sombre pour y regretter sans témoins la charmante figure qu'elle venait de perdre.

La Fée de la fontaine, qui conduisait cette étrange aventure, voyant que tous ceux qui accompagnaient la princesse se mettaient en devoir, les uns de la suivre, & les autres d'aller à la ville pour avertir le Prince guerrier du malheur qui venait d'arriver, sembla aussitôt bouleverser la nature : les éclairs & le tonnerre effrayèrent les plus assurés, & par son merveilleux savoir, elle transporta tous ses gens fort loin, afin de les éloigner du lieu où leur présence lui déplaisait.

Il ne resta que la dame d'honneur, Longue Épine & Giroflée. Celle-ci courut après sa maîtresse, faisant retentir les bois & les rochers de son nom & de ses plaintes. Les deux autres, ravies d'être en liberté, ne perdirent pas un moment à faire ce qu'elles avaient projeté. Longue Épine mit les plus riches habits de Désirée. Le manteau royal, qui avait été fait pour ses noces, était d'une richesse sans pareille & la couronne avait des diamants deux ou trois fois gros comme le poing. Son sceptre était d'un seul rubis ; le globe qu'elle tenait dans l'autre main, d'une perle plus grosse que la tête. Cela était rare & très lourd à porter, mais il fallait persuader qu'elle était la princesse & ne rien négliger de tous les ornements royaux.

En cet équipage Longue Épine, suivie de sa mère qui portait la queue de son manteau, s'achemina vers la ville. Cette fausse princesse marchait gravement ; elle ne doutait pas que l'on ne vînt les recevoir, & en effet elles n'étaient guère avancées, quand elles aperçurent un gros de cavalerie &, au milieu, deux litières brillantes d'or & de pierreries, portées par des mulets ornés de longs panaches de plumes vertes : c'était la couleur favorite de la princesse. Le roi, qui était dans l'une, & le prince malade, dans l'autre, ne savaient que juger de ces dames qui venaient à eux. Les plus empressés galopèrent vers elles & jugèrent par la magnificence de leurs habits qu'elles devaient être des personnes de distinction. Ils mirent pied à terre & les abordèrent respectueusement : « Obligez-moi de m'apprendre, leur dit Longue Épine, qui est dans ces litières. — Madame, répliquèrent-ils, c'est le roi & le prince son fils, qui viennent au-devant de la Princesse désirée. — Allez, je vous prie, leur dire, continua-t-elle, que la voici. Une fée jalouse de mon bonheur a dispersé tous ceux qui m'accompagnaient par une centaine de coups de tonnerre, d'éclairs & de prodiges surprenants. Mais voici ma dame d'honneur, qui est chargée des lettres du roi mon père & de mes pierreries. »

Aussitôt ces cavaliers lui baisèrent le bas de sa robe & furent en diligence annoncer au roi que la princesse approchait : « Comment ! s'écria-t-il, elle vient à pied en plein jour ? » Ils lui racontèrent ce qu'elle leur avait dit. Le prince, brûlant d'impatience, les appela &, sans leur faire aucune question : « Avouez, leur dit-il, que c'est un prodige de beauté, un miracle, une princesse toute accomplie. » Ils ne répondirent rien & surprirent

le prince : « Pour avoir trop à louer, continua-t-il, vous
aimez mieux vous taire ? — Seigneur, vous l'allez voir,
lui dit le plus hardi d'entre eux ; apparemment que la
fatigue du voyage l'a changée. » Le prince demeura
surpris : s'il avait été moins faible, il se serait précipité
de la litière pour satisfaire son impatience & sa curiosité. Le roi descendit de la sienne &, s'avançant avec
toute la cour, il joignit la fausse princesse. Mais aussitôt
qu'il eut jeté les yeux sur elle, il poussa un grand cri &,
reculant de quelques pas : « Que vois-je ? dit-il, quelle
perfidie ! — Sire, dit la dame d'honneur en s'avançant
hardiment, voici la Princesse désirée avec les lettres du
roi & de la reine. Je remets aussi entre vos mains la cassette de pierreries dont ils me chargèrent en partant. »

Le roi gardait à tout cela un morne silence, & le
prince, s'appuyant sur Becafigue, s'approcha de
Longue Épine. O dieux ! que devint-il après avoir
considéré cette fille, dont la taille extraordinaire faisait
peur ! Elle était si grande que les habits de la princesse
lui couvraient à peine les genoux. Sa maigreur
était affreuse, son nez plus crochu que celui d'un perroquet brillait d'un rouge luisant, il n'a jamais été des
dents plus noires & plus mal rangées. Enfin elle était
aussi laide que Désirée était belle.

Le prince, qui n'était occupé que de la charmante
idée de la princesse, demeura transi & comme immobile à la vue de celle-ci. Il n'avait pas la force de profé-
rer une parole, il la regardait avec étonnement, &
s'adressant ensuite au roi : « Je suis trahi, lui dit-il ; ce
merveilleux portrait sur lequel j'engageai ma liberté n'a
rien de la personne qu'on nous envoie. L'on a cherché à
nous tromper, l'on y a réussi, il m'en coûtera la vie. —
Comment l'entendez-vous, seigneur ? dit Longue
Épine : l'on a cherché à vous tromper ! Sachez que
vous ne le serez jamais en m'épousant. » Son effronte-

rie & sa fierté n'avaient pas d'exemple. La dame d'honneur renchérissait encore par dessus : « Ah ! ma belle princesse, s'écriait-elle, où sommes-nous venues ? Est-ce ainsi que l'on reçoit une personne de votre rang ? Quelle inconstance ! quel procédé ! Le roi votre père en saura bien tirer raison. — C'est nous qui nous la ferons faire, répliqua le roi : il nous avait promis une belle princesse, il nous envoie un squelette, une momie qui fait peur. Je ne m'étonne plus qu'il ait gardé ce beau trésor caché pendant quinze ans. Il voulait attraper quelque dupe, c'est sur nous que le sort a tombé ; mais il n'est pas impossible de s'en venger. »

« Quels outrages ! s'écria la fausse princesse. Ne suis-je pas bien malheureuse d'être venue sur la parole de telles gens ? Voyez que l'on a grand tort de s'être fait peindre un peu plus belle que l'on n'est : cela n'arrive-t-il pas tous les jours ? Si pour tels inconvénients les princes renvoyaient leurs fiancées, peu se marieraient. »

Le roi & le prince, transportés de colère, ne daignèrent pas lui répondre. Ils remontèrent chacun dans leur litière, & sans autre cérémonie un garde du corps mit la princesse en trousse derrière lui & la dame d'honneur fut traitée de même. On les mena dans la ville ; par ordre du roi elles furent enfermées dans le château des Trois pointes[4].

Le Prince guerrier avait été si accablé du coup qui venait de le frapper que son affliction s'était toute renfermée dans son cœur. Lorsqu'il eut assez de force pour se plaindre, que ne dit-il pas sur sa cruelle destinée ! Il était toujours amoureux & n'avait pour tout objet de sa passion qu'un portrait. Ses espérances ne subsistaient plus, toutes ses idées si charmantes qu'il s'était faites sur la Princesse désirée se trouvaient échouées. Il aurait mieux aimé mou-

---

4. C'est-à-dire, trois tours à toit pointu.

rir que d'épouser celle qu'il prenait pour elle. Enfin
jamais désespoir n'a été égal au sien : il ne pouvait plus
souffrir la cour & il résolut, dès que sa santé put lui permettre, de s'en aller secrètement & de se rendre dans
quelque lieu solitaire pour y passer le reste de sa triste vie.

Il ne communiqua son dessein qu'au fidèle Becafigue :
il était bien persuadé qu'il le suivrait partout, & il le
choisit pour parler avec lui plus souvent qu'avec un autre
du mauvais tour qu'on lui avait joué. A peine com-
mença-t-il à se porter mieux qu'il partit & laissa une
grande lettre pour le roi sur la table de son cabinet, l'assurant qu'aussitôt que son esprit serait un peu tran-
quillisé, il reviendrait auprès de lui ; mais qu'il le suppliait, en attendant, de penser à leur commune vengeance
& de retenir toujours la laide princesse prisonnière.

Il est aisé de juger de la douleur qu'eut le roi lorsqu'il
reçut cette lettre. La séparation d'un fils si cher pensa le
faire mourir. Pendant que tout le monde était occupé à
le consoler, le prince & Becafigue s'éloignaient &, au
bout de trois jours, ils se trouvèrent dans une vaste
forêt, si sombre par l'épaisseur des arbres, si agréable
par la fraîcheur de l'herbe & des ruisseaux qui coulaient
de tous côtés, que le prince, fatigué de la longueur du
chemin (car il était encore malade), descendit de cheval
& se jeta tristement sur la terre, sa main sous sa tête, ne
pouvant presque parler, tant il était faible : « Seigneur,
lui dit Becafigue, pendant que vous allez vous reposer,
je vais chercher quelques fruits pour vous rafraîchir &
reconnaître le lieu où nous sommes. » Le prince ne lui
répondit rien, il lui témoigna seulement par un signe
qu'il le pouvait.

Il y a longtemps que nous avons laissé la Biche au
bois, je veux parler de l'incomparable princesse. Elle
pleura en biche désolée, lorsqu'elle vit sa figure dans
une fontaine, qui lui servit de miroir : « Quoi ! c'est

moi ? disait-elle. C'est aujourd'hui que je me trouve réduite à subir la plus étrange aventure qui puisse arriver du règne des fées à une innocente princesse telle que je suis. Combien durera ma métamorphose ? Où me retirer, pour que les lions, les ours & les loups ne me dévorent point ? Comment pourrai-je manger de l'herbe ? » Enfin elle se faisait mille questions & ressentait la plus cruelle douleur qu'il est possible. Il est vrai que, si quelque chose pouvait la consoler, c'est qu'elle était une aussi belle biche qu'elle avait été belle princesse.

La faim pressant Désirée, elle brouta l'herbe de bon appétit & demeura surprise que cela pût être. Ensuite elle se coucha sur la mousse, la nuit la surprit, elle la passa avec des frayeurs inconcevables. Elle entendait les bêtes féroces proche d'elle, & souvent, oubliant qu'elle était biche, elle essayait de grimper sur un arbre. La clarté du jour la rassura un peu. Elle admirait sa beauté & le soleil lui paraissait quelque chose de si merveilleux qu'elle ne se lassait point de le regarder. Tout ce qu'elle en avait entendu dire lui semblait fort au-dessous de ce qu'elle voyait : c'était l'unique consolation qu'elle pouvait trouver dans un lieu si désert. Elle y resta toute seule pendant plusieurs jours.

La fée Tulipe, qui avait toujours aimé cette princesse, ressentait vivement son malheur. Mais elle avait un véritable dépit que la reine & elle eussent fait si peu de cas de ses avis. Car elle leur avait dit plusieurs fois que, si la princesse partait avant que d'avoir quinze ans, elle s'en trouverait mal. Cependant elle ne voulait point l'abandonner aux furies de la Fée de la fontaine & ce fut elle qui conduisit les pas de Giroflée vers la forêt, afin que cette fidèle confidente pût la consoler dans sa disgrâce.

Cette belle biche passait doucement le long d'un ruisseau, quand Giroflée, qui ne pouvait presque plus marcher, se coucha pour se reposer. Elle rêvait tristement de

quel côté elle pourrait aller pour trouver sa chère princesse. Lorsque la biche l'aperçut, elle franchit tout d'un
coup le ruisseau, qui était large & profond, elle vint se
jeter sur Giroflée & lui faire mille caresses. Elle en
demeura surprise, elle ne savait si les bêtes de ce canton
avaient quelque amitié particulière pour les hommes,
qui les rendissent humaines, ou si elle la connaissait,
car enfin il était fort singulier qu'une biche s'avisât de
faire si bien les honneurs de la forêt. Elle la regarda
attentivement & vit avec une extrême surprise de
grosses larmes qui coulaient de ses yeux. Elle ne douta
plus que ce ne fût sa chère princesse. Elle prit ses pieds,
elle les baisa avec autant de respect qu'elle avait baisé
ses mains. Elle lui parla & connut que la princesse l'entendait, mais qu'elle ne pouvait lui répondre. Les
larmes & les soupirs redoublèrent de part & d'autre.
Giroflée promit à sa maîtresse qu'elle ne la quitterait
point, la biche lui fit mille petits signes de la tête & des
yeux, qui marquaient qu'elle en serait très aise &
qu'elle la consolerait d'une partie de ses peines.

Elles étaient demeurées presque tout le jour
ensemble. Biche eut peur que sa fidèle Giroflée n'eût
besoin de manger ; elle la conduisit dans un endroit de
la forêt, où elle avait remarqué des fruits sauvages qui
ne laissaient pas d'être bons. Elle en prit quantité, car
elle mourait de faim. Mais après que sa collation fut
finie, elle tomba dans une grande inquiétude, ne sachant
où elles se retireraient pour dormir : car de rester au
milieu de la forêt, exposées à tous les périls qu'elles
pouvaient courir, il n'était pas possible de s'y résoudre.
« N'êtes-vous point effrayée, charmante Biche, lui dit-
elle, de passer la nuit ici ? » La biche leva les yeux vers
le ciel & soupira. « Mais, continua Giroflée, vous avez
déjà parcouru une partie de cette vaste solitude, n'y a-t-il
point de maisonnette, un charbonnier, un bûcheron, un

ermitage ? » La biche marqua par les mouvements de sa tête qu'elle n'avait rien vu. « O dieux ! s'écria Giroflée, je ne serai pas en vie demain ; quand j'aurais le bonheur d'éviter les tigres & les ours, je suis certaine que la peur suffit pour me tuer, & ne croyez pas au reste, ma chère princesse, que je regrette la vie par rapport à moi, je la regrette par rapport à vous. Hélas ! vous laisser dans ces lieux, dépourvue de toute consolation ! Se peut-il rien de plus triste ? » La petite biche se prit à pleurer, elle sanglotait presque comme une personne.

Ses larmes touchèrent la fée Tulipe, qui l'aimait tendrement ; malgré sa désobéissance, elle avait toujours veillé à sa conservation &, paraissant tout d'un coup : « Je ne veux point vous gronder, lui dit-elle ; l'état où je vous vois me fait trop de peine. » Bichette & Giroflée l'interrompirent en se jetant à ses genoux : la première lui baisait les mains & la caressait le plus joliment du monde, l'autre la conjurait d'avoir pitié de la princesse & de lui rendre sa figure naturelle : « Cela ne dépend pas de moi, dit Tulipe ; celle qui lui fait tant de mal a beaucoup de pouvoir, mais j'accourcirai le temps de sa pénitence &, pour l'adoucir, aussitôt que le jour laissera sa place à la nuit, elle quittera sa forme de biche ; mais à peine l'Aurore paraîtra-t-elle, qu'il faudra qu'elle la reprenne & qu'elle coure les plaines & les forêts comme les autres. »

C'était déjà beaucoup de cesser d'être biche pendant la nuit : la princesse en témoigna sa joie par des sauts & des bonds, qui réjouirent Tulipe : « Avancez-vous, leur dit-elle, dans ce petit sentier, vous y trouverez une cabane assez propre pour un endroit champêtre. » En achevant ces mots, elle disparut. Giroflée obéit, elle entra avec Bichette dans la route qu'elles voyaient & trouvèrent une vieille femme, assise sur le pas de la porte, qui achevait un panier d'osier fort fin. Giroflée la salua : « Voudriez-vous, ma bonne mère, lui dit-elle, me retirer avec ma biche ? Il me faudrait une petite chambre. — Oui, ma belle fille, répondit-elle, je vous donnerai volontiers une retraite ici ; entrez avec votre biche. » Elle les mena aussitôt dans une chambre très jolie, toute boisée de merisier. Il y avait deux petits lits de toile blanche, des draps fins, & tout paraissait si simple & si propre que la princesse a dit depuis qu'elle n'avait rien trouvé de plus à son gré.

Dès que la nuit fut entièrement venue, Désirée cessa d'être biche. Elle embrassa cent fois sa chère Giroflée, elle la remercia de l'affection qui l'engageait à suivre sa fortune & lui promit qu'elle rendrait la sienne très heureuse dès que sa pénitence serait finie.

La vieille vint frapper doucement à leur porte &, sans entrer, elle donna des fruits excellents à Giroflée, dont la princesse mangea avec grand appétit. Ensuite elles se couchèrent &, sitôt que le jour parut, Désirée, étant devenue biche, se mit à gratter à la porte afin que Giroflée lui ouvrît. Elles se témoignèrent un sensible regret de se séparer, quoique ce ne fût pas pour longtemps, & Bichette s'étant élancée dans le plus épais du bois, elle commença d'y courir à son ordinaire.

J'ai déjà dit que le Prince guerrier s'était arrêté dans la forêt & que Becafigue la parcourait pour trouver quelques fruits. Il était assez tard, lorsqu'il se rendit à la maisonnette de la bonne vieille dont j'ai parlé. Il lui parla civilement & lui demanda les choses dont il avait besoin pour son maître. Elle se hâta d'emplir une corbeille & lui donna : « Je crains, dit-elle, que si vous passez la nuit ici sans retraite, il ne vous arrive quelque accident. Je vous en offre une, bien pauvre, mais au moins elle met à l'abri des lions. » Il la remercia & lui dit qu'il était avec un de ses amis, qu'il allait lui proposer de venir chez elle. En effet il sut si bien persuader le

Prince, qu'il se laissa conduire chez cette bonne femme. Elle était encore à sa porte &, sans faire aucun bruit, elle les mena dans une chambre semblable à celle que la princesse occupait, si proche l'une de l'autre, qu'elles n'étaient séparées que par une cloison.

Le prince passa la nuit avec ses inquiétudes ordinaires. Dès que les premiers rayons du soleil eurent brillé à ses fenêtres, il se leva &, pour divertir sa tristesse, il sortit dans la forêt, disant à Becafigue de ne point venir avec lui. Il marcha longtemps sans tenir aucune route certaine. Enfin il arriva dans un lieu assez spacieux, couvert d'arbres & de mousses. Aussitôt une biche en partit. Il ne put s'empêcher de la suivre. Son penchant dominant était pour la chasse, mais il n'était plus si vif depuis la passion qu'il avait dans le cœur. Malgré cela il poursuivit la pauvre biche & de temps en temps il lui décochait des traits, qui la faisaient mourir de peur, quoiqu'elle n'en fût pas blessée, car son amie Tulipe la garantissait, & il ne fallait pas moins que la main secourable d'une fée pour la préserver de périr sous des coups si justes. L'on n'a jamais été si lasse que l'était la Princesse des biches : l'exercice qu'elle faisait lui était bien nouveau. Enfin elle se détourna à un sentier si heureusement que le dangereux chasseur la perdant de vue & se trouvant lui-même extrêmement fatigué, il ne s'obstina pas à la suivre.

Le jour s'était passé de cette manière : la biche vit avec joie l'heure de se retirer, elle tourna ses pas vers la maison, où Giroflée l'attendait impatiemment. Dès qu'elle fut dans sa chambre, elle se jeta sur le lit, haletant : elle était toute en nage. Giroflée lui fit mille caresses, elle mourait d'envie de savoir ce qui lui était arrivé. L'heure de se débichonner étant arrivée, la belle princesse reprit sa forme ordinaire, jetant les bras au cou de sa favorite. « Hélas ! lui dit-elle, je croyais

n'avoir à craindre que la Fée de la fontaine & les cruels
hôtes des forêts, mais j'ai été poursuivie aujourd'hui
par un jeune chasseur que j'ai vu à peine, tant j'étais
pressée de fuir. Mille traits décochés après moi me
menaçaient d'une mort inévitable. J'ignore encore par
quel bonheur j'ai pu m'en sauver. — Il ne faut plus sortir, ma princesse, répliqua Giroflée. Passez dans cette
chambre le temps fatal de votre pénitence, j'irai dans la
ville la plus proche acheter des livres pour vous divertir.
Nous lirons les contes nouveaux que l'on a faits sur les
fées, nous ferons des vers & des chansons. — Tais-toi,
ma chère fille, reprit la princesse, la charmante idée du
Prince guerrier suffit pour m'occuper agréablement.
Mais le même pouvoir qui me réduit pendant le jour à
la triste condition de biche me force malgré moi de
faire ce qu'elles font : je cours, je saute & je mange
l'herbe comme elles ; dans ce temps-là, une chambre
me serait insupportable. » Elle était si harassée de la
chasse, qu'elle demanda promptement à manger ;
ensuite ses beaux yeux se fermèrent jusqu'au lever de
l'Aurore. Dès qu'elle l'aperçut, la métamorphose ordinaire se fit & elle retourna dans la forêt.

Le prince de son côté était venu sur le soir rejoindre son
favori. « J'ai passé le temps, lui dit-il, à courir après la
plus belle biche que j'aie jamais vue. Elle m'a trompé
cent fois avec une adresse merveilleuse, j'ai tiré si juste
que je ne comprends point comment elle a évité mes
coups. Aussitôt qu'il fera jour, j'irai la chercher encore &
ne la manquerai point. » En effet, ce jeune prince, qui
voulait éloigner de son cœur une idée qu'il croyait chimérique, n'étant pas fâché que la passion de la chasse l'occu-
pât, se rendit de bonne heure dans le même endroit où il
avait trouvé la biche. Mais elle se garda bien d'y aller,
craignant une aventure semblable à celle qu'elle avait
eue. Il jeta les yeux de tous côtés, il marcha longtemps &,

comme il s'était échauffé, il fut ravi de trouver des pommes dont la couleur lui fit plaisir. Il en cueillit, il en mangea &, presque aussitôt, il s'endormit d'un profond sommeil ; il se jeta sur l'herbe fraîche sous des arbres, où mille oiseaux semblaient s'être donné rendez-vous.

Dans le temps qu'il dormait, notre craintive biche, avide des lieux écartés, passa dans celui où il était. Si elle l'avait aperçu plus tôt, elle aurait fui ; mais elle se trouva si proche de lui qu'elle ne put s'empêcher de le regarder, & son assoupissement la rassura si bien qu'elle se donna le loisir de considérer tous ses traits. Ô dieux ! que devint-elle, quand elle le reconnut ! Son esprit était trop rempli de sa charmante idée pour l'avoir perdue en si peu de temps. Amour, Amour, que veux-tu donc ? Faut-il que Bichette s'expose à perdre la vie par les mains de son amant ? Oui, elle s'y expose, il n'y a plus moyen de songer à sa sûreté. Elle se coucha à quelques pas de lui & ses yeux, ravis de le voir, ne pouvaient s'en détourner un moment : elle soupirait, elle poussait de petits gémissements ; enfin devenant plus hardie, elle s'approcha encore davantage & elle le touchait, lorsqu'il s'éveilla.

Sa surprise parut extrême, il reconnut la même biche qui lui avait donné tant d'exercice & qu'il avait cherchée longtemps. Mais la trouver si familière lui paraissait une chose rare. Elle n'attendit pas qu'il eût essayé de la prendre, elle s'enfuit de toute sa force & il la suivit de toute la sienne. De temps en temps, ils s'arrêtaient pour reprendre haleine, car la belle biche était encore lasse d'avoir tant couru la veille & le prince ne l'était pas moins qu'elle. Mais ce qui ralentissait le plus la fuite de Bichette, hélas ! faut-il le dire ? c'était la peine de s'éloigner de celui qui l'avait plus blessée par son mérite qu'il ne pouvait la blesser par toutes les flèches qu'il tirait sur elle. Il la voyait très souvent qui tournait la tête

vers lui, comme pour lui demander s'il voulait qu'elle
pérît sous ses coups &, lorsqu'il était sur le point de la
joindre, elle faisait de nouveaux efforts pour se sauver.
« Ah ! si tu pouvais m'entendre, petite biche, lui criait-
il, tu ne m'éviterais pas : je t'aime, je veux te nourrir, tu
es charmante, j'aurai soin de toi. » L'air emportait ses
paroles, elles n'allaient point jusqu'à elle.

Enfin, après avoir fait tout le tour de la forêt, notre
biche, ne pouvant plus courir, ralentit ses pas & le
prince, redoublant les siens, la joignit avec une joie
dont il ne croyait plus être capable. Il vit bien qu'elle
avait perdu toutes ses forces : elle était couchée comme
une pauvre petite bête demi-morte & elle n'attendait
que de voir finir sa vie par les mains de son vainqueur.
Mais au lieu de lui être cruel, il se mit à la caresser.
« Belle biche, lui disait-il, n'aie point de peur, je veux
t'emmener avec moi & que tu me suives partout. » Il
coupa exprès des branches d'arbres, il les plia adroitement, il les couvrit de feuilles, d'herbes & de mousses,
il y jeta des roses dont quelques buissons étaient chargés, ensuite il prit la biche entre ses bras, il appuya sa
tête sur son cou & vint la coucher doucement sur ses
ramées, puis il s'assit auprès d'elle, cherchant de temps
en temps des herbes fines qu'il lui présentait & qu'elle
mangeait dans sa main.

Le prince continuait de lui parler, quoiqu'il fût persuadé qu'elle ne l'entendait pas. Cependant, quelque
plaisir qu'elle eût de le voir, elle s'inquiétait, parce que
la nuit s'approchait : « Que serait-ce, disait-elle en elle-
même, s'il me voyait changer tout d'un coup de forme ?
Il serait effrayé & me fuirait, ou s'il ne me fuyait pas,
que n'aurais-je pas à craindre ainsi seule dans une
forêt ? » Elle ne faisait que penser de quelle manière
elle pourrait se sauver, lorsqu'il lui en fournit le
moyen : car ayant peur qu'elle n'eût besoin de boire, il

alla voir où il pourrait trouver quelque ruisseau, afin de l'y conduire. Pendant qu'il cherchait, elle se déroba promptement & vint à la maisonnette où Giroflée l'attendait. Elle se jeta encore sur son lit, la nuit vint, sa métamorphose cessa & elle lui apprit son aventure.

« Le croirais-tu, ma chère, lui dit-elle, mon Prince guerrier est dans cette forêt. C'est lui qui m'a chassée depuis deux jours & qui, m'ayant prise, m'a fait mille caresses. Ah ! que le portrait qu'on m'en apporta est peu fidèle ! Il est cent fois mieux fait ; tout le désordre où l'on voit les chasseurs ne dérobe rien à sa bonne mine & lui conserve des agréments que je ne saurais t'exprimer. Ne suis-je pas bien malheureuse d'être obligée de fuir ce prince, lui qui m'est destiné par mes plus proches, lui qui m'aime & que j'aime ? Il faut qu'une méchante fée me prenne en aversion le jour de ma naissance & trouble tous ceux de ma vie. » Elle se prit à pleurer, Giroflée la consola & lui fit espérer que dans quelques temps ses peines seraient changées en plaisirs.

Le prince revint vers sa chère biche, dès qu'il eut trouvé une fontaine. Mais elle n'était plus au lieu où il l'avait laissée. Il la chercha inutilement partout & sentit autant de chagrin contre elle que si elle avait dû avoir de la raison : « Quoi ? s'écria-t-il, je n'aurai donc jamais que des sujets de me plaindre de ce sexe trompeur & infidèle ? » Il retourna chez la bonne vieille, plein de mélancolie. Il conta à son confident l'aventure de Bichette & l'accusa d'ingratitude. Becafigue ne put s'empêcher de sourire de la colère du prince. Il lui conseilla de punir la biche quand il la rencontrerait. « Je ne reste plus ici que pour cela, répondit le prince ; ensuite nous partirons pour aller plus loin. »

Le jour revint & avec lui la princesse reprit sa figure de biche blanche. Elle ne savait à quoi se résoudre : ou d'aller dans les mêmes lieux que le prince parcourait

ordinairement, ou de prendre une route toute opposée
pour l'éviter. Elle choisit ce dernier parti & s'éloigna
beaucoup ; mais le jeune prince, qui était aussi fin
qu'elle, en usa tout de même, croyant bien qu'elle
aurait cette petite ruse. De sorte qu'il la découvrit dans
le plus épais de la forêt. Elle s'y trouvait en sûreté, lorsqu'elle l'aperçut. Aussitôt elle bondit, elle saute par-
dessus les buissons &, comme si elle l'eût appréhendé
davantage à cause du tour qu'elle lui avait fait le soir,
elle fuit plus légère que les vents. Mais dans le moment
qu'elle traversait un sentier, il la mire si bien qu'il lui
enfonce une flèche dans la jambe. Elle sentit une douleur violente &, n'ayant plus assez de force pour fuir,
elle se laissa tomber.

   Amour cruel & barbare, où étais-tu donc ? Quoi ! tu
laisses blesser une fille incomparable par son tendre
amant ? Cette triste catastrophe était inévitable, car la
Fée de la fontaine y avait attaché la fin de l'aventure.
Le prince s'approcha, il eut un sensible regret de voir
couler le sang de la biche. Il prit des herbes, il les lia sur
sa jambe pour la soulager & lui fit un nouveau lit de
ramée. Il tenait la tête de Bichette appuyée sur ses
genoux : « N'es-tu pas cause, petite volage, lui disait-il,
de ce qui t'est arrivé ? Que t'avais-je fait hier pour
m'abandonner ? Il n'en sera pas aujourd'hui de même,
je t'emporterai. » La biche ne disait rien : qu'aurait-elle
dit ? Elle avait tort & ne pouvait parler. Car ce n'est pas
toujours une conséquence que ceux qui ont tort se taisent. Le prince lui faisait mille caresses : « Que je
souffre de t'avoir blessée ! lui disait-il ; tu me haïras &
je veux que tu m'aimes. » Il semblait à l'entendre qu'un
secret génie lui inspirait tout ce qu'il disait à Bichette.
Enfin l'heure de revenir chez la vieille hôtesse approchait, il se chargea de sa chasse & n'était pas médiocrement embarrassé à la porter, à la mener & quelquefois à

la traîner. Elle n'avait nulle envie d'aller avec lui :
« Qu'est-ce que je vais devenir ? disait-elle. Quoi ! je
me trouverai toute seule avec ce prince ? Ah ! mourons
plutôt ! » Elle faisait la pesante & l'accablait, il était
tout en eau de tant de fatigue &, quoiqu'il n'y eût pas
loin pour se rendre à la petite maison, il sentait bien que
sans quelques secours il n'y pourrait arriver. Il fut quérir son fidèle Becafigue, mais avant de quitter sa proie,
il l'attacha avec plusieurs rubans au pied d'un arbre
dans la crainte qu'elle ne s'enfuît.

Hélas ! Qui aurait pu penser que la plus belle princesse
du monde serait un jour traitée ainsi par un prince qui
l'adorait. Elle essaya inutilement d'arracher les rubans :
ses efforts les nouèrent plus serrés & elle était prête de
s'étrangler avec un nœud coulant qu'il avait malheureusement fait, lorsque Giroflée, lasse d'être toujours enfermée dans sa chambre, sortit pour prendre l'air & passa
dans le lieu où Biche blanche se débattait. Que devint-
elle quand elle aperçut sa chère maîtresse ! Elle ne pouvait se hâter assez de la défaire : les rubans étaient noués
par différents endroits. Enfin le prince arriva avec Becafigue, comme elle allait emmener la biche.

« Quelque respect que j'aie pour vous, madame, lui
dit le prince, permettez-moi de m'opposer au larcin que
vous voulez me faire : j'ai blessé cette biche, elle est à
moi, je l'aime, je vous supplie de m'en laisser le maître.
— Seigneur, répliqua civilement Giroflée, car elle était
bien faite & gracieuse, la biche que voici est à moi avant
que d'être à vous. Je renoncerais aussitôt à ma vie qu'à
elle, & si vous voulez voir comme elle me connaît, je ne
vous demande que de lui donner un peu de liberté.
Allons, ma petite blanche, dit-elle, embrassez-moi, »
Bichette se jeta à son cou. « Baisez-moi la joue droite, »
elle obéit. « Touchez mon cœur », elle y porta le pied.
« Soupirez, » elle soupira. Il ne fut plus permis au prince

de douter de ce que Giroflée lui disait : « Je vous la rends, lui dit-il honnêtement ; mais j'avoue que ce n'est pas sans chagrin. » Elle s'en alla aussitôt avec sa biche.

Elles ignoraient que le prince demeurait dans leur maison, il les suivait d'assez loin & demeura surpris de les voir entrer chez la vieille bonne femme. Il s'y rendit fort peu après &, poussé d'un mouvement de curiosité dont Biche blanche était cause, il lui demanda qui était cette jeune personne. Elle répliqua qu'elle ne la connaissait pas, qu'elle l'avait reçue chez elle avec sa biche, qu'elle la payait bien & qu'elle vivait dans une grande solitude ; Becafigue s'informa en quel lieu était sa chambre : elle lui dit que c'était si proche de la sienne qu'elle n'était séparée que par une cloison.

Lorsque le prince fut retiré, son confident lui dit qu'il était le plus trompé des hommes, ou que cette fille avait demeuré avec la Princesse désirée, qu'il l'avait vue au palais, quand il y était allé en ambassade. « Quel funeste souvenir me rappelez-vous, lui dit le prince, & par quel hasard serait-elle ici ? — C'est ce que j'ignore, seigneur, ajouta Becafigue, mais j'ai envie de la voir encore &, puisqu'une simple menuiserie nous sépare, j'y vais faire un trou. — Voilà une curiosité bien inutile, dit le prince tristement. » Car les paroles de Becafigue avaient renouvelé toutes ses douleurs. En effet il ouvrit sa fenêtre qui regardait dans la forêt & se mit à rêver.

Cependant Becafigue travaillait & il eut bientôt fait un assez grand trou pour voir la charmante princesse, vêtue d'une robe de brocard d'argent, mêlé de quelques fleurs incarnates rebrodées d'or avec des émeraudes. Ses cheveux tombaient par grosses boucles sur la plus belle gorge du monde, son teint brillait des plus vives couleurs & ses yeux ravissaient. Giroflée était à genoux devant elle, qui lui bandait le bras dont le sang coulait avec abondance. Elles paraissaient toutes deux assez embarrassées de cette blessure : « Laisse-moi mourir, disait la princesse ; la mort me sera plus douce que la déplorable vie que je mène. Quoi ! être biche tout le jour, voir celui à qui je suis destinée sans lui parler, sans lui apprendre ma fatale aventure ? Hélas ! si tu savais tout ce qu'il m'a dit de touchant sous ma métamorphose, quel son de voix il a, quelles manières nobles & engageantes, tu me plaindrais encore plus que tu ne fais de n'être point en état de l'éclaircir de ma destinée. »

L'on peut assez juger de l'étonnement de Becafigue par tout ce qu'il venait de voir & d'entendre. Il courut vers le prince, il l'arracha de la fenêtre avec des transports de joie inexprimables : « Ah ! seigneur, lui dit-il, ne différez pas de vous approcher de cette cloison, vous verrez le véritable original du portrait qui vous a charmé. » Le prince regarda & reconnut aussitôt sa princesse. Il serait mort de plaisir, sans qu'il craignait d'être déçu par quelque enchantement : car enfin, comme quoi[5] accommoder une rencontre si surprenante avec Longue Épine & sa mère, qui étaient renfermées dans le château des Trois pointes & qui prenaient le nom, l'une de Désirée & l'autre de sa dame d'honneur ?

Cependant sa passion le flattait : l'on a un penchant naturel à se persuader ce que l'on souhaite &, dans une telle occasion, il fallait mourir d'impatience ou s'éclaircir. Il alla sans différer frapper doucement à la porte de la chambre où était la princesse. Giroflée, ne doutant pas que ce ne fût la bonne vieille, & ayant même besoin de son secours pour lui aider à bander le bras de sa maîtresse, se hâta d'ouvrir & demeura bien surprise de voir

---

5. *Comme quoi,* c'est-à-dire *comment.* En 1647, Vaugelas considérait la tournure comme nouvelle et trop usitée, ne souhaitant l'entendre que dans le registre familier. A l'époque des *Contes,* Thomas Corneille et l'Académie la trouvaient désuète. La Fontaine s'en est cependant servi : *Contes* IV, 6, v. 110.

le prince, qui vint se jeter aux pieds de Désirée. Les transports qui l'animaient lui permirent si peu de faire un discours suivi que, quelque soin que j'aie eu de m'informer de ce qu'il lui dit dans ces premiers moments, je n'ai trouvé personne qui m'en ait bien éclaircie. La princesse ne s'embarrassa pas moins dans ses réponses. Mais l'Amour, qui sert souvent d'interprète aux muets, se mit en tiers & persuada à l'un & à l'autre qu'il ne s'était jamais rien dit de plus spirituel : au moins ne s'était-il jamais rien dit de plus touchant & de plus tendre. Les larmes, les soupirs, les serments & même quelques sourires gracieux, tout en fut. La nuit se passa ainsi, le jour parut sans que Désirée y eût fait aucune réflexion & elle ne devint plus biche. Elle s'en aperçut, rien n'était égal à sa joie : le prince lui était trop cher pour différer de la partager avec lui. Au même moment, elle commença le récit de son histoire qu'elle fit avec une grâce & une éloquence naturelle, qui surpassait celle des plus habiles.

« Quoi ! s'écria-t-il, ma charmante princesse, c'est vous que j'ai blessée sous la figure d'une biche blanche ? Que ferai-je pour expier un si grand crime ? Suffira-t-il d'en mourir de douleur à vos yeux ? » Il était tellement affligé que son déplaisir se voyait peint sur son visage. Désirée en souffrit plus que de sa blessure, elle l'assura que ce n'était presque rien & qu'elle ne pouvait s'empêcher d'aimer un mal qui lui procurait tant de bien.

La manière dont elle lui parla était si obligeante qu'il ne put douter de ses bontés. Pour l'éclaircir à son tour de toutes choses, il lui raconta la supercherie que Longue Épine & sa mère avaient faite, ajoutant qu'il fallait se hâter d'envoyer dire au roi son père le bonheur qu'il avait eu de la trouver, parce qu'il allait faire une terrible guerre pour tirer raison de l'affront qu'il croyait avoir reçu. Désirée le pria d'écrire par Becafigue. Il voulait lui obéir, lorsqu'un bruit perçant de trompettes, clairons, timbales & tambours se répandit dans la forêt. Il leur sembla même qu'ils entendaient passer beaucoup de monde proche de la petite maison. Le prince regarda par la fenêtre, il reconnut plusieurs officiers, ses drapeaux & ses guidons : il leur commanda de s'arrêter & de l'attendre.

Jamais surprise n'a été plus agréable que celle de cette armée : chacun était persuadé que leur prince allait la conduire & tirer vengeance du père de Désirée. Le père du prince les menait malgré son grand âge. Il venait dans une litière de velours en broderie d'or. Elle était suivie d'un chariot découvert, Longue Épine y était avec sa mère. Le Prince guerrier ayant vu la litière y courut, & le roi, lui tendant les bras, l'embrassa avec mille témoignages d'un amour paternel. « Et d'où venez-vous, mon cher fils ? s'écria-t-il. Est-il possible que vous m'ayez livré à la douleur que votre absence me cause ? — Seigneur, dit le prince, daignez m'écouter. » Le roi aussitôt descendit de sa litière &, se retirant dans un lieu écarté, son fils lui apprit l'heureuse rencontre qu'il avait faite & la fourberie de Longue Épine.

Le roi, ravi de cette aventure, leva les mains & les yeux au ciel pour lui en rendre grâces. Dans ce moment, il vit paraître la Princesse désirée, plus belle & plus brillante que tous les astres ensemble. Elle montait un superbe cheval, qui n'allait que par courbettes : cent plumes de différentes couleurs paraient sa tête & les plus gros diamants du monde avaient été mis à son habit. Elle était vêtue en chasseuse, Giroflée, qui la suivait, n'était guère moins parée qu'elle. C'était là des effets de la protection de Tulipe : elle avait tout conduit avec soin & avec succès, la jolie maison du bois fut faite en faveur de la princesse &, sous la figure d'une vieille, elle l'avait régalée pendant plusieurs jours.

Dès que le prince reconnut ses troupes & qu'il alla
trouver le roi son père, elle entra dans la chambre de
Désirée, elle souffla sur son bras pour guérir sa blessure,
elle lui donna ensuite les riches habits sous lesquels elle
parut aux yeux du roi, qui demeura si charmé, qu'il avait
bien de la peine à la croire une personne mortelle. Il lui
dit tout ce qu'on peut imaginer de plus obligeant dans
une semblable occasion & la conjura de ne point différer
à ses sujets le bonheur de l'avoir pour reine, « car je suis
résolu, continua-t-il, de céder mon royaume au Prince
guerrier, afin de le rendre plus digne de vous. » Désirée
lui répondit avec toute la politesse qu'on devait attendre
d'une personne si bien élevée. Puis jetant les yeux sur
les deux misérables prisonnières, qui étaient dans le chariot & qui se cachaient le visage de leurs mains, elle eut
la générosité de demander leur grâce, & que le même
chariot où elles étaient, servît à les conduire où elles
voudraient aller. Le roi consentit à ce qu'elle souhaitait ;
ce ne fut pas sans admirer son bon cœur & sans lui donner de grandes louanges.

On ordonna que l'armée retournerait sur ses pas, le
prince monta à cheval pour accompagner sa belle princesse, on les reçut dans la ville capitale avec mille cris
de joie. L'on prépara tout pour le jour des noces, qui
devint très solennel par la présence des six bénignes
fées qui aimaient la princesse. Elles lui firent les plus
riches présents qui se soient jamais imaginés, entre
autres, ce magnifique palais, où la reine les avait été
voir, parut tout d'un coup en l'air, porté par cinquante-
mille Amours, qui le posèrent dans une belle plaine au
bord de la rivière : après un tel don, il ne s'en pouvait
plus faire de considérables.

Le fidèle Becafigue pria son maître de parler à Giroflée & de l'unir avec elle, lorsqu'il épouserait la princesse. Il le voulut bien ; cette aimable fille fut très aise

de trouver un établissement si avantageux, en arrivant dans un royaume étranger. La fée Tulipe, qui était encore plus libérale que ses sœurs, lui donna quatre mines d'or dans les Indes, afin que son mari n'eût pas l'avantage de se dire plus riche qu'elle. Les noces du prince durèrent plusieurs mois, chaque jour fournissait une fête nouvelle & les aventures de Bichette blanche ont été chantées par tout le monde.

> La princesse, trop empressée
> De sortir de ces sombres lieux
> Où voulait une sage fée
> Lui cacher la clarté des cieux ;
> Ses malheurs, sa métamorphose,
> Font assez voir en quel danger
> Une jeune beauté s'expose,
> Quand trop tôt dans le monde elle ose s'engager.
> Ô vous, à qui l'Amour, d'une main libérale,
> A donné des attraits capables de toucher,
> La beauté souvent est fatale,
> Vous ne sauriez trop la cacher.
> Vous croyez toujours vous défendre,
> En vous faisant aimer, de ressentir l'Amour,
> Mais sachez qu'à son tour
> A force d'en donner, on peut souvent en prendre.

ÉPITRE

Mes Contes, suivez tous le désir qui vous presse,
Présentez-vous aux yeux d'une Auguste Princesse.*
    Heureux si vous pouvez mériter le destin
    Dont se virent frappés le Mouton & Lutin,
Quand l'esprit assuré d'une gloire si belle,
Par mes faibles écrits je lui marquai mon zèle.
Partez, mais pour la voir choisissez les instants :
Elle sait s'occuper de soins plus importants,
Vous n'offrez que des jeux, & votre unique affaire
N'est que de divertir en tâchant de lui plaire.
Si quelquefois quittant & la ville & la cour,
Elle va de Saint-Cloud chercher l'heureux séjour,
C'est là que vous pouvez animant votre audace,
Parmi tous vos aînés demander une place ;
C'est là que vous verrez d'un palais enchanté
Régner de toutes parts l'éclatante beauté ;
C'est là que sous les pas d'une si chère hôtesse,
En dépit des hivers, les fleurs naissent sans cesse.
Les Nymphes, les Sylvains sortent de leurs forêts
Et viennent envier ou louer ses attraits.
Vous verrez les beautés dont les dieux l'ont ornée,
Ce que n'eût jamais fait la plus puissante fée.
La prudence, l'esprit, la bonté, la grandeur,
Et toutes les vertus s'assemblent dans son cœur.
Mais je retiens ici l'ardeur qui vous anime :
Allez, partez, volez, elle est trop légitime.
Vous pouvez désormais mépriser les jaloux
Qu'un sort si glorieux armera contre vous.

---

* Madame Palatine, dédicataire des *Contes des Fées* (I, p. 29-30). Un célèbre passage des *Mémoires* de Saint-Simon a saisi sur le vif, chez elle, un certain talent d'improvisation : « Madame était pleine de contes et de petits romans de fées : elle disait qu'elles avaient toutes été conviées à ses couches, que toutes y étaient venues, et que chacune avait doué son fils d'un talent, de sorte qu'il les avait tous ; mais que par malheur on avait oublié une vieille fée, disparue depuis si longtemps qu'on ne se souvenait plus d'elle, qui, piquée de l'oubli, vint appuyée sur son petit bâton, et n'arriva qu'après que toutes les fées eurent fait chacune leur don à l'enfant ; que, dépitée de plus en plus, elle se vengea en le douant de rendre absolument inutiles tous les talents qu'il avait reçus de toutes les autres fées, d'aucun desquels, en les conservant tous, il n'avait jamais pu se servir » (*Mémoires*, éd. Y. Coirault, V, 1985, p. 245-246).

LE NOUVEAU GENTILHOMME
BOURGEOIS. *CONTE.**

Un gentilhomme, fils d'un marchand[1] de la rue Saint-Denis, qui voulait être de qualité & faire le petit-maître

---

* *Villégiature en Normandie.* M. de La Dandinardière voudrait bien passer pour un héros, mais son irascible voisin l'oblige à se réfugier chez l'obligeant et patient M. de Saint-Thomas, flanqué de son incommode épouse et de deux filles dévoreuses de romans. Ce sont de risibles aventures qui surviendront.

1. Le marchand de la rue Saint-Denis tend à devenir alors un stéréotype de comédie (*La Rue Saint-Denis* de Champmeslé, 1682) ou de roman comique, en marque de dédain à l'égard de professions parvenues pourtant à la respectabilité et à l'opulence. La rue Saint-Denis, où dominait le commerce du textile, comptait nombre de maisons à pignon.

parce qu'il était fort riche en argent comptant & en meubles, trouvant qu'on ne révérait pas assez sa nouvelle noblesse dans un quartier où plusieurs personnes lui avaient vu aulner de l'étoffe, se mit en tête de se distinguer en province, en faisant l'homme savant & de bon goût. Il acheta la bibliothèque d'un académicien qui venait de mourir, ne doutant pas qu'il n'en sût bientôt autant que lui, puisqu'il avait tant d'excellents livres. Il apprit même à faire des armes, voulant passer pour brave ; mais son courage répondait mal à ses fanfaronnades.

Quant il fut question de choisir la province où ce nouveau gentilhomme voulait s'établir, il jeta les yeux sur la Normandie & partit pour Rouen. Il y trouva tous les correspondants de feu son père, qui s'efforcèrent de le bien régaler. Mais enfin ce n'étaient que des marchands, & il eut beaucoup de peine à faire comparaison avec eux, se disant homme de grosse qualité &, pour le persuader, il faisait des mensonges ridicules à tout le monde : sa tête était étrangement fêlée & remplie de mille sortes d'imaginations. Après s'être informé des terres qu'il y avait à vendre aux environs, on lui en indiqua une sur le bord de la mer, dont la description lui plut beaucoup. Il l'alla voir, il l'acheta, mais la maison ne lui parut pas assez belle, de sorte qu'il mit promptement des ouvriers après pour l'abattre &, comme il se piquait de savoir tout, il ne voulut point d'autre architecte que lui-même pour bâtir son petit château.

Il choisit un endroit effectivement très agréable, c'était au bord de la mer. Pour peu qu'elle fût irritée, elle venait jusqu'au pied de ses murs ; une rivière assez grosse s'y jetait en cet endroit, de sorte qu'il fit élever une grande arcade sur laquelle il bâtit son moderne palais. L'on y montait des deux côtés par soixante degrés de pierre de taille avec des rampes de fer &,

quand il pleuvait ou qu'il faisait vent, c'était un régal admirable : car avant que l'on fût dans sa maison, l'on était mouillé jusqu'aux os, transi de froid ou rôti du soleil. Il ne fallait pourtant pas s'en plaindre &, si on le faisait, il ne le pardonnait jamais.

Notre gentilhomme bourgeois, ayant quitté son nom paternel, voulut s'appeler Monsieur de la Dandinardière[2]. La longueur de ce nom lui sembla propre à imposer à ses voisins, qui n'étaient pour la plupart que des barons & des vicomtes, médiocrement riches & désaccoutumés depuis longtemps d'aller à la cour. Il fallait voir aussi comme il voulait leur imposer : ses poches étaient pleines de lettres de personnes de la première qualité : il les composait & les écrivait lui-même, Dieu sait de quel style ! mais il les remplissait de nouvelles dont on fait grand cas en province, & toujours le roi était en peine de l'état de sa santé. Sur la foi de son grand crédit, il eut une demi-douzaine de méchants petits chiens, qu'il nomma sa meute, & un valet appelé Alain[3], lequel se titrait des noms les plus convenables aux choses où son maître l'employait comme secrétaire, maître d'hôtel, cuisinier, receveur & valet de chambre.

Ce valet, dis-je, menait la meute de son maître sur les terres de ses voisins, dont il tuait souvent le gibier fort à son aise, sans que La Dandinardière craignît que quelqu'un le trouvât mauvais ou qu'on lui en fît des affaires. Mais un gentilhomme, d'humeur peu patiente,

---

2. Ce nom de La Dandinardière, qui rappelle celui du George Dandin de Molière ou du Perrin Dandin des *Plaideurs* de Racine, provient de dandin : « Grand sot qui n'a point de contenance ferme, qui a des mouvements de pieds et de mains déshonnêtes », qui se dandine, en somme. Et Furetière de mentionner l'histoire, par Rabelais, de Perrin Dandin et de Thénot Dandin.

3. Ce nom de paysan rappelle évidemment celui du valet d'Arnolphe dans *L'École des Femmes*.

ayant rencontré le tireur dans ses blés, qui faisait rude
guerre à d'innocents perdreaux, il le battit sans quartier
&, sur les menaces qu'il lui fit que son maître en aurait
raison devant ses amis messieurs les maréchaux de
France[4] : « Ha ! ha ! dit le campagnard, tu crois donc
m'épouvanter. Sache que je connais ton marquis de la
Dandinardière. Tiens, voilà quatre coups de poing,
porte-les lui de ma part & lui demande s'il n'en a
jamais mérité de tels avec un autre. »

Le valet revint avec les yeux pochés, la tête meurtrie
& sans gibier, bien que son maître eût fait son compte
d'en avoir pour donner le lendemain à dîner à deux ou
trois honnêtes curés du voisinage. Quand Alain lui
apprit sa vilaine aventure & la mauvaise plaisanterie de
Villeville (c'est le nom du gentilhomme), il se mit dans
une colère épouvantable, car c'était un petit mutin, gras,
replet, vif & prompt, qui trouvait très mauvais qu'on lui
manquât de respect. « Je me vengerai, dit-il en enfonçant son chapeau. L'on verra lequel est meilleur d'être
en paix ou en guerre avec moi. Ne suis-je donc pas
important ? J'ai une rivière qui passe sous ma maison,
la mer devant mes fenêtres & un château couvert d'ardoises[5], pendant que ce gredin n'a que des murailles de
boue & une chaumière couverte de paille. »

Il se promenait fièrement les mains derrière le dos,
lorsque le baron de Saint-Thomas arriva. Il se rendait
utile à tout le canton par ses bonnes manières, il n'y

---

4. Devant cette juridiction un peu exceptionnelle, se jugeaient
notamment les affaires de point d'honneur entre gens de qualité : il
n'était donc pas question pour un La Dandinardière d'y avoir recours,
malgré ses prétentions.

5. Furetière : « Les *ardoises* d'Angers sont les plus estimées, celles
de Mésières sont plus tendres et s'écaillent. La rousse noire est la plus
estimée. (…) Les beaux bâtiments sont toujours couverts d'*ardoises* ». Mais en Normandie ?

avait guère de différends qu'il n'accommodât, de mariage sur lequel il ne fût consulté & d'affaire où l'on ne l'appelât. Il avait de la naissance & peu de bien. Par dessus cela, il s'était marié à une grande femme sèche, maigre & noire, qui voulait être belle à quelque prix que ce fût. Ainsi elle faisait beaucoup plus de dépenses qu'il ne convenait à l'état de ses affaires. Elle avait deux filles très bien faites qu'elle n'aimait point, parce qu'elles étaient devenues grandes un peu trop tôt & que toutes les connaissances mettaient une différence considérable entre elles & leur mère. Cela était cause qu'elle les tenait renfermées dans un petit pavillon du fond de son jardin. Elles lisaient dans cette solitude autant de romans qu'elles voulaient &, se voyant jolies & très malheureuses, elles se figuraient être des princesses infortunées, qui attendaient toujours quelque héros pour sortir de leur château enchanté.

Le peu d'usage qu'elles avaient du monde, joint aux chimères qu'elles se forgeaient pour soulager leurs ennuis, les rendirent bientôt des espèces de précieuses, qui, au lieu d'un bon esprit que le Seigneur leur avait donné, en prirent un très singulier. Leur mère, qui n'avait pas celui de s'en apercevoir, se tranquillisait fort sur leur chapitre. En effet, pourvu qu'elles ne lui coûtassent presque rien & que toute la dépense fût pour elle-même, elle laissait faire à leur imagination mille extravagances. Monsieur de Saint-Thomas ressentait davantage les travers que ses filles se mettaient dans la tête &, s'il avait joui d'une meilleure fortune, il aurait travaillé utilement à la leur. Mais comme ses filles ne pouvaient se trouver heureuses qu'en idées, il les laissait au moins maîtresses de s'en faire d'agréables.

Le baron de Saint-Thomas demeura surpris de l'air furibond qu'il remarquait en monsieur de La Dandinardière : « Je ne vous reconnais pas aujourd'hui, lui dit-il

en souriant, qu'avez-vous donc ? — Ce que j'ai, monsieur mon voisin ? répliqua-t-il, je vous l'aurai bientôt
appris &, si vous n'en tombez pas mort d'étonnement,
au moins en serez-vous bien malade. Le sieur de Villeville m'insulte, il tue mes chiens, il assassine mon ve-
neur, il me chante pouille. A la vérité c'est de loin, car
de près... Je n'en dis pas davantage, nous nous verrons,
nous nous verrons. — Quoi ! dit monsieur de
Saint-Thomas en l'interrompant, vous voulez mesurer
votre épée avec la sienne ? — Si je le veux, monsieur ?
s'écria La Dandinardière je veux bien autre chose, je
veux le tuer du premier coup : à moins de cela, je ne
serai point content. — Il faut vous modérer, reprit le
baron, vous savez la cruelle destinée des duellistes[6], &
vous n'auriez qu'à songer à sortir promptement du
royaume, si votre dessein était su de quelqu'un de vos
ennemis. — L'honneur m'a toujours été plus cher que
la vie, dit la Dandinardière. Si je souffrais si patiemment les nasardes & les croquignoles, je n'aurais qu'à
déserter mon château, ces chiens de Normands me trai-
teraient d'un bel air. Je ne les nomme pas chiens, monsieur le baron, reprit-il, pour vous faire quelque peine,
mais seulement par rapport à la colère que j'ai contre
Villeville. — Je ne prends pas les choses si fort au pied
de la lettre, répliqua monsieur de Saint-Thomas, &,
pour vous marquer que je suis votre serviteur, s'il est
vrai que vous ayez bien envie de vous battre, je suis
tout prêt d'aller faire l'appel. » La Dandinardière
demeura surpris de cette proposition : le péril était tout

---

6. L'édit du 7 septembre 1651 avait aggravé celui de juin 1643,
prévoyant déchéance, confiscation au moins partielle des biens, peine
de mort en cas de récidive. Celui d'août 1679 prévit une procédure de
conciliation, soit devant les maréchaux de France, soit devant les gouverneurs de province ou leurs lieutenants.

propre à ralentir sa colère & le zèle de son ami lui parut dans ce moment la chose du monde la plus insupportable.

Après avoir rêvé quelque temps, il lui dit : « Croyez-vous en conscience que, si je me trouve sur le pré avec ce campagnard, on m'en fasse des affaires à la cour ? — Il faut vous ménager une rencontre, répliqua le baron. Je connais Villeville, vous n'aurez aucune peine pour l'engager à se battre. — Est-ce qu'il est brave ? dit La Dandinardière d'un air inquiet. — Cela va jusqu'à la témérité, repartit le baron ; il a plus tué d'hommes en sa vie qu'un autre n'a tué de mouches. — J'en suis ravi, dit-il, en tenant la meilleure contenance qu'il pût ; voilà comme il me les faut. Je me souviendrai toute ma vie du sixième combat que j'ai fait où j'estramaçonnai une espèce de matamore[7] devant qui l'on ne pouvait tenir. — Oh ! je me suis toujours douté, ajouta le baron, que vous n'étiez pas un apprenti. Mais enfin déterminez-vous, afin que j'aie le plaisir de vous être utile. — Je suis tout déterminé, dit La Dandinardière ; cependant il ne faut rien faire en étourdi. Dans quelques jours, j'aurai l'honneur de vous voir. » Et changeant aussitôt de discours, il parla de plusieurs nouvelles qu'on lui avait mandées de Paris & de l'armée.

Monsieur de Saint-Thomas avait trop envie de rire pour rester plus longtemps chez notre bourgeois. Bien qu'il ne fût plus jeune, il n'avait rien perdu d'une certaine gaîté naturelle, qui lui faisait imaginer d'assez plaisantes choses. Il comprenait tout l'embarras de La Dandinardière & qu'il était moins fâché contre Villeville de l'avoir insulté que contre lui-même de s'en être vanté. Il voulut pousser l'affaire pour s'en réjouir. Il

---

7. Celui qui tue les Mores Infidèles. Issu du *Miles Gloriosus* de Plaute, le fanfaron de *L'Illusion Comique* de Corneille avait donné son nom à tout poltron qui fait le brave.

avait un valet assez bien fait, qui lui était venu du fond
de la Gascogne. Il n'y avait point laissé les petits airs
fanfarons naturels aux gens de ce pays-là. Il l'instruisit
à merveille & l'envoya deux jours après chez La Dandinardière. Il avait un buffle, une cravate de taffetas noir,
un chapeau bordé aussi grand qu'un parasol & relevé
d'une manière mutine, un large ceinturon de cuir, une
écharpe bigarrée de plusieurs couleurs & la plus formidable épée qui eût paru dans le pays depuis Guillaume
le Conquérant.

La Dandinardière, plein de soucis, se promenait sur le
rivage de la mer, lorsqu'il vit tout d'un coup ce
fier-à-bras si proche de lui que quelque envie qu'il eût
de l'éviter, il n'en put venir à bout. « N'êtes-vous pas,
lui dit-il avec une voix de tonnerre & sans presque le
saluer, n'êtes-vous pas monsieur de la Dandinardière ?
— Selon, répliqua-t-il tout effrayé. — Selon, continua
l'autre, qu'est-ce que vous entendez par cette réponse ?
— J'entends que je ne vous connais point, ajouta La
Dandinardière, & que je me passe aisément de faire de
nouvelles connaissances. Ainsi je vous réponds en deux
mots que je m'appelle peut-être La Dandinardière &
que peut-être je m'appelle autrement. — Voilà donc
votre selon expliqué, reprit notre brave, & moi je vous
dis sans autre cérémonie que monsieur de Villeville
étant bien informé de toutes les gentillesses que vous
débitez sur son compte, trouve à propos de vous voir
dans trois jours face à face dans le bois prochain. Je lui
servirai de second, vous aurez soin d'en amener un. »

La Dandinardière demeura si surpris, que le mangeur
de petits enfants[8] avait eu le temps de s'éloigner, avant

8. Dans *Le Pédant joué*, II, 2, de Cyrano de Bergerac, Gareau
évoque ces « mangeux de petits enfants ».

qu'il fût revenu de son effroi. Il regarda de tous côtés
où il pouvait être, il ne l'aperçut point, parce qu'il
s'était glissé derrière une falaise qui s'élève en cet
endroit, & La Dandinardière, qui aimait mieux en cas
pareil avoir affaire à un démon qu'à un homme, se persuada autant qu'il le put qu'il s'agissait d'une vision,
que le malin esprit avait pris un corps fantastique pour
le venir inquiéter & que, présupposé qu'il se trompât
dans sa conjecture, il le persuaderait tout au moins au
public & se tirerait par là honorablement d'affaire. Il
rentra chez lui si pâle & si défait qu'il n'avait pas
besoin de se composer pour faire croire qu'il avait eu
grand peur.

Il trouva le prieur de Richecour & le vicomte de Bergenville qui l'étaient venus voir & qui n'y prirent pas
garde, parce qu'ils s'étaient occupés en l'attendant à
regarder de vieux héros, dont monsieur de La Dandinardière avait orné sa salle. Il avait fait écrire au-dessus
leurs noms & leurs principales actions, mais comme le
caractère était petit, l'on pouvait à peine le lire, de sorte
que le vicomte & le prieur disputaient ensemble. L'un
disait : « C'est Gilles », & l'autre : « C'est Gillot. »
Là-dessus notre gentilhomme bourgeois entra. « Ah !
monsieur, lui dirent-ils, vous nous mettrez, s'il vous
plaît, d'accord : comment s'appelle ce seigneur dont
voilà le portrait ? — Gilles, messieurs, répliqua-t-il,
Gilles de La Dandinardière, c'était mon aïeul. Il fut
nourri par Louis onze roi de France, au château d'Amboise, avec Charles huit son fils[9], qui était un petit roi
bien joli & bien sage. Ce petit roi aimait mon aïeul

---

9. Ce détail de la relégation du dauphin Charles à Amboise,
Varillas y fait allusion au tome I de son *Histoire de Charles VIII*,
Paris, Claude Barbin, 1690, p. 5 sq. Pour le reste, La Dandinardière
en rajoute, visiblement.

Gilles à la folie. Louis onze craignait, comme dit l'histoire, que son fils ne lui fît quelque mauvais tour &, pour s'en garantir il l'élevait très mal & le nourrissait de grosse viande. Mais Gilles, son favori, avait toujours de bon gibier & il en faisait part à son maître, de sorte que pour l'en récompenser, il le fit je ne sais plus quoi, je crois pourtant que c'était connétable. — Oh ! s'écria le prieur, pour connétable, je soutiens que nous n'en avons point eu de ce nom. — N'importe, répliqua La Dandinardière, s'il ne le fit pas connétable, il fut tout au moins amiral[10] de terre, car il est certain que le voilà avec un bâton de commandant, & cela ne signifie pas peu de choses. » Il leur expliqua ainsi tout ce qu'il avait fait écrire de l'histoire de ses ancêtres, qu'il savait par cœur, & il aurait continué malgré l'état où le mettait l'apparition du matamore, sans que le vicomte, qui jeta les yeux sur lui & qui le vit bleu, vert, jaune, s'écria tout d'un coup : « Hélas ! mon bon monsieur, allez-vous mourir ? Je vous trouve étrangement changé. »

« Après ce qu'il vient de m'arriver, dit-il, c'est un coup de fortune que je sois encore en vie &, si j'avais moins de courage, il est certain que je serais mort sur-le-champ. Figurez-vous, messieurs, l'état où se trouve un homme qui se voit aborder par un démon, à la vérité sous une forme humaine, mais qui ne laissait pas d'avoir les yeux pleins d'une infernale malice, les pieds de travers & de grands ongles crochus. » Il leur raconta ce qui s'était passé au bord de la mer, mais, quelque sérieux que le vicomte & le prieur affectassent, ils ne pouvaient s'empêcher de rire de cette frayeur chimérique. Ils s'entrepoussaient & se donnaient des coups d'œil à la dérobée, qui signifiaient assez leurs senti-

---

10. Amiral de terre ? C'est un peu notre « marin d'eau douce ».

ments. Enfin, après de grandes exclamations sur une aventure si extraordinaire, ils lui conseillèrent de se faire saigner, & il y consentit avec plaisir, parce que, de quelque manière que tournât la chose, c'était au moins gagner quelques jours de répit.

Il envoya quérir le chirurgien &, en l'attendant, on dîna. La Dandinardière avait envie de ne point manger, quoiqu'il eût beaucoup de faim, car l'air de la mer donne un appétit qu'on n'a point ailleurs. Mais ses amis lui dirent qu'il fallait entretenir ses forces pour résister aux hommes ou au diable. Il approuva l'avis & le suivit si exactement qu'il mangea lui seul plus que ses deux convives & que le reste de ses domestiques.

Comme le chirurgien était assez éloigné de la maison de notre bourgeois, le prieur & le vicomte s'en allèrent avant qu'il fût venu, admirant sa folie de vouloir être descendu d'un favori de Charles VIII & de prétendre que le démon s'était donné la peine de lui venir faire peur. Ils convinrent ensemble qu'il y avait là-dessous quelque chose de fort plaisant & que le baron de Saint-Thomas serait tout propre à débrouiller cette énigme. Ils allèrent donc coucher chez lui & le trouvèrent avec sa gaîté ordinaire, bien qu'il n'eût pas toujours de fort grands sujets d'en avoir, car sa femme & ses filles, ainsi que je l'ai déjà dit, mêlaient souvent de l'absinthe aux agréments de sa belle humeur. Il ne put s'empêcher d'avouer à ses amis le tour qu'il avait fait à La Dandinardière ; il leur fit voir l'homme qui l'avait si fort effrayé & leur dit qu'il fallait se réjouir encore à ses dépens, qu'il irait lui offrir ses services contre Villeville & qu'il leur rendrait un compte exact des états violents où il le réduirait par la proposition d'un duel. Chacun imagina là-dessus ce qui pourrait rendre la chose plus plaisante, & le lendemain le baron ne manqua pas d'aller au petit château de notre gentilhomme bourgeois.

Le chirurgien, qui était venu par ses ordres, ne le
trouva pas disposé à répandre une seule goutte de son
sang. Il crut qu'il suffisait de faire courir le bruit qu'il
avait été saigné, il le pria de le dire & le paya assez
libéralement pour lui faire faire un mensonge encore
plus considérable. Il ordonna à ses gens de parler
comme le chirurgien &, s'étant fait bander le bras, il se
mit au lit.

Le baron de Saint-Thomas arriva assez matin pour l'y
trouver encore. Son fidèle domestique Alain lui dit qu'il
ne pouvait pas éveiller son maître, parce qu'il était
malade. « J'ai des choses trop importantes à lui communiquer pour m'en retourner sans le voir, répliqua-t-il.
Ouvre-moi sa chambre, Alain mon ami, il faut que je
lui parle. » Le valet obéit & le baron trouva La Dandinardière couché, en camisole de drap noir, qui jadis
avait été un justaucorps, mais il en avait retranché le
superflu dont son bonnet de laine rouge était couvert ;
tout le reste de sa toilette répondait assez bien à ce
déshabillé. « Comment ! dit le baron, vous dormez
quand Villeville est en campagne pour vous
exterminer ? Il dit qu'il envoya hier un brave vous faire
un appel & qu'il veut se battre à quelque prix que ce
soit. Je ne crois pas, continua-t-il, que vous puissiez lui
refuser cette satisfaction. » La Dandinardière l'écoutait
avec un air épouvanté qu'il n'était plus le maître de
cacher : « Je vous avoue, dit-il, que je ne suis point
venu m'établir dans cette province pour me couper la
gorge avec personne. Autant m'aurait valu demeurer à
Paris : c'est une ville assez meurtrière & où il ne
manque pas de gens capables de tourmenter les autres.
J'avais cherché ce canton pour y vivre pacifiquement,
j'ai du bien & je n'ai aucun sujet de haïr la vie : pourquoi me conseillez-vous de risquer deux choses qui me
semblent si précieuses ? — Je vous le conseille comme

votre ami, reprit le baron. Vous êtes obligé de marcher sur les traces que vos aïeux vous ont si glorieusement frayées. Voulez-vous perdre votre honneur pour ménager trois ou quatre coups d'épée ? Si le mot de duel vous déplaît, réglons une rencontre, je prétends vous servir. Je serai votre second envers & contre tous, bien que je hasarde beaucoup, car j'ai une femme & deux filles, mais pour un ami que ne ferais-je pas ? Je donnerais jusqu'à mon âme. »

La Dandinardière se voyant si vivement pressé, eut recours à une feinte qui lui réussit mal. Il se laissa tomber sur son chevet, criant de toute sa force : « Je me meurs, ma saignée fut trop grande hier au soir, mon bras s'est délié, j'ai perdu deux seaux de sang cette nuit, l'on tomberait en faiblesse à moins ». Et là-dessus, fermant les yeux, il s'étendit, bien résolu de ne les ouvrir de quatre heures. Le baron, qui savait à quoi s'en tenir, le tirailla & lui donna deux ou trois chiquenaudes, que le pacifique moribond souffrit avec une patience admirable. Il courut ensuite prendre une aiguière, dont il lui jeta l'eau si rudement au visage que La Dandinardière, craignant une seconde inondation, ouvrit ses petits yeux & devint tout rouge de colère : « Je vous prie, monsieur, dit-il, que si vous me voyez jamais évanoui, vous me laissiez plutôt mourir que de me soulager comme vous venez de le faire. — Mon zèle est mal payé, répliqua le baron, mais n'importe, je suis votre ami & votre serviteur ; pourvu que vous vous battiez, je serai content. — Mon Dieu, monsieur, laissez-moi le loisir de me tranquilliser, répondit La Dandinardière ; vous êtes plus pressé que Villeville. — Voulez-vous qu'il vous assassine ? ajouta le baron ; c'est la destinée de la plupart des gens qui refusent les assignations qu'on leur donne. » Cette menace inquiéta notre petit homme : « Il faut que je rêve un peu sur cette affaire, dit-il ; je vous donnerai ensuite une réponse positive. » Monsieur de Saint-Thomas jugea qu'il le fatiguerait trop s'il le harcelait davantage &, après l'avoir embrassé à l'étouffer, il retourna chez lui, quelques instances que La Dandinardière lui fît pour l'arrêter à dîner.

Dès qu'il fut seul, il songea très sérieusement aux engagements d'honneur où il se trouvait. Il crut avoir un secret merveilleux pour sauver sa réputation & garantir sa peau : c'était de faire battre Alain contre Villeville, revêtu de ses belles armes, & de paraître chez le baron & ailleurs avec les mêmes armes, afin que l'on crût toujours que c'était lui. Il appela son fidèle Alain : « Je ne doute point de ton affection, lui dit-il, mais il est de certaines choses qui ne dépendent pas absolument de nous ; par exemple, l'on a beau vouloir être brave, si l'on est poltron, tous les efforts qu'on fait sont inutiles. A mon égard, je suis né avec un cœur de roi ou d'empereur plein de courage & de résolution. Si je pèche en quelque chose, c'est que j'en ai trop. Or tu sauras, Alain, que ce misérable Villeville veut se battre contre moi. Si je m'y résouds, c'est un homme mort du premier coup. J'ai du bien, il m'est fâcheux de le perdre &, comme il est brutal il pourrait encore me tuer, avant que j'eusse mis ordre à l'en empêcher. Le seul remède que j'imagine dans cette affaire, c'est que tu paraisses sur le pré à ma place pendant que je ferai des vœux pour toi. »

Alain était le plus doux de tous les hommes. Cette proposition lui sembla la chose du monde la plus cruelle & la plus éloignée du bon sens. Il rêva un peu afin de payer son maître d'une excuse agréable & lui dit ensuite : « A moins de me donner votre visage, votre air & votre taille, comment voulez-vous que je vous ressemble & que je trompe monsieur de Villeville ? — Si j'aplanis cette difficulté, repartit La Dandinardière, me promets-tu de te battre ? — Oui, monsieur, dit Alain croyant la chose impossible. — Et si tu y manques, qu'est-ce que je te ferai ? — Tout ce qu'il vous plaira, continua le bon Alain. — Eh bien ! dans peu nous verrons si tu as du cœur & de l'honneur, ajouta La Dandinardière. » Alain l'entendant se prit à trembler si fort qu'il pouvait à peine se soutenir.

Il pensa aussitôt que ce même démon qui avait entretenu son maître au bord de la mer, pourrait bien lui avoir enseigné quelque secret extraordinaire : « Écoutez au moins, monsieur, lui dit-il, que le diable ne s'en mêle pas, je vous en prie ! Je ne me veux damner pour personne, je hais les sorciers & tous leurs tours, je renonce au pacte, & puisqu'il y en a, je ne veux pas me battre, quand il y aurait cent pistoles à gagner. » La Dandinardière, désespéré de la poltronnerie d'Alain, prit un bâton & le toisa de coups : « Tu peux compter, lui dit-il, de recevoir tous les jours un pareil traitement jusqu'à ce que tu aies pris la résolution de m'obéir ». Alain se sauva, très dépité & très résolu de quitter son maître.

La Dandinardière était agité de mille soucis, le temps approchait, sans qu'il eût pris aucune mesure pour l'éviter. Il avait acheté à un vieil inventaire deux cuirasses, deux casques, des gantelets & le reste de l'équipage d'un homme de guerre, de sorte qu'il voulait en habiller Alain, croyant bien que, la visière de son casque étant baissée, Villeville ne pourrait le reconnaître. Il alla chercher son valet partout, il le trouva retiré tristement dans un petit caveau sombre, où il adoucissait ses douleurs proche d'un tonneau dont la liqueur lui semblait excellente pour guérir les coups de bâton.

« Viens çà, faquin, lui cria-t-il du haut de l'escalier, viens voir si je suis sorcier ou si tu es fou. » Alain se hâta d'achever son pot & monta plus gai qu'il n'était descendu, car il avait pris un peu de joie dans cette voûte souterraine. Il suivit son maître jusqu'à sa chambre & demeura bien effrayé de l'habillement de fer. La Dandinardière lui commanda de le mettre : « Par où m'y prendrai-je, monsieur, je connais aussi peu cela que la loi du Grand Turc[11] ; — Je vais t'aider, gros maroufle, répliqua-t-il, car si je ne suis ton valet de chambre, tu n'auras jamais l'esprit de t'habiller. » Il lui mit en même temps la cuirasse qui était si étroite qu'il fallut qu'Alain quittât justaucorps & pourpoint, de sorte que l'armure lui écorchait la peau. « Voilà, disait La Dandinardière, comme sont les plus grands rois de la terre lorsqu'ils vont à la guerre. — Ces rois-là, dit Alain, n'ont guère d'esprit, quand ils peuvent avoir du velours & du satin tant qu'il leur plaît, de mettre une vilenie comme cela. J'aimerais mieux m'habiller d'un lit de plume. — Ô le coquin ! s'écria La Dandinardière, tu ne parviendras jamais : l'on connaît bien dans les petites comme dans les grandes choses les inclinations des gens de qualité ou des misérables. Par exemple, moi qui suis homme de qualité, je voudrais boire, manger & dormir le harnais sur le corps. — Oui, dit Alain, mais vous ne voudriez pas y rencontrer monsieur de Ville-ville, & c'est, Dieu merci, pour moi que vous réservez le combat. » La Dandinardière, tout fâché, ne répondit rien. Il prit le casque & le ficha sur la tête du pauvre Alain avec tant de force & si peu de ménagement qu'il en pensa mourir, car, étant là-dessus aussi peu expert que son valet, il avait mis la visière derrière la tête. Le bon Alain, prêt à expirer, avait beau crier & même hur-ler, La Dandinardière, persuadé que c'était par une pure malice & manque d'habitude, n'en faisait que rire. Enfin il s'aperçut de sa méprise, il y remédia prompte-ment. Alain était déjà tout changé, mais la joie de respi-rer lui fit dire d'assez plaisantes choses.

---

11. Le Grand Turc est le Sultan qui règne à Constantinople.

Après qu'il fut armé, son maître s'arma à son tour &
le traînant devant un grand miroir, il lui dit : « Qui es-tu
à ton avis ? — Eh ! monsieur, je suis Alain. — Tu es un
sot, reprit son maître. Ne vois-tu pas bien que tu es
monsieur de La Dandinardière ? Quand la visière de
nos casques est baissée, il n'y a aucune différence & je
suis sûr que Villeville n'y en fera jamais. Prends donc
un peu de cœur, mon pauvre garçon, continua-t-il ; je ne
prétends pas que tu te battes gratis, je te promets mort
ou vif une bonne récompense. Si tu es tué, je te ferai
enterrer honorablement comme un seigneur de paroisse
&, si tu en reviens, je te marierai à Richarde qu'il me
semble que tu ne hais pas. Tiens, voilà d'avance trois
pièces de quinze sous & quelque menue monnaie : tu
conçois bien que ta fortune sera faite. » Alain, qui avait
trop bu de quelques coups, voyant l'argent de son
maître joint à ses promesses, se laissa toucher & s'écria
sur le ton d'un héros : « Allons donc nous battre, dit-il,
puisqu'il ne faut que cela pour être riche & pour plaire
à ma Richarde. » La Dandinadière, pénétré de joie, lui
fit encore de nouvelles caresses.

Le baron de Saint-Thomas était attendu impatiemment chez lui par le vicomte & le prieur. Ils se réjouirent beaucoup ensemble de l'état où notre bourgeois
était réduit & résolurent qu'il lui en coûterait quelque
chose pour avoir la paix. La Dandinardière, sûr de son
Alain, ne manqua pas d'aller chez le baron de
Saint-Thomas. Il s'arma de toutes pièces, il avait orné
son casque d'un vieux bouquet de plumes & pour se
rendre encore plus terrible, il coupa la queue d'un
assez joli cheval qu'il avait & la laissa flotter comme
un panache sur ses épaules ; son épée était des plus
antiques. L'on aurait pu le prendre en cet équipage
pour le cadet de Dom Quichotte, & l'on peut dire sans
mentir qu'il était aussi fou, mais qu'il était moins

brave. Il se fit suivre par Alain, digne imitateur de
Sancho Pansa.

La Dandinardière ne laissait pas de craindre la rencontre malheureuse de Villeville. Il est vrai qu'il avait
une grande confiance à la visière de son casque, qui
était baissée & par laquelle il pouvait à peine respirer.
« Il est impossible que je puisse être reconnu de mon
ennemi, disait-il à Alain. En tout cas, s'il m'abordait, je
lui dirais tout d'abord qu'il n'aille pas s'y méprendre &
que je ne suis point La Dandinardière. Après une telle
déclaration, il serait bien impertinent de me pousser à
bout. » Le valet approuvait fort sa prudence. Ils continuaient de parler quand il pensa tout d'un coup que le
bon Alain était propre à découvrir ce qu'il voulait tenir
caché, car il n'était pas armé comme lui, & il y avait si
peu que Villeville l'avait battu, qu'à coup sûr il remet-
trait son idée & ferait encore quelque tour de prompti-
tude dont il n'était que trop fatigué.

Il s'arrêta promptement pour commander à Alain de
s'en retourner & que, s'il ne revenait pas le soir, il ne
s'en inquiétât point, qu'il pourrait coucher chez le
baron ; mais qu'à bon compte il ne manquât pas de
s'exercer à faire des armes, parce que cela pourrait
être nécessaire avant qu'il fût peu. Alain demeura surpris de cet ordre ; il avait déjà assez pris l'air pour dis-
siper une partie de la belle humeur que son séjour dans
le caveau lui avait inspirée. Il lui répliqua avec une
mine renfrognée qu'il n'avait aucune envie de se
battre & que jamais homme ne serait plus neuf que lui
à ce métier.

La Dandinardière ne l'écoutait plus, dont bien lui en
prit, car les coups de bâton ne lui auraient pas manqué.
Il suivait sa route le long de la mer, lorsqu'en approchant d'un petit pavillon qui terminait un assez grand
jardin, il entendit tout d'un coup une personne qui

disait : « Marthonide, ma sœur, venez, venez, dépêchez-vous, voilà un chevalier qui passe tout armé. »

La Dandinardière, ne doutant point qu'on ne parlât de lui, leva gravement la tête, se sachant le meilleur gré du monde d'avoir pu inspirer de la curiosité. Mais que devint-il lorsqu'il aperçut deux belles & jeunes personnes à une fenêtre grillée ! Il leur fit une si profonde révérence que sans la visière de son casque, il se serait blessé le nez à l'arçon de sa selle. Aussitôt chacune lui rendit son salut avec usure. C'était les filles du baron de Saint-Thomas, que La Dandinardière n'avait jamais vues, bien qu'il lui eût rendu plusieurs visites &, comme ils étaient nouveaux les uns pour les autres, il serait difficile d'exprimer l'admiration réciproque qu'ils s'inspirèrent.

Le petit La Dandinardière était assez susceptible de tendresse & assez galant pour être ravi d'une rencontre si imprévue & si agréable &, pour les demoiselles, elles avaient dans la tête un tel nombre d'aventures extraordinaires de chevaliers errants, de héros & de princes, qu'elles s'étonnèrent bien moins de voir La Dandinardière dans cet équipage burlesque, qu'il ne s'étonnât que deux personnes si aimables demeurassent au bord de la mer dans un petit pavillon écarté de tout le monde.

Virginie[12], qui était l'aînée des deux sœurs & qui s'appelait Virginie au lieu de Marie, car c'était son véritable nom, de même que Marthonide avait nom Marthe, Virginie, dis-je, rompit le silence la première : « Bien qu'il soit aisé de juger, seigneur, dit-elle à notre bourgeois, que vous avez des affaires pressantes qui vous appellent dans quelque endroit important, permettez que nous vous arrê-

---

12. C'est le nom de la malheureuse héroïne de Tite-Live (III, ch. 44-50), qui inspira à Campistron une tragédie, créée à la Comédie-Française le 12 février 1683.

tions pour vous demander par quel hasard vous passez devant nos fenêtres ? » La Dandinardière, ravi d'avoir été appelé seigneur, ne voulut pas céder en civilité & leur repartit : « Puisque vos divines Altesses daignent arrêter les yeux sur un infortuné tel que moi, je leur dirai qu'une affaire d'honneur m'oblige de me rendre ici. — Quoi ! noble chevalier, s'écria Marthonide en l'interrompant, vous allez vous battre ? Et qui est le téméraire qui ose se trouver en champ clos avec vous ? » La Dandinardière était transporté des jolies choses qu'il entendait, il n'avait en sa vie trouvé tant d'esprit à personne. « Je ne puis vous nommer mon adversaire, mesdames, reprit-il, quelques raisons m'en empêchent. Je vous assure seulement que je ne lui aurai pas plus tôt coupé la tête que je la pendrai à vos fenêtres, comme un hommage que je dois à vos beautés. — Ah ! seigneur, gardez-vous en bien, s'écria Virginie, vous nous feriez mourir de peur. » Il repartit qu'il aimerait mieux mourir lui-même que de leur déplaire, qu'il avait pour elles des sentiments si vifs & si délicats qu'on n'avait jamais fait tant de progrès en si peu de temps & qu'il était au désespoir que ses affaires l'obligeassent à les quitter. Il est vrai qu'il voulut, avant que de prendre congé, faire faire à son cheval quelques tours de manège &, lui appuyant l'éperon dans le ventre, il lui retira en même temps la bride si rudement que le pauvre cheval ne sachant plus ce qu'on lui demandait, se cabra, & La Dandinardière, voyant le péril sans savoir le remède, lui donna une saccade encore plus violente dont le cheval se renversa tout à fait sur lui.

Qui aurait entendu les cris des princesses grillées aurait bien jugé que le nouveau héros était en péril. Il y était en effet, car son cheval trop pesant l'étouffait, les cailloux qui couvraient le rivage lui brisaient les côtes, son casque mal attaché était sorti de sa tête & sa tête portant contre une petite roche qui se trouva là par malheur se meurtrit cruellement. A cette vue, Marthonide perdit toute patience & dit à Virginie de rester à la fenêtre, pendant qu'elle irait avertir du désastre de ce chevalier.

Elle courut dans la chambre de son père, il était avec le vicomte & le prieur qui se régalaient de café : « Ah ! monsieur, lui dit-elle, venez promptement vers le rivage, un chevalier errant, un héros armé de pied en cap est dangereusement blessé, il a besoin de votre secours. » Le baron, accoutumé aux saillies de ses filles, crut qu'il y avait de la vision dans ce que celle-ci lui disait : « Est-ce un chevalier de la Table ronde ou l'un des douze pairs de Charlemagne ? lui dit-il en souriant. — Je ne le connais point, lui dit-elle d'un air triste & sérieux ; tout ce que je sais, c'est qu'il a un petit cheval gris, dont les crins sont rattachés de rubans verts & l'oreille droite coupée. » A ces enseignes le baron & le vicomte reconnurent le pauvre La Dandinardière. Ils s'entreregardèrent, bien étonnés d'entendre ce que Marthonide leur disait, &, sans s'arrêter à la questionner davantage, ils se hâtèrent d'aller du côté qu'elle leur marqua.

Ils trouvèrent notre infortuné bourgeois très véritablement évanoui. Son équipage les surprit : «Quelle folie ! disaient-ils, se peut-il une plus singulière métamorphose ? » Enfin avec le secours de l'eau de la reine de Hongrie & de tout ce qu'ils purent imaginer, ils le firent revenir à lui. Il parut étonné de l'état où il était & prit le chemin de la maison de monsieur de Saint-Thomas, appuyé sur lui & sur le vicomte.

Virginie & Marthonide, qui étaient à leurs fenêtres, se demandaient l'une à l'autre par quel hasard leur père connaissait ce brave chevalier, puisqu'apparemment il n'était pas du pays. Pour en être informées, elles allèrent dans la chambre de madame de Saint-Thomas, à laquelle son mari venait de dire l'aventure de leur bon

voisin La Dandinardière. Elle demanda s'il resterait
longtemps & s'il prétendait se faire guérir à leurs
dépens, car elle était aussi avare pour les autres que
prodigue pour elle. Il lui dit qu'elle ne s'inquiétât point,
que c'était un homme fort riche & qu'il en userait bien.
Puis la tirant à part dans son cabinet : « Le vicomte de
Bergenville, continua-t-il, m'a communiqué une pensée
qui lui est venue & que je ne trouve point trop
mauvaise ; ce serait de tâcher que La Dandinardière
épousât Virginie ou Marthonide. Je ne suis pas en état
de leur donner beaucoup &, s'il goûtait cette affaire,
j'en aurais bien de la joie. »

« Mais monsieur, répliqua madame de Saint-Thomas, qui avait aussi ses visions, vous savez quels sont
nos ancêtres, serions-nous capables de mésallier notre
sang & d'en avilir la noblesse par un mariage inégal ?
— Croyez-moi, madame, dit le baron, la qualité sans
bien cloche beaucoup, & je voudrais que ce bourgeois, tout bourgeois qu'il est, fût d'humeur à s'entêter. N'allez pas en parler sur un autre ton à vos filles,
vous êtes toute capable de gâter ce que j'aurai conduit
avec assez de peine. — Est-ce, s'écria-t-elle en changeant de couleur, que je ne suis pas leur mère comme
vous êtes leur père ? Ne dois-je point en cas pareil
être consultée & mon avis n'est-il pas aussi judicieux
que le vôtre ? Non, monsieur, mes filles n'épouseront
qu'un marquis ou qu'un comte, qui fournira ses douze
quartiers & même plus. — Courage, dit froidement
monsieur de Saint-Thomas, soutenez bien la dignité
de vos aïeux & gardez vos filles encore cinquante
ans. » La baronne, désespérée, se mit à lui chanter
injure, le tintamarre qu'ils faisaient, attira dans le
cabinet le vicomte & le prieur. « Je prends ces messieurs pour juges, dit le baron. — Et moi je les
récuse, dit la baronne, sans compter qu'ils sont plus

de vos amis que des miens. Ce sont eux qui vous ont conseillé ce beau mariage, ils ne voudront pas en avoir le démenti. »

Ces messieurs, qui avaient de l'esprit, entrèrent sans aigreur dans ce différend & la prièrent d'agir sans passion sur la chose du monde la plus aisée à régler, puisqu'elle consentait à tout, pourvu que son gendre futur eût de la naissance ; qu'ils pouvaient attester que sa salle était pleine de portraits de tous ses grands-pères & qu'ils en avaient remarqué un entre autres, appelé Gilles de La Dandinardière, qui était pour le moins connétable sous le règne de Charles VIII. La baronne à ces mots se radoucit beaucoup, elle serra la bouche pour l'avoir plus petite & donna sa parole, que si cela était ainsi, elle ne troublerait point la fête. Ces messieurs lui conseillèrent d'aller voir le pauvre blessé pour lui offrir les secours dont on a besoin en tels accidents.

Elle ne voulait jamais paraître qu'elle ne fût sous les armes, c'est-à-dire fort ajustée, de sorte qu'elle changea de corps, de robe, de jupes, de cornettes, de tour de cheveux, de rubans &, après avoir passé plusieurs heures à sa toilette, elle entra dans la chambre de La Dandinardière.

Il avait été déjà pansé par le chirurgien du village, qui était un grand ignorant & qui disait toujours qu'il fallait craindre d'enfermer le loup dans la bergerie, de sorte qu'il coupait bras & jambes, en un besoin la tête, afin d'éviter ce redoutable loup. Il voulait un peu jouer du bistouri sur le pauvre blessé, mais aussitôt qu'il l'aperçut dans sa main, il s'écria de toute sa force : « Monsieur de Saint-Thomas, je me mets sous votre protection, ne souffrez point qu'on me fasse plus de mal que je n'en ai. » A ces mots, le baron empêcha que maître Robert ne fît des siennes.

Madame la baronne le trouva plus inquiet que malade. Car sa blessure n'était pas aussi grande qu'elle

aurait dû l'être par rapport à l'horrible coup qu'il s'était
donné. Elle lui offrit honnêtement de le garder chez elle
jusqu'à ce qu'il fût guéri, de lui tenir compagnie &
même d'amener ses filles dans sa chambre pour l'entretenir : « J'ose dire, ajouta-t-elle, sans trop de vanité
qu'elles ont de l'esprit & le goût délicat. Elles aiment la
lecture, elles savent en profiter, elles vous diront les
Amadis de Gaule par cœur. — Madame, répondit La
Dandinardière, je crois tout ce que vous me dites, mais
le hasard m'ayant fait rencontrer deux jeunes Altesses
d'une beauté incomparable, j'en ai l'idée si remplie que
je serai bien aise de n'en point voir d'autres qui puissent les effacer de mon souvenir. Ce que je vous dis
n'est point par un manquement de respect pour mesdemoiselles vos filles, mais bien plutôt par une crainte de
les trouver trop belles. » La baronne rougit de chagrin
& se rengorgea un peu : « Les volontés sont libres,
monsieur, lui dit-elle, je croyais vous faire plaisir, mais
en effet il n'est pas trop nécessaire que mes filles viennent ici. » Elle se leva aussitôt &, comme elle était de
méchante humeur, elle pensa étrangler son mari & le
vicomte, leur reprochant les pas inutiles qu'elle venait
de faire : « Car enfin j'ai certains pressentiments, continua-t-elle, qui ne me trompent jamais. Je me doutais
bien que je ne serais pas contente de ma visite. Ce petit
homme est amoureux de deux ou trois princesses ; vraiment il n'aurait garde de songer à Virginie. »

Monsieur de Saint-Thomas, qui aimait la paix dans sa
maison, ne voulut point aigrir sa femme, & s'étant allé
promener dans son jardin avec le vicomte & le prieur,
ils s'entretinrent des extravagances de La Dandinardière. « De qui veut-il parler, disait-il, & en quel lieu a
-t-il vu ces princesses si charmantes ? Il faut que la tête
lui ait absolument tourné. — Votre conscience en est
chargée, répondit le vicomte, depuis l'appel que le

Gascon lui a fait de la part de Villeville, il n'a pas eu un moment de bon sens, & cette armure qu'il porte en est une preuve assez convaincante ».

Le lendemain matin, tous ces messieurs vinrent dans sa chambre &, après quelques moments de conversation, il témoigna qu'il voulait parler en particulier au baron. Les autres se retirèrent, il resta seul avec lui, & prenant ses mains qu'il serra entre les siennes : « Puis-je compter sur vous, lui dit-il, comme l'on compte sur un ami inviolable ? — Vous le pouvez sans doute, répliqua le baron ; je fais profession d'être des vôtres. — Il faut donc que vous sachiez, reprit La Dandinardière, que j'étais dans le dessein de me trouver au rendez-vous de Villeville tout armé au moins, car je ne me suis jamais battu autrement &, si cela ne lui convient pas, il n'a qu'à me laisser en repos, je n'en rabattrais pas un gantelet. Je venais vous trouver pour vous prier de l'en avertir, afin qu'il cherchât des armes pareilles, si par hasard il en manquait, n'étant point capable de vouloir aucun avantage sur lui & tenant les règles d'honneur & de chevalerie écrites sur mon front. Enfin pour ne vous pas ennuyer par un discours trop long, je vais vous ouvrir mon cœur & vous dire en trois mots que je suis amoureux. — Vous êtes amoureux ! s'écria le baron en l'interrompant, y a-t-il longtemps ? — Vingt-quatre heures, dit-il, & quelques minutes, si je compte bien. Mais je n'ai pas toujours été insensible aux charmes de la beauté, j'ai aimé & je faisais des coups de galanterie qui étonnaient tout Paris & grossissaient le *Mercure galant*[13]. Enfin quelques duchesses,

---

13. Allusion à l'allure ramassée et replète de chaque volume mensuel du *Mercure Galant* (fondé en 1672), dont le petit format *in-douze* contrastait avec l'épaisseur de 210-350 pages. Même type de plaisanterie chez Le Noble.

que je ne nomme pas, m'ayant joué un mauvais tour &
fait trente infidélités atroces, je vous avoue que j'ai pris
le mors aux dents & que, piqué contre mon étoile, je
partis pour me venir précipiter au fond de la mer. Mais
ayant trouvé une belle situation, je préférai d'y bâtir
mon château presque en l'air & d'y vivre dans une
léthargie philosophique. »

« Voilà, monsieur, l'état où j'étais, sans amour, sans
procès, sans ambition, plein de joie & de santé, lorsque
mon premier malheur commença par la brutalité de Villeville & l'impertinence d'Alain de s'en être vanté. Ce
coquin m'a fait une affaire d'honneur, dont je suis entre
nous chargé comme d'une montagne, car je n'ai aucune
envie de perdre mon bien & de m'exiler de France. Je
n'avais pas laissé de me résoudre à ce maudit duel, à
condition, comme je l'ai dit, que je serais armé, & je
venais pour vous informer de mes desseins, lorsque, passant au bord de la mer, j'ai entendu deux jeunes personnes qui parlaient assez haut. Leurs voix étaient d'une
douceur à charmer. J'ai regardé de tous côtés, j'ai vu un
petit pavillon dont les fenêtres sont grillées & des princesses ou demi-princesses, qui m'ont ravi. Celle particulièrement qui est blanche & blonde a tout à fait gagné
mon cœur. Elles m'ont parlé avec une politesse, une
mignardise, une énergie, une... je n'aurais jamais fait, si
je voulais exprimer l'agrément de ce qu'elles m'ont dit
&, quand elles m'appelaient seigneur, ce qui fait assez
connaître qu'elles n'ont commerce qu'avec des rois &
des princes, quand elles m'appelaient donc seigneur, il
me semblait qu'elles enlevaient mon âme comme un
milan enlève un pigeon. Dans les mouvements de respect
& d'admiration qu'elles m'inspiraient, je savais si peu ce
que je faisais, qu'au lieu de me donner l'air d'un homme
de cheval, je suis maladroitement tombé sur des cailloux,
où ma tête s'est mal accommodée, de sorte que je suis à

l'heure qu'il est amoureux, malade, chargé d'un procédé contre Villeville & le plus infortuné de tous les mortels. »

La Dandinardière se tut en cet endroit pour soupirer trois ou quatre fois, comme un homme accablé de douleur. Le baron l'avait écouté sans l'interrompre, il leva alors les mains & les yeux vers le ciel, marquant beaucoup de surprise des grands événements qu'il venait de lui raconter, & soupira à son tour, car il n'était point avare de ses soupirs : « Prenez courage, dit-il, mon cher ami, il faut tout espérer du temps. — Ah ! monsieur le baron, reprit La Dandinardière, voilà un étrange chaos à débrouiller, mais le plus pressé à l'heure qu'il est, c'est mon amour & ma santé. Je vous prie de m'envoyer quérir un chirurgien plus habile que maître Robert, & de vouloir écrire une lettre pour moi à ces belles personnes dont je viens de vous parler. — Pourvu que vous la dictiez, répliqua monsieur de Saint-Thomas, je serai volontiers votre secrétaire. — Je vous épargnerais cette peine, ajouta La Dandinardière, si ma tête était en meilleur état, & je ne sais même comment j'en pourrai tirer mille jolies choses que je voudrais leur mander. — Il ne faut là-dessus consulter personne, dit le baron ; vous êtes touché & vous avez beaucoup d'esprit ; commençons. » Il prit une écritoire. Pendant qu'il se préparait à écrire, La Dandinardière rêvait & se rongeait les ongles. Voici ce qu'il dicta :

Altesses grillées, qui brûlez tout le monde, il me semble que vous êtes deux soleils, qui, frappant sur le cristal optique de mes yeux, réduisez mon cœur en cendres. Oui, je suis cendre, charbon, fournaise depuis le moment fatal & bienheureux que je vous aperçus à la grillade, mes belles, & que ma raison déraisonnant s'est évaporée jusqu'à vous sacrifier mon tendre cœur. Je perdis alors la tramontane, vous fûtes les coupables témoins de ma chute, j'ai versé mon sang au pied de vos murs, & j'y répandrais mon âme si le sacrifice vous en était agréable.

Je suis, mesdemoiselles, votre plus soumis esclave,
GEORGE DE LA DANDINARDIERE, *petit-fils de*
Gilles de La Dandinardière, favori de Charles VIII & son
connétable, ou quelque chose d'approchant.

« Ah ! s'écria-t-il tout joyeux après avoir lu & relu sa
lettre, voilà une lettre, à dire la vérité, qui m'a coûté un
peu, mais aussi elle est excellente. Je vois bien que je
n'ai pas encore tout à fait perdu le style qu'on admirait
tant à la cour & qui me distinguait assez avantageusement. — Je suis si confus, dit le baron, de voir avec
quelle facilité vous avez fait ce vrai chef-d'œuvre, que
j'ai envie de m'en mettre en colère. Oui, monsieur, je
mangerais plutôt le cornet, l'encre, la plume & le
papier, que d'en faire autant en un mois. Que l'on est
heureux quand on a de l'esprit. — Ho ! ho ! ho ! dit
notre bourgeois, ne me louez pas tant, mon cher baron,
vous me donneriez trop de vanité. J'avoue néanmoins
que cette comparaison de verre optique me plaît infiniment, c'est là ce qu'on appelle une pensée nouvelle. —
Ajoutez-y : & très sublime, dit le baron. — Sentez-vous
le petit jeu de mots, grillées, grillades, rien ne convient
davantage au sujet, continua le pauvre La Dandinardière. Je ne veux pas vous celer que, dans ces sortes de
choses, j'ai un génie supérieur. Mais cachetons la lettre
d'une manière si galante qu'elle réponde à ce qu'elle
renferme. Il faut de la soie verte & une devise : j'ai un
cachet dans ma poche, qui y sera propre : c'est une
femme appuyée sur une ancre, qui donne à têter à un
petit Amour, & les paroles de l'emblême sont :

L'Espérance nourrit l'Amour [14].

---

14. Ainsi est décrite (mais sans ancre) l'Espérance par Cesare
Ripa, traduit par Baudoin, et qui cite Saint Augustin : « Que l'Amour
sans l'Espérance ne peut jamais venir à bout de ses désirs » (*Iconolo-*
gie (1643), Paris, Aux Amateurs de Livres, 1989, p. 63, fig. p. 59).

« Il me souvient, dit monsieur de Saint-Thomas, d'en avoir là une semblable. — De quelque endroit que vous l'ayez eue, elle vient de moi, reprit hardiment La Dandinardière. Toute la cour l'a admirée, le roi l'a fait graver, & rien n'était bien en fait de devises si elles n'étaient de ma façon. — Je le crois sans peine, continua le baron, vous avez un feu & une vivacité qui vous feraient réussir à quelque chose encore plus difficile. Mais à propos, je doute que ma femme soit fournie de soie plate. — N'importe, dit La Dandinardière ; pourvu qu'elle soit verte, j'en serai content. »

Monsieur de Saint-Thomas sortit, il en envoya chercher par le Gascon, qui n'osait entrer, car La Dandinardière l'aurait reconnu pour son matamore. Après avoir fouillé dans vingt tiroirs différents, il s'avisa d'aller au pavillon de mesdemoiselles de Saint-Thomas. Il leur dit que le gentilhomme blessé demandait de la soie verte & de la cire pour cacheter une lettre. Comme elles n'avaient pu sur aucun prétexte aller dans sa chambre, elles furent ravies de celui qui s'offrait : « N'attendez point, lui dirent-elles, nous n'avons ni soie ni cire. » Le Gascon retourna en demander à toute la maison, pendant que ces deux belles filles se glissèrent le long des charmilles du jardin pour n'être point vues de leur mère &, tenant un petit coffre d'écaille garni de feuilles d'argent fort minces, où elles avaient mis de la cire, de la poudre brillante, du papier doré & des pelotons de soies de toutes les couleurs, elles entrèrent dans la chambre de La Dandinardière & s'approchèrent de son lit, avant que leur père, qui était tourné, les eut aperçues. Mais le petit homme, qui les reconnut du premier coup d'œil, poussa un grand cri &, se trémoussant dans son lit, il disait : « Place ! place aux princesses ! » Il est certain que le baron le crut alors tout à fait insensé ; cependant le bruit qu'il entendit

derrière lui l'obligea de tourner la tête, il demeura surpris de voir là ses filles.

« Voilà Virginie & Marthonide, dit-il, qui vous viennent voir. Elles ont su sans doute que j'étais dans votre
chambre. — Mon père, répondit l'aînée, on nous est
venu dire de votre part que ce jeune étranger avait
besoin de soie pour cacheter une lettre, nous lui en
apportons. » La Dandinardière, confus d'une si grande
faveur, ne répondait rien. Il était agité de mille différentes pensées. Il croyait aimer une altesse & il fallait
descendre de plusieurs degrés ; il avait fait sa lettre
dans cet esprit, elle ne lui semblait plus convenable à
des demoiselles de province. Il avait un regret mortel de
perdre les applaudissements qu'elle méritait. Il s'était
fait un plaisir de conduire cette intrigue galante &
d'avoir un homme de qualité pour confident, mais il
trouvait dans son confident le père de sa maîtresse. La
chose selon lui ne pouvait plus être mystérieuse, elle
changeait bien d'espèce, c'était un sujet de désespoir.
D'ailleurs, il était ravi de retrouver les charmantes
inconnues. Leur empressement pour venir dans sa
chambre flattait beaucoup sa vanité & son cœur. Toutes
ces différentes choses l'agitaient à tel point qu'il ne
pouvait parler.

Le baron, qui n'avait pas douté, en écrivant la lettre,
que c'était pour ses filles, le tira bientôt d'embarras. Il
lui dit d'un air gai qu'il ne pouvait plus douter du
mérite de Virginie & de Marthonide, puisqu'il avait fait
une si forte impression sur lui, & qu'il ne voulait point
qu'elles perdissent la lecture du plus galant billet qui
eût été écrit depuis un siècle, qu'elles avaient assez de
goût pour en sentir les beaux endroits Nos précieuses
n'eurent pas besoin d'être préparées pour tomber dans
l'extase, elles furent frappées du verre optique &
s'écrièrent cent fois : « Ah ! que cela est beau ! Quelle

pensée, que de finesse ! Il n'est point permis d'écrire
ainsi ! » La Dandinardière, pendant ce temps-là, rac-
commodait son bonnet de nuit &, se sentant honteux
d'avoir la tête entortillée de serviettes, il prit brusquement son casque qui était sur une chaise à côté de lui, &
le voulut mettre « pour être, dit-il, plus décemment
devant ces demoiselles. » Le baron ne pouvait s'empêcher de rire de tout son cœur d'une extravagance si
nouvelle. Il lui laissait essayer une chose impossible,
car sa tête était alors trop grosse pour entrer dans le
casque : « Recevez au moins mes intentions respec-
tueuses, leur dit-il. — Nous vous tenons compte de
tout, seigneur, répliqua Virginie, & dans la crainte de
vous incommoder, je suis d'avis que nous nous reti-
rions. — Ah ! beaux soleils, s'écria notre bourgeois sur
le ton de Phébus, allez-vous obscurcir ma chambre par
votre éclipse ? Monsieur, dit-il en se retournant vers le
baron, obligez ces charmantes déesses de rester, je vous
en conjure. — Non, dit le baron, vous avez déjà tant
parlé que je me le reproche. Reposez-vous un peu, vous
êtes assez blessé pour devoir être ménagé. Adieu, nous
vous laissons. Assurez-vous que maître Robert ne
paraîtra plus & que vous en aurez un autre. »
    Ainsi, le père & les deux filles allaient quitter La
Dandinardière lorsqu'il leur dit : « Tout au moins ne me
refusez pas quelques livres dont la lecture puisse adoucir votre absence, car je ne suis point assez mal pour ne
pouvoir lire. — Je vais vous envoyer, dit Marthonide,
un conte que ma sœur acheva hier au soir. — Je ne veux
point de compte, répliqua-t-il ; comme je fais grosse
dépense, mes marchands ne m'en envoient que trop
souvent. — Vous ne connaissez pas ceux-ci, seigneur
chevalier, ajouta Virginie. Ces sortes de contes sont à la
mode, tout le monde en fait, & comme je me pique
d'imiter les personnes d'esprit, encore que je sois dans

le fond d'une province, je ne laisse pas de vouloir
envoyer mon petit ouvrage à Paris. Mais s'il pouvait
vous plaire, que j'en aurais de plaisir ! Je serais bien
sûre de l'approbation des connaisseurs. — Je vous
donne déjà mon suffrage, adorable Virginie, répliqua le
petit La Dandinardière, & je prétends envoyer dès
demain ce joli conte à la cour, si vous le trouvez bon : il
y a cinq ou six princesses qui me permettent de leur
écrire & de les régaler de mes vers. — Ah ! que
dites-vous, seigneur ! s'écria Marthonide, vous faites
des vers, j'en suis folle. De grâce, ayons le plaisir d'en
entendre. — Ce ne sera pas au moins à l'heure qu'il est,
dit le baron en les poussant pour les faire sortir. Vous
n'êtes que des discoureuses & vous serez cause de la
mort de mon ami. »

Dès qu'elles furent retournées à leur pavillon, elles
chargèrent une femme de chambre de porter le petit
conte au Chevalier errant. Il parut ravi de tant de
marques de bonté, mais comme il ne pouvait lire longtemps en l'état où il était, il envoya dire au prieur qu'il
le demandait avec beaucoup d'empressement. Ces nouvelles inquiétèrent toute la maison, l'on crut qu'il se
trouvait plus mal, de sorte que chacun vint. Mais il
parut si tranquille qu'on jugea bien que c'était une
fausse alarme. Le prieur lui demanda ce qu'il souhaitait. La Dandinardière lui montra le cahier qu'on venait
de lui apporter & le pria de soulager le mal qu'il souffrait par une lecture agréable. Il commença aussitôt le
conte que voici.

LA CHATTE BLANCHE. *CONTE.**

Il était une fois un roi, qui avait trois fils bien faits &
courageux. Il eut peur que l'envie de régner ne leur prit
avant sa mort, il courait même certains bruits qu'ils
cherchaient à s'acquérir des créatures & que c'était
pour lui ôter son royaume. Le roi se sentait vieux, mais
son esprit & sa capacité n'ayant point diminué, il
n'avait pas envie de leur céder une place qu'il remplissait dignement. Il pensa donc que le meilleur moyen de

---

* Quand les rois rechignent à prendre leur retraite, ils soumettent
leurs héritiers à d'impossibles missions. Mais une chatte blanche
attendait l'un d'eux.

vivre en repos, c'était de les amuser par des promesses dont il saurait toujours éluder l'effet.

Il les appela dans son cabinet &, après leur avoir parlé avec beaucoup de bonté, il ajouta : « Vous conviendrez avec moi, mes chers enfants, que mon grand âge ne permet pas que je m'applique aux affaires de mon État avec autant de soin que je le faisais autrefois. Je crains que mes sujets n'en souffrent, je veux mettre ma couronne sur la tête d'un de vous autres. Mais il est bien juste que, pour un tel présent, vous cherchiez les moyens de me plaire dans le dessein que j'ai de me retirer à la campagne. Il me semble qu'un petit chien adroit, joli & fidèle me tiendrait bonne compagnie, de sorte que, sans choisir mon fils aîné plutôt que mon cadet, je vous déclare que celui des trois qui m'apportera le plus beau petit chien, sera aussitôt mon héritier. » Ces princes demeurèrent surpris de l'inclination de leur père pour un petit chien. Mais les deux cadets y pouvaient trouver leur compte & ils acceptèrent avec plaisir la commission d'aller en chercher un ; l'aîné était trop timide ou trop respectueux pour représenter ses droits. Ils prirent congé du roi, il leur donna de l'argent & des pierreries, ajoutant que dans un an sans y manquer, ils revinssent au même jour & à la même heure lui apporter leurs petits chiens.

Avant de partir, ils allèrent dans un château qui n'était qu'à une lieue de la ville. Ils y menèrent leurs plus confidents & firent de grands festins, où les trois frères se promirent une amitié éternelle, qu'ils agiraient dans l'affaire en question sans jalousie & sans chagrin, & que le plus heureux ferait toujours part de sa fortune aux autres. Enfin ils partirent, réglant qu'ils se trouveraient à leur retour dans le même château pour aller ensemble chez le roi. Ils ne voulurent être suivis de personne & changèrent leurs noms pour n'être pas connus.

Chacun prit sa route différente. Les deux aînés eurent beaucoup d'aventures, mais je ne m'attache qu'à celle du cadet. Il était gracieux, il avait l'esprit gai & réjouissant, la tête admirable, la taille noble, les traits réguliers, de belles dents, beaucoup d'adresse dans tous les exercices qui conviennent à un prince. Il chantait agréablement, il touchait le luth[1] & le théorbe avec une délicatesse qui charmait, il savait peindre ; en un mot il était très accompli, & pour la valeur cela allait jusqu'à l'intrépidité.

Il n'y avait guère de jours qu'il n'achetât des chiens, de grands, de petits, des lévriers, des dogues, des limiers, chiens de chasse, épagneuls, barbets, bichons. Dès qu'il en avait un beau & qu'il en trouvait un plus beau, il laissait aller le premier pour garder l'autre, car il aurait été impossible qu'il eût mené tout seul trente ou quarante mille chiens, & il ne voulait ni gentilshommes ni valets de chambre, ni pages à sa suite. Il avançait toujours son chemin, n'ayant point déterminé jusqu'où il irait, lorsqu'il fut surpris de la nuit, du tonnerre & de la pluie dans une forêt dont il ne pouvait plus reconnaître les sentiers.

Il prit le premier chemin &, après avoir marché longtemps, il aperçut un peu de lumière, ce qui lui persuada qu'il y avait quelque maison proche, où il se mettrait à l'abri jusqu'au lendemain. Ainsi guidé par la lumière qu'il voyait, il arriva à la porte d'un château, le plus superbe qui se soit jamais imaginé. Cette porte était d'or, couverte d'escarboucles, dont la lumière vive & pure éclairait tous les environs. C'était elle que le prince avait vue de fort loin. Les murs étaient d'une

---

1. « N'avait autrefois que six rangées de cordes, mais avec le temps on y a ajouté quatre, cinq ou six autres plus bas » (F.). La guitare avait peu à peu supplanté le luth au cours du règne de Louis XIV.

porcelaine transparente, mêlée de plusieurs couleurs qui
représentaient l'histoire de toutes les fées depuis la
création du monde jusqu'alors : les fameuses aventures
de Peau d'Âne, de Finette, de l'Oranger, de Gracieuse,
de la Belle au bois dormant, de Serpentin vert & de cent
autres n'y étaient pas oubliées[2]. Il fut charmé d'y reconnaître le Prince lutin, car c'était son oncle à la mode de
Bretagne. La pluie & le mauvais temps l'empêchèrent
de s'arrêter davantage dans un lieu où il se mouillait
jusqu'aux os, à joindre qu'il ne voyait point du tout aux
endroits où la lumière des escarboucles ne pouvait
s'étendre.

Il revint à la porte d'or, il vit un pied de chevreuil,
attaché à une chaîne toute de diamants. Il admira cette
magnificence & la sécurité avec laquelle on vivait dans
le château : « Car enfin, disait-il, qui empêche les
voleurs de venir couper cette chaîne & d'arracher les
escarboucles ? Ils se feraient riches pour toujours. »

Il tira le pied de chevreuil & aussitôt il entendit sonner une cloche qui lui parut d'or ou d'argent par le son
qu'elle rendait. Au bout d'un moment, la porte fut
ouverte, sans qu'il aperçût autre chose qu'une douzaine
de mains en l'air, qui tenaient chacune un flambeau. Il
demeura si surpris qu'il hésitait à s'avancer, quand il
sentit d'autres mains qui le poussaient par derrière avec
assez de violence. Il marcha donc fort inquiet &, à tout
hasard, il porta la main sur la garde de son épée, mais
en entrant dans un vestibule tout incrusté de porphyre &
de lapis, il entendit deux voix ravissantes qui chantèrent
ces paroles :

---

2. Hormis ses propres contes, Mme d'Aulnoy fait allusion à certains
de Perrault et de Mlle l'Héritier (*L'Adroite Princesse*, évoquée
Contes I, p. 140, note 2, publiée dans les *Œuvres mêlées*, Paris, Jean
Guignard, 1695).

Des mains que vous voyez ne prenez point d'ombrage,
Et ne craignez en ce séjour
Que les charmes d'un beau visage,
Si votre cœur veut fuir l'amour.

Il ne put croire qu'on l'invitât de si bonne grâce pour lui faire ensuite du mal, de sorte que se sentant poussé vers une grande porte de corail qui s'ouvrit dès qu'il s'en fut approché, il entra dans un salon de nacre & de perles, & ensuite dans plusieurs chambres ornées différemment & si riches par les peintures & les pierreries, qu'il en était comme enchanté. Mille & mille lumières, attachées depuis la voûte du salon jusqu'en bas, éclairaient une partie des autres appartements, qui ne laissaient pas d'être remplis de lustres, de girandoles & de gradins couverts de bougies. Enfin la magnificence était telle qu'il n'était pas aisé de croire que ce fût une chose possible.

Après avoir passé dans soixante chambres, les mains qui le conduisaient l'arrêtèrent ; il vit un grand fauteuil de commodité, qui s'approcha tout seul de la cheminée. En même temps, le feu s'alluma, & les mains, qui lui semblaient fort belles, blanches, petites, grassettes & bien proportionnées, le déshabillèrent, car il était mouillé comme je l'ai déjà dit & l'on avait peur qu'il ne s'enrhumât. On lui présenta, sans qu'il vît personne, une chemise aussi belle que pour un jour de noces, avec une robe de chambre d'une étoffe glacée d'or, brodée de petites émeraudes qui formaient des chiffres. Les mains sans corps approchèrent de lui une table, sur laquelle sa toilette fut mise. Rien n'était plus magnifique. Elles le peignèrent avec une légèreté & une adresse dont il fut fort content. Ensuite on le rhabilla : mais ce ne fut pas avec ses habits, on lui en apporta de beaucoup plus riches. Il admirait silencieusement tout ce qui se passait, & quelquefois il lui prenait de petits mouvements de frayeur dont il n'était pas tout à fait le maître.

Après qu'on l'eut poudré, frisé, parfumé, paré, ajusté & rendu plus beau qu'Adonis, les mains le conduisirent dans une salle superbe par ses dorures & ses meubles. On voyait autour l'histoire des plus fameux chats : Rodilardus pendu par les pieds au conseil des rats, Chat botté, marquis de Carabas, le Chat qui écrit, la Chatte devenue femme, les sorciers devenus chats, le Sabbat & toutes ces cérémonies : enfin rien n'était plus singulier que ces tableaux[3].

Le couvert était mis. Il y en avait deux, chacun garni de son cadenas d'or. Le buffet surprenait par la quantité de vases de cristal de roche & de mille pierres rares. Le prince ne savait pour qui ces deux couverts étaient mis, lorsqu'il vit des chats qui se placèrent dans un petit orchestre ménagé exprès : l'un tenait un livre avec des notes les plus extraordinaires du monde, l'autre un rouleau de papier dont il battait la mesure, & les autres avaient de petites guitares. Tout d'un coup chacun d'eux se mit à miauler sur différents tons & à gratter les cordes des guitares avec leurs ongles : c'était la plus étrange musique que l'on ait jamais entendue. Le prince se serait cru en enfer, s'il n'avait pas trouvé ce palais trop merveilleux pour donner dans une pensée si peu vraisemblable, mais il se bouchait les oreilles & riait de toute sa force de voir les différentes postures & les grimaces de ces nouveaux musiciens.

3. Noms de chats très littéraires. Rodilardus, venu du *Quart Livre,* 67, de Rabelais, se retrouve dans les fables de La Fontaine : *Conseil tenu par les Rats,* II, 2 ; *Le Chat et un vieux Rat,* III, 18. (Ra)Minagrobis est un vieux poète dans le *Tiers Livre,* 21 sq., dont le nom est accollé à un chat par Voiture (*Lettre 153*), puis par La Fontaine : *Le Chat, la Belette et le petit Lapin,* VII, 16 et *La Ligue des Rats,* XII. Rappelons *La Chatte métamporphosée en fille,* III, 18, et bien sûr, *Le Maître Chat* (botté) de Perrault. Quant au Sabbat, on sait que le chat, noir de préférence, y était volontiers associé dans la mentalité du temps. Côté rat, signalons l'ermite du *Rat qui s'est retiré du monde,* VII, 3.

Il rêvait aux différentes choses qui lui étaient déjà
arrivées dans ce château, lorsqu'il vit entrer une petite
figure, qui n'avait pas une coudée de haut. Cette bam-
boche se couvrait d'un long voile de crêpe noir. Deux
chats la menaient, ils étaient vêtus de deuil, en manteau
& l'épée au côté, un nombreux cortège de chats venait
après, les uns portaient des ratières pleines de rats & les
autres des souris dans des cages.

Le prince ne sortait point d'étonnement, il ne savait
que penser. La figurine noire s'approcha &, levant son
voile, il aperçut la plus belle petite chatte blanche qui
ait jamais été & qui sera jamais. Elle avait l'air fort
jeune & fort triste. Elle se mit à faire un miaulement si
doux si charmant qu'il allait droit au cœur. Elle dit au
prince : « Fils de roi, sois le bien venu, ma miaularde
Majesté te voit avec plaisir. — Madame la chatte, dit le
prince, vous êtes bien généreuse de me recevoir avec
tant d'accueil. Mais vous ne me paraissez pas une bestiole ordinaire. Le don que vous avez de la parole & le
superbe château que vous possédez en sont des preuves
assez évidentes. — Fils de roi, reprit Chatte blanche, je
te prie, cesse de me faire des compliments : je suis
simple dans mes discours & dans mes manières, mais
j'ai un bon cœur. Allons, continua-t-elle, que l'on serve
& que les musiciens se taisent, car le prince n'entend
pas ce qu'ils disent. — Et disent-ils quelque chose,
madame ? reprit-il. — Sans doute, continua-t-elle, nous
avons ici des poètes qui ont infiniment de l'esprit, & si
vous restez un peu parmi nous, vous aurez lieu d'en être
convaincu. — Il ne faut que vous entendre pour le
croire, dit galamment le prince. Mais aussi, madame, je
vous regarde comme une chatte fort rare. »

L'on apporta le souper. Les mains dont les corps
étaient invisibles servaient. L'on mit d'abord sur la
table deux bisques, l'une de pigeonneaux & l'autre de

souris fort grasses. La vue de l'une empêcha le prince
de manger de l'autre, se figurant que le même cuisinier
les avait accommodées, mais la petite chatte, qui devina
par la mine qu'il faisait ce qu'il avait dans l'esprit, l'assura que sa cuisine était à part & qu'il pouvait manger
de ce qu'on lui présenterait avec certitude, qu'il n'y
aurait ni rats ni souris.

Le prince ne se le fit pas dire deux fois, croyant bien
que la belle petite chatte ne voudrait pas le tromper. Il
remarqua qu'elle avait à sa patte un portrait fait en
table. Cela le surprit, il la pria de le lui montrer, croyant
que c'était maître Minagrobis. Il fut bien étonné de voir
un jeune homme, si beau & si très beau qu'il était à
peine croyable que la nature en pût former un tel, & qui
lui ressemblait si fort qu'on n'aurait pu le peindre
mieux. Elle soupira &, devenant encore plus triste, elle
garda un profond silence, Le prince vit bien qu'il y
avait quelque chose d'extraordinaire là-dessous. Cependant il n'osa s'en informer, de peur de déplaire à la
chatte ou de la chagriner. Il l'entretint de toutes les nouvelles qu'il savait & il la trouva fort instruite des différents intérêts des princes & des autres choses qui se
passaient dans le monde.

Après le souper, Chatte blanche convia son hôte d'entrer dans un salon où il y avait un théâtre sur lequel
douze chats & douze singes dansèrent un ballet. Les
uns étaient vêtus en Mores & les autres en Chinois. Il
est aisé de juger des sauts & des cabrioles qu'ils faisaient, & de temps en temps ils se donnaient des coups
de griffes : c'est ainsi que la soirée finit. Chatte blanche
donna le bonsoir à son hôte, les mains qui l'avaient
conduit jusque là le reprirent & l'amenèrent dans un
appartement tout opposé à celui qu'il avait vu. Il était
moins magnifique que galant : tout était tapissé d'ailes
de papillon, dont les diverses couleurs formaient mille

fleurs différentes. Il y avait aussi des plumes d'oiseaux très rares & qui n'ont peut-être jamais été vus que dans ce lieu-là. Les lits étaient de gaze, rattachés par mille nœuds de rubans. C'était de grandes glaces depuis le plafond jusqu'au parquet, & les bordures d'or ciselé représentaient mille petits Amours.

Le prince se coucha sans dire mot, car il n'y avait pas moyen de faire conversation avec les mains qui le servaient. Il dormit peu & fut réveillé par un bruit confus. Les mains aussitôt le tirèrent de son lit & lui mirent un habit de chasse. Il regarda dans la cour du château, il aperçut plus de cinq-cents chats, dont les uns menaient des lévriers en laisse, les autres sonnaient du cor. C'était une grande fête : Chatte blanche allait à la chasse, elle voulait que le prince y vînt. Les officieuses mains lui présentèrent un cheval de bois[4], qui courait à toute bride & qui allait le pas à merveille. Il fit quelque difficulté d'y monter, disant qu'il s'en fallait beaucoup qu'il ne fût chevalier errant comme Dom Quichotte, mais sa résistance ne servit de rien, on le planta sur le cheval de bois. Il avait une housse & une selle en broderie d'or & de diamants. Chatte blanche montait un singe, le plus beau & le plus superbe qui se soit encore vu. Elle avait quitté son grand voile & portait un bonnet à la dragonne, qui lui donnait un petit air si résolu que toutes les souris du voisinage en avaient peur. Il ne s'est jamais fait une chasse plus agréable : les chats couraient plus vite que les lapins & les lièvres, de sorte que lorsqu'ils en prenaient, Chatte blanche faisait faire la curée devant elle & il s'y passait mille tours d'adresse très

---

4. Lorsque Furetière en parle, c'est uniquement à propos des académies. Il y pense cependant à l'article JOUET : « Une poupée, un cheval de bois est un *jouet* d'enfant ». Voir Michel Manson, *Supplément bibliographique*.

réjouissants. Les oiseaux n'étaient pas de leur côté trop
en sûreté, car les chatons grimpaient aux arbres & le
Maître singe portait Chatte blanche jusque dans le nid
des aigles pour disposer à sa volonté des petites altesses
aiglonnes.

La chasse étant finie, elle prit un cor qui était long
comme le doigt, mais qui rendait un son si clair & si
haut, qu'on l'entendait aisément de dix lieues. Dès
qu'elle en eut sonné deux ou trois fanfares, elle fut
environnée de tous les chats du pays : les uns paraissaient en l'air, montés sur des chariots, les autres dans
des barques abordaient par eau ; enfin il ne s'en est
jamais tant vu. Ils étaient presque tous habillés de différentes manières. Elle retourna au château avec ce pompeux cortège & pria le prince d'y revenir. Il le voulut
bien, quoiqu'il lui semblât que tant de chatonnerie
tenait un peu du sabbat & du sorcier, & que la chatte
parlante l'étonnât plus que tout le reste.

Dès qu'elle fut rentrée chez elle, on lui mit son
grand voile noir. Elle soupa avec le prince ; il avait
faim & mangea de bon appétit. L'on apporta des
liqueurs, dont il but avec plaisir, & sur-le-champ elles
lui ôtèrent le souvenir du petit chien qu'il devait porter au roi. Il ne pensa plus qu'à miauler avec Chatte
blanche, c'est-à-dire à lui tenir bonne & fidèle compagnie. Il passait les jours en fêtes agréables, tantôt à la
pêche ou à la chasse ; puis l'on faisait des ballets, des
carrousels & mille autres choses où il se divertissait
très bien. Souvent même la belle chatte composait des
vers & des chansonnettes, d'un style si passionné qu'il
semblait qu'elle avait le cœur tendre & que l'on ne
pouvait parler comme elle faisait sans aimer : mais
son secrétaire, qui était un vieux chat, écrivait si mal,
qu'encore que ses ouvrages aient été conservés, il est
impossible de les lire.

Le prince avait oublié jusqu'à son pays. Les mains dont j'ai parlé continuaient de le servir. Il regrettait quelquefois de n'être pas chat pour passer sa vie dans cette bonne compagnie. « Hélas ! disait-il à Chatte blanche, que j'aurai de douleurs de vous quitter, je vous aime si chèrement ! Ou devenez fille ou rendez-moi chat. » Elle trouvait son souhait fort plaisant & ne lui faisait que des réponses obscures où il ne comprenait presque rien.

Une année s'écoule bien vite, quand on n'a ni souci ni peine, qu'on se réjouit & qu'on se porte bien. Chatte blanche savait le temps où il devait retourner &, comme il n'y pensait plus, elle l'en fit souvenir : « Sais-tu, lui dit-elle, que tu n'as que trois jours pour chercher le petit chien que le roi ton père souhaite, & que tes frères en ont trouvé de fort beaux ? » Le prince revint à lui &, s'étonnant de sa négligence : « Par quel charme secret, s'écria-t-il, ai-je oublié la chose du monde qui m'est la plus importante ? Il y va de ma gloire & de ma fortune : où prendrai-je un chien tel qu'il le faut pour gagner le royaume & un cheval assez diligent pour faire tant de chemin ? » Il commença de s'inquiéter & s'affligea beaucoup.

Chatte blanche lui dit en s'adoucissant : « Fils du roi, ne te chagrine point, je suis de tes amies. Tu peux rester encore ici un jour &, quoiqu'il y ait cinq cents lieues d'ici à ton pays, le bon cheval de bois t'y portera en moins de douze heures. — Je vous remercie, belle chatte, dit le prince, mais il ne me suffit pas de retourner vers mon père : il faut que je lui porte un petit chien. — Tiens, lui dit Chatte blanche, voici un gland où il y en a un plus beau que la Canicule. — Ho ! dit le prince, madame la chatte, Votre Majesté se moque de moi. — Approche le gland de ton oreille, continua-t-elle, & tu l'entendras japper. » Il obéit, aussitôt le petit chien fit *jap, jap,* dont le prince demeura transporté de joie, car tel chien qui tient dans un gland doit être fort petit. Il voulait l'ouvrir, tant il avait envie de le voir, mais Chatte blanche lui dit qu'il pourrait avoir froid par les chemins & qu'il valait mieux attendre qu'il fût devant le roi son père. Il la remercia mille fois & lui dit un adieu très tendre : « Je vous assure, ajouta-t-il, que les jours m'ont paru si courts avec vous, que je regrette en quelque façon de vous laisser ici, & quoique vous y soyez souveraine & que tous les chats qui vous font leur cour aient plus d'esprit & de galanterie que les nôtres, je ne laisse pas de vous convier de venir avec moi. » La chatte ne répondit à cette proposition que par un profond soupir.

Ils se quittèrent, le prince arriva le premier au château où le rendez-vous avait été réglé avec ses frères. Ils s'y rendirent peu après & demeurèrent surpris de voir dans la cour un cheval de bois, qui sautait mieux que tous ceux que l'on a dans les académies.

Le prince vint au-devant d'eux. Ils s'embrassèrent plusieurs fois & se rendirent compte de leurs voyages. Mais notre prince déguisa à ses frères la vérité de ses aventures & leur montra un méchant chien, qui servait à tourner la broche, disant qu'il l'avait trouvé si joli que c'était celui qu'il apportait au roi. Quelque amitié qui fût entre eux, les deux aînés sentirent une secrète joie du mauvais choix de leur cadet. Ils étaient à table & se marchaient sur le pied comme pour se dire qu'ils n'avaient rien à craindre de ce côté-là.

Le lendemain ils partirent ensemble dans un même carrosse. Les deux fils aînés du roi avaient des petits chiens dans des paniers, si beaux & si délicats que l'on osait à peine les toucher. Le cadet portait le pauvre tourne-broche[5], qui était si crotté que personne ne voulait le souffrir. Lorsqu'ils furent dans le palais, chacun les environna pour leur souhaiter la bienvenue. Ils entrèrent dans l'appartement du roi. Il ne savait en faveur duquel décider, car les petits chiens qui lui étaient présentés par ses deux aînés étaient presque d'une égale beauté, & ils se disputaient déjà l'avantage de la succession, lorsque leur cadet les mit d'accord en tirant de sa poche le gland que Chatte blanche lui avait donné. Il l'ouvrit promptement, puis chacun vit un petit chien couché sur du coton. Il passait au milieu d'une bague sans y toucher. Le prince le mit par terre, aussitôt il commença de danser la sarabande avec des castagnettes aussi légèrement que la plus célèbre Espagnole. Il était de mille couleurs différentes, ses soies & ses oreilles traînaient par terre. Le roi demeura fort confus, car il était impossible de trouver rien à redire à la beauté du toutou.

Cependant il n'avait aucune envie de se défaire de sa couronne. Le plus petit fleuron lui était plus cher que tous les chiens de l'univers. Il dit donc à ses enfants qu'il était très satisfait de leurs peines, mais qu'ils avaient si bien réussi dans la première chose qu'il avait souhaitée d'eux, qu'il voulait encore éprouver leur habileté avant de tenir parole, qu'ainsi il leur donnait un an à chercher par mer & par terre une pièce de toile si fine qu'elle passât par le trou d'une aiguille à faire du point de Venise. Ils demeurèrent tous trois très affligés

---

5. Ou « Chien dressé à tourner une roue qui fait tourner la broche », véritable repoussoir à quatre pattes, ici. Dans *La Fille de bon sens,* I, 2, de Palaprat (Théâtre italien, 2 novembre 1692), Pierrot évoque le mariage envisagé du Docteur Balouard et d'Angélique : c'est « accoupler une jeune levrette avec un vieux tournebroche pelé », in Evariste Gherardi, *Le Théâtre italien,* éd. Charles Mazouer, Paris, S.T.F.M., 1994, p. 218.

d'être en obligation de retourner à une nouvelle quête. Les deux princes dont les chiens étaient moins beaux que celui de leur cadet y consentirent. Chacun partit de son côté sans se faire autant d'amitié que la première fois, car le tournebroche les avait un peu refroidis.

Notre prince reprit son cheval de bois, & sans vouloir chercher d'autres secours que ceux qu'il pourrait espérer de l'amitié de Chatte blanche, il partit en toute diligence & retourna au château où elle l'avait si bien reçu. Il en trouva toutes les portes ouvertes, les fenêtres, les toits, les tours & les murs étaient bien éclairés de cent mille lampes qui faisaient un effet merveilleux. Les mains qui l'avaient si bien servi, s'avancèrent au-devant de lui, prirent la bride de l'excellent cheval de bois qu'elles menèrent à l'écurie, pendant que le prince entra dans la chambre de Chatte blanche.

Elle était couchée dans une petite corbeille sur un matelas de satin blanc très propre. Elle avait des cornettes négligées & paraissait abattue. Mais quand elle aperçut le prince, elle fit mille sauts & autant de gambades pour lui témoigner la joie qu'elle avait de le revoir. « Quelque sujet que j'eusse, lui dit-elle, d'espérer ton retour, je t'avoue, fils de roi, que je n'osais m'en flatter & je suis ordinairement si malheureuse dans les choses que je souhaite que celle-ci me surprend. » Le prince reconnaissant lui fit mille caresses. Il lui conta le succès de son voyage qu'elle savait peut-être mieux que lui, & que le roi voulait une pièce de toile qui pût passer par le trou d'une aiguille, qu'à la vérité il croyait la chose impossible, mais qu'il n'avait pas laissé de la tenter, se promettant tout de son amitié & de son secours. Chatte blanche prenant un air plus sérieux, lui dit que c'était une affaire à laquelle il fallait penser, que par bonheur elle avait dans son château des chattes qui filaient fort bien, qu'elle-même y mettrait la griffe &

qu'elle avancerait cette besogne, qu'ainsi il pouvait demeurer tranquille sans aller bien, loin chercher ce qu'il trouverait plus aisément chez elle qu'en lieu du monde.

Les mains parurent, elles portaient des flambeaux & le prince les suivant avec Chatte blanche, il entra dans une magnifique galerie qui régnait le long d'une grande rivière, sur laquelle on tira un feu d'artifice surprenant. L'on y devait brûler quatre chats, dont le procès était fait dans toutes les formes. Ils étaient accusés d'avoir mangé le rôti du souper de Chatte blanche, son fromage & son lait, d'avoir même conspiré contre sa personne avec Martafax & Lermitte, fameux rats de la contrée & tenus pour tels par La Fontaine, auteur très véritable. Mais avec tout cela, l'on savait qu'il y avait beaucoup de cabale dans cette affaire & que la plupart des témoins étaient subornés. Quoi qu'il en soit, le prince obtint leur grâce. Le feu d'artifice ne fit de mal à personne, & l'on n'a encore jamais vu de si belles fusées.

L'on servit ensuite un medianoche très propre, qui causa plus de plaisir au prince que le feu, car il avait grand-faim & son cheval de bois l'avait ramené si vite qu'il n'a jamais été de diligence pareille. Les jours suivants se passèrent comme ceux qui les avaient précédés, avec mille fêtes différentes dont l'ingénieuse Chatte blanche régalait son hôte. C'est peut-être le premier mortel qui se soit si bien diverti avec des chats sans avoir d'autre compagnie.

Il est vrai que Chatte blanche avait l'esprit agréable, liant & presque universel. Elle était plus savante qu'il n'est permis à une chatte de l'être. Le prince s'en étonnait quelquefois : « Non, lui disait-il, ce n'est point une chose naturelle que tout ce que je remarque de merveilleux en vous. Si vous m'aimez, charmante Minette, apprenez-moi par quel prodige vous pensez & vous par-

lez si juste qu'on pourrait vous recevoir dans les académies fameuses des plus beaux esprits. — Cesse tes
questions, fils de roi, lui disait-elle, il ne m'est pas permis d'y répondre, & tu peux pousser tes conjectures
aussi loin que tu voudras sans que je m'y oppose ; qu'il
te suffise que j'ai toujours pour toi patte de velours &
que je m'intéresse tendrement dans tout ce qui te
regarde. »

Insensiblement cette seconde année s'écoula comme
la première, le prince ne souhaitait guère de chose que
les mains diligentes ne lui apportassent sur-le-champ,
soit des livres, des pierreries, des tableaux, des
médailles antiques, enfin il n'avait qu'à dire : « Je veux
un tel bijou qui est dans le cabinet du Mogol ou du roi
de Perse, telle statue de Corinthe ou de Grèce », il
voyait aussitôt devant lui ce qu'il désirait sans savoir ni
qui l'avait apporté ni d'où il venait. Cela ne laisse pas
d'avoir ses agréments, & pour se délasser, l'on est quelquefois bien aise de se voir maître des plus beaux trésors de la terre.

Chatte blanche, qui veillait toujours aux intérêts du
prince, l'avertit que le temps de son départ approchait,
qu'il pouvait se tranquilliser sur la pièce de toile qu'il
désirait & qu'elle lui en avait fait une merveilleuse. Elle
ajouta qu'elle voulait cette fois-ci lui donner un équipage digne de sa naissance &, sans attendre sa réponse,
elle l'obligea de regarder dans la grande cour du château. Il y avait une calèche découverte, d'or émaillé de
couleur de feu, avec mille devises galantes, qui satisfai-
saient autant l'esprit que les yeux. Douze chevaux
blancs comme la neige, attachés quatre à quatre de
front, la traînaient, chargés de harnais de velours couleur de feu en broderie de diamants & garnis de plaques
d'or. La doublure de la calèche était pareille, & cent
carrosses à huit chevaux, tous remplis de seigneurs de

grande apparence, très superbement vêtus, suivaient
cette calèche. Elle était encore accompagnée par mille
gardes du corps, dont les habits étaient si couverts de
broderie que l'on n'apercevait point l'étoffe. Ce qui est
de singulier, c'est qu'on voyait partout le portrait de
Chatte blanche, soit dans les devises de la calèche ou
sur les habits des gardes du corps, ou rattaché avec un
ruban blanc au justaucorps de ceux qui faisaient
cortège, comme un ordre nouveau dont elle les avait
honorés.

« Va, dit-elle au prince, va paraître à la cour du roi
ton père d'une manière si somptueuse, que tes airs
magnifiques servent à lui imposer, afin qu'il ne te
refuse plus la couronne que tu mérites. Voilà une noix,
garde-toi de la casser qu'en sa présence : tu y trouveras
la pièce de toile que tu m'as demandée. — Aimable
Blanchette, lui dit-il, je vous avoue que je suis si pénétré de vos bontés, que si vous y vouliez consentir, je
préfèrerais de passer ma vie avec vous à toutes les grandeurs que j'ai lieu de me promettre ailleurs. — Fils de
roi, répliqua-t-elle, je suis persuadée de la bonté de ton
cœur. C'est une marchandise rare parmi les princes, ils
veulent être aimés de tout le monde & ne voulant rien
aimer : mais tu montres assez que la règle générale a
son exception. Je te tiens compte de l'attachement que
tu témoignes pour une petite chatte blanche qui dans le
fond n'est propre à rien qu'à prendre des souris. » Le
prince lui baisa patte & partit.

L'on aurait de la peine à croire la diligence qu'il fit, si
l'on ne savait déjà de quelle manière le cheval de bois
l'avait porté en moins de deux jours à plus de cinq cents
lieues du château. De sorte que le même pouvoir qui
anima celui-là, pressa si fort les autres qu'ils ne restèrent que vingt-quatre heures sur le chemin. Ils ne s'arrêtèrent en aucun endroit jusqu'à ce qu'ils fussent arrivés

chez le roi, où les deux frères aînés du prince s'étaient déjà rendus, de sorte que, ne voyant point paraître leur cadet, ils s'applaudissaient de sa négligence & se disaient tout bas l'un à l'autre : « Voilà qui est bien heureux, il est mort ou malade, il ne sera point notre rival dans l'affaire importante qui va se traiter. » Aussitôt ils déployèrent leurs toiles, qui à la vérité étaient si fines qu'elles passaient dans le trou d'une grosse aiguille ; mais pour passer dans une petite, cela ne se pouvait, & le roi, très aise de ce prétexte de dispute, leur montrait l'aiguille qu'il avait proposée & que les magistrats par son ordre apportèrent du trésor de la ville, où elle avait été soigneusement enfermée.

Il y avait beaucoup de murmure sur cette dispute. Les amis des princes, & particulièrement ceux de l'aîné, car c'était sa toile qui était la plus belle, disaient que c'était là une franche chicane, où il entrait beaucoup d'adresse & de normanisme. Les créatures du roi soutenaient qu'il n'était point obligé de tenir des conditions qu'il n'avait pas proposées. Enfin pour les mettre tous d'accord, l'on entendit un bruit charmant de trompettes, de timbales & de hautbois : c'était notre prince qui arrivait en pompeux appareil. Le roi & ses deux fils demeurèrent aussi étonnés les uns que les autres d'une si grande magnificence.

Après qu'il eut salué respectueusement son père & embrassé ses frères, il tira d'une boite couverte de rubis la noix qu'il cassa. Il croyait y trouver la pièce de toile tant vantée, mais il y avait au lieu une noisette. Il la cassa encore & demeura surpris de voir un noyau de cerise. Chacun se regardait, le roi riait doucement & se moquait que son fils eût été assez crédule pour croire apporter dans une noix une pièce de toile, mais pourquoi ne l'aurait-il pas cru puisqu'il avait déjà donné un petit chien qui tenait dans un gland ? Il cassa donc le noyau

de cerise, qui était rempli de son amande. Alors il
s'éleva un grand bruit dans la chambre, l'on n'entendait
autre chose sinon : « Le prince cadet est la dupe de
l'aventure. » Il ne répondit rien aux mauvaises plaisanteries des courtisans, il ouvre l'amande & trouve un grain
de blé, puis dans le grain de blé un grain de millet. Oh !
c'est la vérité qu'il commença de se défier & marmotta
entre ses dents : « Chatte blanche, Chatte blanche, tu
t'es moquée de moi. » Il sentit dans ce moment la griffe
d'un chat sur sa main, dont il fut si bien égratigné qu'il
en saignait. Il ne savait si cette griffade était faite pour
lui donner du cœur ou pour lui faire perdre courage.
Cependant il ouvrit le grain de millet, & l'étonnement
de tout le monde ne fut pas petit quand il en tira une
pièce de toile de quatre cents aunes si merveilleuse, que
tous les oiseaux, les animaux & les poissons y étaient
peints avec les arbres, les fruits & les plantes de la terre,
les rochers, les raretés & les coquillages de la mer, le
soleil, la lune, les étoiles, les astres & les planètes des
cieux. Il y avait encore le portrait des rois & des autres
souverains qui régnaient pour lors dans le monde ; celui
de leurs femmes, de leurs maîtresses, de leurs enfants &
de tous leurs sujets, sans que le plus petit polisson y fût
oublié. Chacun dans son état faisait le personnage qui
lui convenait, & vêtu à la mode de son pays. Lorsque le
roi vit cette pièce de toile, il devint aussi pâle que le
prince était devenu rouge de la chercher si longtemps.
L'on présenta l'aiguille & elle y passa & repassa six
fois. Le roi & les deux princes aînés gardaient un morne
silence, quoique la beauté & la rareté de cette toile les
forçassent de temps en temps de dire que tout ce qui
était dans l'univers ne lui était pas comparable.

Le roi poussa un profond soupir &, se tournant vers
ses enfants : « Rien ne peut, leur dit-il, me donner tant
de consolation dans ma vieillesse que de reconnaître

votre déférence pour moi. Je souhaite donc que vous vous mettiez à une nouvelle épreuve. Allez encore voyager un an, & celui qui au bout de l'année ramènera la plus belle fille l'épousera & sera couronné roi à son mariage. C'est aussi bien une nécessité que mon successeur se marie. Je jure, je promets que je ne différerai plus à donner la récompense que j'ai promise. »

Toute l'injustice roulait sur notre prince. Le petit chien & la pièce de toile méritaient dix royaumes plutôt qu'un. Mais il était si bien né, qu'il ne voulut point contrarier la volonté de son père &, sans différer il remonta dans sa calèche. Tout son équipage le suivit & il retourna auprès de sa chère chatte blanche. Elle savait le jour & le moment qu'il devait arriver : tout était jonché de fleurs sur le chemin, mille cassolettes fumaient de tous côtés & particulièrement dans le château. Elle était assise sur un tapis de Perse & sous un pavillon de drap d'or dans une galerie, où elle pouvait le voir revenir. Il fut reçu par les mains qui l'avaient toujours servi. Tous les chats grimpèrent sur les gouttières pour le féliciter par un miaulage désespéré.

« Eh bien, fils de roi, lui dit-elle, te voilà donc encore revenu sans couronne ? — Madame, répliqua-t-il, vos bontés m'avaient mis en état de la gagner, mais je suis persuadé que le roi aurait plus de peine à s'en défaire que je n'aurais de plaisir à la posséder. — N'importe, dit-elle, il ne faut rien négliger pour la mériter. Je te servirai dans cette occasion, & puisqu'il faut que tu mettes une belle fille à la cour de ton père, j'en chercherai quelqu'une qui te fera gagner le prix. Cependant réjouissons-nous : j'ai ordonné un combat naval entre mes chats & les plus terribles rats de la contrée. Mes chats seront peut-être embarrassés, car ils craignent l'eau, mais aussi ils auraient trop d'avantage & il faut, autant qu'on le peut, égaler toutes choses. » Le prince admira la prudence de madame Minette. Il la loua beaucoup & fut avec elle sur une terrasse qui donnait vers la mer.

Les vaisseaux des chats consistaient en de grands morceaux de liège, sur lesquels ils voguaient assez commodément. Les rats avaient joint plusieurs coques d'œufs & c'était là leurs navires. Le combat s'opiniâtra cruellement, les rats se jetaient dans l'eau & nageaient bien mieux que les chats, de sorte que vingt fois ils furent vainqueurs & vaincus. Mais Minagrobis, amiral de la flotte chatonnique, réduisit la gent ratonnienne dans le dernier désespoir. Il mangea à belles dents le général de leur flotte : c'était un vieux rat expérimenté, qui avait fait trois fois le tour du monde dans de bons vaisseaux, où il n'était ni capitaine ni matelot, mais seulement croque-lardon.

Chatte blanche ne voulut pas qu'on détruisît absolument ces pauvres infortunés. Elle avait de la politique & songeait que s'il n'y avait plus ni rats ni souris dans le pays, ses sujets vivraient dans une oisiveté qui pourrait lui devenir préjudiciable. Le prince passa cette année comme il avait fait les deux autres, c'est-à-dire à la chasse, à la pêche, au jeu, car Chatte blanche jouait fort bien aux échecs. Il ne pouvait s'empêcher de temps en temps de lui faire de nouvelles questions pour savoir par quel miracle elle parlait. Il lui demandait si elle était fée ou si par une métamorphose on l'avait rendue chatte. Mais comme elle ne disait jamais que ce qu'elle voulait bien dire, elle ne répondait aussi que ce qu'elle voulait bien répondre, & c'était tant de petits mots qui ne signifiaient rien, qu'il jugea aisément qu'elle ne voulait pas partager son secret avec lui.

Rien ne s'écoule plus vite que des jours qui se passent sans peine & sans chagrin &, si la chatte n'avait pas été soigneuse de se souvenir du temps qu'il fallait

retourner à la cour, il est certain que le prince l'avait
absolument oublié. Elle l'avertit la veille qu'il ne
tiendrait qu'à lui d'amener une des plus belles princesses qui fût dans le monde, que l'heure de détruire
le fatal ouvrage des fées était à la fin arrivé & qu'il se
résolût à lui couper la tête & la queue, qu'il jetterait
promptement dans le feu. « Moi ? s'écria-t-il, Blanchette, mes amours ! moi, dis-je, je serais assez barbare pour vous tuer ? Ah ! vous voulez sans doute
éprouver mon cœur, mais soyez certaine qu'il n'est
point capable de manquer à l'amitié & à la reconnaissance qu'il vous doit. — Non, fils de roi,
continua-t-elle, je ne te soupçonne d'aucune ingratitude ; je connais ton mérite, ce n'est ni toi ni moi qui
réglons dans cette affaire notre destinée. Fais ce que
je souhaite, nous commencerons l'un & l'autre d'être
heureux & tu connaîtras, foi de chatte de bien &
d'honneur, que je suis véritablement ton amie. »

Les larmes vinrent deux ou trois fois aux yeux du
jeune prince de la seule pensée qu'il fallait couper la
tête à sa petite chatonne, qui était si jolie & si gracieuse.
Il dit encore tout ce qu'il pût imaginer de plus tendre
pour qu'elle l'en dispensât. Elle répondit opiniâtrement
qu'elle voulait mourir de sa main & que c'était l'unique
moyen que ses frères n'eussent la couronne, en un mot,
elle le pressa avec tant d'ardeur qu'il tira son épée en
tremblant &, d'une main mal assurée, il coupa la tête &
la queue de sa bonne amie la chatte. En même temps, il
vit la plus charmante métamorphose qui se puisse imaginer : le corps de Chatte blanche devint grand & se
changea tout d'un coup en fille, mais quelle fille ! c'est
ce qui ne saurait être décrit : il n'y a eu que celle-là
aussi accomplie. Ses yeux ravissaient les cœurs & sa
douceur les retenait, sa taille était majestueuse, l'air
noble & modeste, un esprit liant, des manières enga-

geantes : enfin elle était au-dessus de tout ce qu'il y a
de plus aimable.

Le prince en la voyant demeura si surpris & d'une
surprise si agréable, qu'il se crut enchanté. Il ne pouvait
parler, ses yeux n'étaient pas assez grands pour la
regarder & sa langue liée ne pouvait expliquer son étonnement. Mais ce fut bien autre chose, lorsqu'il vit entrer
un nombre extraordinaire de dames & de seigneurs, qui
tenant tous leur peau de chatte ou de chat jetée sur leurs
épaules, vinrent se prosterner aux pieds de la reine &
lui témoigner leur joie de la revoir dans son état naturel.
Elle les reçut avec des témoignages de bonté qui marquaient assez le caractère de son cœur. Et après avoir
tenu son cercle[6] quelque moment, elle ordonna qu'on la
laissât seule avec le prince & elle lui parla ainsi :

« Ne pensez pas, seigneur, que j'aie toujours été
chatte, ni que ma naissance soit obscure parmi les
hommes. Mon père était roi de six royaumes. Il aimait
tendrement ma mère & la laissait dans une entière
liberté de faire tout ce qu'elle voulait. Son inclination
dominante était de voyager de sorte qu'étant grosse de
moi, elle entreprit d'aller voir une certaine montagne
dont elle avait entendu dire des choses surprenantes.
Comme elle était en chemin, on lui dit qu'il y avait
proche du lieu où elle passait un ancien château de fées,
le plus beau du monde, tout au moins qu'on le croyait
tel par une tradition qui en était restée, car d'ailleurs,
comme personne n'y entrait, on n'en pouvait juger ;

---

6. Tenir un cercle était une activité de cour essentiellement dévolue
aux reines et aux princesses : assemblée quasi rituelle, dont la qualité
mondaine et culturelle dépendait pour une très large part de la maîtresse du lieu. Les cercles d'Anne d'Autriche étaient restés fameux, et
les efforts de Louis XIV pour les maintenir avec l'aide de la reine son
épouse, de la dauphine Bavière sa belle-fille et de la duchesse de
Bourgogne même, se révélèrent vains.

mais qu'on savait très sûrement que ces fées avaient
dans leur jardin les meilleurs fruits, les plus savoureux
& délicats qui se fussent jamais mangés.

« Aussitôt la reine ma mère eut une envie si violente
d'en manger qu'elle y tourna ses pas. Elle arriva à la
porte de ce superbe édifice qui brillait d'or & d'azur de
tous les côtés. Mais elle y frappa inutilement, qui que
ce soit ne parut. Il semblait que tout le monde y était
mort. Son envie augmentant par les difficultés, elle
envoya quérir des échelles, afin que l'on pût passer par
dessus les murs du jardin, & l'on en serait venu à bout,
sans que ces murs se haussaient à vue d'œil, bien que
personne n'y travaillât. L'on attachait des échelles les
unes aux autres, elles rompaient sous le poids de ceux
qu'on y faisait monter & ils s'estropiaient ou se tuaient.

« La reine se désespérait. Elle voyait de grands arbres
chargés de fruit qu'elle croyait délicieux, elle en voulait
manger ou mourir, de sorte qu'elle fit tendre des tentes
fort riches devant le château & elle y resta six semaines
avec toute sa cour. Elle ne dormait ni ne mangeait, elle
soupirait sans cesse, elle ne parlait que des fruits du jardin inaccessible, enfin elle tomba dangereusement
malade sans que qui que ce soit pût apporter le moindre
remède à son mal, car les inexorables fées n'avaient pas
même paru, depuis qu'elle s'était établie proche de leur
château. Tous ses officiers s'affligeaient extraordinairement ; l'on n'entendait que des pleurs & des soupirs
pendant que la reine mourante demandait des fruits à
ceux qui la servaient, mais elle n'en voulait point
d'autres que de ceux qu'on lui refusait.

« Une nuit qu'elle s'était un peu assoupie, elle vit en
se réveillant une petite vieille, laide & décrépite, assise
dans un fauteuil au chevet de son lit. Elle était surprise
que ses femmes eussent laissé approcher si près d'elle
une inconnue, lorsqu'elle lui dit : « Nous trouvons ta

Majesté bien importune de vouloir avec tant d'opiniâtreté manger de nos fruits. Mais puisqu'il y va de ta
précieuse vie, mes sœurs & moi consentons à t'en donner tant, que tu pourras en emporter & tant que tu reste-
ras ici, pourvu que tu nous fasses un don. — Ah ! ma
bonne mère, s'écria la reine, parlez, je vous donne mes
royaumes, mon cœur, mon âme ; pourvu que j'aie du
fruit, je ne saurais les acheter trop cher. — Nous voulons, dit-elle, que ta Majesté nous donne la fille que tu
portes dans ton sein. Dès qu'elle sera née, nous la vien-
drons quérir, elle sera nourrie parmi nous, il n'y a point
de vertus, de beautés, de sciences dont nous ne la doue-
rions, en un mot, ce sera notre enfant, nous la rendrons
heureuse. Mais observe que ta Majesté ne la reverra
plus qu'elle ne soit mariée. Si la proposition t'agrée, je
vais tout à l'heure te guérir & te mener dans nos
vergers ; malgré la nuit, tu verras assez clair pour choisir ce que tu voudras. Si ce que je te dis ne te plaît pas,
bonsoir, madame la reine, je vais dormir. — Quelque
dure que soit la loi que vous m'imposez, répondit la
reine, je l'accepte plutôt que de mourir, car il est certain
que je n'ai pas un jour à vivre ainsi : je perdrais mon
enfant en me perdant. Guérissez-moi, savante fée,
continua-t-elle, & ne me laissez pas un moment sans
jouir du privilège que vous venez de m'accorder. »

    « La fée la toucha avec une petite baguette d'or en
disant : « Que ta Majesté soit quitte de tous les maux
qui la retiennent dans ce lit. » Il lui sembla aussitôt
qu'on lui ôtait une robe fort pesante & fort dure dont
elle se sentait comme accablée, & qu'il y avait des
endroits où elle tenait davantage : c'était apparemment
ceux où le mal était le plus grand. Elle fit appeler toutes
ses dames & leur dit avec un visage gai qu'elle se portait à merveille, qu'elle allait se lever & qu'enfin ces
portes si bien verrouillées & si bien barricadées du

palais de féerie lui seraient ouvertes pour manger des
beaux fruits & pour en emporter tant qu'il lui plairait.

« Il n'y eut aucune de ses dames qui ne crût la reine
en délire & que dans ce moment elle rêvait à ces fruits
qu'elle avait tant souhaités, de sorte qu'au lieu de lui
répondre, elles se prirent à pleurer & firent éveiller tous
les médecins pour voir en quel état elle était. Ce retardement désespérait la reine, elle demandait promptement ses habits, on les lui refusait, elle se mettait en
colère & devenait fort rouge. L'on disait que c'était
l'effet de sa fièvre. Cependant les médecins, étant
entrés, après lui avoir touché le pouls & fait leurs cérémonies ordinaires, ne purent nier qu'elle ne fût dans
une parfaite santé. Ses femmes, qui virent la faute que
le zèle leur avait fait commettre, tâchèrent de la réparer
en l'habillant promptement. Chacune lui demanda pardon, tout fut apaisé & elle se hâta de suivre la vieille
fée, qui l'avait toujours attendue.

« Elle entra dans le palais où rien ne pouvait être
ajouté pour en faire le plus beau lieu du monde Vous le
croirez aisément, seigneur, ajouta la reine Chatte
blanche, quand je vous aurai dit que c'est celui où nous
sommes. Deux autres fées, un peu moins vieilles que
celle qui conduisait ma mère, la reçurent à la porte &
lui firent un accueil très favorable. Elle les pria de la
mener promptement dans le jardin & vers les espaliers
où elle trouverait les meilleurs fruits. « Ils sont tous
également bons, lui dirent-elles &, sans que tu veux
avoir le plaisir de les cueillir toi-même, nous n'aurions
qu'à les appeler pour les faire venir ici. — Je vous supplie, mesdames, dit la reine, que j'aie la satisfaction de
voir une chose si extraordinaire. » La plus vieille mit
ses doigts dans sa bouche & siffla trois fois, puis elle
cria « Abricots, pêches, pavies, brugnons, cerises,
prunes, poires, bigarreaux, melons, muscats, pommes,

oranges, citrons, groseilles, fraises, framboises, accou-
rez à ma voix ! — Mais, dit la reine, tout ce que vous
venez d'appeler vient en différentes saisons. — Cela
n'est pas ainsi dans nos vergers, dirent-elles, nous
avons de tous les fruits qui sont sur la terre, toujours
mûrs, toujours bons & qui ne se gâtent jamais. » En
même temps ils arrivèrent ; roulant, rampant,
pêle-mêle, sans se gâter ni se salir, de sorte que la
reine, impatiente de satisfaire son envie, se jeta dessus
& prit les premiers qui s'offrirent sous ses mains ; elle
les dévora plutôt qu'elle ne les mangea.

« Après s'en être un peu rassasiée, elle pria les fées
de la laisser aller aux espaliers pour avoir le plaisir de
les choisir de l'œil avant que de les cueillir. « Nous y
consentons volontiers, dirent les trois fées, mais souviens-toi de la promesse que tu nous a faite, car il ne
sera plus permis de t'en dédire. — Je suis persuadée,
répliqua-t-elle, que l'on est si bien avec vous & ce
palais me semble si beau que si je n'aimais pas chèrement le roi mon mari, je m'offrirais d'y demeurer.
Aussi c'est pourquoi vous ne devez point craindre que
je rétracte ma parole. » Les fées, très contentes, lui
ouvrirent tous leurs jardins & tous leurs enclos. Elle y
resta trois jours & trois nuits sans en vouloir sortir, tant
elle les trouvait délicieux. Elle cueillit des fruits pour sa
provision &, comme ils ne se gâtent jamais, elle en fit
charger quatre mille mulets qu'elle emmena. Les fées
ajoutèrent à leurs fruits des corbeilles d'or d'un travail
exquis pour les mettre, & plusieurs raretés dont le prix
est excessif. Elles lui promirent de m'élever en princesse, de me rendre parfaite & de me choisir un époux,
qu'elle serait avertie de la noce & qu'elles espéraient
bien qu'elle y viendrait.

« Le roi fut ravi du retour de la reine, toute la cour lui
en témoigna sa joie : ce n'était que bals, mascarades,

courses de bague & festins, où les fruits de la reine
étaient servis comme un régal délicieux. Le roi les mangeait préférablement à tout ce qu'on pouvait lui présenter. Il ne savait point le traité qu'elle avait fait avec les
fées, & souvent il lui demandait en quel pays elle était
allée pour en rapporter de si bonnes choses : elle lui
répondait qu'ils se trouvaient sur une montagne presque
inaccessible, une autre fois qu'ils venaient dans des val-
lons, puis au milieu d'un jardin ou dans une grande
forêt. Le roi demeurait surpris de tant de contrariétés. Il
questionnait ceux qui l'avaient accompagnée, mais elle
leur avait tant défendu de conter à personne son aventure, qu'ils n'osaient en parler. Enfin la reine, inquiète
de ce qu'elle avait promis aux fées, voyant approcher le
temps de ses couches, tomba dans une mélancolie
affreuse ; elle soupirait à tout moment & changeait à
vue d'œil. Le roi s'inquiéta, il pressa la reine de lui
déclarer le sujet de sa tristesse &, après des peines
extrêmes, elle lui apprit tout ce qui s'était passé entre
les fées & elle, & comme elle leur avait promis la fille
qu'elle devait avoir : « Quoi ! s'écria le roi, nous
n'avons point d'enfant, vous savez à quel point j'en
désire, & pour manger deux ou trois pommes, vous
avez été capable de promettre votre fille ! Il faut que
vous n'ayez aucune amitié pour moi. » Là-dessus il
l'accabla de mille reproches, dont ma pauvre mère
pensa mourir de douleur, mais il ne se contenta pas de
cela, il la fit enfermer dans une tour & mit des gardes
de tous côtés pour empêcher qu'elle n'eût commerce
avec qui que ce soit au monde que les officiers qui la
servaient ; encore changea-t-il ceux qui avaient été avec
elle au château des fées.

   « La mauvaise intelligence du roi & de la reine jeta la
cour dans une consternation infinie. Chacun quitta ses
riches habits pour en prendre de conformes à la douleur

générale. Le roi de son côté paraissait inexorable : il ne voyait plus sa femme &, sitôt que je fus née, il me fit apporter dans son palais pour y être nourrie, pendant qu'elle restait prisonnière & fort malheureuse. Les fées n'ignoraient rien de ce qui se passait ; elles s'en irritèrent, elles voulaient m'avoir, elles me regardaient comme leur bien, & que c'était leur faire un vol que de me retenir. Avant que de chercher une vengeance proportionnée à leur chagrin, elles envoyèrent une célèbre ambassade au roi pour l'avertir de mettre la reine en liberté & de lui rendre ses bonnes grâces, & pour le prier aussi de me donner à leurs ambassadeurs, afin d'être nourrie & élevée parmi elles. Les ambassadeurs étaient si petits & si contrefaits, car c'était des nains hideux, qu'ils n'eurent pas le don de persuader ce qu'ils voulaient au roi. Il les refusa rudement &, s'ils n'étaient partis en diligence, il leur serait peut-être arrivés pis.

« Quand les fées surent le procédé de mon père, elles s'indignèrent tout ce qu'on peut l'être &, après avoir envoyé dans ses six royaumes tous les maux qui pouvaient les désoler, elles lâchèrent un dragon épouvantable, qui remplissait de venin les endroits où il passait, qui mangeait les hommes & les enfants, & qui faisait mourir les arbres & les plantes du souffle de son haleine.

« Le roi se trouva dans la dernière désolation. Il consulta tous les sages de son royaume sur ce qu'il devait faire pour garantir ses sujet des malheurs dont il les voyait accablés. Ils lui conseillèrent d'envoyer chercher par tout le monde les meilleurs médecins & les plus excellent remèdes, & d'un autre côté, qu'il fallait promettre la vie aux criminels condamnés à mort, qui voudraient combattre le dragon. Le roi, assez satisfait de cet avis, l'exécuta & n'en reçut aucune consolation, car la mortalité continuait & personne n'allait contre le

dragon qui n'en fût dévoré, de sorte qu'il eut recours à
une fée dont il était protégé dès sa plus tendre jeunesse.
Elle était fort vieille & ne se levait presque plus. Il alla
chez elle, il lui fit mille reproches de souffrir que le destin le persécutât sans le secourir : « Comment
voulez-vous que je fasse ? lui dit-elle, vous avez irrité
mes sœurs, elles ont autant de pouvoir que moi, & rarement nous agissons les unes contre les autres. Songez à
les apaiser en leur donnant votre fille : cette petite princesse leur appartient. Vous avez mis la reine dans une
étroite prison ; que vous a donc fait une femme si
aimable pour la traiter si mal ? Résolvez-vous de tenir
la parole qu'elle a donnée, je vous assure que vous
serez comblé de biens. »

« Le roi mon père m'aimait chèrement, mais ne
voyant point d'autre moyen de sauver ses royaumes &
de se délivrer du fatal dragon, il dit à son amie qu'il
était résolu de la croire, qu'il voulait bien me donner
aux fées, puisqu'elle l'assurait que je serais chérie &
traitée en princesse de mon rang, qu'il ferait aussi revenir la reine & qu'elle n'avait qu'à lui dire à qui il me
confierait pour me porter au Château de féerie ; «Il faut,
lui dit-elle, la porter dans son berceau sur la Montagne
de fleurs, vous pourrez même rester aux environs pour
être spectateur de la fête qui se passera. » Le roi lui dit
que dans huit jours il irait avec la reine, qu'elle en avertît ses sœurs les fées, afin qu'elles fissent là-dessus ce
qu'elles jugeraient à propos.

« Dès qu'il fut de retour au palais, il renvoya quérir la
reine avec autant de tendresse & de pompe qu'il l'avait
fait mettre prisonnière avec colère & emportement. Elle
était si abattue & si changée, qu'il aurait eu peine à la
reconnaître, si son cœur ne l'avait pas assuré que c'était
cette même personne qu'il avait tant chérie. Il la pria les
larmes aux yeux d'oublier les déplaisirs qu'il venait de

lui causer, & que ce seraient les derniers qu'elle éprouverait jamais avec lui. Elle lui répliqua qu'elle se les était attirés par l'imprudence qu'elle avait eue de promettre sa fille aux fées & que, si quelque chose la pouvait rendre excusable, c'était l'état où elle était. Enfin il lui déclara qu'il voulait me remettre entre leurs mains. La reine à son tour combattit ce dessein : il semblait que quelque fatalité s'en mêlait & que je devais être toujours un sujet de discorde entre mon père & ma mère. Après qu'elle eut bien gémi & pleuré sans rien obtenir de ce qu'elle souhaitait, car le roi en voyait trop les funestes conséquences & nos sujets continuaient de mourir, comme s'ils eussent été coupables des fautes de notre famille, elle consentit à ce qu'il désirait & l'on prépara tout pour la cérémonie.

« Je fus mise dans un berceau de nacre de perle, orné de tout ce que l'art peut faire imaginer de plus galant. Ce n'était que guirlandes de fleurs & festons qui pendaient autour, & les fleurs en étaient de pierreries, dont les différentes couleurs, frappées par le soleil, réfléchissaient des rayons si brillants qu'on ne les pouvait regarder. La magnificence de mon ajustement surpassait, s'il se peut, celle du berceau : toutes les bandes de mon maillot étaient faites de grosses perles. Vingt-quatre princesses du sang me portaient sur une espèce de brancard fort léger ; leurs parures n'avaient rien de commun, mais il ne leur fut pas permis de mettre d'autres couleurs que du blanc, par rapport à mon innocence. Toute la cour m'accompagna, chacun dans son rang.

« Pendant que l'on montait la montagne, on entendit une mélodieuse symphonie qui s'approchait. Enfin les fées parurent au nombre de trente-six. Elles avaient prié leurs bonnes amies de venir avec elles. Chacune était assise dans une coquille de perle plus grande que celle où Vénus était lorsqu'elle sortit de la mer, des chevaux

marins, qui n'allaient guère bien sur terre, les traînaient
plus pompeuses que les premières reines de l'univers,
mais d'ailleurs vieilles & laides avec excès. Elles portaient une branche d'olivier pour signifier au roi que sa
soumission trouvait grâce devant elles &, lorsqu'elles
me tinrent, ce fut des caresses si extraordinaires qu'il
semblait qu'elles ne voulaient plus vivre que pour me
rendre heureuse.

« Le dragon qui avait servi à les venger contre mon
père, venait après elles, attaché avec des chaînes de diamants. Elles me prirent entre leurs bras, me firent mille
caresses, me douèrent de plusieurs avantages & commencèrent ensuite le branle des fées. C'est une danse
fort gaie : il n'est pas croyable combien ces vieilles
dames sautèrent & gambadèrent. Puis le dragon, qui
avait mangé tant de personnes, s'approcha en rampant,
les trois fées à qui ma mère m'avait promise s'assirent
dessus, mirent mon berceau au milieu d'elles, & frappant le dragon avec une baguette, il déploya aussitôt ses
grandes ailes écaillées plus fines que du crêpe ; elles
étaient mêlées de mille couleurs bizarres. Elles se rendirent ainsi à leur château. Ma mère, me voyant en l'air
exposée sur ce furieux dragon, ne put s'empêcher de
pousser de grands cris. Le roi la consola par l'assurance
que son amie lui avait donnée qu'il ne m'arriverait
aucun accident & que l'on prendrait le même soin de
moi, que si j'étais restée dans son propre palais. Elle
s'apaisa, bien qu'il lui fût très douloureux de me perdre
pour si longtemps & d'en être la seule cause : car si elle
n'avait pas voulu manger les fruits du jardin, je serais
demeurée dans le royaume de mon père & je n'aurais
pas eu tous les déplaisirs qui me restent à vous raconter.

« Sachez donc, fils de roi, que mes gardiennes
avaient bâti exprès une tour, dans laquelle on trouvait
mille beaux appartements pour toutes les saisons de

l'année, des meubles magnifiques, des livres agréables. Mais il n'y avait point de porte & il fallait toujours entrer par les fenêtres qui étaient prodigieusement hautes. L'on trouvait un beau jardin sur la tour, orné de fleurs, de fontaines & de berceaux de verdure, qui garantissent de la chaleur dans sa plus ardente canicule. Ce fut en ce lieu que les fées m'élevèrent avec des soins qui surpassaient tout ce qu'elles avaient promis à la reine. Mes habits étaient des plus à la mode & si magnifiques que, si quelqu'un m'avait vue, l'on aurait cru que c'était le jour de mes noces. Elles m'apprenaient tout ce qui convenait à mon âge & à ma naissance. Je ne leur donnais pas beaucoup de peine, car il n'y avait guère de chose que je ne comprisse avec une extrême facilité. Ma douceur leur était fort agréable, & comme je n'avais jamais rien vu qu'elles, je serais demeurée tranquille dans cette situation le reste de ma vie.

« Elles venaient toujours me voir, montées sur le furieux dragon dont j'ai déjà parlé, elles ne m'entretenaient jamais du roi ni de la reine, elles me nommaient leur fille & je croyais l'être. Personne au monde ne restait avec moi dans la tour qu'un perroquet & un petit chien, qu'elles m'avaient donnés pour me divertir, car ils étaient doués de raison & parlaient à merveille.

« Un des côtés de la tour était bâti sur un chemin creux, plein d'ornières & d'arbres qui l'embarrassaient ; de sorte que je n'y avais aperçu personne depuis qu'on m'avait enfermée. Mais un jour, comme j'étais à la fenêtre, causant avec mon perroquet & mon chien, j'entendis quelque bruit. Je regardai de tous côtés & j'aperçus un jeune chevalier, qui s'était arrêté pour écouter notre conversation. Je n'en avais jamais vu qu'en peinture. Je ne fus pas fâchée qu'une rencontre inespérée me fournît cette occasion, de sorte que, ne me défiant point du danger qui est attaché à la

satisfaction de voir un objet aimable, je m'avançai pour
le regarder, & plus je le regardais, plus j'y prenais de
plaisir. Il me fit une profonde révérence, il attacha ses
yeux sur moi & me parut très en peine de quelle
manière il pourrait m'entretenir, car ma fenêtre étant
fort haute, il craignait d'être entendu & il savait bien
que j'étais dans le château des fées.

« La nuit vint presque tout d'un coup, ou, pour parler
plus juste, elle vint sans que nous nous en aperçussions.
Il sonna deux ou trois fois du cor & me réjouit de
quelques fanfares, puis il partit sans que je pusse même
distinguer de quel côté il allait, tant l'obscurité était
grande. Je restai très rêveuse, je ne sentis plus le même
plaisir que j'avais toujours pris à causer avec Perroquet
& mon chien. Ils me disaient les plus jolies choses du
monde, car des bêtes fées deviennent fort spirituelles,
mais j'étais occupée & je ne savais point l'art de me
contraindre. Perroquet le remarqua : il était fin, il ne
témoigna rien de ce qui lui roulait dans la tête.

« Je ne manquai pas de me lever avec le jour. Je courus à ma fenêtre, je demeurai agréablement surprise
d'apercevoir au pied de la tour le jeune chevalier. Il
avait des habits magnifiques, je me flattai que j'y avais
un peu de part & je ne me trompais point. Il me parla
avec une espèce de trompette qui porte la voix &, par
son secours, il me dit qu'ayant été insensible jusqu'alors à toutes les beautés qu'il avait vues, il s'était
senti tout d'un coup si vivement frappé de la mienne,
qu'il ne pouvait comprendre comme quoi il se passerait
sans mourir de me voir tous les jours de sa vie. Je
demeurai très contente de son compliment & très
inquiète de n'oser y répondre, car il aurait fallu crier de
toute ma force & me mettre dans le risque d'être entendue encore mieux des fées que de lui. Je tenais quelques
fleurs que je lui jetai, il les reçut comme une insigne

faveur, de sorte qu'il les baisa plusieurs fois & me
remercia. Il me demanda ensuite si je trouverais bon
qu'il vînt tous les jours à la même heure sous mes
fenêtres & que si je le voulais bien, je lui jetasse
quelque chose. J'avais une bague de turquoise, que
j'ôtai brusquement de mon doigt & que je lui jetai avec
beaucoup de précipitation, lui faisant signe de s'éloigner en diligence : c'est que j'entendais de l'autre côté
la Fée violente, qui montait sur son dragon pour m'apporter à déjeûner.

« La première chose qu'elle dit en entrant dans ma
chambre, ce fut ces mots : « Je sens ici la voix d'un
homme, cherche, dragon. » Ô que devins-je ! J'étais
transie de peur qu'il ne passât par l'autre fenêtre &
qu'il ne suivît le chevalier, pour lequel je m'intéressais
déjà beaucoup. « En vérité, dis-je, ma bonne maman
(car la vieille fée voulait que je la nommasse ainsi)
vous plaisantez, quand vous dites que vous sentez la
voix d'un homme. Est-ce que la voix sent quelque
chose &, quand cela serait, quel est le mortel assez
téméraire pour hasarder de monter dans cette tour ? —
Ce que tu dis est vrai, ma fille, répondit-elle, je suis
ravie de te voir raisonner si joliment, & je conçois que
c'est la haine que j'ai pour tous les hommes, qui me
persuade quelquefois qu'ils ne sont pas éloignés de
moi. » Elle me donna mon déjeûner & ma quenouille.
« Quand tu auras mangé, ne manque pas de filer, car tu
ne fis rien hier, me dit-elle, mes sœurs se fâcheront. »
En effet je m'étais si fort occupée de l'inconnu, qu'il
m'avait été impossible de filer.

« Dès qu'elle fut partie, je jetai la quenouille d'un
petit air mutin & montai sur la terrasse pour découvrir
de plus loin dans la campagne. J'avais une lunette d'approche excellente, rien ne bornait ma vue. Je regardais
de tous côtés, lorsque je découvris mon chevalier sur le

haut d'une montagne. Il se reposait sous un riche
pavillon d'étoffe d'or & il était entouré d une fort grosse
cour. Je ne doutai point que ce fût le fils de quelque roi
voisin du palais des fées &, comme je craignais que, s'il
revenait à la tour, il ne fût découvert par le terrible dragon, je vins prendre mon perroquet & lui dis de voler
jusqu'à cette montagne, qu'il y trouverait celui qui
m'avait parlé & qu'il le priât de ma part de ne plus revenir, parce que j'appréhendais la vigilance de mes gardiennes & qu'elles ne lui fissent un mauvais tour.

« Perroquet s'acquitta de sa mission en perroquet
d'esprit. Chacun demeura surpris de le voir venir à tire
d'ailes se percher sur l'épaule du prince & lui parler
tout bas à l'oreille. Le prince ressentit de la joie & de la
peine de cette ambassade. Le soin que je prenais flattait
son cœur, mais les difficultés qui se rencontraient à me
parler l'accablaient sans pouvoir le détourner du dessein qu'il avait formé de me plaire. Il fit cent questions
à Perroquet, & Perroquet lui en fit cent à son tour, car il
était naturellement curieux. Le roi le chargea d'une
bague pour moi à la place de ma turquoise : c'en était
une aussi, mais beaucoup plus belle que la mienne. Elle
était taillée en cœur avec des diamants : « Il est juste,
ajouta-t-il que je vous traite en ambassadeur. Voilà mon
portrait que je vous donne. Ne le montrez qu'à votre
charmante maîtresse. » Il lui attacha sous son aile son
portrait & il apporta la bague dans son bec.

« J'attendais le retour de mon petit courrier vert avec
une impatience que je n'avais point connue jusqu'alors.
Il me dit que celui à qui je l'avais envoyé était un grand
roi, qu'il l'avait reçu le mieux du monde & que je pouvais m'assurer qu'il ne voulait plus vivre que pour moi,
qu'encore qu'il y eût beaucoup de péril à venir au bas
de ma tour, il était résolu à tout plutôt que de renoncer à
me voir. Ces nouvelles m'intriguèrent fort, je me mis à

pleurer. Perroquet & Toutou me consolèrent de leur mieux, car ils m'aimaient tendrement. Puis Perroquet me présenta la bague du prince & me montra le portrait. J'avoue que je n'ai jamais été si aise que je le fus, de pouvoir considérer de près celui que je n'avais vu que de loin. Il me parut encore plus aimable qu'il ne m'avait semblé. Il me vint cent pensées dans l'esprit, dont les unes agréables & les autres tristes me donnèrent un air d'inquiétude extraordinaire.

« Les fées, qui vinrent me voir, s'en aperçurent. Elles se dirent l'une à l'autre que sans doute je m'ennuyais & qu'il fallait songer à me trouver un époux de race fée. Elles parlèrent de plusieurs & s'arrêtèrent sur le petit roi Migonnet, dont le royaume était à cinq-cent mille lieues de leur palais ; mais ce n'était pas là une affaire. Perroquet entendit ce beau conseil, il vint m'en rendre compte & me dit : « Ah ! que je vous plains, ma chère maîtresse, si vous devenez la reine Migonnette, c'est un magot qui fait peur. J'ai regret de vous le dire, mais en vérité le roi qui vous aime ne voudrait pas de lui pour être son valet de pied. — Est-ce que tu l'as vu, Perroquet ? — Je le crois vraiment, continua-t-il, j'ai été élevé sur une branche avec lui. — Comment, sur une branche ? repris-je. — Oui, dit-il, c'est qu'il a les pieds d'un aigle. » Un tel récit m'affligea étrangement. Je regardais le charmant portrait du jeune roi, je pensais bien qu'il n'en avait régalé Perroquet que pour me donner lieu de le voir &, quand j'en faisais comparaison avec Migonnet, je n'espérais plus rien de ma vie & je me résolvais plutôt à mourir qu'à l'épouser.

« Je ne dormis point, tant que la nuit dura. Perroquet & Toutou causèrent avec moi. Je m'endormis un peu sur le matin &, comme mon chien avait le nez bon, il sentit que le roi était au pied de la tour. Il éveilla Perroquet : « Je gage, dit-il, que le roi est là-bas. » Perroquet répondit : « Tais-toi, babillard, parce que tu as presque toujours les yeux ouverts & l'oreille alerte, tu es fâché du repos des autres. — Mais gageons, dit encore le bon Toutou, je sais bien qu'il y est. » Perroquet répliqua : « Et moi, je sais bien qu'il n'y est point. Ne lui ai-je pas défendu d'y venir de la part de notre maîtresse ? — Ah ! vraiment, tu me la donnes belle avec tes défenses, s'écria mon chien ; un homme passionné ne consulte que son cœur. » Et là-dessus, il se mit à lui tirailler si fort les ailes, que Perroquet se fâcha. Je m'éveillai aux cris de l'un & de l'autre. Ils me dirent ce qui en faisait le sujet. Je courus ou plutôt je volai à ma fenêtre. Je vis le roi qui me tendait les bras & qui me dit avec sa trompette qu'il ne pouvait plus vivre sans moi, qu'il possédait un florissant royaume, qu'il me conjurait de trouver les moyens de sortir de ma tour ou de l'y faire entrer, qu'il attestait tous les dieux & tous les éléments qu'il m'épouserait aussitôt & que je serais une des plus grandes reines de l'univers.

« Je commandai à Perroquet de lui aller dire que ce qu'il souhaitait me semblait presque impossible, que cependant, sur la parole qu'il me donnait & les serments qu'il avait faits, j'allais m'appliquer à ce qu'il désirait, que je le conjurais de ne pas venir tous les jours, qu'enfin l'on pourrait s'en apercevoir & qu'il n'y aurait point de quartier avec les fées.

« Il se retira, comblé de joie par l'espérance dont je le flattais. Et je me trouvai dans le plus grand embarras du monde, lorsque je fis réflexion à ce que je venais de promettre : comment sortir de cette tour où il n'y avait point de portes, & n'avoir pour tout secours que Perroquet & Toutou, être si peu expérimentée, si craintive ? Je pris donc la résolution de ne point tenter une chose où je ne réussirais jamais & je l'envoyai dire au roi par Perroquet. Il voulut se tuer à ses yeux, mais enfin il le chargea de me persuader ou de le venir voir mourir ou de le soulager. « Sire, s'écria l'ambassadeur emplumé, ma maîtresse est suffisamment persuadée, elle ne manque que de pouvoir. »

« Quand il me rendit compte de tout ce qui s'était passé, je m'affligeai plus que je l'eusse encore fait. La Fée violente vint, elle me trouva les yeux enflés & rouges, elle dit que j'avais pleuré & que, si je ne lui en avouais le sujet, elle me brûlerait, car toutes ses menaces étaient toujours terribles. Je répondis en tremblant que j'étais lasse de filer & que j'avais envie de faire de petits filets pour prendre des oisillons, qui venaient becqueter les fruits de mon jardin : « Ce que tu souhaites, ma fille me dit-elle, ne te coûtera plus de larmes. Je t'apporterai des cordelettes tant que tu en voudras. » Et en effet j'en eus le soir même. Mais elle m'avertit de songer moins à travailler qu'à me faire belle, parce que le roi Migonnet devait arriver dans peu. Je frémis à ces fâcheuses nouvelles & ne répliquai rien.

« Dès qu'elle fut partie, je commençai deux ou trois morceaux de filets. Mais à quoi je m'appliquai, ce fut à faire une échelle de corde, qui était très bien faite, sans en avoir jamais vu. Il est vrai que la fée ne m'en fournissait pas autant qu'il m'en fallait & sans cesse elle me disait : » Mais ma fille, ton ouvrage est semblable à celui de Pénélope ; il n'avance point & tu ne laisses pas de me demander de quoi travailler. — Ô ma bonne maman, disais-je, vous en parlez bien à votre aise : ne voyez-vous pas que je ne sais comment m'y prendre & que je brûle tout ? Avez-vous peur que je ne vous ruine en ficelle ? » Mon air de simplicité la réjouissait, bien qu'elle fût d'une humeur très désagréable & très cruelle.

« J'envoyai Perroquet dire au roi de venir un soir sous les fenêtres de la tour, qu'il y trouverait l'échelle

& qu'il saurait le reste quand il serait arrivé. En effet, je l'attachai bien ferme, résolue de me sauver avec lui. Mais quand il la vit, sans attendre que je descendisse, il monta avec empressement & se jeta dans ma chambre comme je préparais tout pour ma fuite.

« Sa vue me donna tant de joie que j'en oubliai le péril où nous étions. Il renouvela tous ses serments & me conjura de ne point différer de le recevoir pour mon époux. Nous prîmes Perroquet & Toutou pour témoins de notre mariage. Jamais noces ne se sont faites entre des personnes si élevées avec moins d'éclat & de bruit, & jamais cœurs n'ont été plus contents que les nôtres.

« Le jour n'était pas encore venu quand le roi me quitta. Je lui racontai l'épouvantable dessein des fées de me marier au petit Migonnet. Je lui dépeignis sa figure, dont il eut autant d'horreur que moi. A peine fut-il parti que les heures me semblèrent aussi longues que des années. Je courus à la fenêtre, je le suivis des yeux malgré l'obscurité, mais quel fut mon étonnement de voir en l'air un chariot de feu traîné par des salamandres ailées, qui faisaient une telle diligence que l'œil pouvait à peine les suivre ! Ce chariot était accompagné de plusieurs gardes montés sur des autruches. Je n'eus pas assez de loisir pour bien considérer le magot qui traversait ainsi les airs, mais je crus aisément que c'était une fée ou un enchanteur.

« Peu après, la Fée violente entra dans ma chambre : « Je t'apporte de bonnes nouvelles, me dit-elle, ton amant est arrivé depuis quelques heures. Prépare-toi à le recevoir ; voici des habits & des pierreries. — Et qui vous a dit, m'écriai-je, que je voulais être mariée ? Ce n'est point du tout mon intention. Renvoyez le roi Migonnet, je n'en mettrai pas une épingle davantage ; qu'il me trouve belle ou laide, je ne suis point pour lui. — Ouais, ouais, dit la fée en colère, quelle petite

révoltée, quelle tête sans cervelle ! je n'entends pas
raillerie & je te... — Que me ferez-vous ? répliquai-je,
toute rouge des noms qu'elle m'avait donnés. Peut-on
être plus tristement nourrie que je le suis, dans une
tour avec un perroquet & un chien, voyant tous les
jours plusieurs fois l'horrible figure d'un dragon épouvantable ? — Ah ! petite ingrate ! dit la fée,
méritais-tu tant de soins & de peines, je ne l'ai que
trop dit à mes sœurs, que nous en aurions une triste
récompense. » Elle fut les trouver, elle leur raconta
notre différend, elle restèrent aussi surprises les unes
que les autres.

« Perroquet & Toutou me firent de grandes remontrances que, si je faisais davantage la mutine, ils pré-
voyaient qu'il m'en arriverait de cuisants déplaisirs. Je
me sentais si fière de posséder le cœur d'un grand roi,
que je méprisai les fées & les conseils de mes pauvres
petits camarades. Je ne m'habillai point & j'affectai de
me coiffer de travers afin que Migonnet me trouvât
désagréable. Notre entrevue se fit sur la terrasse. Il y
vint dans son chariot de feu. Jamais, depuis qu'il y a
des nains, il ne s'en est vu un si petit : il marchait sur
ses pieds d'aigle & sur les genoux tout ensemble, car il
n'avait point d'os aux jambes, de sorte qu'il se soutenait sur deux béquilles de diamants. Son manteau royal
n'avait qu'une demi-aune de long & traînait de plus
d'un tiers. Sa tête était grosse comme un boisseau &
son nez si grand qu'il portait dessus une douzaine d'oiseaux dont le ramage le réjouissait. Il avait une si
furieuse barbe que les serins de Canarie y faisaient leurs
nids & ses oreilles passaient d'une coudée au-dessus de
sa tête, mais on s'en apercevait peu à cause d'une haute
couronne pointue qu'il portait pour paraître plus grand.
La flamme de son chariot rôtit les fruits, sécha les fleurs
& tarit les fontaines de mon jardin. Il vint à moi les bras

ouverts pour m'embrasser, je me tins fort droite & il
fallut que son Premier écuyer le haussât, mais aussitôt
qu'il s'approcha, je m'enfuis dans ma chambre, dont je
fermai la porte & les fenêtres. De sorte que Migonnet se
retira chez les fées, très indigné contre moi.

« Elles lui demandèrent mille fois pardon de ma brus-
querie &, pour l'apaiser, car il était redoutable, elles
résolurent de l'amener la nuit dans ma chambre pendant
que je dormirais, de m'attacher les pieds & les mains
pour me mettre avec lui dans son brûlant chariot, afin
qu'il m'emmenât. La chose ainsi arrêtée, elles me gron-
dèrent à peine des brusqueries que j'avais faites. Elles
dirent seulement qu'il fallait songer à les réparer. Perroquet & Toutou restèrent surpris d'une si grande
douceur : « Savez-vous bien ma maîtresse, dit mon
chien, que le cœur ne m'annonce rien de bon. Mesdames les fées sont d'étranges personnes & surtout violentes. » Je me moquai de ces alarmes & j'attendis mon
cher époux avec mille impatiences. Il en avait trop de
me voir pour tarder. Je lui jetai l'échelle de corde, bien
résolue de m'en retourner avec lui. Il monta légèrement
& me dit de choses si tendres que je n'ose encore les
rappeler à mon souvenir.

« Comme nous parlions ensemble avec la même tranquillité que nous aurions eue dans son palais, nous
vîmes enfoncer tout d'un coup les fenêtres de ma
chambre. Les fées entrèrent sur leur terrible dragon,
Migonnet les suivait dans son chariot, & tous ses gardes
avec leurs autruches. Le roi sans s'effrayer, mit l'épée à
la main & ne songea qu'à me garantir de la plus
furieuse aventure qui se soit jamais passée. Car enfin
vous le dirai-je, seigneur ? ces barbares créatures poussèrent leur dragon sur lui &, à mes yeux, il le dévora.

« Désespérée de son malheur & du mien, je me jetai
dans la gueule de cet horrible monstre, voulant qu'il

m'engloutît comme il venait d'engloutir tout ce que j'aimais au monde. Il le voulait bien aussi, mais les fées, encore plus cruelles que lui, ne le voulurent pas : « Il faut, s'écrièrent elles, la réserver à de plus longues peines, une prompte mort est trop douce pour cette indigne créature. » Elles me touchèrent, je me vis aussitôt sous la figure d'une chatte blanche. Elles me conduisirent dans ce superbe palais, qui était à mon père, elles métamorphosèrent tous les seigneurs & toutes les dames du royaume en chats & en chattes, elles en laissèrent d'autres à qui l'on ne voyait que les mains, & me réduisirent dans le déplorable état où vous me trouvâtes, me faisant savoir ma naissance, la mort de mon père, celle de ma mère, & que je ne serais délivré de ma chattonique figure que par un prince qui ressemblerait parfaitement à l'époux qu'elles m'avaient ravi. C'est vous, seigneur, qui avez cette ressemblance, continua-t-elle : mêmes traits, mêmes airs, même son de voix. J'en fus frappée aussitôt que je vous vis. J'étais informée de tout ce qui devait arriver & je le suis encore de tout ce qui arrivera, mes peines vont finir. — Et les miennes, belle reine, dit le prince en se jetant à ses pieds, seront-elles de longue durée ? Je vous aime déjà plus que ma vie. — Seigneur, dit la reine, il faut partir pour aller vers votre père : nous verrons ses sentiments pour moi & s'il consentira à ce que vous désirez. »

Elle sortit, le prince lui donna la main, elle monta dans le chariot avec lui : il était beaucoup plus magnifique que ceux qu'il avait eus jusqu'alors. Le reste de l'équipage y répondait à tel point que tous les fers des chevaux étaient d'émeraudes & les clous de diamants. Cela ne s'est peut-être jamais vu que cette fois-là. Je ne dis point les agréables conversations que la reine & le prince avaient ensemble : si elle était unique en beauté, elle ne l'était pas moins en esprit & ce jeune prince était aussi parfait qu'elle. De sorte qu'ils pensaient des choses toutes charmantes.

Lorsqu'ils furent proche du château où les deux frères aînés du prince devaient se trouver, la reine entra dans un petit rocher de cristal dont toutes les pointes étaient garnies d'or & de rubis. Il y avait des rideaux tout autour, afin qu'on ne la vît point, & il était porté par de jeunes hommes très bien faits & superbement vêtus. Le prince demeura dans le beau chariot. Il aperçut ses frères, qui se promenaient avec des princesses d'une excellente beauté. Dès qu'ils le reconnurent, ils s'avancèrent pour le recevoir & lui demandèrent s'il amenait une maîtresse. Il leur dit qu'il avait été si malheureux, que dans tout son voyage il n'en avait rencontré que de très laides, que ce qu'il rapportait de plus rare, c'était une petite chatte blanche. Ils se prirent à rire de sa simplicité : « Une chatte ! lui dirent-ils, avez-vous peur que les souris ne mangent notre palais ? » Le prince répliqua qu'en effet il n'était pas sage de vouloir faire un tel présent à son père. Là-dessus chacun prit le chemin de la ville.

Les princes aînés montèrent avec leurs princesses dans des calèches toutes d'or & d'azur, leurs chevaux avaient sur leurs têtes des plumes & des aigrettes : rien n'était plus brillant que cette cavalcade. Notre jeune jeune prince allait après, & puis le rocher de cristal, que tout le monde regardait avec admiration.

Les courtisans s'empressèrent de venir dire au roi que les trois princes arrivaient. « Amènent-ils de belles dames ? répliqua le roi. — Il est impossible de rien voir qui les surpasse. » A cette réponse il parut fâché. Les deux princes s'empressèrent de monter avec leurs merveilleuses princesses. Le roi les reçut très bien & ne savait à laquelle donner le prix. Il regarda son cadet & lui dit : « Cette fois-ci vous venez donc seul ? — Votre

Majesté verra dans ce rocher une petite chatte blanche, répliqua le prince, qui miaule si doucement & qui fait si bien patte de velours qu'elle lui agréera. » Le roi sourit & fut lui-même pour ouvrir le rocher, mais aussitôt qu'il s'approcha, la reine avec un ressort en fit tomber toutes les pièces & parut comme le soleil qui a été quelque temps enveloppé dans une nue. Ses cheveux blonds étaient épars sur ses épaules, ils tombaient par grosses boucles jusqu'à ses pieds. Sa tête était ceinte de fleurs, sa robe d'une légère gaze blanche, doublée de taffetas couleur de rose. Elle se leva & fit une profonde révérence au roi, qui ne put s'empêcher dans l'excès de son admiration de s'écrier : « Voici l'incomparable & celle qui mérite ma couronne. »

« Seigneur, lui dit-elle, je ne suis pas venue pour vous arracher un trône que vous remplissez si dignement : je suis née avec six royaumes, permettez que je vous en offre un & que j'en donne autant à chacun de vos fils. Je ne vous demande pour toute récompense que votre amitié & ce jeune prince pour époux. Nous aurons encore assez de trois royaumes. » Le roi & toute la cour poussèrent de longs cris de joie & d'étonnement. Le mariage fut célébré aussitôt, aussi bien que celui des deux princes, de sorte que toute la cour passa plusieurs mois dans les divertissements & les plaisirs. Chacun ensuite partit pour aller gouverner ses États. La belle Chatte blanche s'y est immortalisée autant par ses bontés & ses libéralités que par son rare mérite & sa beauté.

> *Ce jeune prince fut heureux*
> *De trouver en sa chatte une auguste princesse*
> *Digne de recevoir son encens & ses vœux*
> *Et prête à partager ses soins & sa tendresse.*
> *Quand deux yeux enchanteurs veulent se faire aimer,*
> *On fait bien peu de résistance,*
> *Surtout quand la reconnaissance*

Aide encore à nous enflammer.
Tairai-je cette mère & cette folle envie
Qui fit à Chatte blanche éprouver tant d'ennuis ?
    Pour goûter de funestes fruits,
Au pouvoir d'une fée elle la sacrifie.
Mères qui possédez des objets pleins d'appas,
Détestez sa conduite & ne l'imitez pas.

Le prieur en achevant la lecture du conte, jeta les
yeux sur La Dandinardière. Il vit les siens fermés &
qu'il ne remuait point. Il s'approcha &, criant de toute
sa force : « Mon ami, êtes-vous en ce monde ou en
l'autre ? » Le petit homme le regarda fixement & lui dit
ensuite : « J'étais si charmé de Chatte blanche qu'il me
semblait être à la noce, ou ramassant à l'entrée qu'elle
fit les fers d'émeraudes & les clous de diamants de ses
chevaux. — Vous aimez donc ces sortes de fictions ?
reprit le prieur. — Ce ne sont point des fictions, ajouta
La Dandinardière ; tout cela est arrivé autrefois & arriverait bien encore, sans que ce n'est plus la mode. Ah !
si j'avais été de ce temps-là ou que cela fût de celui-ci,
j'aurais fait une belle fortune. — Sans doute, continua
le prieur, que vous auriez épousé quelque fée. — Je ne
sais, dit le petit homme : elles me semblent trop laides,
& si je me marie, je veux que mon cœur y trouve son
compte... — C'est-à-dire, interrompit le prieur, que
vous prendrez une fille de mérite, belle, vertueuse &
spirituelle, qu'à l'égard du bien vous lui ferez grâce,
persuadé qu'il est difficile de rencontrer tant de bonnes
choses à la fois. Allez, je vous en aime mieux & je serai
votre panégyriste à l'avenir. — Vous ne voulez pas
m'entendre, s'écria La Dandinardière. Je prétends que
celle avec qui je me marierai ait toutes les qualités de
corps & d'esprit dont vous venez de parler, mais je prétends aussi qu'elle soit riche, & dans le temps des fées
j'aurais bien trouvé le moyen d'avoir une reine. Avec
tout cela, rien n'était plus commode : l'on faisait tout

par trois mots de *brelic, breloc,* par une baguette, par un vrai rien, au lieu qu'à présent, si l'on est né pauvre & que l'on veuille s'enrichir, il faut travailler comme des loups, bien souvent même sans réussir :

O tempora, ô mores ! [7]

« Monsieur le prieur, qu'en dites-vous ? continua-t-il : ce latin n'est pas d'un fat. — Je vous admire autant, dit le prieur, que vous avez admiré Chatte blanche ; vous êtes merveilleux & l'on s'instruit toujours avec vous. » Ce petit mortel ressentait une extrême joie de s'attirer des louanges, mais pour en mériter selon lui d'éternelles, il voulut faire un conte à son tour, de sorte qu'il pria le prieur qu'on fût avertir Alain de l'accident qui lui était arrivé, afin qu'il se rendît promptement auprès de lui &, le remerciant de la complaisance qu'il avait eue de lire si longtemps, il feignit d'avoir envie de dormir pour rester dans l'entière liberté de rêver.

Il rêva en effet, & ce fut beaucoup plus à Virginie qu'aux fées. « Quelle sublimité d'esprit ! s'écriait-il ; une fille élevée au bord de la mer qui ne devrait pas avoir plus de génie qu'une sole ou qu'une huître à l'écaille, écrit comme les plus célèbres auteurs. J'ai le goût bon : quand j'approuve quelque chose, il faut qu'il soit excellent. J'approuve Chatte blanche, donc Chatte blanche est excellente & je veux le soutenir contre tout le genre humain. Mon valet Alain, que je ferai armer de pied en cap & qui se battra pour moi, sera le tenant de la barrière. » On l'entendait de l'antichambre, qui parlait ainsi & qui faisait tout seul plus de bruit qu'une douzaine de personnes.

---

7. De l'usage hors de propos, par La Dandinardière, des citations, ici, de la 1ʳᵉ *Catilinaire* de Cicéron, 1.

On en fut avertir monsieur de Saint-Thomas : il eut
peur que sa chute ne lui causât cette espèce de délire. Il
vint l'écouter & demeura surpris des disparades qu'il
disait. Alain arriva, il lui défendit d'entrer dans la
chambre de son maître, crainte de le faire parler davantage &, pour le tirer d'inquiétude, on lui dit qu'il viendrait le lendemain. La Dandinardière demeura occupé
toute la nuit de l'envie de faire un conte. Cela l'empêcha de dormir, il était désespéré de n'avoir pas son
secrétaire pour le faire écrire ; il demanda avant le jour
un paysan pour envoyer à son château, parce qu'il voulait voir Alain à quelque prix que ce fût. On éveilla le
baron pour lui dire l'impatience du bourgeois, &
sur-le-champ il lui envoya ce fidèle domestique.

Dès qu'il parut, il fit deux ou trois bonds dans son lit
&, lui tendant les bras : « Viens, Alain, s'écria-t-il,
viens, mon ami, pour que je te raconte les choses du
monde les plus étonnantes. — Permettez-moi, dit Alain,
tout attendri de lui voir la tête entortillée de linges, que
je vous demande comment vous vous portez ; cela me
paraît plus pressé qu'aucune chose du monde. — Je
pourrais me porter mieux, répliqua La Dandinardière,
mais hélas ! mon plus grand mal n'est pas celui que tu
vois à ma tête ; je suis amoureux, Alain, & c'est le coup
le plus adroit que Cupidon ait décoché depuis qu'il s'en
mêle. » Alain ne répondit rien : il connaissait aussi peu
Cupidon que l'Alcoran & il eut peur de hasarder une
sottise en voulant dire quelque chose de bon. « Tu ne
parles point ? dit La Dandinardière. — Non, monsieur,
j'écoute, répondit Alain. — Ecoute donc ce qui m'est
arrivé : j'ai engagé ma liberté à une jeune princesse...
— Combien vous a-t-elle donné dessus ? interrompit
Alain. — Crois-tu, grosse bête, s'écria La Dandinardière, qu'il s'agisse d'un habit ou de quelque bijou ? —
Je ne sais ce que je crois, dit le valet ; vous me parlez

dans des termes qui me sont tout nouveaux ; par exemple, où avez-vous pu trouver une princesse dans ce pays ici, à moins de quelque naufrage & que la mer l'y ait jetée ? — Tu raisonnes fort bien, dit le petit bourgeois. Les princesses ne foisonnent pas en ce canton, mais celle que j'adore mérite de l'être &, à mon égard, c'est tout comme si elle l'était. On l'appelle Virginie ; ce nom vient de l'ancienne Rome & pour l'amour du nom seul, Virginie posséderait mon cœur. »

Alain ouvrait les yeux & la bouche, émerveillé de la science de son maître. Il gardait un silence respectueux, qui donnait le temps au malade de parler sans relâche. Mais faisant réflexion que rien n'avançait moins le conte qu'il avait résolu d'écrire, il commanda tout d'un coup au bon Alain d'aller chez lui, de mettre tous ses livres dans une ou deux charrettes & de les lui apporter. « Vous allez donc demeurer ici, monsieur ? lui dit-il tristement. — Non, mon ami, répliqua le malade : je n'y resterai qu'autant de temps que je serai incommodé de mes blessures. Mais il faut que je fasse un grand ouvrage, & j'ai besoin de feuilleter les meilleur auteurs. Cours promptement, reviens avec la même diligence. »

Alain rencontra le baron, le vicomte & le prieur. Il passa brusquement sans les regarder & sortit ; le baron l'appela plusieurs fois, enfin il revint sur ses pas : « Dis-moi, Alain, où t'envoie ton maître ? Car ton air affairé me donne de la curiosité. — Je vais, monsieur, répondit Alain, quérir toute sa doctrine ; il veut écrire la plus belle chose du monde ; si vous vouliez lui aider, il en a, je crois, grand besoin. — J'en suis persuadé, répliqua le baron. Mais demeure ici, il y a assez de livres pour l'occuper agréablement. — Oh ! je n'ai garde de ne lui pas obéir, dit Alain, il veut quatre fois plus qu'un autre ce qu'il veut, il bat quand il est fâché : ne sais-je pas comme il m'en a pris avec sa querelle d'honneur ?

— Je t'assure, dit le vicomte en l'arrêtant, que tu ne partiras point que tu nous aies raconté pourquoi tu as été battu. » Alain aimait trop à causer pour en perdre une si belle occasion. Il leur apprit comme il l'avait armé, afin de le faire passer pour lui, & tout ce qu'il lui avait dit pour l'encourager à l'action héroïque de combattre.

Ces messieurs s'entreregardaient, bien étonnés des extravagances du petit homme & des simplicités d'Alain. Ils voulurent inutilement le détourner d'aller quérir la bibliothèque de son maître. Il leur dit qu'il s'en irait, quand ce serait pour jeter tous ses livres au fond de la mer, & en effet il les quitta promptement.

« En vérité, dit le baron de Saint-Thomas à ses deux amis, me conseilleriez-vous de penser sérieusement à La Dandinardière pour une de mes filles ? Il semble, aux visions qui leur roulent dans la tête, qu'ils sont faits les uns pour les autres ; cependant un ménage va bien mal quand il est gouverné par de tels esprits. — Ne vous dégoûtez pas, répondit le vicomte. C'est un homme riche, il est un peu Dom Quichotte, mais ces extravagances lui passeront plus aisément, car il n'est pas si brave que lui, vous voyez que le seul nom de Villeville le fait trembler : il est malaisé qu'on soutienne longtemps l'air fanfaron quand on a toujours peur. — Ajoutez à cela, dit le prieur, que vous pourrez les engager de demeurer avec vous & que vous les redresserez. — J'ai plus sujet de craindre, dit le baron en souriant, qu'ils ne me gâtent le cerveau, que je n'ai lieu d'espérer que mes remontrances raccommoderont le leur. Voilà ma femme & mes deux filles, qui ont chacune leur génie particulier. La Dandinardière avec elles achèvera d'extravaguer. — N'importe, dit le prieur, il est en fonds d'argent comptant. Je ne vous pardonnerai de ma vie, si vous le laissez échapper. Mais à propos je vais le voir, il faut que je sache ce qu'il veut écrire. »

Il monta aussitôt dans sa chambre, &, après lui avoir
demandé de ses nouvelles : « Je viens, lui dit-il, vous
offrir d'être votre secrétaire aujourd'hui, comme je fus
hier votre lecteur. — Vous ne pouvez me faire un plus
sensible plaisir, s'écria La Dandinardière en lui tendant les bras, car encore que j'aie Alain, son écriture
est si détestable que nous aurions besoin d'un tiers
pour déchiffrer ce qu'il griffonne. Il a si peu d'esprit
que toutes les belles & bonnes choses que je lui dis
sont perdues, parce qu'il ne les entend point, & comment arranger ce qu'on n'entend pas ? — Conclusion,
dit le prieur : j'ai tout l'air de vous servir de secrétaire,
au moins tant que vous serez incommodé. — Ah !
monsieur, s'écria La Dandinardière, je suis votre serviteur, votre petit valet, votre redevable... — Il me suffit que vous soyez mon ami, dit le prieur en l'interrompant, apprenez-moi de quoi il est question, si vous
voulez traiter votre sujet en vers ou bien en prose. —
Cela m'est égal, répliqua notre bourgeois, pourvu que
je fasse un conte pour convaincre Virginie que je n'ai
guère moins d'esprit qu'elle. Tout ce qui me chagrine,
c'est que je n'ai jamais vu de fées & que je ne sais pas
même où elles demeurent. — Il ne faut point vous
embarrasser, dit le prieur, je suis tout propre à vous
aider &, sans vous creuser la tête, en voici un dans ma
poche, que je viens de finir & que personne au monde
n'a vu. — Ah ! monsieur, s'écria La Dandinardière, si
vous me le voulez vendre avec serment de ne vous en
vanter jamais & de m'en laisser l'honneur tout entier,
je vous en donnerai volontiers quatre louis. — C'est
trop ou c'est trop peu, répliqua le prieur : il vaut
mieux qu'il ne vous coûte rien. » En même temps, il
lui montra un gros cahier dont La Dandinardière fut si
charmé, qu'il voulait sortir de son lit pour se jeter à
ses pieds. Ce qui le ravissait, c'était le bon marché

qu'il lui faisait d'une chose qui à son gré n'avait point de prix.

Il faut savoir que ce conte était un pur larcin que le prieur avait fait dans la chambre de mesdemoiselles de Saint-Thomas. Elles ne s'en étaient pas même aperçues, parce qu'elles écrivaient tant que la plupart de ces petits ouvrages étaient négligés avant que d'être finis. Il n'eut garde de faire cette confidence à La Dandinardière : il ne voulut pas perdre le mérite de sa libéralité & il imagina quelque chose d'assez plaisant sur la contestation qui naîtrait entre le véritable auteur du conte & le plagiaire. Dans l'impatience où il le voyait d'en entendre la lecture, il ne tarda pas à le commencer.

BELLE BELLE OU LE
CHEVALIER FORTUNÉ. *CONTE**.

Il était une fois un roi fort aimable, fort doux & fort
puissant. Mais l'empereur Matapa son voisin était
encore plus puissant que lui. Ils avaient eu de grandes
guerres l'un contre l'autre. Dans la dernière, l'empereur
gagna une bataille considérable &, après avoir tué ou

---

* Le dévouement filial oblige une jeune fille à servir elle-même son
roi, travestie en chevalier et soutenue par une bien extraordinaire
petite troupe, fort efficace. Mais la plus dangereuse des épreuves qui
l'attendent, ne relève pas de la prouesse guerrière.

fait prisonniers la plupart des capitaines & des soldats
du roi, il vint assiéger sa ville capitale & la prit, de sorte
qu'il se rendit le maître de tous les trésors qui étaient
dedans. Le roi eut à peine le loisir de se sauver avec la
reine douairière sa sœur. Cette princesse était demeurée
veuve fort jeune : elle avait de l'esprit & de la beauté ;
il est vrai qu'elle était fière, violente & d'un assez difficile accès.

L'empereur transporta toutes les pierreries & les
meubles du roi dans son palais. Il emmena un nombre
extraordinaire de soldats, de filles, de chevaux & de
toutes les autres choses qui pouvaient lui être utiles ou
agréables. Quand il eut dépeuplé la plus grande partie
du royaume, il revint triomphant dans le sien, où il fut
reçu par l'impératrice & par la princesse sa fille avec
mille témoignages de joie.

Cependant le roi dépouillé ne souffrait pas sans impatience l'état où il se trouvait. Il rassembla quelques
troupes, dont il composa une petite armée &, pour la
grossir en peu de temps, il fit publier une ordonnance
par laquelle il voulait que tous les gentilshommes de
son royaume vinssent le servir en personne ou lui
envoyassent un de leurs enfants, qui fussent bien équi-
pés d'armes & de chevaux, & disposés à seconder
toutes ses entreprises.

Il y avait vers la frontière un vieux seigneur âgé de
quatre-vingts ans, tout plein d'esprit & de sagesse, mais
si mal partagé des biens de la Fortune, qu'après en
avoir possédé beaucoup, il se voyait réduit dans une
espèce de pauvreté, qu'il aurait soufferte patiemment si
elle n'avait été commune avec trois belles filles qui lui
restaient. Elles avaient tant de raison qu'elles ne mur-
muraient point de leurs disgrâces &, si par hasard elles
en parlaient à leur père, c'était plutôt pour le consoler
que pour rien ajouter à ses peines.

Elles passaient leur vie avec lui sans ambition sous un toit rustique, lorsque l'ordonnance du roi parvint aux oreilles du vieillard. Il appela ses filles &, les regardant tristement : « Qu'allons-nous faire ? leur dit-il : le roi ordonne à toutes les personnes distinguées de son royaume de se rendre auprès de lui pour le servir contre l'empereur, ou il les condamne à une très grosse amende, si elles y manquent. Je ne suis point en état de payer la taxe : voilà de terribles extrémités, elles renferment ma mort ou votre ruine. » Ses trois filles s'affligèrent avec lui, mais elles ne laissèrent pas de le prier de prendre un peu de courage, parce qu'elles étaient persuadées qu'elles pourraient trouver quelque remède à son affliction.

En effet le lendemain matin, l'aînée fut trouver son père, qui se promenait tristement dans un verger, dont il prenait lui-même le soin : « Seigneur lui dit-elle, je viens vous supplier de me permettre de partir pour l'armée. Je suis d'une taille avantageuse & assez robuste : je m'habillerai en homme & je passerai pour votre fils. Si je ne fais pas des actions héroïques, tout au moins je vous épargnerai le voyage ou la taxe, & c'est beaucoup en l'état où nous sommes. » Le comte l'embrassa tendrement & voulut d'abord s'opposer à un dessein si extraordinaire. Mais elle lui dit avec tant de fermeté qu'elle n'envisageait point d'autres remèdes, qu'enfin il y consentit.

Il ne fut plus question que de lui faire des habits convenables au personnage qu'elle allait jouer. Son père lui donna des armes & le meilleur cheval de quatre qui servaient à labourer. Les adieux & les regrets furent tendres de part & d'autre. Après quelques journées de chemin, elle passa le long d'un pré bordé de haies vives. Elle vit une vieille bergère bien affligée, qui tâchait de retirer un de ses moutons d'un fossé où il

était tombé. « Que faites-vous là, bonne bergère ? lui
dit-elle. — Hélas ! répliqua la bergère, j'essaie de sauver mon mouton. Il est presque noyé, & je suis si faible
que je n'ai pas la force de le retirer. — Je vous plains »,
dit-elle. Et sans lui offrir son secours, elle s'éloigna. La
bergère aussitôt lui cria : « Adieu, belle déguisée. » La
surprise de notre héroïne ne se peut exprimer : « Comment, dit-elle, est-il possible que je sois si reconnais-
sable ? Cette vieille bergère m'a vue à peine un
moment, & elle sait que je suis travestie. Où veux-je
donc aller ? Je serai reconnue de tout le monde, & si je
le suis du roi, quelle sera ma honte & sa colère ! Il
croira que mon père est un lâche qui n'ose paraître dans
les périls. » Après toutes ses réflexions, elle conclut
qu'il fallait retourner sur ses pas.

Le comte & ses filles parlaient d'elle & comptaient
les jours de son absence, lorsqu'ils la virent entrer. Elle
leur apprit son aventure. Le bonhomme lui dit qu'il
l'avait bien prévue, que, si elle avait voulu le croire,
elle ne serait point partie, parce qu'il est impossible
qu'on ne connaisse pas une fille déguisée. Toute cette
petite famille se trouva dans un nouvel embarras, ne
sachant que faire, quand la seconde fille vint à son tour
trouver le comte : « Ma sœur, lui dit-elle, n'avait jamais
monté à cheval. Il n'est point surprenant qu'on l'ait
connue. A mon égard, si vous me permettez d'aller à sa
place, j'ose me promettre que vous en serez content. »

Quoi que le vieillard pût lui dire pour combattre son
dessein, il n'en put venir à bout. Il fallut qu'il consentît
à la voir partir. Elle prit un autre habit, d'autres armes
& un autre cheval. Ainsi équipée, elle embrassa mille
fois son père & ses sœurs, résolue de bien servir le roi.
Mais en passant par le même pré où sa sœur avait vu la
bergère & le mouton, elle le trouva au fond du fossé &
la bergère occupée à le retirer. « Malheureuse !

s'écriait-elle, la moitié de mon troupeau est péri de cette manière. Si quelqu'un m'aidait, je pourrais sauver ce pauvre animal, mais tout le monde me fuit. — Eh quoi ! bergère, avez-vous si peu de soin de vos moutons que vous les laissiez tomber dans l'eau ? » Et sans lui donner d'autre consolation, elle piqua son cheval.

La vieille lui cria de toute sa force : « Adieu, belle déguisée. » Ce peu de mots n'affligea pas médiocrement notre amazone : « Quelle fatalité ! dit-elle, me voilà reconnue. Ce qui est arrivé à ma sœur m'arrive, je ne suis pas plus heureuse qu'elle, & ce serait une chose ridicule que j'allasse à l'armée avec un air si efféminé, que tout le monde me reconnût. » Elle retourna sur-le-champ à la maison de son père, fort triste du mauvais succès de son voyage.

Il la reçut tendrement & la loua d'avoir eu la prudence de revenir. Mais cela n'empêcha pas que le chagrin ne recommençât avec d'autant plus de force qu'il en coûtait déjà l'étoffe de deux habits inutiles & plusieurs autres petites choses. Le bon vieillard se désolait en secret, parce qu'il ne voulait pas montrer toute sa douleur à ses filles.

Enfin sa cadette vint le prier avec les dernières instances de lui accorder la même grâce qu'il avait faite à ses sœurs : « Peut-être, dit-elle, que c'est une présomption d'espérer réussir mieux qu'elles, mais cependant je ne laisserai pas de tenter l'aventure. Ma taille est plus haute que la leur, vous savez que je vais tous les jours à la chasse. Cet exercice ne laisse pas de donner quelque talent pour la guerre, & le désir extrême que j'ai de vous soulager dans vos peines, m'inspire un courage extraordinaire. » Le comte l'aimait beaucoup plus que ses deux autres sœurs : elle avait tant de soin de lui, qu'il la regardait comme son unique consolation. Elle lisait des histoires agréables pour le divertir, elle le

veillait dans ses maladies & tout le gibier qu'elle tuait
n'était que pour lui, de sorte qu'il employa des raisons
pour la détourner de ce dessein encore plus fortes que
celles dont il s'était servi à l'égard de ses sœurs : « Voulez-vous me quitter ? ma chère fille, lui disait-il. Votre
absence me causera la mort. Quand il serait vrai que la
Fortune favoriserait votre voyage & que vous revien-
driez couverte de lauriers, je n'aurais pas le plaisir d'en
être le témoin : mon âge avancé & votre absence termi-
neront ma vie. — Non, mon père, lui disait Belle Belle
(c'est ainsi qu'il l'avait nommée), ne croyez pas que je
tarde longtemps : il faudra bien que la guerre finisse &,
si je voyais quelque autre moyen de satisfaire aux
ordres du roi, je ne les négligerais pas. Car j'ose vous
dire que, si mon éloignement vous cause de la peine, il
m'en fait encore plus qu'à vous. » Il consentit enfin à
ce qu'elle désirait. Elle se fit faire un habit très simple :
ceux de ses sœurs avaient trop coûté & les finances du
pauvre comte n'y pouvaient suffire. Elle fut obligée de
prendre un fort méchant cheval, parce que ses sœurs
avaient presque estropié les deux autres, mais tout cela
ne la découragea point. Elle embrassa son père, reçut
respectueusement sa bénédiction &, après avoir mêlé
ses larmes à celles du bonhomme & de ses sœurs, elle
partit.

En passant par le pré dont j'ai déjà parlé, elle trouva
la vieille bergère, qui n'avait point encore retiré son
mouton ou qui voulait en retirer un autre du milieu d'un
fossé profond. « Que faites-vous là, bergère ? dit Belle
Belle en s'arrêtant. — Je ne fais plus rien, seigneur,
répondit la bergère ; depuis qu'il est jour, je suis occupée après ce mouton. Mes peines ont été inutiles, je suis
si lasse que je ne puis respirer. Il n'y a guère de jour
qu'il ne m'arrive quelque nouveau malheur & je ne
trouve personne qui y prenne part. »

« Certainement je vous plains, dit Belle Belle, mais pour vous marquer ma pitié, je veux vous aider. » Elle descendit aussitôt de cheval ; il était si docile, qu'elle ne prit pas la peine de l'attacher pour l'empêcher de s'enfuir. En sautant légèrement par-dessus la haie, après avoir essuyé quelques égratignures, elle se jeta dans le fossé. Elle se tourmenta tant qu'elle retira le bien aimé mouton : « Ne pleurez plus, ma bonne mère, dit elle à la bergère, voilà votre mouton & pour avoir été si long-temps dans l'eau, je le trouve encore bien gai. »

« Vous n'avez pas obligé une ingrate, dit la bergère ; je vous connais, charmante Belle Belle, je sais où vous allez & tous vos desseins. Vos sœurs ont passé par ce pré, je les connais bien aussi & je n'ignore pas ce qu'elles avaient dans l'esprit. Mais elles m'ont paru si dures & leur procédé avec moi a été si peu gracieux que j'ai trouvé le moyen d'interrompre leur voyage. La chose est fort différente à votre égard : vous l'éprouverez, Belle Belle, car je suis fée & mon inclination me porte à combler de biens ceux qui le méritent. Vous avez là un cheval dont la maigreur effraie, je veux vous en donner un. » Aussitôt elle toucha la terre de sa houlette, & sur-le-champ Belle Belle entendit hennir derrière un buisson. Elle regarda promptement, elle aperçut le plus beau cheval du monde. Il se mit à courir & à sauter dans le pré. Belle Belle, qui aimait les chevaux, était ravie d'en voir un si parfait, lorsque la fée appela ce beau coursier ; le touchant de sa houlette, elle dit : « Fidèle camarade, sois mieux harnaché que le meilleur cheval de l'empereur Matapa. » Sur-le-champ Camarade eut une housse de velours vert en broderie de diamants & de rubis, une selle de même & une bride toute de perles avec les bossettes & le mors d'or : enfin l'on ne pouvait rien trouver de plus magnifique.

« Ce que vous voyez, dit la fée, est la moindre chose
que l'on doive admirer dans ce cheval. Il a bien d'autres
talents, dont je veux vous parler. Premièrement il ne
mange qu'une fois en huit jours ; il ne faut point
prendre la peine de le panser ; il sait le passé, le présent
& l'avenir. Il est à mon service depuis longtemps, je l'ai
façonné comme pour moi. »

« Lorsque vous souhaiterez être informée de quelque
affaire ou que vous aurez besoin de conseil, il ne faut
que vous adresser à lui : il vous donnera de si bons avis,
que les souverains seraient bien heureux d'avoir des
conseillers qui lui ressemblassent. Il faut donc que vous
le regardiez plutôt comme votre ami que comme votre
cheval. Au reste, votre habit n'est point à mon gré, je
veux vous en donner un qui vous siéra fort bien. » Elle
frappa la terre de sa houlette, il en sortit un grand coffre
couvert de maroquin du Levant, clouté d'or ; les
chiffres de Belle Belle étaient dessus. La fée chercha
parmi les herbes une clef d'or faite en Angleterre ; elle
en ouvrit le coffre. Il était doublé de peau d'Espagne
toute en broderie : il y avait dedans douze habits, douze
cravates, douze épées, douze plumets, & ainsi de tout
par douzaines. Les habits étaient si couverts de broderies & de diamants que Belle Belle avait de la peine à
les soulever. « Choisissez celui qui vous plaît davantage, lui dit la fée, & pour les autres, ils vous suivront
partout ; vous n'aurez qu'à frapper du pied en disant :
coffre de maroquin, viens à moi plein d'habits, coffre
de maroquin, viens à moi plein de linge & de dentelles,
coffre de maroquin, viens à moi plein de pierreries &
d'argent. Aussitôt vous le verrez ou dans la campagne
ou dans votre chambre. Il faut aussi que vous choisis-
siez un nom, car Belle Belle ne convient pas au métier
que vous allez faire. Il me semble que vous pouvez
vous appeler le Chevalier fortuné. Mais il est bien juste

encore que vous me connaissiez, je vais prendre ma figure ordinaire devant vous. » En même temps elle laissa tomber sa vieille peau & parut si merveilleuse, qu'elle éblouit les yeux de Belle Belle. Son habit était de velours bleu, doublé d'hermine, ses cheveux nattés avec des perles & sur sa tête une superbe couronne.

Belle Belle, transportée d'admiration, se jeta à ses pieds & s'y prosterna avec un respect & une reconnaissance inexprimables. La fée la releva & l'embrassa tendrement. Elle lui dit de prendre un habit de brocard or & vert ; elle obéit à ses ordres &, montant à cheval, elle continua son voyage, si pénétrée de toutes les choses extraordinaires qui venaient de se passer, qu'elle ne pensait plus qu'à cela.

En effet, elle se demandait à elle-même par quel bonheur inespéré elle avait pu s'attirer la bienveillance d'une fée si puissante : « Car enfin, disait-elle, je ne lui étais pas nécessaire pour retirer son mouton, puisqu'un seul coup de sa baguette pourrait faire revenir un troupeau tout entier des antipodes, s'il y était tombé. J'ai été bien heureuse de me trouver si disposée à l'obliger, ce rien que j'ai fait pour elle est cause de tout ce qu'elle a fait pour moi. Elle a connu mon cœur, & mes sentiments lui ont été agréables. Ah ! si mon père me voyait à présent si magnifique & si riche, quelle joie pour lui ! Mais tout au moins j'aurai le plaisir de partager avec ma famille les biens qu'elle m'a faits. »

En achevant ces diverses réflexions, elle arriva dans une belle ville fort peuplée. Elle s'attira les yeux de tout le monde, on la suivait, on l'entourait, & chacun disait : « S'est-il jamais vu un chevalier plus beau, mieux fait & plus richement habillé ; qu'il a de grâce à manier ce superbe cheval ! »

On lui faisait de profondes révérences, il les rendait d'un air honnête & civil. Lorsqu'il voulut entrer dans l'hôtellerie, le gouverneur, qui se promenait & qui l'avait admiré en passant, envoya un gentilhomme lui dire qu'il le priait de venir à son château. Le Chevalier fortuné, car il faut enfin l'appeler ainsi, répliqua que, n'ayant point l'honneur de lui être connu, il ne voulait pas prendre cette liberté, qu'il irait le voir & qu'il le suppliait de lui donner un de ses gens auquel il pût confier quelque chose de conséquence pour porter à son père. Le gouverneur lui envoya aussitôt un homme très fidèle, & Fortuné l'engagea de revenir le soir, parce que ses dépêches n'étaient pas encore commencées.

Il s'enferma dans sa chambre, puis frappant du pied, il dit : « Coffre de maroquin, viens à moi, plein de diamants & de pistoles. » Aussitôt le coffre parut, mais il n'y avait point de clef, & où la trouver ? Quel dommage de rompre une serrure toute d'or, émaillée de plusieurs couleurs ! De plus, que n'aurait-il pas eu à craindre de l'indiscrétion d'un serrurier ! A peine aurait-il parlé des trésors du chevalier, que les voleurs se seraient assemblés pour le voler, & peut-être qu'ils l'auraient tué.

Le voilà donc à chercher la clef d'or, & plus il la cherchait, moins il la trouvait : « Quelle désolation ! s'écriait-il, je ne pourrai me prévaloir des bontés de la fée ni faire part à mon père du bien qu'elle m'a fait. » En rêvant ainsi, il pensa que le meilleur parti à prendre, c'était de consulter son cheval. Il descendit dans l'écurie & lui dit tout bas : « Je te prie, mon camarade, apprends-moi où je pourrai trouver la clef du coffre de maroquin ? — Dans mon oreille, répondit-il. » Fortuné regarda dans l'oreille de son cheval, il aperçut un ruban vert, il le tire & voit la clef qu'il souhaitait tant d'avoir. Il ouvrit le coffre de maroquin où il y avait plus de diamants & de pistoles qu'il n'en pourrait dans un muid. Le chevalier en emplit trois cassettes, une pour son père

& les deux autres pour ses sœurs. Il en chargea l'homme que le gouverneur lui avait envoyé & le pria de ne s'arrêter ni jour ni nuit, jusqu'à ce qu'il fût arrivé chez le comte.

Ce messager fit la dernière diligence & quand il dit au bon vieillard qu'il venait de la part de son fils le chevalier & qu'il lui apportait un cassette bien lourde, il demeura surpris de ce qui pouvait être dedans. Car il était parti avec si peu d'argent qu'il ne le croyait pas en état d'acheter quelque chose, ni même de payer le voyage de celui qu'il avait chargé de son présent. Il ouvrit d'abord sa lettre, & lorsqu'il vit ce que sa chère fille lui mandait, il pensa expirer de joie. La vue des pierreries & de l'or lui confirma la vérité de ses paroles. Ce qu'il y eut d'extraordinaire, c'est que les deux sœurs de Belle Belle, ayant ouvert leurs boîtes, ne trouvèrent que des verrines au lieu de diamant, & des pistoles fausses, la fée ne voulant pas qu'elles se ressentissent de ses bienfaits. De sorte qu'elles s'imaginèrent que leur sœur avait voulu se moquer d'elles & elles en conçurent un dépit inexprimable, mais le comte, les voyant si fâchées, leur donna la plus grande partie des bijoux qu'il venait de recevoir &, sitôt qu'elles les touchèrent : elles changèrent comme les autres. Elles jugèrent par là qu'un pouvoir inconnu agissait contre elles & prièrent leur père de garder ce qui restait pour lui seul.

Le beau Fortuné n'attendit pas le retour de son messager : il partit. Son voyage était trop pressé, il fallait se rendre aux ordres du roi. Il fut chez le gouverneur ; toute la ville s'y assembla pour le voir : sa personne & toutes ses actions avaient un air si honnête, qu'on ne pouvait s'empêcher de l'admirer & de le chérir. Il ne disait rien qui ne fît plaisir à entendre, & la foule était si grande autour de lui, qu'il ne savait à quoi attribuer une chose si extraordinaire : car, ayant toujours été à la campagne, il avait vu très peu de monde.

Il continua son chemin sur son excellent cheval, qui l'entretenait agréablement de mille nouvelles ou de ce qu'il y avait de plus remarquable dans les histoires anciennes & modernes : « Mon cher maître, disait-il, je suis ravi d'être à vous. Je connais que vous avez beaucoup de franchise & d'honneur. Je suis rebuté de certaines gens avec lesquels j'ai vécu longtemps, & qui me faisaient haïr la vie, tant leur société m'était insupportable. Il y avait entre autres un homme qui me faisait mille amitiés, qui m'élevait au-dessus de Pégase & de Bucéphale lorsqu'il parlait devant moi, mais aussitôt qu'il ne me voyait plus, il me traitait de rosse & de mazette, & il affectait de me louer sur mes défauts pour me donner lieu d'en contracter de plus grands. Il est vrai qu'étant un jour fatigué de ses caresses, qui étaient à proprement parler des trahisons, je lui donnai un si terrible coup de pied que j'eus le plaisir de lui casser presque toutes les dents, & je ne le vois jamais depuis que je ne lui dise avec beaucoup de sincérité : il n'est pas juste qu'une bouche qui s'ouvre si souvent pour déchirer ceux qui ne vous font aucun chagrin, soit aussi agréable que celle d'un autre. — Ho ! Ho ! s'écria le chevalier, tu es bien vif ! Ne craignais-tu point que cet homme en colère ne te passât son épée au travers du corps ? — Il n'importe pas, seigneur, reprit Camarade, puis j'aurais su son dessein dès qu'il l'aurait formé. »

Ils parlaient ainsi, lorsqu'ils arrivèrent dans une vaste forêt. Camarade dit au chevalier ; « Mon maître, il y a ici un homme qui nous peut être d'une grande utilité. C'est un bûcheron, il a été doué... — Qu'entends-tu par ce terme ? interrompit Fortuné. — Doué veut dire qu'il a reçu un ou plusieurs dons des fées, ajouta le cheval : il faut que vous l'engagiez de venir avec vous. » En même temps il fut dans l'endroit où le bûcheron travaillait. Le jeune chevalier s'approcha d'un air doux & insinuant & lui fit plusieurs questions sur le lieu où ils étaient, s'il y avait des bêtes sauvages dans la forêt & s'il était permis de chasser. Le bûcheron répondit à tout en homme de bon sens. Fortuné lui demanda encore où étaient allés ceux qui lui avaient aidé à jeter tant d'arbres par terre Le bûcheron répondit qu'il les avait abattus tout seul, que c'était l'ouvrage de quelques heures & qu'il fallait qu'il en abattît bien d'autres pour se charger un peu. « Quoi ! vous prétendez emporter aujourd'hui tout ce bois, dit le chevalier. — Ô seigneur, répliqua Forte échine (c'est ainsi qu'on le nommait), je ne suis pas d'une force ordinaire. — Vous gagnez donc beaucoup ? dit Fortuné. — Très peu, répondit le bûcheron, car l'on est pauvre dans ce lieu. Ici chacun fait son ouvrage sans prier son voisin de la faire. — Puisque vous êtes dans un pays si peu opulent, ajouta le chevalier, il ne tiendra qu'à vous de passer ailleurs. Venez avec moi, rien ne vous manquera, & quand vous voudrez revenir, je vous donnerai de l'argent pour votre voyage. » Le bûcheron crut ne pouvoir mieux faire, il abandonna sa cognée & suivit son nouveau maître.

Dès qu'il eut traversé la forêt, il vit un homme dans la plaine, qui tenait des rubans, avec lesquels il s'attachait les jambes, laissant si peu d'espace qu'il y en avait à peine pour marcher. Camarade s'arrêta & dit à son maître : « Seigneur, voici encore un doué. Vous en aurez besoin, il faut l'emmener. » Fortuné s'approcha & avec sa grâce naturelle il lui demanda pourquoi il attachait ainsi ses jambes : « C'est, répondit-il, que je me prépare pour la chasse. — Comment, dit le chevalier en souriant, prétendez-vous mieux courir, quand vous êtes ainsi garrotté ? — Non, seigneur, reprit-il, je suis persuadé que ma course sera moins rapide, mais c'est aussi

mon dessein, car il n'y a point de cerf, de chevreuil ni
de lièvres que je ne devance de beaucoup quand mes
jambes sont libres, de sorte que, les laissant toujours
derrière moi, ils m'échappent & je n'ai presque jamais
le plaisir d'en prendre. — Vous me paraissez un homme
rare, dit Fortuné, comment vous appelez-vous ? — L'on
m'a nommé Léger, dit le chasseur, & je suis assez
connu dans cette contrée. — Si vous en vouliez voir
une autre, ajouta le chevalier, je serais très aise que
vous vinssiez avec moi ; vous n'auriez pas tant de peine
& je vous traiterai bien. » Léger était médiocrement
heureux, il accepta volontiers le parti qui lui était proposé. Ainsi Fortuné, suivi de son nouveau domestique,
continua son voyage.

Il trouva le lendemain un homme sur le bord d'un
marais, qui se bandait les yeux. Le cheval dit à son
maître : « Seigneur, je vous conseille de prendre encore
cet homme à votre service. » Fortuné lui demanda aussitôt par quelle raison il se bandait les yeux : « C'est,
dit-il, que je vois trop clair. J'aperçois le gibier à plus
de quatre lieues de moi & je ne tire aucun coup sans en
tuer plus que je n'en veux. Je suis donc obligé de me
bander les yeux, & bien que je ne fasse qu'entrevoir, je
dépeuple un pays de perdreaux &, d'autres petits pieds
en moins de deux heures. » — Vous êtes bien adroit,
repartit Fortuné. — L'on m'appelle aussi le Bon tireur,
dit cet homme, & je ne quitterais pas cette occupation
pour aucune chose du monde. — J'ai pourtant grande
envie de vous proposer celle de voyager avec moi, dit le
chevalier, cela ne vous empêchera pas d'exercer votre
talent. » Le Bon tireur en fit quelque difficulté & le chevalier eut plus de peine à le gagner que les autres, car
ils sont ordinairement assez amis de la liberté. Cependant il en vint à bout & s'éloigna ensuite du marais où
il s'était arrêté.

A quelques journées de là, il passa le long d'un pré, il aperçut un homme dedans, qui était couché sur le côté. Camarade lui dit : « Mon maître, cet homme est doué, je prévois qu'il vous est très nécessaire. » Fortuné entra dans le pré & le pria de lui dire ce qu'il y faisait : « J'ai besoin de quelques simples, répondit-il, & j'écoute l'herbe qui va sortir pour voir s'il n'y en aura point de celles qu'il me faut. — Quoi ! dit le chevalier, vous avez l'ouïe assez subtile pour entendre l'herbe sous la terre & pour deviner celle qui va paraître ? — C'est par cette raison, dit l'écouteur, que l'on m'appelle Fine oreille. — Eh bien ! Fine oreille, continua Fortuné, seriez vous d'humeur à me suivre ? Je vous donnerais d'assez gros gages pour que vous eussiez lieu d'en être content. » Cet homme, charmé d'une si agréable proposition, n'hésita point à se mettre au nombre des autres.

Le chevalier, continuant sa route, vit proche du grand chemin un homme dont les joues enflées faisaient un assez plaisant effet. Il était debout, tourné vers une haute montagne éloignée de plus de deux lieues, sur laquelle il y avait cinquante ou soixante moulins à vent. Le cheval dit à son maître : « Voici un de nos doués, gardez-vous de manquer l'occasion de l'emmener avec vous. » Fortuné, qui savait tout engager dès qu'il paraissait ou qu'il parlait, aborde cet homme & lui demande ce qu'il faisait là : « Je souffle un peu, seigneur, lui dit-il, pour faire moudre tous ces moulins. — Il me semble que vous êtes bien éloigné, reprit le chevalier. — Au contraire, répliqua le souffleur, je trouve que je suis trop près & si je ne retenais la moitié de mon haleine, j'aurais déjà renversé les moulins & peut-être la montagne où ils sont. Je cause de cette manière mille maux sans le vouloir, & je vous dirai, seigneur, qu'étant fort amoureux & fort maltraité de ma maîtresse, comme j'allais soupirer dans les bois, mes soupirs déracinaient

les arbres & faisaient un désordre étrange, de manière
que l'on ne m'appela plus dans ce canton que l'Impétueux. — Si quelqu'un a de la peine de vous voir, dit
Fortuné, & que vous vouliez venir avec moi, voici des
gens qui vous tiendront compagnie ; ils ont aussi des
talents extraordinaires. — J'ai une curiosité si naturelle
pour toutes les choses qui ne sont pas communes, répliqua l'Impétueux, que j'accepte votre proposition. »

Fortuné, très content, s'éloigna de ce lieu &, dès
qu'il eut traversé un pays assez couvert, il vit un grand
étang où plusieurs sources tombaient. Il y avait au bord
un homme qui le regardait attentivement : « Seigneur,
dit Camarade à son maître, voici un homme qui
manque à votre équipage. Si vous pouvez l'engager de
vous suivre, cela ne sera point mal. » Le chevalier
s'approcha aussitôt de lui : « Voulez-vous bien m'apprendre, lui dit-il, ce que vous faites là ? — Seigneur,
répondit cet homme, vous l'allez voir. Dès que cet
étang sera plein, je le boirai d'un trait, car j'ai encore
soif, bien que je l'aie déjà vidé deux fois. » En effet il
se baissa & ne laissa pas de quoi régaler le plus petit
poisson. Fortuné ne demeura pas moins surpris que
toute sa troupe : « Et quoi ! dit-il, êtes-vous toujours
aussi altéré ? — Non, dit le buveur d'eau, je bois seulement de cette manière, quand j'ai mangé trop salé ou
qu'il s'agit de quelque gageure. Je suis connu depuis
ce temps-là par le nom de Trinquet qu'on me donne ;
— Venez avec moi, Trinquet, dit le chevalier, je vous
ferai trinquer du vin qui vous semblera meilleur que
l'eau d'un étang. » Cette promesse plut beaucoup à
celui à qui elle était faite, & sur-le-champ il se mit à
marcher avec les autres.

Le chevalier voyait déjà le lieu du rendez-vous où
tous les sujets du roi devaient s'assembler, lorsqu'il
aperçut un homme qui mangeait si avidement, qu'en-

core qu'il eût plus de soixante-mille pains de Gonesse[1] devant lui, il paraissait résolu de n'en pas laisser un seul petit morceau. Camarade dit à son maître : « Seigneur, il ne vous manque plus que cet homme ici ; de grâce obligez-le de venir avec vous. » Le chevalier l'aborda & lui dit en souriant : « Avez-vous résolu de manger tout ce pain à votre déjeûner ? — Oui, répliqua-t-il ; tout mon regret, c'est qu'il y en ait si peu, mais les boulangers sont de francs paresseux qui se mettent peu en peine que l'on ait faim ou non. — S'il vous en faut tous les jours autant, ajouta Fortuné, il n'y a guère de pays que vous ne soyez en état d'affamer. — Ô seigneur, repartit Grugeon (c'est ainsi qu'on l'appelait), je serais bien fâché d'avoir tant d'appétit : ni mon bien ni celui de mes voisins n'y suffirait pas. Il est vrai que de temps en temps je suis bien aise de me régaler de cette manière. — Mon ami Grugeon, dit Fortuné, attachez-vous à moi. Je vous ferai faire bonne chère & vous ne serez pas mécontent de m'avoir choisi pour maître. »

Camarade, qui ne manquait ni d'esprit ni de prévoyance, avertit le chevalier qu'il était bon de défendre à tous ses gens de se vanter des dons extraordinaires qu'ils avaient. Il ne différa point de les appeler & leur dit : « Ecoutez, Forte échine, Léger, le Bon tireur, Fine oreille, Impétueux, Trinquet & Grugeon, je vous avertis que, si vous me voulez plaire, vous gardiez un secret inviolable sur les talents que vous avez, & je vous assure que j'aurai tant de soin de vous rendre heureux que vous serez contents. » Chacun lui promit avec serment d'être fidèle à ses ordres, & peu après le chevalier,

---

1. Les boulangers de Gonesse fabriquaient du pain blanc réputé, mais très coûteux, et qui ne se consommait que chez les gens qui en avaient les moyens.

plus paré de sa beauté & de sa bonne mine que de son
magnifique habit, entra dans la ville capitale, monté sur
son excellent cheval & suivi des gens du monde les
mieux faits. Il ne tarda pas à leur faire faire des habits
de livrées tout chamarrés d'or & d'argent, il leur donna
des chevaux &, s'étant logé dans la meilleure auberge,
il attendit le jour marqué pour paraître à la revue. Mais
l'on ne parlait plus que de lui dans la ville, & le roi,
prévenu de sa réputation, avait fort envie de le voir.

Toutes les troupes s'assemblèrent dans une grande
plaine, le roi y vint avec la reine douairière sa sœur &
toute leur cour : elle ne laissait pas d'être encore pom-
peuse, malgré les malheurs qui étaient arrivés à l'État,
& Fortuné fut ébloui de tant de richesses. Mais si elles
attirèrent ses regards, son incomparable beauté n'attira
pas moins ceux de cette célèbre troupe ; chacun demandait qui était ce jeune cavalier, si bien fait & de si bon
air, & le roi passant proche du lieu où il était, lui fit
signe de s'approcher.

Fortuné aussitôt descendit de cheval pour faire une
profonde révérence au roi. Il ne put s'empêcher de rougir, voyant avec quelle attention il le regardait : cette
nouvelle couleur releva encore l'éclat de son teint : « Je
suis bien aise, lui dit le roi, d'apprendre par vous-même
qui vous êtes & votre nom. — Sire, répliqua-t-il, je
m'appelle Fortuné sans avoir eu jusqu'à présent aucune
raison de porter ce nom. Car mon père, qui est comte de
la Frontière, passe sa vie dans une grande pauvreté,
quoiqu'il soit né avec autant de bien que de naissance.
— La Fortune qui vous a servi de marraine, répondit le
roi, n'a pas mal fait pour vos intérêts de vous amener
ici. Je me sens une affection particulière pour vous & je
me souviens que votre père a rendu au mien de grands
services, je veux les reconnaître en votre personne. —
C'est une chose juste, ajouta la reine douairière, qui

n'avait point encore parlé &, comme je suis votre aînée, mon frère, & que je sais plus particulièrement que vous tout ce que le comte de la Frontière a fait pendant plusieurs années pour le service de l'État, je vous prie de vous reposer sur moi du soin de récompenser ce jeune chevalier. »

Fortuné, ravi de l'accueil qu'on lui faisait, ne pouvait assez remercier le roi & la reine. Il n'osait cependant s'étendre beaucoup sur les sentiments de sa reconnaissance, croyant qu'il était plus respectueux de se taire que de parler trop. Le peu qu'il dit parut si juste & si à propos que chacun l'applaudit. Ensuite il remonta à cheval & se mêla parmi les seigneurs qui accompagnaient le roi. Mais la reine l'appelait à tout moment pour lui faire mille questions &, se tournant vers Floride qui était sa plus chère confidente : « Que te semble de ce cavalier ? lui disait-elle assez bas, se peut-il un air plus noble & des traits plus réguliers ? Je t'avoue que je n'ai jamais rien vu de plus aimable. » Floride n'avait pas de peine à convenir de ce que disait la reine & elle y ajoutait de grandes louanges, car le cavalier ne lui semblait pas moins aimable qu'à sa maîtresse.

Fortuné ne pouvait s'empêcher de jeter les yeux de temps en temps sur le roi. C'était le prince du monde le mieux fait, toutes ses manières étaient prévenantes, & Belle Belle, qui n'avait point renoncé à son sexe en prenant un habit qui le cachait, ressentait un véritable attachement pour lui.

Le roi lui dit après la revue qu'il craignait que la guerre ne fût sanglante & qu'il avait résolu de l'attacher à sa personne. La reine douairière, qui était présente, s'écria qu'elle avait eu la même pensée, qu'il ne fallait point l'exposer au péril d'une longue campagne, que la charge de Premier maître d'hôtel était vacante dans sa maison, qu'elle la lui donnait : « Non, dit le roi, j'en veux faire mon Grand écuyer. » Ils se disputaient ainsi l'un à l'autre le plaisir d'avancer Fortuné, & la reine, craignant de faire connaître les secrets mouvements qui se passaient déjà dans son cœur, céda au roi la satisfaction d'avoir le chevalier.

Il n'y avait guère de jours où il n'appelât son coffre de maroquin & ne prît dedans un habit neuf. Il était assurément plus magnifique qu'aucun prince qui fût à la cour, de sorte que la reine lui demandait quelquefois par quel moyen son père fournissait à une si grande dépense ; d'autres fois encore, elle lui en faisait la guerre : « Avouez la vérité, disait-elle, vous avez une maîtresse, c'est elle qui vous envoie toutes les belles choses que nous voyons. » Fortuné rougissait & répondait respectueusement aux différentes questions que lui faisait la reine.

D'ailleurs il s'acquittait de sa charge admirablement bien : son cœur, sensible au mérite du roi, l'attachait plus à sa personne qu'il n'aurait voulu : « Quelle est ma destinée ? disait-il, j'aime un roi sans pouvoir jamais espérer qu'il m'aime, ni qu'il me tienne compte de ce que je souffre. » Le roi de son côté le comblait de faveur, il ne trouvait rien de bien fait que ce que faisait le beau chevalier, & la reine, déçue par son habit, pensait sérieusement au moyen de contracter avec lui un mariage secret ; l'inégalité de leur naissance était l'unique chose qui lui faisait de la peine.

Elle n'était pas la seule qui ressentait de l'inclination pour Fortuné : les plus belles personnes de la cour en prirent malgré elles. Il était accablé de billets tendres, de rendez-vous, de présents & de mille galanteries, auxquels il répondait avec tant de nonchalance que l'on ne douta point qu'il n'eût une maîtresse dans son pays : ce n'est pas que, lorsqu'il était dans quelque fête, il n'y voulût paraître avantageusement, il remportait le prix aux tournois, il tuait à la chasse plus de gibier que tous les autres, il dansait au bal avec plus de grâce & de propreté qu'aucun courtisan. Enfin c'était un charme que de le voir & de l'entendre.

La reine aurait bien voulu s'épargner la honte de lui déclarer ses sentiments. Elle chargea Floride de le faire apercevoir que tant de marques de bonté de la part d'une reine jeune & belle ne devaient pas lui être indifférentes. Floride se trouva fort embarrassée de cette commission : elle n'avait pu éviter le sort de la plupart de celles qui avaient vu le chevalier ; il lui paraissait trop aimable pour songer aux intérêts de sa maîtresse préférablement aux siens, de sorte que, toutes les fois que la reine lui fournissait l'occasion de l'entretenir, au lieu de lui parler de la beauté & des grandes qualités de cette princesse, elle ne lui parlait que de sa mauvaise humeur, que de ce que ses femmes souffraient auprès d'elle, que des injustices qu'elle rendait & du mauvais usage qu'elle faisait du suprême pouvoir qu'elle avait usurpé dans le royaume. Ensuite faisant une comparaison de sentiments : « Je ne suis pas née reine, disait-elle, mais en vérité je devrais l'être ; j'ai un fond de générosité qui me porte à faire du bien à tout le monde. Ah ! si j'étais dans cet auguste rang, continuait-elle, que le beau Fortuné serait heureux ! Il m'aimerait par reconnaissance, s'il ne m'aimait pas par inclination. »

Le jeune chevalier, tout éperdu de ces discours, ne savait que répondre : cela était cause qu'il évitait soigneusement d'avoir des tête-à-tête avec elle, & la reine, impatiente, ne manquait pas de demander à Floride comme elle gouvernait l'esprit de Fortuné : « Il est si peu prévenu en sa faveur, lui disait-elle, madame, & il a tant de timidité qu'il ne veut rien croire de tout ce que je lui dis de favorable de votre part, ou il feint de ne le

pas croire, parce qu'il a quelque passion qui l'occupe.
— Je le crois comme toi, disait la reine alarmée, mais
serait-il possible qu'il ne fît pas céder tout à son ambition ? — Et serait-il possible, madame, répliquait Floride, que vous voulussiez devoir son cœur à votre couronne ? Quand on est comme vous jeune & belle, que
l'on a mille rares qualités, faut-il avoir recours à l'éclat
du diadème ? — L'on a recours à tout, s'écria la reine,
lorsqu'il s'agit d'un cœur rebelle qu'on veut
assujettir. » Floride connut bien qu'il ne lui était pas
possible de guérir sa maîtresse de l'entêtement qu'elle
avait pris.

La reine attendait toujours quelque heureux effet des
soins de sa confidente, mais le peu de progrès qu'elle
faisait sur Fortuné l'obligea de chercher elle-même les
moyens d'avoir une conversation avec lui. Elle savait
qu'il se rendait tous les matins de bonne heure dans un
petit bois qui donnait sous les fenêtres de son appartement. Elle se leva avec l'aurore &, regardant du côté
qu'il devait venir, elle l'aperçut d'un air mélancolique,
qui se promenait nonchalamment. Elle appela aussitôt
Floride : « Tu ne m'as parlé que trop juste, lui
dit-elle ; sans doute Fortuné aime dans cette cour ou
dans son pays. Vois la tristesse qui paraît sur son
visage. — Je l'ai remarqué aussi dans toutes ses
conversations, répliqua Floride, & s'il vous était possible de l'oublier, en vérité, madame, vous feriez bien.
— Il n'est plus temps, s'écria la reine en poussant un
profond soupir, mais puisqu'il entre dans ce berceau
de verdure, allons-y, je ne veux être suivie que de
toi. » Cette fille n'osa arrêter la reine, quelque envie
qu'elle en eût, car elle craignait qu'elle ne se fît aimer
de Fortuné, & une rivale d'un tel rang est toujours très
dangereuse. Dès que la reine eut fait quelques pas
dans le bois, elle entendit chanter le chevalier. Sa voix

était très agréable, il avait fait ces paroles sur un air
nouveau :

> *Ah qu'il est difficile*
> *D'aimer avec tendresse & de vivre tranquille !*
> *Plus je me vois heureux*
> *Et plus je crains la fin du bonheur qui m'enchante ;*
> *Le soin de l'avenir sans cesse m'épouvante,*
> *Et me vient affliger au comble de mes vœux.*

Fortuné avait fait ce couplet de chanson par rapport à
ses sentiments pour le roi, aux bontés que ce prince lui
témoignait & à l'appréhension d'être enfin reconnu &
obligé de quitter une cour où il se trouvait mieux qu'en
aucun lieu du monde. La reine, qui s'était arrêtée pour
l'écouter, en ressentait une peine extrême : « Que
vais-je tenter ! dit-elle tout bas à Floride ; ce jeune
ingrat méprise l'honneur de me plaire, il s'estime heureux, il paraît satisfait de sa conquête, il me sacrifie à
une autre. — Il est un certain âge, répondit Floride, sur
lequel la raison n'a pas encore des droits bien établis. Si
j'osais donner un conseil à Votre Majesté, ce serait
d'oublier un petit étourdi qui n'est pas capable de goûter sa fortune. » La reine aurait bien voulu que sa confidente lui eût parlé d'une autre manière, elle lança même
sur elle un regard furieux, & s'avançant avec précipitation dans le cabinet de verdure où le chevalier se reposait, elle feignit d'être surprise de l'y trouver & d'avoir
quelque peine qu'il la vît dans son déshabillé, bien
qu'elle n'eût rien négligé de tout ce qui pouvait le
rendre magnifique & galant.

Dès qu'elle parut, il voulut par respect se retirer, mais
elle lui dit de rester & qu'il lui aiderait à marcher :
« J'ai été ce matin, dit-elle, agréablement éveillée par le
chant des oiseaux ; le temps frais & la pureté de l'air
m'ont invitée à les venir entendre de plus près. Qu'ils
sont heureux, hélas ! Ils ne connaissent que les plaisirs,

les chagrins ne troublent point leur vie. — Il me semble, madame, répliqua Fortuné, qu'ils ne sont pas absolument exempts de peine & d'inquiétude, ils ont toujours à éviter le plomb meurtrier ou les filets décevants des chasseurs. Il n'est pas jusqu'aux oiseaux de proie qui ne fassent la guerre à ces petits innocents. Lorsqu'un rude hiver gèle la terre & la couvre de neige, ils meurent, manque de quelques grains de chènevis ou de millet, & tous les ans ils ont l'embarras de chercher une maîtresse nouvelle. — Vous croyez donc, chevalier, dit la reine en souriant, que c'est un embarras ? Il y a des hommes qui le prennent en gré douze fois chaque année. Eh, bon Dieu ! vous paraissez surpris ! continua-t-elle ; ne semble-t-il pas que vous avez le cœur tourné d'une autre manière & que vous n'avez encore jamais changé ? — Je ne peux, madame, savoir de quoi je suis capable, dit le chevalier, car je n'ai point aimé, mais j'ose croire que, si je prenais un attachement, ce serait pour le reste de ma vie. — Vous n'avez point aimé ! s'écria la reine en le regardant si fixement, que le pauvre chevalier en changea plusieurs fois de couleur, vous n'avez point aimé ? Fortuné, pouvez-vous parler de cette manière à une reine qui lit sur votre visage & dans vos yeux la passion qui vous occupe, & qui vient même d'entendre les paroles que vous avez faites sur l'air nouveau qui court à présent ? — Il est vrai, madame, répondit le chevalier, que ce couplet est de moi, mais il est vrai aussi que je l'ai fait sans aucun dessein particulier : mes amis m'engagent tous les jours à leur faire des chansons à boire, bien que je ne boive que de l'eau. Il y en a d'autres qui en veulent de tendresse : ainsi je chante l'Amour, je chante Bacchus sans être ni amoureux ni buveur. »

Le reine l'écoutait avec tant d'émotion qu'elle pouvait à peine se soutenir ; ce qu'il lui disait rallumait

dans son cœur l'espoir que Floride lui avait voulu ôter :
« Si je pouvais vous croire sincère, dit-elle, j'aurais lieu
d'être surprise que jusqu'à présent vous n'ayez trouvé
personne dans cette cour assez aimable pour vous fixer.
— Madame, répliqua Fortuné, je m'attache si fort à
remplir les devoirs de ma charge, qu'il ne me reste
point de temps pour soupirer. — Vous n'aimez donc
rien ? ajouta-t-elle avec véhémence. — Non, madame,
dit-il, je n'ai pas le cœur d'un caractère assez galant, je
suis une espèce de misanthrope, qui chéris ma liberté &
qui ne voudrais pas la perdre pour qui que ce soit au
monde. » La reine s'assit &, jetant sur lui des regards
obligeants : « Il est des chaînes si belles & si glorieuses,
reprit-elle qu'on doit se trouver heureux de les porter ;
si la Fortune vous en avait destiné de pareilles, je vous
conseillerais de renoncer à votre liberté. » En parlant de
cette manière, ses yeux s'expliquaient trop intelligible-
ment pour que le chevalier, qui avait déjà des soupçons
très forts, n'eût pas entièrement lieu de se les confirmer.
Dans la crainte que la conversation n'allât encore plus
loin, il tira sa montre &, poussant un peu l'aiguille :
« Je supplie Votre Majesté, dit-il, de permettre que
j'aille au palais ; voici l'heure du lever du roi, il m'a
ordonné de m'y rendre. — Allez, bel indifférent,
dit-elle en poussant un profond soupir, vous avez raison
de faire votre cour à mon frère, mais souvenez-vous
que vous n'auriez pas tort de me dédier quelques uns de
vos devoirs. »

La reine le suivit des yeux, puis elle les baissa &, faisant réflexion à ce qui venait de se passer, elle rougit de
honte & de colère. Ce qui ajoutait même quelque chose
à son chagrin, c'est que Floride en avait été témoin &
qu'elle remarquait sur son visage un air de joie, qui
semblait lui dire qu'elle aurait mieux fait de croire ses
conseils que de parler à Fortuné. Elle rêva quelque

temps &, prenant des tablettes, elle écrivit ces vers
qu'elle fit mettre en musique par le Lully de sa cour :

> *Tu vois, tu vois enfin le tourment que j'endure,*
> *Mon vainqueur le connaît & n'en est point touché,*
> *Mon cœur en sa présence a montré sa blessure*
> *Et le trait qui toujours devait être caché.*
> *As-tu vu son mépris ? sa rigueur inhumaine ?*
> *Il me hait, je voudrais le haïr à mon tour,*
>   *Mais c'est une espérance vaine,*
> *Je ne saurais pour lui sentir que de l'amour.*

Floride fit très bien son personnage auprès de la
reine, elle la consola de son mieux & lui donna
quelques retours d'espérance, dont elle avait bien
besoin pour ne pas succomber : « Fortuné se trouve
dans une distance si éloignée de vous, madame, lui
dit-elle, qu'il n'a peut-être pas compris ce que vous
avez voulu lui faire entendre ; il me semble même que
c'est déjà beaucoup qu'il vous ait assurée qu'il n'aime
rien. » Il est si naturel de se flatter, qu'enfin la reine
reprit un peu de cœur. Elle ignorait que la malicieuse
Floride, persuadée de l'éloignement du chevalier pour
elle, voulait l'engager à lui parler encore plus claire-
ment, afin qu'il pût la choquer davantage par l'indifférence de ses réponses.

Il était de son côté dans le dernier embarras. Sa situation lui paraissait cruelle, & il n'aurait pas hésité à quitter la cour, si le trait fatal qui l'avait blessé pour le roi
ne l'eût arrêté malgré lui. Il n'allait plus chez la reine
qu'aux heures où elle tenait son cercle, & à la suite du
roi. Elle s'aperçut aussitôt de ce nouveau changement
de conduite, elle lui donna lieu plusieurs fois de lui
faire sa cour, sans qu'il en voulût profiter. Mais un jour
qu'elle descendait dans ses jardins, elle le vit qui traversait une grande allée & qui s'enfonça promptement
dans le petit bois. Elle l'appela, il craignit de lui

déplaire, en feignant de ne l'avoir pas entendue, il l'approcha d'un air respectueux.

« Vous souvenez-vous, chevalier, lui dit-elle, de la conversation que nous eûmes il y a quelque temps dans le cabinet de verdure ? — Je ne suis pas capable, répondit-il, madame, d'avoir oublié cet honneur. — Sans doute les questions que je vous fis, ajouta-t-elle, vous causèrent de la peine, car depuis ce jour-là vous ne vous êtes pas mis en état que je vous en fisse d'autres. — Comme le hasard seul me procura cette faveur, dit-il, il m'a semblé qu'il y aurait eu de la témérité d'en prétendre d'autres. — Dites plutôt, ingrat, continua-t-elle en rougissant, que vous avez évité ma présence : vous ne connaissez que trop mes sentiments. » Fortuné baissa les yeux d'un air embarrassé & modeste, & comme il hésitait à lui répondre : « Vous êtes bien déconcerté ; allez, ne cherchez rien à me dire, je vous entends mieux que je ne voudrais vous entendre. » Elle en aurait peut-être dit davantage, sans qu'elle aperçut le roi qui venait se promener.

Elle s'avança aussitôt &, le voyant fort mélancolique, elle le conjura de lui en apprendre la raison : « Vous savez, dit le roi, qu'il y a un mois qu'on me vint donner avis qu'un dragon d'une grandeur prodigieuse ravageait toute la contrée. Je croyais qu'on pourrait le tuer & j'avais donné là-dessus les ordres nécessaires. Mais on a tout tenté inutilement : il dévore mes sujets, leurs troupeaux & tout ce qu'il rencontre, il empoisonne les rivières & les fontaines où ils se désaltèrent, & fait sécher les herbes & les plantes sur quoi ils se reposent. » Pendant que le roi parlait ainsi, la reine roulait dans son esprit irrité un moyen sûr de sacrifier le chevalier à son ressentiment.

« Je n'ignore pas, répliqua-t-elle, les mauvaises nouvelles que vous avez reçues. Fortuné, que vous avez vu

auprès de moi, venait de m'en rendre compte. Mais
mon frère, vous allez être surpris de ce qui me reste à
vous dire : c'est qu'il m'a priée avec la dernière instance que vous lui permettiez d'aller combattre l'affreux dragon. Il est vrai qu'il a une adresse si merveilleuse & qu'il manie si bien ses armes, que je ne suis
point surprise qu'il présume beaucoup de lui. Ajoutez à
cela qu'il m'a dit avoir un secret pour endormir les dragons les plus éveillés. Mais il n'en faut point parler
parce qu'il ne paraîtrait pas assez de valeur dans son
action. — De quelque manière qu'il la fît, répliqua le
roi, elle serait bien glorieuse pour lui & bien utile pour
nous, s'il pouvait réussir. Cependant je crains que ce ne
soit l'effet d'un zèle indiscret & qu'il ne lui en coutât la
vie. — Non, mon frère, ajouta la reine, n'appréhendez
point ; il m'a conté là-dessus des choses surprenantes.
Vous savez qu'il est naturellement fort sincère, & puis
quel honneur pourrait-il espérer de mourir en étourdi ?
Enfin, continua-t-elle, je lui ai promis d'obtenir ce qu'il
désire avec tant de passion que, si vous lui refusez, il en
mourra. »

« Je consens à ce que vous voulez, dit le roi, je vous
avoue malgré cela que j'y ai de la répugnance. Mais
appelons-le. » Aussitôt il fit signe à Fortuné de s'approcher & lui dit d'un air obligeant : « Je viens d'apprendre par la reine le désir que vous avez de combattre
le dragon qui nous désole ; c'est une résolution si hardie que je ne peux croire que vous en envisagiez tout le
péril. — Je lui ai représenté, dit la reine, mais il a tant
de zèle pour votre service & de passion pour se signaler, que rien ne saurait l'en détourner & j'en augure
quelque chose d'heureux. »

Fortuné demeura surpris d'entendre ce que le roi & la
reine lui disaient. Il avait trop d'esprit pour ne pas pénétrer les mauvaises intentions de cette princesse, mais sa

douceur ne lui permit pas de s'en expliquer &, sans rien répondre, il la laissa toujours parler, se contentant de faire de profondes révérences que le roi prit pour de nouvelles prières de lui accorder la permission qu'il souhaitait : « Allez donc, lui dit-il en soupirant, allez où la gloire vous appelle. Je sais que vous avez tant d'adresse dans toutes les choses que vous faites & particulièrement aux armes, que ce monstre aura peut-être de la peine à éviter vos coups. — Sire, répliqua le chevalier, de quelque manière que je me tire du combat, je serai satisfait : ou je vous délivrerai d'un fléau terrible ou je mourrai pour vous ; mais honorez-moi d'une faveur qui me sera infiniment chère. — Demandez tout ce que vous voudrez, dit le roi. — J'ose, continua-t-il, demander votre portrait. » Le roi lui sut beaucoup de gré de songer à son portrait dans un temps où il avait lieu de s'occuper de bien d'autres choses, & la reine ressentit un nouveau chagrin qu'il ne lui eût pas fait la même prière. Mais il aurait fallu avoir de la bonté de reste pour vouloir le portrait d'une si méchante personne.

Le roi retourné dans son palais & la reine dans le sien, Fortuné, bien embarrassé de la parole qu'il avait donnée, fut trouver son cheval & lui dit : « Mon cher Camarade, il y a bien des nouvelles. — Je les sais déjà, seigneur, répliqua-t-il. — Que ferons-nous donc ? ajouta Fortuné. — Il faut partir au plus tôt, répondit le cheval, prenez un ordre du roi par lequel il vous ordonne d'aller combattre le dragon, nous ferons ensuite notre devoir. » Ce peu de mots consola notre jeune chevalier ; il ne manqua pas de se rendre le lendemain de bonne heure avec un habit de campagne aussi bien entendu que tous les autres qu'il avait pris dans le coffre de maroquin.

Aussitôt que le roi l'aperçut il s'écria : « Quoi ! vous êtes prêt à partir ? — L'on ne peut avoir trop de diligence pour exécuter vos commandements, sire, répliqua-t-il ; je viens prendre congé de vous. » Le roi ne put s'empêcher de s'attendrir, voyant un cavalier si jeune, si beau, si parfait, sur le point de s'exposer au plus grand péril où un homme pouvait jamais se mettre.

Il l'embrassa & lui donna son portrait enrichi de gros diamants. Fortuné le reçut avec une joie extraordinaire : les grandes qualités du roi l'avaient touché à tel point qu'il n'imaginait rien au monde de plus aimable que lui, &, s'il souffrait en le quittant, c'était bien moins par la crainte d'être englouti du dragon que par la privation d'une présence si chère.

Le roi voulut que son ordre particulier pour Fortuné d'aller combattre en renfermât un général à tous ses sujets de lui aider & de lui donner les secours dont il pourrait avoir besoin. Ensuite il prit congé du roi &, pour qu'on n'eût rien à remarquer dans sa conduite, il alla chez la reine qui était à sa toilette entourée de plusieurs dames. Elle changea de couleur lorsqu'il parut : que n'avait-elle pas à se reprocher sur son chapitre ! Il la salua respectueusement & lui demanda si elle voulait l'honorer de ses ordres, qu'il allait partir. Ce mot acheva de la déconcerter, & Floride, qui ne savait rien de ce que la reine avait tramé contre le chevalier, resta fort éperdue ; elle aurait bien voulu l'entretenir en particulier, mais il fuyait des conversations si embarrassantes.

« Je prie les dieux, lui dit la reine, de vous faire vaincre & de vous ramener triomphant. — Madame, répliqua le chevalier, Votre Majesté me fait trop d'honneur, elle sait assez le péril où je m'expose & je ne l'ignore pas non plus. Cependant je suis tout plein de confiance, peut-être que dans cette occasion je suis le seul qui espère. » La reine entendit bien ce qu'il voulait lui dire, sans doute qu'elle aurait répondu à ce petit reproche, s'il y avait eu moins de monde dans sa chambre.

Enfin le chevalier se rendit chez lui, il ordonna à ses
sept excellents domestiques de monter à cheval & de le
suivre, parce que le temps était venu d'éprouver ce
qu'ils savaient faire ; il n'y en eut aucun qui ne témoi-
gnât de la joie de pouvoir le servir. Ils ne tardèrent pas
une heure à mettre tout en ordre & ils partirent avec lui,
l'assurant qu'ils ne négligeraient rien pour sa satisfaction. En effet quand ils se trouvaient seuls dans la campagne & qu'ils ne craignaient point d'être vus, chacun
faisait preuve de son adresse : Trinquet buvait l'eau des
étangs & pêchait le plus beau poisson pour le dîner ;
Léger de son côté attrapait les cerfs à la course & prenait
un lièvre par les oreilles, quelque rusé qu'il fût ; le Bon
tireur ne faisait quartier ni aux perdreaux ni aux faisans,
& quand le gibier était tué d'un côté, la venaison de
l'autre & le poisson hors de l'eau, Forte échine s'en
chargeait gaîment ; il n'y avait pas jusqu'à Fine oreille
qui ne se rendît utile : il écoutait sortir de la terre les
truffes, les morilles, les champignons, les salades, les
herbes fines. Ainsi Fortuné n'avait presque pas besoin
de mettre la main à la bourse pour les frais de son
voyage, & il se serait assez bien diverti à voir tant de
choses extraordinaires, s'il n'avait pas eu le cœur tout
rempli de ce qu'il venait de quitter. Le mérite du roi lui
était toujours présent & la malice de la reine lui semblait
si grande qu'il ne pouvait s'empêcher de la détester.

Il marchait, abîmé dans une profonde rêverie, lorsqu'il en fut retiré par les cris perçants de plusieurs personnes : c'était de pauvres paysans que le dragon dévorait. Il en vit quelques-uns qui, s'étant échappés,
fuyaient de toutes leurs forces, il les appela sans qu'ils
voulussent s'arrêter, il les suivit & leur parla. Il sut par
eux que le monstre n'était pas éloigné. Il leur demanda
comment ils faisaient pour s'en garantir, ils lui dirent
que l'eau était rare dans le pays, que l'on n'y en buvait

que de pluies & que pour la conserver, ils avaient fait
un étang, que le dragon après bien des courses y venait
boire, qu'il faisait de grands cris en arrivant, qu'on les
entendait d'une lieue, qu'alors tout le monde effrayé se
cachait, fermant les portes & les fenêtres des maisons.

Le chevalier entra dans une hôtellerie, bien moins
pour se reposer que pour prendre les bons avis de son
joli cheval. Quand chacun se fut retiré, il descendit dans
l'écurie, il lui dit : « Camarade, que ferons nous pour
vaincre le dragon ? — Seigneur, lui dit-il, j'y rêverai
cette nuit & je vous en rendrai compte demain matin. »
Il lui dit, lorsqu'il y retourna : « Je suis d'avis que Fine
oreille écoutât si le dragon est proche. » Aussitôt Fine
oreille se coucha par terre, il entendit les cris du dragon,
qui était encore à sept lieues de là. Quand le cheval le
sut, il dit à Fortuné : « Commandez à Trinquet d'aller
boire toute l'eau du grand étang & que Forte échine y
porte assez de vin pour le remplir ; il faudra mettre
autour des raisins secs, du poivre & plusieurs choses
qui altèrent. — Commandez aussi que les habitants se
renferment chacun dans leurs maisons & vous-même,
seigneur, ne sortez pas de celle que vous choisirez avec
tous vos gens ; le dragon ne tardera pas de venir boire à
l'étang, le vin lui semblera bon & vous verrez qu'on en
viendra à bout. »

Dès que Camarade eut achevé de régler ce qu'on
devait faire, chacun s'employa à ce qui lui était
ordonné. Le chevalier entra dans une maison dont les
vues donnaient sur l'étang. Il y était à peine que l'affreux dragon y vint ; il but un peu, ensuite il mangea le
déjeûner qu'on lui avait préparé, & puis il but tant &
tant qu'il s'enivra. Il ne pouvait plus se remuer, il était
couché sur le côté, sa tête penchée & ses yeux fermés.
Quand Fortuné le vit ainsi, il jugea bien qu'il n'y avait
pas un moment à perdre. Il sortit, l'épée à la main, &

l'attaqua avec un courage merveilleux. Le dragon se sentant percé de tous côtés, voulait s'élever & fondre sur le chevalier, mais il n'en avait pas la force, il perdait tout son sang, & le chevalier, ravi de l'avoir réduit dans cette extrémité, appela ses gens pour lier ce monstre avec des cordes & des chaînes, voulant ménager au roi le plaisir & la gloire de lui donner la mort ; de sorte que, n'ayant plus rien à craindre, ils le traînèrent jusqu'à la ville.

Fortuné marchait à la tête de son petit cortège en approchant du palais ; il envoya Léger pour apprendre au roi la bonne nouvelle d'un succès si avantageux. Mais cela paraissait presque incroyable, jusqu'à ce que l'on vit paraître ce monstre sur une machine faite exprès, où il était garrotté.

Le roi descendit, il embrassa Fortuné : « Les dieux vous réservaient cette victoire, lui dit-il, & je ressens moins la joie de voir cet horrible dragon dans l'état où vous l'avez réduit, que de vous voir, mon cher chevalier. — Sire, répliqua-t-il, Votre Majesté peut lui donner les derniers coups, je ne l'ai amené que pour les recevoir de votre main. » Le roi tira son épée & acheva de tuer le plus cruel de ses ennemis. Tout le monde jetait des cris de joie & des acclamations pour un succès si inespéré.

Floride, toujours inquiète, ne demeura pas longtemps sans apprendre le retour du beau chevalier. Elle courut l'annoncer à la reine, qui demeura si surprise & si combattue par son amour & par sa haine, qu'elle ne pouvait répondre à ce que lui disait sa favorite. Elle s'était reproché cent & cent fois le mauvais tour qu'elle lui avait joué, mais elle aimait mieux le voir mort que de le voir indifférent ; de sorte qu'elle ne savait si elle était bien aise ou bien fâchée qu'il revînt dans une cour où sa présence allait encore troubler le repos de sa vie.

Le roi, impatient de lui raconter l'heureux succès

d'une aventure si extraordinaire, entra dans sa chambre appuyé sur le chevalier ; « Voici le vainqueur du dragon, dit-il à la reine, qui vient de me rendre le service le plus signalé que je pouvais souhaiter d'un fidèle sujet. C'est à vous, madame, à qui il a parlé la première de l'envie qu'il avait de combattre ce monstre. J'espère que vous lui tiendrez compte du péril où il s'est exposé. » La reine, composant son visage, honora Fortuné d'un accueil gracieux & de mille louanges. Elle le trouva encore plus aimable que lorsqu'il partit, & son attention à le regarder ne lui fit que trop entendre que son cœur était encore blessé.

Elle ne voulut pas se fier à ses yeux de s'en expliquer tout seuls &, un jour qu'elle était à la chasse avec le roi, elle feignit de ne pouvoir pas suivre les chiens, parce qu'elle était incommodée. Alors se tournant vers le jeune chevalier, qui n'était pas éloigné : « Vous me ferez plaisir, lui dit-elle, de rester auprès de moi ; je veux descendre & me reposer un peu. Allez, ajouta-t-elle à ceux qui l'accompagnaient, ne quittez pas mon frère. » Aussitôt elle mit pied à terre avec Floride & s'assit au bord d'un ruisseau, où elle demeura quelque temps dans un profond silence : elle rêvait au tour qu'elle donnerait à son discours.

Enfin levant les yeux, elle les attacha sur le chevalier & lui dit : « Comme les bonnes intentions ne se manifestent pas toujours, je crains que vous n'ayez point pénétré les motifs qui m'engagèrent de presser le roi de vous envoyer combattre le dragon. J'étais sûre, par un pressentiment qui ne m'a jamais trompée, que vous en sortiriez en homme de courage, & vos envieux parlaient si mal du vôtre, parce que vous n'êtes point allé à l'armée, qu'il fallait une action aussi éclatante que celle-ci pour leur fermer la bouche. Je vous aurais bien communiqué ce qui se disait là-dessus, continua-t-elle, & j'au-

rais peut-être dû le faire, sans que je me persuadai que
votre ressentiment aurait des suites, & qu'il valait
mieux faire taire les malintentionnés par votre conduite
intrépide dans le péril que par une autorité qui marque
plutôt que l'on est favori que soldat. Vous voyez à présent, chevalier, continua-t-elle, que j'ai pris un sensible
intérêt à tout ce qui vous est arrivé de glorieux & que
vous auriez grand tort d'en juger d'une autre manière.
— La distance qui nous sépare est si grande, madame,
répondit-il modestement, que je ne suis pas digne de
l'éclaircissement que vous voulez bien me donner ni du
soin que vous avez pris de hasarder ma vie pour ménager mon bonheur. Le ciel m'a protégé avec plus de
bonté que mes ennemis ne le souhaitaient, & je m'esti-
merai toujours heureux d'employer pour le service du
roi & le vôtre une vie dont la perte m'est plus indifférente qu'on ne pense. »
    Le respectueux reproche de Fortuné embarrassa la
reine, elle sentit bien tout ce qu'il voulait lui dire, mais
elle le trouvait trop aimable pour chercher à l'éloigner
par quelque réponse trop aigre. Au contraire, elle feignit d'entrer dans ses sentiments & se fit redire avec
quelle adresse il avait vaincu le dragon. Fortuné n'avait
garde d'apprendre à personne que c'était par le secours
de ses gens : il se vantait d'être allé au-devant de ce
redoutable ennemi & que sa seule adresse & même sa
témérité l'avaient tiré d'affaire. Mais la reine, ne son-
geant presque plus à ce qu'il lui racontait, l'interrompit
pour lui demander s'il était à présent bien convaincu de
la part qu'elle prenait dans tout ce qui le regardait.
Cette conversation allait être poussée, lorsqu'il lui dit :
« Madame, je viens d'entendre le son d'un cor, le roi
approche, Votre Majesté ne veut-elle pas monter à cheval pour aller au-devant de lui ? — Non, dit-elle d'un
air plein de dépit, il suffit que vous y alliez. — Le roi

me blâmerait, madame, ajouta-t-il, si je vous laissais seule dans un lieu où vous pouvez courir quelque risque. — Je vous dispense de tant d'inquiétude, ajouta-t-elle d'un ton absolu, allez, votre présence m'importune. »

A cet ordre, le chevalier lui fait une profonde révérence, monte à cheval & se dérobe à sa vue, inquiet du succès que pourrait avoir ce nouveau ressentiment. Il consulta là-dessus son beau cheval : « Apprends-moi, Camarade, lui dit-il, si cette reine trop tendre & trop colère trouvera encore quelque monstre pour m'y livrer ? — Elle ne trouvera qu'elle, répondit le joli cheval ; mais elle est plus dragonne que le dragon que vous avez tué & elle exercera suffisamment votre patience & votre vertu. — Ne me fera-t-elle point perdre les bonnes grâces du roi ? s'écria-t-il, voilà tout ce que je crains. — Je ne peux pas vous révéler l'avenir, dit Camarade, qu'il vous suffise que je veille à tout. » Il n'en dit pas davantage, parce que le roi parut au bout d'une allée. Fortuné le joignit & lui apprit que la reine s'était trouvée mal & lui avait ordonné de rester auprès d'elle. « Il me semble, dit le roi en souriant, que vous êtes assez bien dans ses bonnes grâces & c'est à elle que vous ouvrez votre cœur préférablement à moi, car enfin je n'ai point oublié que vous la priâtes de vous procurer la gloire d'aller combattre le dragon. — Sire, répliqua le chevalier, je n'ose me défendre de ce que vous me dites, mais je peux assurer Votre Majesté que je mets une grande différence entre vos bonnes grâces & celles de la reine, & s'il était permis à un sujet d'avoir son souverain pour confident, je me ferais une joie bien délicate de vous déclarer tous les sentiments de mon cœur. » Le roi l'interrompit pour lui demander où il avait laissé la reine.

Pendant qu'il l'allait joindre, elle se plaignait à Flo-

ride de l'indifférence de Fortuné ; « Sa vue me devient
odieuse, s'écriait-elle, il faut qu'il sorte de la cour ou
que je la quitte. Je ne saurais plus souffrir un ingrat qui
ose me témoigner tant de mépris. Et quel est le mortel
qui ne s'estimerait pas heureux de plaire à une reine
toute-puissante dans cet État ? Il n'y a que lui au
monde. Ah ! les dieux l'ont réservé pour troubler tout le
repos de ma vie. »

Floride n'était point fâchée du chagrin que sa maîtresse avait contre Fortuné &, bien loin de l'apaiser, elle
l'aigrissait en lui rappelant mille circonstances qu'elle
n'avait peut-être pas voulu remarquer. Son dépit augmenta encore & lui fit concevoir un nouveau dessein
pour perdre le pauvre chevalier.

Dès que le roi fut auprès d'elle & qu'il lui eut témoigné son inquiétude pour sa santé, elle lui dit : « Je vous
avoue que je me trouvais assez mal, mais il est difficile
de ne pas guérir avec Fortuné ; il est réjouissant, ses
visions sont plaisantes. Vous saurez, continua-t-elle,
qu'il m'a priée d'obtenir une nouvelle grâce de Votre
Majesté. Il la demande avec la dernière confiance de
réussir dans l'entreprise du monde la plus téméraire. —
Quoi ! ma sœur, s'écria le roi, veut-il aller combattre
quelque nouveau dragon ? — C'en est plusieurs à la
fois, dit-elle, qu'il s'assure de vaincre ; vous le
dirai-je ? Enfin il se vante d'obliger l'empereur à nous
rendre tous nos trésors & que pour cela il ne lui faut
point d'armée — Quel dommage, répliqua le roi, que ce
pauvre garçon soit tombé dans une folie si extraordinaire. — Son combat contre le monstre, ajouta la reine,
ne lui laisse plus concevoir que de grands desseins, &
que hasardez-vous en lui donnant la permission de s'exposer encore pour votre service ? — Je hasarde sa vie
qui m'est chère, répliqua le roi, j'aurais une peine
extrême de le faire périr de gaîté de cœur. — De

quelque manière que la chose tourne, il est donc infaillible qu'il mourra, dit-elle, car je vous assure qu'il a une si forte passion d'aller recouvrer vos trésors qu'il ne fera plus que languir, si vous lui en refusez la permission. »

Le roi tomba dans une profonde tristesse : « Je ne puis imaginer, dit-il, ceux qui lui remplissent la tête de toutes ces chimères, je souffre de le voir en cet état. — Au fond, répliqua la reine, il a combattu le dragon, il l'a vaincu, peut-être qu'il réussirait de même : j'ai quelquefois des pressentiments justes, le cœur me dit que son entreprise sera heureuse. De grâce, mon frère, ne vous opposez point à son zèle. — Il faut l'appeler, ajouta le roi, & lui représenter tout au moins ce qu'il hasarde. — Voilà justement le moyen de le faire désespérer, répliqua la reine, il croira que vous ne voulez pas qu'il parte & je vous assure qu'à l'égard de le retenir par aucune considération qui le concerne, il ne le fera pas ; car je lui ai déjà dit tout ce qui se peut imaginer dans une telle occasion. — Eh bien ! s'écria le roi, qu'il parte, j'y consens. » La reine, ravie de cette permission, appela Fortuné : « Chevalier, lui dit-elle, remerciez le roi : il vous accorde la permission que vous désirez tant, d'aller trouver l'empereur Matapa & de lui faire rendre de gré ou de force nos trésors qu'il a enlevés. Préparez-vous-y avec la même diligence que vous eûtes pour aller combattre le dragon. »

Fortuné, surpris, reconnut à ce trait la fureur de la reine contre lui. Cependant il ressentit du plaisir à pouvoir donner sa vie pour un roi qui lui était si cher, &, sans se défendre de cette extraordinaire commission il mit un genou en terre & baisa la main du roi, qui était de son côté très attendri. La reine ressentait une espèce de honte de voir avec quel respect il se voyait condamner à affronter la mort. « Serait-ce, disait-elle en

elle-même, qu'il aurait pour moi de l'attachement, &
plutôt que de me dédire de ce que j'ai avancé de sa part,
il souffre le mauvais tour que je lui joue sans se
plaindre ? Ah ! si je pouvais m'en flatter, que je me
voudrais de mal de celui que je vais lui faire ! » Le roi
parla peu au chevalier, il remonta à cheval, & la reine
dans sa calèche, feignant de se trouver mal.

Fortuné accompagna le roi jusqu'au bout de la forêt,
puis y rentrant pour entretenir son cheval, il lui dit :
« Mon fidèle camarade, c'en est fait, il faut que je
périsse : la reine vient de m'en ménager une occasion à
laquelle je ne me serais jamais attendu de sa part. —
Mon aimable maître, répliqua le cheval, cessez de vous
alarmer ; bien que je n'aie pas été présent à ce qui s'est
passé, je le savais il y a longtemps ; l'ambassade n'est
pas si terrible que vous l'imaginez. — Tu ne sais donc
pas, continua le chevalier, que cet empereur est le plus
colère de tous les hommes & que, si je lui propose de
rendre tout ce qu'il a pris au roi, il ne me fera point
d'autre réponse que de m'attacher une pierre au cou &
de me faire jeter dans la rivière. — Je suis informé de
ses violences, dit Camarade, mais que cela ne vous
empêche pas de prendre vos gens avec vous & de
partir ; si vous y périssez, nous périrons tous ; j'espère
cependant un meilleur succès. »

Le chevalier, un peu consolé, revint chez lui, donna
les ordres nécessaires & fut ensuite prendre ceux du roi
& ses lettres de créance : « Vous direz de ma part à
l'empereur, lui dit-il, que je redemande mes sujets qu'il
retient en esclavage, mes soldats prisonniers, mes chevaux dont il se sert, & mes meubles avec mes trésors.
— Que lui offrirai-je pour toutes ces choses ? dit Fortuné. — Rien, répliqua le roi, que mon amitié. » Le
jeune ambassadeur ne fit pas un grand effort de
mémoire pour retenir son instruction. Il partit sans voir

la reine, elle en parut offensée, mais il avait peu de chose à ménager avec elle : que pouvait-elle lui faire dans sa plus grande colère qu'elle ne lui fît pas dans les transports de sa plus grande amitié ? Une tendresse de ce caractère lui paraissait la chose du monde la plus redoutable. Sa confidente, qui savait tout le secret, était désespérée contre sa maîtresse de vouloir sacrifier la fleur de toute chevalerie.

Fortuné prit dans le coffre de maroquin tout ce qui lui était nécessaire pour son voyage. Il ne se contenta pas de s'habiller magnifiquement, il voulut que ses sept hommes qui l'accompagnaient fussent très bien mis &, comme ils avaient tous des chevaux excellents & que Camarade semblait plutôt voler en l'air que courir sur la terre, ils arrivèrent en peu de temps à la ville capitale, où demeurait l'empereur Matapa. Elle était plus grande que Paris, Constantinople & Rome ensemble, & si peuplée que les caves, les greniers & les toits étaient habités.

Fortuné demeura bien surpris de voir une ville d'une si prodigieuse étendue. Il fit demander audience à l'empereur & l'obtint sans peine. Mais quand il lui eut déclaré le sujet de son ambassade, bien que ce fût avec une grâce qui ajoutait beaucoup à ses raisons, l'empereur ne put s'empêcher d'en sourire : « Si vous étiez à la tête de cinq cent mille hommes, lui dit-il, l'on pourrait vous écouter, mais l'on m'a dit que vous n'en aviez que sept. — Je n'ai pas entrepris, seigneur, lui dit Fortuné, de vous faire rendre ce que mon maître souhaite par la force, mais par mes très humbles remontrances. — Par quelque voie que ce soit, ajouta l'empereur, vous n'en viendrez point à bout que vous n'exécutiez une pensée qui vient de me venir : c'est que vous trouviez un homme qui ait assez bon appétit pour manger à son déjeûner tout le pain chaud qu'on aura cuit pour les

habitants de cette grande ville. » Le chevalier à cette
proposition demeura surpris de joie &, comme il ne
parlait pas assez promptement, l'empereur s'éclata de
rire : « Vous voyez, lui dit-il, qu'il est naturel de
répondre une extravagance à une proposition extrava-
gante. — Seigneur, dit Fortuné, j'accepte ce que vous
m'offrez, j'amènerai demain un homme qui mangera
tout le pain tendre & même tout le pain dur de cette
ville ; commandez qu'on l'apporte dans la grande place,
vous aurez le plaisir de lui voir mettre à profit jusqu'aux miettes. » L'empereur répliqua qu'il y consentait. Il ne fut parlé le reste du jour que de la folie du
nouvel ambassadeur, & Matapa jura qu'il le ferait mourir, s'il ne tenait pas sa parole.

Fortuné étant revenu à l'hôtel des ambassadeurs où il
logeait, il appela Grugeon & lui dit : « C'est cette fois
ici qu'il faut te préparer à manger du pain, il y va de
tout pour nous. » Il lui apprit là-dessus ce qu'il avait
promis à l'empereur : « Ne vous inquiétez point, mon
maître, lui dit Grugeon, je mangerai tant qu'ils en
seront les premier que moi. » Fortuné ne laissait pas de
craindre qu'il n'en pût venir à bout. Il défendit qu'on
lui donnât à souper, afin qu'il déjeunât mieux ; mais
cette précaution était inutile.

L'empereur, l'impératrice & la princesse se placèrent
sur un balcon pour voir mieux ce qui allait se passer.
Fortuné arriva avec son petit cortège &, lorsqu'il aperçut dans la grande place six montagnes de pain plus
hautes que les Pyrénées, il ne put s'empêcher de pâlir ;
Grugeon ne fit pas de même, car l'espérance de manger
tant de bon pain lui faisait grand plaisir. Il pria qu'on
n'en réservât pas le plus petit morceau, disant qu'il
voulait même avoir le reste des souris. L'empereur plai-
santait avec toute sa cour de l'extravagance de Fortuné
& de ses gens, mais Grugeon impatient demanda le

signal pour commencer. On le lui donna par le bruit des
trompettes & des tambours, en même temps il se jeta
sur une des montagnes de pain qu'il mangea en moins
d'un quart d'heure, & toutes les autres furent gobées de
même.

Il n'a jamais été un étonnement pareil, tout le monde
demandait s'il n'avait point fasciné leurs yeux, & l'on
allait toucher à l'endroit où les pains avaient été apportés. Il fallut que ce jour-là, depuis l'empereur jusqu'au
chat, tout dînât sans pain.

Fortuné, infiniment content de ce bon succès, s'approcha de l'empereur & lui demanda avec beaucoup de
respect s'il avait agréable de lui tenir sa parole. L'empereur, un peu irrité d'avoir été pris pour dupe, lui dit :
« Monsieur l'ambassadeur, c'est trop manger sans
boire ; il faut que vous ou quelqu'un de vos gens buviez
toute l'eau des fontaines, des aqueducs & des réservoirs
de la ville, & tout le vin qui se trouvera dans les caves.
— Seigneur, dit Fortuné, vous voulez me mettre dans
l'impossibilité d'obéir à vos ordres, mais au fond je ne
laisserais pas de tenter l'aventure, si je pouvais me flatter que vous rendrez au roi mon maître ce que je vous ai
demandé de sa part. — Je le ferai, dit l'empereur, si
vous pouvez réussir dans votre entreprise. » Le chevalier demanda à l'empereur s'il y serait présent, il répliqua que la chose était assez rare pour mériter sa curiosité &, montant dans un chariot magnifique, il fut à la
fontaine des lions. Il y en avait sept de marbre, qui
jetaient par la gueule des torrents d'eau dont il se formait une rivière sur laquelle on traversait la ville en
gondole.

Trinquet s'approcha du grand bassin &, sans
reprendre haleine, il tarit cette source aussi sèche que
s'il n'y avait jamais eu d'eau. Les poissons de la rivière
criaient vengeance contre lui, car ils ne savaient que

devenir. Il n'en fit pas moins à toutes les autres fontaines, aux aqueducs, aux réservoirs ; enfin il aurait bu la mer, tant il était altéré. Après une telle expérience, l'empereur ne pouvait guère douter qu'il ne bût le vin aussi bien que l'eau, & chacun dépité n'avait guère envie de lui donner le sien. Mais Trinquet se plaignit hautement de l'injustice qu'on lui faisait, il dit qu'il aurait mal à l'estomac & qu'il ne prétendait pas seulement avoir le vin, mais que les liqueurs étaient aussi de son marché, de sorte que Matapa, craignant de paraître trop ménager, consentit à ce que Trinquet demandait. Fortuné, prenant son temps, supplia l'empereur de se souvenir de ce qu'il lui avait promis ; à ces paroles, il prit un air sévère & lui dit qu'il y penserait.

En effet il assembla son conseil pour lui déclarer le chagrin extrême où il était d'avoir promis à ce jeune ambassadeur de rendre tout ce qu'il avait gagné sur son maître, qu'il y avait attaché des conditions dont il avait cru l'exécution impossible & qu'il fallait aviser à ce qu'il pourrait dire pour éviter une chose qui lui était si préjudiciable. La princesse sa fille, qui était une des plus belles personnes du monde, l'ayant entendu parler ainsi, lui dit : « Seigneur, vous savez que jusqu'à présent j'ai vaincu tous ceux qui ont osé me disputer le prix de la course ; il faut dire à l'ambassadeur que s'il peut arriver premier que[2] moi au but qui sera marqué, vous promettrez de ne plus éluder la parole que vous lui avez donnée. »

L'empereur embrassa sa fille, il trouva son conseil merveilleux, & le lendemain il reçut agréablement les devoirs de Fortuné.

---

2. *Premier que,* pour *avant que,* ou plus loin dans ce texte, *avant.* Façon de parler ancienne et peu châtiée pour Vaugelas en 1647, alléguant que Coëffeteau utilisait toujours la tournure *devant que.*

« J'ai encore une chose à exiger, lui dit-il, c'est que
vous ou quelqu'un de vos gens couriez contre la princesse ma fille. Je vous jure par tous les éléments que, si
l'on remporte le prix sur elle, je donnerai toute sorte de
satisfaction à votre maître. » Fortuné ne refusa point ce
défi ; il dit à l'empereur qu'il l'acceptait, &
sur-le-champ Matapa ajouta que ce serait dans deux
heures. Il envoya dire à sa fille de se préparer : c'était
un exercice où elle était accoutumée dès sa plus tendre
jeunesse. Elle parut dans une grande allée d'orangers,
qui avait trois lieues de long & qui était si bien sablée
que l'on n'y voyait pas une pierre grosse comme la tête
d'une épingle. Elle avait une robe légère de taffetas
couleur de rose, semée de petites étoiles brodées d'or &
d'argent, ses beaux cheveux étaient rattachés d'un
ruban par derrière & tombaient négligemment sur ses
épaules, elle portait de petits souliers sans talon extrêmement jolis & une ceinture de pierreries, qui marquait
assez sa taille pour laisser voir qu'il n'en a jamais été
une plus belle : la jeune Atalante[3] n'aurait osé lui rien
disputer.

Fortuné vint, suivi du fidèle Léger & de ses autres
domestiques. L'empereur se plaça avec toute sa cour.
L'ambassadeur dit que Léger aurait l'honneur de courir
contre la princesse. Le coffre de maroquin lui avait
fourni un habit de toile de Hollande tout garni de dentelle d'Angleterre, des bas de soie couleur de feu, des
plumes de même & de beau linge. En cet état, il avait
fort bonne mine, la princesse l'accepta pour courir avec
elle, mais, avant que de partir, on lui apporta une
liqueur qui aidait encore à la rendre plus légère & à lui
donner de la force. Le coureur s'écria qu'il fallait qu'on

---

3. Voir Ovide, *Métamorphoses*, X, (*Contes* I, p. 340).

lui en donnât aussi & que l'avantage devait être égal :
« Très volontiers, dit-elle, je suis trop juste pour vous
refuser. » Aussitôt elle lui en fit verser, mais, comme il
n'était point accoutumé à cette eau qui était très forte,
elle lui montait tout d'un coup à la tête : il fit deux ou
trois tours &, se laissant tomber au pied d'un oranger, il
s'endormit profondément.

Cependant on donnait le signal pour partir, on l'avait
déjà recommencé trois fois ; La princesse attendait bon-
nement que Léger s'éveillât ; elle pensa enfin qu'il lui
était d'une grande conséquence de tirer son père de
l'embarras où il était, de sorte qu'elle partit avec une
grâce & une légèreté merveilleuses. Comme Fortuné se
tenait au bout de l'allée avec tous ses gens, il ne savait
rien de ce qui se passait. Lorsqu'il vit la princesse qui
courait toute seule & qui n'était plus guère qu'à une
demi-lieue du but : « Dieux ! s'écria-t-il en parlant à
son cheval, nous sommes perdus, je n'aperçois point
Léger. — Seigneur, dit Camarade, il faut que Fine
oreille écoute : peut-être il nous apprendra ce qu'il
fait. » Fine oreille se jeta par terre, & bien qu'il fût à
deux lieues de Léger, il l'entendit ronfler « Vraiment,
dit-il, il n'a garde de venir, il dort comme s'il était dans
son lit. — Eh ! que ferons-nous donc ? s'écria encore
Fortuné. — Mon maître, dit Camarade, il faut que le
Bon tireur lui décoche une flèche dans le petit bout de
l'oreille afin de le réveiller. » Le Bon tireur prit son arc
& frappa si juste qu'il perça l'oreille de Léger. La douleur qu'il ressentit le tira de son assoupissement, il
ouvrit les yeux, il aperçut la princesse qui touchait
presque au but & il n'entendit derrière lui que des cris
de joie & d'applaudissement. Il s'étonna d'abord, mais
il regagna bien vite ce que le sommeil lui avait fait
perdre. Il semblait que les vents le portaient & que les
yeux ne le pouvaient suivre. Enfin il arriva le premier,

ayant encore la flèche dans l'oreille, car il ne s'était pas
donné le temps de l'ôter.

L'empereur demeura si surpris des trois événements
qui s'étaient passés depuis l'arrivée de l'ambassadeur,
qu'il crut que les dieux s'intéressaient pour lui & qu'il
ne pouvait plus différer de tenir sa parole : « Approchez, lui dit-il, afin d'entendre par ma bouche que je
consens que vous preniez ici ce que vous ou l'un de vos
hommes pourrez emporter des trésors de votre maître,
car il ne faut pas que vous pensiez que je veuille jamais
vous en donner davantage, ni que je laisse aller ses soldats, ses sujets & ses chevaux. » L'ambassadeur lui fit
une profonde révérence, il lui dit qu'il lui faisait encore
beaucoup de grâce & qu'il le suppliait de donner ses
ordres là-dessus.

Matapa, tout plein de dépit, parla au gardien de ses
trésors & s'en alla à une maison de plaisance qu'il avait
proche de la ville. Aussitôt Fortuné & ses gens demandèrent l'entrée de tous les lieux où les meubles, les raretés, l'argent & les bijoux du roi étaient enfermés. On ne
lui cacha rien, mais ce fut à condition qu'il n'y aurait
qu'un seul homme qui pourrait s'en charger. Forte
échine se présenta &, avec son secours, l'ambassadeur
emporta tous les meubles qui étaient dans les palais de
l'empereur : cinq cents statues d'or plus hautes que des
géants, des carrosses, des chariots & toutes sortes de
choses sans exception. Avec cela Forte échine marchait
si légèrement qu'il ne semblait pas qu'il eût une livre
pesant sur son dos.

Lorsque les ministres de l'empereur virent que ses
palais étaient démeublés à tel point qu'il n'y restait ni
chaise ni coffre ni marmite ni lit pour le coucher, ils
allèrent en diligence l'en avertir, & l'on peut juger de
son étonnement, quand il sut qu'un seul homme emportait tout. Il s'écria qu'il ne le souffrirait pas & com-

manda à ses gardes & à ses mousquetaires de monter à
cheval & de suivre en diligence les ravisseurs de ses
trésors. Bien que Fortuné fût à plus de dix lieues, Fine
oreille l'avertit qu'il entendait un gros de cavalerie qui
venait à toute bride, & le Bon tireur, qui avait la vue
excellente, les aperçut. Ils étaient au bord d'une rivière.
Fortuné dit à Trinquet : « Nous n'avons point de
bateaux, si tu pouvais boire une partie de cette eau,
nous passerions. » Trinquet aussitôt fit son devoir, l'ambassadeur voulait profiter du temps pour s'éloigner, son
cheval lui dit : « Ne vous inquiétez pas, laissez approcher nos ennemis. » Ils parurent en effet au bord de la
rivière &, sachant où les pêcheurs mettaient leurs
bateaux, ils s'embarquèrent promptement, lorsque l'Impétueux enfla ses joues & commença de souffler : la
rivière s'agita, les bateaux furent renversés & la petite
armée de l'empereur périt, sans qu'il s'en sauvât un
seul pour lui en aller dire des nouvelles.

Chacun, joyeux d'un événement si favorable, ne songea plus qu'à demander la récompense qu'il croyait
avoir méritée. Ils voulaient se rendre les maîtres de tous
les trésors qu'ils emportaient, lorsqu'il s'éleva une
grande dispute entre eux sur le partage.

« Si je n'avais pas gagné le prix, disait le coureur,
vous n'auriez rien. — Et si je ne t'avais pas entendu
ronfler, dit Fine oreille, où en étions-nous ? — Qui t'aurait réveillé sans moi ? repartit le Bon tireur. — En
vérité, ajouta Forte échine, je vous admire avec vos
contestations : quelqu'un me doit-il disputer l'avantage
de choisir, puisque j'ai eu la peine de porter tout ? Sans
mon secours, vous ne seriez point dans l'embarras de
partager. — Dites plutôt sans le mien, repartit Trinquet,
la rivière que j'ai bue comme un verre de limonade
vous aurait un peu embarrassés. — On l'aurait été bien
autrement, si je n'avais pas renversé les bateaux, dit

l'Impétueux. — J'ai gardé le silence jusqu'à présent, interrompit Grugeon, mais je ne puis m'empêcher de représenter que c'est moi qui ai ouvert la scène aux grand événements qui se sont passés & que, si j'avais laissé seulement une croûte de pain tout était perdu. »

« Mes amis, dit Fortuné d'un air absolu, vous avez tous fait des merveilles, mais nous devons laisser au roi le soin de reconnaître nos services. Je serais bien fâché d'être récompensé d'une autre main que de la sienne. Croyez-moi, remettons tout à sa volonté, il nous a envoyés pour rapporter ses trésors & non pas pour les voler. Cette pensée est même si honteuse, que je suis d'avis que l'on n'en parle jamais, & je vous assure qu'en mon particulier, je vous ferai tant de bien que vous n'aurez rien à regretter, quand bien il serait possible que le roi vous négligeât. »

Les Sept doués se sentirent pénétrés de la remontrance de leur maître, ils se jetèrent à ses pieds & lui promirent de n'avoir point d'autre volonté que la sienne : ainsi ils achevèrent leur voyage. Mais l'aimable Fortuné, en approchant de la ville, se sentait agité de mille troubles différents : la joie d'avoir rendu un service considérable à son roi, à celui pour qui il ressentait un attachement si tendre, l'espérance de le revoir, d'en être favorablement reçu, tout cela le flattait agréablement. D'ailleurs, la crainte d'irriter encore la reine & d'éprouver de nouvelles persécutions de sa part & de celle de Floride le jetait dans un étrange abattement. Enfin il arriva, & tout le peuple, ravi de voir tant de richesses qu'il rapportait, le suivait avec mille acclamations, dont le bruit parvint jusqu'au palais.

Le roi ne put croire une chose si extraordinaire. Il courut chez la reine pour l'en informer. Elle demeura d'abord toute éperdue, mais ensuite se remettant un peu : « Vous voyez, dit-elle, que les dieux le protègent ;

il a heureusement réussi, & je ne suis pas surprise qu'il entreprenne ce qui paraît impossible aux autres.» En achevant ces mots, elle vit entrer Fortuné. Il informa Leurs Majestés du succès de son voyage, ajoutant que les trésors étaient dans le parc, parce qu'il y avait tant d'or, de pierreries & de meubles qu'on n'avait point d'endroits assez grands pour les mettre. Il est aisé de croire que le roi témoigna beaucoup d'amitié à un sujet si fidèle, si zélé & si aimable.

La présence du chevalier & tous les avantages qu'il avait remportés rouvrirent dans le cœur de la reine une blessure qui n'était point encore fermée ; elle le trouva plus charmant que jamais &, sitôt qu'elle pût être en liberté de parler à Floride, elle recommença ses plaintes ordinaires : « Tu vois ce que j'ai fait pour le perdre, lui disait-elle ; je n'imaginais que ce seul moyen de l'oublier ; une fatalité sans pareille me le ramène toujours &, quelques raisons que j'eusse de mépriser un homme qui m'est si inférieur & qui ne paie mes sentiments que d'une noire ingratitude, je ne laisse pas de l'aimer encore & de me résoudre enfin à l'épouser secrètement. — A l'épouser, madame ? s'écria Floride, est-ce une chose possible ? Ai-je bien entendu ? — Oui, reprit la reine, tu as entendu mon dessein, il faut que tu le secondes. Je te charge d'amener Fortuné ce soir dans mon cabinet, je veux lui déclarer moi-même jusqu'où vont mes bontés pour lui. » Floride, au désespoir d'être choisie pour contribuer au mariage de sa maîtresse & de son amant, n'oublia rien pour détourner la reine de le voir : elle lui représenta la colère du roi, s'il venait à découvrir cette intrigue, qu'il ferait peut-être mourir le chevalier, que tout au moins il le condamnerait à une prison perpétuelle, où elle ne le verrait plus. Toute son éloquence échoua, elle vit que la reine commençait à se fâcher, elle n'eut pas d'autre parti à prendre que celui d'obéir.

Elle trouva Fortuné dans la galerie du palais, où il faisait arranger les statues d'or qu'il avait rapportées de Matapa. Elle lui dit de venir le soir chez la reine ; cet ordre le fit trembler ; Floride connut sa peine : « Ô dieux ! lui dit-elle, que je vous plains ! Pourquoi faut-il que le cœur de cette princesse n'ait pu vous échapper ? Hélas ! j'en sais un moins dangereux que le sien, qui n'oserait se déclarer. » Le chevalier ne voulut pas s'embarquer dans un nouvel éclaircissement, il avait déjà assez de chagrin &, comme il ne cherchait point à plaire à la reine, il prit un habit très négligé, afin qu'elle ne pût penser qu'il eût aucun dessein. Mais s'il pouvait quitter aisément les diamants & la broderie, il n'en allait pas de même de ses charmes personnels, il était toujours aimable, toujours merveilleux ; de quelque humeur qu'il fût, rien ne l'égalait.

La reine prit grand soin de rehausser sa beauté de tout l'éclat qu'on peut recevoir d'une parure extraordinaire. Elle remarqua avec plaisir que Fortuné en paraissait surpris : « Les apparences, lui dit-elle, sont quelquefois si trompeuses que je suis bien aise de me justifier sur ce que vous avez cru sans doute de mes sentiments, lorsque j'ai engagé le roi de vous envoyer vers l'empereur. Il semblait que je voulais vous sacrifier, comptez cependant, beau chevalier, que je savais tout ce qui devait en arriver & que je n'ai point eu d'autres vues que de vous ménager une gloire immortelle. — Madame, lui dit-il, vous êtes trop élevée au-dessus de moi pour que vous deviez vous abaisser jusqu'à une explication. Je n'entre point dans les motifs qui vous ont fait agir ; me suffit d'avoir obéi au roi. — Vous avez trop d'indifférence pour l'éclaircissement que je veux vous donner, ajouta-t-elle, mais enfin le temps est venu de vous convaincre de mes bontés ; approchez, Fortuné, approchez, recevez ma main pour gage de ma foi. »

Le pauvre chevalier demeura si interdit, qu'on ne l'a jamais été davantage. Il fut vingt fois près de déclarer son sexe à la reine, il n'osa le faire &, répondant aux témoignages de son amitié par une froideur extrême, il lui dit des raisons infinies sur la colère où serait le roi d'apprendre que son sujet, au milieu de sa cour, eût osé contracter un mariage si important sans son aveu. Après que la reine eut essayé inutilement de le guérir de la peur qui semblait l'alarmer, elle prit tout d'un coup le visage & la voix d'une furie, elle s'emporta, elle lui fit mille menaces, elle le chargea d'injures, elle le battit, elle l'égratigna &, tournant ensuite ses fureurs contre elle-même, elle s'arracha les cheveux, se mit le visage & la gorge en sang, déchira son voile & ses dentelles, puis s'écriant : « A moi, gardes, à moi ! », elle fit entrer les siens dans son cabinet, elle leur commanda de mettre cet infortuné au fond d'un cachot &, du même pas, elle courut chez le roi pour lui demander justice contre les violences de ce jeune monstre.

Elle raconta à son frère que depuis longtemps il avait eu l'audace de lui déclarer sa passion, que dans l'espérance que l'absence & ses rigueurs pourraient le guérir, elle n'avait négligé aucune occasion de l'éloigner, comme il avait pu remarquer. Mais que c'était un malheureux que rien ne pouvait changer, qu'il voyait l'extrémité où il s'était porté contre elle, qu'elle voulait qu'on lui fît son procès & que, s'il lui refusait cette justice, elle en tirerait raison.

La manière dont elle parlait étonna le roi. Il la connaissait pour la plus violente femme du monde, elle avait beaucoup de pouvoir & elle était capable de bouleverser le royaume. La hardiesse de Fortuné demandait une punition exemplaire, tout le monde savait déjà ce qui venait de se passer, & il devait se porter lui-même à venger sa sœur. Mais hélas ! sur qui cette vengeance devait-elle être exercée ? Sur un chevalier qui s'était exposé aux plus grands périls pour son service, auquel il était redevable de son repos & de tous ses trésors, qu'il aimait d'une inclination particulière. Il aurait donné la moitié de sa vie pour sauver ce cher favori. Il représenta à la reine l'utilité dont il lui était, les services qu'il avait rendus à l'État, sa jeunesse & toutes les choses qui pouvaient l'engager à lui pardonner ; elle ne voulut pas l'entendre, elle demandait sa mort. Le roi, ne pouvant donc plus éviter de lui donner des juges, nomma ceux qu'il crut les plus doux & les plus susceptibles de tendresse, afin qu'ils fussent plus disposés à tolérer cette faute.

Mais il se trompa dans ses conjectures : les juges voulurent rétablir leur réputation aux dépens de ce pauvre malheureux &, comme c'était une affaire de grand éclat, ils s'armèrent de la dernière rigueur & condamnèrent Fortuné sans daigner l'entendre. Son arrêt portait qu'il recevrait trois coups de poignard dans le cœur, parce que c'était son cœur qui était coupable.

Le roi craignait autant cet arrêt que s'il avait dû être prononcé contre lui-même. Il exila tous les juges qui l'avaient donné, mais il ne pouvait sauver son aimable Fortuné, & la reine triomphait du supplice qu'il allait souffrir : ses yeux altérés de sang demandaient celui de cet illustre affligé. Le roi fit de nouvelles tentatives auprès d'elle, qui ne servirent qu'à l'aigrir. Enfin le jour marqué pour cette terrible exécution arriva. L'on vint retirer le chevalier de la prison où il avait été mis & où il était demeuré sans que personne au monde lui eût parlé. Il ne savait point le crime dont la reine l'accusait, il s'imaginait seulement que c'était quelque nouvelle persécution que son indifférence lui attirait, & ce qui lui faisait le plus de peine, c'est qu'il croyait que le roi secondait les fureurs de cette princesse.

Floride, inconsolable de l'état où l'on réduisait son amant, prit une résolution de la dernière violence : c'était d'empoisonner la reine & de s'empoisonner elle-même, s'il fallait que Fortuné éprouvât la rigueur d'une mort cruelle. Dès qu'elle en sut l'arrêt, le désespoir saisit son âme, elle ne pensa plus qu'à exécuter ses desseins. Mais on lui apporta un poison plus lent qu'elle ne voulait, de sorte qu'encore qu'elle l'eût fait prendre à la reine, cette princesse, qui n'en ressentait pas encore la malignité, fit amener le beau chevalier au milieu de la grande place du palais pour recevoir la mort en sa présence. Les bourreaux le tirèrent de son cachot avec leur cruauté ordinaire & le conduisirent comme un tendre agneau au supplice. Le premier objet qui frappa ses yeux, ce fut la reine sur son chariot, qui ne pouvait être à son gré assez proche de lui, voulant, s'il se pouvait, que son sang rejaillît sur elle. Pour le roi, il s'était enfermé dans son cabinet, afin de plaindre en liberté le sort de son cher favori.

Lorsque l'on eut attaché Fortuné à un poteau, l'on arracha sa robe & sa veste pour lui percer le cœur, mais quel étonnement fut celui de cette nombreuse assemblée, quand on découvrit la gorge d'albâtre de la véritable Belle Belle ! Chacun connut que c'était une fille innocente accusée injustement. La reine, émue & confuse, se troubla à tel point que le poison commença de faire des effets surprenants : elle tombait dans de longues convulsions, dont elle ne revenait que pour pousser des regrets cuisants, & le peuple, qui chérissait Fortuné, lui avait déjà rendu sa liberté. L'on courut annoncer ces surprenantes nouvelles au roi, qui s'abandonnait à une profonde tristesse. Dans ce moment, la joie prit la place de la douleur, il courut dans la place & fut charmé de voir la métamorphose de Fortuné.

Les derniers soupirs de la reine suspendirent un peu

les transports de ce prince, mais, comme il réfléchit sur sa malice, il ne put la regretter & résolut d'épouser Belle Belle, pour lui payer par une couronne les obligations infinies qu'il lui avait. Il lui déclara ses intentions, il est aisé de croire qu'elles la mirent au comble de ses souhaits, beaucoup moins par rapport à son élévation que par rapport à un roi plein de mérite, pour lequel elle avait toujours ressenti une tendresse extrême.

Le jour du célèbre mariage du roi étant marqué, Belle Belle reprit ses habits de fille & parut mille fois plus aimable avec, qu'elle ne l'était sous ceux de cavalier. Elle consulta son cheval sur la suite de ses aventures, il ne lui en promit plus que d'agréables &, en reconnaissance de tous les bons offices qu'il lui avait rendus, elle lui fit faire une écurie lambrissée d'ébène & d'ivoire : il ne couchait plus que sur des matelas de satin. A l'égard de ceux qui l'avaient suivie, ils eurent des récompenses proportionnées à leurs services.

Cependant Camarade disparut ; on vint le dire à Belle Belle. Cette perte troubla le roi qui l'adorait ; elle fit chercher son cheval partout, ce fut inutilement pendant trois jours. Le quatrième, son inquiétude l'obligea de se lever avant l'aurore. Elle descendit dans le jardin, traversa le bois, se promena dans une vaste prairie, s'écriant de temps en temps : « Camarade, mon cher Camarade, qu'êtes-vous devenu ? M'abandonnez-vous ? J'ai encore besoin de vos sages conseils. Revenez, revenez pour me les donner. » Comme elle parlait ainsi, elle aperçut tout d'un coup un second soleil qui se levait du côté d'Occident : elle s'arrêta pour admirer ce prodige. Son ravissement fut sans pareil de voir que cela s'approchait peu à peu d'elle & de reconnaître au bout d'un moment son cheval dont l'équipage était tout couvert de pierreries & qui précédait en cabriolant un char de perles & de topazes : vingt-quatre moutons le traînaient, leur

laine était de fil d'or & de canetille très brillante, leurs
traits de satin cramoisi, couverts d'émeraudes, les escarboucles n'y manquaient pas, ils en avaient à leurs cornes
& à leurs oreilles. Belle Belle reconnut dans le char sa
protectrice la fée, avec le comte son père & ses deux
sœurs, qui lui crièrent, en battant des mains & lui faisant
mille signes d'amitié, qu'elles venaient à ses noces. Elle
pensa mourir de joie, elle ne savait que faire ni que dire
pour leur en donner tous les témoignages qu'elle aurait
voulu. Elle se plaça dans le chariot, & ce pompeux équipage entra dans le palais, où tout était déjà préparé pour
célébrer la plus grande fête qui pouvait se passer dans le
royaume. Ainsi l'amoureux roi attacha sa destinée à
celle de sa maîtresse, & cette charmante aventure a
passé de siècle en siècle jusqu'au nôtre.

> *Le plus cruel lion de l'ardente Libye,*
> *Pressé par le chasseur dont il ressent les traits,*
> *Est moins à redouter qu'une amante en furie*
>   *Qui voit mépriser ses attraits.*
> *Le fer & le poison est la moindre vengeance*
>   *Qu'ose demander son courroux :*
> *Il faut du sang à ses transports jaloux*
>   *Pour en calmer la violence.*
> *Vous en voyez ici les funestes effets :*
> *On eût à Fortuné, malgré son innocence,*
> *Fait souffrir le tourment du plus grand des forfaits.*
>   *Sa métamorphose nouvelle*
> *Désarma tout un peuple à sa perte obstiné,*
>   *Et l'on reconnut Belle Belle*
>   *Sous les habits de Fortuné.*
> *La reine vainement demandait son supplice,*
> *Le ciel pour l'innocence a toujours combattu :*
>   *Après avoir puni le vice,*
>   *Il sait couronner la vertu.*

SUITE DU GENTILHOMME
BOURGEOIS.

La Dandinardière avait écouté la lecture du conte de
Belle Belle avec beaucoup d'attention &, comme il était
susceptible de toutes les impressions qu'on voulait lui
donner, le prieur remarqua qu'il pleurait tendrement :
« Qu'avez-vous donc ? dit-il, vous me paraissez bien
touché. — Hélas ! qui ne le serait ! s'écria le petit
homme. Il faut que vous ayez le cœur plus dur que les
cailloux qui m'ont cassé la tête pour vous défendre
d'une si juste affliction. — Si Belle Belle avait péri,
répliqua le prieur, je crois effectivement que j'aurais

regretté sa perte ; mais vous vous affligez mal à propos, & son mariage la rend trop heureuse pour ne pas partager sa joie. — Rions donc, dit La Dandinardière en s'essuyant les yeux ; aussi bien j'ai sujet de me réjouir quand je pense au généreux don que vous me faites de cet admirable conte. Je vous en ai une obligation si pressante, que je sacrifierais ma vie pour vous. — Oh ! vous êtes trop reconnaissant, reprit le prieur ; je ne vous demande point d'autre récompense du service que je vous rends, que d'avoir la satisfaction de vous voir briller entre tous les conteurs de contes comme le soleil brille dans un beau jour. Je vais même de ce pas annoncer aux charmantes Virginie & Marthonide que vous les surpassez dans ce genre d'écrire & que, si elles veulent venir cet après-midi dans votre chambre, vous les en convaincrez. »

« Vous me ravissez, dit-il, en le serrant étroitement entre ses bras ; je suis persuadé qu'un tel ouvrage va m'immortaliser. Je ne laisse pas de souffrir du secret dépit dont ces deux belles filles seront saisies quand elles verront que j'ai cent fois plus d'esprit qu'elles. — Il faut qu'elles prennent patience, ajouta le prieur. Mais adieu, j'ai assez lu pour avoir besoin de déjeûner. — Et moi, assez écouté, répliqua notre bourgeois, pour que ma pauvre tête s'accommode d'un peu de repos. »

Le prieur sortit, il fut annoncer à mesdemoiselles de Saint-Thomas que La Dandinardière avait fait un chef d'œuvre & qu'il les conviait de le venir entendre. « En vérité, dit Marthonide, il a une physionomie si spirituelle, qu'il ne faut que le voir pour se convaincre qu'il est capable de tout ce qu'il veut. — C'est un bonheur particulier, ajouta Virginie, qu'un homme comme lui, qui a toujours été parmi le feu & le carnage, qui a joué un rôle si élevé dans les plus grandes guerres de l'Europe, conserve autant de délicatesse

que les gens de lettres, qui ne sortent pas de leur cabinet & des ruelles. »

Le prieur mourait d'envie de rire, quand il entendait
qu'elles disaient très sérieusement que La Dandinardière était un général Matamore & qu'il s'était fait
craindre & admirer à l'armée. Il ne voulut pas les en
détromper : cela aurait été fort contraire à l'envie que
l'on avait de le marier avec une de ces deux belles
filles. Mais, en les quittant, il fut dire au vicomte de
Bergenville qu'avant la fin du jour, il y aurait une rude
guerre entre le petit bourgeois & mesdemoiselles de
Saint-Thomas pour le conte de Belle Belle : « Est-il
possible, s'écria le vicomte, que vous vouliez les
brouiller dans le temps que nous songeons très sérieusement à les unir pour toujours ? — J'ai tort, dit le prieur,
mais il m'a paru si plaisant de les entendre les uns & les
autres assurer qu'ils ont composé cet ouvrage, se quereller là-dessus & produire leurs témoins, que je n'ai
pas été le maître de m'en empêcher. — Je vous proteste, répliqua-t-il, que bien loin de leur donner des dispositions de tendresse, vous leur en feriez naître d'aversion, qui ne finiraient peut-être qu'avec leur vie.
— Eh ! comment faire ? ajouta le prieur ; il a le conte
sous son chevet ; on lui arracherait plutôt l'âme que ce
petit cahier. »

« Je m'imagine un moyen pour l'avoir, repartit le
vicomte. Puisqu'il est sous son chevet, pendant
qu'on le pansera, je lui volerai... — Voilà le secret de
le faire pendre ! s'écria le prieur, car il ne comprend
rien au-dessus du plaisir de persuader à sa maîtresse
qu'il a de l'esprit. Dans quelle affliction le jetterez-
vous, s'il assemble toute la compagnie pour l'entendre & qu'il se trouve n'avoir rien à dire ! — Le
seul remède que je sais, répliqua le vicomte, c'est
d'envoyer chez moi demander à ma femme ce qu'une

de ses amies lui a envoyé. Car enfin il n'a pas eu une
si grande attention au sujet pour qu'il ne soit aisément trompé, dès qu'il y verra des fées. — J'y
consens, dit le prieur, pourvu que vous conduisiez
bien l'affaire ; autrement vous êtes un homme
mort. » Le vicomte envoya son valet de chambre en
diligence, & comme il n'y avait pas loin, il fut assez
tôt revenu pour que son maître pût faire adroitement
l'échange qu'il avait projeté.

Le prieur, impatient, courut dans la chambre de mesdemoiselles de Saint-Thomas : « Je savais bien, leur
dit-il, que monsieur de La Dandinardière est plus brave
que n'étaient Alexandre & César, mais j'ignorais qu'il
eût un esprit universel. Il vient d'achever un conte qui
fera bien enrager les conteuses &, s'il commence ainsi
pour la première fois, l'on peut dire que cet homme ira
loin. » En disant cela, il roulait deux gros yeux dans sa
tête & faisait des grimaces mystérieuses qui allaient
jusqu'à la convulsion. Virginie & Marthonide gardaient
un profond silence causé par l'étonnement d'une si
grande nouvelle & le prieur, reprenant la parole, dit
trente fois de suite, comme s'il eût répondu à ses pensées : « Oui, il ira loin ; oui, c'est un prodige ; oui, oui,
& encore oui. » Virginie prit un goût admirable à l'entendre : « Ah ! monsieur, lui dit-elle, que vous louez
bien ! que vous louez finement ! Il faut que vous soyez
le panégyriste du plus illustre de tous les hommes, je
veux parler de monseigneur de la Dandinardière.
— Mais, dit Marthonide en interrompant sa sœur, n'au-
rons-nous point le plaisir d'entendre la lecture de ce
merveilleux ouvrage ? — Sans doute, répliqua-t-il, je
viens vous en prier de sa part. — Ah ! ma sœur, quel
plaisir ! dirent-elles, il faut nous habiller plus propres
qu'à l'ordinaire. »

Elles prirent chacune un justaucorps de chasse,

qu'elles avaient fait d'une jupe de moire verte, avec
une capeline de velours usé, plus gris que noir. Ce
bonnet était couvert de plumes de paon ; chacune avait
une écharpe de vieille dentelle d'oripeau pleine de
clinquant, qui tombait galamment en forme de ban-
doulière, avec un petit cor dont elles ne savaient point
sonner ; mais enfin une telle magnificence ne laissait
pas de briller beaucoup dans le village de Saint-Thomas.

Quelque constellation bizarre se mêlait ce jour-là de
la parure de ces héroïnes & de notre petit héros. Dans
l'espérance de les voir, il avait cherché ce qu'il lui sié-
rait le mieux. Car de paraître devant elles avec les serviettes qui enveloppaient sa tête, il ne pouvait s'y
résoudre ; de les ôter, c'était encore pis. Il prit le parti
de l'entortiller de sa veste couleur de souci & gris-de-
lin, il s'en fit une espèce de turban, les deux manches
pendaient aux côtés. Il avait son hausse-col d'un acier
bruni moitié rouillé moitié poli, ses gantelets dans ses
mains, avec une pile de carreaux qui le soutenaient. Il
fallait certainement avoir un fond de sérieux misanthrope pour résister à l'envie de rire que donnait cette
étrange figure, mais les divines Virginie & Marthonide
n'étaient capables que d'admiration.

Elles dînèrent avec une frugalité qui n'étonna personne ; l'on savait bien qu'elles regardaient la nécessité de manger comme un défaut de la nature, où elles
voulaient remédier en y résistant opiniâtrement, &
bien souvent elles en tombaient en faiblesse. Dès que
l'on fut sorti de table, le prieur engagea madame de
Saint-Thomas de venir voir l'illustre blessé, il lui promit la lecture d'un conte. Elle fut agréablement flattée,
quand elle pensa qu'on la conviait d'entendre un
ouvrage d'esprit. Elle se leva aussitôt &, d'un pas
grave, elle parvint à la chambre du moribond ; ses

filles, mitigées entre l'air d'Amazones & celui de pro-
vinciales, la suivirent. Les messieurs leur donnèrent la
main, & La Dandinardière, transporté de joie de les
voir, savait si peu ce qu'il faisait, qu'il fut cent fois
près de sauter de son lit pour leur faire les honneurs de
cet appartement.

Après les premières civilités, chacun se plaça. Notre
petit homme, prenant un ton de voix étudié, leur dit :
« Pardon, mesdames, pardon d'oser vous attirer en ces
lieux. Vous aurez sujet de dire que vous attendiez
l'agréable chant du rossignol & que vous n'avez
trouvé qu'un hibou. — Nous n'avons jamais hiboudé
personne, répliqua madame de Saint-Thomas, qui se
piquait de faire des mots & de parler extraordinairement, & puis nous savons bien que votre rossignolerie
se soutient à merveille. — J'ai autant d'envie de vous
louer que ma mère, dit Virginie, & je le ferais peut-
être en termes qui ne dissonneraient pas à la délicatesse de vos oreilles, mais la passion que j'ai de lire le
conte que vous avez fait m'impose le silence. — Ha !
ha ! ha ! mademoiselle, dit La Dandinardière, vous
m'allez gâter, si je n'y prends garde ; des louanges
d'un petit bécot vermillet me suffoquent. — Ne vous
lassez pas d'en entendre, ajouta Marthonide ; un
mérite aussi éclatant que le vôtre est exposé à de rudes
assauts. — Vous me comblez de grâces, charmantes
personnes, s'écria-t-il, je ne puis en telle occasion
répondre que par mon silence, pendant lequel monsieur le prieur de Richecour lira mon ouvrage. Je l'ai
fait ce qui s'appelle en poste ; il faut savoir avec
quelle diligence je broche dans ces broussailles, j'en
suis honteux comme un chien. »

« Il y a une heure, dit madame de Saint-Thomas en
l'interrompant, que j'admire les expressions nobles &
aisées dont vous vous servez. L'on doit avouer que les

gens de la cour ont quelque chose qui les met bien au-
dessus des autres mortels. — Oh ! madame, dit La
Dandinardière, il y a cour & cour : celle où j'ai été
élevé est si délicate qu'on n'y souffrirait pas la plus
petite obscénité ; qui ferait là un barbarisme serait
proscrit ; il faut être puriste ou crever. » Virginie, sa
sœur & sa mère auraient laissé parler le malade toute
la journée sans l'interrompre, tant elles étaient ravies
des grands mots qu'il débitait. Mais l'on entendit tout
d'un coup un furieux bruit dans la cour : c'était Alain
qui faisait entrer une charrette & trois ânons chargés
de la bibliothèque de son maître. Il se battait à coups
de poings avec le charretier qu'il accusait d'avoir volé
un livre pour chanter au lutrin. Le paysan, indigné de
l'injustice de ce majordome, le tenait aux cheveux, &
de part & d'autre l'on ne voyait que bras haussés &
bras baissés sur le visage ou sur l'estomac des cham-
pions.

La Dandinardière, à ces nouvelles, se jeta du lit ;
enveloppé comme un mort dans son drap, il courut en
cet équipage à la fenêtre, ravi de voir faire tant de
prouesses à son fidèle Alain. Mais faisant tout d'un
coup réflexion à l'irrégularité de son déshabillé, il
s'adressa aux dames pour leur en faire des excuses :
« Je vous avoue, leur dit-il, que j'ai une valeur incommode ; elle me domine à tel point que je ne puis
entendre le cliquetis des armes sans être ému ; j'ai fait
cent combats en ma vie uniquement pour le seul plaisir
de ferrailler. » Il raisonnait ainsi, son drap assez mal
mis sur lui, son turban de travers & ses pieds nus qu'il
laissait voir sans affectation, quand madame de Saint-
Thomas le pria de se remettre au lit. Il envoya séparer
Alain, qui méditait déjà une honorable retraite, car le
charretier pour un coup reçu lui en donnait six, & en
vérité il aimait mieux sa peau que tous les livres de son

maître : « Garde, dit-il à son adversaire, notre lutrin &
me laisse aller en paix. — Non, dit le charretier, tu m'as
larronné mon honneur, délarronne-le moi ou tu es
mort. » Le secours que madame de Saint-Thomas lui
envoyait arriva là-dessus très à propos pour le retirer
des mains du furibond charretier. Mais la dispute
recommença avec plus de chaleur lorsqu'il fallut payer,
car Alain, entendu sur ses intérêts, voulait rabattre dix
sous pour en faire une compensation avec les coups
qu'il avait par devers lui, dont il saignait & dont ses
yeux étaient meurtris.

   Enfin tout fut pacifié, la charrette & les ânons partirent, les livres restèrent entassés sur l'herbe, & la pluie
vint si abondante que quelque diligence qu'on pût faire
pour les en garantir, il n'y eut pas moyen de les sauver.
Les regrets de La Dandinardière réjouissaient fort ceux
qui savaient jusqu'à quel point allait son ignorance :
« Ah ! mes livres grecs, s'écriait-il, chers délices de ma
solitude ! Ah ! mes livres hébreux dont j'ai commencé
une si pénible traduction ! Ah ! mes poètes latins ; ah !
mon Algèbre, vous voilà donc noyés ! Si vous aviez
péri dans la mer ou au milieu d'une ville en feu ou par
quelque coup de tonnerre, votre perte, étant plus honorable, me serait moins sensible. Mais par une méchante
pluie au milieu d'une cour ! Non, je ne m'en consolerai
jamais. » Virginie, tendrement touchée de la juste douleur du savant La Dandinardière, le conjura de cesser
ses tristes plaintes, à moins qu'il ne voulût la faire mourir. Elle lui promit que tout le monde allait s'occuper à
sécher ses pauvres auteurs mouillés & qu'il en resterait
encore assez pour l'entretenir agréablement. Marthonide ajouta de nouvelles raisons à celles de sa sœur ; le
petit affligé trouva qu'il aurait grand tort de ne se pas
consoler, puisque les plus aimables personnes qui fussent dans l'univers s'en mêlaient. Il secoua deux ou

trois fois la tête en disant : « Chagrin, noir chagrin, je
veux que tu te dissipes. » Son turban en tomba, il en eut
un nouveau dépit. Mais pour faire diversion avec tant
de sujets de peine, le prieur demanda audience à toute
la compagnie, afin de lire le conte dont il leur avait
parlé. Chacun se tut & il commença ainsi.

LE PIGEON ET LA COLOMBE. *CONTE**.

Il était une fois un roi & une reine qui s'aimaient si chèrement que cette union servait d'exemple dans toutes les familles, & l'on aurait été bien surpris de voir un ménage en discorde dans leur royaume. Il se nommait le royaume des Déserts.

La reine avait eu plusieurs enfants ; il ne lui restait

---

* Coupable d'avoir vu le Géant fatal, une princesse est réduite à l'état de bergère en un royaume où le prince ne manque pas de s'éprendre d'elle : au grand dam de sa jalouse mère. L'exil, la métamorphose des deux en volatiles ne leur évitent pas de nouvelles aventures très fâcheuses.

qu'une fille dont la beauté était si grande que, si
quelque chose pouvait la consoler de la perte des autres,
c'était les charmes que l'on remarquait dans celle-ci. Le
roi & la reine l'élevaient comme leur unique espérance.
Mais le bonheur de la famille royale dura peu. Le roi
étant à la chasse sur un cheval ombrageux, il entendit
tirer quelques coups : le bruit & le feu l'effrayèrent, il
prit le mors aux dents, il partit comme un éclair. Il voulut l'arrêter au bord d'un précipice, il se cabra &,
s'étant renversé sur lui, la chute fut si rude qu'il le tua
avant qu'on fût en état de le secourir.

Des nouvelles si funestes réduisirent la reine à l'extrémité : elle ne put modérer sa douleur, elle sentit bien
qu'elle était trop violente pour y résister & elle ne songea plus qu'à mettre ordre aux affaires de sa fille, afin
de mourir avec quelque sorte de repos. Elle avait une
amie qui s'appelait la Fée souveraine, parce qu'elle
avait une grande autorité dans tous les empires &
qu'elle était fort habile. Elle lui écrivit d'une main
mourante, qu'elle souhaitait de rendre les derniers soupirs entre ses bras, qu'elle se hâtât de venir, si elle voulait la trouver en vie, & qu'elle avait des choses de
conséquence à lui dire.

Quoique la fée ne manquât pas d'affaires, elle les
quitta toutes &, montant sur son chameau de feu qui
allait plus vite que le soleil, elle arriva chez la reine, qui
l'attendait impatiemment. Elle lui parla de plusieurs
choses qui touchaient la régence du royaume, la priant
de l'accepter & de prendre soin de la petite princesse
Constancia. « Si quelque chose, ajouta-t-elle, peut soulager l'inquiétude que j'ai de la laisser orpheline dans
un âge si tendre, c'est l'espérance que vous me donne-
rez en sa personne des marques de l'amitié que vous
avez toujours eue pour moi, qu'elle trouvera en vous
une mère qui peut la rendre bien plus heureuse & plus

parfaite que je n'aurais fait, & que vous lui choisirez un époux assez aimable pour qu'elle n'aime jamais que lui. — Tu souhaites tout ce qu'il faut souhaiter, grande reine, lui dit la fée, je n'oublierai rien pour ta fille. Mais j'ai tiré son horoscope. Il semble que le destin est irrité contre la nature d'avoir épuisé tous ses trésors en la formant. Il a résolu de la faire souffrir, & ta Royale Majesté doit savoir qu'il prononce quelquefois des arrêts sur un ton si absolu qu'il est impossible de s'y soustraire. — Tout au moins, reprit la reine, adoucissez ses disgrâces & n'oubliez rien pour les prévenir : il arrive souvent que l'on évite de grands malheurs, lorsqu'on y fait une sérieuse attention. » La Fée souveraine lui promit tout ce qu'elle souhaitait, & la reine, ayant embrassé cent & cent fois sa chère Constancia, mourut avec assez de tranquillité.

La fée lisait dans les astres avec la même facilité qu'on lit à présent les contes nouveaux qui s'impriment tous les jours. Elle vit que la princesse était menacée de la fatale passion d'un Géant, dont les États n'étaient pas fort éloignés du royaume des Déserts. Elle connaissait bien qu'il fallait sur toutes choses l'éviter, & elle n'en trouva pas de meilleur moyen que d'aller cacher sa chère élève à un des bouts de la terre, si éloigné de celui où le Géant régnait, qu'il n'y avait aucune apparence qu'il vînt y troubler leur repos.

Dès que la Fée souveraine eut choisi des ministres capables de gouverner l'État, qu'elle voulait leur confier, & qu'elle eut établi des lois si judicieuses que tous les Sages de la Grèce n'auraient pu rien faire d'approchant, elle entra une nuit dans la chambre de Constancia &, sans la réveiller, elle l'emporta sur son chameau de feu, puis partit pour aller dans un pays fertile, où l'on vivait sans ambition & sans peine : c'était une vraie vallée de Tempé, l'on n'y trouvait que des bergers & des bergères, qui demeuraient dans des cabanes dont chacun était l'architecte.

Elle n'ignorait pas que si la princesse passait seize ans sans voir le Géant, elle n'aurait plus qu'à retourner en triomphe dans son royaume, mais que, s'il la voyait plus tôt, elle serait exposée à de grandes peines. Elle était très soigneuse de la cacher aux yeux de tout le monde &, pour qu'elle parût moins belle, elle l'avait habillée en bergère avec de grosses cornettes toujours abattues sur son visage ; mais tel que le soleil enveloppé d'une nuée la perce par de longs traits de lumière, cette charmante princesse ne pouvait être si bien couverte, que l'on n'aperçût quelques-unes de ses beautés &, malgré tous les soins de la fée, on ne parlait plus de Constancia que comme d'un chef d'œuvre des cieux, qui ravissait tous les cœurs.

Sa beauté n'était pas la seule chose qui la rendait merveilleuse : Souveraine l'avait douée d'une voix si admirable & de toucher si bien tous les instruments dont elle voulait jouer, que, sans avoir jamais appris la musique, elle aurait pu donner des leçons aux Muses & même au céleste Apollon.

Ainsi elle ne s'ennuyait point : la fée lui avait expliqué les raisons qu'elle avait de l'élever dans une condition si obscure. Comme elle était toute pleine d'esprit, elle y entrait avec tant de jugement que Souveraine s'étonnait qu'à un âge si peu avancé l'on pût trouver tant de docilité & d'esprit. Il y avait plusieurs mois qu'elle n'était allée au royaume des Déserts, parce qu'elle ne la quittait qu'avec peine ; mais sa présence y était nécessaire, l'on n'agissait que par ses ordres & les ministres ne faisaient pas également bien leur devoir. Elle partit, lui recommandant fort de s'enfermer jusqu'à son retour.

Cette belle princesse avait un petit mouton qu'elle

aimait chèrement. Elle se plaisait à lui faire des guirlandes de fleurs, d'autres fois elle le couvrait de nœuds
de rubans. Elle l'avait nommé Ruson. Il était plus
habile que tous ses camarades, il entendait la voix & les
ordres de sa maîtresse, il y obéissait ponctuellement :
« Ruson, lui disait-elle, allez quérir ma quenouille. » Il
courait dans sa chambre & la lui apportait en faisant
mille bonds. Il sautait autour d'elle, il ne mangeait plus
que les herbes qu'elle avait cueillies, & il serait plutôt
mort de soif que de boire ailleurs que dans le creux de
sa main. Il savait fermer la porte, battre la mesure
quand elle chantait, & bêler en cadence. Ruson était
aimable, Ruson était aimé, Constancia lui parlait sans
cesse & lui faisait mille caresses.

Cependant une jolie brebis du voisinage plaisait pour
le moins autant à Ruson que sa princesse. Tout mouton
est mouton, & la plus chétive brebis était plus belle aux
yeux de Ruson que la mère des Amours. Constancia lui
reprochait souvent ses coquetteries : « Petit libertin,
disait-elle, ne saurais-tu rester auprès de moi ? Tu m'es
si cher, je néglige tout mon troupeau pour toi & tu ne
veux pas laisser cette galeuse pour me plaire. » Elle
l'attachait avec une chaîne de fleurs, alors il semblait se
dépiter & tirait tant & tant qu'il la rompait : « Ah ! lui
disait Constancia en colère, la fée m'a dit bien des fois
que les hommes sont volontaires comme toi, qu'ils
fuient le plus léger assujettissement & que ce sont les
animaux du monde les plus mutins. Puisque tu veux
leur ressembler, méchant Ruson, va chercher ta belle
bête de brebis ; si le loup te trouve & te mange, tu seras
bien mangé, je ne pourrai peut-être pas te secourir. »

Le mouton amoureux ne profita point des avis de
Constancia. Étant un jour avec sa chère brebis proche
de la maisonnette où la princesse travaillait toute seule,
elle l'entendit bêler si haut & si pitoyablement qu'elle

ne douta point de sa funeste aventure. Elle se lève bien
émue, sort & voit un loup qui emportait le pauvre petit
Ruson. Elle ne songea plus à tout ce que la fée lui avait
dit en partant ; elle courut après le ravisseur de son
mouton, criant *au loup, au loup* ! Elle le suivait, lui
jetant des pierres avec sa houlette sans qu'il quittât sa
proie. Mais hélas ! en passant proche d'un bois, il en
sortit bien un autre loup : c'était un horrible géant. A la
vue de cet épouvantable colosse, la princesse, transie de
peur, leva les yeux vers le ciel pour lui demander du
secours & pria la terre de l'engloutir. Elle ne fut écoutée
ni du ciel ni de la terre ; elle méritait d'être punie de
n'avoir pas cru la Fée souveraine.

Le Géant ouvrit les bras pour l'empêcher de passer
outre ; mais quelque terrible & furieux qu'il fût, il ressentit les effets de sa beauté : « Quel rang tiens-tu parmi
les déesses ? lui dit-il d'une voix qui faisait plus de
bruit que le tonnerre. Car ne pense pas que je m'y
méprenne : tu n'es point une mortelle ; apprends-moi
seulement ton nom, & si tu es fille ou femme de Jupiter.
Qui sont tes frères ? Qui sont tes sœurs ? Il y a longtemps que je cherche une déesse pour l'épouser, te voilà
heureusement trouvée. » La princesse sentait que la
peur avait lié sa langue & que les paroles mouraient
dans sa bouche.

Comme il vit qu'elle ne répondait pas à ses galantes
questions : « Pour une divinité, lui dit-il, tu n'as guère
d'esprit. » Sans autre discours il ouvrit un grand sac &
la jeta dedans.

La première chose qu'elle aperçut au fond, ce fut le
méchant loup & le pauvre mouton. Le Géant s'était
diverti à les prendre à la course : « Tu mourras avec
moi, mon cher Ruson, lui dit-elle en le baisant, c'est
une petite consolation, il vaudrait bien mieux nous sauver ensemble. »

Cette triste pensée la fit pleurer amèrement, elle soupirait & sanglotait fort haut, Ruson bêlait, le loup hur-
lait. Cela réveilla un chien, un chat, un coq & un perroquet qui dormaient. Ils commencèrent de leur côté à
faire un bruit désespéré, voilà un étrange charivari dans
la besace du Géant. Enfin, fatigué de les entendre, il
pensa tout tuer, mais il se contenta de lier le sac & de le
jeter sur le haut d'un arbre, après l'avoir marqué pour le
venir reprendre : il allait se battre en duel contre un
autre géant & toute cette crierie lui déplaisait.

La princesse se douta bien que, pour peu qu'il marchât, il s'éloignerait beaucoup, car un cheval courant à
toute bride n'aurait pu l'attraper, quand il allait au petit
pas. Elle tira ses ciseaux & coupa la toile de la besace,
puis elle en fit sortir son cher Ruson, le chien, le chat, le
coq, le perroquet. Elle se sauva ensuite & laissa le loup
dedans pour lui apprendre à manger les petits moutons.
La nuit était fort obscure, c'était une étrange chose de
se trouver seule au milieu d'une forêt sans savoir de
quel côté tourner ses pas, ne voyant ni le ciel ni la terre
& craignant toujours de rencontrer le Géant.

Elle marchait le plus vite qu'elle pouvait, elle serait
tombée cent & cent fois, mais tous les animaux qu'elle
avait délivrés, reconnaissants de la grâce qu'ils en
avaient reçue, ne voulurent point l'abandonner & la servirent utilement dans son voyage. Le chat avait les yeux
si étincelants qu'il éclairait comme un flambeau, le
chien, qui jappait, faisait la sentinelle, le coq chantait
pour épouvanter les lions[1], le perroquet jargonnait si
haut qu'on aurait jugé à l'entendre que vingt personnes
causaient ensemble, de sorte que les voleurs s'éloi-

---

1. Esope s'est fait l'écho d'une tradition dans *L'Âne, le Coq et le
Lion* (Fable 269), en faisant fuir ce dernier entendant le cri du coq.

gnaient pour laisser le passage libre à notre belle voyageuse, & le mouton, qui marchait devant elle la garantissait de tomber dans de grands trous, dont il avait
lui-même bien de la peine à se retirer.

Constancia allait à l'aventure, se recommandant à sa
bonne amie la fée dont elle espérait quelque secours,
quoiqu'elle se reprochât beaucoup de n'avoir pas suivi
ses ordres. Mais quelquefois elle craignait d'en être
abandonnée : elle aurait bien souhaité que sa bonne fortune l'eût conduite dans la maison où elle avait été si
secrètement élevée ; comme elle n'en savait point le
chemin, elle n'osait point se flatter de le rencontrer sans
un bonheur particulier.

Elle se trouva à la pointe du jour au bord d'une
rivière qui arrosait la plus agréable prairie du monde.
Elle regarda autour d'elle & ne vit ni chien ni chat ni
coq ni perroquet : « Hélas ! Où suis-je ? dit-elle ; je ne
connais point ces beaux lieux, que vais-je devenir ? Qui
aura soin de moi ? Ah ! petit mouton, que tu me coûtes
cher ! Si je n'avais pas couru après toi, je serais encore
chez la Fée souveraine, je ne craindrais ni le Géant ni
aucune aventure fâcheuse. » Il semblait à l'air de Ruson
qu'il l'écoutait en tremblant & qu'il reconnaissait sa
faute. Enfin la princesse, abattue & fatiguée, cessa de le
gronder &, comme elle était lasse & que l'ombre de
plusieurs arbres la garantissait des ardeurs du soleil, ses
yeux se fermèrent doucement, elle se laissa tomber sur
l'herbe & s'endormit d'un profond sommeil.

Elle n'avait point d'autres gardes que le fidèle
Ruson ; il marcha sur elle, il la tiraillla & bêla si fort
qu'enfin il l'éveilla. Mais quel fut son étonnement de
remarquer à vingt pas d'elle un jeune homme qui se
tenait derrière quelques buissons ! Il s'en couvrait pour
la voir sans en être vu. La beauté de sa taille, celle de sa
tête, la noblesse de son air & la magnificence de ses

habits surprirent si fort la princesse qu'elle se leva brusquement dans la résolution de s'éloigner. Je ne sais quel
charme secret l'arrêta, elle jetait les yeux d'un air craintif sur cet inconnu, le Géant ne lui avait presque pas fait
plus de peur : mais la peur part de différentes causes.
Leurs regards & leurs actions marquaient assez les sentiments qu'ils avaient déjà l'un pour l'autre.

Ils seraient peut-être demeurés longtemps sans se parler que des yeux, si le prince n'avait pas entendu le
bruit des cors & celui des chiens qui s'approchaient. Il
s'aperçut qu'elle en était étonnée : « Ne craignez rien,
belle bergère, lui dit-il ; vous êtes en sûreté dans ces
lieux. Plût au ciel que ceux qui vous y voient y pussent
être de même. — Seigneur, dit-elle, j'implore votre protection. Je suis une pauvre orpheline, qui n'ai point
d'autre parti à prendre que d'être bergère. Procurez-moi
un troupeau, j'en aurai grand soin. — Heureux les moutons, dit-il en souriant, que vous voudrez conduire au
pâturage ! Mais enfin, aimable bergère, si vous le souhaitez, j'en parlerai à la reine ma mère & je me ferai un
plaisir de commencer dès aujourd'hui à vous rendre
mes services. — Ah ! seigneur, dit Constancia, je vous
demande pardon de la liberté que j'ai prise, je n'aurais
osé le faire, si j'avais su votre rang. »

Le prince l'écoutait avec le dernier étonnement, il lui
trouvait de l'esprit & de la politesse, rien ne répondait
mieux à son excellente beauté, mais rien ne s'accordait
plus mal avec la simplicité de ses habits & l'état de bergère. Il voulut même essayer de lui faire prendre un
autre parti : « Songez-vous, lui dit-il, que vous serez
exposée toute seule dans un bois ou dans une campagne, n'ayant pour compagnie que vos innocentes brebis ? Les manières délicates que je vous remarque s'ac-
commoderont-elles de la solitude ? Qui sait d'ailleurs si
vos charmes, dont le bruit se répandra dans cette

contrée, ne vous attireront point mille importuns. Moi-même, adorable bergère, moi-même je quitterai la cour pour m'attacher à vos pas, & ce que je ferai, d'autres le feront aussi. — Cessez, lui dit-elle, seigneur, de me flatter par des louanges que je ne mérite point. Je suis née dans un hameau, je n'ai jamais connu que la vie champêtre & j'espère que vous me laisserez garder tranquillement les troupeaux de la reine, si elle daigne me les confier. Je la supplierai même de me mettre sous quelque bergère plus expérimentée que moi &, comme je ne la quitterai point, il est bien certain que je ne m'ennuierai pas. »

Le prince ne put lui répondre, ceux qui l'avaient suivi à la chasse parurent sur un côteau : « Je vous quitte, charmante personne, lui dit-il d'un air empressé ; il ne faut pas que tant de gens partagent le bonheur que j'ai de vous voir. Allez au bout de cette prairie, il y a une maison où vous pourrez demeurer en sûreté, après que vous aurez dit que vous y venez de ma part. » Constancia, qui aurait eu de la peine à se trouver en si grande compagnie, se hâta de marcher vers le lieu que Constancio (c'est ainsi que s'appelait le prince) lui avait enseigné.

Il la suivit des yeux, il soupira tendrement &, remontant à cheval, il se mit à la tête de sa troupe, sans continuer la chasse. En entrant chez la reine, il la trouva fort irritée contre une vieille bergère, qui lui rendait un assez affreux compte de ses agneaux. Après que la reine eut bien grondé, elle lui dit de ne paraître jamais devant elle.

Cette occasion favorisa le dessein de Constancio : il lui conta qu'il avait rencontré une jeune fille qui désirait passionnément d'être à elle, qu'elle avait l'air soigneux & qu'elle ne paraissait pas intéressée. La reine goûta fort ce que lui disait son fils, elle accepta la bergère avant que de l'avoir vue, & dit au prince de donner ordre qu'on la menât avec les autres dans les pâcages de la couronne. Il fut ravi qu'elle la dispensât de venir au palais : certains sentiments empressés & jaloux lui faisaient craindre des rivaux, bien qu'il n'y en eût aucun qui pût lui rien disputer ni sur le rang ni sur le mérite. Il est vrai aussi qu'il craignait moins les grands seigneurs que les petits & qu'il pensait qu'elle aurait plus de penchant pour un simple berger que pour un prince qui était si proche du trône.

Il serait difficile de raconter toutes les réflexions dont celle-ci était suivie : que ne reprochait-il pas à son cœur, lui qui jusqu'alors n'avait rien aimé & qui n'avait trouvé personne digne de lui ! Il se donnait à une jeune fille d'une naissance si obscure, qu'il ne pourrait jamais avouer sa passion sans rougir. Il voulut la combattre &, se persuadant que l'absence était un remède immanquable particulièrement sur une tendresse naissante, il évita de revoir la bergère. Il suivit son penchant pour la chasse & pour le jeu : en quelque lieu qu'il aperçût des moutons, il s'en détournait comme s'il eût rencontré des serpents, de sorte qu'avec un peu de temps, le trait qui l'avait blessé lui parut moins sensible. Mais un jour des plus ardents de la canicule, Constancio, fatigué d'une longue chasse, se trouvant au bord de la rivière, il en suivit le cours à l'ombre des alisiers, qui joignaient leurs branches à celles des saules & rendaient cet endroit aussi frais qu'agréable. Une profonde rêverie le surprit, il était seul, il ne songeait plus à tous ceux qui l'attendaient, quand il fut frappé tout d'un coup par les charmants accents d'une voix qui lui parut céleste. Il s'arrêta pour l'écouter & ne demeura pas médiocrement surpris d'entendre ces paroles.

Hélas ! j'avais promis de vivre sans ardeur,
Mais l'Amour prend plaisir à me rendre parjure ;
Je me sens déchirer d'une vive blessure,
Constancio devient le maître de mon cœur.
L'autre jour je le vis dans cette solitude,

> *Fatigué du travail qu'il trouve en ces forêts,*
> *Il charmait son inquiétude,*
> *Assis sous ses ombrages frais.*
> *Jamais rien de si beau ne s'offrit à ma vue,*
> *Je demeurai longtemps immobile, éperdue,*
> *De la main de l'Amour je vis partir les traits*
> *Que je porte au fond de mon âme.*
> *Le mal que je ressens a pour moi trop d'attraits,*
> *Je vois par l'ardeur qui m'enflamme,*
> *Que je n'en guérirai jamais.*

Sa curiosité l'emporta sur le plaisir qu'il avait d'entendre chanter si bien ; il s'avança diligemment ; le nom de Constancio l'avait frappé, car c'était le sien, mais cependant un berger pouvait le porter aussi bien qu'un prince, & ainsi il ne savait si c'était pour lui ou pour quelque autre que ces paroles avaient été faites. Il eut à peine monté sur une petite éminence couverte d'arbres, qu'il aperçut au pied la belle Constancia : elle était assise sur le bord d'un ruisseau, dont la chute précipitée faisait un bruit si agréable, qu'elle semblait y vouloir accorder sa voix. Son fidèle mouton, couché sur l'herbe, se tenait comme un mouton favori bien plus près d'elle que les autres. Constancia lui donnait de temps en temps de petits coups de sa houlette, elle le caressait d'un air enfantin, & toutes les fois qu'elle le touchait il baisait sa main & la regardait avec des yeux tout pleins d'esprit. « Ah ! que tu serais heureux, disait le prince tout bas, si tu connaissais le prix des caresses qui te sont faites ! Et quoi ! cette bergère est encore plus belle que lorsque je la rencontrai ! Amour, Amour, que veux-tu de moi ? Dois-je l'aimer, ou plutôt suis-je encore en état de m'en défendre ? Je l'avais évitée soigneusement, parce que je sentais bien tout le danger qu'il y a de la voir. Quelles impressions, grands dieux, ces premiers mouvements ne firent-ils pas sur moi ! Ma raison essayait de me secourir, je fuyais un objet si

aimable, hélas ! je le retrouve ! Mais celui dont elle
parle est l'heureux berger qu'elle a choisi ! »

Pendant qu'il raisonnait ainsi, la bergère se leva pour
rassembler son troupeau & le faire passer dans un autre
endroit de la prairie, où elle avait laissé ses compagnes.
Le prince craignit de perdre cette occasion de lui parler,
il s'avança d'un air empressé vers elle : « Aimable bergère, lui dit-il, ne voulez-vous pas bien que je vous
demande si le petit service que je vous ai rendu vous a
fait quelque plaisir ? » A sa vue Constancia rougit, son
teint parut animé des plus vives couleurs : « Seigneur,
lui dit-elle, j'aurais pris soin de vous faire mes très
humbles remerciements, s'il convenait à une pauvre
fille comme moi d'en faire à un prince comme vous.
Mais encore que j'y aie manqué, le ciel m'est témoin
que je n'en suis point ingrate & que je prie les dieux de
combler vos jours de bonheur. — Constancia,
répliqua-t-il, s'il est vrai que mes bonnes intentions
vous aient touchée au point que vous le dites, il vous est
aisé de me le marquer. — Et que puis-je faire pour
vous, seigneur ? répliqua-t-elle d'un air empressé. —
Vous pouvez me dire, ajouta-t-il, pour qui sont les
paroles que vous venez de chanter ? — Comme je ne
les ai pas faites, repartit-elle, il me serait difficile de
vous apprendre rien là-dessus. »

Dans le temps qu'elle parlait, il l'examinait, il la
voyait rougir, elle était embarrassée & tenait les yeux
baissés : « Pourquoi me cacher vos sentiments,
Constancia ? lui dit-il, votre visage trahit le secret de
votre cœur, vous aimez ! » Il se tut & la regarda encore
avec plus d'application : « Seigneur, lui dit-elle, les
choses où j'ai quelque intérêt méritent si peu qu'un
grand prince s'en informe, & je suis si accoutumée à
garder le silence avec mes chères brebis que je vous
supplie de me pardonner, si je ne réponds point à vos

questions. » Elle s'éloigna si vite qu'il n'eut pas le temps de l'arrêter.

La jalousie sert quelquefois de flambeau pour rallumer l'amour ; celui du prince prit dans ce moment tant de forces qu'il ne s'éteignit jamais. Il trouva mille grâces nouvelles dans cette jeune personne, qu'il n'avait point remarquées la première fois qu'il la vit. La manière dont elle le quitta lui fit croire, autant que les paroles qu'elle avait chantées, qu'elle était prévenue pour quelque berger. Une profonde tristesse s'empara de son âme, il n'osa la suivre, bien qu'il eût une extrême envie de l'entretenir ; il se coucha dans le même lieu qu'elle venait de quitter &, après avoir essayé de se souvenir des paroles qu'elle venait de chanter, il les écrivit sur ses tablettes & les examina avec attention : « Ce n'est que depuis quelques jours, disait-il, qu'elle a vu ce Constancio qui l'occupe ; faut-il que je me nomme comme lui & que je sois si éloigné de sa bonne fortune ? Qu'elle m'a regardé froidement ! Elle me paraît plus indifférente aujourd'hui que lorsque je la rencontrai la première fois. Son plus grand soin a été de chercher un prétexte pour s'éloigner de moi. » Ces pensées l'affligèrent sensiblement, car il ne pouvait comprendre qu'une simple bergère pût être si indifférente pour un grand prince.

Dès qu'il fut de retour, il fit appeler un jeune garçon qui était de tous ses plaisirs : il avait de la naissance, il était aimable. Il lui ordonna de s'habiller en berger, d'avoir un troupeau & de le conduire tous les jours aux pâcages de la reine, afin de voir ce que faisait Constancia, sans lui être suspect. Mirtain (c'est ainsi qu'il se nommait) avait trop envie de plaire à son maître pour en négliger une occasion qui paraissait l'intéresser. Il lui promit de s'acquitter fort bien de ses ordres &, dès le lendemain, il fut en état d'aller dans la plaine. Celui qui en prenait soin ne l'y aurait pas reçu, sans qu'il montra un ordre du prince, disant qu'il était son berger & qu'il l'avait chargé de ses moutons.

Aussitôt on le laissa venir parmi la troupe champêtre. Il était galant, il plut sans peine aux bergères, mais, à l'égard de Constancia, il lui trouvait un air de fierté si fort au-dessus de ce qu'elle paraissait être, qu'il ne pouvait accorder tant de beautés d'esprit & de mérite avec la vie rustique & champêtre qu'elle menait. Il la suivait inutilement, il la trouvait toujours seule au fond des bois, qui chantait d'un air occupé, il ne voyait aucun berger qui osât entreprendre de lui plaire, la chose semblait trop difficile. Mirtain tenta cette grande aventure, il se rendit assidu auprès d'elle & connut par sa propre expérience qu'elle ne voulait point d'engagement.

Il rendait compte tous les soirs au prince de la situation des choses ; tout ce qu'il lui apprenait ne servait qu'à le désespérer : « Ne vous y trompez pas, seigneur, lui dit-il en jour, cette belle fille aime, mais il faut que ce soit en son pays. — Si cela était, reprit le prince, ne voudrait-elle pas y retourner ? — Que savons-nous, ajouta Mirtain, si elle n'a point quelques raisons qui l'empêchent de revoir sa patrie : elle est peut-être en colère contre son amant. — Ah ! s'écria le prince, elle chante trop tendrement les paroles que j'ai entendues. — Il est vrai, continua Mirtain, que tous les arbres sont couverts de chiffres de leurs noms, & puisque rien ne lui plaît ici, sans doute que quelque chose lui a plu ailleurs. — Eprouve, dit le prince, ses sentiments pour moi, dis-en du bien, dis-en du mal, tu pourras connaître ce qu'elle pense. »

Mirtain ne manqua pas de chercher une occasion de parler à Constancia : « Qu'avez-vous, belle bergère ? lui dit-il, vous paraissez mélancolique malgré toutes les raisons que vous avez d'être plus gaie qu'une autre. —

Et quels sujets de joie me trouvez-vous ? lui dit-elle, je suis réduite à garder des moutons ; éloignée de mon pays, je n'ai aucune nouvelle de mes parents : tout cela est-il fort agréable ? — Non, répliqua-t-il, mais vous êtes la plus aimable personne du monde, vous avez beaucoup d'esprit, vous chantez d'une manière ravissante, & rien ne peut égaler votre beauté. — Quand je posséderais tous ces avantages, ils me toucheraient peu, dit-elle en poussant un profond soupir. — Quoi donc ! ajouta Mirtain, vous avez de l'ambition ? Vous croyez qu'il faut être née sur le trône & du sang des dieux pour vivre contente ? Ah ! détrompez-vous de cette erreur : je suis au prince Constancio, & malgré l'inégalité de nos conditions je ne laisse pas de l'approcher quelquefois, je l'étudie, je pénètre ce qui se passe dans son âme & je sais qu'il n'est point heureux. — Eh ! Qui trouble son repos ? dit la princesse. — Une passion fatale, continua Mirtain. — Il aime ? reprit-elle d'un air inquiet. Hélas ! que je le plains ! Mais que dis-je ? continua-t-elle en rougissant. Il est trop aimable pour n'être pas aimé. — Il n'ose s'en flatter, belle bergère, dit-il, & si vous vouliez bien le mettre en repos là-dessus, il ajouterait plus de foi à vos paroles qu'à aucune autre. — Il ne me convient pas, dit-elle, de me mêler des affaires d'un si grand prince ; celles dont vous me parlez sont trop particulières pour que je m'avise d'y entrer. Adieu, Mirtain, ajouta-t-elle en le quittant brusquement, si vous voulez m'obliger, ne me parlez plus de votre prince ni de ses amours. »

Elle s'éloigna tout émue, elle n'avait pas été indifférente au mérite du prince. Le premier moment qu'elle le vit ne s'effaça plus de sa pensée &, sans le charme secret qui l'arrêtait malgré elle, il est certain qu'elle aurait tout tenté pour retrouver la Fée souveraine. Au reste, l'on s'étonnera que cette habile personne qui savait tout ne vînt pas la chercher, mais cela ne dépendait plus d'elle. Aussitôt que le Géant eut rencontré la princesse, elle fut soumise à la Fortune pour un certain temps ; il fallait que sa destinée s'accomplît, de sorte que la fée se contentait de la venir voir dans un rayon du soleil : les yeux de Constancia ne le pouvaient regarder assez fixement pour l'y remarquer.

Cette aimable personne s'était aperçue avec dépit que le prince l'avait si fort négligée qu'il ne l'aurait pas revue, si le hasard ne l'eût conduit dans le lieu où elle chantait. Elle se voulait un mal mortel des sentiments qu'elle avait pour lui &, s'il est possible d'aimer & de haïr en même temps, je puis dire qu'elle le haïssait parce qu'elle l'aimait trop : combien de larmes, répandait-elle en secret ! Le seul Ruson en était témoin, souvent elle lui confiait ses ennuis, comme s'il avait été capable de l'entendre &, lorsqu'il bondissait dans la plaine avec les brebis : « Prends garde, Ruson, prends garde, s'écriait-elle, que l'amour ne t'enflamme : de tous les maux c'est le plus grand, & si tu aimes sans être aimé, pauvre petit mouton, que feras-tu ? »

Ces réflexions étaient suivies de mille reproches qu'elle se faisait sur ses sentiments pour un prince indifférent ; elle avait bien envie de l'oublier, lorsqu'elle le trouva qui s'était arrêté dans un lieu agréable pour y rêver avec plus de liberté à la bergère qu'il fuyait. Enfin accablé de sommeil, il se coucha sur l'herbe ; elle survint, elle le vit, & son inclination pour lui prit de nouvelles forces ; elle avait pu s'empêcher de faire les paroles qui donnèrent lieu à l'inquiétude du prince. Mais de quel ennui avait-elle pas été frappée à son tour, lorsque Mirtain lui dit que Constancio aimait[2] ! Quelque

---

2. Mme d'Aulnoy semble avoir eu tendance à utiliser le passé simple au lieu du plus-que-parfait, qui a été imposé ici, afin de rendre le passage absolument intelligible.

attention qu'elle eût faite sur elle-même, elle n'avait pas été la maîtresse de s'empêcher de changer plusieurs fois de couleur. Mirtain, qui avait ses raisons pour l'étudier, le remarqua ; il en fut ravi & courut rendre compte à son maître de ce qui s'était passé.

Le prince avait bien moins de disposition à se flatter que son confident ; il ne crut voir que de l'indifférence dans le procédé de la bergère. Il en accusa l'heureux Constancio qu'elle aimait &, dès le lendemain, il fut la chercher. Aussitôt qu'elle l'aperçut, elle s'enfuit, comme si elle eût vu un tigre ou un lion : la fuite était le seul remède qu'elle imaginait à ses peines. Depuis sa conversation avec Mirtain, elle comprit qu'elle ne devait rien oublier pour l'arracher de son cœur & que le moyen d'y réussir, c'était de l'éviter.

Que devint Constancio quand sa bergère s'éloigna si brusquement ! Mirtain était auprès de lui : « Tu vois, lui dit-il, tu vois l'heureux effet de tes soins ! Constancia me hait, je n'ose la suivre pour m'éclaircir moi-même de ses sentiments. — Vous avez trop d'égards pour une personne si rustique, répliqua Mirtain, & si vous voulez, seigneur, je vais lui ordonner de votre part de venir vous trouver. — Ah ! Mirtain, s'écria le prince, qu'il y a de différence entre l'amant & le confident ! Je ne pense qu'à plaire à cette aimable fille, je lui ai trouvé une sorte de politesse, qui s'accommoderait mal des airs brusques que tu veux prendre : je consens à souffrir plutôt qu'à la chagriner. » En achevant ces mots, il fut d'un autre côté, avec une si profonde mélancolie, qu'il pouvait faire pitié à une personne moins touchée que Constancia.

Dès qu'elle l'eut perdu de vue, elle revint sur ses pas pour avoir le plaisir de se trouver dans l'endroit qu'il venait de quitter : « C'est ici, disait-elle, où il s'est arrêté, c'est là qu'il m'a regardée. Mais hélas ! dans tous ces lieux il n'a que de l'indifférence pour moi, il y vient pour rêver en liberté à ce qu'il aime. Cependant, continua-t-elle, ai-je raison de me plaindre ? Par quel hasard voudrait-il s'attacher à une fille qu'il croit si fort au-dessous de lui ? » Elle voulait quelquefois lui apprendre ses aventures, mais la Fée souveraine lui avait défendu si absolument de n'en point parler, que pour lors son obéissance prévalut sur ses propres intérêts & elle prit la résolution de garder le silence.

Au bout de quelques jours, le prince revint encore, elle l'évita soigneusement, il en fut affligé & chargea Mirtain de lui en faire des reproches. Elle feignit de n'y avoir pas fait réflexion, mais que, puisqu'il daignait s'en apercevoir, elle y prendrait garde. Mirtain, bien content d'avoir tiré cette parole d'elle, en avertit son maître. Dès le lendemain, il vint la chercher. A son abord, elle parut interdite ; quand il lui parla de ses sentiments, elle le fut bien davantage : quelque envie qu'elle eût de le croire, elle appréhendait de se tromper & que, jugeant d'elle par ce qu'il en voyait, il ne voulût peut-être se faire un plaisir de l'éblouir par une déclaration qui ne convenait point à une pauvre bergère. Cette pensée l'irrita, elle en parut plus fière & reçut si froidement les assurances qu'il lui donnait de sa passion, qu'il se confirma tous ses soupçons : « Vous êtes touchée, lui dit-il : un autre a su vous charmer. Mais j'atteste les dieux que, si je peux le connaître, il éprouvera tout mon courroux. — Je ne vous demande grâce pour personne, seigneur, répliqua-t-elle ; si vous êtes jamais informé de mes sentiments, vous les trouverez bien éloignés de ceux que vous m'attribuez. » Le prince à ces mots conçut quelque espérance. Mais elle fut bientôt détruite par la suite de leur conversation, car elle lui protesta qu'elle avait un fond d'indifférence invincible & qu'elle sentait bien qu'elle n'aimerait de sa vie. Ces dernières paroles le jetèrent dans une douleur inconcevable ; il se contraignit pour ne lui pas montrer toute sa douleur.

Soit la violence qu'il s'était faite, soit l'excès de sa passion, qui avait pris de nouvelles forces par les difficultés qu'il envisageait, il tomba si dangereusement malade que les médecins, ne connaissant rien à la cause de son mal, désespérèrent bientôt de sa vie. Mirtain, qui était toujours demeuré par son ordre auprès de Constancia, lui en apprit les fâcheuses nouvelles ; elle les entendit avec un trouble & une émotion difficiles à exprimer : « Ne savez-vous point quelque remède, lui dit-il, pour la fièvre & pour de grands maux de tête & de cœur ? — J'en sais un, répliqua-t-elle : ce sont des simples avec des fleurs ; tout consiste à la manière de les appliquer. — Ne viendrez-vous pas au palais pour cela ? ajouta-t-il. — Non, dit-elle en rougissant, je craindrais trop de ne pas réussir. — Quoi ! vous pourriez négliger quelque chose pour nous le rendre ? continua-t-il, je vous croyais bien dure, mais vous l'êtes encore cent fois plus que je ne l'avais imaginé. » Les reproches de Mirtain faisaient plaisir à Constancia : elle était ravie qu'il la pressât de voir le prince, ce n'était que pour se procurer cette satisfaction qu'elle s'était vantée de savoir un remède propre à le soulager, car il est vrai qu'elle n'en avait aucun.

Mirtain se rendit auprès de lui, il lui conta ce que la bergère avait dit & avec quelle ardeur elle souhaitait le retour de sa santé ; « Tu cherches à me flatter, lui dit Constancio, mais je te pardonne & je voudrais, dussé-je être trompé, pouvoir penser que cette belle fille a quelque amitié pour moi. Va chez la reine, dis-lui qu'une de ses bergères a un secret merveilleux, qu'elle pourra me guérir, obtiens permission de l'amener. Cours, vole, Mirtain, les moments vont me paraître des siècles. »

La reine n'avait pas encore vu la bergère, quand Mirtain lui en parla ; elle dit qu'elle n'ajoutait point foi à ce que des petites ignorantes se piquaient de savoir & que c'était là une folie : « Certainement, madame, lui dit-il, l'on peut quelquefois trouver plus de soulagement dans l'usage des simples que dans tous les livres d'Esculape. Le prince souffre tant, qu'il souhaite d'éprouver tout ce que cette jeune fille propose. — Volontiers, dit la reine, mais si elle ne le guérit pas, je la traiterai si rudement, qu'elle n'aura plus l'audace de se vanter mal à propos. » Mirtain retourna vers son maître, il lui rendit compte de la mauvaise humeur de la reine & qu'il en craignait les effets pour Constancia : « J'aimerais mieux mourir ! s'écria le prince. Retourne sur tes pas, dis à ma mère que je la prie de laisser cette belle fille auprès de ses innocentes brebis. Quel paiement, continua-t-il, pour la peine qu'elle prendrait ! je sens que cette idée redouble mon mal. »

Mirtain courut chez la reine lui dire de la part du prince de ne point faire venir Constancia, mais, comme elle était naturellement fort prompte, elle se mit en colère de ses irrésolutions : « Je l'ai envoyé quérir, dit-elle ; si elle guérit mon fils, je lui donnerai quelque chose, si elle ne guérit pas, je sais ce que j'ai à faire : retournez auprès de lui & tâchez de le divertir, il est dans une mélancolie qui me désole. » Mirtain lui obéit & se garda bien de dire à son maître la mauvaise humeur où il l'avait trouvée, car il serait mort d'inquiétude pour sa bergère.

Le pacage royal était si proche de la ville qu'elle ne tarda pas longtemps à s'y rendre, sans compter qu'elle était guidée par une passion qui fait aller ordinairement bien vite. Lorsqu'elle fut au palais, on vint le dire à la reine, mais elle ne daigna pas la voir : elle se contenta de lui mander qu'elle prît bien garde à ce qu'elle allait entreprendre, que si elle manquait de guérir le prince, elle la ferait coudre dans un sac & jeter dans la rivière. A cette menace la belle princesse pâlit, son sang se glaça : « Hélas ! dit-elle en elle-même, ce châtiment m'est bien dû, j'ai fait un mensonge, lorsque je me suis vantée d'avoir quelque science, & mon envie de voir Constancio n'est pas assez raisonnable pour que les dieux me protègent. » Elle baissa doucement la tête, laissant couler des larmes sans rien répondre.

Ceux qui étaient autour d'elle l'admiraient, elle leur paraissait plutôt une fille du ciel qu'une personne mortelle : « De quoi vous défiez-vous, aimable bergère, lui dirent-ils, vous portez dans vos yeux la mort & la vie, un seul de vos regards peut conserver notre jeune prince. Venez dans sa chambre, essayez vos pleurs & employez vos remèdes sans crainte. »

La manière dont on lui parlait & l'extrême désir qu'elle avait de le voir lui redonnèrent de la confiance. Elle pria qu'on la laissât entrer dans le jardin pour cueillir elle-même tout ce qui lui était nécessaire. Elle prit du myrte, du trèfle, des herbes & des fleurs, les unes dédiées à Cupidon, les autres à sa mère, les plumes d'une colombe & quelque goutte du sang d'un pigeon, elle appela à son secours toutes les déités & toutes les fées. Ensuite, plus tremblante que la tourterelle quand elle voit un milan, elle dit qu'on pouvait la mener dans la chambre du prince. Il était couché, son visage pâle & ses yeux languissants, mais aussitôt qu'il l'aperçut, il prit une meilleure couleur. Elle le remarqua avec une extrême joie.

« Seigneur, lui dit-elle, il y a déjà plusieurs jours que je fais des vœux pour le retour de votre santé. Mon zèle m'a même engagée de dire à l'un de vos bergers que je savais quelques petits remèdes & que volontiers j'essaierais de vous soulager. Mais la reine m'a mandé que, si le ciel m'abandonne dans cette entreprise, elle me fera mourir : elle veut qu'on me noie, si vous ne guérissez pas. Jugez, seigneur, des alarmes où je suis, & soyez persuadé que je m'intéresse plus à votre conservation par rapport à vous que par rapport à moi. — Ne craignez rien, charmante bergère, lui dit-il ; les souhaits favorables que vous faites pour ma vie vont me la rendre si chère que j'en serai occupé très sérieusement. Je négligeais mes jours ; hélas ! en puis-je avoir d'heureux, quand je me souviens de ce que je vous ai entendu chanter pour Constancio ? Ces fatales paroles & vos froideurs m'ont réduit au triste état où vous me voyez. Mais, belle bergère, vous m'ordonnez de vivre, vivons & ne vivons que pour vous. »

Constancia ne cachait qu'avec peine le plaisir que lui causait une déclaration si obligeante. Cependant, comme elle appréhendait que quelqu'un n'écoutât ce que lui disait le prince, elle demanda s'il trouverait bon qu'elle lui mît un bandeau & des bracelets des herbes qu'elle avait cueillies. Il lui tendit les bras d'une manière si tendre qu'elle lui attacha promptement un des bracelets, de peur qu'on ne pénétrât ce qui se passait entre eux &, après avoir fait bien des petites cérémonies pour imposer à toute la cour de ce prince, il s'écria au bout de quelques moments que son mal diminuait. Cela était vrai, comme il le disait. L'on appela les médecins, ils demeurèrent surpris de l'excellence d'un remède dont les effets étaient si prompts. Mais quand ils virent la bergère qui l'avait appliqué, ils ne s'étonnèrent plus de rien, & dirent en leur jargon qu'un de ses regards était plus puissant que toute la Pharmacie ensemble.

La bergère était si peu touchée de toutes les louanges qu'on lui donnait que ceux qui ne la connaissaient pas prenaient pour stupidité ce qui avait une source bien différente. Elle se mit dans un coin de la chambre, se cachant à

tout le monde hors à son malade, dont elle s'approchait de
temps en temps pour lui toucher la tête ou le pouls &,
dans ces petits moments, ils se disaient mille jolies
choses, où le cœur avait encore plus de part que l'esprit :
« J'espère, lui dit-elle, seigneur, que le sac qu'a fait faire
la reine pour me noyer ne servira point à un usage si
funeste : votre santé, qui m'est si précieuse, va se rétablir.
— Il ne tiendra qu'à vous, aimable Constancia,
répondit-il ; un peu de part dans votre cœur peut tout faire
pour mon repos & pour la conservation de ma vie. »

Le prince se leva & fut dans l'appartement de la
reine. Lorsqu'on lui dit qu'il entrait, elle ne voulut pas
le croire, elle s'avança brusquement & demeura bien
surprise de le trouver à la porte de sa chambre :
« Quoi ! c'est vous, mon fils, mon cher fils ?
s'écria-t-elle. A qui dois-je une résurrection si merveilleuse ? — A vos bontés, madame, lui dit le prince,
vous m'avez envoyé chercher la plus habile personne
qui soit dans l'univers. Je vous supplie de la récompenser d'une manière proportionnée au service que j'en ai
reçu. — Cela ne presse pas, répondit la reine d'un air
rude, c'est une pauvre bergère, qui s'estimera heureuse
de garder toujours mes moutons. »

Dans ce moment le roi arriva. On lui était allé annoncer la bonne nouvelle de la guérison du prince &,
comme il entrait chez la reine, la première chose qui
frappa ses yeux ce fut Constancia : sa beauté, semblable
au soleil qui brille de mille feux, l'éblouit à tel point
qu'il demeura quelques instants sans pouvoir demander
à ceux qui étaient près de lui ce qu'il voyait de si merveilleux & depuis quand les déesses habitaient son
palais. Enfin il rappela ses esprits, il s'approcha d'elle,
& sachant qu'elle était l'enchanteresse qui venait de
guérir son fils, il l'embrassa & dit galamment qu'il se
trouvait fort mal & qu'il la conjurait de le guérir aussi.

Il entra & elle le suivit. La reine ne l'avait point encore vue, son étonnement ne se peut représenter ; elle poussa un grand cri & tomba en faiblesse, jetant sur la bergère des regards furieux. Constancio & Constancia en demeurèrent effrayés, le roi ne savait à quoi attribuer un mal si subit, toute la cour était consternée. Enfin la reine revint à elle ; le roi lui demanda plusieurs fois ce qu'elle avait vu pour se trouver si abattue ; elle dissimula son inquiétude & dit que c'était des vapeurs ; mais le prince, qui la connaissait bien, en demeura fort inquiet. Elle parla à la bergère avec quelque sorte de bonté, disant qu'elle voulait la garder auprès d'elle pour avoir soin des fleurs de son parterre. La princesse ressentit de la joie de penser qu'elle resterait dans un lieu où elle pourrait voir tous les jours Constancio.

Cependant le roi obligea la reine d'entrer dans son cabinet. Il lui demanda tendrement ce qui pouvait la chagriner : « Ah ! sire, s'écria-t-elle, j'ai fait un rêve affreux. Je n'avais jamais vu cette jeune bergère quand mon imagination me l'a si bien représentée, qu'en jetant les yeux sur son visage je l'ai reconnue. Elle épousait mon fils. Je suis trompée si cette malheureuse paysanne ne me donne bien de la douleur. — Vous ajoutez trop de foi à la chose du monde la plus incertaine, lui dit le roi. Je vous conseille de ne point agir sur de tels principes : renvoyez la bergère garder vos troupeaux & ne vous affligez point mal à propos. » Le conseil du roi fâcha la reine : bien éloignée de le suivre, elle ne s'appliqua plus qu'à pénétrer les sentiments de son fils pour Constancia.

Ce prince profitait de toutes les occasions de la voir. Comme elle avait soin des fleurs, elle était souvent dans le jardin à les arroser, & il semblait que, lorsqu'elle les avait touchées, elles en étaient plus brillantes & plus belles. Ruson lui tenait compagnie, elle lui parlait quelquefois du prince, quoiqu'il ne pût lui répondre &, lorsqu'il l'abordait, elle demeurait si interdite que ses yeux lui découvraient assez le secret de son cœur. Il en était ravi & lui disait tout ce que la passion la plus tendre peut inspirer.

La reine, sur la foi de son rêve & bien davantage sur l'incomparable beauté de Constancia, ne pouvait plus dormir en repos. Elle se levait avant le jour, elle se cachait tantôt derrière les palissades, tantôt au fond d'une grotte pour entendre ce que son fils disait à cette belle fille. Mais ils avaient l'un & l'autre la précaution de parler si bas, qu'elle ne pouvait agir que sur des soupçons. Elle en était encore plus inquiète, elle ne regardait le prince qu'avec mépris, pensant jour & nuit que cette bergère monterait sur le trône.

Constancio s'observait autant qu'il lui était possible, quoique, malgré lui, chacun s'aperçût qu'il aimait Constancia & que, soit qu'il la louât par l'habitude qu'il avait à l'admirer, ou qu'il la blâmât exprès, il s'acquittait de l'un & de l'autre en homme intéressé. Constancia, de son côté, ne pouvait s'empêcher de parler du prince à ses compagnes. Comme elle chantait souvent les paroles qu'elle avait faites pour lui, la reine, qui les entendit, ne demeura pas moins surprise de sa merveilleuse voix que du sujet de sa poésie : « Que vous ai-je donc fait, justes dieux, disait-elle, pour me vouloir punir par la chose du monde qui m'est la plus sensible ? Hélas ! je destinais mon fils à ma nièce & je vois avec un mortel déplaisir qu'il s'attache à une malheureuse bergère, qui le rendra peut-être rebelle à mes volontés. »

Pendant qu'elle s'affligeait & qu'elle prenait mille desseins furieux pour punir Constancia d'être si belle & si charmante, l'amour faisait sans cesse de nouveaux progrès sur nos jeunes amants. Constancia, convaincue de la sincérité du prince, ne put lui cacher la grandeur de sa naissance & ses sentiments pour lui. Un aveu si tendre & une confidence si particulière le ravirent à tel point qu'en tout autre lieu que dans le jardin de la reine, il se serait jeté à ses pieds pour l'en remercier. Ce ne fut pas même sans peine qu'il s'en empêcha : il ne voulut plus combattre sa passion ; il avait aimé Constancia bergère, il est aisé de croire qu'il l'adora lorsqu'il sut son rang &, s'il n'eut pas de peine à se laisser persuader sur une chose aussi extraordinaire que de voir une grande princesse errante par le monde, tantôt bergère & tantôt jardinière, c'est qu'en ce temps-là ces sortes d'aventures étaient très communes & qu'il lui trouvait un air & des manières qui lui étaient caution de la sincérité de ces paroles.

Constancio, touché d'amour & d'estime, jura une fidélité éternelle à la princesse ; elle ne lui jura pas moins de son côté : ils se promirent de s'épouser, dès qu'ils auraient fait agréer leur mariage aux personnes de qui ils dépendaient. La reine s'aperçut de toute la force de cette passion naissante. Sa confidente, qui ne cherchait pas moins qu'elle à découvrir quelque chose pour faire sa cour, vint lui dire un jour que Constancia envoyait Ruson tous les matins dans l'appartement du prince, que ce petit mouton portait deux corbeilles, qu'elle les emplissait de fleurs & que Mirtain le conduisait. La reine à ces nouvelles perdit toute patience : elle sut par où le pauvre Ruson passait, elle fut l'attendre elle-même &, malgré les prières de Mirtain, elle l'emmena dans sa chambre, elle mit les corbeilles & les fleurs en pièces & chercha tant, qu'elle trouva dans un gros œillet, qui n'était pas encore fleuri, un petit morceau de papier que Constancia y avait glissé avec beaucoup d'adresse. Elle faisait de tendres reproches au prince sur les périls où il s'exposait presque tous les jours à la chasse. Son billet contenait ces vers :

Parmi tous mes plaisirs, j'éprouve des alarmes ;
Mon prince, chaque jour vous chassez dans ces lieux.
Ciel ! Pouvez-vous trouver des charmes
A suivre des forêts les hôtes furieux ?
Tournez plutôt, tournez vos armes
Contre les tendres cœurs qui cèdent à vos coups,
Des ours & des lions évitez le courroux.

Pendant que la reine s'emportait contre la bergère, Mirtain était allé rendre compte à son maître de la mauvaise aventure du mouton. Le prince, inquiet, accourut dans l'appartement de sa mère, mais elle était déjà passée chez le roi : « Voyez, seigneur, lui dit-elle, voyez les nobles inclinations de votre fils, il aime cette malheureuse bergère, qui nous a persuadé qu'elle savait des remèdes sûrs pour le guérir. Hélas ! elle n'en sait que trop en effet, continua-t-elle, c'est l'amour qui l'a instruite, elle ne lui a rendu la santé que pour lui faire de plus grands maux, &, si nous ne prévenons les malheurs qui nous menacent, mon songe ne se trouvera que trop véritable. — Vous êtes naturellement rigoureuse, lui dit le roi ; vous voudriez que votre fils ne songeât qu'à la princesse que vous lui destinez. La chose n'est pas aisée, il faut que vous ayez un peu d'indulgence pour son âge. — Je ne puis souffrir votre prévention en sa faveur, s'écria la reine, vous ne pouvez jamais le blâmer. Tout ce que je vous demande, seigneur, c'est de consentir que je l'éloigne pour quelque temps : l'absence aura plus de pouvoir que toutes mes raisons. » Le roi aimait la paix, il donna les mains à ce que sa femme désirait & sur-le-champ elle revint dans son appartement.

Elle y trouva le prince, il l'attendait avec la dernière inquiétude : « Mon fils, lui dit-elle avant qu'il pût lui parler, le roi vient de me montrer des lettres du roi son frère : il le conjure de vous envoyer dans sa cour, afin que vous connaissiez la princesse qui vous est destinée depuis votre enfance, & qu'elle vous connaisse aussi. N'est-il pas juste que vous jugiez vous-même de son mérite & que vous l'aimiez avant de vous unir ensemble pour jamais ? — Je ne dois pas souhaiter des règles particulières pour moi, lui dit le prince, ce n'est point la coutume, madame, que les souverains passent les uns chez les autres & qu'ils consultent leur cœur plutôt que les raisons d'État qui les engagent à faire une alliance. La personne que vous me destinez sera belle ou laide, spirituelle ou bête, je ne vous en obéirai pas moins. — Je t'entends, scélérat ! s'écria la reine en éclatant tout d'un coup, je t'entends, tu adores une indigne bergère, tu crains de la quitter, tu la quitteras ou je la ferai mourir à tes yeux. Mais si tu pars sans balancer & que tu travailles à l'oublier, je la garderai auprès de moi & l'aimerai autant que je la hais. »

Le prince, aussi pâle que s'il eût été sur le point de perdre la vie, consultait dans son esprit quel parti il devait prendre. Il ne voyait de tous côtés que des peines affreuses, il savait que sa mère était la plus cruelle & la plus vindicative princesse du monde, il craignait que la résistance ne l'irritât & que sa chère maîtresse n'en ressentît le contrecoup. Enfin pressé de dire s'il voulait partir, il y consentit comme un homme consent à boire un verre de poison qui va le tuer.

Il eut à peine donné sa parole que, sortant de la chambre de sa mère, il entra dans la sienne, le cœur si serré qu'il pensa expirer. Il raconta son affliction au fidèle Mirtain &, dans l'impatience d'en faire part à Constancia, il fut la chercher. Elle était au fond d'une grotte où elle se mettait lorsque les ardeurs du soleil la brûlaient dans le parterre. Il y avait un petit lit de gazon au bord d'un ruisseau qui tombait du haut d'un rocher de rocaille. En ce lieu paisible, elle défit les nattes de

ses cheveux, ils étaient d'un blond argenté plus fin que
la soie & tout ondés ; elle mit ses pieds nus dans l'eau
dont le murmure agréable, joint à la fatigue du travail,
la livrèrent insensiblement aux douceurs du sommeil.
Bien que ses yeux fussent fermés, ils conservaient mille
attraits : de longues paupières noires faisaient éclater
toute la blancheur de son teint, les Grâces & les
Amours semblaient s'être rassemblés autour d'elle, la
modestie & la douceur augmentaient sa beauté.

C'est en ce lieu que l'amoureux prince la trouva. Il se
souvint que la première fois qu'il l'avait vue, elle dormait aussi, mais les sentiments qu'elle lui avait inspirés
depuis étaient devenus si tendres, qu'il aurait volontiers
donné la moitié de sa vie pour passer l'autre auprès
d'elle. Il la regarda quelque temps avec un plaisir qui
suspendit ses ennuis, ensuite parcourant ses beautés, il
aperçut son pied plus blanc que la neige. Il ne se lassait
point de l'admirer &, s'approchant il se mit à genoux &
lui prit la main. Aussitôt elle s'éveilla, elle parut fâchée
de ce qu'il avait vu son pied, elle le cacha en rougissant
comme une rose vermeille qui s'épanouit au lever de
l'Aurore.

Hélas ! que cette belle couleur lui dura peu ! elle
remarqua une mortelle tristesse sur le visage du prince :
« Qu'avez-vous, seigneur ? lui dit-elle tout effrayée. Je
connais dans vos yeux que vous êtes affligé. — Ah !
qui ne le serait, ma chère princesse ! lui dit-il en versant
des larmes qu'il n'eut pas la force de retenir ; l'on va
nous séparer, il faut que je parte ou que j'expose vos
jours à toutes les violences de la reine. Elle sait l'attachement que j'ai pour vous, elle a même vu le billet que
vous m'avez écrit, une de ses femmes me l'a dit, & sans
vouloir entrer dans ma juste douleur, elle m'envoie
inhumainement chez le roi son frère. — Que me
dites-vous, prince ? s'écria-t-elle, vous êtes sur le point

de m'abandonner & vous croyez que cela est nécessaire pour conserver ma vie ? Pouvez-vous en imaginer un tel moyen ? Laissez-moi mourir à vos yeux, je serai moins à plaindre que de vivre éloignée de vous. »

Une conversation si tendre ne pouvait manquer d'être souvent interrompue par des sanglots & par des larmes : ces jeunes amants ne connaissaient point encore les rigueurs de l'absence, ils ne les avaient pas prévues, & c'est ce qui ajoutait de nouveaux ennuis à ceux dont ils avaient été traversés. Ils se firent mille serments de ne changer jamais, le prince promit à Constancia de revenir avec la dernière diligence : « Je ne pars, lui dit-il, que pour choquer mon oncle & sa fille ; afin qu'il ne pense plus à me la donner pour femme, je ne travaillerai qu'à déplaire à cette princesse & j'y réussirai. — Ne vous montrez donc pas, lui dit Constancia, car vous serez à son gré, quelques soins que vous preniez pour le contraire. » Ils pleuraient tous deux si amèrement, ils se regardaient avec une douleur si touchante, ils se faisaient des promesses réciproques si passionnées, que ce leur était un sujet de consolation de pouvoir se persuader toute l'amitié qu'ils avaient l'un pour l'autre & que rien n'altérerait des sentiments si tendres & si vifs.

Le temps s'était passé dans cette douce conversation avec tant de rapidité que la nuit était déjà fort obscure, avant qu'ils eussent pensé à se séparer. Mais la reine voulant consulter le prince sur l'équipage qu'il mènerait, Mirtain se hâta de le venir chercher. Il le trouva encore aux pieds de sa maîtresse, tenant sa main dans les siennes. Lorsqu'ils l'aperçurent, ils se saisirent à tel point qu'ils ne pouvaient presque plus parler. Il dit à son maître que la reine le demandait ; il fallut obéir à ses ordres ; la princesse s'éloigna de son côté.

La reine trouva le prince si mélancolique & si changé qu'elle devina aisément ce qui en était la cause : il suf-

fisait qu'il partît. En effet tout fut préparé avec une telle
diligence qu'il semblait que les fées s'en mêlaient. A
son égard il n'était occupé que de ce qui avait quelque
rapport à sa passion. Il voulut que Mirtain restât à la
cour pour lui mander tous les jours des nouvelles de sa
princesse ; il lui laissa ses plus belles pierreries, en cas
qu'elle en eût besoin, & sa prévoyance n'oublia rien
dans une occasion qui l'intéressait tant.

Enfin il fallut partir. Le désespoir de nos jeunes
amants ne saurait être exprimé ; si quelque chose pouvait le rendre moins violent, c'était l'espoir de se revoir
bientôt. Constancia comprit alors toute la grandeur de
son infortune : être fille de roi, avoir des États considérables & se trouver entre les mains d'une cruelle reine,
qui éloignait son fils dans la crainte qu'il ne l'aimât,
elle qui ne lui était inférieure en rien & qui devait être
ardemment désirée des premiers souverains de l'univers. Mais l'étoile en avait décidé ainsi.

La reine, ravie de voir son fils absent, ne songea plus
qu'à surprendre les lettres qu'on lui écrivait. Elle y
réussit & connut que Mirtain était son confident. Elle
donna ordre qu'on l'arrêtât sur un faux prétexte & elle
l'envoya dans un château, où il souffrait une rude prison. Le prince, à ces nouvelles, s'irrita beaucoup : il
écrivit au roi & à la reine pour leur demander la liberté
de son favori. Ses prières n'eurent aucun effet ; mais ce
n'était pas en cela seul qu'on voulait lui faire de la
peine.

Un jour que la princesse se leva dès l'aurore, elle
entra dans le parterre pour cueillir des fleurs, dont on
couvrait ordinairement la toilette de la reine. Elle aperçut le fidèle Ruson qui marchait assez loin devant elle
& retourna sur ses pas tout effrayé. Comme elle s'a-
vançait pour voir ce qui lui causait tant de peur & qu'il
la retirait par sa robe afin de l'en empêcher, car il était

tout plein d'esprit, elle entendit les sifflements aigus de plusieurs serpents : aussitôt elle fut environnée de crapauds, de vipères, de scorpions, d'aspics & de serpents qui l'entourèrent sans la piquer ; ils se lançaient en l'air pour se jeter sur elle & retombaient toujours dans la même place ne pouvant avancer.

Malgré la frayeur dont elle était saisie, elle ne laissa pas de remarquer ce prodige & elle ne put l'attribuer qu'à une bague constellée qui venait de son amant. De quelque côté qu'elle se tournât, elle voyait accourir ces venimeuses bêtes, les allées en étaient pleines, il y en avait sur les fleurs & sous les arbres. La belle Constancia ne savait que devenir ; elle aperçut la reine à sa fenêtre, qui riait de sa frayeur, elle connut alors qu'elle ne devait pas se promettre d'être secourue par ses ordres : « Il faut mourir, dit-elle généreusement ; ces affreux monstres qui m'environnent ne sont point venus tout seuls ici, c'est la reine qui les y a fait apporter ; la voilà qui veut être spectatrice de la déplorable fin de ma vie. Certainement elle a été jusqu'à cette heure si malheureuse que je n'ai pas lieu de l'aimer, & si j'en regrette la perte, les dieux, les justes dieux me sont témoins de ce qui me touche en cette occasion. »

Après avoir parlé ainsi, elle s'avança. Tous les serpents & leurs camarades s'éloignaient d'elle à mesure qu'elle marchait vers eux ; elle sortit de cette manière avec autant d'étonnement qu'elle en causait à la reine. Il y avait longtemps qu'on apprêtait ces dangereuses bêtes pour faire périr la bergère par leurs piqûres ; elle pensait que son fils n'en serait point surpris, qu'il attribuerait sa mort à une cause naturelle & qu'elle serait à couvert de ses reproches. Mais son projet ayant manqué, elle eut recours à un autre expédient.

Il y avait au bout de la forêt une fée d'un abord inaccessible, car elle avait des éléphants qui couraient sans

cesse autour de la forêt & qui dévoraient les pauvres
voyageurs, leurs chevaux & jusqu'aux fers dont ils
étaient ferrés, tant ils avaient bon appétit. La reine était
convenue avec elle que, si par un hasard presque inouï
quelqu'un de sa part arrivait jusqu'à son palais, elle le
chargerait de quelque chose de mortel pour lui rapporter.

Elle appela Constancia, elle lui donna ses ordres &
lui dit de partir. Elle avait entendu parler à toutes ses
compagnes du péril qu'il y avait d'aller dans cette forêt,
& même une vieille bergère lui avait raconté qu'elle
s'en était tirée heureusement par le secours d'un petit
mouton qu'elle avait mené avec elle, car quelque
furieux que soient les éléphants, lorsqu'ils voient un
agneau, ils deviennent aussi doux que lui. Cette même
bergère lui avait encore dit qu'ayant été chargée de rapporter une ceinture brûlante à la reine, dans la crainte
qu'elle ne lui fît mettre, elle en avait entouré des arbres
qui en avaient été consumés, & qu'ensuite la ceinture
ne lui fit plus le mal que la reine avait espéré.

Lorsque la princesse écoutait ce conte, elle ne croyait
pas qu'il lui serait un jour utile. Mais quand la reine lui
eut prononcé ses ordres d'un air si absolu que l'arrêt en
était irrévocable, elle pria les dieux de la favoriser. Elle
prit Ruson avec elle & partit pour la forêt périlleuse. La
reine fut ravie : « Nous ne verrons plus, dit-elle au roi,
l'objet odieux des amours de notre fils, je l'ai envoyée
dans un lieu où mille comme elle ne feraient pas le
quart du déjeûner des éléphants. » Le roi lui dit qu'elle
était trop vindicative & qu'il ne pouvait s'empêcher
d'avoir regret à la plus belle fille qu'il eût jamais vue :
« Vraiment, répliqua-t-elle, je vous conseille de l'aimer
& de répandre des larmes, comme l'indigne Constancio
en répand pour son absence. »

Cependant Constancia fut à peine dans la forêt

qu'elle se vit entourée des éléphants. Ces horribles colosses, ravis de voir le beau mouton qui marchait plus hardiment que sa maîtresse, le caressaient aussi doucement avec leurs formidables trompes qu'une dame aurait pu le faire avec sa main. La princesse avait tant de peur que les éléphants ne séparassent ses intérêts d'avec ceux de Ruson qu'elle le prit entre ses bras, quoiqu'il fût déjà lourd : de quelque côté qu'elle se tournât, elle le leur montrait toujours. Ainsi elle s'avançait diligemment vers le palais de cette inaccessible vieille.

Elle y parvint avec beaucoup de crainte & de peine. Ce lieu lui parut fort négligé ; la fée qui l'habitait ne l'était pas moins ; elle cachait une partie de son étonnement de la voir chez elle, car il y avait bien longtemps qu'aucune créature n'avait pu y parvenir : « Que demandez-vous, la belle fille ? lui dit-elle. » La princesse lui fit humblement les recommandations de la reine & la pria de sa part de lui envoyer la ceinture d'amitié : « Elle n'en sera pas refusée, dit-elle, sans doute c'est pour vous. — Je ne sais point, madame, répliqua-t-elle. — Oh ! pour moi, je le sais bien. » Et prenant dans sa cassette une ceinture de velours bleu d'où pendaient de longs cordons pour mettre une bourse, des ciseaux & un couteau, elle lui fit ce beau présent : « Tenez, lui dit-elle, cette ceinture vous rendra tout aimable, pourvu que vous la mettiez aussitôt que vous serez dans la forêt. »

Après que Constancia l'eut remerciée, elle se chargea de Ruson qui lui était plus nécessaire que jamais. Les éléphants lui firent fête & la laissèrent passer malgré leur inclination dévorante ; elle n'oublia pas de mettre la ceinture d'amitié autour d'un arbre ; en même temps, il se prit à brûler, comme s'il eût été dans le plus grand feu du monde ; elle en ôta la ceinture & fut la porter ainsi d'arbre en arbre jusqu'à ce qu'elle ne les brûlât plus. Ensuite elle arriva au palais fort lasse.

Quand la reine la vit, elle demeura si surprise qu'elle ne pût s'en taire : « Vous êtes une friponne, lui dit-elle, vous n'avez point été chez mon amie la fée ! — Vous me pardonnerez, madame, répondit la belle Constancia, je vous rapporte la ceinture d'amitié que je lui ai demandée de votre part. — Ne l'avez-vous pas mise ? ajouta la reine. — Elle est trop riche pour une pauvre bergère comme moi, répliqua-t-elle. — Non, non, dit la reine, je vous la donne pour votre peine, ne manquez pas de vous en parer. Mais dites-moi, qu'avez-vous rencontré sur le chemin ? — J'ai vu, dit-elle, des éléphants spirituels & qui ont tant d'adresse qu'il n'y a point de pays où l'on ne prît plaisir à les avoir ; il semble que cette forêt est leur royaume & qu'il y en a entre eux de plus absolus les uns que les autres. » La reine était bien chagrine & ne disait pas tout ce qu'elle pensait. Mais elle espérait que la ceinture brûlerait la bergère sans que rien au monde pût l'en garantir : « Si les éléphants t'ont fait grâce, disait-elle tout bas, la ceinture me vengera. Tu verras, malheureuse, quelle amitié j'ai pour toi & le profit que tu recevras d'avoir su plaire à mon fils. »

Constancia s'était retirée dans sa petite chambre, où elle pleurait l'absence de son cher prince. Elle n'osait lui écrire, parce que la reine avait des espions en campagne, qui arrêtaient les courriers, & elle avait pris de cette manière les lettres de son fils : « Hélas ! Constancio, disait-elle, vous recevrez bientôt de tristes nouvelles de moi. Vous ne deviez point partir & m'abandonner aux fureurs de votre mère : vous m'auriez défendue, ou vous auriez reçu mes derniers soupirs, au lieu que je suis livrée à son pouvoir tyrannique & que je me trouve sans aucune consolation. »

Elle alla au point du jour dans le jardin travailler à

son ordinaire, elle y trouva encore mille bêtes venimeuses, dont sa bague la garantit ; elle avait mis la
ceinture de velours bleu &, quand la reine l'aperçut qui
cueillait des fleurs aussi tranquillement que si elle
n'avait eu qu'un fil autour d'elle, il n'a jamais été pris
un dépit égal au sien « Quelle puissance s'intéresse
pour cette bergère ? s'écria-t-elle. Par ses attraits, elle
enchante mon fils &, par des simples innocents elle lui
rend la santé ; les serpents, les aspics rampent à ses
pieds sans la piquer, les éléphants à sa vue deviennent
obligeants & gracieux, la ceinture qui devait l'avoir
brûlée par le pouvoir de féerie ne sert qu'à la parer. Il
faut donc que j'aie recours à des remèdes plus
certains. »

Elle envoya aussitôt au port le capitaine de ses gardes
en qui elle avait beaucoup de confiance, pour voir s'il
n'y avait point de navires prêts à partir pour les régions
les plus éloignées. Il en trouva un qui devait mettre à la
voile au commencement de la nuit. La reine en eut une
grande joie ; elle fit parler au patron, on lui proposa
d'acheter la plus belle esclave qui fût au monde ; le
marchand, ravi, le voulut bien ; il vint au palais &, sans
que la pauvre Constancia en sût rien, il la vit dans le
jardin, il demeura surpris des charmes de cette incomparable fille, & la reine, qui savait tout mettre à profit
parce qu'elle était très avare, la vendit fort cher.

Constancia ignorait les nouveaux déplaisirs qu'on lui
préparait. Elle se retira de bonne heure dans sa petite
chambre pour avoir le plaisir de rêver sans témoins à
Constancio & de faire réponse à une de ses lettres
qu'elle avait enfin reçue. Elle la lisait sans pouvoir quitter une lecture si agréable, lorsqu'elle vit entrer la reine.
Cette princesse avait une clef qui ouvrait toutes les serrures du palais. Elle était suivie de deux muets & de son
capitaine des gardes. Les muets lui mirent un mouchoir

dans la bouche, lièrent ses mains & l'enlevèrent. Ruson voulut suivre sa chère maîtresse, la reine se jeta sur lui & l'en empêcha, car elle craignait que ses bêlements ne fussent entendus & elle voulait que tout se passât avec beaucoup de secret & de silence. Ainsi Constancia, n'ayant aucun secours, fut transportée dans le vaisseau. Comme l'on n'attendait qu'elle pour partir, il cingla aussitôt en haute mer.

Il faut lui laisser faire son voyage : telle était sa triste fortune, car la Fée souveraine n'avait pu fléchir le destin en sa faveur &, tout ce qu'elle pouvait, c'était de la suivre partout dans une nue obscure où personne ne la voyait. Cependant le prince Constancio, occupé de sa passion, ne gardait point de mesure avec la princesse qu'on lui avait destinée. Bien qu'il fût naturellement le plus poli de tous les hommes, il ne laissait pas de lui faire mille brusqueries. Elle s'en plaignait souvent à son père, qui ne pouvait s'empêcher d'en quereller son neveu. Ainsi le mariage se reculait fort. Quand la reine trouva à propos d'écrire au prince que Constancia était à l'extrémité, il en ressentit une douleur inexprimable, il ne voulut plus garder de mesures dans une rencontre où sa vie courait pour le moins autant de risque que celle de sa maîtresse, & il partit comme un éclair.

Quelque diligence qu'il pût faire, il arriva trop tard : la reine, qui avait prévu son retour, fit dire pendant quelques jours que Constancia était malade ; elle mit auprès d'elle des femmes qui savaient parler & se taire comme il leur était ordonné ; le bruit de sa mort se répandit ensuite & l'on enterra une figure de cire, disant que c'était elle. La reine, qui cherchait tous les moyens possibles de convaincre le prince de cette mort, fit sortir Mirtain de prison pour qu'il assistât à ses funérailles, de sorte que, le jour de son enterrement ayant été su de tout le monde, chacun y vint pour regretter cette charmante fille, & la reine, qui composait son visage comme elle voulait, feignit de sentir cette perte par rapport au prince.

Il arriva avec toute l'inquiétude qu'on peut se figurer. Quand il entra dans la ville, il ne put s'empêcher de demander au premier qu'il trouva des nouvelles de sa chère Constancia. Ceux qui lui répondirent ne le connaissaient point &, n'étant préparés sur rien, ils lui dirent qu'elle était morte. A ces funestes paroles, il ne fut plus le maître de sa douleur, il tomba de cheval sans pouls & sans voix. On s'assembla, l'on vit que c'était le prince, chacun s'empressa de le secourir & on le porta presque mort au palais.

Le roi ressentit vivement le pitoyable état de son fils, la reine s'y était préparée : elle crut que le temps & la perte de ses tendres espérances le guériraient, mais il était trop touché pour se consoler ; son déplaisir, bien loin de diminuer, augmentait à tous moments. Il passa deux jours sans voir ni parler à personne. Il alla ensuite dans la chambre de la reine, les yeux pleins de larmes, la vue égarée, le visage pâle. Il lui dit que c'était elle qui avait fait mourir sa chère Constancia, mais qu'elle en serait bientôt punie, puisqu'il allait mourir & qu'il voulait aller au lieu où elle était enterrée.

La reine, ne pouvant l'en détourner, prit le parti de le conduire elle même dans un bois planté de cyprès, où elle avait fait élever le tombeau. Quand le prince se trouva au lieu où sa maîtresse reposait pour toujours, il dit des choses si tendres & si passionnées, que jamais personne n'a parlé comme lui. Malgré la dureté de la reine, elle fondait en larmes, Mirtain s'affligeait autant que son maître, & tous ceux qui l'entendaient partageaient son désespoir. Enfin tout d'un coup, poussé par sa fureur, il tira son épée &, s'approchant du marbre qui couvrait ce beau corps, il allait se tuer, sans que la reine

& Mirtain lui arrêtèrent le bras : « Non, dit-il, rien au monde ne m'empêchera de mourir & de rejoindre ma chère princesse. » Le nom de princesse, qu'il donnait à la bergère, surprit la reine : elle ne savait si son fils rêvait, & elle lui aurait cru l'esprit perdu, s'il n'avait parlé juste dans tout ce qu'il disait.

Elle lui demanda pourquoi il nommait Constancia princesse, il répliqua qu'elle l'était, que son royaume s'appelait le royaume des Déserts, qu'il n'y avait point d'autre héritière, & qu'il n'en aurait jamais parlé, sans qu'il n'avait plus de mesures à garder : « Hélas ! mon fils, dit la reine, puisque Constancia est d'une naissance convenable à la vôtre, consolez-vous, car elle n'est point morte. »

« Il faut vous avouer, pour adoucir vos douleurs, que je l'ai vendue à des marchands : ils l'emmenèrent esclave. — Ah ! s'écria le prince, vous me parlez ainsi pour suspendre le dessein que j'ai formé de mourir. Mais ma résolution est fixe, rien ne peut m'en détourner. — Il faut, ajouta la reine, vous en convaincre par vos yeux. » Aussitôt elle commanda que l'on déterrât la figure de cire. Comme il crut, en la voyant d'abord, que c'était le corps de son aimable princesse, il tomba dans une grande défaillance, dont on eut bien de la peine à le retirer. La reine l'assurait inutilement que Constancia n'était point morte : après le mauvais tour qu'elle lui avait fait, il ne pouvait la croire. Mais Mirtain sut le persuader de cette vérité : il connaissait l'attachement qu'il avait pour lui & qu'il ne serait pas capable de lui dire un mensonge.

Il sentit quelque soulagement, parce que de tous les malheurs le plus terrible, c'est la mort, & il pouvait encore se flatter du plaisir de revoir sa maîtresse. Cependant où la chercher ? L'on ne connaissait point les marchands qui l'avaient achetée, ils n'avaient pas dit où ils allaient. C'était là de grandes difficultés, mais il n'en est guère qu'un véritable amour ne surmonte : il aimait mieux périr en courant après les ravisseurs de sa maîtresse, que de vivre sans elle.

Il fit mille reproches à la reine sur son implacable dureté, il ajouta qu'elle aurait le temps de se repentir du mauvais tour qu'elle lui avait joué, qu'il allait partir, résolu de ne revenir jamais, qu'ainsi voulant en perdre une, elle en perdrait deux. Cette mère affligée se jeta au cou de son fils, lui mouilla le visage de ses larmes & le conjura par la vieillesse de son père & par l'amitié qu'elle avait pour lui, de ne les pas abandonner, que, s'il les privait de la consolation de le voir, il serait cause de leur mort, qu'il était leur unique espérance, s'ils venaient à manquer, que leurs voisins & leurs ennemis s'empareraient du royaume. Le prince l'écouta froidement & respectueusement, mais il avait toujours devant les yeux la dureté qu'elle avait eue pour Constancia : sans elle, tous les royaumes de la terre ne l'auraient pas touché, de sorte qu'il persista avec une fermeté surprenante dans la résolution de partir le lendemain.

Le roi essaya inutilement de le faire rester, il passa la nuit à donner des ordres à Mirtain, il lui confia le fidèle mouton pour en avoir soin. Il prit une grande quantité de pierreries, & dit à Mirtain de garder les autres & qu'il serait le seul qui recevrait de ses nouvelles à condition de les tenir secrètes, parce qu'il voulait faire ressentir à sa mère toute les peines de l'inquiétude.

Le jour ne paraissait pas encore lorsque l'impatient Constancio monta à cheval, se dévouant à la Fortune & la priant de lui être assez favorable pour lui faire retrouver sa maîtresse. Il ne savait de quel côté tourner ses pas, mais comme elle était partie dans un vaisseau, il crut qu'il devait s'embarquer pour la suivre. Il se rendit au plus fameux port &, sans être accompagné d'aucun

de ses domestiques ni connu de personne, il s'informa
du lieu le plus éloigné où l'on pouvait aller & ensuite
de toutes les côtes, les plages & les ports où ils surgi-
raient, puis il s'embarqua dans l'espérance qu'une passion aussi pure & aussi forte que la sienne ne serait pas
toujours malheureuse.

Dès que l'on approchait de terre, il montait dans la
chaloupe & venait parcourir le rivage, criant de tous
côtés : « Constancia, belle Constancia, où êtes-vous ? Je
vous cherche & je vous appelle en vain, serez-vous
encore longtemps éloignée de moi ? » Ses regrets & ses
plaintes étaient perdues dans le vague de l'air, il revenait dans le vaisseau, le cœur pénétré de douleur & les
yeux pleins de larmes.

Un soir que l'on avait jeté l'ancre derrière un grand
rocher, il vint à son ordinaire prendre terre sur le rivage,
&, comme le pays était inconnu & la nuit fort obscure,
ceux qui l'accompagnaient ne voulurent point s'avancer
dans la crainte de périr en ce lieu. Pour le prince, qui
faisait peu de cas de sa vie, il se mit à marcher, tombant
& se relevant cent fois. A la fin, il découvrit une grande
lueur, qui lui parut provenir de quelque feu. A mesure
qu'il s'en approchait, il entendait beaucoup de bruit &
des marteaux qui donnaient des coups terribles. Bien
loin d'avoir peur, il se hâta d'arriver à une grande forge
ouverte de tous côtés, où la fournaise était si allumée,
qu'il semblait que le soleil brillait au fond ; trente
géants, qui n'avaient chacun qu'un œil au milieu du
front, travaillaient en ce lieu à faire des armes.

Constancio s'approcha d'eux & leur dit : « Si vous
êtes capables de pitié parmi le fer & le feu qui vous
environnent, si par hasard vous avez vu aborder dans
ces lieux la belle Constancia que des marchands emmè-
nent captive, que je sache où je pourrai la trouver, &
demandez-moi tout ce que j'ai au monde : je vous le

donnerai de tout mon cœur. » Il eut à peine cessé sa petite harangue, que le bruit qui avait cessé à son arrivée, recommença avec plus de force : « Hélas ! dit-il, vous n'êtes point touchés de ma douleur, barbares, je ne dois rien attendre de vous. »

Il voulut aussitôt tourner ses pas ailleurs, quand il entendit une douce symphonie qui le ravit &, regardant vers la fournaise, il vit le plus bel enfant que l'imagination puisse jamais se représenter : il était plus brillant que le feu dont il sortait. Lorsqu'il eut considéré ses charmes, le bandeau qui couvrait ses yeux, l'arc & les flèches qu'il portait, il ne douta point que ce ne fût Cupidon. C'était lui en effet, qui lui cria : « Arrête, Constancio, tu brûles d'une flamme trop pure pour que je te refuse mon secours. Je m'appelle l'Amour vertueux[3]. C'est moi qui t'ai blessé pour la jeune Constancia & c'est moi qui la défends contre le Géant qui la persécute. La Fée souveraine est mon intime amie, nous sommes unis ensemble pour te la garder. Mais il faut que j'éprouve ta passion, avant que de te découvrir où elle est. — Ordonne, Amour, ordonne tout ce qui te plaira, s'écria le prince, je n'omettrai rien pour t'obéir. — Jette-toi dans ce feu, répliqua l'enfant, & souviens-toi que si tu n'aimes pas uniquement & fidèlement, tu es perdu. — Je n'ai aucun sujet d'avoir peur », dit Constancio. Aussitôt il se jeta dans la fournaise, il perdit toute connaissance, ne sachant où il était ni ce qu'il était lui-même.

Il dormit trente heures & se trouva à son réveil le plus beau pigeon qui fût au monde ; au lieu d'être dans cette

---

3. Cesare Ripa décrit l'Amour vertueux avec une guirlande de lauriers sur la tête, et trois autres dans les mains, marque d'excellence [*Iconologie* (1643), éd. citée, p. 11]. Il est patent que Mme d'Aulnoy ne s'en est pas inspirée.

horrible fournaise, il était couché dans un petit nid de roses, de jasmins & de chèvrefeuilles. Il fut aussi surpris qu'on peut jamais l'être : ses pieds pattus, les différentes couleurs de ses plumes & ses yeux tout de feu l'étonnaient beaucoup. Il se mirait dans un ruisseau &, voulant se plaindre, il trouva qu'il avait perdu l'usage de la parole, quoiqu'il eût conservé celui de son esprit.

Il envisagea cette métamorphose comme le comble de tous les malheurs : « Ah ! perfide Amour, pensait-il en lui-même, quelle récompense donnes-tu au plus parfait de tous les amants ! Faut-il être léger, traître & parjure pour trouver grâce devant toi ? J'en ai bien vu de ce caractère, que tu a couronnés pendant que tu affliges ceux qui sont véritablement fidèles. Que puis-je me promettre, continua-t-il, d'une figure aussi extraordinaire que la mienne ? Me voilà pigeon ; encore si je pouvais parler comme parla autrefois l'Oiseau bleu dont j'ai toute ma vie aimé le conte, je volerais si loin & si haut, je chercherais sous tant de climats différents ma chère maîtresse & je m'en informerais à tant de personnes que je la trouverais, mais je n'ai pas la liberté de prononcer son nom, & l'unique remède qu'il m'est permis de tenter, c'est de me précipiter dans quelque abîme pour y mourir. »

Occupé de cette funeste résolution, il vola sur une haute montagne d'où il voulut se jeter en bas, mais ses ailes le soutinrent malgré lui. Il en fut étonné, car n'ayant point encore été pigeon, il ignorait de quel secours peuvent être des plumes. Il prit la résolution de se les arracher toutes &, sans quartier, il commença de se plumer.

Ainsi dépouillé, il allait tenter une nouvelle cabriole du sommet d'un rocher, quand deux filles survinrent. Dès qu'elles virent cet infortuné oiseau, l'une dit à l'autre : « D'où vient cet infortuné pigeon ? Sort-il des

serres aiguës de quelque oiseau de proie ou de la gueule
d'une belette ? — J'ignore d'où il vient, répondit la
plus jeune, mais je sais bien où il ira. » Et se jetant sur
la pacifique bestiole : « Elle ira, continua-t-elle, tenir
compagnie à cinq de son espèce, dont je veux faire une
tourte pour la Fée souveraine. »

Le prince pigeon, l'entendant parler ainsi, bien loin
de fuir, s'approcha pour qu'elle lui fit la grâce de le tuer
promptement, mais ce qui devait causer sa perte le
garantit, car ces filles le trouvèrent si joli & si familier
qu'elles résolurent de le nourrir. La plus belle l'enferma
dans une corbeille couverte, où elle mettait ordinairement son ouvrage, & elles continuèrent leur promenade.

« Depuis quelques jours, disait l'une d'elles, il
semble que notre maîtresse a bien des affaires. Elle
monte à tous moments sur son chameau de feu & va
jour & nuit d'un pôle à l'autre sans s'arrêter. — Si tu
étais discrète, repartit sa compagne, je t'en apprendrais
la raison, car elle a bien voulu me la confier. — Va, je
saurai me taire, s'écria celle qui avait déjà parlé,
assure-toi de mon secret. — Sache donc, reprit-elle, que
sa princesse Constancia, qu'elle aime si fort, est persécutée d'un géant qui veut l'épouser. Il l'a mise dans une
tour &, pour l'empêcher d'achever ce mariage, il faut
qu'elle fasse des choses surprenantes. »

Le prince écoutait leur conversation du fond de son
panier. Il avait cru jusqu'alors que rien ne pouvait augmenter ses disgrâces, mais il connut avec une extrême
douleur qu'il s'était bien trompé, & l'on peut assez
juger par tout ce que j'ai raconté de sa passion & par les
circonstances où il se trouvait d'être devenu pigeonneau, dans le temps où son secours était si nécessaire à
la princesse, qu'il ressentit un véritable désespoir. Son
imagination, ingénieuse à le tourmenter, lui représentait
Constancia dans la fatale tour, assiégée par les importu-

nités, les violences & les emportements d'un redoutable géant. Il appréhendait qu'elle ne craignît pas & qu'elle n'exposât sa vie aux fureurs d'un tel amant. Il serait difficile de représenter l'état où il était.

La jeune personne qui le portait dans sa manette, étant de retour avec sa compagne au palais de la fée qu'elles servaient, la trouvèrent qui se promenait dans une allée sombre de son jardin. Elles se prosternèrent d'abord à ses pieds & lui dirent ensuite : « Grande reine, voici un pigeon que nous avons trouvé. Il est doux, il est familier, & s'il avait des plumes il serait fort beau. Nous avons résolu de le nourrir dans notre chambre. Mais si vous l'agréez, il pourra quelquefois vous divertir dans la vôtre. » La fée prit la corbeille où il était enfermé, elle l'en tira & fit des réflexions sérieuses sur les grandeurs du monde : car il était extraordinaire de voir un prince tel que Constancio sous la figure d'un pigeon, prêt à être rôti ou bouilli, & quoique ce fût elle qui eut jusqu'alors conduit cette métamorphose, & que rien n'arrivât que par ses ordres. Cependant comme elle moralisait volontiers sur tous les événements, celui-là la frappa fort. Elle caressa le pigeonneau, & de sa part il n'oublia rien pour s'attirer son attention, afin qu'elle voulût le soulager dans sa triste aventure : il lui faisait la révérence à la pigeonne, en tirant un peu le pied, il la becquait d'un air caressant ; bien qu'il fût pigeon novice, il en savait déjà plus que les vieux pères & les vieux ramiers.

La Fée souveraine le porta dans son cabinet, en ferma la porte & lui dit : « Prince, le triste état où je te trouve aujourd'hui ne m'empêche pas de te connaître & de t'aimer, à cause de ma fille Constancia, qui est aussi peu indifférente pour toi que tu l'es pour elle. N'accuse personne que moi de ta métamorphose ; je t'ai fait entrer dans la fournaise pour éprouver la candeur de ton

amour : il est pur, il est ardent, il faut que tu aies tout
l'honneur de l'aventure. » Le pigeon baissa trois fois la
tête en signe de reconnaissance & il écouta ce que la fée
voulait lui dire :

« La reine ta mère, reprit-elle, eut à peine reçu l'argent & les pierreries en échange de la princesse, qu'elle
l'envoya avec la dernière violence aux marchands qui
l'avaient achetée, &, sitôt qu'elle fut dans le vaisseau,
ils firent voile aux grandes Indes où ils étaient bien sûrs
de se défaire avec beaucoup de profit du précieux joyau
qu'ils emmenaient. Ses pleurs & ses prières ne changèrent point leur résolution. Elle disait inutilement que le
prince Constancio la rachèterait de tout ce qu'il possédait au monde : plus elle leur faisait valoir ce qu'ils en
pouvaient attendre, plus ils se hâtaient de le fuir, dans la
crainte qu'il ne fût averti de son enlèvement & qu'il ne
vînt leur arracher cette proie.

« Enfin, après avoir couru la moitié du monde, ils se
trouvèrent battus d'une furieuse tempête. La princesse,
accablée de sa douleur & des fatigues de la mer, était
mourante ; ils appréhendaient de la perdre & se sauvè-
rent dans le premier port. Mais comme ils débarquaient,
ils virent un géant d'une grandeur épouvantable. Il était
suivi de plusieurs autres, qui tous ensemble dirent qu'ils
voulaient voir ce qu'il y avait de plus rare dans leur
vaisseau. Le géant étant entré, le premier objet qui
frappa sa vue, ce fut la jeune princesse. Ils se reconnurent aussitôt l'un & l'autre : « Ah ! petite scélérate,
s'écria-t-il, les dieux justes & pitoyables te ramènent
donc sous mon pouvoir. Te souvient-il du jour que je te
trouvai & que tu coupas mon sac ? Je me trompe, si tu
me joues le même tour à présent. » En effet il la prit
comme une aigle prend un poulet &, malgré sa résistance & les prières des marchands, il l'emporta dans ses
bras, courant de toute sa force jusqu'à sa grande tour.

« Cette tour est sur une haute montagne. Les enchanteurs qui l'ont bâtie n'ont rien oublié pour la rendre belle & curieuse : il n'y a point de portes, l'on y monte par les fenêtres, qui sont très hautes, les murs de diamants brillent comme le soleil & sont d'une dureté à toute épreuve. Enfin ce que l'art & la nature peuvent rassembler de plus riche est au-dessous de ce qu'on y voit. Quand le furieux Géant tint la charmante Constancia, il lui dit qu'il voulait l'épouser & la rendre la plus heureuse personne de l'univers, qu'elle serait maîtresse de tous ses trésors, qu'il aurait la bonté de l'aimer & qu'il ne doutait point qu'elle ne fût ravie que sa bonne fortune l'eût conduite vers lui. Elle lui fit connaître par ses larmes & par ses lamentations l'excès de son désespoir &, comme je conduisais tout secrètement, malgré le destin qui avait juré la perte de Constancia, j'inspirai au Géant des sentiments de douceur qu'il n'avait connus de sa vie, de sorte qu'au lieu de se fâcher, il dit à la princesse qu'il lui donnait un an, pendant lequel il ne lui ferait aucune violence, mais que, si elle ne prenait pas dans ce temps la résolution de le satisfaire, il l'épouserait malgré elle & qu'ensuite il la ferait mourir, qu'ainsi elle pouvait voir ce qui l'accommoderait le mieux.

« Après cette funeste déclaration, il fit enfermer avec elle les plus belles filles du monde pour lui tenir compagnie & la retirer de cette profonde tristesse où elle s'abîmait. Il mit des Géants aux environs de la tour, pour empêcher que qui que ce soit n'en approchât, & en effet, si l'on avait cette témérité, l'on en recevrait bientôt la punition, car ce sont des gardes bien redoutables & bien cruels.

« Enfin la pauvre princesse ne voyant aucune apparence d'être secourue & qu'il ne reste plus qu'un jour pour achever l'année, se prépare à se précipiter du haut

de la tour dans la mer. Voilà, seigneur pigeon, l'état où
elle est réduite. Le seul remède que j'y trouve, c'est que
vous voliez vers elle, tenant dans votre bec une petite
bague que voilà ; sitôt qu'elle l'aura mise en son doigt,
elle deviendra colombe & vous vous sauverez heureusement. »

Le pigeonneau était dans la dernière impatience de
partir ; il ne savait comment le faire comprendre ; il
tirailla la manchette & le tablier en falbala de la fée, il
s'approcha ensuite des fenêtres où il donna quelques
coups de bec contre les vitres. Tout cela voulait dire en
langage pigeonnique : « Je vous supplie, madame, de
m'envoyer avec votre bague enchantée pour soulager
notre belle princesse. » Elle entendit son jargon &
répondant à ses désirs : « Allez, volez, charmant
pigeon, lui dit-elle, voici la bague qui vous guidera,
prenez grand soin de ne la pas perdre : car il n'y a que
vous au monde qui puissiez retirer Constancia du lieu
où elle est. »

Le prince pigeon, comme je l'ai dit, n'avait point de
plumes, il se les avait arrachées dans son extrême
désespoir. La fée le frotta d'une essence merveilleuse,
qui lui en fit revenir de si belles & si extraordinaires,
que les pigeons de Vénus n'étaient pas dignes d'entrer
en aucune comparaison avec lui. Il fut ravi de se voir si
bien remplumé &, prenant l'essor, il arriva au lever de
l'aurore sur le haut de la tour, dont les murs de diamants brillaient à tel point, que le soleil a moins de feux
dans son plus grand éclat. Il y avait un spacieux jardin
sur le donjon, au milieu duquel il s'élevait un oranger
chargé de fleurs & de fruits. Le reste du jardin était fort
curieux, & le prince pigeon n'aurait pas été indifférent
au plaisir de l'admirer, s'il n'avait été occupé de choses
bien plus importantes.

Il se percha sur l'oranger, il tenait dans son bec la

bague & ressentait une terrible inquiétude. Lorsque la
princesse entra, elle avait une longue robe blanche, sa
tête était couverte d'un grand voile noir brodé d'or. Il
était abattu sur son visage & traînait de tous côtés.
L'amoureux pigeon aurait pu douter que c'était elle, si
la noblesse de sa taille & son air majestueux eussent pu
être dans une autre à un point si parfait. Elle vint s'asseoir sous l'oranger &, levant son voile tout d'un coup,
il en demeura pour quelque temps ébloui.

« Tristes regrets, tristes pensées, s'écria-t-elle, vous
êtes à présent inutiles. Mon cœur affligé a passé un an
entier entre la crainte & l'espérance, mais le terme fatal
est arrivé. C'est aujourd'hui, c'est dans quelques heures
qu'il faut que je meure ou que j'épouse le Géant. Hélas !
est-il possible que la Fée souveraine & le prince
Constancio m'aient si fort abandonnée ? Que leur ai-je
fait ? Mais à quoi me servent ces réflexions ? Ne vaut-il
pas mieux exécuter le noble dessein que j'ai conçu ? »
Elle se leva d'un air plein de hardiesse pour se précipiter. Cependant, comme le moindre bruit lui faisait peur
& qu'elle entendit le pigeonneau qui s'agitait sur l'arbre,
elle leva les yeux pour voir ce que c'était. En même
temps, il vola sur elle & posa dans son sein l'importante
petite bague. La princesse, surprise des caresses de ce
bel oiseau & de son charmant plumage, ne le fut pas
moins du présent qu'il venait de lui faire. Elle considéra
la bague, elle y remarqua quelque caractère mystérieux
& elle la tenait encore, lorsque le Géant entra dans le
jardin sans qu'elle l'eût même entendu venir.

Quelques-unes des femmes qui la servaient étaient
allées rendre compte à ce terrible amant du désespoir de
la princesse & qu'elle voulait se tuer plutôt que de
l'épouser. Lorsqu'il sut qu'elle était montée si matin au
haut de la tour, il craignit une funeste catastrophe : son
cœur, qui jusqu'alors n'avait été capable que de barba-

rie, était tellement enchanté des beaux yeux de cette aimable personne qu'il l'aimait avec délicatesse. Ô dieux ! que devint-elle, quand elle le vit ! Elle appréhenda qu'il ne lui ôtât les moyens qu'elle cherchait de mourir. Le pauvre pigeon n'était pas médiocrement effrayé de ce formidable colosse. Dans le trouble où elle était, elle mit la bague à son doigt, & sur-le-champ, ô merveille ! elle fut métamorphosée en colombe & s'envola avec le fidèle pigeon à tire d'ailes.

Jamais surprise n'a égalé celle du Géant. Après avoir regardé sa maîtresse devenue colombe, qui traversait le vaste espace de l'air, il demeura quelque temps immobile, puis il poussa des cris & fit des hurlements qui ébranlèrent les montagnes & ne finirent qu'avec sa vie : il la termina au fond de la mer, où il était bien plus juste qu'il se noyât, que la charmante princesse. Elle s'éloignait donc avec son guide très diligemment. Mais lorsqu'ils eurent fait un assez long chemin pour ne plus rien craindre, ils s'abattirent doucement dans un bois fort sombre par la quantité des arbres & fort agréable à cause de l'herbe verte & des fleurs qui couvraient la terre. Constancia ignorait encore que le pigeon fût son aimable prince. Il était très affligé de ne pouvoir parler pour lui en rendre compte, quand il sentit une main invisible qui lui déliait la langue. Il en eut une sensible joie & dit aussitôt à la princesse : « Votre cœur ne vous a-t-il point appris, charmante Colombe, que vous êtes avec un pigeon qui brûle toujours des mêmes feux que vous allumez ? — Mon cœur souhaitait le bonheur qui m'arrive, répliqua-t-elle, mais il n'osait s'en flatter. Hélas ! qui l'aurait pu imaginer : j'étais sur le point de périr sous les coups de ma bizarre fortune. Vous êtes venu m'arracher d'entre les bras de la mort ou d'un monstre que je redoutais plus qu'elle. »

Le prince, ravi d'entendre parler sa colombe & de la

retrouver aussi tendre qu'il la désirait, lui dit tout ce que
la passion la plus délicate & la plus vive peuvent
inspirer ; il lui raconta ce qui s'était passé depuis le triste
moment de son absence, particulièrement de l'Amour
forgeron & de la fée dans son palais. Elle eut une grande
joie de savoir que sa meilleure amie était toujours dans
ses intérêts : « Allons la trouver, mon cher prince, dit-elle
à Constancio, & la remercier de tout le bien qu'elle nous
fait. Elle nous rendra notre première figure, nous retour-
nerons dans votre royaume ou dans le mien. »

« Si vous m'aimiez autant que je vous aime,
répliqua-t-il, je vous ferai une proposition où l'amour
seul a part. Mais, aimable princesse, vous m'allez dire
que je suis un extravagant. — Ne ménagez point la
réputation de votre esprit aux dépens de votre cœur,
reprit-elle ; parlez sans crainte, je vous entendrai toujours avec plaisir. — Je serai d'avis, continua-t-il, que
nous ne changeassions point de figure. Vous, colombe
& moi pigeon, pouvons brûler des mêmes feux qui ont
brûlé Constancio & Constancia. Je suis persuadé
qu'étant débarrassés du soin de nos royaumes, n'ayant
ni conseil à tenir, ni guerre à faire, ni audiences à donner, exempts de jouer sans cesse un rôle importun sur le
grand théâtre du monde, il nous sera plus aisé de vivre
l'un pour l'autre dans cette aimable solitude. — Ah !
s'écria la colombe, que votre dessein renferme de grandeur & de délicatesse ! Quelque jeune que je sois,
hélas ! j'ai déjà tant éprouvé de disgrâces ! La Fortune,
jalouse de mon innocente beauté, m'a persécutée si opiniâtrement que je serai ravie de renoncer à tous les
biens qu'elle donne, afin de ne vivre que pour vous.
Oui, mon cher prince, j'y consens, choisissons un pays
agréable & passons sous cette métamorphose nos plus
beaux jours. Menons une vie innocente, sans ambition
& sans désirs que ceux qu'un amour vertueux inspire. »

« C'est moi qui veux vous guider, s'écria l'Amour, en descendant du plus haut de l'Olympe. Un dessein si tendre mériterait ma protection. — Et la mienne aussi, dit la Fée souveraine, qui parut tout d'un coup. Je viens vous chercher pour m'avancer de quelques moments le plaisir de vous voir. » Le pigeon & la colombe eurent autant de joie que de surprise de ce nouvel événement : « Nous nous mettons sous votre conduite, dit Constancia à la fée. — Ne nous abandonnez pas, dit Constancio à l'Amour. — Venez, dit-il, à Paphos[4], l'on y respecte encore ma mère & l'on y aime toujours les oiseaux qui lui étaient consacrés. — Non, répondit la princesse, nous ne cherchons point le commerce des hommes, heureux qui peut y renoncer ; il nous faut seulement une belle solitude. »

Le fée aussitôt frappa la terre de sa baguette. L'Amour la toucha d'une flèche dorée. Ils virent en même temps le plus beau désert de la nature le mieux orné de bois, de fleurs, de prairies & de fontaines : « Restez-y des millions d'années, s'écria l'Amour. Jurez-vous une fidélité éternelle en présence de cette merveilleuse fée. — Je le jure à ma colombe, s'écria le pigeon. — Je le jure à mon pigeon, s'écria la colombe. — Votre mariage, dit la fée, ne pouvait être fait par un dieu plus capable de le rendre heureux. Au reste, je vous promets que si vous vous lassez de cette métamorphose, je ne vous abandonnerai point & je vous rendrai votre première figure. » Pigeon & Colombe en remercièrent la fée. Mais ils l'assurèrent qu'ils ne l'appelleraient point pour cela, qu'ils avaient trop éprouvé les malheurs de la vie. Ils la prièrent seulement de leur

---

4. Paphos en l'île de Chypre où se trouvait un sanctuaire de Vénus. La déesse fait la même invite à la Psyché de La Fontaine, mais c'est pour la soumettre à de rudes épreuves.

faire venir Ruson en cas qu'il ne fût pas mort. « Il a changé d'état, dit l'Amour, c'est moi qui l'avais condamné à être mouton. Il m'a fait pitié, je l'ai rétabli sur le trône d'où je l'avais arraché. » A ces nouvelles, Constancia ne fut plus surprise des jolies choses qu'elle lui avait vu faire. Elle conjura l'Amour de lui apprendre les aventures d'un mouton qui lui avait été si cher : « Je viendrai vous les dire, répliqua-t-il obligeamment. Pour aujourd'hui je suis attendu & souhaité en tant d'endroits, que je ne sais où j'irai le premier. Adieu, continua-t-il, heureux & tendres époux, vous pouvez vous vanter d'être les plus sages de mon empire. »

La Fée souveraine resta quelque temps avec les nouveaux mariés. Elle ne pouvait assez louer le mépris qu'ils faisaient des grandeurs de la terre ; mais il est bien certain qu'ils prenaient le meilleur parti pour la tranquillité de la vie. Enfin elle les quitta ; l'on a su par elle & par l'Amour que le Prince pigeon & la Princesse colombe se sont toujours aimés fidèlement.

> *D'un pur amour nous voyons le destin :*
> *Des troubles renaissants, un espoir incertain,*
> *De tristes accidents, de fatales traverses*
> *Affligent quelquefois les plus parfaits amants.*
> *L'Amour qui nous unit par des nœuds si charmants*
> *Pour conduire au bonheur a des routes diverses.*
> *Le ciel en les troublant assure nos désirs ;*
> *Jeunes cœurs, il est vrai, des épreuves si rudes*
> *Vous arrachent des pleurs, vous coûtent des soupirs,*
> *Mais quand l'amour est pur, peines, inquiétudes*
> *Sont autant de garants des plus charmants plaisirs.*

La lecture du conte était à peine finie, quand Virginie & Marthonide se levèrent, battant des mains & criant : « *Vivat, vivat,* voilà un ouvrage parfait. » La Dandinardière leur dit d'un air composé & modeste qu'il les priait de l'épargner, qu'il était impossible que cela fût bien, parce que la diligence qu'il avait faite pour le commencer & le finir était presque incroyable : « Ce que je vous dis est si vrai, ajouta-t-il, que je n'ai pas eu le temps de le lire & que j'y trouve des choses toutes différentes de ce que j'y avais voulu mettre. Par exemple, sur le titre, j'aurais gagé qu'il y avait Belle Belle ou le chevalier Fortuné, & malgré cela, ce sont des moineaux. — Dites le Pigeon & la Colombe, reprit le prieur en l'interrompant. » La Dandinardière remarqua que sa mémoire l'avait mal servi, mais pour payer d'esprit, il s'écria : « J'appelle tout animal en plumes un moineau : soit canard, dindon, perdrix, poule & poulet, je ne saurais me donner la fatigue de les distinguer. »

« Vous avez raison, monsieur, dit madame de Saint-Thomas, qui était fort satisfaite de son conte, il ne faut pas qu'un homme d'esprit comme vous donne dans des règles vulgaires. — Oh ! madame, continua-t-il, je m'en garde bien ! Je veux me distinguer un peu, & si tout le monde se mettait en tête de parler l'un comme l'autre, appeler un chat un chat, un loup un loup, quelle différence y aurait-il donc entre l'habile homme & l'ignorant ? »

« Ah ! monsieur, dit Marthonide, que je me sais de gré, dans le dénuement où l'on est ici de belle conversation & de bons modèles, d'avoir déjà pensé ce que vous nous dites ! Madame la baronne ma mère peut rendre témoignage qu'étant presque au maillot, je ne voulais pas dire comme tout le monde : nourrice, je disais : tetai. — Quel charmant naturel, s'écria-t-il, si vous étiez à la cour, on vous élèverait des statues, on vous érigerait des temples. — Fi donc, monsieur, reprit madame de Saint-Thomas, mes filles ne sont pas païennes, elles ne veulent ni temples ni statues. — Ne le prenez pas si fort à la lettre, ma mère, dit Virginie, nous accepterions les temples dont il parle. — Vraiment, vous êtes plaisante, mademoiselle, répondit la baronne en se boursouflant ; vous prétendez, je crois, me faire des leçons & m'apprendre ce qu'il faut expliquer à la lettre. » Comme la conversation allait s'échauffer entre la mère & la fille, Marthonide l'interrompit & dit à La Dandinardière qu'elle était encore frappée du titre de ce conte de Belle belle, qu'il croyait avoir mis au sien : « Je ne sais comme cela s'est passé, dit-il, sans doute les fées s'en mêlent. Car assurément j'y parlais de Grugeon, de Forte épine, de... — Vous n'en parliez point, dit le prieur en l'interrompant de peur que Marthonide ne reconnût son bien & ne le réclamât. C'est que je vous ai entretenu de ce conte & vous en avez la mémoire récente. » Le petit bourgeois le crut & la précieuse amazone ne pénétra rien.

Alain s'était déjà débarbouillé, il tenait sur son dos un grand mannequin plein de livres &, entrant tout essoufflé dans la chambre : « Ma bonne femme de mère, dit-il, m'assurait que les esprits étaient aussi légers que le vent. Si elle vivait encore, je saurais bien que lui en dire, car j'en porte sur mes épaules, qui sont plus lourds que les bras du maudit charretier qui vient pourtant de m'assommer. — Tais-toi, poltron, s'écria notre bourgeois ; j'ai vu avec honte de quelle manière tu t'es battu & j'ai été sur le point de lui aller aider pour t'apprendre s'il est écrit en aucun lieu du monde que le valet d'un maître comme moi doive se laisser assommer par un maraud comme lui. — En effet, dit Alain un peu échauffé, j'ai eu tort de me hasarder à recevoir seulement une chiquenaude pour défendre vos intérêts avec trop de zèle. Il s'agissait, monsieur, de ce livre que vous aviez si grande envie de vendre aux marguilliers de notre paroisse. Je croyais en bonne conscience qu'il l'avait volé, je voulais lui faire rendre. Il est plus fort que moi ; si j'ai souffert dans cette occasion, vous en êtes la cause, & pour récompense, vous me querellez.

Bien, bien, je... — Tais-toi, impudent babillard, s'écria
La Dandinardière plus rouge qu'un tison, si ces illustres
dames n'étaient pas présentes, je pourrais te payer une
partie de ce que je te dois, mais tu n'y perdras rien. —
Monsieur, dit-il, je veux y perdre tout ou m'en aller, car
je ne suis pas assez sot pour attendre des coups de
bâton. J'en ai déjà reçu, de votre grâce, la moitié plus
qu'il ne m'en fallait. Pour à présent, je vous proteste
que je vais quitter le justaucorps ou que vous me promettrez devant témoins, de me laisser en paix. »

Le petit bourgeois avait perdu plus de la moitié de sa
patience. Quand il vit qu'Alain profitait du mauvais état
où sa blessure le réduisait pour se familiariser avec lui,
quoiqu'il ne l'eût point encore trouvé mauvais, il s'emporta beaucoup, parce qu'il voulait imposer à madame
de Saint-Thomas & à ses filles beaucoup de considération. Pour réparer l'impertinence de son valet, il en
commit une plus grande, car il se jeta de son lit & courut après lui. Alain connut tout le péril où il était
exposé, mais comme il savait par une longue expérience plusieurs tours, pour éviter la grêle des coups de
poing, il s'avisa d'en faire un à son maître, s'arrêtant
près de lui. La Dandinardière, ravi haussa les bras afin
de les faire tomber à plomb sur sa tête, le valet se coula
par dessous, & notre héros donna du nez en terre avec
tant de force que le turban, le hausse-col & même les
gantelets, qui étaient les seules hardes dont il était
habillé, roulèrent aux quatre coins de la chambre.

Alain n'attendit pas un second choc, il s'était évadé
pendant qu'on relevait son pauvre maître ; & si la scène
avait été moins près de la porte, madame de Saint-Thomas se serait sauvée avec ses filles, mais il aurait fallu
marcher sur le corps de La Dandinardière. Dans cet
embarras, elles n'eurent point d'autre parti à prendre
que de se mettre à la fenêtre.

Lorsque le pétulant petit homme fut couché, le vicomte les pria de s'approcher de lui pour le consoler de sa disgrâce. La baronne avait bien envie de n'en rien faire : « Quoi ! disait-elle, monsieur de Bergenville, croyez-vous que je m'accommode qu'on manque au respect qui m'est dû ? Je veux lui apprendre que dans toute ma race les femmes ne se sont jamais relâchées là-dessus. Serai-je la seule qui déroge à cette louable coutume ? Non, non, je crèverais plutôt. » Elle commençait à s'échauffer ; La Dandinardière entendait avec inquiétude son grommellement ; il pria le prieur de lui faire des excuses de son indiscrète vivacité, & celui-ci, aidé par les amazones, s'en acquitta si bien que la baronne lui pardonna, à condition qu'il pardonnerait aussi au bon Alain. Ce dernier traité ne fut pas moins difficile à conclure que l'autre. Le bourgeois sentait son cœur fort ulcéré contre son valet : la culbute qu'il avait faite, lui semblait de dure digestion. Cependant il aimait si fort Virginie que, pour la revoir près de son lit, il promit à sa mère la grâce d'Alain.

Le tour qu'il venait de jouer à son maître pesait beaucoup sur sa conscience : il s'était allé cacher dans un grenier &, s'étant couvert de mille bottes de foin, il était près d'y étouffer, quand un valet de ses amis vint lui annoncer la bonne nouvelle de sa réconciliation & qu'on le demandait. Il hésita quelques moments sur ce qu'il devait faire ; il envoya prier le baron de Saint-Thomas de lui conseiller s'il retournerait dans la chambre ou s'il s'enfuirait plus loin. Enfin on lui dit tant qu'il pouvait revenir, qu'on le vit paraître tout d'un coup au pied du lit d'un air suppliant. Sa posture attendrit la compagnie & la baronne souhaita même qu'Alain ne fût point admonesté. La Dandinardière, qui se piquait de faire les choses de bonne grâce, lui dit qu'elle pouvait faire les lois avec une entière certitude, qu'il les suivrait toujours.

« Pour apaiser la querelle, dit Virginie, je vous demande quelques moment d'audience, afin de vous lire à mon tour un conte que l'on ne trouvera peut-être pas ennuyeux, quoiqu'il soit fort long. — S'il est de vous, charmante personne, répondit La Dandinardière, je suis certain que vous aurez le suffrage de tous ceux qui sont ici. — Je ne vous dirai point de qui il est, répliqua-t-elle, mais pour vous ôter de bonne heure la prévention que vous pourriez avoir en ma faveur, je vous déclare qu'il n'est point de moi. — Et de qui peut-il donc être ? s'écria le petit bourgeois en se donnant un air de capacité ; car je vous avoue, mesdemoiselles, que je n'ai de goût que pour vos ouvrages & que j'irais jusqu'à Rome pour en voir. — Rien n'est plus flatteur, répondit Virginie ; vous dites les choses de la manière du monde la plus obligeante. Mais on doit aussi avouer que les plus beaux termes, les expressions les plus nobles, les pensées les plus fines & les mieux nourries s'offrent en foule à votre esprit. Vous n'êtes jamais embarrassé que sur le choix & vous le faites toujours bon. — Ha ! Ha ! ma princesse, vous m'assassinez, repartit La Dandinardière, vos coups sont pénétrants &, quoi que vous frappiez avec des flèches dorées, les blessures n'en sont pas moins profondes. Je vous demande quartier, belle amazone, me voilà rendu, je suis mort ou peu s'en faut, mais mort d'admiration, mort d'une plénitude de reconnaissance. Je suis... — Halte-là, mon ami, dit le baron en riant, vous venez tous deux de débiter de si grandes gentillesses, que nous en sommes tous charmés. Mais la conversation devient trop sérieuse. — Pour l'égayer, dit le vicomte, je vais proposer un mariage à monsieur de La Dandinardière. — Je veux, dit-il, en se rengorgeant, avec une moue propre à faire rire, je veux une fille belle & jeune, riche & de qualité ; mais surtout, qu'elle ait tant d'esprit

qu'elle soit l'admiration de notre siècle & de tous les
siècles à venir, car je m'ennuierais mortellement avec
une personne ordinaire. — Apprenez-nous, dit le prieur,
ce que vous échangerez contre tant de mérite. — Il me
sied mal d'en parler, répliqua-t-il, cependant puisque
vous m'y forcez, je ne suis pas fâché de vous dire que
sur le fait de la valeur & de la naissance, je ne le céde-
rais pas à Dom Japhet d'Arménie[5]. » Le sérieux du
baron l'abandonna en cet endroit : « Voilà une riche
comparaison, dit-il, j'ai toujours remarqué qu'il n'en
fait jamais d'autre. — Puisque vous êtes content sur ces
deux articles, reprit La Dandinardière, vous ne le seriez
vraiment pas moins sur celui de mon bien : je pourrais
vous faire voir un revenu très net & très honnête. A
l'égard du caractère de mon esprit & de ma personne, la
seule modestie m'empêche d'en parler. — Il est vrai, dit
le vicomte, que vous avez beaucoup de bon, mais un
seul défaut suffit pour gâter cela : c'est l'intérêt. Il n'est
point séant qu'on trouve au rang de la bravoure, de la
qualité, de toute la délicatesse dans les sentiments & les
manières qu'on peut jamais désirer une sordide passion
pour les biens de ce monde, cela offusque le reste &
salit l'imagination. — Oui, monsieur, répliqua La Dandinardière d'un ton de voix passionné : j'en suis d'avis,
l'on ne songera jamais au solide & l'on renversera la
marmite dès le premier jour. Voyez ces sages du siècle,
qui savent compter qu'un & un font deux : ils ne sont
pas assez dupes pour se marier sans avoir reçu de
grosses sommes. J'en veux faire autant ou mourir en la
peine. — Monsieur de La Dandinardière, s'écria le

5. Créée à l'Hôtel de Bourgogne pendant l'hiver 1651-1652, la
comédie de Scarron demeura à l'affiche et fut rejouée pratiquement
une fois par an à la ville et à la cour entre 1690 et 1715. Le « héros »
de Mᵐᵉ d'Aulnoy tient, en effet, de ce personnage burlesque (éd.
Robert Garapon, Paris, Marcel Didier, 1967).

baron, vous passerez le reste de vos jours dans le célibat ; c'est grand dommage, des marmots de votre façon vaudraient leur pesant d'or. Attachez-vous donc à l'amour de la vertu & détachez-vous de celui des richesses. — Ho ! Ho ! comme vous en parlez, dit-il tout chagrin, cela sent son gentilhomme de campagne qui préfère une idée de générosité à l'essentiel. Je le répète encore, si je ne rencontre une personne qui vaille autant que moi & qui me donne à souper quand je lui aurai donné à dîner, je fais banqueroute à l'amour. »

Une déclaration si franche surprit toute la compagnie ; La Dandinardière en riait comme un fou & frappait des mains dans son lit, faisant des bonds qui étonnaient les deux belles précieuses. « Vous vous applaudissez, dit la baronne, d'avoir le goût si fin. — Hé ! Hé ! madame, point du tout, dit-il, mais pour peu qu'un galant homme sache le cours du monde, il se garantit de ces feux follets qui s'élèvent des vapeurs grossières de la terre. Vous entendez suffisamment que cette comparaison est juste. — Oh ! si nous l'entendons, s'écria Virginie, il faudrait n'avoir point d'esprit. — Je n'en ai donc point, répliqua le prieur, car je vous proteste qu'il ne me paraît rien de plus embrouillé que votre discours. — C'est par malice ou par envie que vous en parlez ainsi, ajouta Marthonide : qui ne voit que ces feux follets sont les folettes inclinations du cœur, qui s'élèvent dans la moyenne région de la tête, comme les autres sont dans celle de l'air, & que tout cela veut dire que monsieur a raison ? — Oui, raison, reprit Virginie, mais une raison sublunaire de la nature des étoiles, tant elle est brillante. »

Le pauvre baron de Saint-Thomas suait d'entendre ce pompeux galimatias où ses filles avaient tant de part : il haussait les épaules & regardait le vicomte & le prieur avec un air noir, qui leur faisait assez entendre ce qu'il

souffrait, de voir ces trois personnes dans le grand chemin des Petites Maisons[6].

Le prieur, qui commençait aussi à s'ennuyer de tous
ces fades discours, dit au bourgeois : « J'avais dessein à
mon tour de vous proposer la plus charmante personne
du monde, mais vous êtes trop difficile, & si le roi de
Siam ne prend soin de vous envoyer la princesse reine,
ou le Grand Mogol[7] quelques-unes de ses filles, nous ne
danserons point à votre noce. — Toute plaisanterie à
part, monsieur le prieur, dit La Dandinardière, je pourrais prétendre aux meilleurs partis de France, si je faisais valoir ma qualité & ma valeur. Mais je veux bien,
malgré toute ma délicatesse, entendre vos propositions
& m'humaniser un peu. — Je vous assure, dit Virginie
en les interrompant, qu'il ne sera plus parlé de rien jusqu'à ce que le conte dont je vous ai fait fête soit lu. —
Pour ma pénitence d'avoir pensé à autre chose, répliqua
le prieur, je m'offre de le lire. » Chacun prit un air d'attention, qui le conviait à commencer. Virginie lui donna
un rouleau de papier fort griffonné, car c'était une dame
qui l'avait écrit. Il commença aussitôt.

---

6. Le nom de petites maisons d'une ancienne maladrerie à Paris, où
on enfermait les « insensés », est demeuré à l'Hôpital général qu'on
construisit depuis pour le même usage.

7. Descendant de *Temur-lan* (Tamerlan) et l'un des grands souverains d'Asie, « on l'appelle *Grand Mogol* pour dire qu'il est le Chef et
le Roi de tous les circoncis » (F.), le mot Mogol signifiant homme circoncis.

LA PRINCESSE BELLE ÉTOILE ET LE PRINCE CHÉRI. *CONTE**.

Il était une fois une princesse à laquelle il ne restait plus rien de ses grandeurs passées, que son dais & son cadenat ; l'un était de velours, en broderies de perles, & l'autre d'or, enrichi de diamants. Elle les garda tant qu'elle put ; mais l'extrême nécessité où elle se trouvait

---

* Les dons des fées sont trop souvent mal employés. Il s'ensuit dans ce conte un drame dynastique et familial : mort d'une mère, enlèvement d'enfants à éliminer d'urgence, persécution d'une reine innocente. Les trois jeunes princes et princesse, sauvés par un corsaire, auront du mal à rétablir la vérité et la justice.

réduite l'obligeait de temps en temps à détacher une perle, un diamant, une émeraude, & cela se vendait secrètement pour nourrir son équipage. Elle était veuve, chargée de trois filles très jeunes & très aimables. Elle comprit que si elle les élevait dans un air de grandeur & de magnificence convenable à leur rang, elles en ressentiraient davantage la suite de leurs disgrâces. Elle prit donc la résolution de vendre le peu qui lui restait & de s'en aller bien loin avec ses trois filles, s'établir dans quelque maison de campagne, où elles feraient une dépense convenable à leur petite fortune. En passant dans une forêt très dangereuse, elle fut volée, de sorte qu'il ne lui resta presque plus rien. Cette pauvre princesse, plus chagrine de ce dernier malheur que de tous ceux qui l'avaient précédé, connut bien qu'il fallait gagner sa vie ou mourir de faim. Elle avait aimé autrefois la bonne chère & savait faire des sauces excellentes. Elle n'allait jamais sans sa petite cuisine d'or, que l'on venait voir de bien loin. Ce qu'elle avait fait pour se divertir, elle le fit alors pour subsister. Elle s'arrêta proche d'une grande ville, dans une maison fort jolie. Elle y faisait des ragoûts merveilleux ; l'on était friand dans ce pays-là, de sorte que tout le monde accourait chez elle. L'on ne parlait que de la bonne fricasseuse, à peine lui donnait-on le temps de respirer. Cependant ces trois filles devenaient grandes, & leur beauté n'aurait pas fait moins de bruit que les sauces de la princesse, si elle ne les avait cachées dans une chambre, d'où elles sortaient très rarement.

Un jour des plus beaux de l'année il entra chez elle une petite vieille qui paraissait bien lasse ; elle s'appuyait sur un bâton, son corps était tout courbé & son visage plein de rides : « Je viens, dit-elle, afin que vous me fassiez un bon repas, car je veux avant que d'aller en l'autre monde, pouvoir m'en vanter en celui-ci. »

Elle prit une chaise de paille, se mit auprès du feu & dit à la princesse de se hâter. Comme elle ne pouvait pas tout faire, elle appela ses trois filles : l'aînée avait nom Roussette, la seconde Brunette & la dernière Blondine. Elle leur avait donné ces noms par rapport à la couleur de leurs cheveux. Elles étaient vêtues en paysannes avec des corsets & des jupes de différentes couleurs. La cadette était la plus belle & la plus douce. Leur mère commanda à l'une d'aller quérir de petits pigeons dans la volière, à l'autre de tuer des poulets, à l'autre de faire la pâtisserie. Enfin, en moins d'un moment, elles mirent devant la vieille un couvert très propre, du linge fort blanc, de la vaisselle de terre bien vernissée & on la servit à plusieurs services. Le vin était bon, la glace n'y manquait pas, les verres rincés à tous moments par les plus belles mains du monde, tout cela donnait de l'appétit à la vieille petite bonne femme. Si elle mangea bien, elle but encore mieux. Elle se mit en pointe de vin. Elle disait mille choses où la princesse, qui ne faisait pas semblant d'y prendre garde, trouvait beaucoup d'esprit.

Le repas finit aussi gaîment qu'il s'était commencé ; la vieille se leva, elle dit à la princesse : « Ma grande amie, si j'avais de l'argent je vous paierais, mais il y a longtemps que je suis ruinée. J'avais besoin de vous trouver pour faire si bonne chère. Tout ce que je puis vous promettre, c'est de vous envoyer de meilleures pratiques que la mienne. » La princesse se prit à sourire & lui dit gracieusement : « Allez, ma bonne mère, ne vous inquiétez point, je suis toujours assez bien payée quand je fais quelque plaisir. — Nous avons été ravies de vous servir, dit Blondine &, si vous vouliez souper ici, nous ferions encore mieux. — Ô que l'on est heureux, s'écria la vieille, lorsqu'on est née avec un cœur si bienfaisant ! Mais croyez-vous n'en pas recevoir la récompense ? Soyez certaines, continua-t-elle, que le premier souhait que vous ferez sans songer à moi sera accompli. » En même temps elle disparut & elles n'eurent pas lieu de douter que ce ne fût une fée.

Cette aventure les étonna, elles n'en avaient jamais vu. Elles étaient peureuses, de sorte que pendant cinq ou six mois elles en parlèrent, & sitôt qu'elles désiraient quelque chose, elles pensaient à elle. Rien ne réussissait, dont elles étaient fortement en colère contre la fée. Mais un jour que le roi allait à la chasse, il passa chez la bonne fricasseuse pour voir si elle était aussi habile qu'on disait, & comme il approchait du jardin avec grand bruit, les trois sœurs, qui cueillaient des fraises, l'entendirent : « Ah ! dit Roussette, si j'étais assez heureuse pour épouser monseigneur l'amiral, je me vante que je ferais avec mon fuseau & ma quenouille tant de fil & de ce fil tant de toile, qu'il n'aurait plus besoin d'en acheter pour les voiles de ses navires. — Et moi, dit Brunette, si la Fortune m'était assez favorable pour me faire épouser le frère du roi, je me vante qu'avec mon aiguille, je lui ferais tant de dentelles qu'il en verrait son palais rempli. — Et moi, ajouta Blondine, je me vante que si roi m'épousait, j'aurais au bout de neuf mois deux beaux garçons & une belle fille, que leurs cheveux tomberaient par anneaux, répandant de fines pierres, avec une brillante étoile sur le front & le cou entouré d'une riche chaîne d'or. »

Un des favoris du roi, qui s'était avancé pour avertir l'hôtesse de sa venue, ayant entendu parler dans le jardin, s'arrêta sans faire aucun bruit, & fut bien surpris de la conversation de ces trois belles filles. Il alla promptement la redire au roi pour le réjouir. Il rit en effet, & commanda qu'on les fit venir devant lui.

Elles parurent aussitôt d'un air & d'une grâce merveilleux. Elles saluèrent le roi avec beaucoup de respect

& de modestie. Et quand il leur demanda s'il était vrai qu'elles venaient de s'entretenir des époux qu'elles désiraient, elles rougirent & baissèrent les yeux. Il les pressa encore davantage de l'avouer, elles en convinrent & il s'écria aussitôt : « Certainement je ne sais quelle puissance agit sur moi, mais je ne sortirai pas d'ici que je n'aie épousé la belle Blondine. — Sire, dit le frère du roi, je vous demande permission de me marier avec cette jolie brunette. — Accordez-moi la même grâce, ajouta l'amiral, car la rousse me plaît infiniment. »

Le roi, bien aise d'être imité par les plus grands de son royaume, leur dit qu'il approuvait leur choix & demanda à leur mère si elle le voulait bien. Elle répondit que c'était la plus grande joie qu'elle pût jamais avoir. Le roi l'embrassa, le prince & l'amiral n'en firent pas moins.

Quand le roi fut prêt à dîner, on vit descendre par la cheminée une table avec sept couverts d'or & tout ce qu'on peut imaginer de plus délicat pour faire un bon repas. Cependant le roi hésitait à manger ; il craignait que l'on n'eût accommodé les viandes au Sabbat, & cette manière de servir par la cheminée lui était un peu suspecte.

Le buffet s'arrangea, l'on ne voyait que bassins & vases d'or, dont le travail surpassait la matière. En même temps un essaim de mouches à miel parut dans des ruches de cristal & commença la plus charmante musique qui se puisse imaginer. Toute la salle était pleine de frelons, de mouches, de guêpes, de moucherons & d'autres bestiolinettes de cette espèce, qui servaient le roi avec une adresse surnaturelle. Trois ou quatre mille bibets lui apportaient à boire sans qu'un seul osât se noyer dans le vin, ce qui est d'une modération & d'une discipline étonnantes. La princesse & ses filles pénétraient assez que tout ce qui se passait ne pouvait s'attribuer qu'à la petite vieille ; elles bénissaient l'heure qu'elles l'avaient connue.

Après le repas, qui fut si long que la nuit surprit la compagnie à table, dont Sa Majesté ne laissa pas d'avoir un peu de honte, car il semblait que dans cet hymen Bacchus avait pris la place de Cupidon, le roi se leva & dit : « Achevons la fête par où elle devait commencer. » Il tira sa bague de son doigt & la mit dans celui de Blondine. Le prince & l'amiral l'imitèrent. Les abeilles redoublèrent leurs chants, l'on dansa, l'on se réjouit, & tous ceux qui avaient suivi le roi vinrent saluer la reine & la princesse. Pour l'amirale on ne lui faisait pas tant de cérémonies, dont elle se désespérait, car elle était l'aînée de Brunette & de Blondine, & se trouvait moins bien mariée.

Le roi envoya son Grand écuyer apprendre à la reine sa mère ce qui venait de se passer & pour faire venir ses plus magnifiques chariots, afin d'emmener la reine Blondine avec ses deux sœurs. La reine mère était la plus cruelle de toutes les femmes & la plus emportée. Quand elle sut que son fils s'était marié sans sa participation & surtout à une fille d'une naissance si obscure, & que le prince en avait fait autant, elle entra dans une telle colère, qu'elle effraya toute la cour. Elle demanda au Grand écuyer quelle raison avait pu engager le roi à faire un si indigne mariage: il lui dit que c'était l'espérance d'avoir deux garçons & une fille dans neuf mois, qui naîtraient avec de grands cheveux bouclés, des étoiles sur la tête & chacun une chaîne d'or au cou, & que des choses si rares l'avaient charmé. La reine mère sourit dédaigneusement de la crédulité de son fils, elle dit là-dessus bien des choses offensantes, qui marquaient assez sa fureur.

Les chariots étaient déjà arrivés à la petite maison-

nette. Le roi convia sa belle-mère à le suivre & lui promit qu'elle serait regardée avec toutes sortes de distinc-
tions. Mais elle pensa aussitôt que la cour est une mer
toujours agitée : « Sire, lui dit-elle, j'ai trop d'expérience des choses du monde pour quitter le repos que je
n'ai acquis qu'avec beaucoup de peine. — Quoi ! répliqua le roi, vous voulez continuer à tenir hôtellerie ? —
Non, dit-elle, vous me ferez quelque bien pour vivre. —
Souffrez au moins, ajouta-t-il, que je vous donne un
équipage & des officiers. — Je vous en rends grâce,
dit-elle ; quand je suis seule je n'ai point d'ennemis qui
me tourmentent, mais si j'avais des domestiques, je
craindrais d'en trouver en eux. » Le roi admira l'esprit
& la modération d'une femme qui pensait & qui parlait
comme un philosophe.

Pendant qu'il pressait sa belle-mère de venir avec lui,
l'Amirale rousse faisait cacher au fond de son chariot
tous les beaux bassins & les vases d'or du buffet, voulant en profiter sans rien laisser. Mais la fée, qui voyait
tout, bien que personne ne la vît, les changea en cruches
de terre. Lorsqu'elle fut arrivée & qu'elle voulut les
emporter dans son cabinet, elle ne trouva rien qui en
valût la peine.

Le roi & la reine embrassèrent tendrement la sage princesse & l'assurèrent qu'elle pourrait disposer à sa
volonté de tout ce qu'ils avaient. Ils quittèrent le séjour
champêtre & vinrent à la ville, précédés des trompettes,
des hautbois, des timbales & des tambours qui se faisaient entendre de bien loin. Les confidents de la reine
mère lui avaient conseillé de cacher sa mauvaise humeur,
parce que le roi s'en offenserait & que cela pourrait avoir
des suites fâcheuses. Elle se contraignit donc & ne fit
paraître que de l'amitié à ses deux belles-filles, leur donnant des pierreries & des louanges, indifféremment sur
tout ce qu'elles faisaient, bien ou mal.

La Reine blonde & la Princesse brunette étaient étroitement unies, mais à l'égard de l'Amirale rousse, elle les haïssait mortellement : « Voyez, disait-elle, la bonne fortune de mes deux sœurs : l'une est reine, l'autre princesse du sang, leurs maris les adorent, & moi, qui suis l'aînée, qui me trouve cent fois plus belle qu'elles, je n'ai qu'un amiral pour époux, dont je ne suis point chérie comme je devrais l'être. » La jalousie qu'elle avait contre ses sœurs la rangea du parti de la reine mère : car l'on savait bien que la tendresse qu'elle témoignait à ses belles-filles n'était qu'une feinte, & qu'elle trouverait avec plaisir l'occasion de leur faire du mal.

La reine & la princesse devinrent grosses, &, par malheur, une grande guerre étant survenue, il fallut que le roi partît pour se mettre à la tête de son armée. La jeune reine & la princesse, étant obligées de rester sous le pouvoir de la reine mère, les prièrent de trouver bon qu'elles retournassent chez leur mère, afin de se consoler avec elle d'une si cruelle absence. Le roi n'y put consentir. Il conjura sa femme de rester au palais. Il l'assura que sa mère en userait bien. En effet, il la pria avec la dernière instance d'aimer sa belle-fille & d'en avoir soin. Il ajouta qu'elle ne pouvait l'obliger plus sensiblement, qu'il espérait lui voir de beaux enfants & qu'il en attendrait les nouvelles avec beaucoup d'inquiétude. Cette méchante reine, ravie de ce que son fils lui confiait sa femme, lui promit de ne songer qu'à sa conservation & l'assura qu'il pouvait partir avec un entier repos d'esprit. Ainsi il s'en alla dans une si forte envie de revenir bientôt, qu'il hasardait ses troupes en toutes rencontres, & son bonheur faisait que sa témérité lui réussissait toujours ; mais encore qu'il avançât fort ses affaires, la reine accoucha avant son retour. La princesse sa sœur eut le même jour un beau garçon. Elle mourut aussitôt.

L'Amirale rousse était fort occupée des moyens de nuire à la jeune reine ; quand elle lui vit des enfants si jolis & qu'elle n'en avait point, sa fureur augmenta. Elle prit la résolution de parler promptement à la reine mère, car il n'y avait pas de temps à perdre : « Madame, lui dit-elle, je suis si touchée de l'honneur que Votre Majesté m'a fait en me donnant quelque part dans ses bonnes grâces, que je me dépouille volontiers de mes propres intérêts pour ménager les vôtres. Je comprends tous les déplaisirs dont vous êtes accablée depuis les indignes mariages du roi & du prince. Voilà quatre enfants qui vont éterniser la faute qu'ils ont commise : notre pauvre mère est une pauvre villageoise qui n'avait pas du pain quand elle s'est avisée de devenir fricasseuse. Croyez-moi, madame, faisons une fricassée aussi de tous ces petits marmots & les ôtons du monde avant qu'ils vous fassent rougir. — Ah ! ma chère amirale, dit la reine en l'embrassant, que je t'aime d'être si équitable & de partager comme tu fais mes justes déplaisirs. J'avais déjà résolu d'exécuter ce que tu me proposes, il n'y a que la manière qui m'embarrasse. — Que cela ne vous fasse point de peine, reprit la rousse, ma doguine vient de faire deux chiens & une chienne. Ils ont chacun une étoile sur le front avec une marque autour du cou, qui fait une espèce de chaîne. Il faut faire croire à la reine qu'elle est accouchée de toutes ces petites bêtes & prendre les deux fils, la fille & le fils de la princesse, que l'on fera mourir. »

« Ton dessein me plaît infiniment, s'écria-t-elle, j'ai déjà donné des ordres là-dessus à Feintise, sa dame d'honneur, de sorte qu'il faut avoir les petits chiens. — Les voilà, dit l'amirale, je les ai apportés. » Aussitôt elle ouvrit une grande bourse qu'elle avait toujours à son côté, elle en tira les trois doguines bêtes, que la reine & elle emmaillotèrent comme les enfants de la reine auraient dû être, & tout ornés de dentelles & de langes brochés d'or. Elles les arrangèrent dans une corbeille couverte, puis cette méchante reine suivie de la rousse, se rendit auprès de la reine : « Je viens vous remercier, lui dit-elle, des beaux héritiers que vous donnez à mon fils, voilà des têtes bien faites pour porter une couronne. Je ne m'étonne pas si vous promettiez à votre mari deux fils & une fille avec des étoiles sur le front, de longs cheveux & des chaînes d'or au cou. Tenez, nourrissez-les, car il n'y a point de femmes qui veuillent donner à téter à des chiens. »

La pauvre reine, qui était accablée du mal qu'elle avait souffert, pensa mourir de douleur, quand elle aperçut ces trois chiennes de bêtes & qu'elle vit cette doguinerie sur son lit, qui faisaient un bruit désespéré. Elle se mit à pleurer amèrement, puis joignant ses mains : « Hélas ! madame dit-elle, n'ajoutez point des reproches à mon affliction, elle ne peut assurément être plus grande : si les dieux avaient permis ma mort, avant que j'eusse reçu l'affront de me voir mère de ces petits monstres, je me serais estimée trop heureuse. Hélas ! que ferai-je ? Le roi me va haïr autant qu'il m'a aimée. » Les soupirs & les sanglots étouffèrent sa voix, elle n'eut plus de force pour parler, & la reine mère, continuant à lui dire des injures, eut le plaisir de passer ainsi trois heures au chevet de son lit.

Elle s'en alla ensuite, & sa sœur, qui feignait de partager ses déplaisirs, lui dit qu'elle n'était pas la première à qui semblable malheur était arrivé, qu'on voyait bien que c'était là un tour de cette vieille fée qui leur avait promis tant de merveilles, mais que comme il serait peut-être dangereux pour elle de voir le roi, elle lui conseillait de s'en aller chez leur pauvre mère avec ses trois enfants de chiens. La reine ne lui répondit que par ses larmes ; il fallait avoir le cœur bien dur pour n'être pas touchée de l'état où elles la réduisaient ; elle donna à téter à ces vilains chiens, croyant en être la mère.

La reine mère commanda à Feintise de prendre les enfants de la reine avec le fils de la princesse, de les étrangler & de les enterrer, si bien qu'on n'en sût jamais rien. Comme elle était sur le point d'exécuter cet ordre & qu'elle tenait déjà le cordeau fatal, elle jeta les yeux sur eux, & les trouva si merveilleusement beaux & vit qu'ils marquaient tant de choses extraordinaires par les étoiles qui brillaient à leur front, qu'elle n'osa porter ses criminelles mains sur un sang si auguste.

Elle fit amener une chaloupe au bord de la mer, elle y mit les quatre enfants dans un même berceau & quelques chaînes de pierreries, afin que si la fortune les conduisait entre les mains d'une personne assez charitable pour les vouloir nourrir, elle en trouvât aussitôt sa récompense.

La chaloupe, poussée par un grand vent, s'éloigna si vite du rivage, que Feintise la perdit de vue ; mais en même temps les vagues s'enflèrent, le soleil se cacha, les nues se fondirent en eau, mille éclairs de tonnerre faisaient retentir tous les environs. Elle ne douta point que la petite barque ne fût submergée & elle ressentit de la joie de ce que ces pauvres innocents étaient péris, car elle aurait toujours appréhendé quelque événement extraordinaire en leur faveur.

Le roi, sans cesse occupé de sa chère épouse & de l'état où il l'avait laissée, ayant conclu une trêve pour peu de temps, revint en poste. Il arriva douze heures après qu'elle fut accouchée. Quand la reine mère le sut, elle alla au-devant de lui avec un air composé plein de douleur. Elle le tint longtemps serré entre ses bras, lui mouillant le visage de larmes : il semblait que sa douleur l'empêchait de parler. Le roi, tout tremblant, n'osait demander ce qui était arrivé, car il ne doutait pas que ce ne fût de fort grands malheurs. Enfin elle fit un effort pour lui raconter que sa femme était accouchée de trois chiens : aussitôt Feintise les présenta & l'amirale, se jetant aux pieds du roi tout en pleurs, le supplia de ne point faire mourir la reine & de se contenter de la renvoyer chez sa mère, qu'elle y était déjà résolue & qu'elle recevrait ce traitement comme une grande grâce.

Le roi était si éperdu qu'il pouvait à peine respirer. Il regardait les doguins & remarquait avec surprise cette étoile qu'ils avaient au milieu du front & la couleur différente qui faisait le tour de leur cou. Il se laissa tomber sur un fauteuil, roulant dans son esprit mille pensées & ne pouvant prendre une résolution fixe. Mais la reine mère le pressa si fort, qu'il prononça l'exil de l'innocente reine. Aussitôt on la mit dans une litière avec ses trois chiens &, sans avoir aucun égard pour elle, on la conduisit chez sa mère, où elle arriva presque morte.

Les dieux avaient regardé d'un œil de pitié la barque où les trois princes étaient avec la princesse. La fée qui les protégeait, fit tomber au lieu de pluie du lait dans leurs petites bouches, ils ne souffrirent point de cet orage épouvantable, qui s'était élevé si promptement. Enfin ils voguèrent sept jours & sept nuits. Ils étaient en pleine mer aussi tranquilles que sur un canal, lorsqu'ils furent rencontrés par un vaisseau corsaire. Le capitaine ayant été frappé, quoique d'assez loin, du brillant éclat des étoiles qu'ils avaient sur le front, aborda la chaloupe, persuadé qu'elle était pleine de pierreries. Il y en trouva en effet, &, ce qui le toucha davantage, ce fut la beauté des quatre merveilleux enfants. Le désir de les conserver l'engagea à retourner chez lui pour les donner à sa femme, qui n'en avait point & qui en souhaitait depuis longtemps.

Elle s'inquiéta fort de le voir revenir si promptement, car il allait faire un voyage de long cours, mais elle fut transportée de joie, quand il remit entre ses mains un trésor si considérable. Ils admirèrent ensemble la merveille des étoiles, la chaîne d'or qui ne pouvait s'ôter de leur cou & leurs longs cheveux. Ce fut bien autre chose, lorsque cette femme les peigna, car il en tombait à tous moments des perles, des rubis, des diamants, des émeraudes de différentes grandeurs & toutes parfaites : elle en parla à son mari qui ne s'en étonna pas moins qu'elle.

« Je suis bien las, lui dit-il, du métier de corsaire ; si les cheveux de ces petits enfants continuent à nous donner des trésors, je ne veux plus courir les mers & mon bien sera aussi considérable que celui de nos plus grands capitaines. » La femme du corsaire, qui se nommait Corsine, fut ravie de la résolution de son mari, elle en aima davantage ces quatre enfants. Elle nomma la princesse Belle étoile, son frère aîné Petit soleil, le second Heureux, & le fils de la princesse, Chéri. Il était si fort au dessus des deux autres pour sa beauté, qu'encore qu'il n'eût ni étoile ni chaîne, Corsine l'aimait plus que les autres.

Comme elle ne pouvait les élever sans le secours de quelque nourrice, elle pria son mari, qui aimait beaucoup la chasse, de lui attraper des faons tout petits. Il en trouva le moyen, car la forêt où ils demeuraient était très spacieuse. Corsine les ayant, elle les exposa du côté du vent ; les biches, qui les sentirent, accoururent pour leur donner à téter. Corsine les cacha & mit à la place les enfants, qui s'accommodèrent à merveille du lait de biche. Tous les jours, deux fois elles venaient, quatre de compagnie, jusque chez Corsine chercher les princes & la princesse, qu'elles prenaient pour leurs faons.

C'est ainsi que se passa la tendre jeunesse des

princes. Le corsaire & sa femme les aimaient si passionnément qu'ils leur donnaient tous leurs soins. Cet
homme avait été bien élevé : c'était moins par son inclination que par la bizarrerie de sa fortune qu'il était
devenu corsaire. Il avait épousé Corsine chez une princesse, où son esprit s'était heureusement cultivé : elle
savait vivre &, quoiqu'elle se trouvât dans une espèce
de désert, où ils ne subsistaient que de larcins qu'il faisait dans ses courses, elle n'avait point encore oublié
l'usage du monde. Ils avaient la dernière joie de n'être
plus en obligation de s'exposer à tous les périls attachés
au métier de corsaire, ils devenaient assez riches sans
cela. De trois jours en trois jours il tombait, comme je
l'ai déjà dit, des cheveux de la princesse & de ses frères
des pierreries considérables, que Corsine allait vendre à
la ville la plus proche, & elle en rapportait mille gentillesses pour ses quatre marmots.

Quand ils furent sortis de la première enfance, le corsaire s'appliqua sérieusement à cultiver le beau naturel
dont le ciel les avait doués. Et comme il ne doutait
point qu'il n'y eût de grands mystères cachés dans leur
naissance & dans la rencontre qu'il en avait faite, il
voulut reconnaître par leur éducation ce présent des
dieux, de sorte qu'après avoir rendu sa maison plus
logeable, il attira chez lui des personnes de mérite, qui
leur apprirent diverses sciences avec une facilité qui
surprenait tous ces grands maîtres.

Le corsaire & sa femme n'avaient jamais dit l'aventure des quatre enfants ; ils passaient pour être les leurs,
quoiqu'ils marquassent par toutes leurs actions, qu'ils
sortaient d'un sang plus illustre. Ils étaient très unis
entre eux, il s'y trouvait du naturel & de la politesse,
mais le Prince chéri avait pour la Princesse Belle étoile
des sentiments plus empressés & plus vifs que les deux
autres : dès qu'elle souhaitait quelque chose, il tentait

jusqu'à l'impossible pour la satisfaire ; il ne la quittait presque jamais ; lorsqu'elle allait à la chasse, il l'accompagnait ; quand elle n'y allait point, il trouvait toujours des excuses pour se défendre de sortir. Petit soleil & Heureux, qui étaient ses frères, lui parlaient avec moins de tendresse & de respect. Elle remarqua cette différence, elle en tint compte à Chéri, & elle l'aima plus que les autres.

A mesure qu'ils s'avançaient en âge, leur mutuelle tendresse augmentait ; ils n'en eurent d'abord que du plaisir : « Mon tendre frère, lui disait Belle étoile, si mes désirs suffisaient pour vous rendre heureux, vous seriez un des plus grands rois de la terre. — Hélas ! ma sœur, répliquait-il, ne m'enviez pas le bonheur que je goûte auprès de vous ; je préférerais de passer une heure où vous êtes à toute l'élévation que vous me souhaitez. » Quand elle disait la même chose à ses frères, ils répondaient naturellement qu'ils en seraient ravis, & pour les éprouver davantage, elle ajoutait : « Oui, je voudrais que vous remplissiez le premier trône du monde, dussé-je ne vous voir jamais. » Ils disaient aussitôt : « Vous avez raison, ma sœur, l'un vaudrait bien mieux que l'autre. — Vous consentiriez donc, répliquait-elle, à ne me plus voir ? — Sans doute, disaient-ils, il nous suffirait d'apprendre quelquefois de vos nouvelles. »

Lorsqu'elle se trouvait seule, elle examinait ces différentes manières d'aimer & elle sentait son cœur disposé tout comme les leurs : car encore que Petit soleil & Heureux lui fussent chers, elle ne souhaitait point de rester avec eux toute sa vie, & à l'égard de Chéri, elle fondait en larmes quand elle pensait que leur père l'enverrait peut-être écumer les mers ou qu'il le mènerait à l'armée. C'est ainsi que l'amour, masqué du nom spécieux d'un excellent naturel, s'établissait dans ces jeunes cœurs. Mais à quatorze ans, Belle étoile commença de se reprocher l'injustice qu'elle croyait faire à ses frères de ne les pas aimer également. Elle s'imagina que les soins & les caresses de Chéri en étaient la cause. Elle lui défendit de chercher davantage les moyens de se faire aimer : « Vous ne les avez que trop trouvés, lui disait-elle agréablement, & vous êtes parvenu à me faire mettre une grande différence entre vous & eux. » Quelle joie ne ressentait-il pas, lorsqu'elle lui parlait ainsi ! Bien loin de diminuer son empressement, elle l'augmentait : il lui faisait chaque jour une galanterie nouvelle.

Ils ignoraient encore jusqu'où allait leur tendresse & ils n'en connaissaient point l'espèce, lorsqu'un jour on apporta à Belle étoile plusieurs livres nouveaux. Elle prit le premier qui tomba sous sa main : c'était l'histoire de deux jeunes amants, dont la passion avait commencé, se croyant frère & sœur ; ensuite ils avaient été reconnus par leurs proches, & après des peines infinies ils s'étaient épousés[1] Comme Chéri lisait parfaitement bien, qu'il entendait tout finement & qu'il se faisait entendre de même, elle le pria de lire auprès d'elle pendant qu'elle achèverait un ouvrage de lacis qu'elle avait envie de finir.

Il lut cette aventure, & ce ne fut pas sans une grande inquiétude qu'il vit une peinture naïve de tous ses sentiments. Belle étoile n'était pas moins surprise : il semblait que l'auteur avait lu tout ce qui se passait dans son âme. Plus Chéri lisait, plus il était touché ; plus la princesse l'écoutait, plus elle était attendrie. Quelque effort

---

1. L'*Histoire d'Hypolite, comte de Duglas,* Paris, Louis Sevestre, 1690, par Mme d'Aulnoy elle-même, campe le couple de Julie de Warwick et d'Hypolite, qui s'aiment, mais s'imaginent être frère et sœur et s'en culpabilisent.

qu'elle pût faire, ses yeux se remplirent de larmes &
son visage en était couvert. Chéri se faisait de son côté
une violence inutile : il pâlissait, il changeait de couleur
& de son de voix ; ils souffraient l'un & l'autre tout ce
qu'on peut souffrir : « Ah ! ma sœur, s'écria-t-il, en la
regardant tristement & laissant tomber son livre, ah !
ma sœur, qu'Hippolyte fut heureux de n'être pas le
frère de Julie. — Nous n'aurons pas une semblable
satisfaction, répondit-elle, hélas ! nous est-elle moins
due ? » En achevant ces mots, elle connut qu'elle en
avait trop dit ; elle demeura interdite &, si quelque
chose put consoler le prince, ce fut l'état où il la vit.
Depuis ce moment, ils tombèrent l'un & l'autre dans
une profonde tristesse, sans s'expliquer davantage. Ils
pénétraient une partie de ce qui se passait dans leurs
âmes, ils s'étudièrent pour cacher à tout le monde un
secret qu'ils auraient voulu ignorer eux-mêmes &
duquel ils ne s'entretenaient point. Cependant il est si
naturel de se flatter, que la princesse ne laissait pas de
compter pour beaucoup que Chéri seul n'eût point
d'étoile ni de chaîne au cou, car pour les longs cheveux
& le don de répandre des pierreries quand on les peignait, il l'avait comme ses cousins.

Les trois princes étant allés un jour à la chasse, Belle
étoile s'enferma dans un petit cabinet qu'elle aimait
parce qu'il était sombre & qu'elle y rêvait avec plus de
liberté qu'ailleurs. Elle ne faisait aucun bruit. Ce cabinet
n'était séparé de la chambre de Corsine que par une cloison & cette femme la croyait à la promenade. Elle l'entendit qui disait au corsaire : « Voilà Belle étoile en âge
d'être mariée ; si nous savions qui elle est, nous tâche-
rions de l'établir d'une manière convenable à son rang,
ou si nous pouvions croire que ceux qui passent pour ses
frères ne le sont pas, nous lui en donnerions un, car que
peut-elle jamais trouver d'aussi parfait qu'eux. »

« Lorsque je les rencontrai, dit le corsaire, je ne vis rien qui pût m'instruire de leurs naissances ; les pierreries, qui étaient attachées sur leur berceau, faisaient connaître que ces enfants appartiennent à des personnes riches. Ce qu'il y aurait de singulier, c'est qu'ils fussent tous jumeaux, car ils paraissaient de même âge, & il n'est pas ordinaire qu'on en ait quatre. — Je soupçonne aussi, dit Corsine, que Chéri n'est pas leur frère : il n'a ni étoile ni chaîne au cou. — Il est vrai, répliqua son mari, mais les diamants tombent de ses cheveux comme de ceux des autres &, après toutes les richesses que nous avons amassées par le moyen de ces chers enfants, il ne me reste plus rien à souhaiter que de découvrir leur origine. — Il faut laisser agir les dieux, dit Corsine, ils nous les ont donnés, & sans doute quand il en sera temps, ils développeront ce qui nous est caché. »

Belle étoile écoutait attentivement cette conversation ; l'on ne peut exprimer la joie qu'elle eut de pouvoir espérer qu'elle sortait d'un sang illustre, car encore qu'elle n'eût jamais manqué de respect pour ceux dont elle croyait tenir le jour, elle n'avait pas laissé de ressentir de la peine d'être fille d'un corsaire. Mais ce qui flattait davantage son imagination, c'était de penser que Chéri n'était peut-être point son frère : elle brûlait d'impatience de l'entretenir & de leur dire à tous une aventure si extraordinaire.

Elle monta sur un cheval isabelle, dont les crins noirs étaient rattachés avec des boucles de diamants, car elle n'avait qu'à se peigner une seule fois pour en garnir tout un équipage de chasse ; sa housse de velours vert était chamarrée de diamants & brodée de rubis. Elle monta promptement à cheval & fut dans la forêt chercher ses frères. Le bruit des cors & des chiens lui fit assez entendre où ils étaient, elle les joignit au bout d'un moment. A sa vue, Chéri se détacha & vint au-devant d'elle plus vite que les autres : « Quelle agréable surprise ! lui cria-t-il, Belle étoile, vous venez enfin à la chasse, vous que l'on ne peut distraire pour un moment des plaisirs que vous donnent la musique & les sciences que vous apprenez. »

« J'ai tant de choses à vous dire, répliqua-t-elle, que voulant être en particulier, je suis venue vous chercher. — Hélas ! ma sœur, dit-il en soupirant, que me voulez-vous aujourd'hui ? Il me semble qu'il y a long-temps que vous ne me voulez plus rien. » Elle rougit, puis baissant les yeux, elle demeura sur son cheval, triste & rêveuse sans lui répondre. Enfin ses deux frères arrivèrent, elle se réveilla à leur vue comme d'un profond sommeil & sauta à terre, marchant la première. Ils la suivirent tous &, quand elle fut au milieu d'une petite pelouse ombragée d'arbres : « Mettons-nous ici, leur dit-elle, & apprenez ce que je viens d'entendre. »

Elle leur raconta exactement la conversation du corsaire avec sa femme, & comme quoi ils n'étaient point leurs enfants. Il ne se peut rien ajouter à la surprise des trois princes. Ils agitèrent entre eux ce qu'ils devaient faire. L'un voulait partir sans rien dire, l'autre voulait ne partir point du tout, & l'autre voulait partir & le dire. Le premier soutenait que c'était le moyen le plus sûr, parce que le gain qu'ils faisaient en les peignant les obligerait de les retenir ; l'autre répondait qu'il aurait été bon de les quitter, si l'on avait su un lieu fixe où aller & de quelle condition l'on était, mais que le titre d'errants par le monde n'était pas agréable ; le dernier ajoutait qu'il y aurait de l'ingratitude de les abandonner sans leur agrément, qu'il y aurait de la stupidité de vouloir rester davantage au milieu d'une forêt où ils ne pourraient apprendre qui ils étaient, & que le meilleur parti, c'était de leur parler & de les faire consentir à leur éloignement. Ils goûtèrent tous cet avis ; aussitôt

ils montèrent à cheval pour venir trouver le corsaire &
Corsine.

Le cœur de Chéri était flatté par tout ce que l'espérance peut offrir de plus agréable pour consoler un
amant affligé ; son amour lui faisait deviner une partie
des choses futures : il ne se croyait plus le frère de
Belle étoile ; sa passion contrainte, prenant un peu l'essor, lui permettait mille tendres idées qui le charmaient.
Ils joignirent le corsaire & Corsine avec un visage mêlé
de joie & d'inquiétude : « Nous ne venons pas, dit Petit
soleil (car il portait la parole) pour vous dénier l'amitié,
la reconnaissance & le respect que nous vous devons,
bien que nous soyons informés de la manière dont vous
nous trouvâtes sur la mer et que vous n'êtes ni notre
père ni notre mère ; la piété avec laquelle vous nous
avez sauvés, la noble éducation que vous nous avez
donnée, tant de soins & de bontés que vous avez eus
pour nous sont des engagements si indispensables que
rien au monde ne peut nous affranchir de votre dépen-
dance. Nous venons donc vous renouveler nos sincères
remerciements, vous supplier de nous raconter un événement si rare & de nous conseiller, afin que, nous
conduisant par vos sages avis, nous n'ayons rien à nous
reprocher. »

Le corsaire & Corsine furent bien surpris qu'une
chose qu'ils avaient cachée avec tant de soin eût été
découverte : « On vous a trop bien informés dirent-ils,
& nous ne pouvons vous celer que vous n'êtes point en
effet nos enfants & que la fortune seule vous a fait tomber entre nos mains. Nous n'avons aucune lumière sur
votre naissance, mais les pierreries qui étaient dans
votre berceau peuvent marquer que vos parents sont ou
grand seigneurs ou fort riches. Au reste, que
pouvons-nous vous conseiller ? Si vous consultez
l'amitié que nous avons pour vous, sans doute vous res-

terez avec nous & vous consolerez notre vieillesse par votre aimable compagnie. Si le château que nous avons bâti en ces lieux ne vous plaît pas ou que le séjour de cette solitude vous chagrine, nous irons où vous voudrez, pourvu que ce ne soit point à la cour. Une longue expérience nous en a dégoûtés & vous en dégoûterait peut-être, si vous étiez informés des agitations continuelles, des soins, des déguisements, des feintes, de l'envie, des inégalités, des véritables maux & des faux biens que l'on y trouve. Nous vous en dirions davantage, mais vous croiriez que nos conseils sont intéressés ; ils le sont aussi, mes enfants, nous désirons de vous arrêter dans cette paisible retraite, quoique vous soyez maîtres de la quitter quand vous le voudrez. Ne laissez pourtant pas de considérer que vous êtes au port & que vous allez sur une mer orageuse, que les peines y surpassent presque toujours les plaisirs, que le cours de la vie est limité, qu'on la quitte souvent au milieu de sa carrière, que les grandeurs du monde sont de faux brillants, dont on se laisse éblouir par une fatalité étrangère, & que le plus solide de tous les biens, c'est de savoir se borner, jouir de sa tranquillité & se rendre sage. »

Le corsaire n'aurait pas fini si tôt ces remontrances, s'il n'eût été interrompu par le Prince heureux : « Mon cher père, lui dit-il, nous avons trop d'envie de découvrir quelque chose de notre naissance pour nous ensevelir au fond d'un désert. La morale que vous nous établissez est excellente & je voudrais que nous fussions capables de la suivre, mais je ne sais quelle fatalité nous appelle ailleurs : permettez que nous remplissions le cours de notre destinée, nous reviendrons vous revoir & vous rendre compte de toutes nos aventures. » A ces mots le corsaire & sa femme se prirent à pleurer, les princes s'attendrirent fort, particulièrement Belle étoile,

qui avait un naturel admirable & qui n'aurait jamais
pensé à quitter le désert, si elle avait été sûre que Chéri
y fût toujours resté avec elle.

Cette résolution étant prise, ils ne songèrent plus qu'à
faire leur équipage pour s'embarquer ; car ayant été
trouvés sur la mer, ils avaient quelque espérance qu'ils
y recevraient des lumières de ce qu'ils voulaient savoir.
Ils firent entrer dans leur petit vaisseau un cheval pour
chacun d'eux, &, après s'être peignés jusqu'à s'en écorcher pour laisser plus de pierreries à Corsine, ils la prièrent de leur donner en échange les chaînes de diamants
qui étaient dans leur berceau. Elle alla les quérir dans
son cabinet, où elle les avait soigneusement gardées, &
elle les attacha toutes sur l'habit de Belle étoile qu'elle
embrassait sans cesse, lui mouillant le visage de ses
larmes.

Jamais séparation n'a été si triste. Le corsaire & sa
femme en pensèrent mourir : leur douleur ne provenait
point d'une source intéressée, car ils avaient amassé
tant de trésors qu'ils n'en souhaitaient plus. Petit soleil,
Heureux, Chéri & Belle étoile montèrent dans le vaisseau. Le corsaire l'avait fait faire très bon & très magnifique : le mât était d'ébène & de cèdre, les cordages de
soie verte mêlée d'or, les voiles de drap d'or & vert, &
les peintures excellentes. Quand il commença à voguer,
Cléopâtre avec son Antoine & même toute la chiourme
de Vénus aurait baissé le pavillon devant lui. La princesse était assise sous un riche pavillon vers la poupe,
ses deux frères & son cousin se tenaient près d'elle,
plus brillants que les astres, & leurs étoiles jetaient de
longs rayons de lumière qui éblouissaient. Ils résolurent
d'aller au même endroit où le corsaire les avait trouvés,
& en effet ils s'y rendirent. Ils se préparèrent à faire là
un grand sacrifice aux dieux & aux fées pour obtenir
leur protection, & qu'ils fussent conduits dans le lieu de

leur naissance. On prit une tourterelle pour l'immoler. La princesse pitoyable la trouva si belle qu'elle lui sauva la vie &, pour la garantir de pareil accident, elle la laissa aller : « Pars, lui dit-elle, petit oiseau de Vénus &, si j'ai quelque jour besoin de toi, n'oublie pas le bien que je te fais. »

La tourterelle s'envola. Le sacrifice étant fini, ils commencèrent un concert si charmant qu'il semblait que toute la nature gardait un profond silence pour les écouter : les flots de la mer ne s'élevaient point, le vent ne soufflait pas, Zéphir seul agitait les cheveux de la princesse & mettait son voile un peu en désordre. Dans ce moment, il sortit de l'eau une Sirène, qui chantait si bien que la princesse & ses frères l'admirèrent. Après avoir dit quelques airs elle se tourna vers eux & leur cria : « *Cessez de vous inquiéter, laissez aller votre vaisseau, descendez où il s'arrêtera, & que ceux qui s'aiment continuent de s'aimer.* »

Belle étoile & Chéri ressentirent une joie extraordinaire de ce que la Sirène venait de dire ; ils ne doutèrent point que ce ne fût pour eux &, faisant un signe d'intelligence, leurs cœurs se parlèrent sans que Petit soleil & Heureux s'en aperçussent. Le navire voguait au gré des vents & de l'onde, leur navigation n'eut rien d'extraordinaire, le temps était toujours beau & la mer toujours calme. Ils ne laissèrent pas de rester trois mois entiers dans leur voyage, pendant lesquels l'amoureux Prince chéri s'entretenait souvent avec la princesse : « Que j'ai de flatteuses espérances, lui dit-il un jour, charmante Étoile, je ne suis point votre frère : ce cœur, qui reconnaît votre pouvoir & qui n'en reconnaîtra jamais d'autre, n'est pas né pour les crimes. C'en serait un de vous aimer comme je fais, si vous étiez ma sœur, mais la charitable Sirène qui nous est venue conseiller, m'a confirmé ce que j'avais là-dessus dans l'esprit. — Ah !

mon frère, répliqua-t-elle, ne vous fiez point trop à une chose qui est encore si obscure, que nous ne la pouvons pénétrer. Quelle serait notre destinée, si nous irritions les dieux par des sentiments qui pourraient leur déplaire ! La Sirène s'est si peu expliquée qu'il faut avoir bien envie de deviner, pour nous appliquer ce qu'elle a dit. — Vous vous en défendez, cruelle, dit le prince affligé, bien moins par le respect que vous avez pour les dieux que par aversion pour moi. » Belle étoile ne lui répliqua rien &, levant les yeux au ciel, elle poussa un profond soupir qu'il ne put s'empêcher d'expliquer en sa faveur.

Ils étaient dans la saison où les jours sont longs & brûlants. Vers le soir, la princesse & ses frères montèrent sur le tillac pour voir coucher le soleil dans le sein de l'onde ; elle s'assit ; les princes se placèrent auprès d'elle ; ils prirent des instruments & commencèrent leur agréable concert. Cependant le vaisseau, poussé par un vent frais, semblait voguer plus légèrement & se hâtait de doubler un petit promontoire, qui cachait une partie de la plus belle ville du monde, mais tout d'un coup elle se découvrit. Son aspect étonna notre aimable jeunesse : tous les palais en étaient de marbre, les couvertures dorées & le reste des maisons de porcelaine fort fine, plusieurs arbres toujours verts mêlaient l'émail de leurs feuilles aux diverses couleurs du marbre, de l'or & des porcelaines, de sorte qu'il souhaitaient que leur vaisseau entrât dans le port. Mais ils doutaient d'y pouvoir trouver place tant il y en avait d'autres, dont les mâts semblaient composer une forêt flottante.

Leurs désirs furent accomplis, ils abordèrent, & le rivage en un moment se trouva couvert du peuple, qui avait aperçu la magnificence du navire : celui que les Argonautes avaient construit pour la conquête de la Toison ne brillait pas tant, les étoiles & la beauté des merveilleux enfants ravissaient ceux qui les voyaient. L'on courut dire au roi cette nouvelle. Comme il ne pouvait la croire & que la grande terrasse du palais donnait jusqu'au bord de la mer, il s'y rendit promptement. Il vit que les princes Petit soleil & Chéri, tenant la princesse entre leurs bras, la portèrent à terre, qu'ensuite l'on fit sortir leurs chevaux, dont les riches harnais répondaient bien à tout le reste. Petit soleil en montait un plus noir que du jais, celui d'Heureux était gris, Chéri avait le sien blanc comme neige, & la princesse son isabelle. Le roi les admirait tous quatre sur leurs chevaux, qui marchaient si fièrement qu'ils écartaient tous ceux qui voulaient s'approcher.

Les princes, ayant entendu que l'on disait : « Voilà le roi », levèrent les yeux &, l'ayant vu d'un air plein de majesté, aussitôt ils lui firent une profonde révérence & passèrent doucement, tenant les yeux attachés sur lui. De son côté, il les regardait & n'était pas moins charmé de l'incomparable beauté de la princesse que de la bonne mine des jeunes princes. Il commanda à son Premier écuyer de leur aller offrir sa protection & toutes les choses dont ils pourraient avoir besoin dans un pays où ils étaient apparemment étrangers. Ils reçurent l'honneur que le roi leur faisait avec beaucoup de respect & de reconnaissance, & lui dirent qu'ils n'avaient besoin que d'une maison où ils pussent être en particulier, qu'ils seraient bien aise qu'elle fût à une ou deux lieues de la ville, parce qu'ils aimaient fort la promenade. Sur-le-champ le Premier écuyer leur en fit donner une des plus magnifiques, où ils logèrent commodément avec tout leur train.

Le roi avait l'esprit si rempli des quatre enfants qu'il venait de voir, que sur-le-champ il alla dans la chambre de la reine sa mère lui dire la merveille des étoiles qui brillaient sur leurs fronts & tout ce qu'il avait admiré en eux. Elle en fut toute interdite, elle lui demanda sans aucune affectation quel âge ils pouvaient avoir, il répondit quinze ou seize ans : elle ne témoigna point son inquiétude, mais elle craignait terriblement que Feintise ne l'eût trahie. Cependant le roi se promenait à grands pas & disait qu'un père est heureux d'avoir des fils si parfaits & une fille si belle : « Pour moi, infortuné souverain, je suis père de trois chiens, voilà d'illustres successeurs, & ma couronne est bien affermie ! »

Le reine mère écoutait ces paroles avec une inquiétude mortelle. Les étoiles brillantes & l'âge à peu près de ces étrangers avaient tant de rapport à celui des princes & de leur sœur qu'elle eut de grands soupçons d'avoir été trompée par Feintise & qu'au lieu de tuer les enfants du roi, elle les eût sauvés. Comme elle se possédait beaucoup, elle ne témoigna rien de ce qui se passait dans son âme, elle ne voulut pas même envoyer ce jour-là s'informer de bien des choses qu'elle avait envie de savoir. Mais le lendemain elle commanda à son secrétaire d'y aller & que sous prétexte de donner des ordres dans la maison pour leur commodité, il examinât tout, & s'ils avaient des étoiles sur le front.

Le secrétaire partit assez matin. Il arriva comme la princesse se mettait à sa toilette. En ce temps-là, l'on n'achetait point son teint chez les marchands : qui était blanche restait blanche ; qui était noire ne devenait point blanche, de sorte qu'il la vit décoiffée. On la peignait, ses cheveux blonds, plus fins que des filets d'or, descendaient par boucles jusqu'à terre. Il y avait plusieurs corbeilles autour d'elle, afin que les pierreries qui tombaient de ses cheveux ne fussent pas perdues. Son étoile sur le front jetait des feux qu'on avait peine à soutenir, & la chaîne d'or de son cou n'était pas moins extraordinaire que les précieux diamants qui roulaient du haut de sa tête. Le secrétaire avait bien de la peine à croire ce qu'il voyait, mais la princesse ayant choisi la plus grosse perle, elle le pria de la garder pour se souvenir d'elle : c'est la même que les rois d'Espagne estiment tant sous le nom de *Peregrina*[2], ce qui veut dire Pèlerine, parce qu'elle vient d'une voyageuse.

Le secrétaire, confus d'une si grande libéralité, prit congé d'elle & salua les trois princes, avec lesquels il demeura longtemps pour être informé d'une partie de ce qu'il désirait savoir. Il retourna en rendre compte à la reine mère, qui se confirma dans les soupçons qu'elle avait déjà. Il lui dit que Chéri n'avait point d'étoile, mais qu'il tombait des pierreries de ses cheveux comme de ceux de ses frères & qu'à son gré, c'était le mieux fait, qu'ils venaient de fort loin, que leur père & leur mère ne leur avaient donné qu'un certain temps afin de voir les pays étrangers. Cet article déroutait un peu la reine & elle se figurait quelquefois que ce n'était point les enfants du roi.

Elle flottait ainsi entre la crainte & l'espérance, quand le roi qui aimait fort la chasse, alla du côté de leur maison. Le Grand écuyer, qui l'accompagnait, lui dit en passant que c'était là qu'il avait logé Belle étoile

---

2. Mme d'Aulnoy l'a vue briller sur la défunte reine Marie-Louise (*Relation du Voyage d'Espagne*) ; Saint-Simon la contemple un soir de bal, en 1721, à Madrid, au revers du chapeau du roi Philippe V : « Cette perle, de la plus belle eau qu'on ait jamais vue, est précisément faite et évasée comme ces petites poires qui sont musquées, qu'on appelle des sept-en-gueules, et qui paraissent dans leur maturité, vers la fin des fraises. Leur nom marque leur grosseur, quoiqu'il n'y ait point de bouche qui en pût contenir quatre à la fois sans péril de s'étouffer. La perle est grosse et longue comme les moins grosses de cette espèce, et sans comparaison plus qu'aucune autre perle que ce soit. Aussi est-elle unique. On la dit la pareille et l'autre pendant d'oreilles de celle qu'on prétend que la folie de magnificence et d'amour fit dissoudre par Marc-Antoine dans du vinaigre, qu'il fit avaler à Cléopâtre » (*Mémoires*, éd. Y. Coirault, T. VIII, 1988, p. 366).

& ses frères par son ordre : « La reine m'a conseillé, repartit le roi, de ne les pas voir ; elle appréhende qu'ils ne viennent de quelque pays infecté de la peste & qu'ils n'en apportent le mauvais air. — Cette jeune étrangère, repartit le Premier écuyer[3], est en effet très dangereuse, mais sire, je craindrais plus ses yeux que le mauvais air. — En vérité, dit le roi, je le crois comme vous ». Et poussant aussitôt son cheval, il entendit des instruments & des voix. Il s'arrêta proche d'un grand salon dont les fenêtres étaient ouvertes, & après avoir admiré la douceur de cette symphonie, il s'avança.

Le bruit des chevaux obligèrent les princes à regarder ; dès qu'ils virent le roi, ils le saluèrent respectueusement & se hâtèrent de sortir, l'abordant avec un visage gai & tant de marques de soumission qu'ils embrassaient ses genoux. La princesse lui baisait les mains, comme s'ils l'eussent reconnu pour être leur père. Il les caressa fort & sentait son cœur si ému qu'il n'en pouvait deviner la cause. Il leur dit qu'ils ne manquassent pas de venir au palais, qu'il voulait les entretenir & les présenter à sa mère. Ils le remercièrent de l'honneur qu'il leur faisait & lui dirent qu'aussitôt que leurs habits & leurs équipages seraient achevés, ils ne manqueraient pas de lui faire leur cour.

Le roi les quitta pour achever la chasse qui était commencée. Il leur en envoya obligeamment la moitié & porta l'autre à la reine sa mère : « Quoi ! lui dit-elle, est-il possible que vous ayez fait une si petite chasse ? Vous tuez ordinairement trois fois plus de gibier. — Il est vrai, repartit le roi, mais j'en ai régalé les beaux étrangers. Je sens pour eux une inclination si parfaite

---

3. Confusion ici entre deux fonctions de cour très distinctes : la charge de Grand Écuyer étant d'ailleurs placée au-dessus de celle du Premier Écuyer.

que j'en suis surpris moi-même, & si vous aviez moins peur de l'air contagieux, je les aurais déjà fait venir loger dans le palais. » La reine mère se fâcha beaucoup, elle l'accusait de manquer d'égard pour elle & lui fit des reproches de s'exposer si légèrement.

Dès qu'il l'eut quittée, elle envoya dire à Feintise de lui venir parler. Elle s'enferma avec elle dans son cabinet & la prit d'une main par les cheveux, lui portant un poignard sur la gorge : « Malheureuse, dit-elle, je ne sais quel reste de bonté m'empêche de te sacrifier à mon juste ressentiment. Tu m'as trahie, tu n'as point tué les quatre enfants que j'avais remis entre tes mains pour en être défaite. Avoue au moins ton crime, & peut-être que je te le pardonnerai. » Feintise, demi-morte de peur, se jeta à ses pieds & lui dit comme la chose s'était passée, qu'elle croyait impossible que les enfants fussent encore en vie, parce qu'il s'était élevé une tempête si effroyable qu'elle avait pensé être accablée de la grêle, mais qu'enfin elle lui demandait du temps & qu'elle trouverait le moyen de la défaire d'eux l'un après l'autre, sans que personne au monde pût l'en soupçonner.

La reine, qui ne voulait que leur mort, s'apaisa un peu. Elle lui dit de n'y perdre pas un moment. Et en effet la vieille Feintise, qui se voyait en grand péril, ne négligea rien de ce qui dépendait d'elle. Elle épia le temps que les trois princes étaient à la chasse, &, portant sous son bras une guitare, elle alla s'asseoir vis-à-vis des fenêtres de la princesse, où elle chanta ces paroles :

> *La beauté peut tout surmonter,*
> *Heureux qui sait en profiter !*
> *La beauté s'efface,*
> *L'âge de glace*
> *Vient en ternir toutes les fleurs.*

Qu'on a de douleur
Quand on repasse
Les attraits que l'on a perdus !
  On se désespère
Et l'on prend pour plaire
  Des soins superflus.
Jeunes cœurs, laissez-vous charmer,
Dans le bel âge on doit aimer,
    La beauté s'efface,
    L'âge de glace
Vient en ternir toutes les fleurs.
    Qu'on a de douleur
    Quand on repasse
Les attraits que l'on a perdus !
    On se désespère
Et l'on prend pour plaire
    Des soins superflus.

Belle étoile trouva ces paroles assez plaisantes, elle
s'avança sur un balcon pour voir celle qui les chantait.
Aussitôt qu'elle parut, Feintise, qui s'était habillée fort
proprement, lui fit une grande révérence. La princesse
la salua à son tour &, comme elle était gaie, elle lui
demanda si les paroles qu'elle venait d'entendre avaient
été faites pour elle : « Oui, charmante personne, répliqua Feintise, elles sont pour moi. Mais afin qu'elles ne
soient jamais pour vous, je viens vous donner un avis
dont vous ne devez pas manquer de profiter. — Et quel
est-il ? dit Belle étoile. — Dès que vous m'aurez permis
de monter dans votre chambre, ajouta-t-elle, vous le
saurez. — Vous y pouvez venir, repartit la princesse. »
Aussitôt la vieille se présenta avec un certain air de
cour que l'on ne perd point quand on l'a une fois.

« Ma belle fille, dit Feintise sans perdre un moment,
car elle craignait qu'on ne vînt l'interrompre, le ciel
vous a faite tout aimable. Vous êtes douée d'une étoile
brillante sur votre front & l'on raconte bien d'autres
merveilles de vous. Mais il vous manque une chose qui

vous est essentiellement nécessaire. Si vous ne l'avez,
je vous plains. — Et que me manque-t-il répliqua-t-elle.
— L'Eau qui danse, ajouta notre maligne vieille. Si j'en
avais eu, vous ne verriez pas un cheveu blanc sur ma
tête, pas une ride sur mon front, j'aurais les plus belles
dents du monde, avec un air enfantin qui vous charme-
rait. Hélas ! j'ai su ce secret trop tard, mes attraits
étaient déjà effacés. Profitez de mes malheurs, ma chère
enfant, ce sera une consolation pour moi, car je me sens
pour vous des mouvements de tendresse extraordinaires. — Mais où prendrai-je cette Eau qui danse ?
repartit Belle étoile. — Elle est dans la Forêt lumineuse,
dit Feintise. Vous avez trois frères, est-ce que l'un
d'eux ne vous aimera pas assez pour l'aller quérir ?
Vraiment, ils ne seraient guère tendres. Enfin il n'y va
pas moins que d'être belle cent ans après votre mort. —
Mes frères me chérissent, dit la princesse ; il y en a un
entre autres, qui ne me refusera rien. Certainement, si
cette Eau fait tout ce que vous dites, je vous donnerai
une récompense proportionnée à son mérite. » La perfide vieille se retira en diligence, ravie d'avoir si bien
réussi. Elle dit à Belle étoile qu'elle serait soigneuse de
la venir voir.

Comme la voix du prieur s'enrouait un peu, le baron
prit le cahier & lui dit : « Je vous interromps pour lire à
mon tour, car il me semble que vous en serez point
fâché. — Volontiers, répliqua-t-il : ces dames auront
plus de plaisir à vous entendre que moi. — C'est ce qui
n'est pas encore décidé, dit la baronne, & vous quittez
dans un endroit où notre curiosité prend de nouvelles
forces. — Vous êtes trop obligeante, madame, répondit
La Dandinardière ; je n'aurais jamais cru qu'un petit
ouvrage, qui est dans la dernière négligence & qui
manque des choses les plus nécessaires pour le faire
valoir, eût été si favorablement reçu. — Je vous assure,

s'écria Virginie, qu'il attire toute mon attention. Je veux me rendre inséparable de Belle étoile. — Et moi, du Prince chéri, ajouta Marthonide. L'incertitude de sa naissance le met dans un état si violent, que je partage toutes ses inquiétudes. — Eh ! point du tout, point du tout, ajouta La Dandinardière, mesdames, *Finis coronat opus*[4]. — Ô sainte Barbe[5], dit la baronne toute fâchée, que dites-vous là ? Je vous prie de croire que nous avons des oreilles aussi délicates que les femmes de la cour & que de telles paroles nous conviennent mal. » La Dandinardière, incertain de ce qu'il venait de dire, car il ne le savait presque pas lui-même, pensa que madame de Saint-Thomas l'entendait bien mieux que lui, de sorte qu'il lui fit mille excuses de son enjoue-ment, avouant qu'il n'avait pas cru qu'elle entendît si bien le latin : « Oh ! monsieur dit-elle, les femmes sont à présent aussi savantes que les hommes. Elles étudient & sont capables de tout. C'est trop de dommage qu'elles ne puissent être dans les charges : un Parlement composé de femmes serait la plus jolie chose du monde. Et se pourrait-il rien de plus agréable qu'une sentence de mort prononcée par une belle bouche bien incarnate & bien riante ? — Cela est vrai, dit La Dandi-nardière, qui voulait effacer la mémoire de son malheu-reux *Finis coronat opus,* cela est vrai encore un coup : je ne me soucierais pas d'être pendu, si une femme aussi aimable que madame m'avait condamné. — Vous êtes trop galant, dit-elle, mais achevons la lecture du conte : en vérité il vaut mieux que tout ce que nous pouvons dire. » Le prieur aussitôt continua.

---

4. *Finis coronat Opus* : Adage du latin médiéval.

5. Sainte Barbe, parmi les quatorze Intercesseurs, était invoquée contre la foudre et la mort subite.

Les princes revinrent de la chasse. L'un apporta un marcassin, l'autre un lièvre & l'autre un cerf. Tout fut mis aux pieds de leur sœur. Elle regarda cet hommage avec une espèce de dédain : elle était occupée de l'avis de Feintise, elle en paraissait même inquiète, & Chéri, qui n'avait point d'autre occupation que de l'étudier, ne fut pas un quart d'heure avec elle sans le remarquer : « Qu'avez-vous, ma chère étoile ? lui dit-il, le pays où nous sommes n'est peut-être pas à votre gré ? Si cela est, partons-en tout à l'heure. Peut-être encore que notre équipage n'est pas assez grand, les meubles assez beaux, la table assez délicate. Parlez, de grâce, afin que j'aie le plaisir de vous obéir le premier & de vous faire obéir par les autres. »

« La confiance que vous me donnez de vous dire ce qui se passe dans mon esprit, répliqua-t-elle, m'engage à vous déclarer que je ne saurais plus vivre, si je n'ai l'Eau qui danse. Elle est dans la Forêt lumineuse ; je n'aurai avec elle rien à craindre de la fureur des ans. — Ne vous chagrinez point, mon aimable étoile, ajouta-t-il, je vais partir & je vous en apporterai, ou

vous saurez par ma mort qu'il est impossible d'en avoir.
— Non, dit-elle, j'aimerais mieux renoncer à tous les
avantages de la beauté, j'aimerais mieux être affreuse
que de hasarder une vie si chère. Je vous conjure de ne
plus penser à l'Eau qui danse, & même, si j'ai quelque
pouvoir sur vous, je vous le défends. »

Le prince feignit de lui obéir, mais aussitôt qu'il la vit
occupée, il monta sur son cheval blanc qui n'allait que
par bonds & par courbettes. Il prit de l'argent & un riche
habit : pour des diamants il n'en avait pas besoin, car ses
cheveux lui en fournissaient assez, & trois coups de
peigne en faisaient tomber quelquefois pour un million.
A la vérité, cela n'était pas toujours égal, l'on a même
su que la disposition de leur esprit & celle de leur santé
réglait assez l'abondance des pierreries. Il ne mena personne avec lui, pour être plus en liberté & afin que, si
l'aventure était périlleuse, il pût se hasarder sans essuyer
les remontrances d'un domestique zélé & craintif.

Quand l'heure du souper fut venue & que la princesse
ne vit point paraître son frère chéri, l'inquiétude la saisit à tel point qu'elle ne pouvait ni boire ni manger. Elle
donna des ordres pour le faire chercher partout. Les
deux princes, ne sachant rien de l'Eau qui danse, lui
disaient qu'elle se tourmentait trop, qu'il ne pouvait
être éloigné, qu'elle savait qu'il s'abandonnait volontiers à de profondes rêveries & que sans doute il s'était
arrêté dans la forêt. Elle prit donc un peu de tranquillité
jusqu'à minuit, mais alors elle perdit toute patience &
dit en pleurant à ses frères que c'était elle qui était
cause de l'éloignement de Chéri, qu'elle lui avait
témoigné un désir extrême d'avoir l'Eau qui danse de la
Forêt lumineuse, que sans doute il en avait pris le chemin. A ces nouvelles, ils résolurent d'envoyer après lui
plusieurs personnes, & elle les chargea de lui dire
qu'elle le conjurait de revenir.

Cependant la méchante Feintise était fort intriguée pour savoir l'effet de son conseil. Lorsqu'elle apprit que Chéri était déjà en campagne, elle en eut une sensible joie, ne doutant pas qu'il ne fît plus de diligence que ceux qui le suivaient & qu'il ne lui arrivât malheur. Elle courut au palais, toute fière de cette espérance ; elle rendit compte à la reine mère de ce qui s'était passé : « J'avoue, madame, lui dit-elle, que je ne puis douter que ce ne soit les trois princes & leur sœur. Ils ont des étoiles sur le front, des chaînes d'or au cou, leurs cheveux sont d'une beauté ravissante, il en tombe à tous moments des pierreries. J'en ai même vu à la princesse que j'avais mises sur son berceau, dont elle se pare, quoiqu'elles ne vaillent pas celles qui tombent de ses cheveux, de sorte qu'il ne m'est pas permis de douter de leur retour, malgré les soins que je croyais avoir pris pour l'empêcher. Mais madame, je vous en délivrerai, comme c'est le seul moyen qui me reste de réparer ma faute, je vous supplie seulement de m'accorder du temps : voilà déjà un des princes qui est parti pour aller chercher l'Eau qui danse ; il périra sans doute dans cette entreprise : ainsi je leur prépare plusieurs occasions de se perdre. — Nous verrons, dit la reine, si le succès répondra à votre attente, mais comptez que cela seul peut vous dérober à ma juste fureur. » Feintise se retira, plus alarmée que jamais, cherchant dans son esprit tout ce qui pouvait les faire périr.

Le moyen qu'elle en avait trouvé à l'égard du Prince chéri était un des plus certains, car l'Eau qui danse ne se puisait pas aisément. Elle avait fait tant de bruit par les malheurs qui étaient arrivés à ceux qui la cherchaient, qu'il n'y avait personne qui n'en sût le chemin. Son cheval blanc allait d'une vitesse surprenante, il le pressait sans quartier, parce qu'il voulait revenir promptement auprès de Belle étoile & lui donner la satisfac-

tion qu'elle se promettait de son voyage. Il ne laissa pas
de marcher huit jours & huit nuits de suite sans se reposer ailleurs que dans les bois, sous le premier arbre,
sans manger autre chose que les fruits qu'il trouvait sur
son chemin & sans laisser à son cheval qu'avec peine le
temps de brouter l'herbe. Enfin, au bout de ce temps-là
il se trouva dans un pays dont l'air était si chaud, qu'il
commença de souffrir beaucoup. Ce n'était point que le
soleil eût plus d'ardeur ; il ne savait à quoi en attribuer
la cause, lorsque du haut d'une montagne il aperçut la
Forêt lumineuse ; tous les arbres brûlaient sans se
consumer & jetaient des flammes en des lieux si éloignés que la campagne était aride & déserte. L'on entendait dans cette forêt siffler les serpents & rugir les lions,
ce qui étonna beaucoup le prince, car il semblait qu'aucun animal, excepté la salamandre, ne pouvait vivre
dans cette espèce de fournaise.

Après avoir considéré une chose si épouvantable, il
descendit, rêvant à ce qu'il allait faire, & il se dit plus
d'une fois qu'il était perdu. Comme il approchait de ce
grand feu, il mourait de soif ; il trouva une fontaine qui
sortait de la montagne & qui tombait dans un grand
bassin de marbre. Il mit pied à terre, s'en approcha, &
se baissait pour puiser de l'eau dans un petit vase d'or
qu'il avait apporté, afin d'y mettre celle que la princesse souhaitait, quand il aperçut une tourterelle qui se
noyait dans cette fontaine. Ses plumes étaient toutes
mouillées, elle n'avait plus de force & coulait au fond
du bassin. Chéri en eut pitié, il la sauva, il la pendit
d'abord par les pieds : elle avait tant bu qu'elle en était
enflée. Ensuite il la réchauffa, il essuya ses ailes avec
un mouchoir fin. Il la secourut si bien, que la pauvre
tourterelle se trouva au bout d'un moment plus gaie
qu'elle n'avait été triste.

« Seigneur chéri, lui dit-elle d'une voix douce &

tendre, vous n'avez jamais obligé petit animal plus reconnaissant que moi. Ce n'est pas d'aujourd'hui que j'ai reçu des faveurs essentielles de votre famille. Je suis ravie de pouvoir vous être utile à mon tour. Ne croyez donc pas que j'ignore le sujet de votre voyage. Vous l'avez entrepris un peu témérairement, car l'on ne saurait nombrer les personnes qui sont péries ici. L'Eau qui danse est la huitième Merveille du monde pour les dames : elle embellit, elle rajeunit, elle enrichit. Mais si je ne vous sers de guide, vous n'y pourrez arriver, car la source sort à gros bouillons du milieu de la forêt & s'y précipite dans un gouffre. Le chemin est couvert de branches d'arbres qui tombent toutes embrasées, & je ne vois guère d'autre moyen que d'y aller par terre. Reposez-vous donc ici sans inquiétude, je vais ordonner ce qu'il faut. »

En même temps, la tourterelle s'élève en l'air, va, vient, s'abaisse, vole & revole tant & tant que, sur la fin du jour, elle dit au prince que tout était prêt. Il prend l'officieux oiseau, il le baise, il le caresse, le remercie & le suit sur son beau cheval blanc. A peine eut-il fait cent pas qu'il voit deux longues files de renards, blaireaux, taupes, escargots, fourmis & de toutes les sortes de bêtes qui se cachent dans la terre. Il y en avait une si prodigieuse quantité, qu'il ne comprenait point par quel pouvoir ils s'étaient ainsi rassemblés : « C'est par mon ordre, lui dit la tourterelle, que vous voyez en ces lieux ce petit peuple souterrain : il vient de travailler pour votre service & faire une extrême diligence. Vous me ferez plaisir de les en remercier. » Le prince les salua & leur dit qu'il voudrait les tenir dans un lieu moins stérile, qu'il les régalerait avec plaisir : chaque bestiole parut contente.

Chéri, étant à l'entrée de la voûte, y laissa son cheval, puis, demi-courbé, il chemina avec la bonne tourterelle,

qui le conduisit très heureusement jusqu'à la fontaine :
elle faisait un si grand bruit qu'il en serait devenu
sourd, si elle ne lui avait pas donné deux de ses plumes
blanches, dont il se boucha les oreilles. Il fut étrangement surpris de voir que cette Eau dansait avec la
même justesse que si Favier[6] & Pécourt lui avaient
montré. Il est vrai que ce n'était que de vieilles danses
comme la bocane, la mariée & la sarabande. Plusieurs
oiseaux, qui voltigeaient en l'air, chantaient les airs que
l'Eau voulait danser. Le prince en puisa plein son vase
d'or, il en but deux traits qui le rendirent cent fois plus
beau qu'il n'était & qui le rafraîchirent si bien qu'il
s'apercevait à peine que de tous les endroits du monde,
le plus chaud, c'est la Forêt lumineuse.

Il en partit par le même chemin par lequel il était
venu ; son cheval s'était éloigné, mais fidèle à sa voix,
dès qu'il l'appela, il vint au grand galop. le prince se
jeta légèrement dessus, tout fier d'avoir l'Eau qui
danse : « Tendre tourterelle, dit-il à celle qu'il tenait,
j'ignore encore par quel prodige vous avez tant de pouvoir en ces lieux : les effets que j'en ai ressentis m'engagent à beaucoup de reconnaissance & comme la
liberté est le plus grand des biens, je vous rends la vôtre
pour égaler par cette faveur celles que vous m'avez
faites. » En achevant ces mots, il la laissa aller ; elle
s'envola d'un petit air aussi farouche, que si elle eût
resté avec lui contre son gré : « Quelle inégalité ! dit-il

---

6. Favier Jean ou Bernard-Henri ? d'une dynastie de danseurs des
ballets du roi, fit carrière à l'Académie royale de Musique. On vient
de découvrir sous son nom un système codé de pas de danse.
Guillaume Louis Pécourt (1653-1729) a succédé à son maître Beau-
champ dès 1687 pour s'occuper de la chorégraphie des spectacles
d'opéra. A partir de 1702, il est associé par le directeur Francine à
l'administration de l'Académie royale de Musique.

alors, tu tiens plus de l'homme que de la tourterelle :
l'un est inconstant, l'autre ne l'est point. » La tourterelle lui répondit du haut des airs : « Eh ! savez-vous
qui je suis ? »

Chéri s'étonna que la tourterelle eût répondu ainsi à
sa pensée ; il jugea bien qu'elle était très habile ; il fut
fâché de l'avoir laissée aller : « Elle m'aurait peut-être
été utile, disait-il, & j'aurais appris par elle bien des
choses qui contribueraient au repos de ma vie. » Cependant il convint avec lui-même qu'il ne faut jamais
regretter un bienfait accordé, & il se trouvait son redevable, quand il pensait aux difficultés qu'elle lui avait
aplanies pour avoir l'Eau qui danse. Son vase d'or était
fermé de manière que l'Eau ne pouvait ni se perdre ni
s'évaporer. Il pensait agréablement au plaisir qu'aurait
Belle étoile en la recevant & la joie qu'il aurait de la
revoir, lorsqu'il vit venir à toute bride plusieurs cavaliers qui ne l'eurent pas plutôt aperçu que, poussant de
grands cris, ils se le montrèrent les uns aux autres. Il
n'eut point de peur, son âme avait un caractère d'intrépidité qui s'alarmait peu des périls. Cependant il ressentit beaucoup de chagrin que quelque chose l'arrêtât ; il
poussa brusquement son cheval vers eux, & resta agréablement surpris de reconnaître une partie de ses domestiques, qui lui présentèrent des petits billets, ou pour
mieux dire des ordres dont la princesse les avait chargés
pour lui, afin qu'il ne s'exposât point aux dangers de la
Forêt lumineuse. Il baisa l'écriture de Belle étoile, il
soupira plus d'une fois &, se hâtant de retourner vers
elle, il la retira de la plus sensible peine que l'on puisse
éprouver.

Il la trouva en arrivant assise sous quelques arbres, où
elle s'abandonnait à toute son inquiétude. Quand elle le
vit à ses pieds, elle ne savait quel accueil lui faire : elle
voulait le gronder d'être parti contre ses ordres, elle

voulait le remercier du charmant présent qu'il lui faisait. Enfin sa tendresse fut la plus forte, elle embrassa son cher frère & les reproches qu'elle lui fit n'eurent rien de fâcheux.

La vieille Feintise, qui ne s'endormait pas, sut par ses espions que Chéri était de retour, plus beau qu'il n'était avant son départ, & que la princesse, ayant mis sur son visage l'Eau qui danse, était devenue si excessivement belle, qu'il n'y avait pas moyen de soutenir le moindre de ses regards sans mourir de plus d'une demi-douzaine de morts.

Feintise fut bien étonnée & bien affligée, car elle avait fait son compte que le prince périrait dans une si grande entreprise. Mais il n'était pas temps de se rebuter. Elle chercha le moment que la princesse allait à un petit temple de Diane, peu accompagnée ; elle l'aborda & lui dit d'un air plein d'amitié : « Que j'ai de joie, madame, de l'heureux effet de mes avis ! Il ne faut que vous regarder pour savoir que vous avez à présent l'Eau qui danse. Mais si j'osais vous donner un conseil, vous songeriez à vous rendre maîtresse de la Pomme qui chante : c'est tout autre chose encore, car elle embellit l'esprit à tel point qu'il n'y a rien dont on ne soit capable. Veut-on persuader quelque chose, il n'y a qu'à sentir la Pomme qui chante. Veut-on parler en public, faire des vers, écrire en prose, divertir, faire rire ou faire pleurer ? la Pomme a toutes ces vertus, & elle chante si bien & si haut qu'on l'entend de huit lieues sans en être étourdi. »

« Je n'en veux point, s'écria la princesse ; vous avez pensé faire périr mon frère avec votre Eau qui danse, vos conseils sont trop dangereux. — Quoi ! madame, répliqua Feintise, vous seriez fâchée d'être la plus savante & la plus spirituelle personne du monde ? En vérité vous n'y pensez pas. — Ah ! qu'aurais-je fait, continua Belle étoile, si l'on m'avait rapporté le corps de mon cher frère mort ou mourant ? — Celui-là, dit la vieille, n'ira plus, les autres sont obligés de vous servir à leur tour & l'entreprise est moins périlleuse. — N'importe, ajouta la princesse, je ne suis pas d'humeur à les exposer. — En vérité, je vous plains, dit Feintise, de perdre une occasion si avantageuse, mais vous y ferez réflexion. Adieu, madame. » Elle se retira aussitôt, & Belle étoile demeura aux pieds de la statue de Diane, irrésolue sur ce qu'elle devait faire. Elle aimait ses frères, elle s'aimait bien aussi, elle comprenait que rien ne pouvait lui faire un plus sensible plaisir que d'avoir la Pomme qui chante.

Elle soupira longtemps, puis elle se prit à pleurer. Petit soleil revenait de la chasse : il entendit du bruit dans le temple, il y entra & vit la princesse qui se couvrait le visage de son voile, parce qu'elle était honteuse d'avoir les yeux tout humides. Il avait déjà remarqué ses larmes &, s'approchant d'elle, il la conjura instamment de lui dire pourquoi elle pleurait. Elle s'en défendit, répliquant qu'elle en avait honte elle-même. Mais plus elle lui refusait son secret, plus il avait envie de le savoir.

Enfin elle lui dit que la même vieille qui lui avait conseillé d'envoyer à la conquête de l'Eau qui danse, venait de lui dire que la Pomme qui chante était encore plus merveilleuse, parce qu'elle donnait tant d'esprit, qu'on devenait une espèce de prodige, qu'à la vérité elle aurait donné la moitié de sa vie pour une telle pomme, mais qu'elle craignait qu'il n'y eût trop de danger à l'aller chercher : « Vous n'aurez pas peur pour moi, je vous en assure, lui dit son frère en souriant, car je ne me trouve aucune envie de vous rendre ce bon office. Et quoi ! n'avez-vous pas assez d'esprit ? Venez, venez, ma sœur, continua-t-il, & cessez de vous affliger. »

Belle étoile le suivit, aussi triste de la manière dont il avait reçu sa confidence, que de l'impossibilité qu'elle trouvait à posséder la Pomme qui chante. L'on servit le souper, ils se mirent tous quatre à table. Elle ne pouvait manger ; Chéri, l'aimable Chéri, qui n'avait d'attention que pour elle, lui servit ce qui était de meilleur & la pressa d'en goûter. Au premier morceau, son cœur se grossit, les larmes lui vinrent aux yeux, elle sortit de table en pleurant. Belle étoile pleurait : ô dieux ! quel sujet d'inquiétude pour Chéri ! Il demanda donc ce qu'elle avait : Petit soleil le lui dit, en raillant d'une manière assez désobligeante pour sa sœur. Elle en fut si piquée qu'elle se retira dans sa chambre & ne voulut parler à personne de tout le soir.

Dès que Petit soleil & Heureux furent couchés, Chéri monta sur son excellent cheval blanc, sans dire à personne où il allait. Il laissa seulement une lettre pour Belle étoile, avec ordre de la lui donner à son réveil &, tant que la nuit fut longue, il marcha à l'aventure, ne sachant point où il prendrait la Pomme qui chante.

Lorsque la princesse fut levée, on lui présenta la lettre du prince. Il est aisé de s'imaginer tout ce qu'elle ressentit d'inquiétude & de tendresse dans une occasion comme celle-là. Elle courut dans la chambre de ses frères leur en faire la lecture. Ils partagèrent ses alarmes, car ils étaient fort unis, & aussitôt ils envoyèrent presque tous leurs gens après lui, pour l'obliger de revenir sans tenter cette aventure, qui sans doute devait être terrible.

Cependant le roi n'oubliait point les beaux enfants de la forêt ; ses pas le guidaient toujours de leur côté, &, quand il passait proche de chez eux & qu'il les voyait, il leur faisait des reproches de ce qu'ils ne venaient point à son palais. Ils s'en étaient excusés d'abord sur ce qu'ils faisaient travailler à leur équipage, ils s'en excusèrent sur l'absence de leur frère & l'assurèrent qu'à son retour, ils profiteraient soigneusement de la permission qu'il leur donnait de lui rendre leurs très humbles respects.

Le Prince chéri était trop pressé de sa passion pour manquer à faire beaucoup de diligence. Il trouva à la pointe du jour un jeune homme bien fait, qui, se reposant sous des arbres, lisait dans un livre. Il l'aborda d'un air civil & lui dit : « Trouvez bon que je vous interrompe pour vous demander si vous ne savez point en quel lieu est la Pomme qui chante. » Le jeune homme haussa les yeux &, souriant gracieusement : « En voulez-vous faire la conquête ? lui dit-il. — Oui, s'il m'est possible, repartit le prince. — Ah ! seigneur, ajouta l'étranger, vous n'en savez donc pas tous les périls ; voilà un livre qui en parle, sa lecture effraie. — N'importe, dit Chéri, le danger ne sera point capable de me rebuter ; enseignez-moi seulement où je pourrai la trouver. — Le livre marque, continua cet homme, qu'elle est dans un vaste désert en Libye, qu'on l'entend chanter de huit lieues & que le dragon qui la garde a déjà dévoré cinq cent mille personnes qui ont eu la témérité d'y aller. — Je serai le cinq cent mille & unième, » répondit le prince, en souriant à son tour &, le saluant, il prit son chemin du côté des déserts de Libye. Son beau cheval, qui était de race zéphirienne, car Zéphir était son aïeul, allait aussi vite que le vent, de sorte qu'il fit une diligence incroyable.

Il avait beau écouter, il n'entendait d'aucun côté chanter la Pomme. Il s'affligeait de la longueur du chemin & de l'inutilité du voyage, lorsqu'il aperçut une pauvre tourterelle qui tombait à ses pieds : elle n'était pas encore morte, mais il ne s'en fallait guère. Comme il ne voyait personne qui pût l'avoir blessée, il crut qu'elle était peut-être à Vénus, & que s'étant échappée

de son colombier, ce petit mutin d'Amour, pour essayer
ses flèches, l'avait tirée. Quoi qu'il en soit, il en eut
pitié. Il descendit de cheval, il la prit, il essuya ses
plumes blanches déjà teintes de sang vermeil, &, tirant
de sa poche un flacon d'or, où il portait un baume admirable pour les blessures, il en eut à peine mis sur celle
de la tourterelle malade qu'elle ouvrit les yeux, leva la
tête, déploya les ailes, s'éplucha, & puis regardant le
prince : « Bonjour, beau Chéri, lui dit-elle, vous êtes
destiné à me sauver la vie & je le suis peut-être à vous
rendre de grands services. »

« Vous venez pour conquérir la Pomme qui chante,
l'entreprise est difficile & digne de vous, car elle est gar-
dée par un dragon affreux, qui a douze pieds, trois têtes,
six ailes & tout le corps de bronze. — Ah ! ma chère
tourterelle, lui dit le prince, quelle joie pour moi de te
revoir, & dans un temps où ton secours m'est si nécessaire ! Ne me le refuse pas, ma belle petite, car je mourrais de douleur si j'avais la honte de retourner sans la
Pomme qui chante. Et puisque j'ai eu l'Eau qui danse par
ton moyen, j'espère que tu en trouveras encore quelqu'un
pour me faire réussir dans mon entreprise. — Vous me
touchez, repartit tendrement la tourterelle. Suivez-moi je
vais voler devant vous, j'espère que tout ira bien. »

Le prince la laissa aller. Après avoir marché tout le
jour, ils arrivèrent proche d'une haute montagne de
sable : « Il faut creuser ici, lui dit la tourterelle. » Le
prince aussitôt, sans se rebuter de rien, se mit à creuser,
tantôt avec ses mains, tantôt avec son épée. Au bout de
quelques heures, il trouva un casque, une cuirasse & le
reste de l'armure, avec l'équipage pour son cheval,
entièrement de miroirs : « Armez-vous, dit la tourterelle, & ne craignez point le dragon : quand il se verra
dans tous ces miroirs il aura tant de peur, croyant que ce
sont des monstres comme lui, qu'il s'enfuira. »

Chéri approuva beaucoup cet expédient. Il s'arma des miroirs &, reprenant la tourterelle, ils allèrent ensemble toute la nuit. Au point du jour, ils entendirent une mélodie ravissante. Le prince pria la tourterelle de lui dire ce que c'était : « Je suis persuadée, dit-elle, qu'il n'y a que la Pomme qui puisse être si agréable, car elle fait seule toutes les parties de la musique &, sans toucher aucun instrument, il semble qu'elle en joue d'une manière ravissante. » Ils s'approchaient toujours ; le prince pensait en lui-même qu'il voudrait bien que la Pomme chantât quelque chose qui convînt à la situation où il était ; en même temps il entendit ces paroles :

L'amour peut surmonter le cœur le plus rebelle,
Ne cessez point d'être amoureux.
Vous qui suivez les lois d'une beauté cruelle,
Aimez, persévérez, & vous serez heureux.

« Ah ! s'écria-t-il répondant à ces vers, quelle charmante prédiction ! Je puis espérer d'être un jour plus content que je ne le suis ; l'on vient de me l'annoncer. » La tourterelle ne lui dit rien là-dessus : elle n'était pas née babillarde & ne parlait que pour les choses indispensablement nécessaires. A mesure qu'il avançait, la beauté de la musique augmentait, & quelque empressement qu'il eût, il était quelquefois si ravi qu'il s'arrêtait sans pouvoir penser à rien qu'à écouter. Mais la vue du terrible dragon, qui parut tout d'un coup avec ses douze pieds & plus de cent griffes, les trois têtes & son corps de bronze, le retira de cette espèce de léthargie. Il avait senti le prince de fort loin & l'attendait pour le dévorer comme tous les autres, dont il avait fait des repas excellents : leurs os étaient rangés autour du pommier où était la belle Pomme, ils s'élevaient si haut qu'on ne pouvait la voir.

L'affreux animal s'avança en bondissant ; il couvrit la

terre d'une écume empoisonnée très dangereuse ; il sortait de sa gueule infernale du feu & des petits dragonneaux qu'il lançait comme des dards dans les yeux & les oreilles des chevaliers errants qui voulaient emporter la Pomme. Mais lorsqu'il vit son effrayante figure multipliée cent & cent fois dans tous les miroirs du prince, ce fut lui à son tour qui eut peur. Il s'arrêta &, regardant fixement le prince chargé de dragons, il ne songea plus qu'à s'enfuir. Chéri s'apercevant de l'heureux effet de son armure, le poursuivit jusqu'à l'entrée d'une profonde caverne où il se précipita pour l'éviter, il en ferma bien vite l'entrée & se dépêcha de retourner vers la Pomme qui chante.

Après avoir monté par-dessus tous les os qui l'entouraient, il vit ce bel arbre avec admiration : il était d'ambre, les pommes de topaze, & la plus excellente de toutes, qu'il cherchait avec tant de soins & de périls, paraissait au haut, faite d'un seul rubis avec une couronne de diamants dessus. Le prince, transporté de joie de pouvoir donner un trésor si parfait & si rare à Belle étoile, se hâta de casser la branche d'ambre &, tout fier de sa bonne fortune, il monta sur son cheval blanc. Mais il ne trouva plus la tourterelle : dès que ses soins lui parurent inutiles, elle s'envola. Sans perdre le temps en regrets superflus, comme il craignait que le dragon dont il entendait les sifflements, ne trouvât quelque route pour venir à ces pommes, il retourna avec la sienne vers la princesse.

Elle avait perdu l'usage de dormir depuis son absence, elle se reprochait sans cesse son envie d'avoir plus d'esprit que les autres, elle craignait plus la mort de Chéri que la sienne : « Ah ! malheureuse, s'écriait-elle en poussant de profonds soupirs, fallait-il que j'eusse cette vaine gloire ! Ne me suffisait-il pas de penser & de parler assez bien pour ne faire & ne dire rien d'impertinent ? Je serai punie de mon orgueil si je perds ce que j'aime ! Hélas ! continuait-elle, peut-être que les dieux, irrités des sentiments que je ne puis me défendre d'avoir pour Chéri, veulent me l'ôter par une fin tragique. »

Il n'y avait rien que son cœur affligé n'imaginât, quand, au milieu de la nuit, elle entendit une musique si merveilleuse qu'elle ne put s'empêcher de se lever & de se mettre à sa fenêtre pour l'écouter mieux. Elle ne savait que s'imaginer : tantôt elle croyait que c'était Apollon & les Muses, tantôt Vénus, les Grâces & les Amours. La symphonie s'approchait toujours & toujours Belle étoile écoutait.

Enfin le prince arriva. Il faisait un grand clair de lune ; il s'arrêta sous le balcon de la princesse, qui s'était retirée, quand elle aperçut de loin un cavalier. La Pomme chanta aussitôt :

Réveillez-vous, belle Endormie[7].

La princesse, curieuse, regarda promptement qui pouvait chanter si bien &, reconnaissant son cher frère, elle pensa se précipiter de sa fenêtre en bas pour être plus tôt auprès de lui. Elle parla si haut que, tout le monde s'étant éveillé, l'on vint ouvrir la porte à Chéri. Il entra avec un empressement que l'on peut assez se figurer. Il tenait dans sa main la branche d'ambre au bout de laquelle était le merveilleux fruit &, comme il l'avait senti souvent, son esprit était augmenté à tel point, que rien dans le monde ne lui pouvait être comparable.

---

7. « Réveillez-vous, belle Endormie ». *Incipit* d'une chanson au texte variable et s'adaptant à différents timbres : double difficulté de recherche pour le musicologue. *Rf.* Patrice Coirault, *Répertoire de Chansons françaises de tradition orale. I, La Passion et l'Amour,* Paris, Bibliothèque nationale de France, 1996, nᵒˢ 2605-2606.

Belle étoile courut au-devant de lui avec une grande précipitation : « Pensez-vous que je vous remercie, mon cher frère ? lui dit-elle, en pleurant de joie ; non, il n'est point de bien que je n'achète trop cher, quand vous vous exposez pour me l'acquérir. — Et il n'est point de périls, lui dit-il, auxquels je ne veuille toujours me hasarder pour vous donner la plus petite satisfaction. Recevez, Belle étoile, continua-t-il, recevez ce fruit unique. Personne au monde ne le mérite si bien que vous, mais que vous donnera-t-il que vous n'ayez déjà ! » Petit soleil & son frère vinrent interrompre cette conversation ; ils eurent un sensible plaisir de revoir le prince ; il leur raconta son voyage, & cette relation les mena jusqu'au jour.

La mauvaise Feintise était revenue dans sa petite maison, après avoir entretenu la reine mère de ses projets. Elle avait trop d'inquiétude pour dormir tranquillement. Elle entendit le doux chant de la Pomme, que rien dans la nature ne pouvait égaler. Elle ne douta point que la conquête n'en fût faite : elle pleura, elle gémit, elle s'égratigna le visage, elle s'arracha les cheveux. Sa douleur était extrême, car au lieu de faire du mal aux beaux enfants comme elle l'avait projeté, elle leur faisait du bien, quoiqu'il n'entrât que de la perfidie dans ses conseils.

Dès qu'il fut jour, elle apprit que le retour du prince n'était que trop vrai. Elle retourna chez la reine mère : « Eh bien ! lui dit cette princesse, Feintise, m'apportes-tu de bonnes nouvelles ? Les enfants ont-ils péri ? — Non, madame, dit-elle en se jetant à ses pieds, mais que Votre Majesté ne s'impatiente point ; il me reste des moyens infinis de vous en délivrer. — Ah ! malheureuse, dit la reine, tu n'es au monde que pour me trahir ; tu les épargnes ! » La vieille protesta bien le contraire &, quand elle l'eut un peu apaisée, elle s'en revint pour rêver à ce qu'il fallait faire.

Elle laissa passer quelques jours sans paraître, au bout desquels elle épia si bien, qu'elle trouva la princesse seule dans une route de la forêt, qui se promenait, attendant le retour de ses frères : « Le ciel vous comble de biens, lui dit cette scélérate en l'abordant, charmante étoile, j'ai appris que vous possédez la Pomme qui chante. Certainement, quand cette bonne fortune me serait arrivée, je n'en aurais pas plus de joie, car il faut avouer que j'ai pour vous une inclination qui m'intéresse dans tous vos avantages. Cependant, continua-t-elle, je ne peux m'empêcher de vous donner un nouvel avis. — Ah ! gardez vos avis ! s'écria la princesse, en s'éloignant d'elle, quelques biens qu'ils m'apportent, ils ne sauraient me payer l'inquiétude qu'ils m'ont causée. — L'inquiétude n'est pas un si grand mal, repartit-elle en souriant, il en est de douces & de tendres. — Taisez-vous, ajouta Belle étoile, je tremble quand j'y pense. — Il est vrai, dit la vieille, que vous êtes fort à plaindre d'être la plus belle & la plus spirituelle fille de l'univers, je vous en fais mes excuses. — Encore un coup, répliqua la princesse, je sais suffisamment l'état où l'absence de mon frère m'a réduite. — Il faut malgré cela que je vous dise, continua Feintise, qu'il vous manque encore le petit Oiseau vert qui dit tout ; vous seriez informée par lui de votre naissance, des bons ou des mauvais succès de la vie. Il n'y a rien de si particulier qu'il ne vous découvrît, & lorsqu'on dira dans le monde : Belle étoile a l'Eau qui danse & la Pomme qui chante, l'on dira en même temps : elle n'a pas le petit Oiseau vert qui dit tout, & il vaudrait presque autant qu'elle n'eût rien. »

Après avoir débité ainsi ce qu'elle avait dans l'esprit, elle se retira. La princesse, triste & rêveuse, commença à soupirer amèrement : « Cette femme a raison, disait-elle, de quoi me servent les avantages que je reçois de l'Eau & de la Pomme, puisque j'ignore d'où je suis, qui sont mes parents & par quelle fatalité mes frères & moi avons été exposés à la fureur des ondes. Il faut qu'il y ait quelque chose de bien extraordinaire dans notre naissance pour nous abandonner ainsi, & une protection bien évidente du ciel pour nous avoir sauvés de tant de périls. Quel plaisir n'aurais-je point de connaître mon père & ma mère, de les chérir, s'ils sont encore vivants, & d'honorer leur mémoire, s'ils sont morts ! » Là-dessus les larmes vinrent avec abondance couvrir ses joues, semblables aux gouttes de la rosée qui paraît le matin sur les lis & sur les roses.

Chéri, qui avait toujours plus d'impatience de la voir que les autres, s'était hâté après la chasse de revenir. Il était à pied, son arc pendait négligemment à son côté, sa main était armée de quelques flèches, ses cheveux rattachés ensemble : il avait en cet état un air martial qui plaisait infiniment. Dès que la princesse l'aperçut, elle entra dans une allée sombre, afin qu'il ne vît pas les caractères de douleur qui étaient sur son visage. Mais une maîtresse ne s'éloigne pas si vite, qu'un amant bien empressé ne la joigne. Le prince l'aborda ; il eut à peine jeté les yeux sur elle qu'il connut qu'elle avait quelque peine. Il s'en inquiète, il la prie, il la presse de lui en apprendre le sujet, elle s'en défend avec opiniâtreté. Enfin il tourne la pointe d'une de ses flèches contre son cœur : « Vous ne m'aimez point, Belle étoile, lui dit-il, je n'ai plus qu'à mourir. » La manière dont il lui parlait la jeta dans la dernière alarme, elle n'eut plus la force de lui refuser son secret. Mais elle ne lui dit qu'à condition qu'il ne chercherait de sa vie les moyens de satisfaire le désir qu'elle avait. Il lui promit tout ce qu'elle exigeait & ne marqua point qu'il voulût entreprendre ce dernier voyage.

Aussitôt qu'elle se fut retirée dans sa chambre & les princes dans les leurs, il descendit en bas, tira son cheval de l'écurie, monta dessus & partit sans en parler à personne. Cette nouvelle jeta la belle famille dans une étrange consternation. Le roi, qui ne les pouvait oublier, les envoya prier de venir dîner avec lui ; ils répondirent que leur frère venait de s'absenter, qu'ils ne pouvaient avoir de joie ni de repos sans lui, & qu'à son retour, ils ne manqueraient pas d'aller au palais. La princesse était inconsolable, l'Eau qui danse & la Pomme qui chante n'avaient plus de charmes pour elle : sans Chéri rien ne lui était agréable.

Le prince s'en alla, errant par le monde. Il demandait à ceux qu'il rencontrait où il pourrait trouver le petit Oiseau vert qui dit tout. La plupart l'ignoraient ; mais il rencontra un vénérable vieillard qui, l'ayant fait entrer dans sa maison, voulut bien prendre la peine de regarder sur un globe qui faisait une partie de son étude & de son divertissement. Il lui dit ensuite qu'il était dans un climat glacé, sur la pointe d'un affreux rocher, & il lui enseigna la route qu'il devait tenir. Le prince, par reconnaissance, lui donna plein un petit sac de grosses perles qui étaient tombées de ses cheveux &, prenant congé de lui, il continua son voyage.

Enfin, au lever de l'aurore, il aperçut le rocher, fort haut & fort escarpé, &, sur le sommet, l'Oiseau qui parlait comme un oracle, disant des choses admirables. Il comprit qu'avec un peu d'adresse il était aisé de l'attraper, car il ne paraissait point farouche : il allait & venait, sautant légèrement d'une pointe sur l'autre. Le prince descendit de cheval, & montant sans bruit malgré l'âpreté de ce mont, il se promettait le plaisir d'en faire un sensible à Belle étoile, il se voyait si proche de l'Oiseau vert qu'il croyait le prendre, lorsque, le rocher s'ouvrant tout d'un coup, il tomba dans une spacieuse salle, aussi immobile qu'une statue : il ne pouvait ni remuer ni se plaindre de sa déplorable aventure. Trois cents chevaliers, qui l'avaient tentée comme lui, étaient au même état ; ils s'entre-regardaient, c'était la seule chose qui leur était permise.

Le temps semblait si long à Belle étoile que, ne voyant point revenir son Chéri, elle tomba dangereusement malade. Les médecins connurent bien qu'elle était dévorée par une profonde mélancolie. Ses frères l'aimaient tendrement, ils lui parlèrent de la cause de son mal : elle leur avoua qu'elle se reprochait nuit & jour l'éloignement de Chéri, qu'elle sentait bien qu'elle mourrait, si elle n'apprenait pas de ses nouvelles. Ils furent touchés de ses larmes, &, pour la guérir, Petit soleil résolut d'aller chercher son frère.

Ce prince partit ; il sut en quel lieu était le fameux Oiseau, il y fut, il le vit, il s'en approcha avec les mêmes espérances, & dans ce moment le rocher l'engloutit : il tomba dans la grande salle, la première chose qui arrêta ses regards, ce fut Chéri, mais il ne put lui parler.

Belle étoile était un peu convalescente, elle espérait à chaque moment de voir revenir ses deux frères. Mais ces espérances étant déçues, son affliction prit de nouvelles forces. Elle ne cessait plus jour & nuit de se plaindre, elle s'accusait du désastre de ses frères, & le Prince heureux, n'ayant pas moins de pitié d'elle que d'inquiétude pour les princes, prit à son tour la résolution de les aller chercher. Il le dit à Belle étoile, elle voulut d'abord s'y opposer, mais il répliqua qu'il était bien juste qu'il s'exposât pour trouver les personnes du monde qui lui étaient les plus chères. Là-dessus il partit, après avoir fait de tendres adieux à la princesse. Elle resta seule en proie à la plus vive douleur.

Quand Feintise sut que le troisième prince était en

chemin, elle se réjouit infiniment. Elle en avertit la reine mère & lui promit plus fortement que jamais de perdre toute cette infortunée famille. En effet, Heureux eut une aventure semblable à Chéri & à Petit soleil : il trouva le rocher, il vit le bel Oiseau & il tomba comme une statue dans la salle, où il reconnut les princes qu'il cherchait, sans pouvoir leur parler. Ils étaient tous arrangés dans des niches de cristal, ils ne dormaient jamais, ne mangeaient point & restaient enchantés d'une manière bien triste, car ils avaient seulement la liberté de rêver & de déplorer leur aventure.

Belle étoile, inconsolable, ne voyant revenir aucun de ses frères, se reprocha d'avoir tardé si longtemps à les suivre. Sans hésiter davantage, elle donna ordre à tous ses gens de l'attendre six mois, mais que, si ses frères ou elle ne revenaient pas dans ce temps, ils retournassent apprendre leur mort au corsaire & à sa femme. Ensuite elle prit un habit d'homme, trouvant qu'il y avait moins à risquer pour elle, ainsi travestie, dans son voyage, que si elle était allée en aventurière courir le monde. Feintise la vit partir dessus son beau cheval : elle se trouva alors comblée de joie & courut au palais régaler la reine mère de cette bonne nouvelle.

La princesse s'était armée seulement d'un casque, dont elle ne levait presque jamais la visière, car sa beauté était si délicate & si parfaite qu'on n'aurait pas cru, comme elle le voulait, qu'elle était un cavalier. La rigueur de l'hiver se faisait ressentir, & le pays où était le petit Oiseau qui dit tout ne recevait en aucune saison les heureuses influences du soleil.

Belle étoile avait un étrange froid, mais rien ne pouvait la rebuter, lorsqu'elle vit une tourterelle qui n'était guère moins blanche & guère moins froide que la neige, laquelle était étendue. Malgré toute son impatience d'arriver au rocher, elle ne voulut pas la laisser mourir

&, descendant de cheval, elle la prit entre ses mains, la réchauffa de son haleine, puis la mit dans son sein. La pauvre petite ne remuait plus, Belle étoile pensait qu'elle était morte, elle y avait regret, elle la retira &, la regardant, elle lui dit, comme si elle eût pu l'entendre : « Que ferais-je bien, aimable tourterelle, pour te sauver la vie ? — Belle étoile, répondit la bestiole, un doux baiser de votre bouche peut achever ce que vous avez si charitablement commencé. — Non pas un, dit la princesse, mais cent, s'il les faut. » Elle la baisa & la tourterelle, reprenant courage, lui dit gaiement : « Je vous connais malgré votre déguisement. Sachez que vous entreprenez une chose qui vous serait impossible sans mon secours. Faites donc ce que je vais vous conseiller. Dès que vous serez arrivée au rocher, au lieu de chercher le moyen d'y monter, arrêtez-vous au pied & commencez la plus belle chanson & la plus mélodieuse que vous sachiez. L'Oiseau vert qui dit tout vous écoutera & remarquera d'où vient cette voix. Ensuite vous feindrez de vous endormir, je resterai auprès de vous, quand il me verra, il descendra de la pointe du rocher pour me becqueter : c'est dans ce moment que vous le pourrez prendre. »

La princesse, ravie de cette espérance, arriva presque aussitôt au rocher, elle reconnut les chevaux de ses frères, qui broutaient l'herbe ; cette vue renouvela toutes ses douleurs, elle s'assit & pleura longtemps amèrement. Mais le petit Oiseau vert disait de si belles choses & si consolantes pour les malheureux qu'il n'y avait point de cœur affligé qu'il ne réjouît, de sorte qu'elle essuya ses larmes & se mit à chanter si haut & si bien que les princes, au fond de leur salle enchantée, eurent le plaisir de l'entendre.

Ce fut le premier moment où ils sentirent quelque espérance. Le petit Oiseau vert qui dit tout écoutait &

regardait d'où venait cette voix. Il aperçut la princesse qui avait ôté son casque pour dormir plus commodément, & la tourterelle qui voltigeait autour d'elle. A cette vue, il descendit doucement & vint la becqueter, mais il ne lui avait pas arraché trois plumes qu'il était déjà pris.

« Ah ! que me voulez-vous ? lui dit-il. Que vous ai-je fait pour venir de si loin me rendre malheureux ? Accordez-moi ma liberté, je vous en conjure, voyez ce que vous souhaitez en échange, il n'y a rien que je ne fasse. — Je désire, lui dit Belle étoile, que tu me rendes mes trois frères. Je ne sais où ils sont, mais leurs chevaux, qui paissent près de ce rocher, me font connaître que tu les retiens en quelque lieu. — J'ai sous l'aile gauche une plume incarnate ; arrachez-la, lui dit-il, servez-vous en pour toucher le rocher. » La princesse fut diligente à ce qu'il lui avait commandé. En même temps, elle vit des éclairs & elle entendit un bruit de vents & de tonnerres mêlés ensemble, qui lui firent une peur extrême. Malgré sa frayeur, elle tint toujours l'Oiseau vert, craignant qu'il ne lui échappât. Elle toucha encore le rocher avec la plume incarnate, &, la troisième fois il se fendit depuis le sommet jusqu'au pied. Elle entra d'un air victorieux dans la salle où les trois princes étaient avec beaucoup d'autres. Elle courut vers Chéri ; il ne la reconnaissait point avec son habit & son casque, & puis l'enchantement n'était pas encore fini, de sorte qu'il ne pouvait ni parler ni agir. La princesse, qui s'en aperçut, fit de nouvelles questions à l'Oiseau vert, auxquelles il répondit qu'il fallait avec la plume incarnate frotter les yeux & la bouche de tous ceux qu'elle voudrait désenchanter. Elle rendit ce bon office à plusieurs rois, à plusieurs souverains & particulièrement à nos trois princes.

Touchés d'un si grand bienfait, ils se jetèrent tous à

ses genoux, la nommant le libérateur des rois. Elle
s'aperçut alors que ses frères, trompés par son habit, ne
la reconnaissaient point. Elle ôta promptement son
casque, elle leur tendit les bras, les embrassa cent fois
& demanda aux autres princes avec beaucoup de civilité qui ils étaient. Chacun lui dit son aventure particulière & ils s'offrirent à l'accompagner partout où elle
voudrait aller. Elle répondit qu'encore que les lois de la
chevalerie pussent lui donner quelque droit sur la
liberté qu'elle venait de leur rendre, elle ne prétendait
point s'en prévaloir. Là-dessus elle se retira avec les
princes, pour se rendre compte les uns aux autres de ce
qui leur était arrivé depuis leur séparation.

Le petit Oiseau vert qui dit tout les interrompit pour
prier Belle étoile de lui accorder sa liberté. Elle chercha
aussitôt la tourterelle afin de lui en demander avis, mais
elle ne la trouva plus. Elle répondit à l'Oiseau qu'il lui
avait coûté trop de peines & d'inquiétudes pour jouir si
peu de sa conquête. Ils montèrent tous quatre à cheval
& laissèrent les empereurs & les rois à pied, car depuis
deux ou trois cents ans qu'ils étaient là, leurs équipages
avaient péri.

La reine mère, débarrassée de toute l'inquiétude que
lui avait causée le retour des beaux enfants, renouvela
ses instances auprès du roi pour le faire remarier &
l'importuna si bien fort qu'elle lui fit choisir une princesse de ses parentes. Et comme il fallait casser le
mariage de la pauvre reine Blondine, qui était toujours
demeurée auprès de sa mère à leur petite maison de
campagne, avec les trois chiens qu'elle avait nommés
Chagrin, Mouron & Douleur, à cause de tous les ennuis
qu'ils lui avaient causés, la reine mère l'envoya quérir ;
elle monta en carrosse & prit les doguins, étant vêtue de
noir, avec un long voile qui tombait jusqu'à ses pieds.

En cet état, elle parut plus belle que l'astre du jour,

quoiqu'elle fût devenue maigre & pâle, car elle ne dormait point & ne mangeait que par complaisance. Pour sa mère, tout le monde en avait grande pitié. Le roi en fut si attendri, qu'il n'osait jeter les yeux sur elle. Mais quand il pensait qu'il courait risque de n'avoir point d'autres héritiers que des doguins, il consentait à tout.

Le jour étant pris pour la noce, la reine mère, priée par l'Amirale rousse, qui haïssait toujours son infortunée sœur, dit qu'elle voulait que la reine Blondine parût à la fête. Tout était préparé pour la faire grande & somptueuse &, comme le roi n'était pas fâché que les étrangers vissent sa magnificence, il ordonna à son Premier écuyer d'aller chez les beaux Enfants les convier à venir & lui commanda qu'en cas qu'ils ne fussent pas encore venus, il laissât de bons ordres afin qu'on les avertît à leur retour.

Le Premier écuyer les alla chercher & ne les trouva point ; mais sachant le plaisir que le roi aurait de les voir, il laissa un de ses gentilshommes pour les attendre, afin de les amener sans aucun retardement. Cet heureux jour venu, qui était celui du grand banquet, Belle étoile & les trois princes arrivèrent. Le gentilhomme leur apprit l'histoire du roi, comme il avait autrefois épousé une pauvre fille parfaitement belle & sage, qui avait eu le malheur d'accoucher de trois chiens, qu'il l'avait chassée pour ne la plus voir, que cependant il l'aimait tant, qu'il avait passé quinze ans sans vouloir écouter aucune proposition de mariage, que la reine mère & ses sujets l'ayant fortement pressé, il s'était résolu à épouser une princesse de sa cour & qu'il fallait promptement y venir pour assister à toute la cérémonie.

En même temps, Belle étoile prit une robe de velours couleur de rose, toute garnie de diamants brillants, elle laissa tomber ses cheveux par grosses boucles sur ses

épaules : ils étaient renoués de rubans, l'étoile qu'elle
avait sur le front jetait beaucoup de lumière, & la
chaîne d'or qui tournait autour de son cou sans qu'on la
pût ôter, semblait être d'un métal plus précieux que l'or
même. Enfin jamais rien de si beau ne parut aux yeux
des mortels. Ses frères n'étaient pas moins bien : entre
autres le Prince chéri avait quelque chose qui le distinguait très avantageusement. Ils montèrent tous quatre
dans un chariot d'ébène & d'ivoire, dont le dedans était
de drap d'or avec des carreaux de même, brodés de
pierreries ; douze chevaux blancs le traînaient, le reste
de leur équipage était incomparable. Lorsque Belle
étoile & ses frères parurent, le roi, ravi, les vint recevoir
avec toute sa cour au haut de l'escalier. La Pomme qui
chante se faisait entendre d'une manière merveilleuse,
l'Eau qui danse dansait & le petit Oiseau qui dit tout
parlait mieux que les oracles. Ils se baissèrent tous
quatre jusqu'aux genoux du roi &, lui prenant la main,
ils la baisèrent avec autant de respect que d'affection. Il
les embrassa & leur dit : « Je vous suis obligé, aimables
étrangers, d'être venus aujourd'hui ; votre présence me
fait un plaisir sensible. » En achevant ces mots, il entra
avec eux dans un grand salon, où les musiciens jouaient
de toutes sortes d'instruments, & plusieurs tables ser-
vies splendidement ne laissaient rien à souhaiter pour la
bonne chère.

   La reine mère vint, accompagnée de sa future
belle-fille, de l'Amirale rousse, & de toutes les dames,
entre lesquelles on amenait la pauvre reine liée par le
cou avec une longe de cuir, & les trois chiens attachés
de même. On la fit avancer jusqu'au milieu du salon, où
était un chaudron plein d'os & de mauvaise viande que
la reine mère avait ordonnée pour leur dîner.

   Quand Belle étoile & les princes la virent si malheureuse, bien qu'ils ne la connussent point, les larmes leur

vinrent aux yeux, soit que la révolution des grandeurs
du monde les touchât, ou qu'ils fussent émus par la
force du sang qui se fait souvent ressentir. Mais que
pensa la mauvaise reine d'un retour si peu espéré & si
contraire à ses desseins ! Elle jeta un regard furieux sur
Feintise, qui aurait voulu voir ouvrir la terre pour s'y
précipiter.

Le roi présenta les beaux Enfants à sa mère, lui disant
mille biens d'eux, &, malgré l'inquiétude dont elle était
saisie, elle ne laissa pas de leur parler avec un air riant
& de leur jeter des regards aussi favorables que si elle
les eût aimés, car la dissimulation était en usage dès ce
temps-là. Le festin se passa fort gaîment, quoique le roi
eût une extrême peine de voir manger sa femme avec
des doguins, comme la dernière des créatures, mais
ayant résolu d'avoir de la complaisance pour sa mère
qui l'obligeait à se remarier, il la laissait ordonner de
tout.

Sur la fin du repas, le roi, adressant la parole à Belle
étoile : « Je sais, lui dit-il, que vous êtes en possession
de trois trésors qui sont incomparables. Je vous en féli-
cite & je vous prie de nous raconter ce qu'il a fallu faire
pour les conquérir. — Sire, dit-elle, je vous obéirai avec
plaisir. L'on m'avait dit que l'Eau qui danse me rendrait
belle & que la Pomme qui chante me donnerait de l'esprit : j'ai souhaité de les avoir par ces deux raisons. A
l'égard du petit Oiseau vert qui dit tout, j'en ai eu une
autre : c'est que nous ne savons rien de notre fatale
naissance, nous sommes des enfants abandonnés de nos
proches, qui n'en connaissons aucun. J'ai espéré que ce
merveilleux Oiseau nous éclaircirait sur une chose qui
nous occupe jour & nuit. — A juger de votre naissance
par vous, répliqua le roi, elle doit être des plus illustres.
Mais parlez sincèrement : qui êtes-vous ? — Sire,
dit-elle, mes frères & moi avons différé de l'interroger

jusqu'à notre retour ; en arrivant nous avons reçu vos ordres pour venir à vos noces ; tout ce que j'ai pu faire, ç'a été de vous apporter ces trois raretés pour vous divertir. »

« J'en suis très aise, s'écria le roi, ne différons pas une chose si agréable. — Vous vous amusez à toutes les bagatelles qu'on vous propose, dit la reine mère en colère ; voilà de plaisants marmousets avec leurs raretés : en vérité, le nom seul fait assez connaître que rien n'est plus ridicule. Fi, fi ! je ne veux pas que des petits étrangers, apparemment de la lie du peuple, aient l'avantage d'abuser de votre crédulité. Tout cela consiste en quelque tour de gibecière & de gobelets, & sans vous ils n'auraient pas l'honneur d'être assis à ma table. »

Belle étoile & ses frères, entendant un discours si désobligeant, ne savaient que devenir : leur visage était couvert de confusion & de désespoir, d'essuyer un tel affront devant toute cette grande cour. Mais le roi, ayant répondu à sa mère que son procédé l'outrait, pria les beaux Enfants de ne s'en point chagriner & leur tendit la main en signe d'amitié. Belle étoile prit un bassin de cristal de roche, dans lequel elle versa toute l'Eau qui danse. On vit aussitôt que cette Eau s'agitait, sautait en cadence, allait, venait, s'élevait comme une mer irritée, changeait de mille couleurs & faisait aller le bassin de cristal le long de la table du roi ; puis il s'en élança tout d'un coup quelques gouttes sur le visage du Premier écuyer, à qui les enfants avaient de l'obligation : c'était un homme d'un mérite rare, mais sa laideur ne l'était pas moins & il avait même perdu un œil. Dès que l'Eau l'eut touché, il devint si beau qu'on ne le reconnaissait plus, & son œil se trouva guéri. Le roi, qui l'aimait chè-rement, eut autant de joie de cette aventure, que la reine mère en ressentit de déplaisir, car elle ne pouvait

entendre les applaudissements qu'on donnait aux
princes. Après que le grand bruit fut cessé, Belle étoile
mit sur l'Eau qui danse la Pomme qui chante, faite d'un
seul rubis couronné de diamants, avec sa branche
d'ambre. Elle commença un concert si mélodieux, que
cent musiciens se seraient fait moins entendre. Cela
ravit le roi & toute la cour, & l'on ne sortait point d'admiration, quand Belle étoile tira de son manchon une
petite cage d'or d'un travail merveilleux, où était l'Oiseau vert qui dit tout : il ne se nourrissait que de poudre
de diamants & ne buvait que de l'eau de perles distil-
lées. Elle le prit bien délicatement & le posa sur la
Pomme, qui se tut par respect, afin de lui donner le
temps de parler. Il avait ses plumes d'une si grande
délicatesse, qu'elles s'agitaient quand on fermait les
yeux & qu'on les rouvrait proche de lui, elles étaient de
toutes les nuances de vert que l'on peut imaginer. Il
s'adressa au roi & lui demanda ce qu'il voulait savoir :
« Nous souhaitons tous d'apprendre, répliqua le roi, qui
est cette belle fille & ces trois cavaliers. — Ô roi,
répondit l'Oiseau vert avec une voix forte & intelligible, elle est ta fille, & deux de ces princes sont tes
fils, le troisième appelé Chéri est ton neveu. » Là-dessus il raconta avec une éloquence incomparable toute
l'histoire sans négliger la moindre circonstance.

Le roi fondait en larmes, & la reine affligée, qui avait
quitté son chaudron, ses os & ses chiens, s'était appro-
chée doucement. Elle pleurait de joie & d'amour pour
son mari & pour ses enfants : car pouvait-elle douter de
la vérité de cette histoire quand elle leur voyait toutes
les marques qui pouvaient les faire reconnaître. Les
trois princes & Belle étoile se levèrent à la fin de leur
histoire, ils vinrent se jeter aux pieds du roi, ils embrassaient ses genoux, ils baisaient ses mains, il leur tendait
les bras, il les serrait contre son cœur, l'on n'entendait

que des soupirs, des *hélas*, des cris de joie. Le roi se
leva, & voyant la reine sa femme, qui demeurait toujours craintive proche de la muraille d'un air humilié, il
alla à elle &, lui faisant mille caresses, il lui présenta
lui-même un fauteuil auprès du sien & l'obligea de s'y
asseoir.

Ses enfants lui baisèrent mille fois les pieds & les
mains : jamais spectacle n'a été plus tendre ni plus touchant, chacun pleurait en son particulier & levait les
mains & les yeux au ciel pour lui rendre grâces d'avoir
permis que des choses si importantes & si obscures fussent connues. Le roi remercia la princesse qu'il avait eu
le dessein d'épouser, il lui laissa une grande quantité de
pierreries. Mais à l'égard de la reine mère, de l'amirale
& de Feintise, que n'aurait-il pas fait contre elles, s'il
n'avait écouté que son ressentiment ! Le tonnerre de sa
colère commençait à gronder, lorsque la généreuse
reine, ses enfants & Chéri le conjurèrent de s'apaiser &
de vouloir rendre contre elles un jugement plus exemplaire que rigoureux. Il fit enfermer la reine mère dans
une tour, mais pour l'amirale & Feintise, on les jeta
ensemble dans le fond d'un cachot noir & humide, où
elles ne mangeaient qu'avec les trois doguins appelés
Chagrin, Mouron & Douleur, lesquels ne voyant plus
leur bonne maîtresse, mordaient celles-ci à tous
moments. Elles y finirent leur vie, qui fut assez longue
pour leur donner le temps de se repentir de tous leurs
crimes.

Dès que la reine mère, l'Amirale rousse & Feintise
eurent été amenées chacune dans le lieu que le roi avait
ordonné, les musiciens recommencèrent à chanter & à
jouer des instruments. La joie était sans pareille ; Belle
étoile & Chéri en ressentaient plus que tout le reste du
monde ensemble : ils se voyaient à la veille d'être heureux. En effet le roi, trouvant son neveu le plus beau &

le plus spirituel de toute sa cour, lui dit qu'il ne voulait pas qu'un si grand jour se passât sans faire des noces & qu'il lui accordait sa fille. Le prince, transporté de joie, se jeta à ses pieds. Belle étoile ne témoigna guère moins de satisfaction.

Mais il était bien juste que la vieille princesse, qui vivait dans la solitude depuis tant d'années, la quittât pour partager l'allégresse publique. Cette même petite fée, qui était venue dîner chez elle & qu'elle reçut si bien, y entra tout d'un coup pour lui raconter ce qui se passait à la cour : « Allons-y, continua-t-elle, je vous apprendrai pendant le chemin les soins que j'ai pris de votre famille. » La princesse, reconnaissante, monta dans son chariot : il était brillant d'or & d'azur, précédé par des instruments de guerre & suivi de six cents gardes du corps, qui paraissaient de grands seigneurs. Elle raconta à la princesse toute l'histoire de ses petits-fils & lui dit qu'elle ne les avait point abandonnés, que sous la forme d'une sirène, sous celle d'une tourterelle, enfin de mille manières, elle les avait protégés : « Vous voyez, ajouta la fée, qu'un bienfait n'est jamais perdu. »

La bonne princesse voulait à tous moments baiser ses mains pour lui marquer sa reconnaissance, elle ne trouvait point de termes qui ne fussent au-dessous de sa joie. Enfin elles arrivèrent. Le roi les reçut avec mille témoignages d'amitié. La reine Blondine & les beaux Enfants s'empressèrent, comme on le peut croire, à témoigner de l'amitié à cette illustre dame &, lorsqu'ils surent ce que la fée avait fait en leur faveur & qu'elle était la gracieuse tourterelle qui les avait guidés, il ne se peut rien ajouter à tout ce qu'ils lui dirent. Pour achever de combler le roi de satisfaction, elle lui apprit que sa belle-mère, qu'il avait toujours prise pour une pauvre paysanne, était née princesse souveraine : c'était

peut-être la seule chose qui manquait au bonheur de ce
monarque. La fête s'acheva par le mariage de la princesse Belle étoile avec le Prince chéri. L'on envoya
quérir le corsaire & sa femme pour les récompenser
encore de la noble éducation qu'ils avaient donnée aux
beaux Enfants. Enfin après de longues peines, tout le
monde fut satisfait.

> L'amour, n'en déplaise aux censeurs,
>   Est l'origine de la gloire ;
> Il sait animer les grands cœurs
> A braver le péril, à chercher la victoire.
>   C'est lui qui dans tout l'univers
> A du Prince chéri conservé la mémoire,
> Et qui lui fit tenter tous les exploits divers
>   Que l'on remarque en son histoire.
> Du moment qu'au beau sexe on veut faire sa cour,
> Il faut se préparer à servir ses caprices,
> Mais un cœur ne craint pas les plus grands précipices,
> S'il a pour l'animer & la gloire & l'amour.

SUITE DU GENTILHOMME BOURGEOIS. *CONTE*.

Le conte de la princesse Belle étoile avait donné tant d'admiration à La Dandinardière qu'il aurait volontiers passé le reste de la soirée à le louer. Il ne put s'empêcher, dans l'excès de son enthousiasme, de prendre la main de Virginie & de la tirer si brusquement que, n'y étant point préparée, elle tomba sur le vicomte de Bergenville, & le vicomte tomba rudement par terre. La Dandinardière parut étonné de ce désordre ; il en accusa son étoile en termes pompeux, dit plusieurs fois qu'il était persécuté, qu'il ne se serait jamais attendu à réussir si mal dans une petite galanterie où l'admiration l'avait engagé : « Il est singulier, lui dit la belle amazone, que l'on arrache les bras quand on veut plaire ; vous m'avez estropiée pour plusieurs jours. — Je ne suis pas mieux traité, monsieur de La Dandinardière, dit le vicomte ; ce qui me fâche le plus, c'est qu'en tombant, ma perruque est aussi tombée &, comme je me donne tous les airs de jeunesse que je peux, je me trouve fort embarrassé à justifier mes cheveux gris devant ces dames. »

« Je vois, à l'air de monsieur de La Dandinardière, que vous augmentez sa peine en lui parlant ainsi, dit le prieur. Il faut avoir quelques égards pour un chevalier blessé comme lui, & je vous jure qu'il m'aurait rompu le cou que je n'en dirais pas un mot. — Je vous en tiens compte, dit-il, mais hélas ! les dames ont bien d'autres privilèges : la cruauté est de leur apanage & la belle Virginie sait bien soutenir ses droits. — Ne me reprochez point mes plaintes, répliqua-t-elle, une autre que moi aurait crié plus haut. — Mais à vous parler sincèrement, j'ai les sentiments d'un Alexandre & vous les rigueurs d'une Alexandrette, » dit La Dandinardière avec une abondance de joie, car il croyait avoir dit la chose du monde la moins commune & la plus jolie. Il s'étonna que personne ne lui applaudît, il regardait toute la compagnie d'un petit air fin, qui donnait grande envie de rire à ces messieurs, car pour Marthonide, qui était la plus libérale de toutes les filles en fait de louanges, elle se garda bien de l'en laisser chômer longtemps & elle se récria sur l'Alexandrette, sur la finesse de cette expression, sur les beautés qu'elle renfermait, beautés même cachées & inconnues au vulgaire. Virginie prit la parole à son tour pour dire qu'il avait un esprit supérieur, capable de polir tout un royaume, d'en exiler les obscénités, de donner la dernière perfection à

a langue, & cela fut suivi de cinquante autres disparades, qui ne valaient pas mieux, car ces belles provin-
ciales en avaient un magasin inépuisable.

La Dandinardière, charmé & confus, joignait ses
mains armées de gantelets. Il voulait répondre tant de
choses à la fois qu'il ne savait ce qu'il disait : il ne faisait plus que s'engouer & bégayait comme un homme
ivre, s'écriant de temps en temps : « Très humble servi-
eur, vous faites trop de grâce à mon petit mérite, très
humble serviteur. »

Il était déjà tard. Madame de Saint-Thomas crut qu'il
allait laisser au malade le temps de se reposer un peu.
Elle lui donna le bonsoir, tout la compagnie la suivit. Il
ne resta avec La Dandinardière que le bon Alain dont
l'air était encore mortifié & contrit de la chute qu'il lui
avait fait faire : il se tenait debout dans un coin de la
chambre, n'osant par respect s'approcher de son seigneur & maître, quand il l'appela bénignement :
« Donne-moi mon bonnet de nuit, lui dit-il, à la place
de ce turban : cela sied bien, mais je le trouve très
incommode & je ne sais comment les Turcs peuvent
s'en accommoder, car le mien tombe sans cesse. —
Oh ! monsieur, répondit Alain avec sa simplicité ordinaire, ne vous en étonnez point : les démons sont leurs
amis. Vraiment ! lorsqu'ils s'en mêlent, ils feraient tenir
bien autre chose à la tête qu'un ruban. Eh ! ne
voyez-vous pas même que les dames, qui ne sont pas si
turques que le Grand turc, portent sur les leurs je ne sais
combien de rubans ! — Dis un turban, malheureux !
s'écria La Dandinardière. Je ne puis souffrir que tu
parles improprement. — Oh ! si je suis impropre, dit
Alain, qui ne l'entendait pas, vous savez que ce n'est
point ma faute : il pleuvait quand j'ai fait le coup de
poing dans la cour. Vous m'avez depuis tout saboulé
dans votre chambre, & vous savez bien que le plâtre

accommode mal un vêtement. Je vous proteste, monsieur, que j'ai le cœur navré ; quand je vous vois en
colère dans un lieu salope, c'est autant de taches pour
mon habit, qui ne s'en vont pas à souffler dessus. — Je
te sais bon gré, dit-il, d'avoir tant de considération pour
les hardes que je te donne : je te promets, Alain, que je
serai soigneux de te faire ôter ton justaucorps toutes les
fois que je te voudrai battre. — Voilà une mauvaise promesse, monsieur, répliqua-t-il. Franchement, depuis que
vous êtes ici, vous devenez plus rude que nos vergettes.
J'ai vu un temps, qui n'est pas encore bien loin, où
j'étais le fidèle domestique & le bien-aimé. Hélas !
comme disait ma bonne femme de grand-mère, pour les
mettre en notre pot... — Et de quel pot veux-tu parler ?
Nous n'aimons que les choux, scélérat ! répondit son
maître. — Je veux dire, continua Alain, que vous êtes le
pot & moi le chou, que vous me cultivez & m'arrosez
pour me manger, c'est-à-dire pour vous servir de moi &
me battre. Du reste, vous ne m'aimez point. Hé ! la, la...
Je suis bien sot de ... Mais je n'en dirai pas davantage. »
Il se tut en effet : son silence lui sauva quelques coups
qu'un plus long raisonnement lui aurait attirés, car son
maître avait déjà la tête fort échauffée.

   L'on servit à souper. La Dandinardière s'était si fort
tourmenté pendant le jour qu'il mangea le soir comme
un famélique. Son souper fut suivi d'un profond sommeil, & il dormait encore, lorsque maître Robert, chirurgien du village, vint frapper des pieds & des poings à
la porte : « Ah ! ah ! monsieur de La Dandinardière,
criait-il de toute sa force, vous voulez donc partir sans
trompette ? Le bruit court que vous retournez chez vous
sans me payer ; est-ce que je n'ai pas eu assez de soin
de votre tête ? Allez, allez, si l'on m'avait laissé faire,
pendant qu'elle était fêlée, j'y aurais mis tout ce qui y
manque. Mais je vais faire la garde à votre porte ; vous

n'en sortirez pas comme de la noce. Promettre & ne rien tenir, c'est le moyen de s'enrichir. A beau mentir qui vient de loin. Je me moque de tout cela, je suis bon cheval de trompette, vous me paierez ou j'y perdrai mon latin. »

La Dandinardière fut fort surpris & fort indigné de l'insolence de maître Robert. Il l'écouta pendant quelque temps débiter ses proverbes comme un second Sancho Pansa. Ensuite il réveilla son valet, qui dormait d'un profond sommeil &, lui ayant dit tout bas de s'approcher de lui : « Entends-tu, continua-t-il, les impertinences de ce fripon de chirurgien ? Il veut que je paie le soin qu'il prenait de me tuer. Semble-t-il pas à l'entendre que je lui dois beaucoup, & que je fais banqueroute à l'honneur & aux lois d'être encore à le satisfaire ? Oh ! qu'il mérite d'être tapoté ! Mais je ne suis pas d'humeur à me commettre avec un tel maraud, cela est de ta portée ; il faut que tu fasses une sortie brusque & prompte sur lui, que tu le jettes par terre ; tu lui donneras ensuite trente coups de poing à ton aise, je t'épaulerai & ce sera son unique paiement. — Vous m'épaulerez, répondit Alain, que ferez-vous, monsieur, pour m'épauler ? — J'irai doucement derrière toi, répondit-il, & je fermerai la porte au verrou, car si tu étais par malheur le plus faible, il entrerait dans ma chambre & je t'ai déjà dit que je le méprise trop pour le battre. »

« Ah ! monsieur, répondit Alain, je le méprise aussi beaucoup, & je vous demande la permission de ne me point faire assommer par un homme si fort au-dessous de moi. — Depuis quand deviens-tu fanfaron ? ajouta le bourgeois. — Je ne sais comment cela s'appelle, dit le valet, mais à vous parler franchement, je me sens encore les côtes fracassées du combat d'hier. Auriez-vous bien le cœur de m'envoyer contre un homme tout frais que je méprise tant ? Croyez-moi, monsieur, il vaut mieux que vous preniez la peine de le battre vous-même, il n'y aura au moins rien de bien ou de mal fait que par vous. »

« Je lui aurais déjà appris, dit La Dandinardière, si l'on demande de l'argent à un homme comme moi avec tant de bruit, sans qu'il m'est trop inférieur. — Hélas ! monsieur, dit Alain, vous me battez tous les jours, & je vous jure qu'il est d'aussi bonne maison que moi : mon père était maréchal du village & il en est le chirurgien. Il est plus honorable de panser des hommes que des chevaux : tout cela ensemble pourrait bien le rendre digne de vos coups. — Tu me ferais cent généalogies au bout de celle-ci, s'écria La Dandinardière, que je ne m'en échaufferais pas davantage. Mais je te connais pour un poltron, qui n'aime que ta chienne de peau. »

Pendant qu'il disait des injures à voix basse au prudent Alain, maître Robert continuait son charivari, & La Dandinardière, désespéré, ne pouvant le souffrir davantage ni s'exposer aux suites fâcheuses d'un démêlé, trouva un moyen singulier de se venger.

Il y avait au bas de la porte un assez grand trou par où le vigilant chat venait faire la guerre aux petites souris. Après s'être levé, comme il n'avait ni souliers ni mules, & qu'il craignait de s'enrhumer, il mit ses bottes, & se saisit de tenailles qu'il passa doucement par le trou du chat, dont il prit tout d'un coup la jambe de maître Robert. Il crut être piqué par un serpent & poussa des cris épouvantables ; à peine osa-t-il regarder sa jambe, tant il avait de peur que le formidable serpent ne lui sautât aux yeux. La Dandinardière ne négligeait rien de son côté pour le bien pincer. L'on n'a jamais mieux réussi : le bruit augmentait autant par les plaintes de maître Robert que par les éclats de rire du bourgeois.

Le vicomte & le prieur dont les chambres étaient voisines de la sienne, sachant bien une partie de ce qui se passait, car ces bonnes personnes en avaient donné l'ordre, se levèrent & vinrent apaiser le commencement de la plus furieuse querelle qui se soit jamais vue dans un village pacifique.

Maître Robert était normand, il n'aimait guère moins un procès qu'une tête cassée ou des bras disloqués : « Messieurs, s'écria-t-il, je vous prend pour témoins ; je vous assigne par devant tous les juges du monde pour déclarer que je suis estropié à n'en revenir jamais. » C'est tout ce qu'il put faire que de dire ce peu de mots ; car les tenailles jouaient si bien leur rôle, que dans ce moment La Dandinardière le serra plus qu'il n'avait encore fait. Maître Robert en perdit la couleur & la parole. Le vicomte & le prieur ne purent s'empêcher de rire d'une manière si nouvelle de combattre. Mais comme il était question de pacifier les esprits irrités de part & d'autre, ils prièrent La Dandinardière de faire une trêve, de retirer ses tenailles & d'ouvrir la porte. Dès que maître Robert se sentit hors d'esclavage, il s'en alla, protestant de chicaner le reste de ses jours contre un si mauvais payeur.

Le petit bourgeois n'avait encore jamais eu le plaisir de faire quitter le champ de bataille à un ennemi. Il s'en trouva si fier que, sans faire réflexion à l'irrégularité de son déshabillé, il parut devant ces messieurs en chemise, en bottes, les tenailles sur l'épaule, de l'air à peu près dont Hercule tenait sa massue.

« Vous êtes bien en colère, dit le prieur, ne craignez-vous point que cela ne vous fasse mal ? — Je ne crains rien, répliqua-t-il fièrement, pas la mort même, quand elle serait armée de ses plus dangereux traits. — Ce qui vient de se passer, dit le vicomte d'un air sérieux, marque assez votre intrépidité ; mais, avec tout cela, je trouve que vous devez payer un pauvre malheureux qui n'en a pas de reste. — Dites plutôt, s'écria La Dandinardière, que c'est un fripon qui doit me payer tout le mal qu'il m'a fait : je serais guéri sans lui, ce scélérat me voulait couper la peau comme un morceau de cuir. — Un peu de générosité fera sa paix, dit le prieur ; il est ignorant comme bien d'autres, ce n'est peut-être pas sa faute. Mais je vous conseille en ami de ne vous point opiniâtrer à lui refuser quelques pistoles. — Vous vous moquez, monsieur le prieur, dit La Dandinardière, je ne viens pas tout exprès de Paris pour être la dupe des provinciaux, j'ai eu plus d'un différend en ma vie, dont je me suis tiré tambour battant, enseigne déployée. — Vraiment, je le crois, dit Alain en faisant aussi le brave, nous sommes des mangeurs de charrettes ferrées, mon maître mange les grosses & moi les petites. — Mon compère Alain, dit le vicomte, ne fais point tant le mauvais : si l'on fait un procès où ton nom sera, gare les suites. — Et pourquoi ? dit-il, je n'ai rien vu, tout s'est passé par le trou du chat, je n'ai pas même voulu donner les tenailles dont la jambe de maître Robert se peut plaindre. Oh ! qu'il y vienne avec son procès pour voir si je ne saurai pas me défendre. J'ai eu un oncle procureur fiscal d'une bonne seigneurie & je griffonnerai tout comme un autre. »

« Courage, mes enfants, dit le vicomte en riant, voici l'Alexandre & le Bartole[1] de nos jours unis ensemble contre maître Robert. Pour moi, qui suis ami de la paix, je vais m'habiller pour aller chercher le rameau d'olivier — Et moi, dit le petit bourgeois, je vais me recoucher, car ce faquin a pris soin de m'irriter de bonne heure. » Là-dessus ils se séparèrent.

1. Bartole : Jurisconsulte, né en 1314 à Sassoferrato, enseigna à Pise et à Pérouse ; il fut attaché à l'empereur Charles IV. Mort à Pérouse en 1357.

Jamais joie n'a été plus grande que celle de La Dandinardière, en pensant aux exploits qu'il venait de faire. Il en parla longtemps à son valet : « Tu vois, lui dit-il, comme je m'y prends pour châtier l'insolence. Malheur, malheur à qui me fâche ! » Son valet répéta plusieurs fois après lui : « Malheur, malheur à qui nous fâche ! »

Bien qu'Alain ne lui eût rien vu faire qu'il n'eût fait comme lui, il ne laissa pas de le regarder d'un air plus respectueux qu'à l'ordinaire : « je vous avoue, monsieur, lui dit-il, que vous réparez bien la crainte que vous aviez témoigné de Monsieur de Villeville, & je ne doute point à présent que vous n'ayez la bonté de vous battre avec lui. — C'est une vieille querelle, dit notre bourgeois, dont tu te passerais bien de me faire souvenir. Je suis persuadé que ce gentillâtre a fait ses réflexions & qu'il ne sera pas assez dépourvu de bon sens pour mesurer son épée à la mienne. — Mais à tout hasard, monsieur, dit Alain, voudriez-vous mesurer la vôtre à la sienne ? — Je ne sais, dit La Dandinardière, en branlant la tête deux ou trois fois ; je ne sais ; encore un coup, ce n'est pas manque de courage, je l'ai dit cent fois, j'en ai de reste ; mais quand je pense à l'aventure qui m'arriva au bord de la mer, à ce démon qui ressemblait comme deux gouttes d'eau à un homme & qui me fit ce vilain appel, qui m'a toujours tracassé depuis, je t'avoue, Alain, que j'aime encore mieux te voir faire le combat que de le faire moi-même. »

« Oh ! que je ne suis pas si sot, dit Alain. Vous me voulez livrer à la gueule au loup & que ce démon, si c'en est un, m'emporte tout chaussé, tout vêtu en l'autre monde. Croyez-vous, monsieur, que pour n'avoir pas tant de pistoles que vous, j'en aime moins le pauvre Alain ? Non, en vérité, les écus ne suffisent point pour rendre heureux, il faut de la santé ou crever. Si j'allais

me battre avec ce magicien & qu'il me donnât deux ou
trois coups d'épée, dont l'un me ferait sauter l'œil de la
tête, l'autre me couperait le sifflet & le dernier me per-
cerait le cœur, croyez-vous en conscience que je me
portasse fort bien ? — Où as-tu pris, maraud, répliqua
La Dandinardière en colère, que Villeville te doit traiter
ainsi ? — Cela est fort malaisé à croire, dit Alain.
Est-ce que les démons n'ont pas encore plus de pouvoir
que les fées ? Ne vous souvient-il pas de ce beau conte
qu'on nous lut hier, où les pommes chantent comme des
rossignols, les oiseaux parlent comme des docteurs &
l'eau danse comme nos bergers ? Après tout cela, monsieur, n'ai-je pas tout lieu de craindre pour ma peau ?
— Tu es un étrange garçon, répliqua La Dandinardière,
de te tourmenter & de me tourmenter moi-même
comme tu fais. Car enfin il n'est point à présent question de Villeville. Laisse-moi goûter le plaisir de ma
victoire & va dormir, perturbateur de mon repos. —
Dormez vous-même, monsieur, répondit Alain. » Il tira
ses rideaux & se mit à la fenêtre qui regardait sur le
grand chemin.

Il y avait plus d'une heure qu'il y tuait des mouches,
car il était leur ennemi déclaré, lorsqu'il aperçut Villeville qui passait à cheval & qui venant par hasard à
hausser la tête, le vit & le reconnut. Il savait la frayeur
épouvantable que son seul nom faisait à La Dandinardière & à son valet. Le baron de Saint-Thomas, dont il
était ami, l'en avait averti ; il trouvait cette aventure fort
plaisante, de sorte que, pour ne pas démentir le caractère de Matamore, il mit le pistolet à la main, comme
s'il eût voulu tuer Alain : « Hé ! monsieur, lui cria-t-il
en joignant les mains, ne vous méprenez pas, s'il vous
plaît ; souvenez-vous de tous les coups que vous me
donnâtes, il y a quelque temps : je vous jure que je n'en
ai point conservé de rancune. » Villeville ne répondit

rien, mais il continuait de le mirer, ce qui augmentait
fort l'inquiétude d'Alain : « Je vois bien, lui dit-il, que
vous avez envie de tuer quelqu'un. Attendez un
moment, j'aime mieux que ce soit mon maître que moi.
Je vais le réveiller, il en sera bien fâché, mais je n'y
saurais que faire. »

Et achevant ces mots, il fut promptement tirer La
Dandinardière par le bras : « Monsieur, lui dit-il, prenez
la peine de vous lever : il y a une personne sous vos
fenêtres qui veut vous voir. » Il dormait encore, il jeta
sa robe de chambre sur ses épaules &, prenant promptement ses bottes, il courut à la fenêtre. Mais ô dieux,
quelle vision pour lui ! Une arme à feu entre les mains
de son ennemi, du redoutable Villeville ! Il ne s'amusa
vraiment pas à le complimenter comme avait fait son
valet &, sans pousser plus loin sa réflexion, il se jeta à
corps perdu dessous son lit, où la peur lui donna seule
le moyen de s'y fourrer : car assurément, à toute autre
vue que celle d'un pistolet bandé, il n'aurait pu le faire.

Cependant dès qu'il y fut, il se sentit si pressé que, ne
comprenant rien de plus dangereux pour lui que l'état
violent où il était, il voulut s'en retirer au hasard des
plus fâcheuses suites.

Il fit pour cela des efforts inutiles : le lit était trop bas,
il était écrasé dessous : « Alain, s'écria-t-il, je vais
mourir, aide-moi. » Mais ce fidèle domestique ne l'entendait point ; il était caché dans une armoire qui
s'abattait la nuit pour servir de lit. Il l'avait bien vite
relevée & la tenait avec les deux mains de toute sa force
comme la chose du monde la plus utile à sa conservation. Il était si occupé, qu'il ne sentait pas même que
ses ongles s'arrachaient & qu'il se faisait beaucoup de
mal.

Villeville ne voyant plus paraître le gentilhomme
bourgeois & son valet, tira deux coups de pistolet pour

les effrayer. En effet, La Dandinardière en eut tant de peur, qu'il en perdit la voix pour quelques moments, & Alain fut si épouvanté qu'il laissa tomber tout d'un coup le devant de l'armoire, qu'il retenait avec tant de fatigue ; il tomba aussi de toute sa hauteur &, sa tête portant la première, à la vérité doucement car c'était sur son lit, il fit une culbute, qui le jeta à l'autre bout de la chambre.

Il aurait été difficile que tout ce désordre se fût passé sans un grand bruit. Messieurs de Saint-Thomas, de Bergenville & le prieur étaient pour lors dans la salle, qui tenaient un petit conseil où La Dandinardière avait part. Cette salle était sous sa chambre ; ils crurent que le tonnerre venait d'y tomber, ou que maître Robert, véritablement en colère d'avoir été si rudement tenaillé, en prenait une vengeance mémorable. Ils se hâtèrent de monter pour être spectateurs de cette nouvelle scène. Ils trouvèrent Alain encore étendu par terre ; ils allèrent au lit de son maître, dont ils entendaient la voix plaintive & les cris sourds sans pouvoir imaginer d'où ils venaient. Ils demandèrent plusieurs fois à son valet où il était. Mais Alain portant le doigt sur sa bouche, se contentait de montrer silencieusement la fenêtre sans rien répondre. Ils y regardèrent, ne sachant point s'il aurait été assez fou pour essayer une cabriole de cette importance. Villeville n'y était plus & ils ne comprirent point ce qu'Alain voulait dire par ces signes mysté-rieux. Les tristes accents continuaient, notre pauvre bourgeois souffrait tout ce qu'on peut souffrir. Enfin le baron regarda sous le lit & ne fut pas médiocrement étonné qu'il y eût pu s'y mettre.

Alain, s'encourageant à leur vue vint leur aider : il le prit par un pied &, tirant de toute sa force, il lui arracha sa botte, qui n'aurait point été difficile à ôter, si elle n'avait pas été engagée comme le reste de son corps.

Mais le valet était fort, & cela ne servit qu'à l'envoyer
tomber à vingt pas, la botte à la main : « Bon, bon, dit-il
assez plaisamment, les fées m'ont doué de tomber
aujourd'hui sans fin & sans cesse, mais j'y sais bien un
remède, c'est que je ne me lèverai plus. »

Personne ne l'écoutait ; l'on était trop occupé à sauver la vie du gentilhomme bourgeois. L'on avait beau
lui tirer tantôt une jambe tantôt l'autre, il ne pouvait
sortir de cette trappe &, comme son dos & ses épaules
passaient fort mal leur temps, l'on s'avisa de jeter les
matelas par terre & de lui donner une liberté dont il
avait grand besoin. Il était tout écorché, le visage meur-
tri & le nez écrasé, il avait la peau plus rouge que de
l'écarlate. On le coucha, son valet eut ordre de lui aller
chercher du vin d'Espagne pour boire & de l'eau de vie
pour le frotter : « Je vous prie, dit Alain au vicomte,
d'en prendre vous-même la peine, car pour ne vous rien
celer, ce terrible monsieur de Villeville rode autour de
la maison ; je redoute plus sa vue que le tonnerre. —
Tais-toi, indigne babillard, lui cria La Dandinardière, où
a-t-il appris que Villeville est venu tirer des coups de
pistolet sous mes fenêtres & que j'en ai eu peur ? — Je
n'en ai pas parlé, répondit Alain, mais voilà donc le pot
aux roses découvert ! — Ne le croyez point, continua le
bourgeois ; je n'aurais pas peur d'Alcide[2] en chair & en
os, à plus forte raison de ce petit gentilhomme, dont le
revenu est très mince & fort inférieur au mien : il est
vrai que cet indigne valet a quelquefois des visions si
fortes qu'il les croit & les débite comme des vérités. »

« Mais pour vous faire entendre ce qui m'a obligé de

---

2. Autre nom d'Hercule. C'est le titre d'un opéra de Louis Lully et
de Marin Marais, sur un livret de Campistron, représenté à l'Académie
royale de Musique avec grand succès le 31 mars 1693.

me fourrer si malencontreusement sous mon lit, c'est
que je rêvais que, m'étant battu, j'avais mis mon
ennemi en fuite. Je me suis jeté de mon lit pour le poursuivre, il m'a semblé qu'il passait par-dessous, la chaleur du combat & ce courage qui ne s'étonne point dans
les périls m'ont engagé à en faire autant, Dès que j'ai
été là je me suis réveillé, chagrin d'y être, mais peu surpris de m'y être mis, car je suis au catalogue des somnifères, & toute la cour sait que plusieurs années de suite
j'ai été me baigner en dormant. »

Pendant qu'il parlait, Alain, qu'il ne pouvait voir, faisait des signes & marmottait entre ses dents tout le
contraire. Mais monsieur de Saint-Thomas, qui cherchait à l'obliger, lui répliqua que tout ce qu'il venait de
dire était vrai, qu'il savait que Villeville ne se portait
pas bien & que, quand il aurait été en bonne santé, il
n'était pas assez ennemi de la vie pour venir chercher à
la perdre avec un homme plus dangereux aux combats
que Mars & Hercule. Le vicomte & le prieur parlèrent à
peu près dans les mêmes termes. La Dandinardière,
pensant qu'ils le croyaient, en reprit une partie de sa
belle humeur & se disposait à débiter encore quelques
mensonges, quand ces messieurs jugèrent à propos de
lui laisser le temps de boire du vin d'Espagne & de se
frotter d'eau de vie.

Dès qu'ils furent en liberté de s'entretenir, le baron de
Saint-Thomas, s'adressant au vicomte : « Je vous proteste, lui dit-il, que si vous n'êtes pas aussi poltron,
vous êtes au moins aussi fou que notre bourgeois gentilhomme, lorsque vous voulez me persuader d'en faire
mon gendre. — Dites tout ce qu'il vous plaira,
répondit-il, je soutiens que ma vision n'est point ridicule, & si quelque chose m'embarrasse, ce ne sont point
les convenances, car il y en a dans cette affaire comme
nous le savons tous : mais c'est le moyen de résoudre

ce petit avare à épouser une fille de qualité pour ses beaux yeux. »

« Remarquâtes-vous hier, dit le prieur en l'interrompant, les prétentions qu'il établit sur sa fortune ? Encore un coup, si nous n'avons de l'adresse, voilà un mariage dérouté. — Ce sera un grand malheur, dit le baron en souriant, & j'aurai bien de quoi m'affliger. — Je vous assure, continua le vicomte, qu'il est riche & qu'avec ces impertinentes fanfaronnades, qui se terminent toutes à la conservation de son individu, il ne laisse pas d'entendre ses intérêts. A propos, c'est moi qui me suis avisé de lui attirer le colérique Robert. — J'ignore vos vues là-dessus, répondit monsieur de Saint-Thomas, mais il faut vous laisser la conduite d'une affaire dont je ne suis pas assez friand pour me tourmenter beaucoup. » Quelques personnes qui survinrent rompirent cette conversation. Le prieur ayant su que La Dandinardière ne pouvait dormir, il alla dans sa chambre pour lui tenir compagnie.

En approchant de la porte, il s'y arrêta, parce qu'il l'entendit parler avec Alain : « Quoi ! lui disait-il, tu me crois capable de te pardonner l'affront que tu viens de m'attirer ! — Sais-je seulement ce que c'est qu'un affront, disait Alain ; je parlais naïvement de ce que je venais de voir, tout autre valet à ma place aurait parlé de même. Je vous voyais sous le lit & je savais bien que vous aviez eu de bonnes raisons pour vous y mettre. — Tu le savais, reprit notre bourgeois, & qui donc te l'avait dit ? — Mon cœur, ajouta le bon Alain, qui est de chair & d'os comme un autre, & qui mourait de peur : car sans l'armoire où je me suis fourré, certainement, monsieur, je crois que je ne serais pas en vie à l'heure qu'il est. — Je te trouve bien hardi, s'écria La Dandinardière, de juger de mes sentiments par les tiens. Les héros ne se mesurent pas à l'aune d'un faquin

comme toi : si je me suis mis sous le lit, c'est que je ne
voulais pas m'exposer à recevoir un coup de pistolet
d'un traître, qui n'oserait m'attaquer que de loin. —
Vous avez donc oublié, répondit Alain, qu'il y avait
plus d'un quart d'heure que vous y étiez caché, quand
Villeville a tiré ce terrible coup de pistolet ou de canon,
car je ne sais pas lequel. — Tais-toi, bourreau,
répliqua-t-il, j'avais jusqu'ici un peu compté sur ton
courage, je te connais à présent & j'attends avec impatience d'être de retour dans mon château pour t'expé-
dier un congé en forme. — Hélas ! monsieur, dit-il tout
affligé, en quoi l'ai-je mérité ? J'ai eu peur comme
vous, est-ce un crime, & dois-je être plus brave que
mon maître ? Si vous m'aviez pris pour me battre, que
je vous l'eusse promis sans le vouloir faire, vous auriez
raison de vous plaindre. Mais il n'en était non plus
question que de l'âme du Juif errant[3]. » La Dandinardière sentit de la joie de voir son valet si touché, il
aimait qu'on l'aimât : « Mets-toi à genoux, lui dit-il, tu
m'attendris. » Alain se prosterna auprès de son lit : « Je
te pardonne, ajouta-t-il, & je fais plus, je te donne du
cœur : voici une provision de courage. » En achevant
ces mots, il lui souffla de toute sa force dans les deux
oreilles : « Tu peux compter, dit-il, que je te mets en
état de te battre contre qui tu voudras. — Quoi ! sans
être battu ? s'écria Alain. — Oui, dit son maître, je t'en
assure. — Je vous remercie, repartit Alain, mais monsieur, si vous aviez voulu me souffler seulement cent

---

3. Pour avoir souffleté le Christ lors de sa Passion, condamné à
errer éternellement à travers le monde, il s'appela successivement Car-
taphile (*Chronica Majore,* 1259), le cordonnier Ashaverius (Ham-
bourg 1552, Leyde 1602). Des Histoires universelles en racontèrent la
légende, liée aux événements des Croisades, ressurgie à la Réforme.
En 1668, Martin Dröscher y distingua deux figures différentes. En
attendant l'apogée de la popularité du mythe à l'époque romantique.

écus de rente, j'en serais encore plus aise, car tout compté, je ne veux noise avec personne. Un peu d'argent vaudrait mieux, prenez le courage pour vous. »

Le prieur vit bien, à l'air de cette conversation, qu'elle ne finirait pas si tôt. Après s'en être réjoui quelque temps, il entra dans la chambre : « Je vous croyais encore endormi, lui dit-il, car il me semble que vous vous étiez couché à cette intention. — Il est vrai, répliqua La Dandinardière, & je dormirais en effet sans l'amour, qui est un furieux réveille-matin. Dès que je veux fermer la paupière, il me représente Virginie & Marthonide plus charmantes que l'Aurore. — Oh ! vraiment, vous n'êtes point incommodé de l'excès de votre tendresse, dit le prieur ; je n'ai pas oublié que vous préférez le bien au mérite & à la beauté. Il est vrai, continua-t-il, que cette déclaration a mis un voile sur vos bonnes qualités, comme les éclipses voilent le soleil. — Je suis ravi de cette comparaison, répliqua le petit bourgeois, mais me croyez-vous d'humeur à découvrir au public mes secrets amoureux ? Non, non, monsieur, il faut un peu de mystère. — Si vous me parlez sincèrement, dit le prieur, je vous offre mes soins pour faire réussir vos desseins. Comptez que Virginie a beaucoup de mérite. — Dites-moi, ajouta La Dandinardière, que lui donne-t-on en mariage ? — Ce qu'on lui donne, répliqua le prieur, hé ! ne le savez-vous pas ? On lui donne une très grosse dot, un revenu qui vaut mieux que la plus belle terre de ce pays. — Vous voulez dire des maisons à Paris, reprit La Dandinardière, ou des rentes sur l'Hôtel de ville[4] ? — Ce sont là de plaisantes

---

4. « Revenu qui vient tous les ans, profit d'argent, fruit d'une terre »... « Se dit aussi de celles que le Roi continue à ses sujets, qu'on appelle *Rentes* de l'Hôtel de Ville, dont il y avait autrefois plusieurs parties assignées sur divers fonds » (F.)

bagatelles, dit le prieur : on lui donne le don de faire
des contes, & vous ne savez pas où cela va. » Le bourgeois n'en parut point touché : « Hé ! hé ! dit-il après
avoir rêvé un moment, on peut le faire entrer pour
quelque chose dans le contrat de mariage, mais au fond
si elle n'apporte que cela à son mari, je tiens que le
ménage ira mal. — Vous êtes tout matériel, s'écria le
prieur, cependant l'esprit vaut son prix. — Je ne suis
pas assez ignorant, répliqua-t-il, pour mépriser l'esprit ;
je veux seulement avec cela un bien raisonnable, car je
vous proteste qu'à l'égard de vos contes tant vantés,
j'en ferai à mon tour, que je pourrai donc mettre à profit. — Je serais bien aise d'en être témoin, dit le prieur :
vous croyez sans doute qu'il ne faut qu'écrire des
hyperboles semées par ci par là, il était une fois une fée,
& que l'ouvrage est parfait. Je vous déclare qu'il y
entre plus d'art que vous ne le pensez, & j'en vois tous
les jours qui n'ont rien d'agréable. — Vous voulez donc
dire, reprit le bourgeois en colère, que les miens
seraient de cette classe ? Franchement, monsieur, vous
n'êtes pas obligeant, mais j'en veux faire un ou crever.
Nous vous verrons ensuite changer de langage. — Je ne
vous refuserai jamais mes louanges, dit le prieur en prenant un air gracieux pour l'apaiser, & si vous m'en
croyez, vous y travaillerez dès aujourd'hui. — Je le prétends bien, dit La Dandinardière : croyez-vous que j'aie
fait apporter ma bibliothèque avec tant de soin & de
dépense pour la laisser inutile ? — Il ne tiendra qu'à
vous, ajouta le prieur, que je ne vous aide comme j'ai
déjà fait. »

Cette proposition le radoucit absolument, il le tira par
le bras & lui dit à l'oreille, crainte qu'Alain ne l'entendît : « Je vous avoue que la peine m'effraie & que je
n'ai pas l'esprit de bagatelle qu'il faut avoir pour écrire
toutes ces gentillesses. Serais-je donc assez heureux

pour que vous eussiez encore un conte qui pût me faire honneur & faire connaître à Virginie que, si elle a ce don, je l'ai aussi bien qu'elle ? — Cela veut dire, continua le prieur, que vous voulez jouer à bille pareille & avoir autant d'avantages qu'elle a dans l'empire des belles-lettres. — L'ambition sied toujours bien, répondit le bourgeois, servez-moi en ami, je vous en conjure. »

La cloche que l'on sonnait ordinairement pour marquer l'heure du dîner ayant averti le prieur, il quitta La Dandinardière après lui avoir promis tout ce qu'il désirait.

En entrant dans la salle, il trouva deux dames de sa connaissance, qui venaient d'arriver pour rendre une première visite à la baronne de Saint-Thomas. Elles étaient un peu en désordre, parce que les pommiers qui foisonnent dans ce canton avaient fait une rude insulte à leur carrosse, dont l'impériale était en pièces ; elles avaient été obligées de revenir d'assez loin à pied par une chaleur étouffante. Ces dames n'étaient dans la province que depuis fort peu. Elles s'appelaient cousines, bien qu'elles ne se fussent rien : l'une était veuve & fort coquette, l'autre venait d'épouser un vieux gentilhomme, qui amassait du bien depuis longtemps & qui pouvait se vanter, en épousant sa femme, d'avoir trouvé un excellent secret pour le dépenser fort vite.

La plus vieille, qui s'appelait madame du Rouet, était veuve d'un homme de justice, qui ne l'avait guère bien rendue à son prochain. Elle aimait le jeu & la bonne chère, & faisait une dépense en fard, qui consommait un partie de son revenu. Ce jour-là, le soleil en avait fondu la moitié : elle tenait un miroir de poche & tâchait de prendre du blanc aux endroits où il était plus épais ou plus inutile pour en remettre à ceux où il n'y en avait point du tout ; ce n'était pas un médiocre travail. Et quand elle vit le prieur, elle pensa se désespérer, car monsieur & madame de Saint-Thomas n'étaient pas encore entrés. Le premier donnait quelques ordres à ses ouvriers, l'autre changeait d'habit & n'aurait pas paru en robe de chambre pour l'empire de Trébizonde[5].

Mais madame de Lure, c'était la nouvelle mariée, voyant le teint de son amie comme un damier blanc & noir, pour lui laisser la liberté dont elle avait besoin, elle tira mystérieusement le prieur dans un coin : « Ma cousine veut se recoiffer, lui dit-elle, & moi je veux vous faire part d'un conte qui vous enchantera. — Madame, lui dit-il, pour peu qu'il soit long, nous aurons de la peine à l'achever avant le dîner. — Je vais seulement vous en lire le nom, continua-t-elle, je suis certaine que vous aurez envie de l'entendre : c'est le Prince marcassin, qu'en dites-vous ? — Je suis si neuf à ces sortes d'ouvrages, dit-il, que je n'en saurais pas bien juger sur le titre. » Elle lui fit la guerre de son ignorance, & ayant jeté l'œil à la dérobée sur sa cousine du Rouet, qui était replâtrée, elle ne se soucia plus de lire le conte.

L'on était allé avertir le baron de Saint-Thomas de l'arrivée de ces dames. Il vint promptement avec le vicomte de Bergenville & donna en passant dans sa cuisine les ordres nécessaires pour augmenter le repas. Il était question pour cela de tuer, de plumer, de larder &, quoiqu'on s'en acquitte diligemment à la campagne, il ne laissait pas d'être embarrassé de quoi il amuserait les dames en attendant le dîner.

Après qu'il les eut saluées & appris d'elles l'accident de leur voiture, il leur proposa de passer dans un petit

---

5. Trébizonde en Anatolie. Empire fondé contre Byzance en 1204 par Alexis et David Comnène, petit-fils de l'empereur Andronic renversé en 1185. Après maints règnes d'Alexis et de Manuels, cet empire tomba en 1461 sous la poussée ottomane.

bois plein de fontaines, où elles trouveraient des lits de mousse & même des bancs pour se reposer. Elles furent ravies d'aller dans un lieu plus frais que la salle, afin de rétablir leur visage échauffé &, sitôt qu'elles eurent choisi un endroit agréable, le prieur, qui se douta bien du retardement que leur arrivée mettait au dîner, pria madame de Lure de régaler la compagnie de son Marcassin. Le baron crut qu'elles en avaient apporté un : « Ces dames ont eu raison, dit-il avec quelque sorte de dépit, de se précautionner contre la mauvaise chère que l'on fait chez moi. » Elles trouvèrent cette méprise si plaisante qu'elles firent de longs éclats de rire, dont le baron aurait été un peu chagrin, si le prieur ne lui eût dit qu'il s'agissait d'un conte &, voyant le cahier dans la poche de madame de Lure, il le prit pour le lire.

LE PRINCE MARCASSIN. *CONTE*.*

Il était une fois un roi & une reine qui vivaient dans une grande tristesse parce qu'ils n'avaient point d'enfants. La reine n'était plus jeune, bien qu'elle fût encore belle, de sorte qu'elle n'osait s'en promettre. Cela l'affligeait beaucoup : elle dormait peu & soupirait sans cesse, priant les dieux & toutes les fées de lui être favorables. Un jour qu'elle se promenait dans un petit bois,

---

* C'est un vrai malheur pour un prince doué d'humanité d'être né monstre à la fois cruel et sensible. Et l'amour qui se dérobe aggrave son cas, en le rendant criminel. Seule une tendresse de femme aimante peut conjurer le maléfice.

après avoir cueilli quelques violettes & des roses, elle cueillit aussi des fraises, mais aussitôt qu'elle en eut mangé, elle fut saisie d'un si profond sommeil, qu'elle se coucha au pied d'un arbre & s'endormit.

Elle rêva pendant son sommeil qu'elle voyait passer en l'air trois fées, qui s'arrêtaient au-dessus de sa tête. La première, la regardant en pitié, dit : « Voilà une aimable reine, à qui nous rendrions un service bien essentiel, si nous la voulions douer d'un enfant. — Volontiers, dit la seconde, douez-la, puisque vous êtes notre aînée. — Je la doue, continua-t-elle d'avoir un fils, le plus beau, le plus aimable & le mieux aimé qui soit au monde. — Et moi, dit l'autre, je la doue de voir ce fils heureux dans ses entreprises, toujours puissant, plein d'esprit & de justice. » Le tour de la troisième étant venu pour douer, elle éclata de rire & marmotta plusieurs choses entre ses dents, que la reine n'entendit point.

Voilà le songe qu'elle fit. Elle se réveilla au bout de quelques moments ; elle n'aperçut rien en l'air ni dans le jardin : « Hélas ! dit-elle, je n'ai point assez de bonne fortune pour espérer que mon rêve se trouve véritable. Quels remerciements ne ferais-je pas aux dieux & aux bonnes fées, si j'avais un fils ! » Elle cueillit encore des fleurs & revint au palais, plus gaie qu'à l'ordinaire. Le roi s'en aperçut, il la pria de lui en dire la raison, elle s'en défendit, il la pressa davantage : « Ce n'est point, lui dit-elle, une chose qui mérite votre curiosité, il n'est question que d'un rêve, mais vous me trouverez bien faible d'y ajouter quelque sorte de foi. » Elle lui raconta qu'elle avait vu en dormant trois fées en l'air, & ce que deux avaient dit, que la troisième avait éclaté de rire, sans qu'elle pût entendre ce qu'elle marmottait.

« Ce rêve, dit le roi, me donne comme à vous de la satisfaction, mais j'ai de l'inquiétude de cette fée de belle humeur, car la plupart sont malicieuses & ce n'est pas toujours bon signe quand elles rient. — Pour moi, répliqua la reine, je crois que cela ne signifie ni bien ni mal. Mon esprit est occupé du désir que j'ai d'avoir un fils & il se forme là-dessus cent chimères. Que pourrait-il même lui arriver en cas qu'il y eût quelque chose de véritable dans ce que j'ai songé ? Il est doué de tout ce qui se peut de plus avantageux. Plût au ciel que j'eusse cette consolation. » Elle se prit à pleurer là-dessus & le roi l'assura qu'elle lui était si chère, qu'elle lui tenait lieu de tout.

Au bout de quelques mois, la reine s'aperçut qu'elle était grosse. Tout le royaume fut averti de faire des vœux pour elle, les autels ne fumaient plus que des sacrifices qu'on offrait aux dieux pour la conservation d'un trésor si précieux. Les États assemblés députèrent pour aller complimenter Leurs Majestés, tous les princes du sang, les princesses & les ambassadeurs se trouvèrent aux couches de la reine. La layette pour ce cher enfant était d'une beauté admirable, la nourrice excellente ; mais que la joie publique se changea bien en tristesse, quand, au lieu d'un beau prince, l'on vit naître un petit marcassin. Tout le monde jeta de grands cris, qui effrayèrent fort la reine. Elle demanda ce que c'était, on ne voulut pas le lui dire, crainte qu'elle ne mourût de douleur : au contraire, on l'assura qu'elle était mère d'un beau garçon & qu'elle avait sujet de s'en réjouir.

Cependant le roi s'affligeait avec excès : il commanda que l'on mit le marcassin dans un sac & qu'on le jetât au fond de la mer, pour perdre entièrement l'idée d'une chose si fâcheuse, mais ensuite il en eut pitié &, pensant qu'il était juste de consulter la reine là-dessus, il ordonna qu'on le nourrît, & ne parla de rien à sa femme jusqu'à ce qu'elle fût assez bien pour ne pas craindre de la faire mourir par un grand déplaisir. Elle demandait tous les jours à voir son fils, on lui disait qu'il était trop délicat pour être transporté de sa chambre à la sienne, & là-dessus elle se tranquillisait.

Pour le Prince marcassin, il se faisait nourrir en marcassin qui a grande envie de vivre : il fallut lui donner six nourrices, dont il y en avait trois sèches à la mode d'Angleterre. Celles-ci lui faisaient boire à tous moments du vin d'Espagne & des liqueurs, qui lui apprirent de bonne heure à se connaître aux meilleurs vins. La reine, impatiente de caresser son marmot, dit au roi qu'elle se portait assez bien pour aller jusqu'à son appartement & qu'elle ne pouvait plus vivre sans voir son fils. Le roi poussa un profond soupir, il commanda qu'on apportât l'héritier de la couronne : il était emmailloté comme un enfant dans des langes de brocard d'or. La reine le prit entre ses bras &, levant une dentelle fraisée qui couvrait sa hure, hélas ! que devint-elle à cette vue ! Ce moment pensa être le dernier de sa vie : elle jetait de tristes regards sur le roi, n'osant lui parler.

« Ne vous affligez point, ma chère reine, lui dit-il, je ne vous impute rien de notre malheur : c'est ici sans doute un tour de quelque fée malfaisante &, si vous y voulez consentir, je suivrai le premier dessein que j'ai eu de faire noyer ce petit monstre. — Ah ! sire, lui dit-elle, ne me consultez point pour une action si cruelle. Je suis la mère de cet infortuné marcassin, je sens ma tendresse qui sollicite en sa faveur : de grâce ne lui faisons point de mal, il en a déjà trop, ayant dû naître homme, d'être né sanglier. »

Elle toucha si fortement le roi par ses larmes & par ses raisons qu'il lui promit ce qu'elle souhaitait, de sorte que les dames qui élevaient Marcassin commencèrent d'en prendre encore plus de soin, car on l'avait regardé jusqu'alors comme une bête proscrite qui servirait bientôt de nourriture aux poissons. Il est vrai que

malgré sa laideur, on lui remarquait des yeux tout pleins
d'esprit, on l'avait accoutumé à donner son petit pied à
baiser à ceux qui venaient le saluer, comme les autres
donnent leur main, on lui mettait des bracelets de diamants & il faisait toutes choses avec assez de grâce.

La reine ne pouvait s'empêcher de l'aimer ; elle l'avait
souvent entre ses bras, le trouvant joli dans le fond de
son cœur, car elle n'osait le dire, de crainte de passer
pour folle, mais elle avouait à ses amies que son fils lui
paraissait aimable. Elle le couvrait de mille nœuds de
nonpareilles couleur de rose, ses oreilles étaient percées,
il avait une lisière avec laquelle on le soutenait pour lui
apprendre à marcher sur les pieds de derrière, on lui mettait des souliers & des bas de soie attachés sur le genou
pour lui faire paraître la jambe plus longue, on le fouet-
tait quand il voulait gronder, enfin on lui ôtait autant
qu'il était possible les manières marcassines.

Une fois que la reine se promenait & qu'elle le portait
à son cou, elle vint sous le même arbre où elle s'était
endormie & où elle avait rêvé tout ce que j'ai déjà dit.
Le souvenir de cette aventure lui revint fortement dans
l'esprit : « Voilà donc, disait-elle, ce prince si beau, si
parfait & si heureux que je devais avoir ! O songe trompeur, vision fatale ! O fées, que vous avais-je fait pour
vous moquer de moi ? » Elle marmottait ces paroles
entre ses dents, lorsqu'elle vit croître tout d'un coup un
chêne, dont il sortit une dame fort parée, qui, la regardant d'un air affable, lui dit : « Ne t'afflige point,
grande reine, d'avoir donné le jour à Marcassinet ; je
t'assure qu'il viendra un temps où tu le trouveras
aimable. » La reine la reconnut pour être une des trois
fées, qui passant en l'air lorsqu'elle dormait, s'étaient
arrêtées & lui avaient souhaité un fils : « J'ai de la
peine à vous croire, madame, répliqua-t-elle ; quelque
esprit que mon fils puisse avoir, qui pourra l'aimer sous

une telle figure ? » La fée lui répliqua encore une fois :
« Ne t'afflige point, grande reine, d'avoir donné le jour
à Marcassinet ; je t'assure qu'il viendra un temps où tu
le trouveras aimable. » Elle se remit aussitôt dans
l'arbre, & l'arbre rentra en terre, sans qu'il parût même
qu'il y en eût eu en cet endroit.

La reine, fort surprise de cette nouvelle aventure, ne
laissa pas de se flatter que les fées prendraient quelque
soin de l'Altesse bestiole. Elle retourna promptement
au palais pour en entretenir le roi ; mais il pensa qu'elle
avait imaginé ce moyen pour lui rendre son fils moins
odieux : « Je vois fort bien, lui dit-elle, à l'air dont vous
m'écoutez, que vous ne me croyez pas ; cependant rien
n'est plus vrai que tout ce que je viens de vous raconter.
— Il est fort triste, dit le roi, d'essuyer les railleries des
fées. Par où s'y prendront-elles pour rendre notre enfant
autre chose qu'un sanglier ? Je n'y songe jamais sans
tomber dans l'accablement ! » La reine se retira plus
affligée qu'elle l'eût encore été. Elle avait espéré que
les promesses de la fée adouciraient le chagrin du roi :
cependant il voulait à peine les écouter. Elle se retira,
bien résolue de ne lui plus rien dire de leur fils & de
laisser aux dieux le soin de consoler son mari.

Marcassin commença de parler comme font tous les
enfants : il bégayait un peu. Mais cela n'empêchait pas
que la reine n'eût beaucoup de plaisir à l'entendre, car
elle craignait qu'il ne parlât de sa vie. Il devenait fort
grand & marchait souvent sur les pieds de derrière. Il
portait de longues vestes qui lui couvraient les jambes,
un bonnet à l'anglaise de velours noir pour cacher sa
tête, ses oreilles & une partie de son groin. A la vérité, il
lui venait des défenses terribles, ses soies étaient furieu-
sement hérissées, son regard fier & le commandement
absolu. Il mangeait dans une auge d'or, où on lui préparait des truffes, des glands, des morilles, de l'herbe, &

l'on n'oubliait rien pour le rendre propre & poli. Il était
né avec un esprit supérieur & un courage intrépide. Le
roi connaissant son caractère, commença à l'aimer plus
qu'il n'avait fait jusque là. Il choisit de bons maîtres
pour lui apprendre tout ce qu'on pourrait. Il réussissait
mal aux danses figurées, mais pour le passepied & le
menuet où il faut aller vite & légèrement, il y faisait des
merveilles. A l'égard des instruments, il connut bien que
le luth & le théorbe ne lui convenaient pas ; il aimait la
guitare & jouait joliment de la flûte. Il montait à cheval
avec une disposition & une grâce surprenantes ; il ne se
passait guère de jour qu'il n'allât à la chasse & qu'il ne
donnât de terrible coups de dents aux bêtes les plus
féroces & les plus dangereuses. Ses maîtres lui trouvaient l'esprit vif, & toute la facilité possible à se per-
fectionner dans les sciences. Il ressentait bien amèrement le ridicule de sa figure marcassine, de sorte qu'il
évitait de paraître aux grandes assemblées.

Il passait sa vie dans une heureuse indifférence, lorsqu'étant chez la reine, il vit entrer une dame de bonne
mine, suivie de trois jeunes filles très aimables. Elle se
jeta aux pieds de la reine, elle lui dit qu'elle la venait
supplier de les recevoir auprès d'elle, que la mort de
son mari & de grands malheurs l'avaient réduite à une
extrême pauvreté, que sa naissance & son infortune
étaient assez connues de Sa Majesté pour espérer
qu'elle aurait pitié d'elle. La reine fut attendrie de les
voir ainsi à ses genoux, elle les embrassa & leur dit
qu'elle recevait avec plaisir ces trois filles (l'aînée s'appelait Ismène, la seconde Zélonide & la cadette Marthésie[1]), qu'elle en prendrait soin, qu'elle ne se découra-

---

1. Marthésie, nom d'une antique Amazone, héroïne à venir d'un
opéra d'André Cardinal Destouches et d'Antoine Houdar de la
Mothe, répété à Fontainebleau les 27 septembre et 11 octobre 1699,
puis créé à l'Académie royale de Musique le 29 novembre.

geât point, qu'elle pouvait rester dans le palais où l'on aurait beaucoup d'égards pour elle, & qu'elle comptât sur son amitié. La mère, charmée des bontés de la reine, baisa mille fois ses mains & se trouva tout d'un coup dans une tranquillité qu'elle ne connaissait pas depuis longtemps.

La beauté d'Ismène fit du bruit à la cour & toucha sensiblement un jeune chevalier nommé Corydon, qui ne brillait pas moins de son côté, qu'elle brillait du sien. Ils furent frappés presque en même temps d'une secrète sympathie, qui les attacha l'un à l'autre. Le chevalier était infiniment aimable, il plut, on l'aima. Et comme c'était un parti très avantageux pour Ismène, la reine s'aperçut avec plaisir des soins qu'il lui rendait & du compte qu'elle lui en tenait. Enfin l'on parla de leur mariage : tout semblait y concourir. Ils étaient nés l'un pour l'autre, & Corydon n'oubliait rien de toutes ces fêtes galantes & de tous ces soins empressés qui engagent fortement un cœur déjà prévenu.

Cependant le prince avait ressenti le pouvoir d'Ismène, dès qu'il l'avait vue, sans oser lui déclarer sa passion : « Ah ! Marcassin, Marcassin, s'écriait-il en se regardant à son miroir, serait-il bien possible qu'avec une figure si disgraciée, tu osasses te promettre quelque sentiment favorable de la belle Ismène ! Il faut te guérir, car de tous les malheurs le plus grand, c'est d'aimer sans être aimé. » Il évitait soigneusement de la voir &, comme il n'en pensait pas moins à elle, il tomba dans une affreuse mélancolie : il devint si maigre que les os lui perçaient la peau. Mais il eut une grande augmentation d'inquiétude quand il apprit que Corydon recherchait ouvertement Ismène, qu'elle avait pour lui beaucoup d'estime, & qu'avant qu'il fût peu, le roi & la reine feraient la fête de leurs noces.

À ces nouvelles, il sentit que son amour augmentait

& que son espérance diminuait, car il lui semblait moins difficile de plaire à Ismène indifférente qu'à Ismène prévenue pour Corydon. Il comprit encore que son silence achevait de le perdre, de sorte qu'ayant cherché un moment favorable pour l'entretenir, il le trouva. Un jour qu'elle était assise sous un agréable feuillage, où elle chantait quelques paroles que son amant avait faites pour elle, Marcassin l'aborda tout ému &, s'étant placé auprès d'elle, il lui demanda s'il était vrai, comme on lui avait dit, qu'elle allait épouser Corydon. Elle répliqua que la reine lui avait ordonné de recevoir ses assiduités & qu'apparemment cela devait avoir quelque suite : « Ismène, lui dit-il en se radoucissant, vous êtes si jeune encore que je ne croyais pas que l'on pensât à vous marier. Si je l'avais su, je vous aurais proposé le fils unique d'un grand roi, qui vous aime & qui serait ravi de vous rendre heureuse. » A ces mots, Ismène pâlit : elle avait déjà remarqué que Marcassin, qui était naturellement assez farouche, lui parlait avec plaisir, qu'il lui donnait toutes les truffes que son instinct marcassinique lui faisait trouver dans la forêt, & qu'il la régalait des fleurs dont son bonnet était ordinairement orné. Elle eut une grande peur qu'il ne fût le prince dont il parlait & elle lui répondit : « Je suis bien aise, seigneur, d'avoir ignoré les sentiments du fils de ce grand roi ; peut-être que ma famille, plus ambitieuse que je ne le suis, aurait voulu me contraindre à l'épouser, & je vous avoue confidemment que mon cœur est si prévenu pour Corydon, qu'il ne changera jamais. — Quoi ! répliqua-t-il, vous refuseriez une tête couronnée, qui mettrait sa fortune à vous plaire ? — Il n'y a rien que je ne refuse, dit-elle ; j'ai plus de tendresse que d'ambition, & je vous conjure, seigneur, puisque vous avez commerce avec ce prince, de l'engager à me laisser en repos. — Ah ! scélérate, s'écria l'impatient Marcassin, vous ne connaissez que trop le prince dont je vous parle. Sa figure vous déplaît, vous ne voudriez pas avoir nom la reine Marcassine ! Vous avez juré une fidélité éternelle à votre chevalier. Songez cependant, songez à la différence qui est entre nous. Je ne suis pas Adonis, j'en conviens, mais je suis un sanglier redoutable ; la puissance suprême vaut bien quelques petits agréments naturels. Ismène, pensez-y, ne me désespérez pas ! » En disant ces mots, ses yeux paraissaient tout de feu & de longues défenses faisaient l'une contre l'autre un bruit dont cette pauvre fille tremblait.

Marcassin se retira. Ismène, affligée, répandit un torrent de larmes, lorsque Corydon se rendit auprès d'elle. Ils n'avaient connu jusqu'à ce jour que les douceurs d'une tendresse mutuelle. Rien ne s'était opposé à ses progrès & ils avaient lieu de se promettre qu'elle serait bientôt couronnée. Que devint ce jeune amant, quand il vit la douleur de sa belle maîtresse ! Il la pressa de lui en apprendre le sujet ; elle le voulut bien, & l'on ne saurait représenter le trouble que lui causa cette nouvelle : « Je ne suis point capable, lui dit-il, d'établir mon bonheur aux dépens du vôtre : l'on vous offre une couronne, il faut que vous l'acceptiez. — Que je l'accepte, grands dieux ! s'écria-t-elle, que je vous oublie & que j'épouse un monstre ! Que vous ai-je fait, hélas ! pour vous obliger de me donner des conseils si contraires à notre amitié & à notre repos ? » Corydon était saisi à tel point qu'il ne pouvait lui répondre, mais les larmes qui coulaient de ses yeux marquaient assez l'état de son âme. Ismène, pénétrée de leur commune infortune, lui dit cent & cent fois qu'elle ne changerait pas, quand il s'agirait de tous les rois de la terre, & lui, touché de cette générosité, lui dit cent & cent fois qu'il fallait le laisser mourir de chagrin & monter sur le trône qu'on lui offrait.

Pendant que cette contestation se passait entre eux,
Marcassin était chez la reine, à laquelle il dit que l'espérance de guérir de la passion qu'il avait prise pour
Ismène l'avait obligé à se taire, mais qu'il avait combattu inutilement, qu'elle était sur le point d'être
mariée, qu'il ne se sentait pas la force de soutenir une
telle disgrâce, & qu'enfin il voulait l'épouser ou mourir.
La reine fut bien surprise d'entendre que le sanglier
était amoureux : « Songes-tu à ce que tu dis ? lui répliqua-t-elle. Qui voudra de toi, mon fils, & quels enfants
peux-tu espérer ? — Ismène est si belle, dit-il, qu'elle
ne saurait avoir de vilains enfants, & quand ils me res-
sembleraient, je suis résolu à tout, plutôt que de la voir
entre les bras d'un autre. — As-tu si peu de délicatesse,
continua la reine, que de vouloir une fille dont la naissance est inférieure à la tienne ? — Et qui sera la souveraine, répliqua-t-il, assez peu délicate pour vouloir un
malheureux cochon[2] comme moi ? — Tu te trompes,
mon fils, ajouta la reine ; les princesses, moins que les
autres, ont la liberté de choisir ; nous te ferons peindre
plus beau que l'Amour même ; quand le mariage sera
fait & que nous la tiendrons, il faudra bien qu'elle nous
reste. — Je ne suis pas capable, dit-il, de faire une telle
supercherie, je serais au désespoir de rendre ma femme
malheureuse. — Peux-tu croire, s'écria la reine, que
celle que tu veux ne le soit pas avec toi ? Celui qui
l'aime est aimable, & si le rang est différent entre le
souverain & le sujet, la différence n'est pas moins
grande entre un sanglier & l'homme du monde le plus
charmant. — Tant pis pour moi, Madame, répliqua

---

2. Allusion discrète au *Roi Porc* de la comtesse de Murat (*Histoires
sublimes et allégoriques,* Paris, F. et P. Delaulne, 1699, I, p. 1-65),
inspiré, comme *Le Prince Marcassin,* des *Piacevoli Notte* de Straparola, II, 1.

Marcassin ennuyé des raisons qu'elle lui alléguait, j'ose dire que vous devriez moins qu'une autre me représenter mon malheur. Pourquoi m'avez-vous fait cochon ? N'y a-t-il pas de l'injustice à me reprocher une chose dont je ne suis pas la cause ? — Je ne te fais point de reproches, ajouta la reine toute attendrie, je veux seulement te représenter que, si tu épouses une femme qui ne t'aime pas, tu seras fort malheureux & tu feras son supplice. Si tu pouvais comprendre ce qu'on souffre dans ces unions forcées, tu ne voudrais point en courir le risque. Ne vaut-il pas mieux demeurer seul en paix ? — Il faudrait avoir plus d'indifférence que je n'en ai, madame, lui dit-il ; je suis touché pour Ismène, elle est douce, & je me flatte qu'un bon procédé avec elle & la couronne qu'elle doit espérer la fléchiront. Quoiqu'il en soit, s'il est de ma destinée de n'être point aimé, j'aurai le plaisir de posséder une femme que j'aime. »

La reine le trouva si fortement attaché à ce dessein, qu'elle perdit celui de l'en détourner. Elle lui promit de travailler à ce qu'il souhaitait & sur-le-champ elle envoya quérir la mère d'Ismène. Elle connaissait son humeur : c'était une femme ambitieuse, qui aurait sacrifié ses filles à des avantages au-dessous de celui de régner. Dès que la reine lui eut dit qu'elle souhaitait que Marcassin épousât Ismène, elle se jeta à ses pieds & l'assura que ce serait le jour qu'elle voudrait choisir. « Mais, lui dit la reine, son cœur est engagé, nous lui avons ordonné de regarder Corydon comme un homme qui lui était destiné. — Eh bien, madame, répondit la vieille mère, nous lui ordonnerons de le regarder à l'avenir comme un homme qu'elle n'épousera pas. — Le cœur ne consulte pas toujours la raison, ajouta la reine : quand il s'est une fois déterminé, il est difficile de le soumettre. — Si son cœur avait d'autres volontés que les miennes, je le lui arracherais sans miséricorde. »

La reine la voyant si résolue, crut bien qu'elle pouvait se reposer sur elle du soin de faire obéir sa fille.

En effet, elle courut dans la chambre d'Ismène. Cette pauvre fille, ayant su que la reine avait envoyé quérir sa mère, attendait son retour avec inquiétude, & il est aisé d'imaginer combien elle augmentait, quand elle lui dit d'un air sec & absolu que la reine l'avait choisie pour en faire sa belle-fille, qu'elle lui défendait de parler jamais à Corydon & que, si elle n'obéissait pas, elle l'étranglerait. Ismène n'osa répondre à cette terrible menace, mais elle pleurait amèrement & le bruit se répandit aussitôt qu'elle allait épouser le marcassin royal, car la reine, qui l'avait fait agréer au roi, lui envoya des pierreries pour s'en parer, quand elle viendrait au palais.

Corydon, accablé de désespoir, vint la trouver & lui parla malgré toutes les défenses qu'on avait faites de le laisser entrer. Il parvint jusqu'à son cabinet, il la trouva couchée sur un lit de repos, le visage couvert de son mouchoir, qui était tout trempé de larmes. Il se jeta à genoux auprès d'elle & lui prit la main : « Hélas ! dit-il charmante Ismène, vous pleurez mes malheurs. — Ils sont communs entre nous, répondit-elle, vous savez, cher Corydon, à quoi je suis condamnée. Je ne puis éviter la violence qu'on veut me faire que par ma mort. Oui, je saurai mourir, je vous en assure, plutôt que de n'être pas à vous. — Non, vivez, lui dit-il, vous serez reine ; peut-être vous accoutumerez-vous avec cet affreux prince. — Cela n'est pas à mon pouvoir, lui dit-elle, je n'envisage rien au monde de plus terrible qu'un tel époux ; sa couronne n'adoucit point mes douleurs. — Les dieux, continua-t-il, vous préservent d'une résolution si funeste, aimable Ismène ! Elle ne convient qu'à moi. Je vais vous perdre, je ne suis pas capable de résister à ma juste douleur. — Si vous mourez, reprit-elle, je ne vous survivrai pas & je sens quelque consolation à penser qu'au moins la mort nous unira. »

Ils parlaient ainsi, lorsque Marcassin les vint surprendre. La reine lui ayant raconté ce qu'elle avait fait en sa faveur, il courut chez Ismène pour lui découvrir sa joie, mais la présence de Corydon la troubla au dernier point. Il était d'humeur jalouse & peu patiente. Il lui ordonna, d'un air où il entrait beaucoup du sanglier, de sortir & de ne jamais paraître à la cour : « Que prétendez-vous donc, cruel prince ? s'écria Ismène en arrêtant celui qu'elle aimait. Croyez-vous le bannir de mon cœur comme de ma présence ? Non, il y est trop bien gravé. N'ignorez donc plus votre malheur, vous qui faites le mien. Voilà celui seul qui me peut être cher. Je n'ai que de l'horreur pour vous. — Et moi, barbare, dit Marcassin, je n'ai que de l'amour pour toi ; il est inutile que tu me découvres toute ta haine ; tu n'en seras pas moins ma femme & tu en souffriras davantage. »

Corydon, au désespoir d'avoir attiré à sa maîtresse ce nouveau déplaisir, sortit dans le moment que la mère d'Ismène venait la quereller. Elle assura le prince que sa fille allait oublier Corydon pour jamais & qu'il ne fallait point retarder des noces si agréables. Marcassin, qui n'en avait pas moins d'envie qu'elle, dit qu'il allait régler le jour avec la reine, parce que le roi lui laissait le soin de cette grande fête. Il est vrai qu'il n'avait pas voulu s'en mêler, parce que ce mariage lui paraissait désagréable & ridicule : étant persuadé que la race marcassinique allait se perpétuer dans la maison royale, il était affligé de la complaisance aveugle que la reine avait pour son fils.

Marcassin craignait que le roi ne se repentît du consentement qu'il avait donné à ce qu'il souhaitait : ainsi l'on se hâta de préparer tout pour cette cérémonie. Il se fit faire des rhingraves, des canons, un pourpoint parfumé, car il avait toujours une petite odeur que l'on soutenait avec peine. Son manteau était brodé de pierreries, sa perruque d'un blond d'enfant & son chapeau couvert de plumes. Il ne s'est peut-être jamais vu une figure plus extraordinaire que la sienne, & à moins que d'être destinée au malheur de l'épouser, personne ne pouvait le regarder sans rire. Mais hélas ! que la jeune Ismène en avait peu d'envie ! on lui promettait inutilement des grandeurs, elle les méprisait & ne ressentait que la fatalité de son étoile.

Corydon la vit passer pour aller au temple : on l'eût prise pour une belle victime que l'on va égorger. Marcassin, ravi, la pria de bannir cette profonde tristesse dont elle paraissait accablée, parce qu'il voulait la rendre si heureuse que toutes les reines de la terre lui porteraient envie : « J'avoue, continua-t-il, que je ne suis pas beau, mais l'on dit que tous les hommes ont quelque ressemblance avec des animaux : je ressemble plus qu'un autre à un sanglier, c'est ma bête. Il ne faut pas pour cela m'en trouver moins aimable, car j'ai le cœur plein de sentiments & touché d'une forte passion pour vous. » Ismène, sans lui répondre, le regardait d'un air dédaigneux, elle levait les épaules & lui laissait deviner tout ce qu'elle ressentait d'horreur pour lui. Sa mère était derrière elle, qui lui faisait mille menaces : « Malheureuse, lui disait-elle, tu veux donc nous perdre en te perdant ? Ne crains-tu point que l'amour du prince ne se tourne en fureur ? » Ismène, occupée de son déplaisir, ne faisait pas même attention à ces paroles. Marcassin, qui la menait par la main, ne pouvait s'empêcher de sauter & de danser, lui disant à l'oreille mille douceurs. Enfin la cérémonie étant achevée, après que l'on eut crié trois fois *vive le Prince marcassin, vive la Princesse marcassine,* l'époux ramena son épouse au palais, où tout était préparé pour faire un repas magnifique. Le roi & la reine s'étant placés, la mariée s'assit vis-à-vis du sanglier, qui la dévorait des yeux, tant il la trouvait belle. Mais elle était ensevelie dans une si profonde tristesse, qu'elle ne voyait rien de ce qui se passait & elle n'entendait point la musique, qui faisait grand bruit.

La reine la tira par sa robe & lui dit à l'oreille : « Ma fille, quittez cette sombre mélancolie, si vous voulez nous plaire : il semble que c'est moins ici le jour de vos noces que celui de votre enterrement. — Plaise aux dieux, madame, lui dit-elle, que ce soit le dernier de ma vie. Vous m'aviez ordonné d'aimer Corydon, il avait plutôt reçu mon cœur de votre main que de mon choix. Mais hélas ! si vous avez changé pour lui, je n'ai pas changé comme vous. — Ne parlez pas ainsi, répliqua la reine : j'en rougis de honte & de dépit. Souvenez-vous de l'honneur que vous fait mon fils & de la reconnaissance que vous lui devez. » Ismène ne répondit rien ; elle laissa doucement tomber sa tête sur son sein & s'ensevelit dans sa première rêverie.

Marcassin était très affligé de connaître l'aversion que sa femme avait pour lui. Il y avait bien des moments où il aurait souhaité que son mariage n'eût pas été fait, il voulait même le rompre sur-le-champ, mais son cœur s'y opposait. Le bal commença, les sœurs d'Ismène y brillèrent fort, elles s'inquiétaient peu de ses chagrins & elles concevaient avec plaisir l'éclat que leur donnait cette alliance. La mariée dansa avec Marcassin : c'était effectivement une chose épouvantable de voir sa figure & encore plus épouvantable d'être sa femme. Toute la cour était si triste que l'on ne pouvait témoigner de joie. Le bal dura peu ; l'on conduisit la princesse dans son appartement ; après qu'on l'eut déshabillée en cérémonie, la reine se retira. L'amoureux Marcassin se mit promptement au lit ; Ismène dit qu'elle voulait écrire une lettre & elle entra dans son cabinet, dont elle ferma la porte, quoique Marcassin lui criât qu'elle écrivît promptement & qu'il n'était guère l'heure de commencer des dépêches.

Hélas ! en entrant dans ce cabinet, quel spectacle se présenta tout d'un coup aux yeux d'Ismène ! C'était l'infortuné Corydon, qui avait gagné une de ses femmes pour lui ouvrir la porte du degré dérobé, par où il entra : « Non, dit-il, charmante princesse, je ne viens point ici pour vous faire des reproches de m'avoir abandonné. Vous juriez dans le commencement de nos tendres amours que votre cœur ne changerait jamais, vous avez malgré cela consenti à me quitter & j'en accuse les dieux plutôt que vous. Mais ni vous ni les dieux ne pouvez faire que je supporte un si grand malheur ; en vous perdant, princesse, je dois cesser de vivre. » A peine ces derniers mots étaient proférés, qu'il s'enfonça son poignard dans le cœur.

Ismène n'avait pas eu le temps de lui répondre : « Tu meurs, cher Corydon, s'écria-t-elle douloureusement. Je n'ai plus rien à ménager dans le monde. Les grandeurs me seraient odieuses, la lumière du jour me deviendrait insupportable. » Elle ne dit que ce peu de paroles, puis du même poignard qui fumait encore du sang de Corydon, elle se donna un coup dans le sein & tomba sans vie.

Marcassin attendait trop impatiemment la belle Ismène pour ne se pas apercevoir qu'elle tardait longtemps à revenir. il l'appelait de toute sa force, sans qu'elle lui répondît. Il se fâcha beaucoup &, se levant avec sa robe de chambre, il courut à la porte du cabinet qu'il fit enfoncer. Il y entra le premier : hélas ! quelle fut sa surprise de trouver Ismène & Corydon dans un état si déplorable ! Il pensa mourir de tristesse & de rage ; ses sentiments, confondus entre l'amour & la haine, le tourmentaient tour à tour. Il adorait Ismène, mais il connaissait qu'elle ne s'était tuée que pour rompre tout d'un coup l'union qu'ils venaient de contracter. L'on courut dire au roi & à la reine ce qui se passait dans l'appartement du prince. Tout le palais retentit de cris : Ismène était aimée & Corydon estimé. Le roi ne se releva point ; il ne pouvait entrer aussi tendrement que la reine dans les aventures de Marcassin, il lui laissa le soin de le consoler.

Elle le fit mettre au lit, elle mêla ses larmes aux siennes, & quand il lui laissa le temps de parler & qu'il cessa pour un moment ses plaintes, elle tâcha de lui faire concevoir qu'il était heureux d'être délivré d'une personne qui ne l'aurait jamais aimé & qui avait le cœur rempli d'une forte tendresse, qu'il est presque impossible de bien effacer une grande passion & qu'elle était persuadée qu'il devait se trouver heureux de l'avoir perdue. « N'importe, s'écriait-il, je voudrais la posséder, dût-elle m'être infidèle : je ne peux dire qu'elle ait cherché à me tromper par des caresses feintes, elle m'a toujours montré son horreur pour moi, je suis cause de sa mort. Eh ! que n'ai-je pas à me reprocher là-dessus ? » La reine le vit si affligé, qu'elle laissa auprès de lui les personnes qui lui étaient le plus agréables, & elle se retira dans sa chambre.

Lorsqu'elle fut couchée, elle rappela dans son esprit tout ce qui lui était arrivé depuis le rêve où elle avait vu les trois fées : « Que leur ai-je fait, disait-elle, pour les obliger à m'envoyer des afflictions si amères ? J'espérais un fils aimable & charmant, elles l'ont doué de marcassinerie, c'est un monstre dans la nature. La malheureuse Ismène a mieux aimé se tuer que de vivre avec lui. Le roi n'a pas eu un moment de joie depuis la naissance de ce prince infortuné & pour moi, je suis accablée de tristesse toutes les fois que je le vois. »

Comme elle parlait ainsi en elle-même, elle aperçut une grande lueur dans sa chambre & reconnut près de

son lit la fée qui était sortie du tronc d'un arbre dans le
bois, qui lui dit : « Ô reine, pourquoi ne veux-tu point
me croire ? Ne t'ai-je pas assurée que tu recevras beaucoup de satisfaction de ton marcassin ? Doutes-tu de ma
sincérité ? — Et qui n'en douterait ? dit-elle. Je n'ai
encore rien vu qui réponde à la moindre de vos paroles.
Que ne me laissiez-vous le reste de ma vie sans héritier,
plutôt que de m'en faire avoir un comme celui-là ? —
Nous sommes trois sœurs, répliqua la fée, il y en a deux
bonnes, l'autre gâte presque toujours le bien que nous
faisons, c'est elle que tu vis rire, lorsque tu dormais.
Sans nous, tes peines seraient encore plus longues, mais
elles auront un terme. — Hélas ! ce sera par la fin de
ma vie ou par celle de mon marcassin, dit la reine. — Je
ne puis t'en instruire, reprit la fée, il m'est seulement
permis de te soulager par quelque espérance. » Aussitôt
elle disparut. La chambre demeura parfumée d'une
odeur agréable & la reine se flatta de quelque changement favorable.

Marcassin prit le grand deuil : il passa bien des jours
enfermé dans son cabinet & griffonna plusieurs cahiers,
qui contenaient de sensibles regret pour la perte qu'il
avait faite. Il voulut même que l'on gravât ces vers sur
le tombeau de sa femme :

> *Destin rigoureux, loi cruelle,*
> *Ismène, tu descends dans la nuit éternelle.*
> *Tes yeux dont tous les cœurs devaient être charmés,*
> *Tes yeux sont pour jamais fermés.*
> *Destin rigoureux, loi cruelle,*
> *Ismène, tu descends dans la nuit éternelle.*

Tout le monde fut surpris qu'il conservât un souvenir si
tendre pour une personne qui lui avait témoigné tant
d'aversion. Il rentra peu à peu dans la société des dames
& fut frappé des charmes de Zélonide. C'était la sœur
d'Ismène, qui n'était pas moins agréable qu'elle & qui

lui ressemblait beaucoup : cette ressemblance le flatta.
Lorsqu'il l'entretint, il lui trouva de l'esprit & de la vivacité, il crut que si quelque chose le pouvait consoler de la
perte d'Ismène, c'était la jeune Zélonide. Elle lui faisait
mille honnêtetés, car il ne lui entrait pas dans l'esprit
qu'il voulût l'épouser, mais cependant il en prit la résolution. Et un jour que la reine était seule dans son cabinet,
il s'y rendit, avec un air plus gai qu'à son ordinaire :
« Madame, lui dit-il, je viens vous demander une grâce
& vous supplier en même temps de ne me point détourner de mon dessein, car rien au monde ne saurait m'ôter
l'envie que j'ai de me remarier ; donnez-y les mains, je
vous en conjure. Je veux épouser Zélonide, parlez-en au
roi, afin que cette affaire ne tarde pas. — Ah ! mon fils,
dit la reine, quel est donc ton dessein ? As-tu déjà oublié
le désespoir d'Ismène & sa mort tragique ? Comment te
promets-tu que sa sœur t'aimera davantage ? Es-tu plus
aimable que tu n'étais, moins sanglier, moins affreux ?
Rends-toi justice, mon fils, ne donne point tous les jours
des spectacles nouveaux : quand on est fait comme toi,
l'on doit se cacher. — J'y consens, madame, répondit
Marcassin, c'est pour me cacher que je veux une compagne. Les hiboux trouvent des chouettes, les crapauds
des grenouilles, les serpents des couleuvres. Suis-je donc
au-dessous de ces vilaines bêtes ? Mais vous cherchez à
m'affliger ; il me semble qu'un marcassin a plus de
mérite que tout ce que je viens de nommer. »

« Hélas ! mon cher enfant, dit la reine, les dieux me
sont témoins de l'amour que j'ai pour toi & du déplaisir
dont je suis accablée en voyant ta figure. Lorsque je
t'allègue tant de raisons, ce n'est point que je cherche à
t'affliger ; je voudrais, quand tu auras une femme,
qu'elle fût capable de t'aimer autant que je t'aime. Mais
qu'il y a de différence entre les sentiments d'une
épouse & ceux d'une mère ! »

« Ma résolution est fixe, dit Marcassin ; je vous supplie, madame, de parler dès aujourd'hui au roi & à la
mère de Zélonide, afin que mon mariage se fasse au plus
tôt. » La reine lui en donna sa parole. Mais quand elle en
entretint le roi, il lui dit qu'elle avait des faiblesses
pitoyables pour son fils, qu'il était bien certain de voir
arriver encore quelque catastrophe d'un mariage si mal
réglé. Bien que la reine en fût aussi persuadée que lui,
elle ne se rendit pas pour cela, voulant tenir à son fils la
parole qu'elle lui avait donnée, de sorte qu'elle pressa si
fort le roi, qu'en étant fatigué, il lui dit qu'elle fît donc
ce qu'elle voulait faire, que s'il lui en arrivait du chagrin, elle n'en accuserait que sa complaisance.

La reine, étant revenue dans son appartement, y
trouva Marcassin, qui l'attendait avec la dernière impatience. Elle lui dit qu'il pouvait déclarer ses sentiments
à Zélonide, que le roi consentait à ce qu'il désirait,
pourvu qu'elle y consentît elle-même, parce qu'il ne
voulait pas que l'autorité dont il était revêtu servît à
faire des malheureux : « Je vous assure, madame, lui dit
Marcassin avec un air fanfaron, que vous êtes la seule
qui pensiez si désavantageusement de moi : je ne vois
personne qui ne me loue & qui ne me fasse apercevoir
que j'ai mille bonnes qualités. — Tels sont les courtisans, dit la reine, & telle la condition des princes. Les
uns louent toujours, les autres sont toujours loués.
Comment connaître ses défauts dans un tel labyrinthe ?
Ah ! que les grands seraient heureux, s'ils avaient des
amis plus attachés à leurs personnes qu'à leur fortune.
— Je ne sais, madame, repartit Marcassin, s'ils seraient
heureux de s'entendre dire des vérités désagréables. De
quelque condition qu'on soit, l'on ne les aime point :
par exemple, à quoi sert que vous me mettiez toujours
devant les yeux qu'il n'y a point de différence entre un
sanglier & moi, que je fais peur, que je dois me cacher ?

N'ai-je pas de l'obligation à ceux qui adoucissent
là-dessus ma peine, qui me font des mensonges favorables & qui me cachent les défauts que vous êtes si
soigneuse de me découvrir ? »

« Ô source d'amour-propre, s'écria la reine, de
quelque côté qu'on jette les yeux, on te trouve toujours.
Oui, mon fils, vous êtes beau, vous êtes joli, je vous
conseille encore de donner pension à ceux qui vous en
assurent. — Madame, dit Marcassin, je n'ignore point
mes disgrâces, j'y suis peut-être plus sensible qu'un
autre, mais je ne suis point le maître de me faire ni plus
grand ni plus droit, de quitter ma hure de sanglier pour
prendre une tête d'homme, ornée de longs cheveux. Je
consens qu'on me reprenne sur la mauvaise humeur,
l'inégalité, l'avarice, enfin sur toutes les choses qui
peuvent se corriger. Mais à l'égard de ma personne,
vous conviendrez, s'il vous plaît, que je suis à plaindre
& non pas à blâmer. » La reine, voyant qu'il se chagrinait, lui dit que puisqu'il était si entêté de se marier, il
pouvait voir Zélonide & prendre des mesures avec elle.

Il avait trop d'envie de finir la conversation pour
demeurer davantage avec sa mère. Il courut chez Zélonide. Il entra sans façon dans sa chambre &, l'ayant
trouvée dans son cabinet, il l'embrassa & lui dit : « Ma
petite sœur, je viens d'apprendre une nouvelle qui sans
doute ne te déplaira pas : je veux te marier. — Seigneur,
lui dit-elle, quand je serai mariée de votre main, je
n'aurai rien à souhaiter. — Il s'agit, continua-t-il, d'un
des plus grands seigneurs du royaume, mais il n'est pas
beau. — N'importe, dit-elle, ma mère a tant de dureté
pour moi que je serai trop heureuse de changer de
condition. — Celui dont je te parle, ajouta le prince, me
ressemble beaucoup. » Zélonide le regarda avec attention & parut étonnée : « Tu gardes le silence, ma petite
sœur, lui dit-il, est-ce de joie ou de chagrin ? — Je ne

me souviens point, seigneur, répliqua-t-elle, d'avoir vu personne à la cour qui vous ressemble. — Quoi ! dit-il, tu ne peux deviner que je veux te parler de moi ? Oui, ma chère enfant, je t'aime & je viens t'offrir de partager mon cœur & la couronne avec toi. — O dieux ! qu'entends-je ! s'écria douloureusement Zélonide. — Ce que tu entends, ingrate, dit Marcassin, tu entends la chose du monde qui devrait te donner le plus de satisfaction. Peux-tu jamais espérer d'être reine ? J'ai la bonté de jeter les yeux sur toi, songe à mériter mon amour & n'imite pas les extravagances d'Ismène. — Non, lui dit-elle, ne craignez pas que j'attente sur mes jours comme elle. Mais, seigneur, il y a tant de personnes plus aimables & plus ambitieuses que moi. Que n'en choisissez-vous une qui comprenne mieux que je ne fais l'honneur que vous me destinez ? Je vous avoue que je ne souhaite qu'une vie tranquille & retirée, laissez-moi la maîtresse de mon sort. — Tu ne mérites guère les violences que je te fais, s'écria-t-il, pour t'élever sur le trône, mais une fatalité qui m'est inconnue me force à t'épouser. » Zélonide ne lui répondit que par ses larmes.

Il la quitta, rempli de douleur, & alla trouver sa belle-mère pour lui déclarer ses intentions, afin qu'elle disposât Zélonide à faire de bonne grâce ce qu'il désirait. Il lui raconta ce qui venait de se passer entre eux & la répugnance qu'elle avait témoignée pour un mariage qui faisait sa fortune & celle de toute sa maison. L'ambitieuse mère comprit assez les avantages qu'elle en pouvait recevoir, &, lorsque Ismène se tua, elle en fut bien plus affligée par rapport à ses intérêts que par rapport à la tendresse qu'elle avait pour elle. Elle ressentit une extrême joie que le crasseux Marcassin voulût prendre une nouvelle alliance dans sa famille. Elle se jeta à ses pieds, elle l'embrassa & lui rendit mille

grâces pour un honneur qui la touchait si sensiblement.
Elle l'assura que Zélonide lui obéirait, ou qu'elle la poi-
gnarderait à ses yeux : « Je vous avoue, dit Marcassin,
que j'ai de la peine à lui faire violence. Mais si j'attends
qu'on me jette des cœurs à la tête, j'attendrai le reste de
ma vie : toutes les belles me trouvent laid. Je suis
cependant résolu de n'épouser qu'une fille aimable. —
Vous avez raison, seigneur, répliqua la maligne vieille,
il faut vous satisfaire : si elles sont mécontentes, c'est
qu'elles ne connaissent point leurs véritables
avantages. »

Elle fortifia si fort Marcassin qu'il lui dit que c'était
donc une chose résolue & qu'il serait sourd aux larmes
& aux prières de Zélonide. Il retourna chez lui, choisit
tout ce qu'il avait de plus magnifique & l'envoya à sa
maîtresse. Comme sa mère était présente, lorsqu'on lui
offrit des corbeilles d'or remplies de bijoux, elle n'osa
les refuser, mais elle marqua une grande indifférence
pour tout ce qu'on lui présentait, excepté pour un poignard dont la garde était garnie de diamants. Elle le prit
plusieurs fois & le mit à sa ceinture, parce que les
dames en ce pays-là en portaient ordinairement.

Puis elle dit : « Je suis trompée si ce n'est ce même
poignard qui a percé le sein de ma pauvre sœur. —
Nous ne le savons point, madame, lui dirent ceux à qui
elle parlait, mais si vous avez cette opinion il ne faut
jamais le voir. — Au contraire, dit-elle, je loue son courage, heureuse qui en a assez pour l'imiter ! — Ah ! ma
sœur, s'écria Marthésie, quelles funestes pensées roulent dans votre esprit ! Voulez-vous mourir ? — Non,
répondit Zélonide d'un air ferme, l'autel n'est pas digne
d'une telle victime, mais j'atteste les dieux que...» Elle
n'en put dire davantage, ses larmes étouffèrent ses
plaintes & sa voix.

L'amoureux Marcassin, ayant été informé de la

manière dont Zélonide avait reçu son présent, s'indigna
si fort contre elle, qu'il fut sur le point de rompre & de
ne la revoir de sa vie. Mais soit par tendresse, soit par
gloire, il ne voulut pas le faire & résolut de suivre son
premier dessein avec la dernière chaleur, Le roi & la
reine lui remirent le soin de cette grande fête. Il l'ordonna magnifique ; cependant il y avait toujours dans
ce qu'il faisait un certain goût de marcassin très extraordinaire. La cérémonie se fit dans une vaste forêt, où
l'on dressa des tables chargées de venaison pour toutes
les bêtes féroces & sauvages qui voudraient y manger,
afin qu'elles se ressentissent du festin.

C'est en ce lieu que Zélonide, ayant été conduite par
sa mère & par sa sœur, trouva le roi, la reine, leur fils
sanglier & toute la cour sous des ramées épaisses &
sombres, où les nouveaux époux se jurèrent un amour
éternel. Marcassin n'aurait point eu de peine à tenir sa
parole. Pour Zélonide, il était aisé de connaître qu'elle
obéissait avec beaucoup de répugnance ; ce n'est pas
qu'elle ne sût se contraindre & cacher une partie de ses
déplaisirs. Le prince, aimant à se flatter, se figura
qu'elle cèderait à la nécessité & qu'elle ne penserait
plus qu'à lui plaire. Cette idée lui rendit toute la belle
humeur qu'il avait perdue. Et dans le temps que l'on
commençait le bal, il se hâta de se déguiser en Astro-
logue avec une longue robe. Deux dames de la cour
étaient seulement de la mascarade. Il avait voulu que
tout fût si pareil qu'on ne pût les reconnaître, & l'on
n'eut pas médiocrement de peine à faire ressembler des
femmes bien faites à un vilain cochon comme lui.

Il y avait une de ces dames, qui était la confidente de
Zélonide, Marcassin ne l'ignorait point, ce n'était que
par curiosité qu'il ménagea ce déguisement. Après
qu'ils eurent dansé une petite entrée de ballet fort
courte, car rien ne fatiguait davantage le prince, il s'ap-

procha de sa nouvelle épouse & lui fit de certains signes, en montrant un des Astrologues masqués, qui persuadèrent à Zélonide que c'était son amie qui était auprès d'elle & qu'elle lui montrait Marcassin : « Hélas ! lui dit-elle, je ne t'entends que trop, voilà ce monstre que les dieux irrités m'ont donné pour mari ; mais si tu m'aimes, nous en déferons la terre cette nuit. » Marcassin comprit par ce qu'elle lui disait, qu'il s'agissait d'un complot où il avait grande part. Il dit fort bas à Zélonide : « Je suis résolue à tout pour votre service. — Tiens donc, reprit-elle, voilà le poignard qu'il m'a envoyé ; il faut que tu te caches dans ma chambre & que tu m'aides à l'égorger. » Marcassin lui répliqua peu de chose, de crainte qu'elle ne reconnût son jargon, qui était assez extraordinaire : il prit doucement le poignard & s'éloigna d'elle pour un moment.

Il revint ensuite sans masque lui faire des amitiés qu'elle reçut d'un air assez embarrassé, car elle roulait dans son esprit le dessein de le perdre &, dans ce moment, il n'avait guère moins d'inquiétude qu'elle : « Est-il possible, disait-il en lui-même, qu'une personne si jeune & si belle soit si méchante ? Que lui ai-je fait pour l'obliger à me vouloir tuer ? Il est vrai que je ne suis pas beau, que je mange malproprement, que j'ai quelques défauts, mais qui n'en a pas ? Je suis homme sous la figure d'une bête, combien y a-t-il de bêtes sous la figure d'un homme ? Cette Zélonide que je trouvais si charmante, n'est-elle pas elle-même une tigresse & une lionne ? Ah ! que l'on doit peu se fier aux apparences ! » Il marmottait tout cela entre ses dents, quand elle lui demanda ce qu'il avait : « Vous êtes triste, Marcassin : ne vous repentez-vous point de l'honneur que vous m'avez fait ? — Non, lui dit-il, je ne change pas si aisément, je pensais au moyen de faire finir bientôt le bal, j'ai sommeil. »

La princesse fut ravie de le voir assoupi, pensant qu'elle en aurait moins de peine à exécuter son projet. La fête finit, l'on remena Marcassin & sa femme dans un chariot pompeux. Tout le palais était illuminé de lampes, qui formaient de petits cochons. L'on fit de grandes cérémonies pour coucher le sanglier & la mariée. Elle ne doutait point que sa confidente ne fût derrière la tapisserie, de sorte qu'elle se mit au lit avec un cordon de soie sous son chevet, dont elle voulait venger la mort d'Ismène & la violence qu'on lui avait faite, en la contraignant à faire un mariage qui lui déplaisait si fort. Marcassin profita du profond silence qui régnait, il fit semblant de dormir & ronflait à faire trembler tous les meubles de sa chambre : « Enfin tu dors, vilain porc, dit Zélonide, voici le terme arrivé de punir ton cœur de sa fatale tendresse, tu périras dans cette obscure nuit. » Elle se leva doucement & courut à tous les coins appeler sa confidente, mais elle n'avait garde d'y être, puisqu'elle ne savait point le dessein de Zélonide.

« Ingrate amie, s'écriait-elle d'une voix basse, tu m'abandonnes après m'avoir donné une parole si positive, tu ne me la tiens pas, mais mon courage me servira au besoin. » En achevant ces mots, elle passa doucement le cordon de soie autour du cou de Marcassin, qui n'attendait que cela pour se jeter sur elle. Il lui donna deux coups de ses grandes défenses dans la gorge, dont elle expira peu après.

Une telle catastrophe ne pouvait se passer sans beaucoup de bruit. L'on accourut & l'on vit avec la dernière surprise Zélonide mourante. On voulait la secourir, mais il se mit au-devant d'un air furieux. Et lorsque la reine, qu'on était allé quérir, fut arrivée, il lui raconta ce qui s'était passé & ce qui l'avait porté à la dernière violence contre cette malheureuse princesse.

La reine ne put s'empêcher de la regretter : « Je n'avais que trop prévu, dit-elle, les disgrâces attachées à votre alliance. Qu'elles servent au moins à vous guérir de la frénésie qui vous possède de vous marier : il n'y aurait pas moyen de voir toujours finir un jour de noces par une pompe funèbre. » Marcassin ne répondit point ; il était occupé d'une profonde rêverie. Il se coucha sans pouvoir dormir. Il faisait des réflexions continuelles sur ses malheurs, il se reprochait en secret la mort des deux plus aimables personnes du monde, & la passion qu'il avait eue pour elles se réveillait à tous moments pour le tourmenter.

« Infortuné que je suis, disait-il à un jeune seigneur qu'il aimait, je n'ai jamais goûté aucune douceur dans le cours de ma vie. Si l'on parle du trône que je dois remplir, chacun répond que c'est grand dommage de voir posséder un si beau royaume par un monstre. Si je partage ma couronne avec une pauvre fille, au lieu de s'estimer heureuse, elle cherche les moyens de mourir ou de me tuer. Si je cherche quelques douceurs auprès de mon père & de ma mère, ils m'abhorrent & ne me regardent qu'avec des yeux irrités. Que faut-il donc faire dans le désespoir qui me possède ? je veux abandonner la cour, j'irai au fond des forêts mener la vie qui convient à un sanglier de bien & d'honneur, je ne ferai plus l'homme galant, je ne trouverai point d'animaux qui me reprochent d'être plus laid qu'eux. Il me sera aisé d'être leur roi, car j'ai la raison en partage, qui me fera trouver le moyen de les maîtriser. Je vivrai plus tranquillement avec eux que je ne vis dans une cour destinée à m'obéir, & je n'aurai point le malheur d'épouser une laie qui se poignarde ou qui me veuille étrangler. Ah ! fuyons, fuyons dans les bois, méprisons une couronne dont on me croit indigne. »

Son confident voulut d'abord le détourner d'une résolution si extraordinaire, cependant il le voyait si accablé des continuels coups de la fortune que, dans la suite, il ne le pressa plus de demeurer, &, une nuit que l'on négligeait de faire la garde autour de son palais, il se sauva, sans que personne le vît, jusqu'au fond de la forêt, où il commença à faire tout ce que ses confrères les marcassins faisaient.

Le roi & la reine ne laissèrent pas d'être touchés d'un départ, dont le seul désespoir était la cause. Ils envoyèrent des chasseurs le chercher : mais comment le reconnaître ? L'on prit deux ou trois furieux sangliers, que l'on amena avec mille périls & qui firent tant de ravages à la cour, qu'on résolut de ne se plus exposer à de telles méprises. Il y eut un ordre général de ne plus tuer de sangliers, de crainte de rencontrer le prince.

Marcassin, en partant, avait promis à son favori de lui écrire quelquefois : il avait emporté une écritoire, & en effet, de temps en temps, l'on trouvait une lettre fort griffonnée à la porte de la ville, qui s'adressait à ce jeune seigneur. Cela consolait la reine : elle apprenait par ce moyen que son fils était vivant.

La mère d'Ismène & de Zélonide ressentait vivement la perte de ses deux filles ; tous les projets de grandeur qu'elle avait faits s'étaient évanouis par leur mort. On lui reprochait que, sans son ambition, elles seraient encore au monde, qu'elle les avait menacées pour les obliger à consentir d'épouser Marcassin. La reine n'avait plus pour elle les mêmes bontés. Elle prit la résolution d'aller à la campagne avec Marthésie sa fille unique. Celle-ci était beaucoup plus belle que ses sœurs ne l'avaient été, & sa douceur avait quelque chose de si charmant qu'on ne la voyait point avec indifférence. Un jour qu'elle se promenait dans la forêt suivie de deux femmes qui la servaient, car la maison de sa mère n'était pas éloignée, elle vit tout d'un coup un sanglier

d'une grandeur épouvantable ; celles qui l'accompagnaient l'abandonnèrent & s'enfuirent. Pour Marthésie,
elle eut tant de frayeur qu'elle demeura immobile
comme une statue sans avoir la force de se sauver.

Marcassin, c'était lui-même, la reconnut aussitôt &
jugea par son tremblement qu'elle mourait de peur. Il
ne voulut pas l'épouvanter davantage, mais, s'étant
arrêté, il lui dit : « Marthésie, ne craignez rien : je vous
aime trop pour vous faire du mal & il ne tiendra qu'à
vous que je ne vous fasse du bien. Vous savez les sujets
de déplaisir que vos sœurs m'ont donnés, c'est une
triste récompense de ma tendresse. Je ne laisse pas
d'avouer que j'avais mérité leur haine par mon opiniâtreté à vouloir leur plaire & les posséder malgré elles.
J'ai appris, depuis que je suis habitant de ces forêts, que
rien au monde ne doit être plus libre que le cœur ; je
vois que tous les animaux sont heureux, parce qu'ils ne
se contraignent point. Je ne savais pas alors leurs
maximes, je les sais à présent, & je sens bien que je
préférerais la mort à un hymen forcé. Si les dieux irrités
contre moi voulaient enfin s'apaiser, s'ils voulaient
vous toucher en ma faveur, je vous avoue, Marthésie,
que je serais ravi d'unir ma fortune à la vôtre. Mais
hélas ! qu'est-ce que je vous propose ? Voudriez-vous
venir avec un monstre comme moi dans le fond de ma
caverne ! »

Pendant que Marcassin parlait, Marthésie reprenait
assez de force pour lui répondre : « Quoi ! seigneur,
s'écria-t-elle, est-il possible que je vous voie dans un
état si peu convenable à votre naissance ? La reine
votre mère ne passe aucun jour sans donner des larmes
à vos malheurs. — A mes malheurs ! dit Marcassin en
l'interrompant, n'appelez point ainsi l'état où je suis :
j'ai pris mon parti, il m'en a coûté, mais enfin cela est
fait. Ne croyez pas, jeune Marthésie, que ce soit tou-

jours une brillante cour qui fasse notre félicité la plus
solide, il est des douceurs plus charmantes & je vous le
répète, vous pourriez me les faire trouver, si vous étiez
d'humeur à devenir sauvage avec moi. — Et pourquoi,
dit-elle, ne voulez-vous plus revenir dans un lieu où
vous êtes toujours aimé ? — Je suis toujours aimé ?
s'écria-t-il ; non, non, l'on n'aime pas les princes accablés de disgrâces ; comme l'on se promet d'eux mille
biens, lorsqu'ils ne sont pas en état d'en faire, on les
rend responsables de leur mauvaise fortune : on les hait
enfin plus que les autres.

« Mais à quoi m'amusé-je ? s'écria-t-il. Si quelques
ours ou quelques lions de mon voisinage passent par ici
& qu'ils m'entendent parler, je suis un marcassin perdu.
Résolvez-vous donc à venir, sans autre vue que celle de
passer vos beaux jours dans une étroite solitude avec un
monstre infortuné, qui ne le sera plus s'il vous possède.
— Marcassin, lui dit-elle, je n'ai eu jusqu'à présent
aucun sujet de vous aimer. J'aurais encore sans vous
deux sœurs qui m'étaient chères, laissez-moi du temps
pour prendre une résolution si extraordinaire. — Vous
me demandez peut-être du temps, lui dit-il, pour me trahir ? — Je n'en suis pas capable, répliqua-t-elle, & je
vous assure dès à présent que personne ne saura que je
vous ai vu. — Reviendrez-vous ici ? lui dit-il. — N'en
doutez pas, continua-t-elle. — Ah ! votre mère s'y
opposera, on lui contera que vous avez rencontré un
sanglier terrible, elle ne voudra plus vous y exposer.
Venez donc, Marthésie, venez avec moi. — En quel lieu
me mènerez-vous ? dit-elle. — Dans une profonde
grotte, répliqua-t-il : un ruisseau plus clair que du cristal y coule lentement, ses bords sont couverts de
moussé & d'herbes fraîches, cent échos y répondent à
l'envi à la voix plaintive des bergers amoureux & mal-
traités. C'est là que nous vivrons ensemble. — Ou pour

mieux dire, reprit-elle, c'est là que je serai dévorée par quelqu'un de vos meilleurs amis ? Ils viendront pour vous voir, ils me trouveront, ce sera fait de ma vie. Ajoutez que ma mère, au désespoir de m'avoir perdue, me fera chercher partout : ces bois sont trop voisins de sa maison, l'on m'y trouverait. »

« Allons où vous voudrez, lui dit-il ; l'équipage d'un pauvre sanglier est bientôt fait. — J'en conviens, dit-elle, mais le mien est plus embarrassant : il me faut des habits pour toutes les saisons, des rubans, des dentelles, des pierreries. — Il vous faut, ajouta Marcassin, une toilette pleine de mille bagatelles & de mille choses inutiles. Quand on a de l'esprit & de la raison, ne peut-on pas se mettre au-dessus de ces petits ajustements ? Croyez-moi, Marthésie, ils n'ajouteront rien à votre beauté & je suis certain qu'ils en terniront l'éclat. Ne cherchez point d'autre chose pour votre teint que l'eau fraîche & claire des fontaines. Vous avez les cheveux tout frisés, d'une couleur charmante, & plus fins que les rets où l'araignée prend l'innocent moucheron : servez-vous en pour votre parure. Vos dents sont mieux rangées & aussi blanches que des perles, contentez-vous de leur éclat & laissez les babioles aux personnes moins aimables que vous. »

« Je suis très satisfaite de tout ce que vous me dites, répliqua-t-elle, mais vous ne pourrez me persuader de m'ensevelir au fond d'une caverne, n'ayant pour compagnie que des lézards & des limaçons. Ne vaut-il pas mieux que vous veniez avec moi chez le roi votre père ? Je vous promets que, s'ils consentent à notre mariage, j'en serais ravie. Et si vous m'aimez, ne devez-vous pas souhaiter de me rendre heureuse & de me mettre dans un rang glorieux ? — Je vous aime, belle Marthésie, reprit-il, mais vous ne m'aimez pas. L'ambition vous engagerait à me recevoir pour époux, j'ai trop de délicatesse pour m'accommoder de ces sentiments-là. »

« Vous avez une disposition naturelle, repartit Marthésie, à juger mal de tout notre sexe. Mais seigneur Marcassin, c'est pourtant quelque chose que de vous promettre une sincère amitié. Faites-y réflexion, vous me verrez dans peu de jours en ces mêmes lieux. »

Le prince prit congé d'elle & se retira dans sa grotte ténébreuse, fort occupé de tout ce qu'elle lui avait dit. Sa bizarre étoile l'avait rendu si haïssable aux personnes qu'il aimait que, jusqu'à ce jour, il n'avait pas été flatté d'une parole gracieuse : cela le rendait bien plus sensible à celles de Marthésie &, son amour ingénieux lui ayant inspiré le dessein de la régaler, plusieurs agneaux, des cerfs & des chevreuils ressentirent la force de sa dent carnassière. Ensuite il les arrangea dans sa caverne, attendant le moment où Marthésie lui tiendrait parole.

Elle ne savait de son côté quelle résolution prendre : quand Marcassin aurait été aussi beau qu'il était laid, quand ils se seraient aimés autant qu'Astrée & Céladon s'aimaient, c'est tout ce qu'elle aurait pu faire que de passer ainsi ses beaux jours dans une affreuse solitude ; mais qu'il s'en fallait que Marcassin fût Céladon ! Cependant elle n'était point engagée, personne n'avait eu jusqu'alors l'avantage de lui plaire, & elle était dans la résolution de vivre parfaitement bien avec le prince, s'il voulait quitter sa forêt.

Elle se déroba pour lui venir parler, elle le trouva au lieu du rendez-vous : il ne manquait jamais d'y aller plusieurs fois par jour, dans la crainte de perdre le moment où elle y viendrait. Dès qu'il l'aperçut, il courut au-devant d'elle &, s'humiliant à ses pieds il lui fit connaître que les sangliers ont, quand ils veulent, des manières de saluer fort galantes.

Ils se retirèrent ensuite dans un lieu écarté, & Marcassin, la regardant avec des petits yeux tout pleins de feu & de passion : « Que dois-je espérer, lui dit-il, de votre tendresse ? — Vous pouvez en espérer beaucoup, répliqua-t-elle, si vous êtes dans le dessein de revenir à la cour ; mais je vous avoue que je ne me sens pas la force de passer le reste de ma vie éloignée de tout commerce. — Ah ! lui dit-il, c'est que vous ne m'aimez point. Il est vrai que je ne suis pas aimable, mais je suis malheureux & vous devriez faire pour moi par pitié & par générosité ce que vous feriez pour un autre par inclination. — Et qui vous a dit, répondit-elle, que ces sentiments n'ont point de part à l'amitié que je vous témoigne ? Croyez-moi, Marcassin, je fais encore beaucoup de vouloir vous suivre chez le roi votre père. — Venez dans ma grotte, lui dit-il, venez juger vous-même de ce que vous voulez que j'abandonne pour vous. »

A cette proposition elle hésita un peu : elle craignait qu'il ne la retînt malgré elle. Il devina ce qu'elle pensait : « Ah ! ne craignez point, lui dit-il, je ne serai jamais heureux par des moyens violents. » Marthésie se fia à la parole qu'il lui donnait, il la fit descendre au fond de sa caverne, elle y trouva tous les animaux qu'il avait égorgés pour la régaler. Cette espèce de boucherie lui fit mal au cœur, elle en détourna d'abord les yeux & voulut sortir au bout d'un moment. Mais Marcassin prenant l'air & le ton d'un maître, il lui dit : « Aimable Marthésie, je ne suis pas assez indifférent pour vous laisser la liberté de me quitter. J'atteste les dieux que vous serez toujours souveraine de mon cœur. Des raisons invincibles m'empêchent de retourner chez le roi mon père. Acceptez ici mon amour & ma foi, que ce ruisseau fugitif, que les pampres toujours verts, que le roc, que les bois, que les hôtes qui les habitent, soient témoins de nos serments mutuels. »

Elle n'avait pas la même envie que lui de s'engager, mais elle était enfermée dans la grotte, sans en pouvoir sortir. Pourquoi y était-elle allée ? Ne devait-elle pas prévoir ce qui lui arriva ? Elle pleura & fit des reproches à Marcassin : « Comment pourrai-je me fier à vos paroles, lui dit-elle, puisque vous manquez à la première que vous m'avez donnée ? — Il faut bien, lui dit-il en souriant à la marcassine, qu'il y ait un peu de l'homme mêlé avec le sanglier. Ce défaut de parole que vous me reprochez, cette petite finesse où je ménage mes intérêts, c'est justement l'homme qui agit : car à vous parler sans façon, les animaux ont plus d'honneur entre eux que les hommes. — Hélas ! répondit-elle, vous avez le mauvais de l'un & de l'autre, le cœur d'un homme & la figure d'une bête, soyez donc tout un ou tout autre, après cela je me résoudrai à ce que vous souhaitez. — Mais, belle Marthésie, lui dit-il, voulez-vous demeurer avec moi sans être ma femme, car vous pouvez compter que je ne vous permettrai point de sortir d'ici ! » Elle redoubla ses pleurs & ses prières, il n'en fut point touché, &, après avoir encore contesté longtemps, elle consentit à le recevoir pour époux & l'assura qu'elle l'aimerait aussi chèrement que s'il était le plus aimable prince du monde.

Ces manières obligeantes le charmèrent, il baisa mille fois ses mains & l'assura à son tour qu'elle ne serait peut-être pas si malheureuse qu'elle avait lieu de le croire. Il lui demanda ensuite si elle mangerait des animaux qu'il avait tués. — Non, dit-elle, cela n'est pas de mon goût : si vous me pouvez apporter des fruits, vous me ferez plaisir. » Il sortit & ferma si bien l'entrée de la caverne qu'il était impossible à Marthésie de se sauver, mais elle avait pris là-dessus son parti & elle ne l'aurait pas fait, quand elle aurait pu le faire.

Marcassin chargea trois hérissons d'oranges, de limes

douces, de citrons & d'autres fruits ; il les piqua dans les pointes dont ils sont couverts, & la provision vint très commodément jusqu'à la grotte. Il y entra & pria Marthésie d'en manger : « Voilà un festin de noce, lui dit-il qui ne ressemble point à celui que l'on fit pour vos deux sœurs, mais j'espère, qu'encore qu'il y ait moins de magnificence, nous y trouverons plus de douceur. — Plaise aux dieux de le permettre ainsi », répliqua-t-elle. Ensuite elle puisa de l'eau dans sa main, elle but à la santé du sanglier, dont il fut ravi.

Le repas ayant été aussi court que frugal, Marthésie rassembla toute la mousse, l'herbe & les fleurs que Marcassin lui avait apportées, elle en composa un lit assez dur, sur lequel le prince & elle se couchèrent. Elle eut grand soin de lui demander s'il voulait avoir la tête haute ou basse, s'il avait assez de place, de quel côté il dormait le mieux. Le bon Marcassin la remercia tendrement & il s'écriait de temps en temps : « Je ne changerais pas mon sort avec celui des plus grands hommes ; j'ai enfin trouvé ce que je cherchais, je suis aimé de celle que j'aime. » Il lui dit cent jolies choses, dont elle ne fut point surprise, car il avait de l'esprit, mais elle ne laissa pas de se réjouir que la solitude où il vivait n'en eût rien diminué.

Ils s'endormirent l'un & l'autre, &, Marthésie s'étant réveillée, il lui sembla que son lit était meilleur que lorsqu'elle s'y était mise. Touchant ensuite doucement Marcassin, elle trouvait que sa hure était faite comme la tête d'un homme, qu'il avait de longs cheveux, des bras & des mains. Elle ne put s'empêcher de s'étonner. Elle se rendormit &, lorsqu'il fut jour, elle trouva que son mari était plus marcassin que jamais.

Ils passèrent cette journée comme la précédente. Marthésie ne dit point à son mari ce qu'elle avait soupçonné pendant la nuit. L'heure de se coucher vint, elle toucha sa hure pendant qu'il dormait & elle y trouva la même différence qu'elle y avait trouvée. La voilà bien en peine : elle ne dormait presque plus, elle était dans une inquiétude continuelle & soupirait sans cesse. Marcassin s'en aperçut avec un véritable désespoir. « Vous ne m'aimez point, lui dit-il, ma chère Marthésie. Je suis un malheureux, dont la figure vous déplaît. Vous allez me causer la mort. — Dites plutôt, barbare, que vous serez cause de la mienne, répliqua-t-elle. L'injure que vous me faites me touche si sensiblement, que je n'y pourrai résister. — Je vous fais une injure, s'écria-t-il, & je suis un barbare ? Expliquez-vous, car assurément vous n'avez aucun sujet de vous plaindre. — Croyez-vous, lui dit-elle, que je ne sache pas que vous cédez toutes les nuits votre place à un homme ? — Les sangliers, lui dit-il, & particulièrement ceux qui me ressemblent, ne sont pas de si bonne composition, N'ayez point une pensée si offensante pour vous & pour moi, ma chère Marthésie, & comptez que je serais jaloux des dieux mêmes. Mais peut-être qu'en dormant, vous vous forgez cette chimère. » Marthésie, honteuse de lui avoir parlé d'une chose qui avait si peu de vraisemblance, répondit qu'elle ajoutait tant de foi à ses paroles, qu'encore qu'elle eût tout sujet de croire qu'elle ne dormait pas, quand elle touchait des bras, des mains & des cheveux, elle soumettait son jugement & qu'à l'avenir, elle ne lui en parlerait plus.

En effet, elle éloignait de son esprit tous les sujets de soupçon qui lui venaient. Six mois s'écoulèrent avec peu de plaisirs de la part de Marthésie, car elle ne sortait pas de la caverne, de peur d'être rencontrée par sa mère ou par ses domestiques. Depuis que cette pauvre mère avait perdu sa fille, elle ne cessait point de gémir, elle faisait retentir les bois de ses plaintes & du nom de Marthésie. A ces accents qui frappaient presque tous les jours ses oreilles, elle soupirait en secret de causer tant de douleur à sa mère & de n'être pas maîtresse de la soulager. Mais Marcassin l'avait fortement menacée & elle le craignait autant qu'elle l'aimait.

Comme sa douleur était extrême, elle continuait de témoigner beaucoup de tendresse au sanglier, qui l'aimait aussi avec la dernière passion. Elle était grosse &, quand elle se figurait que la race marcassine allait se perpétuer, elle ressentait une affliction sans pareille.

Il arriva qu'une nuit qu'elle ne dormait point & qu'elle pleurait doucement, elle entendit parler si proche d'elle, qu'encore que l'on parlât tout bas, elle ne perdait pas un mot de ce qu'on disait. C'était le bon Marcassin, qui priait une personne de lui être moins rigoureuse & de lui accorder la permission qu'il lui demandait depuis si longtemps. On lui répondait toujours : « Non, non, je ne le veux pas. » Marthésie demeura plus inquiète que jamais : « Qui peut entrer dans cette grotte ? disait-elle ; mon mari ne m'a point révélé ce secret. » Elle n'eut garde de se rendormir, elle était trop curieuse. La conversation finie, elle entendit que la personne qui avait parlé au prince sortait de la caverne &, peu après, il ronfla comme un cochon. Aussitôt elle se leva, voulant voir s'il était aisé d'ôter la pierre qui fermait l'entrée de la grotte, mais elle ne put la remuer. Comme elle revenait doucement & sans aucune lumière, elle sentit quelque chose sous ses pieds ; elle s'aperçut que c'était la peau d'un sanglier ; elle la prit & la cacha, puis elle attendit l'événement de cette affaire sans rien dire.

L'aurore paraissait à peine lorsque Marcassin se leva ; elle entendit qu'il cherchait de tous côtés. Pendant qu'il s'inquiétait, le jour vint : elle le vit si extraordinairement beau & bien fait que jamais surprise n'a été plus grande ni plus agréable que la sienne : « Ah !

s'écria-t-elle, ne me faites plus un mystère de mon bonheur, je le connais & j'en suis pénétrée, mon cher
prince. Par quelle bonne fortune êtes-vous devenu le
plus aimable de tous les hommes ? » Il fut d'abord surpris d'être découvert, mais se remettant ensuite : « Je
vais, lui dit-il, vous en rendre compte, ma chère Marthésie, & vous apprendre en même temps que c'est à
vous que je dois cette charmante métamorphose.

« Sachez que la reine ma mère dormait un jour à
l'ombre de quelques arbres, lorsque trois fées passèrent
en l'air. Elles la reconnurent, elles s'arrêtèrent. L'aînée
la doua d'être mère d'un fils spirituel & bien fait, la
seconde renchérit sur ce don, elle y ajouta en ma faveur
mille qualités avantageuses ; mais la cadette leur dit, en
s'éclatant de rire : « Il faut un peu diversifier la matière,
le printemps serait moins agréable, s'il n'était précédé
par l'hiver. Afin que le prince que vous souhaitez si
charmant le paraisse davantage, je le doue d'être marcassin jusqu'à ce qu'il ait épousé trois femmes & que la
troisième trouve sa peau de sanglier. » A ces mots les
trois fées disparurent. La reine avait entendu les deux
premières très distinctement ; à l'égard de celle qui me
faisait du mal, elle riait si fort qu'elle n'y put rien comprendre.

« Je ne sais moi-même tout ce que je viens de vous
raconter que du jour de notre mariage. Comme j'allais
vous chercher tout occupé de ma passion, je m'arrêtai
pour boire à un ruisseau qui coule proche de ma grotte.
Soit qu'il fût plus clair qu'à l'ordinaire, ou que je m'y
regardasse avec plus d'attention par rapport au désir
que j'avais de vous plaire, je me trouvai si épouvantable que les larmes m'en vinrent aux yeux. Sans hyper-
bole j'en versai assez pour grossir le cours du ruisseau
&, me parlant à moi-même, je me disais qu'il n'était
pas possible que je pusse vous plaire.

« Tout découragé de cette pensée, je pris la résolution
de ne pas aller plus loin : « Je ne puis être heureux,
disais-je, si je ne suis aimé, & je ne puis être aimé d'aucune personne raisonnable. » Je marmottais ces paroles,
quand j'aperçus une dame, qui s'approcha de moi avec
une hardiesse qui me surprit, car j'ai l'air terrible pour
ceux qui ne me connaissent point : « Marcassin, me
dit-elle, le temps de ton bonheur s'approche. Si tu
épouses Marthésie & qu'elle puisse t'aimer fait comme
tu es, assure-toi qu'avant qu'il soit peu, tu seras démar-
cassiné. Dès la nuit même de tes noces, tu quitteras
cette peau qui te déplaît si fort, mais reprends-la avant
le jour & n'en parle point à ta femme. Sois soigneux
d'empêcher qu'elle ne s'en aperçoive jusqu'au temps
où cette grande affaire se découvrira. »

« Elle m'apprit, continua-t-il, tout ce que je vous ai
raconté de la reine ma mère ; je lui fis de très humbles
remerciements pour les bonnes nouvelles qu'elle me
donnait. J'allai vous trouver avec une joie mêlée d'espérance que je n'avais point encore ressentie. Et lorsque
je fus assez heureux pour recevoir des marques de votre
amitié, ma satisfaction augmenta de toute manière &
mon impatience était violente de pouvoir partager mon
secret avec vous. La fée, qui ne l'ignorait pas, me
venait menacer la nuit des plus grandes disgrâces, si je
ne savais me taire : « Ah ! lui disais-je, madame, vous
n'avez sans doute jamais aimé, puisque vous m'obligez
à cacher une chose si agréable à la personne du monde
que j'aime le plus. » Elle riait de ma peine & me défendait de m'affliger, parce que tout me devenait favorable. Cependant, ajouta-t-il, rendez-moi ma peau de
sanglier, il faut bien que je la remette, de peur d'irriter
les fées. — Quel que vous puissiez devenir, mon cher
prince, lui dit Marthésie, je ne changerai jamais pour
vous ; il me demeurera toujours une idée charmante de

votre métamorphose. — Je me flatte, dit-il, que les fées ne voudront pas nous faire souffrir longtemps ; elles prennent soin de nous : ce lit qui vous paraît de mousse est d'excellent duvet & de laine fine ; ce sont elles qui mettaient à l'entrée de la grotte tous les beaux fruits que vous avez mangés. » Marthésie ne se lassait point de remercier les fées de tant de grâces.

Pendant qu'elle leur adressait ses compliments, Marcassin faisait les derniers efforts pour remettre la peau de sanglier, mais elle était devenue si petite, qu'il n'y avait pas de quoi couvrir une de ses jambes. Il la tirait en long, en large, avec les dents & les mains, rien n'y faisait. Il était bien triste & déplorait son malheur, car il craignait avec raison que la fée qui l'avait si bien marcassiné, ne vînt la lui remettre pour longtemps : « Hélas ! ma chère Marthésie, disait-il, pourquoi avez-vous caché cette fatale peau ? C'est peut-être pour nous en punir que je ne puis m'en servir comme je faisais. Si les fées sont en colère, comment les apaiserons-nous ? » Marthésie pleurait de son côté : c'était là un sujet d'affliction bien singulier de pleurer, parce qu'il ne pouvait plus devenir marcassin.

Dans ce moment, la grotte trembla, puis la voûte s'ouvrit, ils virent tomber six quenouilles chargées de soie, trois blanches & trois noires qui dansaient ensemble. Une voix sortit d'entre elles, qui dit : « Si Marcassin & Marthésie devinent ce que signifient ces quenouilles blanches & noires, ils seront heureux. » Le prince rêva un peu & dit ensuite : « Je devine que les trois quenouilles blanches signifient les trois fées qui m'ont doué à ma naissance. — Et moi, s'écria Marthésie, je devine que ces trois noires signifient mes deux sœurs & Corydon. » En même temps les fées parurent à la place des quenouilles blanches. Ismène, Zélonide & Corydon parurent aussi. Rien n'a jamais été si effrayant que ce retour de l'autre monde : « Nous ne venons pas de si loin que vous le pensez, dirent-ils à Marthésie ; les prudentes fées ont eu la bonté de nous secourir. Et dans le temps que vous pleuriez notre mort, elles nous conduisaient dans un château, où rien n'a manqué à nos plaisirs que celui de vous avoir avec nous. »

« Quoi ! dit Marcassin, je n'ai pas vu Ismène & son amant sans vie, & ce n'est pas de ma main que Zélonide a perdu la sienne ? — Non, dirent les fées, vos yeux fascinés ont été la dupe de nos soins. Tous les jours, ces sortes d'aventures arrivent. Tel croit sa femme au bal, quand elle est endormie dans son lit, tel croit avoir une belle maîtresse, qui n'a qu'une guenuche, & tel autre croit avoir tué son ennemi, qui se porte bien dans un autre pays. — Vous m'allez jeter dans d'étranges doutes, dit le prince Marcassin : il semble à vous entendre qu'il ne faut pas même croire ce qu'on voit. — La règle n'est pas toujours générale, répliquèrent les fées, mais il est indubitable que l'on doit suspendre son jugement sur bien des choses, & penser qu'il peut entrer quelque dose de féerie dans ce qui nous paraît de plus certain. »

Le prince & sa femme remercièrent les fées de l'instruction qu'elles venaient de leur donner & de la vie qu'elles avaient conservée à des personnes qui leur étaient si chères : « Mais, ajouta Marthésie, en se jetant à leurs pieds, ne puis-je espérer que vous ne ferez plus reprendre cette vilaine peau de sanglier à mon fidèle Marcassin ? — Nous venons vous en assurer, dirent-elles, car il est temps de retourner à la cour. » Aussitôt la grotte prit la figure d'une superbe tente, où le prince trouva plusieurs valets de chambre, qui l'habillèrent magnifiquement. Marthésie trouva de son côté des dames d'atour & une toilette d'un travail exquis, où rien ne manquait pour la coiffure & pour la parer.

Ensuite le dîner fut servi comme un repas ordonné par les fées : c'est en dire assez.

Jamais joie n'a été plus parfaite : tout ce que Marcassin avait souffert de peine n'égalait point le plaisir de se voir non seulement un homme, mais un homme infiniment aimable. Après que l'on fut sorti de table, plusieurs carrosses magnifiques, attelés des plus beaux chevaux du monde, vinrent à toute bride. Elles y montèrent avec le reste de la petite troupe. Des gardes à cheval marchaient devant & derrière les carrosses. C'est ainsi que Marcassin se rendit au palais.

On ne savait à la cour d'où venait ce pompeux équipage & l'on savait encore moins qui était dedans, lorsqu'un héraut le publia à haute voix au son des trompettes & des timbales. Tout le peuple ravi accourut pour voir son prince, tout le monde en demeura charmé & personne ne voulut douter de la vérité d'une aventure qui paraissait pourtant bien douteuse.

Ces nouvelles étant parvenues au roi & à la reine, ils descendirent promptement jusque dans la cour. Le prince Marcassin ressemblait si fort à son père, qu'il aurait été difficile de s'y méprendre : on ne s'y méprit pas aussi. Jamais allégresse n'a été plus universelle. Au bout de quelques mois, elle augmenta encore par la naissance d'un fils, qui n'avait rien du tout de la figure ni de l'humeur marcassine.

> *Le plus grand effort de courage,*
> *Lorsque l'on est bien amoureux,*
> *Est de pouvoir cacher à l'objet de ses vœux*
> *Ce qu'à dissimuler le devoir nous engage :*
> *Marcassin sut par là mériter l'avantage*
> *De rentrer triomphant dans une auguste cour.*
> *Qu'on blâme, j'y consens, sa trop faible tendresse,*
> *Il vaut mieux manquer à l'amour,*
> *Que manquer à la sagesse.*

Le conte avait paru assez divertissant à toute la compagnie pour faire attendre sans impatience que l'on servît le dîner. Madame de Saint-Thomas arriva, on l'entendit du bout de l'allée, car son habit de treillis couleur de café faisait un grand *fric frac*. Comme elle voulait toujours quelque chose de singulier & qu'elle avait vu sur des écrans des femmes de qualité allant par la ville avec un petit More, elle songea qu'il lui en fallait un ; mais en attendant qu'elle l'eût trouvé, elle choisit le fils de sa fermière, que l'on pouvait appeler un More blanc, tant il en avait les traits. Le soleil, où il était souvent exposé dans la campagne, avait déjà commencé à lui donner une teinture fort brune, mais cela ne suffisait pas. Comme elle le voulait tout noir, elle le fit frotter de suie détrempée avec de l'encre. Il eut assez de patience pour s'en laisser mettre sur tout le visage. Il est vrai que lorsque la suie fut attachée sur ses lèvres, il lui entrait dans la bouche une amertume insupportable : il fallut par composition ne lui noircir que la lèvre de dessus, l'autre demeura rouge & la nuance était singulière. Il y eut bien un plus grand démêlé pour ses cheveux : la baronne, les trouvant trop longs, voulut les couper, la fermière & toute la famille s'y opposa, l'on fit des menaces d'une part & des remontrances de l'autre ; ainsi le petit paysan morichonné conserva ses cheveux gras & plats, & il eut ordre de porter la jupe de treillis de madame la baronne.

Son mari n'avait point vu cette extraordinaire figure : quand elle parut, tout le monde se prit à rire, hors lui. Le More aux lèvres rouges & aux longs cheveux n'était pas plus singulier en son espèce qu'elle l'était en la sienne. Les dames de Paris, qui se piquaient d'avoir des manières aussi libres & aussi familières que la baronne en affectait de prudes & d'arrangées, se levèrent brusquement & courant les

bras ouverts : « Eh ! bonjour, ma chère madame, lui
dirent-elles en l'embrassant à l'étouffer ; que nous
avions envie de vous voir. Savez-vous bien que notre
carrosse a été insulté par vos pommiers & qu'à
l'heure qu'il est, il se remue aussi peu que le char de
Phaëton[3] ? — Vous voulez bien que je vous dise, mesdames, répondit la baronne d'un air droit & sérieux,
que Phaëton n'avait point de char. Son père Apollon
fut assez sot pour lui prêter le sien, & l'on ne doit pas
dire le char de Phaëton, mais bien le char d'Apollon
conduit par Phaëton. — Vous avez, madame, dit la
veuve, une exactitude à laquelle je ne m'attendais
pas. — J'ai, répliqua la baronne, ce qu'on a en province aussi bien que dans votre grande ville de Paris.
— Et quoi ! dit madame de Lure, qu'avez-vous donc,
madame, un peu de bon sens ? — Madame, ajouta la
baronne d'un ton de voix aigre, je m'en pique, & pour
être campagnarde, l'on ne laisse pas d'avoir du goût
tout comme un autre, de lire & de parler raison. »

Monsieur de Saint-Thomas, qui connaissait sa femme
très délicate sur le cérémonial, se douta bien qu'elle
était chagrine qu'une bourgeoise bien étoffée comme
madame du Rouet la traitât commercialement de « ma
chère » dès les premiers mots qu'elle lui avait dits de sa
vie ; il eut peur qu'elles ne se querellassent &, donnant
la main à la nouvelle mariée, il obligea le vicomte de
présenter la sienne à la veuve. Le prieur proposa à la
baronne de lui aider à marcher, mais cette expression
lui déplut, car elle n'était pas de belle humeur : « M'aider à marcher, lui dit-elle, est-ce que je suis si faible ?
Ai-je besoin d'un bâton de vieillesse ? » Il ne répliqua

3. *Phaëton,* de Quinault et Lully, avait été créé à Versailles le 6 janvier 1683, puis à l'Académie royale de Musique le 27 avril suivant. Il
fut repris en novembre 1692.

rien, car il connut qu'elle avait de grandes dispositions
à se fâcher.

En effet, elle bouda un peu &, voyant que ces dames
regardaient le More de nouvelle édition avec un étonnement sans pareil & qu'elles se poussaient du pied si
fort, qu'un des siens en eut le contrecoup : « Vous êtes
bien surprises, mesdames, à ce qu'il me paraît ! leur
dit-elle. — Il est vrai, dit madame du Rouet, qu'on n'a
jamais vu à Paris un More de cette espèce. — Oh !
Paris, Paris ! répliqua la baronne, il vous semble que ce
qui n'y est point ou ce qui n'en vient pas n'est bon à
rien. — Mais, dit madame de Lure, vous conviendrez
que ce petit garçon est teint de la plus extraordinaire
teinture qu'il est possible. — Je vais vous dire la vérité,
reprit la baronne en riant à son tour : les uns se bar-
bouillent de blanc & les autres de noir. »

Madame du Rouet se fit une petite application de
cette maligne plaisanterie & la lui revalut avec usure.
Le baron, qui était fort honnête, avait de la peine
qu'une première visite se passât si aigrement ; il essaya
de réparer tout par des louanges qui, étant données à
propos, touchèrent ces dames d'un plaisir plus sensible
que la mauvaise humeur de la baronne ne pouvait leur
faire de chagrin. Elle prit un prétexte après le dîner pour
retourner dans sa chambre, où elle avait oublié sa boite
à mouches & sa tabatière &, comme l'on parlait de plusieurs choses, le tour de La Dandinardière vint. Le
prieur raconta fort agréablement ce qui lui était arrivé
depuis quelques jours, ses querelles avec son voisin &
avec maître Robert, ses dispositions à devenir Dom
Quichotte, pourvu qu'il ne fallût point payer de bravoure, & les simplicités d'Alain n'y furent pas oubliées.

Les nouvelles venues eurent une grande envie de le
voir : « C'est une chose qui sera très aisée, dit le baron,
il ne vous en coûtera que la peine de monter jusqu'à sa

chambre. — Il se porterait assez bien pour en descendre, ajouta le vicomte, sans l'aventure de son lit, où il s'est rudement écorché en se cachant dessous. — Oh ! ma charmante cousine, s'écria madame du Rouet, voilà un caractère trop réjouissant ; j'irais de Paris à Rome pour en trouver un semblable ; vraiment ne perdons pas une si belle occasion de nous divertir. »

Le prieur dit qu'il allait annoncer à La Dandinardière la visite qu'on lui préparait, afin qu'il s'armât : « Comment, monsieur ! répliqua la veuve, est-ce que pour nous recevoir il lui faut des armes ? Veut-il tuer les dames ? — Non, dit-il, il est fort éloigné d'un si mauvais dessein ; vous n'avez point encore vu de Chevalier errant plus courtois. » Il les quitta aussitôt & monta dans sa chambre, pour lui annoncer des dames toutes charmantes : « Et surtout, dit-il, ne leur reprochez pas qu'elles parlent normand, car elles sont de Paris, de cette ville où il suffit de séjourner vingt-quatre heures pour prendre tout l'esprit dont on a besoin pour le reste de sa vie. Il n'en faut point chercher d'autres témoins que vous. — Moi ! dit La Dandinardière, j'y suis né, c'est bien autre chose. — Et c'est là justement ce qui vous rend parfait, monsieur, s'écria le prieur ; vous avez sucé avec le lait de votre nourrice l'esprit de politesse, la science, les grâces & les amours. »

« Vous ne le croyez point, dit le bourgeois, cependant rien n'est plus vrai : il me semble que je pense des choses que personne ne peut penser que moi, que j'ai de certains sentiments délicats qui partent d'une âme délicate & que la délicatesse définit tout l'homme intérieur & extérieur. — Je vous entends, dit le prieur, cela veut dire que puisque ces dames sont de Paris, vous souhaitez avec passion de les voir, je vais les quérir. — Eh ! monsieur, quartier, quartier ! Eh ! s'écria La Dandinardière, je suis dans ce lit tout polisson, j'en ressens une

noble honte. Vous savez que je n'ai eu le temps de rien,
je n'ai pensé qu'à mes livres & à mes maux ; pour
conclusion, permettez que je tourne ma chemise ou prê-
tez-moi une des vôtres. »

«Je crois, dit le prieur malicieusement, que vous
feriez encore mieux de vous armer : cela impose, & tout
homme armé dans son lit peut se vanter de plaire aux
dames, car ne vous y trompez point, ce sexe si timide &
si poltron estime la valeur & chérit les héros. »

« Allons, allons, Alain, dit-il, mes armes, mes armes !
— Quoi ! le turban ? répliqua Alain. — Oui, grosse
pécore, le turban & le reste, je veux même ma cuirasse.
— Mais monsieur, répliqua son valet, en voilà assez
pour vous estropier. Hélas ! ce maudit bois de lit vous a
déjà tout écorché ; quand vous serez harnaché de ces
guenilles, vous... — Ô malheureux, dit le bourgeois, tu
ne cueilleras jamais que des chardons au Champ de
Mars : nommer guenilles les armes militaires qui m'or-
nent comme un dictateur romain, peux-tu parler d'un
style si inepte ! — Eh ! de grâce, monsieur, un peu
moins de fécondité dans le vôtre, dit le prieur, ces
dames attendent. — Mais quelles oreilles avez-vous
donc ? répondit La Dandinardière : rien ne les blesse,
les absurdités de mon valet ne les étourdissent point
comme un tocsin ! Pour moi, je vous l'avoue, il m'est
impossible d'entendre des mots de travers &, si l'on me
conduisait au trône sur des paroles mal arrangées, sur
un barbarisme rude & sauvage, je serais revêche à ma
bonne fortune & je renoncerais à tout, plutôt qu'à parvenir à la gloire par un tel chemin. — La langue française est votre très humble servante, dit le prieur en
riant, j'espère que vous n'obligerez pas une ingrate. Je
sais même, mais je vous demande le secret, que l'on
prend quelques mesures parmi les savants pour écrire
votre vie. »

« Oh ! monsieur, me dites-vous vrai ? s'écria La Dandinardière, transporté du plus sensible plaisir dont un homme peut être capable ; me dites-vous vrai encore une fois ? J'ose en douter. Car je n'ai jamais fait d'autre bien à ces messieurs que de les recevoir à ma table. Il est certain que j'ai donné trente fois à dîner à Homère, Hérodote, Plutarque, Sénèque, Voiture, Corneille & même à Arlequin. Ils me faisaient mourir de rire & je recevais comme une faveur de les voir venir chez moi sans façon. Mon maître d'hôtel avait ordre, quand j'étais à l'armée ou à Versailles, de leur faire servir une table aussi propre que si j'y avais été. Je ne m'en suis même jamais vanté, car se vante-t-on de ces sortes de choses ? Et serait-il possible, continua-t-il, qu'ils se souvinssent d'une si légère marque de mon amitié ? J'en étais, dès ce temps-là, trop bien payé par la satisfaction de les voir ; franchement je doute qu'ils pensent à un philosophe de village comme moi. — C'est parce que vous êtes philosophe qu'ils y pensent, répondit le prieur, en mourant d'envie de rire ; je suis charmé d'apprendre que vous avez eu des commensaux d'un si grand mérite ; avouez que Caton est fort plaisant, — Je ne sais qui est Caton, répondit le Bourgeois, il me semble qu'il ne venait pas chez moi si souvent que les autres. — N'importe, dit le prieur, il est de vos amis, & c'est une affaire résolue entre eux d'écrire tout ce qui vous regarde. Un seul point les arrête, c'est que vous êtes trop ménager. »

« Qui ne l'est donc pas en ce temps-ci ? dit le Bourgeois d'un air chagrin. Quand j'aurai tout jeté par les fenêtres, il faudra que je m'y jette aussi. Croyez-moi, monsieur le prieur, les héros ne savent ni coudre ni filer, ils ne savent point cette heureuse arithmétique qui fait de deux quatre : ainsi ils doivent conserver ce qu'ils ont. — La prudence sied bien à tout le monde, répliqua le prieur, & vos historiens n'oublieront pas la vôtre. Néanmoins, quand il sera question de votre mariage, comment voulez-vous qu'ils s'y prennent ? Quoi, diront-ils, il aimait éperdûment une fille de grande qualité & de grand mérite, mais parce qu'elle n'avait pas de grands biens, il n'a point voulu l'épouser ! Oh ! que cela sera vilain, j'en souffre par avance. — Ah ! ah ! dit La Dandinardière, qui les a priés d'écrire mon histoire ? Si j'avais été friand de louanges, croyez-vous que j'eusse quitté Paris, où l'on en moissonne de tous côtés, pour m'enterrer en province, où l'on ne se pique pas seulement de ne point louer, mais où l'on se pique de dire en face des vérités dures ? J'en ai quelquefois digéré de ce caractère, j'y aurais su répondre avec autant de vigueur qu'un autre, mais j'évite les querelles. — Je vous entends, monsieur de La Dandinardière, dit le prieur, mon air de franchise ne vous plaît pas : que voulez-vous ! Je suis tout d'une pièce, & comme je vous honore infiniment, je voudrais que vous fussiez l'homme parfait. Vous ne le serez jamais avec un fond d'avarice qui...» Le Bourgeois l'interrompit, il se chagrinait : « Vous avez donc oublié, lui dit-il, les belles dames qui vous ont envoyé ici ? Allez les quérir s'il vous plaît, nous parlerons de choses divertissantes. »

Le prieur courut les retrouver ; elles l'attendaient avec impatience, il leur raconta d'un air fort sérieux une partie de la conversation, car il n'osait pas tout à fait s'égayer sur le chapitre de ce petit homme devant madame de Saint-Thomas, qui aurait pris fait & cause, & ç'aurait été de nouveaux démêlés à essuyer. La veuve & la nouvelle mariée montèrent promptement dans la chambre de La Dandinardière. Sa figure avait quelque chose de si plaisant que des personnes plus sérieuses qu'elles, auraient bien eu de la peine à s'empêcher d'en rire : il avait le nez écorché & les joues d'un rouge vio-

let, son visage était enflé, de sorte que, l'ayant naturellement assez gros, il ressemblait à un trompette qui en
sonne depuis longtemps, & son turban non plus que son
armure n'avaient rien de commun avec aucun mortel.
Madame du Rouet fut la première qui s'approcha, elle
lui fit une profonde révérence, mais en jetant les yeux
sur lui, quelle fut sa surprise de le connaître pour son
cousin Christoflet, marchand de la rue St Denis ! Ils
poussèrent un grand cri & s'embrassèrent longtemps
s'entredisant tout bas : *motus, motus,* car la cousine du
Rouet n'avait pas plus d'envie d'être connue en province que le cousin Christoflet, & ils voulaient tous
deux passer pour des personnes de la première qualité.

A la vérité, elle savait depuis longtemps qu'il avait
des visions outrées & qu'aussitôt que la fortune l'avait
regardé favorablement, il s'était mis en tête de se faire
homme de qualité, en dépit de tous ses parents. Elle
avait plus de disposition à l'excuser là-dessus qu'aucun
autre, car s'il était fou, elle était bien folle, & depuis le
matin jusqu'au soir, elle ne parlait d'autre chose que de
ses aïeux, les princes de *bredi breda,* dont elle faisait
des éloges à perte d'haleine, qui avaient aussi peu de
fondement que le repas qu'on donnait toutes les
semaines chez La Dandinardière aux sept Sages de la
Grèce[4].

Toute la compagnie demeura surprise de la grande
intelligence qui se trouvait entre La Dandinardière & la
veuve. Le baron fut fâché de ce qu'on lui en avait dit,
comprenant qu'elle nuirait au mariage : car encore qu'il
voulût faire croire qu'il s'en souciait fort peu, il ne lais-

---

4. La liste des sept Sages de la Grèce fut un peu variable. La voici,
donnée par Diogène Laërce : Thalès de Milet, Solon d'Athènes, Chi-
lon de Lacédémone, Pittacos de Mytilène, Bias de Prière, Cléobule de
Lindes, Périandre de Corinthe.

sait pas d'en avoir envie. Il leur témoigna de la joie de
ce qu'ils se trouvaient chez lui dans le moment où il
semblait qu'ils s'y attendaient le moins : « Il est vrai,
dit La Dandinardière, qu'en quittant la cour, je pris soin
de taire ma retraite à mes plus chers amis. Je savais
bien que mon absence les toucherait & j'étais touché
moi-même de les abandonner. — Vous ne pouvez comprendre, lui dit la veuve, jusqu'où cela fut : je sais plus
d'une belle, mais bellissime, qui passèrent le reste de
l'année sans mettre de rubans & sans porter de dentelles
ni d'étoffe de couleur. — Hélas ! dit La Dandinardière
en poussant un profond soupir, les pauvres personnes !
Cela me pénètre le cœur. — Le deuil parut général sur
leurs visages, continua-t-elle, plus d'un mari en devina
la cause & en eut martel en tête. — Aïe ! aïe ! s'écria le
Bourgeois, que me dites-vous ? Je crains pour cette
jeune duchesse aux blonds cheveux ; je serais inconsolable, si j'avais troublé son ménage ; car jusque là,
continua-t-il, vous m'avouerez, madame, que nous
avions si bien caché notre jeu qu'on n'avait pu pénétrer
le secret de nos cœurs. »

Madame de Saint-Thomas écouta pendant quelque
temps la conversation du petit homme & de la veuve,
mais l'impatience la prit &, s'approchant du vicomte,
elle lui dit tout bas : « Quoi ! voudriez-vous nous donner cet homme pour notre gendre ? Ne voyez-vous pas
qu'il a cinquante intrigues ? L'on aurait beau faire pour
le fixer, l'on n'en pourrait venir à bout. — Ne vous
dégoûtez point, madame, répliqua-t-il ; un petit air
coquet ne sied pas trop mal aux courtisans. Ne croyez
point qu'ils aiment plus que les autres, ce sont les gens
du monde qui s'attachent le moins. Ils savent les tours
de la plus fine galanterie, ils soupirent à propos, ils persuadent & n'en aiment pas mieux. — Tant pis, monsieur, dit encore la baronne, celui-ci nous trompera. —

Non, madame, continua le vicomte, il est né dans une cour plus sincère. — N'est-il pas né à Paris ? dit encore madame de Saint-Thomas » Le vicomte était embarrassé comment il lui appellerait cour des marchands de la rue Saint-Denis, lorsqu'il fut tiré de peine par l'arrivée de mesdemoiselles de Saint-Thomas que ces dames avaient demandées & qui n'avaient pu être habillées d'assez bonne heure pour venir au dîner.

Elles étaient effectivement belles, & si elles ne s'étaient pas mis dans la tête les airs d'amazones & de princesses romanesques, elles auraient paru fort aimables. La Dandinardière, en les voyant, fit un signe à sa cousine du Rouet, par lequel elle connut que Virginie avait rudement égratigné son cœur. Cela l'engagea à la gracieuser plus que Marthonide, qui n'en aurait pas été contente, si madame de Lure ne lui eût fait mille caresses : « L'on n'est point à plaindre, mademoiselle, lui dit-elle, quand on quitte la cour comme je fais, pour venir dans une province où l'on trouve une personne aussi charmante que vous. — Madame, répliqua-t-elle, nous tâchons, autant qu'il nous est possible, d'être vos singes, mais nous prenons là-dessus des soins inutiles. — Ah ! que dites-vous, ma belle s'écria madame de Lure, vous êtes toute aimable & je vois partir de vos yeux des rayons d'esprit qui m'enchantent. » La veuve disait bien d'autres choses à Virginie : elles parlaient toutes deux à la fois d'une si grande vitesse qu'elles s'engouèrent. Jamais louanges n'ont été distribuées à meilleur marché. La Dandinardière triomphait, il poussait les beaux sentiments à perte d'haleine, il était ravi que la veuve applaudît à sa passion naissante, & Virginie de son côté déployait sa plus fine éloquence.

Le reste de la compagnie écoutait, la baronne s'accommodait peu qu'on ne louât que ses filles, elle prétendait à tout & regardait comme un larcin les douceurs qui s'adressaient à d'autres qu'à elle : elle faisait une étrange mine & ne voulait plus répondre que par monosyllabes. Cependant la conversation, qui ne pouvait toujours rouler sur les avantages de la beauté, tomba sur ceux de l'esprit. Ce fut un nouveau déchaînement entre la du Rouet et La Dandinardière pour se donner de l'encens & se complimenter : à l'envi ces messieurs s'entreregardaient, admirant cette source intarissable de grands mots, qui ne signifiaient que peu de choses ou rien. Pour essayer de faire quelque diversion, le vicomte dit à madame de Saint-Thomas qu'elles avaient beaucoup perdu l'une & l'autre de ne s'être pas trouvées dans le petit bois, lorsque les dames avaient lu le plus joli conte qui se fût encore fait de mémoire de fées.

« Est-ce, dit la veuve, que ces demoiselles connaissent cette sorte d'amusement ? Cela est-il déjà venu dans la province ? — Et pour qui nous prenez-vous, madame ? répondit Virginie. Croyez-vous que notre climat soit si disgracié des favorables influences d'un astre bénévole ? Que nous ignorions absolument ce qui se passe sous la voûte céleste ? En vérité notre sphère n'est point si bornée que vous le croyez : nous connaissons les Carabosses, les Grognons, & nous en mettons quelquefois sur la scène, qui ne font point rougir l'auteur. — Je vous avoue, dit la nouvelle mariée, que je ne m'attendais pas à voir des muses normandes & des fées de village ; je serais ravie de les connaître & de les entendre parler. » Marthonide, qui ne manquait point de mérite & qui crevait de bonne opinion d'elle-même, s'offrit de leur lire le dernier conte qu'elle avait fini à minuit : « Il ne peut guère être plus nouveau, dit Virginie, à la vérité il n'est pas encore corrigé. » Toute la compagnie accepta sa proposition ; elle avait le cahier sur elle & commença.

LE DAUPHIN. *CONTE*.*

Il était une fois un roi & une reine à qui le ciel avait donné plusieurs enfants. Mais ils ne les aimaient qu'autant qu'ils les trouvaient beaux & aimables. Ils avaient entre autres un cadet nommé Alidor, assez bien fait de sa personne, quoiqu'il fût d'une laideur qui n'était pas supportable. Le roi & la reine ne le souffraient qu'avec beaucoup de répugnance ; ils lui disaient à tous

---

* Sa laideur avait banni de chez lui le prince Alidor, et dans une autre cour le fait dédaigner par la princesse Livorète. Sous la forme d'un serin il parvient à la séduire. La fée Grognette assombrit délibérément la suite de cette idylle, mais heureusement, un gentil dauphin veille sur nos jeunes gens.

moments de s'éloigner d'eux. Et comme il voyait que toutes les caresses étaient pour les autres & toutes les duretés pour lui, il ne comprit point d'autre parti à prendre que celui de partir secrètement. Il prit ses mesures assez justes pour sortir du royaume sans qu'on sût où il allait, espérant que la fortune le traiterait peut-être plus favorablement dans un autre pays que dans le sien.

Son absence ne laissa pas de faire de la peine au roi & à la reine. Ils envisagèrent qu'il ne paraîtrait point avec la magnificence qui convient à un prince & qu'il pouvait lui arriver des affaires désagréables, auxquelles ils s'intéressaient plus par rapport à leur nom qu'à sa personne. Ils envoyèrent quelques courriers après lui avec ordre de le faire revenir sur ses pas. Mais il prit tant de soin de chercher les routes les plus détournées qu'on le suivit inutilement, & ceux qui en avaient reçu l'ordre n'étaient pas revenus à la cour qu'il y était oublié. Tout le monde connaissait trop bien le peu de tendresse que le roi & la reine avaient pour lui, pour l'aimer autant qu'on aurait aimé un prince heureux. L'on ne parla plus d'Alidor : qui est-ce aussi qui en aurait parlé ? La fortune lui était contraire, ses plus proches le haïssaient, on avait peu d'attention à son mérite.

Alidor s'en allait à l'aventure, sans bien savoir lui-même de quel côté il voulait tourner ses pas, quand il rencontra un jeune homme bien fait & bien monté, qui avait l'air d'un voyageur. Ils se saluèrent & s'abordèrent civilement, ils furent quelque temps ensemble sans parler d'autre chose que des nouvelles générales. Ensuite le voyageur s'informa d'Alidor de quel côté il allait : « Mais vous-même, lui dit-il, voulez-vous bien me dire où vous allez, seigneur ? répliqua-t-il. — Je suis écuyer du roi des Bois ; il m'envoie lui chercher

des chevaux dans un lieu peu éloigné d'ici. — Est-ce,
lui dit le prince, que ce roi est sauvage ? Car vous le
nommez le roi des Bois & je m'imagine qu'il y passe sa
vie. — Ses ancêtres, dit l'écuyer, pouvaient en effet
vivre comme vous le dites. Mais pour lui il a une
grande cour. La reine sa femme a été une des personnes
du monde la plus aimable, & la princesse Livorète leur
fille unique, est douée de mille charmes, qui enchantent
tous ceux qui la voient. Il est vrai qu'elle est encore si
jeune, qu'elle ne s'aperçoit pas de tous les soins qu'on
lui rend ; mais cependant l'on ne peut s'empêcher de lui
en rendre. »

« Vous me donnez une grande envie de la voir, dit le
prince, & d'aller passer quelque temps dans une cour si
agréable ; mais y voit-on les étrangers de bon œil ? je
ne me flatte point, je sais que la nature ne m'a pas
favorisé d'un beau visage ; elle m'a donné en récompense un bon cœur. — C'est un meuble bien rare, dit le
voyageur, & je tiens que l'un est beaucoup au-dessus
de l'autre. L'on sait dans notre cour donner un juste
prix à toutes choses ; ainsi vous y devez aller avec une
entière certitude d'y être reçu favorablement. » Là-dessus, il l'instruisit du chemin qu'il devait tenir pour arriver au royaume des Bois, &, comme il était obligeant
& qu'il lui voyait un air de noblesse que toute sa laideur ne pouvait défigurer, il lui donna l'adresse de
quelques uns de ses amis pour être présenté au roi & à
la reine.

Le prince ressentit vivement des manières si obligeantes, il augura bien d'un pays où l'on avait tant de
politesse &, ne cherchant qu'un endroit où pouvoir
demeurer inconnu, il aima mieux choisir celui-là qu'un
autre : il trouvait même quelque détermination particulière de la fortune pour l'engager à le choisir. Après
s'être séparé du voyageur, il continua son chemin,

rêvant quelquefois à la princesse Livorète, pour laquelle il ressentait déjà une curiosité pleine d'empressement.

Lorsqu'il fut arrivé à la cour du roi des Bois, les amis de celui qu'il avait rencontré le régalèrent & le roi le reçut avec accueil. Il était charmé d'avoir quitté sa patrie, car encore qu'on ne le connût point, il ne laissait pas d'avoir sujet de se louer de tous les égards qu'on lui témoignait. Il est vrai qu'il ne trouva pas la même chose dans l'appartement de la reine. Il y parut à peine, qu'il entendit de tous côtés de longs éclats de rire. L'une se cachait pour ne le point regarder, l'autre prenait la fuite, mais surtout la jeune Livorète, à laquelle l'on donnait ces exemples d'impolitesse, laissa voir au prince tout ce qu'elle pensait de sa laideur.

Il lui sembla qu'une princesse qui riait ainsi des défauts d'un étranger n'était guère bien élevée, il la plaignit en secret : « Hélas ! dit-il, voilà comme l'on me gâtait chez le roi mon père. Il faut avouer que les princes sont malheureux, quand on tolère leurs défauts. Ah ! je vois présentement le poison que nous buvons tous les jours à longs traits. Cette belle princesse ne devrait-elle pas avoir honte de se moquer de moi ? Je viens de bien loin lui rendre mes respects & grossir sa cour, je peux aller bien loin publier ses bonnes qualités ou ses défauts, je ne suis point né son sujet, rien ne liera ma langue que ses honnêtetés : cependant elle jette à peine les yeux sur moi qu'elle m'insulte par des airs railleurs. Mais hélas ! reprenait-il en la regardant avec admiration, qu'elle est en sûreté de tout ce que je pourrais dire ! Jamais rien de si beau ne s'offrit à ma vue, je l'admire, je ne l'admire que trop & je ne sens que trop aussi que je l'admirerai toute ma vie. »

Pendant qu'il faisait ces réflexions, la reine, qui était obligeante, lui avait ordonné de s'approcher &, voulant adoucir son esprit, elle lui dit des choses très favorables

& s'informa de son pays, de son nom & de ses aventures. Il répondit à tout en homme d'esprit & en homme qui s'était préparé aux questions. Elle goûta son caractère & lui dit que, lorsqu'il voudrait venir lui rendre ses devoirs, elle le verrait toujours avec plaisir. Elle s'informa même s'il jouait quelquefois & lui dit de venir tailler à la bassette.

Comme il cherchait à plaire, il se fit un plaisir d'être du jeu de la reine. Il avait beaucoup d'argent & de pierreries, l'on remarquait dans toutes ses actions un air de noblesse, qui n'aidait pas médiocrement à le faire distinguer &, bien qu'on ne le connût point du tout & qu'il prît grand soin de cacher sa naissance, on ne laissait pas d'en juger avantageusement. Il n'y avait que la princesse qui ne pouvait le souffrir ; elle s'éclatait de rire à son nez, elle lui faisait des grimaces & mille pièces qui convenaient à son âge, & qui ne lui auraient point fait de peine d'une autre ; mais d'elle cela était fort différent : il prenait la chose d'un air sérieux &, quand il fut un peu plus familier auprès d'elle, il lui en faisait ses plaintes : « Pensez-vous, madame, lui disait-il, qu'il n'y ait pas de l'injustice à vous moquer de moi ? Les mêmes dieux qui vous ont rendu la plus belle princesse de l'univers m'ont rendu l'homme du monde le plus laid & je suis leur ouvrage aussi bien que vous. — J'en conviens, Alidor, disait-elle, mais vous êtes l'ouvrage le plus imparfait qui soit jamais sorti de leurs mains. » Là-dessus, elle le considérait attentivement sans ôter les yeux de dessus lui pendant un grand espace, & puis elle riait à s'en trouver mal.

Le prince, qui avait alors le temps de la considérer, buvait à longs traits le poison qu'Amour lui préparait : « Il faut mourir, disait-il en lui-même, puisque je ne peux espérer de plaire & que je ne peux vivre sans posséder les bonnes grâces de Livorète. » Il devint enfin si

mélancolique qu'il faisait pitié à tout le monde. La
reine s'en aperçut ; son jeu n'allait plus comme à l'ordinaire ; elle lui demanda ce qu'il avait & n'en put tirer
autre chose, sinon qu'il ressentait une langueur extraordinaire, qu'il croyait que le changement de climat y
pouvait contribuer & qu'il était résolu d'aller souvent à
la campagne pour prendre l'air. En effet, il ne pouvait
plus résister à voir tous les jours la princesse sans
aucune espérance ; il se flatta qu'il pourrait guérir en
l'évitant, mais en quelque endroit qu'il allât, sa passion
le suivait partout. Il cherchait les lieux solitaires & s'y
abandonnait à une profonde rêverie.

Le voisinage de la mer l'engagea d'aller souvent à la
pêche ; mais il avait beau jeter l'hameçon & les filets, il
ne prenait rien. Livorète à son retour se trouvait presque
toujours à sa fenêtre &, comme elle le voyait revenir
tous les soirs, elle lui criait d'un petit air espiègle : « Eh
bien, Alidor, m'apportez-vous de bon poisson pour mon
souper ? — Non, madame », répondait-il en lui faisant
une profonde révérence, & il passait d'un air chagrin.
La belle princesse le raillait : « Oh ! qu'il est maladroit,
disait-elle, il ne peut pas seulement attraper une sole. »

Il avait du dépit d'être si malheureux & de devenir
l'objet continuel des plaisanteries de la princesse, de
sorte qu'il voulait prendre quelque chose digne de lui
être présenté. Très souvent il montait seul dans une
petite chaloupe, où il portait des filets de plusieurs
manières, &, par rapport à Livorète, il se donnait mille
soins pour faire une bonne pêche : « Ne suis-je pas bien
malheureux, disait-il, de trouver une nouvelle peine
préparée dans cet amusement ? Je ne cherchais qu'à
m'éloigner le souvenir de la princesse, il lui prend
envie de manger du poisson de ma pêche : la Fortune
m'est si contraire, qu'elle me refuse jusqu'à ce petit
plaisir. »

Pénétré de son chagrin, il s'avança dans la mer plus loin qu'il eût encore fait &, jetant ses filets d'un air déterminé, il les sentit si chargés qu'il se hâta de les retirer, de crainte qu'ils ne se rompissent. Quand il les eut tous remis dans sa barque, il regarda curieusement ce qui se débattait & trouva un beau dauphin qu'il prit entre ses bras, charmé d'avoir si bien réussi. Le dauphin faisait tout ce qu'il pouvait pour s'échapper, il se donnait des secousses surprenantes, puis il semblait mort, afin qu'Alidor ne se défiât plus de lui, mais rien ne lui valut : « Mon pauvre dauphin, disait-il, ne te tourmente pas davantage. Très résolument je te porterai à la princesse & tu auras l'honneur d'être servi ce soir sur sa table. — Vous prenez un dessein qui m'est bien fatal, lui dit-il. — Quoi ! tu parles ? s'écria le prince tout étonné, justes dieux, quel prodige ! — Si vous êtes assez bon & assez généreux pour me donner ma liberté, continua le dauphin, je vous rendrai des services si essentiels dans le cours de ma vie que vous n'aurez pas lieu pendant toute la vôtre de vous en repentir. — Et que mangera la princesse à son souper ? dit Alidor, ne sais-tu point les airs ironiques qu'elle prend avec moi ? Elle m'appelle maladroit, stupide, & me donne cent autres noms qui m'engagent à te sacrifier à ma réputation. — Voilà pour un prince se piquer d'une plaisante science, dit le dauphin ; si vous ne pêchez pas bien, vous croyez être dégradé d'honneur & de noblesse. Laissez-moi vivre, je vous en conjure, remettez votre très humble serviteur le dauphin dans l'onde ; il est des bienfaits dont la récompense n'est pas éloignée. »

« Va, dit le prince en le jetant dans l'eau, je n'attends de toi ni bien ni mal, mais il paraît que tu as fort envie de vivre. Livorète ajoutera, si elle veut, de nouvelles insultes à celles qu'elle m'a déjà faites. N'importe, je te trouve un animal extraordinaire & je veux te contenter. » Le dauphin disparut aux yeux du prince ; il vit tout d'un coup l'espoir de sa pêche évanoui, il s'assit dans sa barque, retira ses rames qu'il mit sous ses pieds, croisa ses bras l'un sur l'autre & s'abandonnait à une profonde rêverie, lorsqu'il en fut retiré par une voix fort agréable, qui semblait friser les vagues en sortant de la mer : « Alidor, prince Alidor, disait cette voix, regardez un de vos amis. » Il se baissa & vit le dauphin, qui faisait mille caracoles sur la surface de l'eau : « Il est juste, dit-il, que chacun ait son tour. Il n'y a qu'un quart d'heure que vous m'avez sensiblement obligé ; souhaitez quelques services de moi à présent, & vous verrez ce que je ferai. — Je demande, dit le prince, une petite récompense d'un grand bienfait ; envoie-moi le meilleur poisson de la mer. » En même temps, sans jeter ses filets, les saumons, soles, turbots[1], les huîtres & les autres coquillages s'élançaient dans la chaloupe en si grande quantité qu'Alidor craignit avec raison de périr, tant elle était chargée : « Holà ! holà ! s'écria-t-il, mon cher dauphin, je suis honteux de tout ce que vous faites en ma faveur, mais j'ai peur que votre profusion ne me devienne nuisible. Sauvez-moi, car vous voyez que ceci est sérieux. »

Le dauphin poussa la barque jusqu'au rivage, le prince y arriva avec tout son poisson : quatre mulets n'auraient pu le porter. Il s'assit, & choisissait le meilleur, quand il entendit la voix du dauphin : « Alidor, dit-il en montrant sa grosse tête, êtes-vous un peu satisfait de mes soins ? — Il serait difficile, dit-il, de l'être davantage. — Or sachez, reprit le poisson, que je suis aussi sensible à la manière dont vous en avez usé

1. Allusion au *Turbot* de Mme de Murat (*Histoires sublimes et allégoriques,* Paris, F. et P. Delaulne, 1699, II, p. 66-212), inspiré, comme *Le Dauphin,* des *Piacevoli Notte* de Straparola, III, 1.

avec moi, qu'à la vie que vous m'avez conservée. Je viens donc vous dire que, toutes les fois que vous me voudrez commander quelque chose, je serai toujours disposé de vous obéir, j'ai plus d'une sorte de pouvoir : si vous m'en croyez, vous en ferez l'épreuve. — Hélas ! dit le prince, qu'ai-je à souhaiter ? J'aime une princesse qui me hait. — Voulez-vous cesser de l'aimer ? dit le dauphin. — Non, répliqua Alidor, je ne peux m'y résoudre, faites plutôt que je lui plaise ou que je meure. »

« Me promettez-vous, continua le dauphin, de n'avoir jamais d'autre femme que Livorète ? — Oui, je vous le promets, s'écria le prince, j'ai juré que je serai fidèle à ma passion & que je n'oublierai rien de ce qui peut dépendre de moi pour lui plaire. — Il faut la tromper elle-même dit le dauphin, car elle ne voudrait pas vous épouser, parce qu'elle vous trouve laid & qu'elle ne vous connaît point. — Je consens à la tromper, dit le prince, bien que je fasse mon compte qu'elle ne le sera jamais dans la possession d'un cœur comme le mien. — Le temps pourra l'en persuader, ajouta le dauphin, mais trouvez bon que je vous métamorphose en serin de Canaries. Vous en quitterez la figure toutes les fois que vous le voudrez. — Vous êtes le maître, mon cher dauphin, dit Alidor. — Eh bien, continua le poisson, soyez serin, je le veux. » Sur-le-champ le prince se vit des plumes, des pattes, un petit bec, il sifflait & parlait admirablement bien. Il s'admira, puis faisant le souhait de redevenir Alidor, il se trouva le même qu'il avait toujours été.

Jamais homme n'a eu plus de joie, il était dans une impatience extrême d'être auprès de la jeune princesse. Il appela ses gens qui l'attendaient, il les chargea de tout son poisson & reprit avec eux le chemin de la ville. Livorète ne manqua pas de se trouver sur son balcon &

de lui crier : « Eh bien, Alidor, êtes-vous plus heureux
qu'à l'ordinaire ? — Oui, madame », lui dit-il. En
même temps, il lui fit montrer de grands paniers tout
remplis du plus beau poisson du monde : « Ah !
s'écria-t-elle d'un air enfantin, que je suis fâchée que
vous ayez fait une si grande pêche, car je ne pourrai
plus me moquer de vous. — Vous en trouverez toujours
assez, quand il vous plaira, madame », lui dit-il, & passant son chemin, il envoya tout son poisson chez elle,
puis au bout d'un petit moment, il prit la forme d'un
petit serin & vola sur sa fenêtre. Dès qu'elle l'aperçut,
elle s'avança doucement & allongeait la main pour le
prendre, quand il s'éloigna, voltigeant en l'air.

« J'arrive d'un des bouts de la terre, lui dit-il, où
votre beauté fait beaucoup de bruit. Mais, aimable princesse, il ne serait pas juste que je vinsse exprès de si
loin pour être traité comme un serin à la douzaine. Il
faut que vous me promettiez de ne m'enfermer jamais,
de me laisser aller & venir, & de ne me point donner
d'autre prison que celle de vos beaux yeux. — Ah !
s'écria Livorète, aimable petit oiseau, fais tes conditions comme tu voudras, je m'engage de ne manquer à
aucune, car il ne s'est jamais rien vu de si joli que toi :
tu parles mieux qu'un perroquet, tu siffles à merveille,
je t'aime tant & tant que je meurs d'envie de te tenir. »
Le serin s'abaissa & vint sur la tête de Livorète, puis
sur son doigt où il ne siffla pas seulement des airs, il
chanta ces paroles avec autant de propreté & de
conduite qu'aurait pu faire le plus habile musicien.

> *La nature m'a fait inconstant & volage,*
> *Mais je suis trop charmé de vivre en votre cour.*
> *Il ne me faut point d'autre cage*
> *Que les doux liens de l'amour.*

*

Avec quel plaisir on s'engage
A porter vos aimables fers,
On doit mille fois mieux aimer cet esclavage,
Que l'empire de l'univers.

« Je suis charmée, disait-elle à toutes ces dames, du présent que la Fortune vient de me faire. » Elle courut dans la chambre de la reine lui montrer son aimable serin. La reine mourait d'envie de l'entendre parler, mais il ne parlait que pour sa princesse & ne se piquait point de complaisance pour les autres.

La nuit étant venue, Livorète entra dans son appartement avec le beau serin, qu'elle avait nommé Bibi. Elle se mit à sa toilette, il se plaça sur son miroir, prenant la liberté de lui becqueter quelquefois le bout de l'oreille & quelquefois les mains : elle était transportée de joie. Pour Alidor, qui jusqu'alors n'avait goûté aucune douceur, il ressentait celle-ci comme le souverain bien & ne voulait jamais être autre chose que serin Bibi. Il est vrai qu'il fut triste de voir qu'on le laissait dans une chambre où les chiens de Livorète, ses singes & ses perroquets couchaient ordinairement : « Quoi ! dit-il d'un air affligé, vous faites si peu de cas de moi ? Vous m'abandonnez ? — Est-ce t'abandonner, cher Bibi, lui dit-elle, de te mettre avec ce que j'aime le mieux ? » Elle sortit & le prince demeura sur le miroir. Dès qu'il aperçut le jour, il vola au bord de la mer : « Dauphin, cher dauphin, s'écria-t-il, j'ai deux mots à te dire, ne refuse pas de m'entendre. » L'officieux poisson parut, fendant l'onde d'un air grave. Bibi, le voyant, vola vers lui & se mit doucement sur sa tête.

« Je sais tout ce que vous avez fait & je sais tout ce que vous me voulez, dit le dauphin. Je vous déclare que vous n'entrerez point dans la chambre de Livorète, qu'elle ne vous ait épousé & que le roi & la reine n'y aient consenti, ensuite je vous regarderai comme son mari. » Le prince avait tant d'égards pour ce poisson qu'il n'insista sur rien. Il le remercia mille fois de la charmante métamorphose qu'il lui avait procurée & il lui demanda la continuation de son amitié.

Il revint au palais sous sa figure emplumée, il trouva la princesse en robe de chambre, qui le cherchait partout &, ne le trouvant point, elle pleurait amèrement : « Ah ! petit perfide, disait-elle, tu m'as déjà quittée, ne t'avais-je pas reçu assez bien ? Quelles caresses ne t'ai-je point faites ? Je t'ai donné du biscuit, du sucre, des bonbons. — Oui, oui, ma princesse, dit le serin, qui écoutait par un petit trou ; vous m'avez donné quelques marques d'amitié, mais vous m'en avez bien donné d'indifférence. Pensez-vous que je m'accommode de coucher avec votre vilain chat ? Il m'aurait mangé cinquante fois, si je n'avais pas eu la précaution de veiller toute la nuit, pour me garantir de sa patte. » Livorète, touchée de ce récit, le regarda tendrement & lui présenta le doigt : « Viens, bon Bibi, lui dit-elle, viens faire la paix. — Oh ! je ne m'apaise pas si facilement, dit-il, je veux que le roi & la reine s'en mêlent. — Très volontiers, dit-elle, je vais te porter dans leur chambre. »

Elle fut aussitôt les trouver, ils étaient encore au lit & parlaient d'un mariage avantageux qui la regardait : « Que voulez-vous donc si matin, ma chère enfant ? dit la reine. — C'est mon petit oiseau, répondit-elle en se jetant à son cou, qui veut vous parler. — La chose est rare, ajouta le roi en riant, mais sommes-nous en état de lui donner une audience sérieuse ? — Oui, oui, sire, répliqua le serin ; aussi bien je ne parais pas dans votre cour avec toute la pompe que je devrais ; car ayant entendu parler de la beauté & des charmes de cette jeune princesse, je suis venu promptement vous supplier de me la donner en mariage. Tel que vous me voyez, je suis souverain d'un petit bois d'orangers, de myrtes & de chèvrefeuilles, qui est l'endroit le plus délicieux de toutes les îles Canaries. J'ai un grand nombre de sujets de mon espèce, qui sont obligés de me payer un gros tribut de moucherons & de vermisseaux : la princesse en pourra manger tout son saoul. Les concerts ne lui manqueront point ; je suis même parent de plusieurs rossignols, qui lui rendront des soins empressés, nous vivrons dans votre cour tant qu'il vous plaira. Sire, je ne vous demande qu'un peu de millet, de navette & d'eau fraîche : quand vous ordonnerez que nous allions dans nos États, la distance des lieux ne nous empêchera point d'avoir de vos nouvelles & de vous donner des nôtres. Les courriers volants nous seront d'un admirable secours, & je crois sans vanité que vous recevrez beaucoup de satisfaction d'un gendre comme moi. »

Il finit son discours par deux ou trois airs qu'il siffla, & ensuite par un petit gazouillement très agréable. Le roi & la reine riaient à s'en trouver mal : « Nous n'avons garde, dirent-ils, de te refuser Livorète. Oui, aimable serin, nous te la donnons, pourvu qu'elle y consente. — Ah ! c'est de tout mon cœur, dit-elle ; je n'ai jamais été si aise que je le suis d'épouser le prince Bibi. » Aussitôt il s'arracha une des plus belles plumes de son aile, qu'il lui offrit pour présent de noces ; Livorète la reçut gracieusement & la passa dans ses cheveux, qui étaient d'une beauté admirable.

Dès qu'elle fut revenue dans sa chambre, elle dit à ses dames qu'elle voulait leur apprendre une grande nouvelle, c'est que le roi & la reine venaient de la marier avec un prince souverain. Chacune, l'entendant parler ainsi, se jeta l'une à ses genoux pour les embrasser, l'autre à ses mains pour les baiser. Elles lui demandèrent d'un air empressé qui était cet heureux prince à qui l'on destinait la plus belle princesse du monde : « Le voici », dit-elle. En tirant du fond de sa manche le

petit serin, elle leur montra son époux. A cette vue,
elles rirent de tout leur cœur & firent quelques plaisanteries sur la parfaite innocence de leur belle maîtresse.

Elle se hâta de s'habiller pour retourner dans l'appart-
tement de la reine, qui l'aimait si chèrement qu'elle
voulait l'avoir toujours auprès d'elle. Cependant le
serin s'envola & reprit sa forme ordinaire d'Alidor pour
venir faire sa cour. Dès que la reine l'aperçut : « Approchez, lui cria-t-elle, pour complimenter ma fille sur son
mariage avec Bibi : ne trouvez-vous pas que nous lui
avons donné un grand seigneur ? » Alidor entra dans la
plaisanterie &, comme il était plus gai qu'il l'eût été de
sa vie, il dit cent choses agréables qui divertirent fort la
reine. Mais pour Livorète, elle continua de se moquer
de lui & le contredit toujours. Il aurait ressenti de la
peine de la voir de cette humeur, s'il n'avait pas songé
en même temps que son ami le poisson lui aiderait à
surmonter cette aversion.

Lorsque la princesse alla se coucher, elle voulut laisser son serin dans la chambre des animaux ; mais il se
mit à se plaindre &, voltigeant autour d'elle, il la suivit
dans la sienne & se percha promptement sur une porcelaine, dont on n'osa le chasser, de crainte qu'il ne la
cassât : « Si tu chantes trop matin, Bibi, dit Livorète, &
que tu m'éveilles, je ne te pardonnerai pas. » Il l'assura
d'être muet jusqu'à ce qu'elle lui ordonnât de faire son
petit ramage &, sur cette parole, on se retira tranquillement. A peine la princesse fut-elle couchée, qu'elle
s'endormit d'un si profond sommeil, qu'on n'a jamais
douté depuis que le dauphin n'y eût contribué ; elle ronflait même comme un petit cochon, ce qui n'est point
naturel à un jeune enfant. Bibi ne ronflait pas de même,
il s'en fallait bien qu'il eût encore fermé les yeux. Il
quitta la porcelaine & vint se mettre auprès de sa charmante épouse si doucement, qu'elle ne se réveilla point.

Dès qu'il vit le jour, il reprit la figure d'un serin & s'envola au bord de la mer, où, devenant Alidor, il s'assit sur une petite roche, qui était assez unie & couverte de perce-pierre, puis il regarda de tous côtés pour découvrir le cher poisson de son cœur. Il l'appela plusieurs fois &, en l'attendant, il faisait d'agréables réflexions sur son bonheur : « O fées que l'on vante tant, disait-il, & dont le pouvoir est si extraordinaire, pourriez-vous rendre quelque autre mortel aussi content que moi ? » Cette pensée lui donna lieu de faire ces paroles :

> *Officieux ami, Dauphin, dont le secours*
> *M'a fait goûter le fruit de mes tendres amours,*
> *Je n'ose divulguer le bonheur qui m'enchante,*
>   *Je jouis du sort le plus doux.*
> *Un noir pressentiment sans cesse m'épouvante,*
> *Je tremble que les dieux n'en deviennent jaloux.*

Comme il marmottait ces paroles, il sentit que la roche s'agitait fermement ; ensuite elle s'ouvrit pour laisser sortir une vieille petite naine toute déhanchée, qui s'appuyait sur une béquille : c'était la fée Grognette, qui n'était pas meilleure que Grognon. « Vraiment, dit-elle, seigneur Alidor, je te trouve bien familier de venir t'asseoir sur ma roche. Je ne sais ce qui m'empêche de te jeter au fond de la mer pour t'apprendre que, si les fées ne peuvent rendre un mortel plus heureux que toi, elles peuvent au moins le rendre malheureux dès qu'elles le veulent. — Madame, répondit le prince, assez étonné de cette aventure, je ne savais point que vous demeuriez ici. Je me serais bien gardé de manquer au respect qui est dû à votre palais. — Tes excuses ne sauraient me plaire, continua-t-elle. Tu es laid & présomptueux, il faut que j'aie le plaisir de te voir souffrir. — Hélas ! que vous ai-je fait ? lui dit-il. — Je n'en sais rien moi-même, ajouta-t-elle, mais je te traiterai comme si je le savais — L'antipathie que vous avez pour moi est bien extraordinaire, dit-il, & si je n'espérais pas que les dieux me protégeront contre vous, je préviendrais les maux dont vous me menacez en me donnant la mort. » Grognette grogna encore des menaces, puis elle s'enfonça dans la roche, qui se referma.

Le prince, fort chagrin, ne voulut pas s'y rasseoir : il n'avait point envie d'essuyer un nouveau démêlé avec cette malencontreuse naine : « J'étais trop satisfait de mon sort, dit-il, voilà une petite furie qui vient le troubler. Que veut-elle donc me faire ? Ah ! sans doute ce n'est pas sur moi qu'elle exercera son courroux, c'est bien plutôt sur la beauté que j'aime. Dauphin, dauphin, je te conjure d'accourir ici pour me consoler. » En même temps, le poisson parut proche du rivage : « Eh bien, que voulez-vous ? lui dit-il. — Je viens te remercier, dit Alidor, de tous les biens que tu m'as faits. J'ai épousé Livorète &, dans l'excès de ma joie, j'accourais vers toi pour t'en faire part, lorsqu'une fée... — Je le sais, dit le poisson en l'interrompant, c'est Grognette, la plus maligne de toutes les créatures & la plus fantasque ; il ne faut qu'être content pour lui déplaire. Ce qui me fâche davantage, c'est qu'elle a du pouvoir & qu'elle va me contrecarrer dans le bien que j'ai résolu de vous faire. — Voilà une étrange Grognette, répondit Alidor, quel déplaisir lui ai-je rendu ? — Quoi ! vous êtes homme, répondit le dauphin, & vous vous étonnez de l'injustice des hommes ? En vérité, vous n'y pensez point : c'est tout ce que vous pourriez faire, si vous étiez poisson. Encore ne sommes-nous pas trop équitables dans notre empire salé, & l'on voit tous les jours les plus gros qui engloutissent les plus petits. On ne devrait pas le souffrir, car le moindre hareng a son droit de citoyen acquis dans la mer, aussi bien qu'une affreuse baleine. »

« Je t'interromps, dit le prince, pour te demander si Livorète ne doit jamais savoir que je suis son mari. — Jouis du temps présent, répondit le dauphin, sans t'informer de l'avenir. » En achevant ces mots, il se cacha au fond de l'eau, & le prince, devenu serin, vola vers sa chère princesse. Elle le cherchait partout : « Quoi ! tu prétends m'inquiéter toujours, petit libertin ! lui dit-elle aussitôt qu'elle l'aperçut. Je crains ta perte & j'en mourrais de déplaisir. — Non, ma Livorète, répliqua-t-il, je ne me perdrai jamais pour vous. — En peux-tu répondre ? continua-t-elle. Ne saurait-on te tendre des pièges & des filets ? Si tu tombais dans ceux de quelque belle maîtresse, que sais-je si tu reviendrais ! — Ah ! quel injurieux soupçon ! dit-il, vous ne me connaissez point. — Pardonne-moi, Bibi, dit-elle en souriant ; j'ai entendu dire que l'on ne se pique pas de fidélité pour sa femme, &, depuis que je suis la tienne, je crains ton changement. »

Le serin trouvait bien son compte à ces sortes de conversation ; il découvrait qu'il était aimé, mais cependant il ne l'était qu'en qualité de petit oiseau : la délicatesse de son cœur s'en trouvait quelquefois blessée : « La supercherie que j'ai faite, dit-il au dauphin, est-elle permise ? Je sais que la princesse ne m'aime point, qu'elle me trouve laid, & qu'aucun de mes défauts ne lui est échappé. J'ai tout sujet de croire qu'elle ne voudrait point de moi pour son époux : malgré cela, je le suis devenu. Si elle le sait un jour, de quels reproches ne m'accablera-t-elle pas ? Qu'aurai-je à lui dire ? Je mourrais de douleur, si je lui déplaisais. » Le poisson lui répliqua : « Tes réflexions s'accordent mal avec ton amour : si tous les amants en faisaient de semblables, il n'y aurait jamais de maîtresses enlevées ni mécontentes. Profite du temps, il en viendra de moins heureux pour toi. »

Cette menace affligea beaucoup Alidor. Il comprit
bien que la fée Grognette lui voulait encore du mal de
s'être assis sur la roche, quand elle était dessous. Il
conjura le dauphin de continuer à lui rendre de bons
offices.

L'on parla fortement de marier la princesse à un beau
& jeune prince, dont les États n'étaient pas éloignés. Il
envoya des ambassadeurs pour la demander, le roi les
reçut parfaitement bien & ces nouvelles alarmèrent
beaucoup Alidor. Il se rendit en diligence au bord de la
mer, il appela le poisson, qui le servait si bien. Il lui
conta ses alarmes : « Considère, lui dit-il, dans quelle
extrémité je me trouve, ou de perdre ma femme & de la
voir mariée à un autre, ou de déclarer mon mariage &
de me voir peut-être séparé d'avec elle pour le reste de
ma vie. — Je ne puis empêcher, dit le dauphin, que
Grognette ne vous fasse de la peine, je n'en suis pas
moins désespéré que vous, & vous ne pouvez être plus
occupé de vos affaires que moi. Prenez un peu de courage, je ne saurais vous dire autre chose à présent, mais
comptez sur mon amitié comme sur un bien qui ne vous
manquera jamais. » Le prince le remercia de tout son
cœur & revint chez sa princesse.

Il la trouva au milieu de ses femmes : l'une lui tenait
la tête & l'autre le bras : elle se plaignait d'avoir mal au
cœur. Comme il n'était pas dans ce moment métamorphosé en serin, il n'osa s'approcher d'elle, quoiqu'il fût
très inquiet de son mal. Dès qu'elle l'aperçut, elle sourit
malgré tout ce qu'elle souffrait : « Alidor, dit-elle, je
crois que je vais mourir. J'en serais fort fâchée à présent
que les ambassadeurs sont arrivés, car l'on me dit mille
biens du prince qui me demande : « Comment,
madame ! répliqua-t-il, en s'efforçant de sourire,
avez-vous oublié que vous avez choisi un mari ? —
Quoi ! mon serin ? dit-elle, Oh ! je sais bien qu'il n'en

sera pas fâché, cela n'empêchera point que je l'aime tendrement. — Un cœur partagé n'est peut-être pas son affaire, répondit Alidor. — N'importe, ajouta Livorète, je serai bien aise d'être reine d'un grand royaume. — Mais madame, dit-il encore, il vous en a offert un. — Voilà un plaisant empire, dit-elle, un petit bois de jasmins, cela pourrait accommoder une abeille ou une linotte : à mon égard ce n'est pas la même chose. »

Les femmes de la princesse craignirent qu'elle ne fût incommodée de trop parler, elles prièrent Alidor de se retirer, & elles la mirent sur son lit, où Bibi vint lui faire d'agréables reproches de son infidélité. Comme son mal n'était pas violent, elle se rendit chez la reine, & depuis ce jour, il ne s'en passa guère qu'elle ne se trouvât mal. Sa langueur la changea, elle devint maigre & dégoûtée. Plusieurs mois s'écoulèrent ainsi, on ne savait que lui faire &, ce qui chagrinait davantage la cour, c'est que les ambassadeurs qui l'étaient venu demander pressaient pour qu'on la leur remît entre les mains. L'on dit à la reine qu'il y avait un très habile médecin qui la soulagerait. Elle lui envoya un équipage & défendit qu'on l'informât de la qualité de la malade, afin qu'il parlât plus librement. Quand il fut auprès d'elle, la reine se cacha pour l'écouter. Il la regarda un peu & dit en souriant : « Est-il possible que vos médecins de cour n'aient pas connu l'incommodité de cette petite dame ? Vraiment elle donnera bientôt un beau garçon à sa famille. » On ne lui laissa pas le temps d'achever, toutes les dames le chargèrent d'injures, on le chassa par les épaules avec de grandes huées.

Bibi était dans la chambre de Livorète, il ne jugea pas comme les autres que le médecin de campagne fût un ignorant. Il lui était venu plusieurs fois dans l'esprit que la princesse était grosse. Il alla au bord du rivage pour consulter son ami le poisson, qui ne parut pas d'un

autre sentiment : « Je vous conseille, dit-il, de partir, car
je craindrais que l'on ne vous surprît auprès d'elle
quand elle repose, & vous seriez tous deux perdus.
— Ah ! dit le prince affligé, penses-tu que je puisse
vivre séparé de la personne du monde qui m'est la plus
chère ? Que m'importe de ménager ma vie ! elle va
m'être odieuse ! Laisse-moi voir Livorète ou laisse-moi
mourir. » Le dauphin en eut pitié, il pleura un peu, car
les dauphins ne pleurent guère ; il ne laissa pas de
consoler son cher ami, Grognette fut accusée de tout.

La reine raconta au roi la vision du médecin. On
appela Livorète, on lui fit des questions, auxquelles
elle répondit avec autant de sincérité que
d'innocence ; l'on parla même à ses femmes dont le
témoignage était tel qu'il devait être : ainsi Leurs
Majestés se tranquillisèrent, jusqu'au jour que la princesse mit au monde le plus beau marmot qui ait jamais
été. D'exprimer l'étonnement & la colère du roi, la
douleur de la reine, le désespoir de la princesse, l'inquiétude d'Alidor, la surprise des ambassadeurs & de
toute la cour, cela est impossible. D'où venait cet
enfant ? Personne ne pouvait le dire, & la jeune Livorète en était aussi peu instruite que l'enfant même.
Mais le roi n'entendait pas raillerie : ses larmes, ses
serments ne servaient de rien, il prit la résolution de la
faire jeter avec son fils du haut d'une montagne dans
un précipice tout hérissé de pointes de rochers, où elle
devait trouver une mort bien cruelle. Il le dit à la
reine, qui s'affligea si violemment qu'elle tomba
comme morte à ses pieds. Il s'attendrit, en la voyant
dans un état si triste &, lorsqu'elle fut un peu revenue,
il essaya de la consoler. Mais elle lui dit qu'elle n'aurait jamais de joie ni de santé, jusqu'à ce qu'il eût
révoqué un arrêt si funeste. Elle se jeta à ses genoux
&, toute en pleurs, elle le pria de la tuer & de laisser

vivre Livorète avec son fils qu'elle avait fait apporter exprès pour toucher le roi par son innocence.

Les lamentations de la reine & les larmes du petit enfant l'émurent de compassion ; il se jeta dans un fauteuil &, couvrant ses yeux avec sa main, il rêva & soupira longtemps sans pouvoir parler. Il dit ensuite à la reine qu'il voulait bien en sa faveur différer la mort de la princesse & de son fils, mais qu'elle fît son compte qu'elle n'était que différée & qu'il fallait du sang pour laver une tache si honteuse dans leur maison. La reine trouva qu'elle avait déjà beaucoup gagné de faire différer la mort de sa chère fille & de son petit-fils, de sorte qu'elle ne s'opiniâtra sur rien & elle consentit qu'on enfermât la princesse dans une tour, où elle ne jouissait pas même de la lumière du soleil. Elle déplorait dans ce triste lieu sa barbare destinée ; si quelque chose pouvait adoucir ses ennuis, c'était sa parfaite innocence : elle ne voyait jamais son enfant & n'en savait aucune nouvelle : « Juste ciel, s'écriait-elle, que t'ai-je fait pour être accablée de déplaisirs si amers ? » Alidor, accablé de la plus vive douleur, ne se trouva pas la force de la soutenir plus longtemps, son esprit se troubla peu à peu. Enfin il devint tout à fait fou ; l'on n'entendait que lui se plaindre & crier dans les bois, il jetait son argent & ses pierreries au milieu des chemins, ses habits étaient tout déchirés, ses cheveux mêlés, sa barbe longue : cela, joint à sa laideur naturelle, le rendait presque affreux ; il faisait une extrême pitié à tout le monde, & l'on aurait fait bien plus d'attention à son malheur, sans que celui de la princesse occupait tout le royaume. Les ambassadeurs qui l'étaient venu demander en mariage n'attendirent pas qu'on les congédiât ; ils souhaitèrent avec empressement de s'en retourner, ayant une espèce de honte d'être venus pour elle. Le roi de son côté les vit partir sans déplaisir : leur présence lui faisait de la peine. Et le dauphin de son côté, enfoncé dans les abîmes de la mer, ne paraissait plus, laissant le champ libre à la fée Grognette pour faire toutes les malices qu'elle voudrait contre le prince & la princesse.

Quoique le petit prince devînt plus beau qu'un beau jour, le roi ne lui avait conservé la vie que pour essayer par son moyen de connaître qui était son père. Il n'en avait rien dit à la reine, mais un jour il fit publier que tous les courtisans apportassent à son petit-fils un présent qui pût le réjouir. Chacun vint aussitôt &, quand on eut dit au roi qu'il y avait beaucoup de monde assemblé, il vint avec la reine dans la grande salle des audiences. La nourrice les suivait, portant entre ses bras l'aimable enfant, habillé de brocart d'or & d'argent.

Chacun venait baiser sa menotte & lui présenter une rose de pierreries, des fruits artificiels, un lion d'or, un loup d'agathe, un cheval d'ivoire, un épagneul, un perroquet, un papillon : il prenait tout cela avec indifférence.

Le roi, sans faire semblant de rien, étudiait ce qu'il faisait & remarquait que l'enfant ne caressait pas l'un plus que l'autre. Il dit que l'on affichât encore, que si quelqu'un manquait à venir, il serait coupable & puni comme tel. A ses menaces, l'on s'empressa plus qu'on eût fait, & l'écuyer du roi, qui avait rencontré Alidor dans son voyage & qui était cause qu'il était venu à la cour, l'ayant trouvé au fond d'une grotte où il se retirait ordinairement, depuis qu'il avait perdu l'esprit, lui dit : « Et quoi donc, Alidor ! serez-vous le seul qui ne donnera rien au petit prince ? Ne savez-vous pas l'édit que l'on publie ? Voulez-vous que le roi vous fasse mourir ? — Oui-da, je le veux, répondit le pauvre prince d'un air tout égaré, de quoi te mêles-tu de venir troubler mon repos ? — Ne vous fâchez point, ajouta l'écuyer, je ne vous parle qu'en vue de vous faire paraître. — Oh ! je suis plaisamment vêtu, dit Alidor en riant, pour aller voir ce royal marmouset. — S'il n'est question que de vous fournir des habits, dit l'écuyer, je vais vous en donner de fort riches. — Allons donc, répliqua-t-il, il y a longtemps que je ne me suis vu en pompeux appareil. »

Il sortit de sa grotte & fut avec assez de docilité chez l'écuyer du roi, qui, étant un des hommes de la cour le plus magnifique, lui donna le choix de plusieurs habits fort riches &, quelque chose que l'on pût dire & faire, il alla sans cravate, sans chapeau & sans souliers. Quand il fut à la porte, il avait oublié qu'il fallait donner quelque chose au prince, il ne s'en inquiéta pas davantage &, voyant une épingle à terre, il la ramassa pour lui présenter. Il allait à cloche-pied dans la salle, tournait les yeux & tirait la langue d'une manière que, cela joint à sa laideur naturelle, l'on ne pouvait pas soutenir sa vue, & la nourrice, craignant que le petit prince n'en eût peur, voulait le tourner & faisait signe à Alidor de s'éloigner. Mais aussitôt que l'enfant l'aperçut il se mit à lui tendre les bras, riant & faisant une fête si extraordinaire qu'il fallut qu'on le fît venir jusqu'à lui. Alors l'enfant se jeta à son cou, le baisa mille fois, & ne pouvait plus se résoudre à s'en séparer. Alidor ne lui faisait pas moins d'amitié malgré sa folie.

Le roi demeura transi d'étonnement d'une aventure si surprenante, il cacha sa colère à toute l'assemblée, mais, aussitôt qu'elle fut finie, sans communiquer son dessein à la reine, il ordonna à deux seigneurs qu'il honorait d'une confiance particulière, d'aller prendre la princesse Livorète dans la tour, où elle languissait depuis quatre ans, de la mettre dans un tonneau avec Alidor & le petit prince, d'y ajouter un pot plein de lait, une bouteille de vin, un pain, & de les jeter ainsi au fond de la mer.

Ces seigneurs, affligés d'un ordre si barbare, se prosternèrent à ses pieds & le prièrent humblement de faire grâce à sa fille & à son petit-fils : « Hélas ! sire, lui dirent-ils, si Votre Majesté avait daigné s'informer de ce qu'elle souffre depuis quatre ans, elle la trouverait suffisamment punie, sans y ajouter une mort si cruelle. Considérez qu'elle est votre fille unique, réservée par les dieux à porter un jour votre couronne. Vous êtes comptable de son sang à vos sujets, son fils promet de grandes choses, voulez-vous l'étouffer encore au berceau ? — Oui, je le veux, s'écria le roi, tout irrité de la résistance qu'il trouvait à ses volontés, & si vous refusez de la faire périr, je vous ferai périr avec elle. »

Ces seigneurs connurent avec douleur qu'ils ne gagneraient rien sur la fermeté du roi. Ils se retirèrent, la tête baissée & les larmes aux yeux. Ils ordonnèrent un tonneau assez grand pour mettre la princesse, son fils, Alidor & la petite provision, puis ils furent à la tour où ils la trouvèrent couchée sur un peu de paille, les fers aux pieds & aux mains, qui n'avait pas vu le jour depuis quatre ans. Ils l'abordèrent avec un profond respect & lui dirent l'ordre qu'ils avaient reçu de son père. Ils sanglotaient si fort qu'elle pouvait à peine les entendre. Elle les entendit pourtant bien & se mit à pleurer avec eux : « Hélas ! leur dit-elle, les dieux me sont témoins que je suis innocente. Je n'ai que seize ans, j'étais destinée à porter plus d'une couronne, & vous allez me jeter au fond de la mer, comme la plus criminelle de toutes les créatures. Mais ne craignez pas que je cherche à corrompre votre fidélité & que je vous prie de trouver quelque tempérament qui puisse me sauver la vie, il y a longtemps que le roi mon père m'accoutume à souhaiter la mort. Je veux donc bien la souffrir pourvu que l'on sauve mon cher enfant. De quel crime est-il coupable ? Quoi ! son innocence ne

peut-elle servir à le garantir de la fureur du roi ? Est-il
possible qu'il l'ait condamné à périr avec moi ? Ne suf-
fit-il pas à mon père de m'ôter la vie ? Veut-il plus
d'une victime ? »

Les seigneurs, qui l'écoutaient, n'avaient rien à lui
répondre ; il fallait obéir, ils le dirent à la princesse :
« Eh bien, dit-elle, rompez les chaînes qui me retiennent, je suis prête à vous suivre. » Les gardes vinrent,
ils limèrent les fers dont ses mains & ses pieds étaient
chargés, ils lui firent même beaucoup de mal, mais elle
souffrit tout avec une constance merveilleuse. Elle sortit
de sa prison aussi charmante que le soleil sort du sein
de l'onde. Tous ceux qui la virent n'admirèrent pas
moins son courage que sa ravissante beauté : elle était
encore augmentée malgré ses déplaisirs & son air de
langueur valait bien sa vivacité ordinaire.

Alidor & le petit prince l'attendaient au bord de la
mer où des gardes les avaient conduits. Ils savaient
aussi peu l'un que l'autre le mal qu'on allait leur faire.
Quand la princesse vit son fils, elle le prit entre ses bras
& le baisa mille fois avec une extrême tendresse, &
lorsqu'on lui dit qu'on la noyait à cause d'Alidor, elle
dit qu'elle était bien aise que l'on eût choisi l'homme
du monde qu'elle aimait le moins, & qu'en voulant la
perdre, on ne laissait pas de la justifier. A son égard, il
se prit à rire, dès qu'il l'aperçut : « Et d'où viens-tu,
petite princesse ? lui dit-il. Vraiment il y a bien des
nouvelles : depuis ton départ, Livorète n'est plus au
palais & je suis devenu fou à lier. L'on dit, continua-t-il,
que nous allons faire un voyage ensemble au fond de la
mer. Écoute, princesse, réveille-moi tous les jours, car
je dormirai jusqu'à midi, si tu n'y prends garde. »

Il en aurait dit bien davantage, si Livorète, faisant un
dernier effort, n'eût entré la première dans le tonneau,
tenant son fils à son cou. Alidor s'y jeta à corps perdu,

sautant & se réjouissant fort d'aller au royaume des soles, où les turbots étaient rois. Enfin les disparades foisonnaient dans sa bouche. L'on ferma bien le tonneau &, du haut d'un rocher qui avançait en saillie sur la mer, on le fit tomber dedans. Chacun sanglotait & poussait de longs cris pleins de désespoir. L'on se retira, le cœur pénétré de la plus véritable douleur. Pour Alidor, il était merveilleusement tranquille ; il commença par se saisir du pain & le mangea tout entier, il trouva ensuite la bouteille de vin, & se mit à boire d'un air gai, chantant des chansons de la même manière qu'il aurait chanté dans un agréable festin. « Alidor, lui dit la princesse, laisse-moi tout au moins mourir en repos, sans m'étourdir de ton impertinente joie. — Que t'ai-je fait, princesse, répliqua-t-il, pour vouloir que j'aie du chagrin ? Sais-tu un secret que je veux te confier ? C'est qu'il y a ici quelque part, dans un coin qui m'est inconnu, un certain poisson qui s'appelle dauphin : c'est le meilleur de mes amis. Il m'a promis de m'obéir en tout ce que je lui commanderai. C'est pourquoi, belle Livorète, je ne m'inquiète pas, car je l'appellerai à notre secours, dès que nous aurons faim ou soif, ou que nous voudrons dormir dans quelque superbe palais qu'il bâtira exprès pour nous. — Appelle-le donc, innocent, dit la princesse ; pourquoi diffères-tu la chose du monde la plus pressée ? Si tu attends que j'aie faim, tu attendras longtemps. Hélas ! mon cœur est trop triste pour que je songe à manger, mais voilà mon fils qui se meurt ; il étouffe dans ce vilain tonneau. Dépêche-toi, je t'en prie, afin que je voie si tu dis vrai, car un homme sans raison comme toi peut bien se tromper. »

Alidor appela aussitôt le dauphin : « Ho ! Dauphin, mon ami poisson, je te commande de venir tout à l'heure, pour m'obéir dans toutes les choses que je voudrai t'ordonner. — Me voici, dit le dauphin, parle. —

Es-tu là ? dit le prince ; ce tonneau est si bien fermé que je ne t'y vois pas. — Dis seulement ce que tu veux, ajouta le dauphin. — Je voudrais, répondit-il, entendre une musique agréable. » En même temps, la musique commença : « Hé ! bon Dieu ! dit la princesse en s'impatientant, tu te moques assurément avec ta musique. — N'est-ce pas une chose fort utile d'entendre bien chanter quand on se noie ? Mais que voulez-vous donc, princesse ? lui dit-il, car vous n'avez ni faim ni soif. — Donne-moi le pouvoir que tu as de commander au dauphin, reprit-elle. — Dauphin, ho ! Dauphin, s'écria Alidor, je t'ordonne de faire tout ce que la princesse Livorète voudra, sans y manquer. — Eh bien, dit le dauphin, je le ferai. » En même temps elle lui dit de les porter dans l'île la plus agréable de la terre & de lui bâtir en ce lieu le plus beau palais qui eût jamais été ; qu'elle y voulait des jardins ravissants avec deux rivières autour, l'une de vin & l'autre d'eau, un parterre tout rempli de fleurs au milieu duquel il y aurait un arbre dont la tige serait d'argent, les branches d'or & trois oranges dessus, l'une de diamants, l'autre de rubis, la troisième d'émeraudes ; que le palais fût peint & doré & qu'il y eût dans une grande galerie toute son histoire représentée. « Ne voulez-vous que cela ? dit le dauphin. — C'en est beaucoup, répliqua-t-elle. — Pas trop, dit-il, car tout est déjà fait. — Je souhaite, dit-elle, que tu me racontes une chose que j'ignore & que tu sais peut-être. — Je vous entends, dit le dauphin, vous demandez qui est le père de votre petit prince, c'est Serin Bibi, & Serin Bibi n'est autre que le prince Alidor qui est avec vous. — Ah ! Seigneur dauphin, s'écria Livorète, tu te moques de moi ! — Je vous jure, lui dit-il, par le trident de Neptune, par Scylla & Charybde, par tous les antres de la mer, par ses coquillages, par ses trésors & par ses Tritons, par ses Naïades, par les heureux augures que le pilote désespéré tire en me voyant, je vous jure enfin par vous-même, charmante Livorète, que je suis un poisson de bien & d'honneur & que je ne vous mens point. »

« Après tant de serments, dit-elle, je me reprocherais de ne te pas croire, quoiqu'à te dire vrai, ce que j'entends est une des choses du monde la plus surprenante. Je t'ordonne donc de rendre la raison à Alidor & de lui donner tout l'esprit qu'on peut avoir & tous les charmes d'une agréable conversation. Je veux encore que tu le fasses cent fois plus beau qu'il n'est laid & que tu me dises pourquoi tu l'as nommé prince, car ce titre sonne agréablement à mes oreilles. » Le dauphin obéit sur cela comme il avait fait sur tout le reste. Il dit à Livorète l'aventure du prince, qui était son père, qui était sa mère, ses aïeux & ses parents, car il avait une science infinie sur le passé, sur le présent & sur l'avenir & il était grand généalogiste de son métier : de tels poissons ne se pêchent pas tous les jours : il faut que dame Fortune s'en mêle.

En causant ainsi, le tonneau s'arrêta contre une île. Le dauphin, l'ayant soulevé peu à peu, le jeta sur le rivage ; dès qu'il y fut, il s'ouvrit. La princesse, le prince & l'enfant furent en liberté de sortir de leur prison. La première chose que fit Alidor, ce fut de se jeter aux pieds de sa chère Livorète. Il avait recouvré toute sa raison & un esprit mille fois plus charmant qu'il n'avait été jusqu'alors. Il était devenu si bien fait, tous ses traits étaient si fort changés en mieux qu'elle avait de la peine à le reconnaître. Il lui demanda tendrement pardon de sa métamorphose en serin Bibi, il s'en excusa d'une manière respectueuse & passionnée. Enfin elle lui pardonna un mariage, auquel elle n'aurait peut-être pas consenti, s'il avait pris d'autres moyens pour le faire réussir. Il est encore vrai que le dauphin

l'avait rendu si aimable, qu'elle n'avait jamais rien vu
qui l'égalât, à la cour du roi son père. Il lui confirma
tout ce que le dauphin lui avait dit sur sa qualité, c'était
une chose essentielle à la satisfaction de cette
princesse : car enfin, l'on a beau être ami des fées, l'on
ne peut changer sa naissance, quand le ciel ne nous la
donne pas telle que nous le voulons ; il n'y a que la
vertu & le mérite qui puissent la réparer ; mais souvent
aussi elle l'est avec tant d'usure, que l'on a bien de quoi
se consoler.

La princesse était de la meilleure humeur du monde :
elle s'était trouvée dans un péril si affreux, qu'elle ne
fut pas médiocrement sensible aux plaisirs d'en être
échappée. Elle rendit grâces aux dieux, ensuite elle
regarda vers la mer pour voir leur bon ami le dauphin.
Il y était encore & elle le remercia comme elle devait,
de lui avoir conservé la vie. Le prince n'en fit pas
moins, leur fils, qui parlait si joliment & qui avait plus
d'esprit que n'en ont d'ordinaire les enfants de cet âge,
le complimenta aussi d'une manière qui réjouit le
galant dauphin : il fit cent caracoles en faveur du petit
garçon. Mais tout d'un coup ils entendirent un grand
bruit de trompettes, de fifres & de hautbois, avec le
hennissement de plusieurs chevaux : c'était les équipages du prince & de la princesse & tous leurs gardes,
magnifiquement vêtus. Plusieurs dames venaient dans
des carrosses, qui mirent promptement pied à terre, dès
qu'elles les aperçurent, & vinrent baiser le bas de la
robe de la princesse. Elle ne voulut pas le souffrir, leur
trouvant un air de qualité qui méritait son attention.

Elles lui dirent qu'elles avaient reçu ordre du poisson
dauphin de les reconnaître pour roi & reine de cette île,
qu'ils y trouveraient beaucoup de sujets très soumis &
beaucoup de satisfaction. Alidor & Livorète témoignèrent une grande joie de se voir honorés par des per-

sonnes si polies & si honnêtes. Ils leur répondirent avec
autant de bonté que de grâce et de majesté. Ils montèrent ensuite dans une calèche découverte, tirée par huit
chevaux ailés, qui les élevaient de temps en temps jusqu'aux nuées, ensuite ils s'abaissaient si imperceptible-
ment que l'on s'en apercevait à peine. Cette manière
d'aller a ses commodités parce que l'on n'est point
cahoté & que l'on ne craint pas les embarras.

Ils étaient encore fort proches de la moyenne région
quand ils aperçurent sur le penchant d'un coteau qui
régnait le long de la mer un palais si merveilleusement
fait, qu'encore que tous les murs fussent d'argent, l'on
ne laissait pas de voir au travers jusqu'au fond des
chambres. Ils remarquèrent qu'elles étaient meublées de
tout ce que l'on a jamais pu imaginer de plus superbe &
de mieux entendu. Les jardins surpassaient la beauté du
palais. L'on ne saurait nombrer les fontaines & les eaux
que la nature avait rassemblés en cet endroit pour le
rendre délicieux. Le prince & sa femme ne savaient à
quoi donner le prix, tant chaque chose leur paraissait
parfaite. Lorsqu'ils furent entrés, l'on entendit de tous
côtés : « Vive le prince Alidor ! vive la princesse Livorète ! Que ce séjour les comble de plaisirs !» Plusieurs
instruments & des voix charmantes faisaient une symphonie enchantée.

On ne les laissa pas longtemps sans leur servir un
repas excellent : ils en avaient besoin, car l'air de la
mer & la manière dont on les avait embarqués dessus,
les avaient terriblement fatigués. Ils se mirent à table,
où ils mangèrent de bon appétit.

Quand ils en furent sortis, le garde du Trésor royal
entra & leur demanda s'ils voudraient, pour faire digestion, passer dans la galerie prochaine. Lorsqu'ils y
furent, ils virent le long des murs de grands puits avec
des seaux de cuir d'Espagne parfumé garnis d'or. Ils

demandèrent à quoi cela servait : le garde répondit qu'il coulait des sources de métal dans ces puits & que, lorsqu'on voulait de l'argent, il ne fallait que descendre un seau & dire : « Mon intention est de tirer des louis, des pistoles, des quadruples, des écus, de la monnaie. » En même temps l'eau prenait la forme de ce qu'on avait souhaité & le seau remontait plein d'or, d'argent ou de monnaie, sans que la source s'en tarît jamais pour ceux qui en faisaient un bon usage, mais que l'on avait vu plusieurs fois que, lorsque des avares jetaient le seau dans le dessein d'amasser seulement de l'or & de le garder sous la clef, ils le retiraient plein de crapauds & de couleuvres, qui leur faisaient grand-peur & quelquefois grand mal à proportion de leur avarice.

Le prince & la princesse admirèrent ces puits, comme une des meilleures des plus rares choses qui fût dans l'univers. Ils jetèrent le seau pour en faire l'épreuve, il revint aussitôt, rempli de petits grains d'or. Ils demandèrent pourquoi ce n'était pas de la monnaie toute battue : le gardien dit que cela signifiait qu'il fallait la marquer aux armes du prince & de la princesse, quand ils auraient dit ce qu'ils voulaient que l'on y mît : « Ah ! dit Alidor, nous avons trop d'obligation au généreux dauphin, pour vouloir d'autre effigie que la sienne. » En même temps, tous les grains se changèrent en pièces d'or avec un dauphin dessus. L'heure de se retirer étant venue, Alidor, timide & respectueux, se coucha dans son appartement & la princesse dans le sien, avec son fils.

Il était plus d'onze heures que la princesse dormait encore ; pour le prince, il était levé de bon matin, afin d'aller à la chasse & d'en être de retour avant qu'elle fût éveillée. Lorsqu'il sut qu'il pouvait la voir sans l'incommoder, il entra dans sa chambre, suivi de plusieurs gentilshommes, qui portaient de grands bassins d'or,

remplis de tout le gibier qu'il venait de tuer. Il le présenta à sa chère princesse, qui le reçut d'un air gracieux
& le remercia plusieurs fois de son attention pour elle.
Cela lui donna lieu de lui dire qu'il ne l'avait jamais
aimée, avec plus de passion qu'il faisait alors & qu'il la
conjurait de lui marquer le temps où ils célébreraient
leur mariage avec pompe.

« Ah ! lui dit-elle, seigneur, mon dessein est fixe
là-dessus, je n'y consentirai de ma vie qu'avec la permission du roi mon père & de la reine ma mère. »
Jamais rien n'a été plus affligeant pour un homme
amoureux : « A quoi me condamnez-vous, lui dit-il,
belle princesse ? Ne savez-vous pas que ce que vous
voulez est une chose impossible ? Nous sortons à peine
du tonneau fatal, où ils nous ont fait renfermer pour
nous perdre, & vous pouvez imaginer qu'ils consenti-
ront à ce que je désire. Ah ! sans doute vous voulez me
punir de la violente passion que j'ai pour vous. Je
connais bien que vous destinez votre main & votre
cœur au prince qui vous avait envoyé des ambassadeurs, lorsque je devins serin. — Vous jugez mal de
mes sentiments, lui dit-elle ; je vous estime, je vous
aime & je vous ai pardonné tous les maux que vous
m'avez attirés par une métamorphose que vous ne
deviez point tenter, car, étant fils de roi, ne
pouviez-vous pas croire que mon père se ferait un plaisir de vous voir dans son alliance ? »

« Une grande passion ne raisonne pas avec tant de
sang-froid, lui dit-il ; j'ai pris le premier parti qui m'a
conduit au bonheur, mais vous avez tant de dureté que
je suis inconsolable, si vous ne révoquez l'arrêt barbare
que vous venez de prononcer. — Il m'est impossible de
le révoquer, dit-elle ; vous saurez que cette nuit, dans le
temps où je dormais d'un sommeil tranquille, j'ai senti
que l'on me tirait assez rudement ; j'ai ouvert les yeux,

& j'ai vu à la clarté d'une torche, qui jetait une lueur sombre, la plus épouvantable créature du monde. Elle me regardait fixement, avec des yeux furieux : « Me connais-tu ? m'a-t-elle dit. — Non, madame, ai-je répliqué, & je n'ai pas même envie de vous connaître. — Ah ! ah ! tu plaisantes ! continue-t-elle. — Non, je le jure, ai-je répliqué ; je dis la vérité. — L'on m'appelle fée Grognette, a-t-elle dit ; j'ai des sujets essentiels de me plaindre d'Alidor ; il s'est assis sur ma roche & il a le don de me déplaire. Je te défends de le regarder comme ton mari, jusqu'à ce que le roi ton père & la reine ta mère y consentent. Si tu désobéis à mes ordres, j'exercerai ma vengeance sur ton fils ; il mourra & sa mort sera suivie de mille autres malheurs que tu ne pourras éviter. » A ces mots elle a soufflé sur moi des brandons de flammes dont j'étais toute couverte, je croyais qu'elles m'allaient brûler, lorsqu'elle m'a dit : « Je te fais grâce, pourvu que tu exécutes mes volontés. »

Le prince connut bien, par le nom & la figure de Grognette, que le récit de la princesse était sincère : « Hélas ! dit-il, pourquoi avez-vous prié notre ami le poisson de me guérir de ma folie ? J'étais moins à plaindre que je ne vais être à présent ! De quoi me sert d'avoir de l'esprit & de la raison, qu'à me faire souffrir ? Permettez que j'aille le conjurer de m'ôter le jugement, c'est un bien qui m'est à charge. » La princesse s'attendrit fort : elle aimait véritablement le prince, elle lui trouvait mille bonnes qualités, tout ce qu'il disait & tout ce qu'il faisait avait une grâce particulière. Elle pleura & le laissa jouir du plaisir de voir couler des larmes dont il était la cause. Il trouva encore plus de satisfaction à connaître les sentiments qu'elle avait pour lui, qu'il n'en avait trouvée auprès d'elle pendant qu'il était serin, de sorte que sa douleur fut soulagée à tel point qu'il se jeta à ses pieds &, lui baisant les mains : « Comptez, dit-il, ma chère Livorète, que je n'ai point de volonté où vous êtes, je vous rends la maîtresse absolue de mon sort. »

Elle ressentit tout le mérite d'une si grande complaisance, & sans cesse elle rêvait aux moyens d'obtenir cette permission si nécessaire à leur bonheur. En effet, c'était la seule chose qui pouvait y manquer, car il n'y avait point de plaisirs que les habitants de l'île n'essayassent de leur donner. Leurs rivières étaient remplies de poissons, les forêts de gibier, les vergers de fruits, les guérets de blés, les prairies d'herbes, leurs puits d'or & d'argent, point de guerre, point de procès, de la jeunesse, de la santé, de la beauté, de l'esprit, des livres, de bonne eau, d'excellent vin, des tabatières inépuisables, & Livorète n'aimait pas moins son Alidor qu'Alidor aimait sa Livorète.

Ils allaient de temps en temps rendre leurs devoirs au poisson, qui les voyait toujours avec plaisir & quand ils lui parlaient de la fée Grognette & des ordres qu'elle avait donnés à la princesse, quand, dis-je, ils le priaient de les servir en ami, il leur disait toujours quelques petits mots de consolation pour adoucir leurs peines, mais il ne leur promettait rien de positif. Deux années se passèrent ainsi. Alidor consulta le dauphin sur l'envie qu'il avait d'envoyer des ambassadeurs au roi des Bois, mais il lui dit que Grognette les ferait assurément périr & que les dieux peut-être travailleraient eux-mêmes à faire quelque chose en leur faveur.

Cependant la reine avait appris la déplorable aventure de sa fille, de son petit-fils & d'Alidor. Jamais douleur n'a été si grande que la sienne, elle n'avait plus de joie ni de santé, tous les endroits où elle avait vu la princesse lui rappelaient son malheur & elle ne pouvait s'empêcher d'en faire des reproches continuels au roi :

« Père cruel, disait-elle, est-il possible que vous ayez pu vous résoudre à faire noyer cette pauvre enfant ! Nous n'avions que celle-là, les dieux nous l'avaient donnée, nous devions attendre que les dieux nous l'ôtassent. » Le roi, pendant quelque temps, soutint ces reproches en philosophe, mais enfin il sentit lui-même la grandeur de son mal. Sa fille ne lui manquait pas moins qu'à sa femme, il se reprochait en secret d'avoir tant donné à sa gloire & si peu à sa tendresse. Il ne voulait pas que la reine connût toute son affliction, il cachait sa peine sous un air de fermeté, mais aussitôt qu'il était seul, il s'écriait : « Ma fille, ma chère fille, où êtes-vous ? Unique consolation de ma vieillesse, je vous ai donc perdue ! Et je vous ai perdue parce que je l'ai voulu. »

Enfin, étant un jour accablé de la douleur de la reine & de la sienne, il lui avoua que depuis le jour infortuné où il avait fait jeter Livorète & son fils dans la mer, il n'avait pas eu un moment de repos, que son ombre plaintive le suivait partout, qu'il entendait les cris innocents de son fils & qu'il craignait d'en mourir de chagrin. Cette nouvelle ajouta beaucoup à celui de la reine : « Je vais donc, s'écria-t-elle, avoir vos peines & les miennes : que ferons-nous, sire, pour les soulager ? » Le roi lui dit qu'on lui avait parlé d'une fée, qui était depuis peu dans la Forêt des ours, qu'il irait la consulter : « Je serai bien aise, lui dit-elle, d'être du voyage, quoique j'ignore encore ce que je veux lui demander, car la mort de notre chère Livorète & du petit prince n'est que trop certaine. — N'importe, dit le roi, il faut la voir. » Il ordonna aussitôt que l'on préparât sa grande calèche & tout ce qui était nécessaire pour un voyage de trente lieues. Ils partirent le lendemain de fort bonne heure & se rendirent en peu de temps chez la fée, qui, ayant lu dans les astres la visite que le roi & la reine venaient lui rendre, s'avançait à grands pas pour la recevoir.

Dès que Leurs Majestés l'aperçurent, elles descendirent de la calèche &, l'ayant embrassée avec de grands témoignages d'amitié, elles ne purent s'empêcher de pleurer amèrement : « Sire, dit la fée, je sais le sujet de votre voyage. Vous êtes fort affligé d'avoir procuré la mort à la princesse votre fille. Je n'y sais point d'autre remède que de vous conseiller à tous deux de monter sur un bon vaisseau & d'aller dans l'Île dauphine. Elle est fort loin d'ici, mais vous y trouverez un fruit qui vous fera oublier votre douleur. Je vous donne avis de n'y pas perdre un moment, c'est l'unique moyen de vous soulager. A votre égard, madame, dit-elle à la reine, l'état où vous êtes me touche si sensiblement qu'il me semble que vos peines sont les miennes propres. » Le roi & la reine remercièrent la fée de ses bons conseils, ils lui firent des présents considérables & la prièrent de vouloir en leur absence prendre un soin particulier du royaume, afin que leurs voisins n'entreprissent pas de leur faire la guerre. Elle promit tout ce qu'ils souhaitaient. Ils revinrent à la ville capitale avec quelque sorte de consolation de pouvoir espérer que leur douleur diminuerait.

Ils firent équiper un vaisseau, montèrent dessus & cinglèrent en haute mer, conduits par un pilote qui avait été dans l'Île dauphine. Le vent leur fut favorable pendant quelques jours, mais il devint ensuite absolument contraire, & la tempête s'augmenta à tel point, qu'après en avoir été battus, le vaisseau s'entrouvrit contre un rocher & sans qu'on pût y donner aucun remède. Tous ceux qui étaient dans le vaisseau se trouvèrent en un moment éloignés les uns des autres, sans savoir comment échapper d'un si grand péril.

Dans tout ce temps le roi ne songeait qu'à sa fille : « J'ai bien mérité, disait-il, le châtiment que les dieux m'envoient, quand j'ai fait exposer Livorète & son fils

à la fureur des ondes. » Ces réflexions le tourmentaient
à tel point qu'il ne songeait plus à prolonger sa vie,
lorsqu'il aperçut la reine sur un dauphin, qui l'avait
reçue en tombant du vaisseau. Elle tendait les bras au
roi, mourant d'envie de le joindre & faisant des vœux
pour que le charitable dauphin allât jusqu'à lui & les
sauvât ensemble. C'est ce qui arriva, car dans le
moment où le roi était sur le point d'aller au fond de
l'eau, cet aimable poisson s'approcha de lui &, la reine
lui aidant, il se plaça sur son dos. Elle fut charmée de le
revoir & le pria de prendre un peu de courage, puisqu'il
y avait une entière apparence que le ciel s'intéressait à
leur conservation. En effet, vers la fin du jour, l'officieux poisson les porta jusque sur un agréable rivage,
où ils abordèrent, aussi peu fatigués que s'ils n'étaient
pas sortis de la chambre de poupe.

C'était justement dans l'île où Livorète & Alidor
commandaient souverainement. Ils se promenaient le
long de la grève ; Livorète tenait son fils par la main &
ils étaient suivis d'une nombreuse cour, quand ils virent
avec étonnement aborder ces deux personnes sur le dos
du dauphin. Cela les obligea de s'avancer vers elles,
pour leur offrir l'hospitalité. Mais quelle fut la surprise
du prince & de la princesse, quand ils reconnurent le roi
& la reine ! Ils virent bien qu'ils n'en étaient pas reconnus de même : cela n'était point extraordinaire, car il y
avait six ans qu'ils n'avaient vu leur fille. Une jeune
personne change beaucoup dans un si long espace de
temps, Alidor de laid & fou était devenu beau & raisonnable, pour l'enfant il avait grandi. Ainsi Leurs Majestés étaient bien éloignées de croire qu'elles voyaient
leur aimable fille & leur cher petit-fils.

Livorète ne retenait ses larmes qu'avec beaucoup de
peine ; à chaque parole qu'elle disait à son père & à sa
mère, son cœur se grossissait, sa voix, changeant à tous

moments de ton, était émue & tremblante : « Madame,
lui dit le roi, vous voyez à vos pieds un monarque
affligé & une reine désolée. Nous avons fait naufrage
assez loin d'ici, tous ceux qui nous accompagnaient
sont péris, nous sommes seuls, dépourvus de trésors &
de secours, tristes exemples de l'inconstance de la Fortune. — Sire, lui dit la princesse, vous ne pouviez aborder en aucun lieu où l'on eût plus de plaisir à vous
secourir ; de grâce oubliez vos peines. Et vous, madame
dit-elle à la reine, permettez-moi de vous embrasser. »
En même temps elle se jeta à son cou & la reine la serra
entre ses bras avec des mouvements de tendresse si
extraordinaires, parce qu'elle lui trouvait de l'air de sa
chère Livorète, qu'elle fut sur le point de s'évanouir. Le
prince Alidor les pria de monter avec eux dans son chariot, ils le voulurent bien & se laissèrent conduire au
château dont toutes les beautés & les magnificences
surprirent beaucoup le roi : il n'y avait point de moment
où l'on ne prît soin de leur donner quelques plaisirs.
Mais ce qui leur en causa infiniment, c'est que les vaisseaux du prince, qui n'étaient pas éloignés de l'endroit
où celui du roi s'était brisé, ayant sauvé l'équipage &
tous ceux qui étaient dedans, les amena à l'Ile dauphine, comme le roi déplorait leur mort.

   Enfin un jour, après en avoir passé plusieurs chez le
prince & la princesse, il leur dit qu'il les priait de leur
donner les moyens de retourner dans leur royaume :
« Hélas ! ajouta la reine, je ne vous cèlerai point la plus
douloureuse aventure qui puisse jamais arriver à un
père & à une mère. » Elle leur raconta là-dessus celle
de Livorète, les peines dont ils étaient accablés, depuis
le supplice où le roi l'avait condamnée, les conseils de
la fée qui demeurait dans la Forêt des ours & leur dessein d'aller à l'Ile dauphine : « C'est celle-ci,
continua-t-elle, où nous sommes arrivés par la plus

extraordinaire navigation qui ait jamais été. Cependant hors le plaisir de vous voir, nous n'avons rien trouvé ici qui nous ait soulagés, & la fée qui nous y a fait venir n'a pas fait une juste prédiction. »

La princesse avait écouté sa chère mère avec tant de pitié & de naturel qu'elle ne pouvait arrêter le cours de ses larmes. La reine avait une véritable reconnaissance de la trouver si sensible à ses chagrins, elle pria les dieux de l'en récompenser & l'embrassa mille fois, l'appelant sa fille & son enfant, sans savoir pourquoi elle l'appelait ainsi.

Enfin le vaisseau étant frété, le départ du roi & de la reine fut marqué au lendemain. La princesse avait toujours réservé une des plus grandes beautés de son palais pour leur faire voir, quand ils s'en iraient. C'était le bel arbre du Parterre de fleurs, dont la tige était d'argent, les branches d'or & les trois oranges de diamants, de rubis & d'émeraudes. Il y avait trois gardiens commis pour y veiller jour & nuit, dans la crainte que quelqu'un n'essayât à les dérober & n'en vînt à bout. Quand Alidor & Livorète eurent conduit le roi & la reine en ce lieu, ils les y laissèrent quelque temps, pour admirer à loisir la beauté de cet arbre merveilleux, qui n'avait point son pareil dans le monde.

Après être restés plus de quatre heures à l'examiner, ils revinrent où le prince & la princesse les attendaient pour leur faire un superbe repas. Il n'y avait dans la salle qu'une table à deux couverts ; le roi en ayant demandé la raison, ils lui dirent qu'ils voulaient avoir l'honneur de les servir. En effet, ils prièrent Leurs Majestés de s'asseoir ; Livorète & Alidor avec leur enfant donnaient à boire au roi & à la reine, qu'ils servaient à genoux ; ils coupaient toutes les viandes & les mettaient proprement sur les assiettes de Leurs Majestés, choisissant ce qu'il y avait de meilleur & de plus délicat. L'on entendait une agréable & douce symphonie, qui faisait beaucoup de plaisir, lorsque les trois gardiens du bel arbre entrèrent d'un air effaré & dirent qu'il y avait bien des nouvelles, que la belle orange de diamants & celle de rubis avaient été dérobées & que ce ne pouvait être que ceux qui étaient venus les voir. Cela désignait le roi & la reine ; ils s'en offensèrent comme ils le devaient, &, se levant de table tous deux, ils dirent qu'ils voulaient être fouillés devant toute la cour. A même temps, le roi défit son écharpe & ouvrit sa veste, pendant que la reine délaçait son corset. Mais quelle surprise pour l'un & pour l'autre d'en voir tomber les oranges de diamants & de rubis ! « Ah ! sire, s'écria la princesse, quelle récompense nous donnez-vous de la manière obligeante & respectueuse dont nous vous avons reçus dans notre île ! C'est payer bien mal un bon accueil & des hôtes qui vous respectent. » Le roi & la reine, confus d'un tel affront, cherchaient toutes sortes de moyens pour se justifier, protestant qu'ils étaient incapables de faire ce vol, qu'on ne les connaissait pas & qu'ils ne pouvaient comprendre comme quoi cela s'était fait.

A ces mots la princesse, se prosternant aux pieds de son père & de sa mère : « Sire, dit-elle, je suis l'infortunée Livorète, que vous fîtes mettre dans un tonneau avec Alidor & mon fils. Vous m'accusiez d'un crime auquel je n'ai jamais consenti ; ce malheur m'est arrivé sans que j'en aie eu plus de connaissance que Vos Majestés, lorsqu'on a caché les oranges dans leur sein ; j'ose vous supplier de me croire & de me pardonner. » Ces paroles pénétrèrent le cœur du roi & de la reine ; ils relevèrent leur fille & pensèrent l'étouffer, tant ils la serraient étroitement entre leurs bras. Elle leur présenta le prince Alidor & son fils. Il est plus aisé d'imaginer la satisfaction de ces illustres personnes, que de la dépeindre. Les noces du prince & de la princesse se célébrèrent magnifiquement. Le dauphin y parut sous la figure d'un jeune monarque infiniment aimable & spirituel. L'on dépêcha des ambassadeurs vers le père & la mère d'Alidor, avec des présents considérables. Ils furent chargés de leur raconter tout ce qui s'était passé. La vie du prince & de la princesse fut aussi longue & aussi heureuse dans la suite, qu'elle avait été triste & traversée dans les commencements. Livorète retourna avec son mari dans le royaume de son père, & son fils resta dans l'Île dauphine.

Qu'eût fait ce prince déplorable
Que persécutait le destin,
Sans le secours du bon dauphin
Qui lui fut toujours favorable ?
Le plus riche trésor qu'on puisse posséder,
C'est un ami tendre & fidèle
Qui sait à propos nous aider,
Lorsqu'à la fortune cruelle
On se trouve près de céder.
On voit fuir les amis quand le bonheur nous quitte,
Il en est peu de vrais, & ce sage eut raison,
Voyant condamner sa maison
Que chacun trouvait trop petite :
Hélas ! s'écria-t-il, dans ce petit logis
Que je serais digne d'envie,
Rien ne manquerait plus au bonheur de ma vie,
Si je pouvais l'emplir de sincères amis !

Marthonide eut à peine cessé de lire que chacun s'empressa pour louer le conte du Dauphin. L'un souhaitait de pouvoir servir ses amis, l'autre voulait être métamorphosé en serin, l'une enviait la beauté de Livorète & l'autre le mérite d'Alidor : « Ah ! s'écria La Dandinardière, ne vous arrêterez-vous jamais qu'à des fadaises ? Y a-t-il rien au monde qui égale la beauté & l'utilité de ces merveilleux puits, où l'on tire l'or dans des seaux de peau d'Espagne ? Je vous avoue que cet endroit m'enchante ; si je savais en quel lieu on trouve cette île ravissante, je partirais tout à l'heure pour y faire un pèlerinage. — Monsieur, dit Alain d'un air empressé, j'aurais aussi bonne dévotion d'y aller avec vous ; quand j'ai entendu lire ces belles choses, l'eau m'en est venue deux ou trois fois à la bouche. Vous ne sauriez en conscience faire un plus beau voyage. Le seau sera bien lourd, si je ne le tire pas : j'ai les bras forts. — Va, va, dit La Dandinardière, tu es trop poltron pour me suivre dans un lieu si périlleux. — Je ne suis point poltron, dit Alain, témoin mon combat avec le charretier & cinquante autres rencontres, où j'ai été roué de coups. — Eh bien, répliqua La Dandinardière d'un ton très sérieux, il faut voir sur la carte où nous pourrons pêcher cette île, & puis nous nous en tirerons à notre honneur. — Pour moi, dit madame du Rouet en l'interrompant, je vous avoue que je suis charmée & très surprise du tour galant que Marthonide a donné à ce nouveau conte. — Je ne suis si malheureuse en venant en ce pays-ci que je croyais l'être, ajouta madame de Lure d'un ton précieux, car enfin je ne pouvais pas me figurer qu'il y eût une once de bon sens en province, à moins que ce ne fût dans celles où l'ardeur du soleil raffine la cervelle. »

« Vraiment, vraiment, dit madame de Saint-Thomas d'un air impatient, vous nous la donnez belle, mesdames de Paris, quand vous nous croyez si bêtes. — C'est l'opinion la plus erronée qui soit au monde, dit La Dandinardière, il ne faut que vous voir & vous entendre pour en juger plus sainement, & tout ce que j'ai connu à la cour doit baisser le pavillon devant ces illustres ici. — J'ai quelque léger dessein, mon cher parent, ajouta la veuve, de m'y établir. Je voudrais trouver une grosse terre à acheter. — Combien, madame, dit le baron, y voulez-vous mettre ? — Hé ! dit-elle, cela dépend un

peu du titre qu'elle aura ; je serais assez aise que ce fût
un marquisat ; en ce cas-là j'y mettrais jusqu'à sept
mille francs. — Jusqu'à sept mille francs, madame ! dit
le vicomte, vous n'y pensez pas ! — Quoi ! monsieur,
s'écria-t-elle, un marquisat de province pourrait-il
valoir davantage ? On les donne à Paris, on les jette à la
tête, on ne sait qu'en faire. Pour moi, je vous avoue que
je serais presque honteuse d'être marquise, & il n'y
aurait qu'un bon marché qui pût m'y résoudre. Mais
enfin, si vous en savez quelqu'un, je vous serai obligée
de me l'enseigner, parce que j'ai de l'argent dont je ne
sais que faire. Il est vrai que je pourrais acheter quelque
hôtel à Paris, l'on est bien aise d'être logée chez soi &,
comme je vois toute la cour & toute la ville, cela me
met dans de certains engagements où bien d'autres ne
sont pas. »

« Est-il possible, madame, dit le prieur, que vous fassiez votre compte d'avoir un hôtel pour sept mille
francs ? Je vous assure que nous n'aurions pas ici une
chaumière pour un prix si modique. — Oh ! monsieur
le prieur, dit madame de Lure, je vois bien que vous ne
savez pas ce que cela vaut, c'est un peu peine perdue de
vous le dire. — Constamment, reprit La Dandinardière
d'un air le plus malin qu'il pouvait affecter, les abbés se
mêlent de tout, & bien souvent ils ne savent pas ce
qu'ils disent. — Vous avez votre reste, monsieur le
prieur, dit le vicomte en souriant. — Il est vrai,
répondit-il, & je ne m'y serais pas attendu de la part de
mon ami monsieur de La Dandinardière, mais nous
sommes dans un temps où l'on sacrifie ses meilleurs
amis pour avoir le plaisir de dire un bon mot. — Pour
moi ce n'est point mon caractère, s'écria Virginie d'un
ton méthodique, je veux que l'on soit attentif sur l'essentiel & sur la bagatelle. — Ah ! belle Virginie, dit le
Gentilhomme bourgeois, je suis perdu & plus que perdu

si vous êtes contre moi. L'ascendant que le ciel vous a
donné est tel à mon égard que je ne me trouve plus
capable de me défendre dès que vous m'attaquez. Il y a
bien paru, hélas ! depuis que je suis dans ce château. J'y
ai été conduit, ma belle cousine, dit-il en s'adressant à
madame du Rouet, par l'aventure la plus étrange & la
plus surprenante qui puisse jamais arriver à un homme
de qualité. Je vous la conterai en particulier, car il ne
serait pas juste de fatiguer ces dames d'un tel récit. Tout
ce que je peux vous dire, c'est que j'ai un ennemi dans
ce canton, qui emploie contre moi le fer & le feu, les
enchantements & les démons. — Que me dites-vous là,
mon cousin ? s'écria la veuve, je suis effrayée d'un tel
prélude. — Ces dames & ces messieurs, reprit notre
gentilhomme, peuvent rendre témoignage de ce que
j'avance & peuvent dire en même temps avec quelle
vigueur j'ai soutenu de telles incartades. Le roc, oui le
roc, n'est pas plus ferme que moi, c'est ce qui met mon
ennemi au désespoir. Enfin il cherche les moyens de me
faire succomber par des trahisons inouïes. — En vérité,
monsieur, dit madame de Lure, je voudrais à présent ne
vous avoir jamais vu, je crains si fort qu'il ne vous
arrive quelque malheur que je n'en dormirai pas cette
nuit. — Mon sort est bien digne d'envie, repartit galamment La Dandinardière, il me semble que je n'ai plus
rien à craindre puisque vous vous intéressez dans ma
fortune. — Voici des demoiselles, dit le vicomte en
montrant Virginie & Marthonide, qui n'y prennent assurément pas moins de part &, si monsieur de Villeville
prétendait en mal user, elles auraient peut-être assez de
pouvoir pour arrêter ses violences. — De qui me
parlez-vous ? dit la veuve. —D'un gentilhomme, continua le vicomte, qui aurait du mérite, s'il n'était pas
l'ennemi de notre ami. — Vraiment, dit-elle, je l'ai vu,
il me revient tout à fait. — Il vous revient ! reprit La

Dandinardière en fronçant le sourcil, vous vous moquez de moi ? C'est un campagnard, avec qui je ne voudrais pas faire comparaison, & je suis surpris qu'une femme aussi bien étoffée que vous puisse convenir qu'un homme de cette trempe ne lui déplaît pas. » La du Rouet, qui avait un penchant secret pour Villeville, se trouva étrangement blessée de ce que son cousin disait : « Et qui êtes-vous donc, monsieur de La Dandinardière ? lui répondit-elle d'un air sec, semble-t-il pas que votre transplantation de la rue Saint-Denis au bord de la mer vous autorise à chanter pouille à tout le genre humain ! — Ah ! ah ! petite dame de nouvelle édition, s'écria-t-il tout rouge de colère, il vous sied bien vraiment de prendre parti contre moi. Sans mon argent, feu votre père, de glorieuse mémoire, aurait vu le pilori de près. — Quelle insolence ! dit-elle, mon père n'a souffert que par la banqueroute du vôtre. » La dispute commençait sur un ton si vigoureux que les auditeurs jugèrent qu'elle allait se pousser trop loin & que madame de Saint-Thomas, toujours à l'affût pour découvrir la véritable origine du Gentilhomme bourgeois, en apprendrait plus qu'on ne voulait par les injures qu'ils étaient sur le point de se débiter Chacun s'intéressa pour rétablir la paix entre eux. Madame de Lure ne fut pas une des dernières à concilier les esprits aigris : elle ne voulait point qu'il fût dit dans la province qu'elle s'était fait accompagner par une bourgeoise. Mais l'aigreur entre la veuve & La Dandinardière était déjà des plus violentes ; ils gardèrent pourtant le silence par honnêteté pour la compagnie & à la prière de leurs amis communs, quoique l'on pût lire dans leurs yeux l'indignation qu'ils avaient l'un pour l'autre ; de temps en temps, ils faisaient de petites digressions où, sans nommer personne, l'on voyait bien qu'ils ne s'épargnaient pas.

Le baron jugea que, pour le meilleur, il fallait les éloigner comme deux dogues toujours prêts à se mordre :
« Vous ne serez peut-être pas fâchées, mesdames, leur
dit-il, de retourner dans le petit bois où vous avez été ce
matin. — Il est vrai que la situation en est infiniment
agréable, dit la veuve, j'aime la mer à la folie & j'approuve beaucoup la coutume des Vénitiens qui l'épousent tous les ans. Mais si j'étais la femme du doge, je
voudrais l'épouser aussi, ou tout au moins faire quelque
alliance d'amitié avec elle. » En disant ces mots, elle se
leva sans regarder La Dandinardière & fut prendre sous
le bras madame de Saint-Thomas, lui disant : « Allons,
ma bonne, nous récréer un peu au bord de l'élément
indocile. »

La baronne retira rudement son bras & lui dit qu'elle
pouvait bien se soutenir sans s'appuyer sur elle. La
veuve, qui était déjà de mauvaise humeur contre le petit
bourgeois, se sentit fort piquée de la manière dont la
baronne en usait : « En vérité, dit-elle, il y a des gens si
peu gracieux qu'ils n'offrent que des épines. — Je vous
entends, dit la baronne, car elle se piquait de relever
tout avec hauteur, vous prétendez, madame, être la rose
& que je suis l'épine ! Oh bien ! si vous êtes rose, c'est
assurément rose fanée. — Vos manières sont insul-
tantes, madame, répondit la veuve en rougissant, si
j'avais cru être reçue d'un tel air, je me serais passée à
merveille de vous faire l'honneur de venir chez vous.
— Et moi, fort bien passée de vous voir, dit la baronne
qui ne voulait pas avoir le dernier mot. — Eh, mon
Dieu ! quelles arrogances ! s'écria madame de Lure,
est-il possible que des femmes de qualité & de bon sens
s'amusent à cela ? — Je vous prie, madame, dit la
baronne, de parler à votre écot, je ne suis point une
ergoteuse. »

« De bonne foi, ma femme, dit monsieur de Saint-

Thomas, vous avez bien envie aujourd'hui de me donner du chagrin ! — Je vous le conseille, monsieur, répliqua-t-elle, en le prenant sur un ton trois fois plus haut,
je vous le conseille ; vous prendriez le parti du Grand
Turc pourvu que ce fût contre moi. Je le sais depuis
maintes années, mais une bonne séparation de corps &
de biens me mettra en repos pour le reste de ma vie. Si
mon grand-père vivait encore, il pleurerait avec des
larmes de sang de me voir si mal attifée d'un mari ; le
pauvre homme disait toujours qu'il me voulait faire
baillive ou duchesse. » Là-dessus elle se prit à pleurer,
comme si l'on avait enterré tous ses parents & tous ses
amis.

La Discorde aux crins hérissés semblait avoir établi
son séjour dans la maison du baron de Saint-Thomas,
tout y grondait, tout y boudait. Il ne répondit rien à sa
femme, car cela n'aurait jamais fini. Il engagea les
dames à descendre dans le bois, la baronne resta avec
La Dandinardière ; ils se trouvèrent en ce moment un
esprit de confiance l'un pour l'autre, qu'ils n'auraient
jamais eu sans leur dépit contre madame du Rouet :
« Voulez-vous, dit la baronne, que je vous parle à cœur
ouvert ? — Vous me ferez beaucoup d'honneur, répondit le bourgeois. — Je trouve, dit-elle, que votre cousine
est une impertinente créature. — Ma cousine ! reprit-il,
oh ! madame, elle ne m'est rien, ce sont de ces cousines... là ...vous m'entendez bien. — Si je vous
entends, dit-elle, j'ai l'esprit d'intelligence plus que
femme qui soit en Europe. Un mot, un rien me fait
deviner toute une histoire sans qu'il y manque une
voyelle. — Que l'on est heureux, s'écria La Dandinardière, d'avoir une femme d'un si grand mérite ! Si le
ciel m'en avait pourvu d'une semblable, je l'adorerais
comme les Chinois adorent leurs pagodes, je baiserais
ses petits petons, je mangerais ses menottes ! — Vous

voyez cependant, dit la baronne, de quel air en use mon
mari ; il faut que je vous le dise, monsieur de La Dandinardière : il n'y a jamais eu un homme moins complai-
sant que lui ; il fait le doucereux & l'agréable, mais le
fond du sac est bien amer. Pour moi, je suis née avec
une sorte de politesse qui s'accommode mal des brusqueries. — Je vous en livre autant, dit La Dandinardière, l'on aurait mon âme par de certaines manières
engageantes &, quand on le prend sur un autre ton, je
deviens de fer. Tous les démons, les esprits follets, les
fées, les sorciers, les magiciens, les enchanteurs, loups
garous & autres ne viendraient pas à bout de moi. —
Ah ! que je vous aime ! s'écria-t-elle, nous avons été
faits vous & moi sur un même modèle, & puis on l'a
cassé. Voilà mon humeur, je m'y reconnais, mais j'en
reviens à ce que vous m'avez dit il n'y a qu'un
moment : quoi donc ! cette veuve n'est pas votre
parente ? — Eh ! mon Dieu, non, madame, reprit-il
d'un air impatient, je vous l'ai dit & vous le dis encore ;
elle avait un de ses oncles auquel j'avais confié l'inten-
dance de ma maison ; elle était jeune & jolie, elle venait
souvent le voir, j'étais jeune aussi & je contais toujours
mille sornettes. — Fi, fi, monsieur, s'écria-t-elle, je ne
veux point qu'une femme comme cela se puisse vanter
de me connaître ; je vais lui dire tout à l'heure que, si
elle prononce jamais mon nom, nous aurons maille à
départir ensemble. — Vous prenez les choses trop au
pied de la lettre, répliqua le Bourgeois ; je ne prétends
point opprimer la vertu de madame du Rouet ; tout ce
que j'ai dit roule sur la différence qu'il y a entre sa qualité & la mienne ; car au fond, madame, si l'on se
piquait de tant de tant de rigidité & que les femmes,
pour se pratiquer, fussent obligées de faire preuve de
leurs vies & mœurs comme l'on fait à Malte de sa
noblesse, le siècle est si corrompu, que la plupart des

dames vertueuses passeraient leur vie toutes seules. Il
faut se relâcher un peu sur le qu'en-dira-t-on. — Vos
maximes & les miennes, monsieur de La Dandinardière, dit la baronne, roulent sur différents principes,
ainsi vous me permettrez de ne vous en pas croire.
— Mon Dieu, madame, dit-il, voulez-vous faire un charivari qui va désoler votre époux ? — C'est là ce que je
cherche, dit-elle, vous avez vu vous-même le travers
qu'il a pris avec moi sur cette bourgeoise ; je prétends
en avoir le cœur net, car je crois qu'il la connaît depuis
longtemps. »

Comme ils parlaient ainsi de bonne amitié, Alain vint
les interrompre ; il avait un air égaré, qui surprit son
maître. Il s'approcha de son oreille & lui dit : « Monsieur, il s'agit de plier bagage pour l'autre monde ; Villeville est dans le bois, qui rit & qui jase, comme s'il
n'avait aucune peur de vous. J'étais caché derrière un
arbre, d'où il m'était bien aisé de le voir : il est encore
plus grand qu'il n'était de plus d'une coudée. »

La baronne remarqua que les nouvelles d'Alain alté-
raient la tranquillité de La Dandinardière, elle sortit
aussitôt avec un « je vous incommode, peut-être », & le
petit homme, ravi de se trouver en liberté, demanda à
son valet s'il était bien certain d'avoir vu Villeville :
« Ne vous flattez point là-dessus, monsieur, je l'ai vu
comme je vois mon pied, lui dit-il ; je vais vous conter
toute l'histoire. Quand ces dames sont sorties de votre
chambre, je me suis trouvé dans ce petit passage noir où
l'on ne voit presque goutte ; j'en ai entendu une qui
disait à ces messieurs : « C'est un crasseux qui était
mon marchand dans la rue Saint-Denis, il avait dès ce
temps-là une inclination particulière à contrefaire
l'homme de qualité, l'on s'en donnait la comédie tous
les jours, &, comme j'achetais beaucoup chez lui à crédit, je m'en réjouissais plus souvent qu'une autre & je

l'appelais mon cousin pour avoir du temps, car nous
autres femmes de la cour nous n'avons pas toujours de
l'argent comptant. » Elle a dit encore cent autres
choses, dit Alain, que je n'ai pu retenir. — Je te trouve
seulement la mémoire bonne à l'égard de celles-ci,
répondit son maître, car je connais bien au style que tu
n'y mets rien du tien. — Moi, monsieur, continua
Alain, j'aimerais mieux être pendu comme un faux-saunier, que d'avoir menti, je vous répète des mots que
j'entends aussi peu que le grimoire. Mais pour en revenir à ces dames, je les ai suivies tout doucement, tout
doucement, & me suis fourré proche d'elles. Chacune
causait à sa mode, lorsque l'on a entendu un cheval qui
faisait *pata ta, pata ta,* tout le monde a regardé : c'était
ce hargneux de Villeville, qui s'est précipité par terre
pour les saluer, & moi, tout tremblant, je me suis retiré
à quatre pattes pour vous en avertir. »

    « Voilà une affaire qui mérite beaucoup d'attention,
s'écria La Dandinardière. Mon ennemi s'accoutume à
paraître dans ce canton, il y a passé ce matin, il y
revient ce soir, il en conte à la veuve, elle m'en veut.
Alain, pourquoi n'as-tu pas de cœur ? — Et quand j'en
aurais, monsieur, répliqua-t-il, qu'est-ce que nous
ferions ? — Tout ce que nous ne ferons pas, dit le bourgeois, car je sais que tu en manques. De quoi me servirait de faire des projets avec toi ? Le meilleur de tous,
c'est de songer à la retraite. — Ce n'est point trop mal
dit, monsieur, ajouta Alain ; aussi bien ce désespéré de
maître Robert nous fera encore quelque pièce. — Mais
comment ferons-nous ? dit La Dandinardière, car si l'on
nous épie sur le chemin, nous sommes perdus ! —
Monsieur, dit Alain, un peu de patience, je vous mettrai
dans notre charrette & votre hypothèque par-dessus, qui
vous cachera à merveille. — Dis bibliothèque, malheureux, interrompit La Dandinardière. Cela n'est point

mal pensé ; mais retourne dans le même lieu où tu as vu Villeville, afin de me venir dire s'il y est. » Alain le quitta & fut vers une allée obscure, jusqu'auprès de la compagnie, qui était encore dans le bois. Il vit que l'ennemi de son maître s'en était allé, il regarda soigneusement de tous côtés & vint lui dire ensuite qu'il n'y avait plus rien à craindre, que le mangeur de petits enfants était parti.

Il s'écria à ces mots : « Allons, allons joindre de nouveaux lauriers à ceux que j'ai déjà. Donne-moi mes armes & mes bottes, va seller mon petit Bucéphale. Ah ! l'impudent ! il vient où je suis, je lui apprendrai de quel bois je me chauffe. » Alain le regardait fort étonné : « Est-ce donc tout de bon, monsieur, lui dit-il, que vous voulez vous armer ? Votre tête est encore bien malade & l'aventure du lit a beaucoup endommagé vos pauvres épaules. »

La Dandinardière feignit de ne pas écouter Alain &, faisant comme s'il se fût entretenu lui-même : « *Mais aux âmes bien nées,* disait-il, *la vertu n'attend pas le nombre des années.* » Puis continuant il s'écriait d'un air vif & courageux : « *Paraissez, Navarrais, Maures & Castillans* !» Il continuait ainsi de répéter des endroits du *Cid*[1] & se savait un gré admirable de l'heureuse fécondité de sa mémoire.

Pendant qu'il s'excitait à se battre, il se trouva armé, puis monta sur son palefroi, qui était beaucoup plus gai que lui, parce qu'il y avait plusieurs jours qu'il mangeait de bonne avoine ; il sautait & faisait le mauvais. La Dandinardière ne laissa pas de prendre le chemin du bois, sa lance à la main, dont il donnait des coups si ter-

---

1. « La valeur », non « la vertu » pour la première citation tirée du *Cid,* II, 2, v. 405. Quant à la seconde, cf. *Le Cid,* V, 1, v. 1559.

ribles contre les branches, qu'il en tombait plus de han-
netons que de feuilles en automne. Le grand bruit qu'il
faisait obligea toutes les dames de se tourner. Son équipage les surprit, elles s'éclatèrent de rire, la veuve particulièrement, qui ayant les dents encore assez belles,
ouvrait la bouche de toute sa force pour les montrer, &
tout retentissait de ses *Ha ! ha ! ha !* La Dandinardière,
qui lui en voulait, trouva fort mauvais qu'elle se
moquât de lui. Il cherchait à se signaler, & voyant ses
cornettes fort hautes & fort garnies de rubans couleur
de rose, il enleva avec sa lance son bonnet tout coiffé,
comme l'on enlève le faquin, quand on court les têtes.

Celle de madame du Rouet demeura nue ; elle n'avait
point de cheveux, car elle était un peu rousse, mais elle
métamorphosait en blond d'enfant cette couleur trop
ardente. L'on peut juger de son dépit & de son affliction. Elle poussa de longs cris après sa coiffure, la plus
chère & la plus saine partie d'elle-même. Le petit cheval ombrageux & gaillard fut effrayé des cornettes qui
lui pendaient devant ses yeux & du bruit de la dame qui
venait de les perdre ; il prit le galop malgré son maître
& puis le mors aux dents. Les efforts de La Dandinardière pour l'arrêter n'auraient servi de rien, si Villeville,
qui venait de quitter toute cette compagnie & qui s'était
arrêté en passant pour parler à maître Robert, n'eût
tourné la tête. Il resta surpris de voir le Gentilhomme
bourgeois dans un si grand péril, il arrêta son cheval, &
profitant de cette occasion pour exécuter le projet qu'il
venait de faire avec le vicomte & le prieur : « Allons,
dit-il en mettant l'épée à la main, monsieur de La Dandinardière, il faut tout à l'heure nous couper la gorge. »

Le pauvre homme était déjà si effrayé qu'il n'avait
pas la force de parler. Mais quand il vit une épée briller
à ses yeux, il est certain qu'il en pensa mourir : « Je ne
me bats point, répondit-il, après un quart d'heure de

silence & de réflexion, je ne me bats point, quand je
suis armé, j'y aurais trop d'avantage & je suis trop honnête homme. — Trève d'égards, dit Villeville, en lui
mettant la pointe de son épée jusque sur la gorge.
— Ah ! maître Robert, je suis mort ! s'écria La Dandinardière, en se laissant tomber, viens me saigner. Hé !
mon bon monsieur de Villeville, ne me tuez pas, continua-t-il, je vous demande la vie : si mon habit de guerre
vous déplaît, j'y renonce pour le reste de mes jours. —
Une seule chose peut vous sauver de ma fureur, dit Villeville, je vous laisse vivre pourvu que vous me donniez
parole d'épouser mademoiselle de Saint-Thomas. —
Nommez laquelle, répondit promptement le pauvre La
Dandinardière, car si vous l'ordonnez, je les épouserai
toutes deux, & même le père & la mère. — Je vous
laisse choisir entre elles, continua Villeville, mais si
vous manquez à profiter de l'honneur que je veux vous
procurer, comptez que je vous tue, fussiez-vous cent
pieds sous terre. »

Le Bourgeois se trouva le plus heureux de tous les
hommes d'en être quitte à si bon marché, il se releva
tout tremblant & se prosterna aux pieds de son redoutable ennemi, l'assurant qu'il ferait jusqu'à l'impossible
pour lui obéir. Il lui demanda sa victorieuse main à baiser, & Villeville la lui donna d'un air grave : « Je suis
d'avis, lui dit-il, de faire pour vous la demande de Virginie à monsieur de Saint-Thomas. Il en aura plus de
disposition à vous l'accorder, quand il verra que je vous
pardonne & que nous allons être amis. — Vous êtes le
maître, répondit le Bourgeois, je tiendrai tout ce que
vous réglerez avec lui. »

Villeville, muni de cette parole, revint sur ses pas &,
tirant le vicomte & le prieur à part : « Il ne faut plus,
leur dit-il, mettre maître Robert sur la scène & ménager
une rencontre entre La Dandinardière & moi. Le hasard

a fait tout seul ce que nous n'aurions pu faire qu'avec beaucoup de soin. » Il leur raconta là-dessus l'aventure qu'il venait d'avoir & ce qui l'avait suivie. Ces deux messieurs n'en eurent pas moins de joie que lui : « Ne perdons pas un moment, dirent-ils, pour conclure le mariage. Ce qui nous embarrasse c'est la veuve, qui aimera mieux n'être plus en colère contre son cousin & se mêler de le conseiller contre nos intérêts. — Que cela ne vous inquiète point, dit Villeville ; j'ai quelque léger ascendant sur elle, je vais l'entretenir de nos desseins, elle sera ravie de cette confidence & nous secondera à merveille. »

Il ne s'était point trompé : pendant qu'il s'approcha d'elle, le vicomte parla à monsieur de Saint-Thomas, qui reçut agréablement la proposition. Madame de Saint-Thomas y donna les mains par un effet de caprice, qui ne la laissait guère longtemps dans la même situation, & Virginie y consentit avec joie, étant prévenue que La Dandinardière était un petit héros, qui ferait de grands exploits de bravoure, & qu'elle aurait le plaisir de faire chanter Apollon & les Muses en sa faveur. Ainsi tous les esprits qui avaient été dans la discorde quelques heures auparavant, se trouvèrent réunis, quand le bon La Dandinardière arriva, encore fort ému & tremblant. On le reçut à bras ouverts, chacun travailla à lui faire oublier la catastrophe de son combat, l'on eut même la discrétion de n'en point parler devant lui & de louer excessivement son mérite.

Il fit la demande de Virginie en forme, on l'écouta favorablement & le vicomte proposa de retourner dans la maison pour dresser les articles. Mais de quel étonnement Alain, le fidèle Alain resta-t-il frappé, quand il vit les agneaux & les loups bondir ensemble dans la plaine ! Je veux parler de La Dandinardière & de Ville-ville, qui s'embrassaient à tous moments & qui se touchaient dans la main de la meilleure amitié du monde. Il ouvrait les yeux & la bouche, tenait un pied en l'air, n'avançait ni ne reculait ; enfin il était dans la dernière surprise. Ce fut bien autre chose, quand on lui dit que son maître allait épouser Virginie & que c'était monsieur de Villeville qui lui avait ménagé ce bonheur. Il chanta & dansa sur-le-champ le branle de la mariée & réjouit toute la compagnie par ses simplicités.

La Dandinardière fut désarmé : mesdemoiselles de Saint-Thomas s'en acquittèrent à peu près comme les Dulcinées dont parle Dom Quichotte. On le couronna de roses, chacun le nomma l'Anacréon[2] de nos jours, la joie des bonnes compagnies, le petit-maître en détrempe. Mais le baron, qui commençait à s'y intéresser véritablement, ne riait pas trop de ses plaisanteries. Il pria même le vicomte, le prieur & Villeville de le regarder comme un homme qui allait être son gendre. Ils entendirent ce qu'il voulait leur dire & ils le ménagèrent davantage. Dès le soir même, les pauvres poulets de la basse-cour & les pigeons du colombier furent mis à mort pour servir au repas. Tous les chasseurs des environs donnèrent peu de quartier aux perdreaux. Le baron fit les frais de la noce, la dot n'alla pas plus loin, on préconisa le don de faire les contes & les espérances futures s'assignèrent là-dessus. La Dandinardière en fut satisfait, au moins il feignit de l'être, car il craignait Villeville & sans lui l'Hymen n'aurait jamais réussi.

Virginie amena sa sœur dans son nouveau ménage. Le jour étant pris, la charrette de livres, avec les trois ânons qui en étaient chargés, marchait à la tête du cortège. Le bourgeois montait son petit cheval & Alain le

---

2. Le nom d'Anacréon, souvent associé, au XVIIe siècle, à celui de Sapho, représentait la poésie amoureuse par excellence. Longepierre les avait traduits tous deux et publiés en 1684.

suivait, portant ses armes en trophée ; Virginie & sa
sœur, d'un air d'Amazones, allaient après, montées tant
bien que mal ; la veuve, qui ne haïssait point Villeville,
se mit en trousse derrière lui ; la précieuse baronne &
madame de Lure étaient dans une petite chaise roulante,
qu'une jument poulinière traînait ; la cavalcade était
fermée par le reste des messieurs & par plusieurs
parents, qui s'étaient rendus à la fête. Il faudrait bien du
temps pour écrire tout ce qui s'y passa. Je crains déjà
d'avoir abusé de la patience du lecteur, je finis avant
qu'il me dise de finir.

GLOSSAIRE

A

ACADÉMIE : Lieu où les jeunes gens s'exerçaient à l'équitation, à l'escrime, à la danse.

AJAMBÉE : Furetière ne considérait pas ce mot comme populaire : « Grand pas qu'on fait en étendant les jambes pour avancer chemin ou pour passer un ruisseau ».

ALISIER : « Arbre qui est fort grand, qu'on nomme autrement *Lotus,* qui produit un fruit plus gros que le poivre, et qui est bon à manger et propre à l'estomac » (F.)

AMBLE (L') « Train, où certaine allure de cheval, lorsque les deux jambes du même côté se meuvent ensemble et que les deux autres se meuvent après » (F.)

ANGLAISE (BONNET A L'): « On met les cheveux sous le bonnet pour les friser » (F.)

ANGLAISE (SELLE A L'): Selle dépourvue de battes, aussi bien en avant qu'en arrière.

ARÇON : « Espèce d'arc composé de deux pièces de bois qui soutiennent une selle de cheval, et qui lui donnent sa forme. Il y a un *arçon* de devant, et un *arçon* de derrière » (F.)

ASSIGNER (S'): Ici (*II*, p. 537) les espérances conçues sur le don de conteur constituent une manière de rente pour l'avenir.

ATIFFER : « Vieux mot qui signifiait autrefois *coiffer,* parer la tête des femmes » (F.)

AUNE : « Bâton d'une certaine longueur (1 m. 18 aujourd'hui) qui sert à mesurer les étoffes, toiles, rubans, etc. Il se dit aussi de la chose mesurée » (F.)

AUNER : « Mesurer avec une aune. Les Marchands ont une adresse merveilleuse pour *auner,* ils trompent en *aunant* » (F.)

B

BABIOLE : « Chose de peu de valeur et puérile. On amuse les enfants avec toutes sortes de *babioles,* etc. » (F.) Au siècle suivant, le mot fut employé avec *brimborion, bagatelle,* pour dénommer de petits châteaux : à Bellevue chez Mme de Pompadour, chez le comte d'Artois dans le Bois de Boulogne. Voir Michel Manson, *Supplément bibliographique.*

BAGUE : Voir COURSES DE

BAILLIVE : Femme d'un « Officier de Robe qui rend la justice dans certain ressort, qui était autrefois rendue par le Bailli noble, dont celui-ci n'est que le lieutenant, tel qu'est celui qui rend la justice au Bailliage du Palais » (F.) Ici, comme dans *Tartuffe,* II, 3, v.662, le titre désigne l'exemple ridicule de la vanité sociale des provinciaux du temps, tels que les voyaient les Parisiens.

BALADIN : Terme un peu condescendant, un peu méprisant, qui désignait l'amuseur public ou le danseur avant que l'Académie royale de Musique ne contribuât au prestige et à la reconnaissance sociale de la profession dans le royaume.

BALADINER : Verbe non rencontré ailleurs ; provient de *baladinage* (danse par haut), terme plutôt péjoratif, selon l'abbé du Bos, et qui fut associé aux « airs de vitesse » inventés et imposés par Lully, obligeant les danseurs, peu habitués et assez réticents, « à se mouvoir avec plus de vitesse et d'actions (qu'ils) ne l'avaient fait jusqu'alors », *Réflexions critiques sur la Poésie et sur la Peinture* (1719), éd. D. Désirat, Paris, énsb-a, 1993, p. 412.

BAMBOCHES : « Petites figures en forme de Marionnettes auxquelles on fait représenter des ballets ou des comédies. On a vu à Paris une troupe de Comédiens qui faisaient jouer des *bamboches,* mais qui n'ont pas eu grand succès » (F.) Dominique de Normandin, sieur de La

Grille, avait obtenu du roi (31 mars 1675) l'ouverture au Marais d'un théâtre de Bamboches ou Pygmées, capables « d'imiter parfaitement la danse, le chant et la voix humaine ». Gros succès, n'en déplaise à Furetière, qui porta ombrage à Lully, lequel réussit à y faire interdire la musique (5 février 1677), ce qui entraîna la fermeture du théâtre : Jérôme de La Gorce, *L'Opéra à Paris au temps de Louis XIV,* Paris, Desjonquères, 1992, p. 60-61.

BANDÉ (PISTOLET) : Dont le ressort est tendu.

BARAGOUIN : Langage corrompu ou inconnu qu'on n'entend pas ». L'étymologie tirée par Furetière de Ménage fait remonter *bara* (pain) au bas-breton et au bas-hébreu, et *guin* (vin) au bas-breton, « parce que ces mots de pain et de vin, sont les premiers qu'on apprend des langues étrangères » (F.)

BARBET : « Chien à gros poil frisé qu'on dresse à la chasse aux canards » ; «les *barbets* chassent le nez bas quand le gibier fuit, et le nez haut quand il demeure. Ils l'arrêtent sur terre et dans l'eau. Leur principale nature est de rapporter » (F.). La 39ᵉ et dernière fontaine du Labyrinthe à Versailles avait pour titre *Les Canes et le Barbet.*

BASSETTE : « Jeu de cartes qui a été fort commun ces dernières années et qu'on a été obligé de défendre à cause qu'il était trop en vogue. Il se joue avec un jeu entier de cartes que tient toujours un banquier, qui est aussi celui qui tient le fonds de l'argent pour payer. Chacun des joueurs choisit une carte sur laquelle il couche. Le banquier tire deux cartes à la fois. Quand elles se rencontrent pareilles à celles où on a couché de l'argent, la première fait gagner le banquier, la seconde le fait perdre » (F.) Le jeu fut introduit par l'ambassadeur de Venise Giustiniani entre 1673 et 1676. Cette mode inspira à Préchac *Les Désordres de la Bassette* (G. Quinet, 1682), et l'interdiction, du 18 juillet 1687, des jeux de hasard, une comédie de Dancourt : *La Désolation des Joueuses,* du 13 août suivant, parmi d'autres œuvres théâtrales.

BECAFIGUE : « Petit oiseau, qui est une espèce d'ortolan qui vit de figues » (F.)

BECOT (VERMEILLET) : Bouche vermeille : langage enfantin ou un peu suranné.

BERCEUSES : Ce sont des femmes affectées à la tâche du bercement de l'enfant.

BIBETS : Mot de fantaisie désignant ici les insectes, improvisés échansons.

BICHON : « Petit chien à long poil blanc et fort délié. Les *bichons* ont été longtemps à la mode chez les Dames : ce sont des Chiens de manchon » (F.)

BIGARREAU : « Fruit rouge, blanc et doucereux qui vient au temps des cerises, qui a la chair plus ferme et une figure moins ronde, qui ressemble à celle des guignes, et qui a été ainsi appelée, à cause de sa bigarrure ». (F.)

BILLES PAREILLES : « On dit proverbialement que deux hommes font *billes pareilles,* qu'ils sont sortis d'une affaire *billes pareilles,* quand ils n'ont point remporté d'avantage l'un sur l'autre » (F.)

BISQUE : « Potage exquis fait de plusieurs pigeons, poules, beatilles, jus de mouton et autres bons ingrédients qu'on ne sert que sur la table des Grands Seigneurs » (F.)

BOCANE : Du nom de Jacques Cordier, dit Bocan, maître à danser mort en 1653. Basse danse à 2/4 qui eut du succès vers 1654.

BOISSEAU : « Mesure pour des grains, de la farine, du sel, des navets, de la cendre, du charbon, etc. Il est fort différent en France, et change presque en toutes les juridictions » (F.)

BONBON : « Terme enfantin, qui signifie quelque friandise qu'on donne aux enfants » (F.)

BOSSETTES : « Petit rond doré et élevé en bosse, qu'on met aux deux côtés d'un mors de cheval » (F.)

BOULINGRIN (S) : « Ce sont de petits prés en carré dont le gazon n'est guère moins uni que le tapis d'un billard. Dès que la chaleur du jour est passée, tout s'y rassemble. L'on y joue gros jeu, et les spectateurs y trouvent à parier tant qu'ils veulent » (Hamilton, *Mémoires du Comte de Gramont*). Par extension, arbre taillé.

BRANLE : « Un air ou une danse par où on commence tous les bals, où plusieurs personnes dansent en rond, et non pas en avant, en se tenant par la main, et se donnent un *branle* continuel et concerté avec des pas convenables, selon la différence des airs qu'on joue. Les *branles* consistent en trois pas et un pied joint qui se font en quatre mesures, ou coups d'archet, qu'on disait autrefois battements de tambourin » (F.) Il y en avait une grande variété, énumérée par Furetière. A la cour, le branle d'entrée était cependant tombé en désuétude, et Louis XIV ne le put faire revenir en honneur. Sur la scène française ou italienne à Paris, nombre de comédies s'achevaient par un branle chanté.

BRAVE : Ici (I, p. 76), Truitonne fait allusion aux vêtements avilissants et malpropres de Florine : « Signifie aussi une personne bien vêtue. Les Bourgeois ne sont *braves* que les Fêtes et Dimanches » (F.)

BRETAGNE (A LA MODE DE) : Cousin du père ou de la mère.

BRIGANTIN : « Autrement *Armatomene,* est un vaisseau de bas bord, qui va à voiles et à rames, et qui est sans couverte. Il a jusqu'à dix ou douze rames de chaque côté, et n'a qu'un rameur à chaque rame. Les Corsaires s'en servent ordinairement pour aller en course, parce qu'il est léger, et que chaque matelot y est soldat » (F.)

BROCARD : « C'est une étoffe tissue toute d'or, tant en chaîne qu'en trame, ou d'argent, ou les deux ensemble » (F.)

BROCHER : « Piquer un cheval avec des éperons pour le faire courir plus vite. En ce sens il est vieux et hors d'usage » (F.)

BUFFET : « Meuble qui sert pour mettre les pots et les verres, la vaisselle et autres choses nécessaires pour le service de la table ». « Maintenant se dit seulement d'une table longue où on met la vaisselle d'argent, les verres et les bouteilles pour le service de la table. Il faut aller boire au *buffet,* se rincer la bouche au *buffet* » (F.) Enfin, sorte de desserte où on exposait les plus riches vaisselles à faire admirer.

BUFFLE : « Justaucorps fait de la peau d'un buffle, qui est fort épaisse, et qui étant bien préparée, sert d'une arme défensive » (F.)

C

CABINET : Ici, « buffet où il y a plusieurs volets et tiroirs pour y enfermer les choses les plus précieuses, ou pour servir simplement d'ornement dans une chambre, dans une galerie » (F.) L'Inventaire du mobilier de la couronne de 1700 détaille 76 cabinets, laqués ou vernis, décorés de pierres dures de Florence ou peints « façon porcelaine de Chine » (Monique Riccardi-Cubitt, *Un Art européen. le Cabinet de la Renaissance à l'époque moderne,* Paris, Editions de l'Amateur, 1995, p. 100.). Par extension, pièce d'appartement, petite ou grande.

CADENAT : Pièce d'argent ou de vermeil, «...est une espèce d'assiette où l'on serre la cuillère, la fourchette et le couteau. Un des côtés est retroussé et élevé de deux doigts, avec un petit couvercle où l'on met du sel, du sucre et du poivre » (F.) Signe de dignité souveraine qu'on posait sur la table à côté du couvert de l'ayant-droit. Apparu en France sous Henri III. En 1698, lors des séjours de la cour à Fontainebleau, Louis XIV s'en fit faire un en or, un autre de vermeil, signés Nicolas Delaunay. De l'époque ne nous est parvenu que le cadenat en argent doré (1683-1684) du roi d'Angleterre Charles II, réutilisé lors de l'accession au trône de Guillaume III et de Marie II en 1689 (*Versailles et les tables royales en Europe. XVIIe et XVIIIe siècles,* Musée national des Châteaux de Versailles et de Trianon, 1993, pp. 96 et 262.)

CALEMBOUR : Du malais *Calambac, Calambar* (1588). Bois d'aloès odoriférant, il servait à la tabletterie et aussi pour la poudre pour sécher l'encre.

CAMÉLÉON : « On dit aussi de celui qui n'a pas de quoi vivre, que c'est un *caméléon,* qu'il vit de vent à cause de la vieille erreur où on était que les *caméléons* en vivent » (F.)

CANETILLE : « Terme de broderie. Petite tresse qui sert à chamarrer d'or ou à broder un habit. Il s'en fait de plats et de ronds, de soie, d'or ou d'argent » (F.)

CANICULE : Désignait tantôt l'étoile Sirius dans la constellation du Chien, tantôt la chaleur au moment de l'apparition de cette constellation dans le ciel de l'hémisphère nord.

CANON : Ici, « ornement de toile rond fort large, et souvent orné de dentelles qu'on attache au-dessous du genou, ce qui était il y a longtemps fort à la mode, introduite par les cagneux » (F.) Et de citer les v. 35-36 de *L'École des Maris,* I,1. Très passé de mode en 1697.

CAPILOTADE : « Sauce qu'on fait à des têtes de volailles et de pièces de rôt dépecé » (F.)

CARREAU : « Grand oreiller ou coussin carré de velours, que les Dames et les Évêques se font porter à l'église pour se mettre plus commodément : ce qui est aussi une marque de qualité » (F.)

CASSOLETTE : « Petit vaisseau ou réchaud, où l'on fait brûler des pastilles et des odeurs agréables » (F.)

CERF-VOLANT : « Est aussi du papier étendu sur des osiers, que des enfants font élever en l'air pour se jouer » (F., art. *volant*). Voir Michel Manson, *Supplément bibliographique*.

CHAMAILLIS : « Action par laquelle on chamaille. Ce mot n'est plus guère en usage » (F.)

CHANTER POUILLE (à quelqu'un) : « le quereller en face, lui faire plusieurs reproches, l'injurier » (F.)

CHARDON : C'est-à-dire qu'Alain n'est qu'un âne (II, p. 476).

CHARIVARI : Ici, « bruit confus, fait en débauche ou dans des querelles domestiques » (F.)

CHAT D'ESPAGNE : Aurait-ce été le titre d'une nouvelle galante « hispanomauresque » attribuée à Jacques Alluis (*Le Chat d'Espagne,* Cologne, 1669), qui aurait lancé la mode d'une problématique race de chats de compagnie ?

CHEVAL D'ESPAGNE : Trapu, robuste et vif, provenait notamment d'Andalousie et était largement importé en France où il était préféré au cheval barbe. Utilisé surtout dans les manèges et à la guerre.

CHÈVREFEUILLE : « Arbrisseau qui porte des fleurs odoriférantes rouges et blanches, et dont on fait des berceaux et des palissades » (F.)

CHIEN DE BOULOGNE : De Bologne plutôt. Probablement le phalène, tel qu'on l'appelle aujourd'hui. C'était un « chien de manchon » à la mode chez les dames vers 1670-1680. Madame Palatine le trouvait trop frêle (17 juillet 1695, à la duchesse de Hanovre). Il fut le héros apuléen d'une nouvelle galante de l'abbé de Torche (*Le Chien de Boulogne,* Paris, Gabriel Quinet, 1668), fondée sur le même ressort féerique que *Le Chat d'Espagne* de 1669. Il céda la place aux « burgos », puis aux carlins.

CHIFFRE : « Caractère mystérieux composé de quelques
lettres entrelacées ensemble, qui sont d'ordinaire les lettres
initiales du nom de la personne pour qui il est fait » (F.)

CHINE (COFFRE ou MORCEAUX DE LA CHINE) : Œuvre
d'art servant de bibelots, coffres et coffrets en bois rares
ou en porcelaines dont la mode ne fit que croître jusqu'au
siècle suivant.

CHIOURME (DE VENUS) : C'est en principe l'ensemble
des rameurs d'une galère. Ici, relève d'une vision à la fois
plastique et poétique à partir de la fameuse (mythique)
équipée maritime (et amoureuse) qui sombra à Actium en
31 av. J.C. (Plutarque, *Hommes illustres, Vie d'Antoine*,
XXV-XXVI). En février 1664, la 2ème entrée du Ballet
des *Amours déguisés* avait mis en scène ce thème galant,
en attendant l'Embarquement pour Cythère.

CLINQUANT : « Broderie d'or ou d'argent qu'on met sur les
habits pour les faire plus brillants et éclatants. Il se dit
plus particulièrement de ces lames d'or ou d'argent qui
font le plus brillant des dentelles et des broderies » (F.)

CLOCHE (R) : « Il y a quelque chose à redire » (F.)

COMMENSAL : « C'est une épithète qui se donne aux officiers du Roi qui ont bouche à Cour, qui servent actuelle-
ment près de sa personne. » (F.)

COMPLIMENT : « Civilité ou honnêteté qu'on fait à autrui,
soit en paroles, soit en actions » (F.)

CONFITURE : « Préparation faite avec des sucres ou du miel,
qu'on donne aux fruits, aux herbes, aux fleurs, aux
racines, ou à certains sucs pour plaire au goût, ou pour les
conserver » (F.)

CONNÉTABLE : Titre tombé en désuétude, désignant un
chef militaire de frontières ou de places fortes, ou encore
la très haute charge du chef des maréchaux de France,
premier officier de l'armée, supprimée en 1628.

COQ D'INDE : « Est un gros oiseau aussi domestique, qui a
les mêmes qualités qu'un coq et qui a été apporté depuis
quelque temps des Indes Occidentales » (F.) Et le dindon
est un jeune coq d'Inde.

CORNET : Ici, « partie de l'écritoire où on met l'encre » (F.)

CORNETTES : Malgré Furetière (« Ne se dit plus maintenant
en langage ordinaire que des coiffes ou linges que les

femmes mettent la nuit sur leur tête »), les héroïnes de
Mme d'Aulnoy, tout comme les sœurs de la Cendrillon de
Perrault portent le jour des cornettes, peut-être à deux
rangs. S'agissait-il d'un arrangement de cheveux ?

CORPS : « Habit qui va du cou à la ceinture ». « Se dit aussi
des habits, des armes qui servent à couvrir cette partie du
corps qui va du cou jusqu'à la ceinture. Il faut essayer ce
corps de pourpoint, ce *corps* de jupe » (F.)

COUDÉE : Ancienne mesure de longueur, qui se prenait du
coude au bout de la main, soit cinquante centimètres environ.

COUDRE, ou COUDRIER : « Arbre qui porte des noisettes.
(…) Les Sorciers et les Charlatans font grand cas d'une
branche de *coudre*. Ils disent qu'elle a la vertu de découvrir les trésors et les mines d'or, et qu'elle s'incline aux
lieux où il y en a » (F.)

COURSES DE BAGUE (ou COURRE LA BAGUE ou LE
FAQUIN) : Épreuves équestres d'adresse, qui s'étaient
substituées aux anciens tournois, et déjà un peu démodées
en 1697. A la cour les dernières remontaient à 1686, orga-
nisées pour le Dauphin. Pour la bague, « suspendue au
milieu de la carrière à une potence », il s'agissait de la
décrocher « avec une lance en courant à toute bride ».
Quant au faquin, « fantôme ou homme de bois », il fallait
passer sa lance par un trou « qui y (était) fait exprès » (F.)

CRIQUETIN ou Criquet : « Bidet, petit cheval de peu de
valeur » (F.)

CROQUE LARDON : « Affamé, écornifleur de cuisine qui
tâche à y attraper quelque lardon ou quelque bribe » (F.)

CROQUIGNOLES : Chiquenaudes sur la tête ou sur la main.

D

DADA : « Terme enfantin, qui signifie un cheval, et le plus
souvent de carte » (F.) Voiture avait ainsi en 1647 daubé
le Grand Condé à propos d'un fameux échec militaire :
«…son dada/Demeura court à Lerida ».

DAIS : « Meuble précieux qui sert de parade et de titre d'honneur chez les Princes et les Ducs. Il est en forme du haut
d'un lit, composé de trois pentes, d'un fond et d'un dossier » (F.)

DANSES FIGURÉES : Danses qui représentent quelque action, idée ou sentiment, et propres au ballet, genre d'essence théâtrale.

DÉCOURS : « Diminution de lumière qui se fait tous les mois dans le cours de la Lune, quand elle se rapproche du Soleil. La Lune après son plein entre dans son *décours* » (F.)

DÉÇU, DÉCEVOIR : Trompé, Tromper adroitement. « Il ne faut pas se laisser décevoir aux belles personnes ». Furetière cite *La Place Royale,* II, 2, v.389 : « Que vous êtes à plaindre étant si fort déçu ! ». Voir aussi III, 6, v. 745 et 772.

DÉLIÉ : Cela veut dire que le pansement appliqué sur le bras pour arrêter le flux de sang, s'est défait (II, p. 143).

DENTELLES D'ANGLETERRE : Très prisées et très coûteuses en France à cette époque et dont Furetière signale l'interdiction (certainement peu respectée).

DÉROUTE : Défait, mis en déroute.

DÉSHABILLÉ : « Toilette, robe de chambre ou autres besognes dont on se sert quand on est dans son particulier, quand on s'habille ou quand on se déshabille » (F.). Mais la mode (décriée) était alors pour les dames de sortir en déshabillé, ce qui interdit toute analogie avec l'utilisation moderne du terme.

DETREMPE (EN) : « Se dit aussi figurément de ce qui ne doit guère durer. Voilà un mariage en *détrempe,* fait à la hâte, sans y observer des formalités » (F.)

DEUIL (GRAND) : « Se porte en France avec du drap noir sans ornement, des manteaux longs, du linge de Hollande et du grand crêpe » (F.)

DISPARADE : « Ce mot est Espagnol, mais plusieurs s'en servent pour expliquer de grandes inégalités d'esprit, de choses dites ou faites mal à propos » (F.)

DOGUIN : Dogue de petite taille.

DOUBLE LOUIS : Pièce d'or, qui valait à la fin du XVIIᵉ siècle onze livres, le louis valant cinq livres et dix sous.

DOUZAINE (A LA) : « On dit proverbialement A la *douzaine,* en parlant d'une chose qui n'est pas d'un grand mérite, d'un grand prix. Un Poète à la *douzaine* » (F.)

ꝹRAGÉE : « Petite confiture de sucre durci, où on enferme quelque petit grain ou menu fruit, comme anis, amandes, pistaches, avelines, morceaux de cannelle ou de citron, ou abricot, coriandre, etc. » (F.)

ꝹRAGONNE (BONNET A LA) : Bonnet à cordon que portaient les dragons, « soldats à cheval, qui combattaient à pied » (F.)

E

ᴇAU DE FLEUR D'ORANGER : Liquide parfumé qui s'obtenait à partir de la fleur d'oranger (*citrus vulgaris*).

ᴇAU DE LA REINE DE HONGRIE : « Distillation qui se fait au bain de sable des fleurs de romarin mondées de leurs calices sans aucune partie de l'herbe, dans de l'esprit de vin bien rectifié. On l'appelle ainsi, à cause du merveilleux effet qu'en ressentit une Reine de Hongrie à l'âge de 72 ans » (F.). Audiger (*La Maison réglée,* 1692) recommande de bien boucher la bouteille et de la conserver six semaines dans une futaille bourrée de fumier de cheval, afin de faire déposer le marc : il en résulte un liquide rouge clair. Cette recette, dit Mme Foucquet (*Recueil de remèdes faciles et domestiques,* 1678), fut révélée à Isabelle reine de Hongrie par un ermite pour la guérir de la goutte. Mme de Sévigné s'en servait apparemment comme d'un véritable euphorisant (Lettre du 16 octobre 1675, éd. R. Duchêne, Paris, Gallimard, Bibliothèque de La Pléiade, 1974, II, p. 133.)

ᴇAU DE NAFRE : Eau de naffe (étym. *Nahfab*). Eau de fleur d'oranger.

ᴇCARLATE : « Graine d'un arbre qui est une espèce d'yeuse ou de houx qui produit la plus belle des couleurs et la plus chère, qui est d'un rouge fort vif » (F.)

ᴇCLAIRER : »Signifie aussi épier, contrôler secrètement » (F.)

ᴇCOT : « On dit proverbialement à ceux qui viennent interrompre l'entretien d'autres gens, parlez à votre *écot,* pour dire, allez entretenir votre compagnie » (F.)

ᴇCRAN : « Petit meuble qui sert à se parer de la trop grande ardeur ou de la lumière du feu. Il y a des *écrans* à pied qui se tiennent debout devant le feu ; d'autres à main, qu'on orne de diverses histoires et images » (F.)

ᴇCU D'OR : Valait quatorze sous en 1690.

ÉGYPTIEN : ou Bohémien. Personnage chantant ou dansant du ballet ou de l'opéra-ballet, muni le plus souvent d'un tambourin.

ENGOUER (S') : «Boucher le passage du gosier : ce qu arrive quand on mange goulument quelque morceau de viande trop gros » (F.)

ENSEIGNES : (Au pluriel), « se dit aussi des marques qu'on se donne réciproquement pour connaître la vérité d'une chose, pour n'être point trompé. Je vous ai vu en telle occasion, aux *enseignes* que vous y fûtes blessé » (F.)

ENTENDU (BIEN) : Bien fait et de bon goût.

ENTÊTER (S') : S'être inculqué une idée, une passion en tête si profondément, qu'on en perd le bon sens.

ÉPLUCHER (S'): Se débarrasser de la poussière ou de la saleté.

ERGOTEUR : Ici, ergoteuse, « (celle) qui dispute, qui pointille sans cesse, qui conteste sans cesse » (F.)

ESCARBOUCLE : « Pierre précieuse et fabuleuse, dont Pline et plusieurs autres dit beaucoup de merveilles. Ce n'est en effet qu'un gros rubis ou grenat rouge, brun et enfoncé tirant sur le sang de bœuf, qui jette beaucoup de feu, surtout quand il est en cabochon et chevré. On a voulu faire accroire que l'*escarboucle* venait d'un dragon » (F.)

ESCOFFION : » terme populaire qui se dit de la coiffure des femmes du peuple ou des paysannes, des femmes coiffées mal proprement. Les harangères qui se querellent s'arrachent leur *escoffion* » (F.)

ESTOC ET DE TAILLE (D'): Frapper de la pointe de l'épée et du tranchant. Voir aussi *estocade.*

ESTRANÇON : « Coup qu'on donne du tranchant d'une forte épée, d'un coutelas, d'un cimeterre. On le dit aussi de l'arme même » (F.) Voir aussi *estrançonner*

ÉTOFFÉE : Métaphoriquement, d'un grand mérite ou de bonne considération.

F

FALBALA (Tablier en) : C'est-à-dire, avec des volants de dentelles ou de broderies en bas du tablier. Cette mode des tabliers fleurit chez les dames de qualité (et les autres) dans la décennie 90 : image affichée de la vertu ou des occupations domestiques ?

FANFRELUCHE : » Mot bas et burlesque qui entre quelquefois dans des Vaudevilles et qui signifie freluche, bagatelle, petite chose de rien et qui pare » (Richelet). Furetière, qui évoque d'abord les flammèches émanant de feuilles qui brûlent, applique le terme aux « choses mondaines qui n'ont que de la vanité et un faux éclat ».

FAQUIN : Voir COURSES.

FAUTEUIL DE COMMODITÉ : Est-ce un meuble à s'asseoir, bien rembourré, avec crémaillère pour faire hausser ou baisser le dossier, ou une sorte de « chaise d'affaires » comme en utilisait le roi pour s'habiller ou recevoir en son privé ?

FAUX-SAUNIER : Qui vend clandestinement du sel non entré dans les greniers du roi, et qui donc se soustrait à l'impôt.

FENOUILLET : Ici, eau de vie rectifiée et distillée avec de la graine de fenouil.

FEOS : (II, p. 71). Sont-ce des fées au masculin ?

FÊTU : « Petit brin de paille » (F.)

FEU GRÉGEOIS : « Est un feu d'artifice qui brûle jusque dans la mer, et qui augmente sa violence dans l'eau. Il a un mouvement contraire à celui du feu naturel, parce qu'il se porte en bas à droite et à gauche, selon qu'on le jette ». Furetière précise ensuite l'origine du mot, et du phénomène que les Grecs auraient inventé en 660 av. J.-C.

FILASSE : « Filaments qu'on tire de certaines plantes, comme en France, du chanvre, du lin, des orties, pour après être battus et préparés les mettre en une quenouille, et en faire du fil » (F.)

FILIGRANE : « Pièce d'orfèvrerie d'or pur ou d'argent, travaillée délicament en forme de petits grains ou de petits filets » (F.)

FLÛTE : Ici, probablement la « flûte d'Allemand » c'est-à-dire à bec.

FONTANGE : D'un simple nœud pour relever les cheveux à la fin des années 70, on était parvenu à des coiffures monumentales, dardant leurs *rayons* ou dressant leurs *palissades* vers le ciel. Les fortes préventions du roi, les initiatives de ses filles en 1691 ou de la duchesse de Bourgogne en 1699 n'en eurent pas raison. Selon Saint-Simon, ce fut seulement en 1713 qu'une épouse de diplomate anglais à Paris, la duchesse de Schrewsbury les fit disparaître au profit des coiffures plates (*Mémoires,* éd. Yves Coirault, IV, p. 592-593).

FRAISÉES (DENTELLES) : Plissées et empesées.

FRIAND : « Qui aime les morceaux délicats et bien assaisonnés. Il se dit tant des personnes, que du goût et de la chose goûtée » (F.)

G

GAGÉ(E) : Pour ainsi dire, payé(e) même pour agir en dépit du bon sens, comme Laideronnette dans *Serpentin vert.*

GALANT, GALANTERIE : Ces termes ici désignent ce qui tient du bon goût, de l'élégance, particulièrement de la part des femmes : princesses et fées. S'opposent parfois à la magnificence pure, et s'adaptent très bien aux modes qui passent.

GALETAS : « Grenier ou lieu qui touche à la couverture du toit », là où logent bien des savants, précise Furetière, mais aussi la devineresse à la mode de La Fontaine (*Fables* VII, 14) et la vieille fileuse fatale à la Belle au Bois dormant.

GAMBADE (R) : « Saut ou posture qui se fait dans l'ardeur de la jeunesse par gaîté et emportement » (F.)

GAZE : « Toile ou étoffe fort déliée à travers laquelle on voit le jour » (F.)

GIBECIÈRE : (Voir TOURS DE).

GIRANDOLE : « Chandelier composé de plusieurs branches et bassinets, qui aboutit en pointe, et qui a un pied servant à la poser sur des buffets ou de hauts guéridons. Il est ordinairement garni de plusieurs morceaux de cristal » (F.). Il y avait et il y a encore à Versailles dans les parterres du Midi un Bosquet de la Girandole.

GIROFLÉE : « Fleur qui se cultive dans les jardins, qui sent assez bon »

GOBELETS : Voir TOURS DE.

GODENOT « Petite figure ou marionnette dont se servent les Charlatans pour amuser le peuple. Se dit aussi par dérision des personnes laides et mal faites, des figures mal taillées ou dessinées. » (F.)

GRABUGEON : De *grabuge,* mot burlesque et ancien « qui signifie débat et différent domestique » (F.)

GRAS (RUBAN) : Ruban sale.

GRIFFON : « Animal fabuleux ayant quatre pieds, des ailes, un bec d'oiseau, le derrière d'un lion, qui est gardien des trésors et ennemi du cheval » (F.) Jorge Luis Borges et Margarita Guerrero (*Manuel de Zoologie fantastique*) en rappellent les mentions et descriptions par Hérodote, Pline l'Ancien, Isidore de Séville, Marco Polo, Dante (*Purgatoire* XXIX, 108 sq.) et sir John Mandeville.

GRIS DE LIN : « Nuance violette qui a plusieurs degrés depuis le plus clair jusqu'au plus brun » (F.) A la mode lors de l'arrivée en France de la dauphine Bavière en 1680, cette teinte inspira à Préchac le sujet d'une nouvelle galante : *Le Gris de Lin,* Paris, Charles Osmont, 1680.

GROS : « Un amas de troupes qui marchent ensemble » (F.)

GRUGEON ; GRUGER : « Signifie simplement manger beaucoup » (F.)

GUENUCHE : Diminutif de guenon.

GUERETS : « Terre qu'on avait laissé reposer, et qu'on a fraîchement labourée pour l'ensemencer en la même année. Les *guérets* se lèvent en mars » (F.)

GUIDON : « Drapeau ou étendart d'une compagnie de Gendarmes et de plusieurs compagnies de Cavalerie. Il est long par un bout, et se termine par une pointe de l'autre côté, qui est divisée en deux comme les banderolles » (F.). Ici, par métaphore, l'officier qui porte le guidon.

GUILDAIN D'ANGLETERRE : Ou guilledin « Cheval d'Angleterre qui est extrêmement vite en la course ». Furetière ne précise pas qu'il s'agit exactement d'un hongre. Guildain vient de *gelding,* qui veut dire en anglais cheval châtré.

GUINÉE : Ancienne monnaie d'or anglaise. Valait vingt-et-un shillings.

H

HAUSSE-COL : « Partie de l'armure d'un homme de guerre, qu'on met autour du cou » (F.)

HIPPOGRIFFE : Jorge Luis Borges et Margarita Guerrero (*Manuel de Zoologie fantastique*) nous font ressouvenir que cet animal, mélange de griffon et de jument dont il est issu, est pure création de l'Arioste dans son *Orlando Furioso*.

HOLLANDE (TOILES DE) : On distinguait toiles de Hollande et de demi-Hollande, s'agissant plus d'une qualité de toile que d'une origine. L'*Encyclopédie* de Diderot et d'Alembert parle d'*Hollans*, batiste fabriquée en Flandres, qui passait en Espagne puis aux Indes (orientales, probablement). Elle mentionne la *Hollandine* également, qui se fabriquait en Hollande tout comme en Silésie.

HONGNER : Forme du Haut-Maine, selon Godefroy, signifie : grogner, grommeler, gronder. Vestige de l'ancien Français, dont l'étymon serait une interjection, selon Duez et Ménage : « Faire *hon hon* et criailler comme font les enfants quand ils voudraient avoir quelque chose » (*Dict. fr. all. lat.*, Amsterdam, 1664). La devise des Mailly était : HOGNE QUI VOUDRA.

HONGRELINE : « Sorte d'habillement de femme fait en manière de chemisette qui a de grandes basques » (F.) Mme d'Aulnoy en parle dans sa *Relation du Voyage d'Espagne* comme d'une robe volante.

HOUSSE : « Couverture qu'on met sur la selle des chevaux, tant pour l'ornement que pour se garantir des crottes aux entrées, aux revues et autres cérémonies » (F.)

HYPOCRAS : « Breuvage qu'on fait avec du vin, du sucre, de la cannelle, du girofle, du gingembre et autres ingrédients » (F.)

I

INTERCADANT : « Terme de Médecine, qui ne se dit que du pouls, quand son mouvement est fort déréglé, et tantôt paraît et tantôt disparaît » (F.)

INTRIGUER : Ici (*Chatte blanche*, p. 198), embarrasser.

ISABELLE (CHEVAL) : « Couleur qui participe du blanc et du jaune, qui est d'un jaune bien lavé. Il y a des chevaux d'un poil *isabelle*. Les jupes *isabelle* ont été longtemps à la mode, parce que c'est une couleur douce » (F.) Nulle allusion à l'origine du nom, touchant l'histoire d'Isabelle la catholique ou celle de l'Infante Isabelle, gouvernante des Pays-Bas.

J

JAQUETTE : « Habit de paysan fait en petite casaque sans manche » (F.)

JATTE : « Vaisseau rond fait d'une pièce de bois tournée et creusée autour, qui sert à la cuisine, à la vendange, et le plus souvent à mettre les balayures d'une maison. On appelle cul de *jatte* un pauvre estropié qui n'a ni cuisse ni jambes dont il se puisse servir, et qui est obligé de marcher sur ses fesses enfermées dans une *jatte*. Scarron s'appelait cul de *jatte*, car il était tellement paralytique qu'il ne pouvait sortir de sa chaise » (F.)

JONC : « Est aussi une espèce de bague qui le plus souvent n'a point de chaton, et qu'on ne met guère que pour accompagner et en arrêter une autre » (F.)

JOUJOU : (*Princesse Printanière,* I, p. 160). Dans l'édition de 1725, la plus ancienne accessible, ce mot est en deux, et sans *x,* quoique au pluriel. Selon Michel Manson (voir *Supplément bibliographique*), la plus ancienne mention s'en trouverait dans l'édition 1704 du *Dictionnaire de Trévoux,* et de se demander si Mme d'Aulnoy n'aurait pas été la première à user de ce diminutif.

JUSTAUCORPS : « Espèce de veste qui va jusqu'aux genoux, qui serre le corps et montre la taille. Depuis quelque temps, la mode est venue que chacun va en *justaucorps* » (F.)

L

LACIS : « Ouvrage de fil ou de soie fait en forme de filet ou de reseuil, dont les brins sont entrelacés les uns dans les autres » (F.)

LANGUE FRANQUE : « Ou *Langage franc*, est un jargon qu'on parle sur la Mer Méditerranée, composé du Français, Italien, Espagnol et autres langues, qui s'entend par tous les Matelots et Marchands de quelque nation qu'ils soient » (F.) Ce que nos linguistes auraient appelé *Pidgin* (Claude Hagège, *L'Homme de paroles. Contribution linguistique aux sciences humaines* (1985), Paris, Gallimard, Folio Essais, 1986, ch. II, p. 36-53.

LANSQUENET : « Jeu de cartes fort commun dans les Académies de jeu, et parmi les laquais. On y donne à chacun une carte, sur laquelle on couche ce qu'on veut ; et si celui qui a la main en tirant les cartes amène la sienne, il perd, s'il amène quelqu'une des autres, il gagne » (F.) Inspira à la comtesse d'Auneuil une « Nouvelle du temps », *L'Origine du Lansquenet,* Paris, Pierre Ribou, (avril) 1703.

LAPIDAIRE : « Ouvrier qui taille les pierres précieuses, marchand qui les débite, ou celui qui est expert à les connaître » (F.)

LAYETTE : A l'origine, petit coffre de bois ou tiroir où se rangeait le linge, et particulièrement celui des bébés : « Quand on met un enfant en nourrice, on lui donne une *layette* » (F.)

LEVRAUT : « Jeune lièvre et tendre, qu'on mange rôti. Un *levraut* à la sauce douce, à la sauce piquante. Un *levraut* de trois-quarts » (F.)

LEVRON : « Jeune lévrier pour la chasse. Il y a aussi des *levrons* domestiques qu'on nourrit dans les chambres pour le plaisir » (F.)

LIMES DOUCES : « Certain petit fruit rond et plein de jus comme un citron, qui est fort doux. Des *limes douces* de Marseille » (F.)

LIMIER : « Gros chien de chasse qui ne parle point, qui sert à quêter le cerf, et à le lancer hors de son fort. Il y a des *limiers* pour le matin, et d'autres pour le haut du jour » (F.)

LIMONADE : « Breuvage qu'on fait avec de l'eau, du sucre et du jus de citron ou limon » (F.)

LIVRE : « Est aussi une mesure du poids des corps graves qu'on pèse, qui est différente selon les lieux. (...) La livre de Paris est de 16 onces » (F.). Entre 380 et 552 g. de nos jours.

LOUCHE : « Bigle, qui regarde de travers. C'est le plus souvent la faute des nourrices quand les enfants deviennent *louches* » (F.) Ce put être aussi une marque de monstruosité fantastique, comme dans le cas du cardinal de Bouillon tel que l'a dépeint Saint-Simon : « Cette loucherie, qui était continuelle, faisait peur et lui donnait une physionomie hideuse » (*Mémoires,* éd. Yves Coirault, Paris, Gallimard, Bibliothèque de la Pléiade, 1985, T. V, p. 178).

LUTIN : Démon ou esprit follet et malicieux, fauteur de désordres et de méfaits. Proviendrait de *Neptunus* ou autrement *nocturnus* (*nuiton*). Par extension, « Enfant vif, espiègle, taquin » (Richelet).

LUTRIN : « Pupitre sur lequel on met les Livres d'Église, auprès duquel les Chantres s'assemblent. On le dit principalement de celui qui est au milieu du chœur. Mais on le dit aussi de ceux qui sont placés sur les hautes chaises. On dit d'un Marguillier de Village dont on veut vanter la capacité, qu'il chante bien au *lutrin,* et sait tout son Office par cœur. Despréaux a fait un Poëme très agréable qu'il a intitulé le *Lutrin* » (F.)

M

MAGOT : Gros singe. Terme utilisé métaphoriquement pour désigner sans ménagement une personne laide, difforme.

MAIL (JEU DE) : Jeu de boules avec maillet de bois à longue queue.

MAILLE A DÉPARTIR : Être « en une dissension perpétuelle » (F.) Comme pour se partager une maille, c'est-à-dire une chose de peu de valeur.

MANÈGE : « Lieu propre et destiné à manier et à faire travailler les chevaux dans les Académies » (F.). Rf. *Le Manêge royal* d'Antoine de Pluvinel (1623).

MANGEURS de CHARRETTES FERRÉES : « On appelle proverbialement un *avaleur de charrettes ferrées,* un Thrazon, un Capitan. C'est une phrase grecque qui se trouve dans Athénée et Xénophon » (F.)

MANNEQUIN. Ici, diminutif de *manne* (panier), d'origine flamande (Estienne, 1543).

MANNETTE : Diminutif de *manne,* panier plus long que large, à deux anses, servant à transporter du linge, de la vaisselle, ou encore, des poissons.

MARGUILLIER : « Celui qui a l'administration des affaires temporelles d'une Église, d'une paroisse, qui a soin de la fabrique de l'œuvre. Il y a dans les grandes Paroisses deux premiers *Marguilliers* ou *marguilliers* d'honneur, qui sont d'ordinaire des Officiers et deux *Marguilliers* Comptables, qui sont Marchands ou Bourgeois »

MARIÉE : Danse ancienne, dans laquelle un homme et une

femme seuls se livraient à des pas joyeux, pour se témoigner réciproquement le plaisir d'être amis.

MARMOUSET : Ici, « petit garçon qui se mêle de vouloir raisonner avec les grands » (F.). Nom familier donné à l'Allée d'Eau des parterres Nord à Versailles à cause des figures d'enfants ornant les vingt-deux fontaines qui y furent aménagées dès 1670-1678, entièrement refaites en bronze en 1688.

MAROUFLE : « Terme injurieux qu'on donne aux gens gros de corps et grossiers d'esprit » (F.)

MAZETTE : « Petit cheval, ou cheval ruîné qu'on ne saurait faire aller ni avec le fouet ni avec l'éperon. Les chevaux de poste, les porteurs de choux sont des *mazettes* » (F.)

MEDIANOCHE : « Terme venu depuis peu d'Italie, qui signifie un repas qui se fait au milieu de la nuit, particulièrement dans le passage d'un jour maigre à un jour gras, après quelque bal ou réjouissance » (F.)

MENUET : « Espèce de danse dont les pas sont prompts et menus. Il est composé d'un coupé, d'un pas relevé et d'un balancement. Il commence en battant. Il est de mesure ou mouvement ternaire » (F.)

MERISIER : « Arbre qui porte des merises. Cet arbre a le bois fort dur et son écorce blanche est fort lissée et unie (F.). Son bois rougeâtre, veiné, résistant et propre à la polissure le faisait rechercher des menuisiers, ébénistes et luthiers.

MÉTÉORE : « C'est, selon les Philosophes, un mixte inconstant, muable, imparfait, qui s'engendre des exhalaisons et vapeurs de la terre élevée dans l'air, comme les pluies, les vents, les neiges, grêles, feux ardents et volants, l'éclair, le tonnerre, la foudre. On y met aussi l'arc en ciel, le miel, la manne, la rosée, etc. On a vu des *météores* en forme de clochers ardents, de lances flamboyantes, de javelots brûlants, de traits de feu volants, de chevrons de feu, de chèvres sautelantes, des étoiles volantes, etc. La génération des *météores* est merveilleusement expliquée dans un Traité exprès qu'en a fait Descartes. Aristote et Gassendi en ont aussi écrit » (F.)

MÉTIER : « Est aussi une espèce d'oublie ou de pâtisserie mince et roulée, qui est cuite entre deux fers comme des gauffres, composée de farine et de sucre ou de miel. On l'appelle aussi des *cornets de métier* ou *du petit métier* » (F.)

MEUBLE : Ici, au sens abstrait, bien, richesse : « La Vertu sans l'argent n'est qu'un meuble inutile » Boileau, *Épître* V, v. 86.

MIE : « Est aussi un vieux mot, qui signifiait autrefois Maîtresse bien aimée. (...) Les enfants appellent encore leur gouvernante leur *Mie* » (F.)

MIGNARDISE : « Délicatesse de quelque chose, soit qu'elle vienne de la nature ou de l'art » ; «Se dit aussi de certaines délicatesses d'éducation, des flatteries » (F.)

MINUTER : « Signifie figurément projeter, avec dessein de faire quelque chose, et surtout en cachette, à la sourdine. Ce Marchand *minute* sa fuite, s'apprête à faire banqueroute » (F.)

MONNE, MONETTE : De l'espagnol *Mona* signifiant guenon.

MORION : « Armure de soldat, pot qu'il met sur sa tête pour se défendre, salade. Le *morion* est pour les gens de pied, le heaume est pour les cavaliers pesamment armés » (F.)

MOUCHES A MIEL : Autre nom pour désigner les abeilles, opposées par Furetière aux « mouches guêpes ». En sa cour de Sceaux, la duchesse du Maine, pour se divertir et à l'intention de ses seuls amis, devait créer en 1703 un Ordre de la Mouche à Miel.

MOULE : C'est-à-dire une armature pour gonfler ses cheveux et leur donner une forme.

MUETS : « Les nains et les *muets* font fortune dans le Sérail » note Furetière. Les seconds apportent ici un air de mystère ou d'exotisme inquiétant, comme dans *Bajazet*.

MUID : « Grande mesure de choses liquides. Le *muid* de vin à Paris contient deux cent quatre vingt pintes, selon le règlement de Louis XIII, et suivant les Ordonnances de Henri IV de 300 pintes. (...) Signifie aussi la futaille de même mesure, qui contient le vin ou autre liqueur » (F.)

MUSETTE : « Instrument à vent et à anche portatif, qui sert à faire une Musique champêtre ». Furetière indique ce qui la différencie de la cornemuse et précise qu'il y a des musettes chez le roi. En réalité, à la Grande Écurie, les six musettes du Poitou furent remplacées par des flûtes traversières, mais la désignation demeura inchangée jusqu'à la Révolution (Marcelle Benoit, *Les Musiciens du Roi de France (1661-1733)*, Paris, P.U.F. 'Que sais-je ?' », 1982, p. 38-39.)

N

NASARDES : Chiquenaudes sur le nez.

NAVETTE : « Petite graine venant d'une plante du même nom, qu'on donne aux linottes et à quelques autres oiseaux. On fait grand trafic de *Navette* » (F.)

NECROMANCIEN (ART) : Divination utilisant les âmes des morts. Magie en général.

NOBLE A LA ROSE : Monnaie d'Angleterre en or. La rose rappelait les emblêmes des maisons d'York et de Lancastre.

NOBLE ÉPINE : « L'*épine blanche* ou la *noble épine* ou *aubépine* est celle qui porte des fleurs blanches au commencement de Mai. (F.)

NONPAREILLES : « Chez les Marchands, c'est le ruban le moins large. On fait des garnitures de *nonpareilles* » (F.)

NORMANISME : Ou normandisme, dirait-on aujourd'hui, c'est-à-dire la volonté de ne pas tenir un marché qu'on a promis.

O

OLIVETTES (DANSER LES) : « Espèce de danse de campagne qu'on fait en courant les uns après les autres et en serpentant autour de trois arbres ou de trois autres points fixes qu'on marque exprès » (F.)

ONDÉS (Cheveux) : Ondoyants comme de l'eau courante d'un ruisseau.

OPIUM : Furetière, très prolixe en matière de culture et de récolte à partir du pavot, est plutôt discret sur les vertus de somnifère de l'opium, d'ailleurs parfaitement connues en son temps, et dont les dangers ne sont évoqués qu'en passant : « On tient communément qu'il ne faut que trois grains d'*opium* pour tuer les personnes les plus robustes ».

ORANGES DE PORTUGAL : Coûteuses, luxe très recherché.

ORIPEAU : « Quand on veut se moquer d'une vilaine broderie ou dorure, on dit que ce n'est que de l'*oripeau* » (F.)

P

PAGODE : « Les curieux donnent aussi le nom de *Pagode* aux petites idoles de porcelaine qui viennent de la Chine » (F.). C'était aussi un costume de mascarade ou de ballet, ainsi dans la *Mascarade du Roi de la Chine* (Marly, 7 janvier 1700).

PASSACAILLE : Que Mme d'Aulnoy avait vu danser à Madrid (*Relation du Voyage d'Espagne*). Cette danse à trois temps s'est essentiellement implantée en France sur la scène : celle qui couronne l'*Armide* de Lully était dès 1689 transcrite au clavecin par d'Anglebert. Fondée, comme la chaconne et le rondeau, sur une basse obstinée, elle était promise à une belle carrière instrumentale (*Rf.* François Couperin, Livre II, 8e ordre, 1716).

PASSEPIED : Danse vive d'origine bretonne et à trois temps. Consistait à glisser un pied devant l'autre, puis juste derrière.

PASTILLE D'ESPAGNE : « Composition sèche qui rend une bonne odeur, lorsqu'on en brûle dans des cassolettes pour ôter le mauvais air d'une chambre, ou pour la parfumer » (F.)

PATTUS (PIEDS) : Du « Pigeon qui a de la plume jusque sur les pieds » (F.)

PAUME (JEU DE) : Jeu de balle en salle fermée, avec une batte ou une raquette.

PAVANE : « Danse grave venue d'Espagne, où les danseurs font la roue l'un devant l'autre comme les paons font avec leurs queues, d'où lui est venu ce nom. C'était autrefois une danse sérieuse que les Gentilshommes dansaient avec la cape et l'épée, les Gens de justice avec leurs longues robes, les Princes avec leurs grands manteaux, et les dames avec leurs longues robes abaissées et traînantes. On l'appelait le *Grand Bal,* parce que c'était une danse majestueuse et modeste. Il s'y fait plusieurs assiettes de pieds, passades et fleurets, et des découpements de pieds, pour en modérer la gravité, dont la tablature est décrite dans Thoinot Arbeau en son Orchésographie. Elle est suivie ordinairement de la gaillarde » (F.). Devenue désuète à la fin du siècle.

PAVIE : « Sorte de pêche qui ne quitte point son noyau ; et se dit tant du fruit que de l'arbre qui le porte » (F.)

PEAU D'ESPAGNE : Peaux de chevreau, chamois ou mouton, bien traitées, et surtout parfumées de diverses odeurs servant à confectionner pourpoints, corps de jupe, poches, et surtout des gants. Merciers, parfumeurs et gantiers en faisaient commerce ou les fabriquaient. La mode en avait disparu au siècle suivant, comme le constate l'*Encyclopédie* de Diderot et d'Alembert.

PÉCORE : « Bête, stupide qui a du mal à comprendre quelque chose » (F.)

PERCEPIERRE « Herbe qu'on mange en salade, confite dans le vinaigre. En latin, *saxifraga* » (F.)

PERSICOT : Liqueur d'alcool, sucrée, tirée de noyaux de pêche écrasés (1692).

PETITS-PIEDS : « On appelle *petits-pieds* la volaille, le menu gibier » (F.)

PHEBUS (TON DE) : Affectation d'utilisation de termes magnifiques, au risque de tomber dans le galimatias et dans l'obscurité.

PIÈCE(S) : « On dit aussi jouer *pièce* à quelqu'un, lui faire *pièce,* pour dire lui faire quelque supercherie, quelque affront, lui causer quelque dommage ou raillerie » (F.)

PIED : Le pied de Roi « est une mesure contenant douze pouces, ou 144 lignes » (F). Aujourd'hui, O, 324 m.

PISTOLE : « Monnaie d'or battue en Espagne, et en quelques endroits d'Italie » (F.). Valait en 1690 onze livres.

POINÇON : «...Joyau dont les femmes se servent pour se parer leur tête, et. pour arranger leurs cheveux en se coiffant » (F.)

POINÇON « Est aussi une mesure des choses liquides. Un *poinçon* de vin, d'huile, etc. Le *poinçon* est la moitié d'un tonneau d'Orléans ou d'Anjou. C'est un nom qu'on donne en Blaisois et en Touraine au muid de vin. A Rouen il contient treize boisseaux. C'est à Paris la même chose qu'un demi-queue. » (F.)

POINTE DE VIN : Le vin a rendu le personnage en verve, en veine d'esprit. Cf. Le Marquis : « J'y allais l'autre jour, un peu chaud de vin ; j'étais en pointe, j'agaçais les jolis masques » *Turcaret,* IV, 2.

POLISSON : « Terme bas et populaire dont on se sert quelquefois pour nommer les petits gueux, les coupeurs de bourse sujets à passer par les mains des Officiers de police » (F.)

POMME D'API : « Il y en a de grosses et de petites. Elle n'a point d'odeur, et est une pomme sauvage qui s'est trouvée dans la forêt d'Api » (F.)

POSTE (EN) : Promptement, en diligence.

POT-AUX-ROSES : « On dit qu'il a découvert le *pot aux roses,* quand il a imprudemment découvert quelque chose qu'on voulait tenir secrète » (F.)

PRÉCONISER : « Louer hautement » (F.), mettre en valeur.

PRÉTENTAINE (COURIR LA) : « Terme burlesque, qui ne se dit qu'en cette phrase proverbiale : ils ont été tout le jour *courir la prétentaine,* pour dire, ils sont allés deçà et delà » (F.)

PROCÉDÉ : « Manière d'agir d'une personne envers une autre. Les braves sont fort délicats sur le *procédé* en matière de querelle » (F.)

PROCUREUR FISCAL : « Ou Procureur d'Office, est celui qui fait la même charge dans une Justice subalterne et non Royale, qui a soin des intérêts du Seigneur du lieu et du Public » (F.)

PROVISION : « Amas qu'on fait en temps et lieu des choses nécessaires à la vie, tant pour la nourriture, que pour sa défense contre les injures de l'air, les attaques des ennemis » (F.)

Q

QUADRUPLES : Ancienne pièce d'or d'Espagne et de France. Valait quatre écus, d où son nom.

QUARTERON : « Compte qui fait le quart d'un Cent. (...) Un quarteron d'épingles » (F.)

QUARTIER (DEMANDER) : C'est pour obtenir « le bon traitement qu'on promet à des troupes, qui se rendent, qui mettent les armes bas » (F.)

QUARTIERS (DOUZE). « En termes de blason, signifie un Écu d'Armoiries (...). Ce mot de *quartiers* qu'on demande pour preuve de Noblesse, vient de ce qu'autrefois on mettait sur les quatre coins d'un tombeau les Écus du père et de la mère, de l'aïeul et de l'aïeule. On voit en Flandres et en Allemagne des tombeaux où il y a 8, 16 et 32 *quartiers* » (F.)

R

RAPPORT : « Se dit aussi des Ouvrages faits par la convenance de plusieurs petites pièces assemblées qui font ensemble quelque représentation agréable » (F.)

RATAFIA : Eau de vie à base de sucre et de fruits macérés : « tafiat » ou « ratafia » amené par M. de La Croze de la Guadeloupe en 1675-1677. Boileau, évoquant un directeur de femmes, mentionne : « Chez lui sirops exquis, ratafias vantés,/Confitures surtout volent de tous côtés » (*Satire* X, v. 571-572).

RHINGRAVE : Ici, « Culotte ou haut de chausse fort ample, attachée aux bas avec plusieurs rubans, dont un Rhingrave ou Prince Allemand a amené la mode en France il y a quelque temps » (F.). Mais le temps de Célimène et d'Alceste est loin (*Misanthrope,* II, 1, v. 485), et il n'en est plus question.

ROCAILLE : « Assemblage de plusieurs coquillages avec des pierres inégales et mal polies, qui se trouvent autour des rochers, et qui les imitent. On embellit les grottes de toutes sortes de *rocailles* » (F.). A cette date, la Grotte de Thétys à Versailles a déjà fait place à l'aile Nord du palais. Mais on pouvait admirer entre autres, la Salle de Bal dans les parterres Sud, appelée encore Bosquet des Rocailles.

ROMANCE : « Les plus belles poésies espagnoles sont appelées encore aujourd'hui *Romances* » (F.). Huet, *Lettre à M. de Segrais sur l'Origine des Romans* (1669), éd. Fabienne Gégou, Paris, Nizet, 1971, p. 121 : « poésies faites pour être chantées, et par conséquent fort courtes ». L'assimilation aux contes de fées serait-elle de l'initiative de la seule Mme d'Aulnoy ?

ROQUET : « Espèce de manteau qu'on portait autrefois, qui n'allait que jusqu'au coude et qui n'avait point de collet. Le *roquet* a passé des maîtres aux laquais, et enfin il est demeure aux bouffons italiens » (F.)

ROSES MUSCADES : Roses dont l'odeur poivrée rappelle la muscade

ROSSE : « Méchant cheval usé et éreiné, qui n'est point sensible à l'éperon ni à la gaule » (F.)

RÔTIE : « Morceau de pain délié qu'on fait sécher en le rôtissant » (F.)

S

SABBAT : Se dit aussi par extension d'un grand bruit, d'une crierie telle qu'on s'imagine qu'on fait du *Sabbat.* » Furetière aurait pu citer la réplique de Petit-Jean dans *Les Plaideurs,* I,8, v. 294 : « Voyez le beau Sabbat qu'ils font à notre porte./Messieurs, allez plus loin tempêter de la sorte ».

SABBAT (ACCOMMODER LES VIANDES AU) : Y mêler des ingrédients magiques et dangereux. Dernier acte de l'Affaire des Poisons : le 30 août 1682, le Parlement de Paris enregistrait un édit royal du mois précédent, sur la répression et sur la prévention des crimes d'empoisonnement. La psychose collective provoquée par l'Affaire devait persister encore longtemps (Arlette Lebigre, *L'Affaire des Poisons,* Paris, Editions Complexe, « La Mémoire des siècles », 1989).

SABOULER : « Terme populaire, qui se dit de ceux qui se tourmentent le corps, qui se renversent à terre, se roulent, se houspillent ou foulent aux pieds, comme font les petites gens quand ils se jouent. Voiture a dit dans un Rondeau : « *Saboule* et met la tripière par bas » » (F.). Ajoutons Molière, *La Comtesse d'Escarbagnas* : « Doucement donc, maladroite ; comme vous me saboulez la tête avec vos mains pesantes ! » (sc. 2). Voir Gilbert-Lucien Salmon, *Dictionnaire du français régional du Lyonnais,* Éd. du Bonneton, 1997.

SACCADE : « Terme de Manège. C'est une secousse violente que le cavalier donne au cheval, en tirant tout à coup les rênes de la bride, quand le cheval pèse à la main ; ce qui est une espèce de châtiment, dont il faut user rarement, de peur de gâter la bouche du cheval » (F.)

SALOPE : « Malpropre en son manger, en ses habits, en son logement. On n'aime point à se servir de valets *salopes,* à aller visiter ou à recevoir chez soi des gens *salopes* » F.)

SARABANDE : « Composition de Musique, danse qui est de mesure ternaire, et qui ordinairement finit en levant, à la différence de la Courante, qui se termine en baissant la main quand on bat la mesure » (F.). Venue d'Espagne, cette danse vive pour femme seule avec castagnettes, se ralentit en danse grave proche de la courante et s'exécutant à deux.

SAUTEUR : « Cheval qui manie aux airs relevés, qui fait des sauts avec ordre et obéissance entre deux piliers, qui va à cabriole, à ballotades, à croupades » (F.)

SEQUIN : « Espèce de monnaie. Ablancourt dérive ce mot de Ciziquin ou de Cizicenique, à cause que c'était une pièce d'or de la ville de Cizique. Mais Ménage dit qu'il vient de l'Italien Zecchino, qui est un ducat d'or de Venise, qui a pris son nom du lieu où on fait la monnaie, qu'on appelle Zecca » (F.)

SERIN DE CANARIES : Différent du serin commun, « estimé pour son chant » (F.)

SIFFLET : « Se dit aussi du conduit de la respiration, tant aux hommes qu'aux animaux. Le *sifflet* est proprement le nœud de la gorge que les Grecs appelaient larynx et les Latins Guttur. Les poulets qu'on égorge crient toujours jusqu'à ce qu'on leur coupe le *sifflet* » (F.)

SOIE PLATE : Soie suffisamment fine pour en faire des lacs servant à apposer les sceaux ou les cachets de cire.

SOMNIFÈRES : La Dandinardière (II, p. 420) a sans doute voulu dire somnambule.

SOUVERAIN : Ancienne monnaie d'or.

SYMPATHIE (POUDRE DE) : « La *poudre de sympathie* qu'on fait avec du vitriol séché au soleil, est pure charlatanisme, quoi que dise le Chevalier Digby dans le Traité qu'il a fait (...). Vitalis a fait un traité pour justifier les effets de la *poudre de sympathie* et de l'onguent de Paracelse, et qu'on s'en peut servir sans superstition » (F.)

T

TABLE (PORTRAIT FAIT EN) : Gravé sur une pierre dure taillée à plat, avec biseaux, et montée en bracelet.

TABLETTES : « Se dit aussi d'une espèce de petit livre ou agenda qu'on met en poche, qui a quelque peu de feuilles de papier ou de parchemin préparé, sur lesquelles on écrit avec une touche ou un crayon les choses dont on veut se souvenir » (F.)

TAILLER : « Signifie aussi au jeu de la Bassette, tenir la banque, distribuer les cartes » (F.)

TAPON : « Mot populaire qui se dit d'un paquet pressé, ou de ce qui se resserre en un petit lieu » (F.)

TAPOTER : «...ces écoliers se sont bien *tapotés,* se sont battus à coups de poings. Il est bas » (F.)

TENANT DE LA BARRIÈRE : « Champion qui se présente dans un tournois ou un autre jeu ou exercice de Chevalerie, pour combattre, soutenir ou courir sur tous ceux qui se viendront présenter et qui entreprennent de défendre quelque pas ou passage. Ceux du parti contraire s'appellent *Contretenants* » (F.). Précisons que l'enclos des joutes était bordé de barrières.

TÊTE (De ma ou sa) : « On dit au contraire, il a fait un coup de sa *tête,* pour dire un coup d'étourdi, dont il n'a point demandé conseil » (F.)

THEORBE : « Instrument de musique fait en forme de luth, à la réserve qu'il a deux manches, dont le second qui est plus long soutient les quatre derniers rangs de cordes pour faire les sons plus graves » (F.). Servait dans la basse continue.

TILLAC : « Terme de Marine. La couverture du vaisseau, le plus haut pont du navire, sur lequel on combat, où sont les soldats et les matelots pour les manœuvres. On enferme les esclaves sous le *tillac* pendant le combat » (F.)

TIRE BOURRE : « Instrument qui sert à décharger une arme à feu sans la tirer. Il est fait d'un fil d'archal pointu et tortillé à forme de vis qu'on attache au bout d'une baguette » (F.)

TOILETTE : Diminutif de toile, « se dit aussi des linges, des tapis de soie ou d'autre étoffe, qu'on étend sur la table pour se déshabiller le soir et s'habiller le matin » (F.)

TOURS DE GIBECIÈRES, DE GOBELETS : Les charlatans, dit Furetière, « ont plusieurs petites machines et inventions qu'ils tirent de leur *gibecière* ». D'autre part, ce sont « 3 *gobelets* de fer blanc, par lesquels (on fait) passer subtilement quelques petites balles ou boutons » (F.)

TOUTOU : « Terme populaire et enfant. C'est un nom que les femmes et les Nourrices donnent à de petits chiens » (F.)

TREILLIS : « Toile gommée et épaisse, dont on fait la garniture d'un corps de pourpoint pour l'affermir. Il se met entre l'étoffe de dessus et la doublure » (F.)

TRIC TRAC : « Jeu fort connu en France, qui se joue avec deux dés, suivant le jet desquels chaque joueur ayant quinze dames, les dispose artistement sur les pointes marquées dans le tablier, et selon les rencontres gagne ou perd plusieurs pointes, dont douze font gagner une partie, et les douze parties le tour ou le jeu (...). Le nom lui vient du bruit que font les dames en les maniant » (F.)

TROMPETTE (ÊTRE BON CHEVAL DE) : Le cheval qui porte le joueur de *trompette*. « On dit qu'un homme est bon cheval de *trompette*, qu'il ne s'étonne pas pour le bruit, quand il ne se soucie pas des crieries qu'on peut faire contre lui » (F.)

TROUSSE : « Se dit aussi de la croupe du cheval sur laquelle on porte les *trousses*, le bagage d'un cavalier. Un hobereau mène sa femme en *trousse* à la campagne, ce Cheval est vieux, il ne porte point en *trousse* » (F.)

U

USURE (AVEC) : « Se dit figurément en Morale. Payer avec *usure*, c'est rendre un service qui vaut bien plus que celui qu'on a reçu. Lorsque la reconnaissance excède le bienfait, on paye avec *usure* » (F.)

V

VAISSEAU : « Ce qui peut contenir quelque chose et particulièrement la liqueur. Un muid, une cuve, un boisseau sont des *vaisseaux* à mettre le vin, le blé, etc. » (F.)

VAISSEAU CORSAIRE : Vaisseau de pirate, selon Furetière : « Écumeur de mer,... qui court les mers avec un vaisseau armé, sans aucune commission pour voler les Marchands » (F.)

VERGETTES : « Ustensile de ménage qui sert à nettoyer les habits et les meubles. Il est fait de plusieurs brins de joncs, de soie de porc, de sanglier, etc. » (F.)

VERRINES : Ici, bijoux ou objets décoratifs en verre.

VIF-ARGENT : « Mercure ou hydrargyre, qui est le seul métal liquide le plus pesant après l'or » (F.)

VINS D'ESPAGNE : Entre autres, vins de Malaga, de Canaries.

VIOLON : Pendant longtemps, ce fut un instrument populaire, propre à faire danser dans les lieux publics. La Grande et la Petite Bande des Violons du Roi (successivement au nombre de 24 et de 20), équipées d'instruments « façon de Crémone », et appelées à la cour, ont contribué à lui donner ses lettres de noblesse. Au temps des *Contes,* les sonates italiennes, d'Arcangelo Corelli notamment, introduites à Paris, en firent un instrument soliste à part entière chez les Français.

VIRTUOSO : Ici, vertueux, selon le sens premier du terme italien (ou espagnol).

VOLTE : « Terme de manège. C'est un rond ou une piste circulaire sur laquelle on manie un cheval » (F.). Ici, la manœuvre du cheval selon ce parcours. On distinguait alors des voltes à une ou à deux pistes, des voltes renversées, des demi-voltes.

Z

ZINZOLIN : Couleur violine tirant vers le rouge.

SUPPLÉMENT BIBLIOGRAPHIQUE

Ouvrages et articles portant sur les contes de fées
en général (ordre alphabétique)

Fumaroli, Marc, « Les Enchantements de l'éloquence : Les
Fées de Charles Perrault ou de la littérature », in *Le Statut
de la littérature*. Mélanges offerts à Paul Bénichou, Paris,
José Corti, 1982, p. 153-186, repris dans *La Diplomatie
de l'esprit. De Montaigne à La Fontaine,* Paris, Her-
mannn, 1994, p. 441-478.

Jasmin, Nadine, « "Amour, Amour, ne nous abandonne
point". La représentation de l'amour dans les contes de
fées féminins du Grand Siècle », in *Les grands contes du
XVIIe siècle et leur fortune littéraire*. Acte du Colloque
d'Eaubonne autour du Tricentenaire de Charles Perrault,
réunis par Jean Perrot, Paris, In Press Editions, 1998,
p. 213-234.

Patard, Geneviève, « De la quenouille au fil de la plume : histoire d'un féminisme à travers les contes du XVIIe
siècle », in *Les grands contes du XVIIe siècle*, p. 235-244.

Seifert, Lewis, *Fairy Tales, Sexuality and gender in France,
1680-1715,* Cambridge, Cambridge University Press,
1996.

Seifert, Lewis, « Création et réception des conteuses du XVIIe
au XVIIIe siècle, in *Les grands contes du XVIIe siècle,*
p. 191-202.

Verdier, Gabrielle, « Grimoire, miroir : le livre dans les contes de fées littéraires », in *L'Épreuve du Lecteur. Livres et lectures dans le roman d'Ancien Régime,* éds. J. Hermann, P. Pelckmann, Louvain-Paris, Éditions Peeters, 1995, p. 129-139.

Verdier, Gabrielle, « De Ma Mère l'Oye à Mother Goose : la fortune des contes de fées littéraires français en Angleterre », in *Contacts culturels et échanges linguistiques au XVIIe siècle en France.* Actes du 3e Colloque du CIR 17 (Fribourg, Suisse), p. p. Yves Giraud, PFSCL, Biblio 17, n° 106, 1997, p. 185-202.

Zuber, Roger, « Introduction » de Charles Perrault, *Contes,* Paris, Imprimerie nationale, 1987, reprise sous le titre : « Les Contes de Perrault et leurs voix merveilleuses », in *Les Émerveillements de la raison. Classicismes littéraires du XVIIe siècle*, Paris, Klincksieck, 1997, p. 261-295.

Ouvrages, thèses et articles portant sur les contes de
Madame d'Aulnoy (ordre alphabétique)

Barchilon, Jacques, « Madame d'Aulnoy dans la tradition du
conte de fées », in *Les grands contes du XVIIe siècle et
leur fortune littéraire*. Actes du Colloque d'Eaubonne
autour du Tricentenaire Charles Perrault recueillis par
Jean Perrot, Paris, In Press Editions, 1988, p. 125-134.

Defrance, Anne « Objets d'art et artistes dans les contes de
fées de Madame d'Aulnoy », in Actes du Colloque de la
SATOR à Johannesburg (1996, Montpellier, Presses Uni-
versitaires de Montpellier, 1998, p. 000.

Defrance, Anne, *Les Contes de fées et les nouvelles de
Madame d'Aulnoy (1690-1698). L'Imaginaire féminin à
rebours de la tradition,* Genève, Droz, 1998.

Hourcade, Philippe, « Tricentenaire des *Contes de fées* de
Madame d'Aulnoy », in *Les grands contes du XVIIe
siècle,* p. 135-142.

Manson, Michel, « Madame d'Aulnoy, les contes et le jouet »,
in *Les grands contes du XVIIe siècle,* p. 143-156.

Slater, Maya, « Les Animaux parlants de Madame d'Aulnoy », in *Les grands contes du XVIIe siècle,* p. 157-164.

Thirard, Marie-Agnès, « Les Contes de Madame d'Aulnoy :
lecture d'aujourd'hui », *Spirale,* n° 9, 1993, p. 97-105.

Thirard, Marie-Agnès, *Les Contes de Madame d'Aulnoy : une
écriture de la subversion.* Thèse de Doctorat de l'Univer-
sité de Lille III, 1994, dact.

Thirard, Marie-Agnès, « L'Influence de la Pastorale dans les
Contes de Madame d'Aulnoy », in *Les Grands Contes du
XVIIe siècle,* p. 165-182.

Zimmermann, Margarete, « Il le croqua comme un poulet. Discours alimentaires chez Madame d'Aulnoy », in *Diversité,
c'est ma devise,* Studien zur französischen literatur des 17.
Jahrhunderts. Festschrift für Jürgen Grimm zum 60.
Geburstag, ed. Franck-Rutger Hausmann, Christoph Mie-
thing, Margarete Zimmermann, PFSCL, Biblio 17, n° 86,
Tübingen-Paris, Seattle, 1994, p. 537-555.

TABLE DES MATIÈRES

TOME I

INTRODUCTION

LES CONTES DES FÉES

TOME II
CONTES NOUVEAUX

EXTRAIT DU CATALOGUE

(janvier 1998)

XVIe siècle.

Poésie :

4. HÉROËT, *Œuvres poétiques* (F. Gohin).
5. SCÈVE, *Délie* (E. Parturier).
7-31. RONSARD, *Œuvres complètes* (P. Laumonier).
32-39, 179-180. DU BELLAY, *Deffence et illustration. Œuvres poétiques françaises* (H. Chamard) *et latines* (Geneviève Demerson).
43-46. D'AUBIGNÉ, *Les Tragiques* (Garnier et Plattard).
141. TYARD, *Œuvres poétiques complètes* (J. Lapp.).
156-157. *La Polémique protestante contre Ronsard* (J. Pineaux).
158. BERTAUT, *Recueil de quelques vers amoureux* (L. Terreaux).
173-174, 193, 195, 202. DU BARTAS, *La Sepmaine* (Y. Bellenger), *La Seconde Semaine (1584)*, I et II (Y. Bellenger), *Les Suittes de la Seconde Semaine* (Y. Bellenger).
177. LA ROQUE, *Poésies* (G. Mathieu-Castellani).
194. LA GESSÉE, *Les Jeunesses* (G. Demerson et J.-Ph. Labrousse).
198. SAINT-GELAIS, *Œuvres poétiques françaises,* I (D. Stone).
204. SAINT-GELAIS, *Œuvres poétiques françaises,* II (D. Stone).
208. PELETIER DU MANS, *L'Amour des Amours* (J.C. Monferran).
210. POUPO, *La Muse Chrestienne* (A. Mantero).

Prose :

2-3. HERBERAY DES ESSARTS, *Amadis de Gaule (Premier Livre)*, (H. Vaganay-Y. Giraud).
6. SÉBILLET, *Art poétique françois* (F. Gaiffe-F. Goyet).
150. NICOLAS DE TROYES, *Le Grand Parangon des Nouvelles nouvelles* (K. Kasprzyk).
163. BOAISTUAU, *Histoires tragiques* (R. Carr).
171. DES PERIERS, *Nouvelles Récréations et joyeux devis* (K. Kasprzyk).
175. *Le Disciple de Pantagruel* (G. Demerson et C. Lauvergnat-Gagnière).
183. D'AUBIGNÉ, *Sa Vie à ses enfants* (G. Schrenck).
186. *Chroniques gargantuines* (C. Lauvergnat-Gagnière, G. Demerson *et al.*).

Théâtre :

42. DES MASURES, *Tragédies saintes* (C. Comte).
125. TURNÈBE, *Les Contens* (N. Spector).
149. LA TAILLE, *Saül le furieux. La Famine...* (E. Forsyth).
161. LA TAILLE, *Les Corrivaus* (D. Drysdall).
172. GRÉVIN, *Comédies* (E. Lapeyre).
184. LARIVEY, *Le Laquais* (M. Lazard et L. Zilli).

XVII⁰ siècle.

Poésie :

Prose :

Théâtre :

Enrichissement typographique
achevé d'imprimer par :
IMPRIMERIE DE LA MANUTENTION
Mayenne
juin 1998 – N° 232-98

Dépôt légal : 2ᵉ trimestre 1998